308
11

CASA DE CAMPO

CASA DE CAMPO

JOSÉ DONOSO

CASA DE CAMPO

ST. JOSEPH'S UNIVERSITY   STX
PQ8097.D617C3 1983
Casa de campo /

3 9353 00126 4777

RELEASED

PQ
8097
.D617
C3
1983

Seix Barral ⚱ Biblioteca Breve

229804

En cubierta: fotografía original de
Julia Margaret Cameron

Primera edición: noviembre 1978
Segunda edición: octubre 1979
Tercera edición: octubre 1980
Cuarta edición: noviembre 1981
Quinta edición: febrero 1983
Sexta edición: mayo 1983

© 1978 y 1983: José Donoso

Derechos exclusivos de edición en castellano
reservados para todo el mundo:
© 1978 y 1983: Editorial Seix Barral, S. A.
Córcega, 270 - Barcelona-8

ISBN: 84 322 0344 0

Depósito legal: B. 20.751 - 1983

Impreso en España

Ninguna parte de esta publicación, incluido el diseño de la cubierta, puede ser reproducida, almacenada o
transmitida en manera alguna ni por ningún medio, ya sea eléctrico, químico, mecánico, óptico, de graba-
ción o de fotocopia, sin permiso previo del editor.

para
MARÍA PILAR

1957
MARIA PILAR

Los Ventura y Ventura	Los cónyuges	Los primos	Edad
1. ADELAIDA (57 años)	viuda de Cesareón del Real y Ventura	1) Melania	16
		2) Higinio	15
		3) Aglaée	13
		4) Ruperto	10
		5) Cirilo	8
2. HERMÓGENES (55 años)	Lidia Frías y Ventura	1) Casilda	16
		2) Colomba	16
		3) Cosme	15
		4) Justiniano	15
		5) Clarisa	12
		6) Casimiro	12
		7) Amadeo	5
3. SILVESTRE (53 años)	Berenice Galaz y del Real	1) Mauro	16
		2) Valerio	15
		3) Alamiro	13
		4) Clemente	6
4. CELESTE (52 años)	Olegario Ventura y de la Mora	1) Juvenal	17
		2) Abelardo	15
		3) Morgana	12
		4) Hipólito	10
		5) Avelino	7
5. TERENCIO (50 años)	Ludmila de la Mora y Frías	1) Fabio	16
		2) Arabela	13
		3) Rosamunda	12
		4) Cipriano	10
		5) Olimpia	8
6. ANSELMO (50 años)	Eulalia Valle y Galaz	1) Cordelia	16
		2) Malvina	15
		3) Esmeralda	13
		4) Clelia	12
		5) Teodora	10
		6) Zoé	7
7. BALBINA (47 años)	Adriano Gomara	1) Aída, muerta	8
		2) Mignon, muerta	6
		3) Wenceslao	9

Primera parte

LA PARTIDA

Capítulo Uno

LA EXCURSIÓN

1

LOS GRANDES habían hablado muchísimo de que era absolutamente indispensable partir temprano esa mañana, casi al amanecer, si querían llegar a su destino a una hora que justificara el viaje. Pero los niños se guiñaban un ojo al oírlos, sonriendo sin levantar la cabeza de sus torneos de *bésigue* o de ajedrez que parecían durar todo el verano.

La noche anterior a la excursión que me propongo usar como eje de esta novela, Wenceslao dejó a su madre roncando con el láudano que tomó para poder dormir después de la efervescencia de los preparativos, y se escabulló de su lecho para ir a acurrucarse junto a Melania. Con la voz atenuada para que los lacayos no los sorprendieran hablando después del toque de queda, le apostó una corona a que sus padres, que se complicaban con todo, serían incapaces de partir antes de las once de la mañana, si es que partían, y que tanta exaltación y preámbulo quedarían convertidos en la insoportable retórica con que acostumbraban encubrir sus fracasos. Melania le tironeó los bucles para castigarlo por este irrespetuoso vaticinio: en la intimidad de las sábanas le hubiera gustado reducirlo al llanto para secarle las lágrimas de sus ojos azules con besos, y sus mejillas de muñeca de loza con su trenza negra.

Pero como Wenceslao no cejó ni lloró, a la mañana siguiente Melania no le pagó ni media onza de la apuesta al comprobar que el pronóstico del niño se cumplía: sonaron las doce antes de que los grandes terminaran de cerrar la historiada cancela de la reja del parque, y de echar llave a esas ventanillas del patio del mercado por donde Casilda, Colomba y el tío Hermógenes solían atender a los nativos desnudos que llegaban equilibrando cestas de fruta sobre la cabeza, cimbrando sartas de pintadas, cargando fardos de láminas de oro, o transportando, colgado de una pértiga suspendida entre los hombros de dos de ellos, un ciervo o un jabalí cazado en la llanura.

Desde dentro del recinto definido por la reja los niños observaron cómo el tío Hermógenes, una vez que se hubo cerciorado de que los cerrojos quedaban bien seguros, distribuyó las llaves en sus bolsillos. Y después que las madres les advirtieron a sus hijos por última vez, con un dedo en alto, que fueran comedidos y cuidaran a los menores, ellas, recogiendo los pliegues espléndidos de sus faldas de viaje, y ellos, haciendo fulgurar el charol de sus botas, subieron a los carruajes que iban partiendo unos en pos de otros seguidos de los vehículos repletos con el vociferante ejército de sirvientes encargados de almohadones y alfombras para reposar bajo los árboles, de administrar la compleja utilería destinada a que los señores mataran el tiempo, y del cocaví que los cocineros tardaron semanas en preparar sudando sobre ollas que exhalaban vahos fragantes de trufas y especias.

Quedaron los treinta y tres primos encerrados en el parque, encaramados en los árboles y asomados a los balcones, agitando pañuelos de despedida mientras los más pequeños mostraban rostros llorosos a través de la empalizada de hierro, observando la cabalgata que al cabo de un rato se perdió entre las gramíneas que ondeaban en el paisaje llano hasta el horizonte.

14

—¡Bueno! —exclamó Wenceslao con un suspiro al apearse de la rodilla de Melania cuando los coches desaparecieron en lontananza.

—Es una suerte que prometieran regresar antes que escurezca —comentó ella intentando asegurarse de esa promesa resultaría infalsificable, y se levantó de la hamaca del balcón desde donde presenciaron la partida.

Mauro extendió sus piernas en la misma hamaca, observando como su prima aupaba a Wenceslao para sentarlo en la mesita de mimbre y dejarlo a una altura conveniente para peinarle los tirabuzones *à l'anglaise*, tal como la tía Balbina se lo encomendó. Alzando el índice igual que las mamás, Melania amonestó al niño:

—No te vayas a mover... —y entró en la casa a calentar la tenaza para rizarlo.

Entonces, con el propósito de hacer añicos el aire de candor con que Mauro había quedado rascándose el acné de los primeros pelos de su barba, Wenceslao le preguntó:

—¿No te parece que toda esta despedida tuvo una apariencia ficticia de lo más sospechosa, como la escena final de una ópera?

—En nuestra vida aquí, todo parece una ópera. ¿De qué te extrañas, entonces?

—Estoy convencido de que partieron con el propósito de no volver nunca más.

—¡Qué opinas tú si no eres más que la *poupée diabolique*!

—Pregúntale a tu Amada Inmortal qué soy —lo retó Wenceslao para que su primo, hoy agitado pese a sus esfuerzos por simular lo contrario, se revelara—. Ella está bien enterada de todo lo referente a mi sexo.

—Mientes, Wenceslao. Y ya nadie cree tus mentiras.

15

Lo único cierto es que la tonta de tu madre te viste de niña y así debemos tratarte.

—¿Quieres ver lo que soy? Mira —y levantándose las faldas se bajó los calzones de encaje, blandiendo una virilidad respetable para un niño de nueve años—. ¿Te gusta?

—¡Asqueroso! ¡Cúbrete! —exclamó Melania al regresar, probando las tenazas calientes en un trozo de papel que se rizó al chamuscarse—. Somos Ventura, Wenceslao: por lo tanto, nunca debemos olvidar que la apariencia es lo único que no engaña.

Y como Wenceslao no obedeció su orden, ella misma le levantó los calzones, dándole además un pellizco en el trasero que lo inmovilizó en la mesita donde pudo comenzar a peinarlo. Melania, didáctica, prosiguió:

—No debes ser tan tonto, Wenceslao. ¿Cómo puedes creer que son capaces de olvidar sus deberes de padres y dejarnos solos para hacerle frente a la noche y a los antropófagos?

—Queridísima Melania —contestó Wenceslao mientras ella le iba organizando los bucles—, que yo sea tonto es altamente discutible. Lo que en cambio no le parece discutible a nadie es que tú eres, o prefieres parecer, ingenua. Debes ser de los pocos primos en Marulanda que se empecina en seguir confundiendo las convenciones de La Marquesa Salió A Las Cinco con la verdad. Hasta mi buen lugarteniente Amadeo, que es el más pequeño, sabe que sólo en ese juego, cuando tú eres la Amada Inmortal y Mauro el Joven Conde, existen padres solícitos y abnegados.

—No adhiero a tus teorías —respondió Mauro, pero manteniendo la vista fija en la empalizada de hierro que trazaba el contorno del parque, su rostro se fue ensombreciendo mientras el pequeñuelo, tolerando que su prima lo peinara, agorero continuó:

—No. No volverán. Si el sitio donde fueron de paseo resulta tan portentoso como esperan, no volverán ni hoy ni mañana ni nunca. ¿Para qué van a volver si llevaron naipes y mandolinas con que divertirse, y redes para cazar mariposas y cañas para pescar? ¿Y cometas de tarlatana adornados con madroños para encumbrar si sopla viento propicio? ¿No se llevaron, acaso, todas las armas, todos los vehículos, todos los caballos de la casa? ¿Y a todos los sirvientes para que conserven alrededor de ellos un muro de comodidad del que no son capaces de prescindir ni durante lo que nos aseguran será una sola tarde de paseo? No, primitos míos: no volverán. La verdad, debo repetirla, es que huyeron porque tienen miedo que los antropófagos asalten esta casa.

Al oírlo, Melania maldijo la tenaza que se había enfriado en su mano y así no pudo quemarlo en castigo por ser malo, malo por propagar patrañas de antropófagos y toda suerte de desagrados..., quemarlo en la cabeza, como solía hacerlo vengativa cuando lo peinaba, porque ciertas noches no acudía a su cama por ir a la de otra prima. Wenceslao era suyo y no debía decir ni hacer sino cosas que la complacieran; y Mauro, el Joven Conde destinado a desposarse con la Amada Inmortal, también, aunque de otra manera, era suyo; y también era suyo Juvenal, la Pérfida Marquesa de la fábula, siempre dispuesto a satisfacer sus antojos manifestados con modosa vocecita infantil y con los hoyuelos de su voluntad inquebrantable. Hoy, cuando los grandes no estaban presentes para ayudarla a correr el tupido velo que empleaban para ocultar lo que era más elegante no ver, temió que Wenceslao le revelara a Mauro —y dado que en este día insólito faltaba el velo, a él se le ocurriera por primera vez creerlo— que ella lo hacía acudir a su lecho para entregarse a actividades que no podían ser cen-

17

surables..., no, no, cómo iban a serlo como lo serían con Mauro, por ejemplo, si Wenceslao no era más que un juguete, una exquisita muñeca decorativa carente de otra función que la del juego, aprisionado en sus vestidos de niña por capricho de la tía Balbina. Melania ató un lazo celeste para sujetar un manojo de rizos al lado izquierdo de la cabeza de su primo, que continuaba emitiendo oráculos:

—...y como no volverán, a nosotros nos irán faltando víveres, y se nos acabarán las velas y no sabremos qué hacer..., entonces los antropófagos, usando unas escaleras que tejen con los tallos de las gramíneas treparán la reja del parque y aullando entrarán en esta casa para comernos...

En vísperas del paseo, la existencia de los antropófagos que rondaban la casa de campo, incordia apenas formulada por los grandes en los veraneos de Marulanda, fue avivada gracias a los augurios de Wenceslao, convirtiéndose en una hoguera que lo iluminaba todo con llamaradas tétricas. Los primos más pequeños —los veían allá abajo correteando a los pavos reales por las escalinatas del parque— le creían cualquier cosa, y ahora, después de la partida de los grandes, seguramente perseguían a esos desabridos pajarracos con el ingenuo propósito de aprovisionarse de carne para el caso que sobreviniera la emergencia predicada por Wenceslao. En la noche, el toque de queda que implacablemente apagaba voces y luces, inauguraba el terror: a esa hora, en la llanura sin límites que comenzaba al otro lado de la reja de las lanzas, el vaivén de las altísimas gramíneas producía con el roce de sus tallos un murmullo que por constante era casi imperceptible durante el día, y de noche merodeaba el sueño de los Ventura como el portentoso rumor del acéano rodea a los que navegan. Esa monodia vegetal exhumaba voces inidentificables en el silencio de las habitaciones donde los niños, con los ojos desorbitados bajo los doseles de seda que protegían sus sueños, se quedaban escandiendo los susurros por si contuvieran amenazas de los antropófagos del presente o del pasado, de la verdad o de la ficción.

Wenceslao terminó su perorata proclamando:

—¡Y a ti, Melania, te comerán la primera! Esas tetas, esas nalgas fastuosas..., los antropófagos te violarán y después de perder tu don más preciado te comerán viva...

Y Wenceslao hizo un feroz gesto de morder.

—¡Pégale! —mandó Melania a Mauro.

Éste, posesionado de su papel de Joven Conde que protege a la Amada Inmortal, aprisionó a Wenceslao y terciándoselo sobre las rodillas mientras pataleaba y chillaba y llorando prometía que nunca más, ayudado por Melania le subió las faldas, le bajó los calzones, azotándole el trasero infame hasta que le quedó ardiendo.

EL PASEO de los Ventura se llevó a cabo cierto día después de la primera mitad del verano, cuando habitualmente, ahogados en el caserón y en el parque, los ánimos de los treinta y tres primos y los de sus padres comenzaban a deteriorarse con la monotonía del croquet, del descanso en las hamacas, de los crepúsculos magníficos y de las comidas opíparas, sin que quedara nada nuevo que hacer ni que decir. Era la época en que brotaban espontáneamente, como brota la vida en el agua estancada que se pudre, rumores malsanos, por ejemplo, aquel tan desazonante de unos años atrás cuando se dijo que los nativos que trabajaban en las minas de las montañas azules que teñían el horizonte iban cayendo víctimas de una epidemia que dejaría a toda la población lisiada y, en consecuencia, la producción de oro, cimiento de la opulencia de nuestros Ventura, iba a disminuir si no a cesar. Pero no fue más que un infundio: media docena de nativos muertos de vómito negro en una aldea a mucha distancia de las montañas donde los nativos martillaban el oro para convertirlo en las delgadísimas láminas que la familia exportaba para dorar los palcos y los altares más suntuosos del mundo. Adriano Gomara, padre de nuestro amigo Wenceslao, fue a visitarlos porque era médico. Los examinó, curó a los que pudo, regresando a la casa de campo para apaciguar el pánico incipiente con su palabra serena: era sólo uno de esos rumores característicos de mediados del verano, cuando el aislamiento parecía inaguantable, todos los pasatiempos gastados, todas las relaciones conjugadas hasta el cansancio sin que a nadie se le ocurriera nada más interesante en que entretenerse, salvo ir contando los días que aún faltaban para que las gramíneas maduraran del todo, y, al erguir por fin sus soberbios penachos platinados antes de comenzar a secarse y a desprender vilanos, la llanura misma les advirtiera así que había llegado el momento de hacer las maletas y preparar los coches para el regreso a la capital llevándose sus hijos, sus sirvientes y su oro: estos preparativos, mal que mal, constituían una manera irreprochable de matar el tiempo.

Aquel verano —el que nos hemos imaginado como punto de partida de esta ficción— en cuanto la familia se instaló en Marulanda, los grandes sintieron que sus hijos tan amados andaban tramando algo. Resultaba bastante extraño que los niños no sólo hicieron poquísimo ruido, sino que interfirieran muchísimo menos que otros años en el descanso de los adultos. ¿Era posible que por fin hubieran aprendido a pensar en la comodidad de sus padres? No. Era otra cosa. Obedecían a algo así como una consigna. Sus juegos parecían no sólo más silenciosos sino más distantes, más incomprensibles que los juegos de otros veraneos: los grandes, instalados en la terraza del sur, de pronto se daban cuenta que habían pasado casi toda la tarde sin verlos ni oírlos, y después de refrenar su sobresalto quedaban atentos para atrapar los ecos que les llegaban desde los desvanes o desde los confines del parque donde divisaban a un grupo de niños escabulléndose entre los olmos. Los grandes seguían tomando té, bordando, fumando, haciendo solitarios, hojeando el folletín. A veces alguien osaba llamar a su hijo, que aparecía inmediatamente, quizás *demasiado* inmediatamente, como un títere mecánico que salta de su caja. Esta situación, rebelde a toda exégesis, se iba poniendo intolerable. ¿Pero *qué* era lo intolerable? ¿Sólo el silencio de los niños? ¿O esas sonrisitas con que guarnecían su aceptación de todo? ¿O su menguante ansiedad por acoger los privilegios concedidos a los mayorcitos, como el de bajar después de la cena al gabinete de los moros para ofrecer cajas de puros y bandejas con tacitas de café y mazapanes? Sí, detalles de esta índole espesaban la atmósfera, dejando a los Ventura a un solo paso del terror. ¿Pero terror, en buenas cuentas, de *qué*? Eso era lo que se preguntaban los grandes al beber un sorbo de agua por la noche, despertando con la garganta atascada de vilanos imaginarios, víctimas de una pesadilla de degüellos y navajazos. No. Absurdo. Las pesadillas, todo el mundo lo sabe, son producto de una alimentación demasiado rica: preferible vigilarse un poco y no darle importancia a los íncubos de la glotonería. No había, ciertamente, nada que temer de niños bien educados que los adoraban. ¿Pero... y si, en el fondo, no los adoraran? ¿Si sus retoños interpretaran como odio sus desvelos por ellos, como intentos para anularlos el negarse a creer sus enfermedades, como deseo de robarles individualidad el emparejarlos con reglas que los regían por igual a todos? No. No. ¡Era una hipótesis demasiado absurda! Sus hijos, como debía ser, sentían confianza en sus padres y ellos, en consecuencia, no podían abrigar ni miedo ni odio por sus polluelos. Al contrario, les demostraban continuamente que eran sus alhajas. Bastaba ver cómo se ocupaban de ellos: Teodora, adoración, cuidado con esa vela, que vas a morir achicharrada en una hoguera; Avelino, ángel mío, te vas a caer de esa balaustrada en que estás equilibrándote y te vas a reventar la cabeza contra las piedras; Zoé, hijita, se te puede infectar la rodilla si no le pides a alguien que te la limpie, y si se te gangrena te vamos a tener que cortar la pierna entera..., pero los niños eran tan perversos, tan testarudos, que repetían y repetían sus fechorías pese a saberlas penadas por los castigos en que se encarnaba el amor paternal.

Fue cuando el desasosiego estaba a punto de enmudecer a los Ventura que apareció como una burbuja irisada, venida quién sabe de dónde y seduciéndolos para seguirla, la ocurrencia de efectuar el paseo de que aquí estoy hablando, a cierto paraje muy dulce y muy remoto.

—L'Embarquement pour Cythère... —comentó Celeste señalando ese cuadro que colgaba en un muro de seda amarilla.

Ninguna coartada más perfecta para eludir aquello que los niños podían estar tramando: sólo al fijar la fecha para el paseo pudieron relajarse, porque elaborando los detalles de este pasatiempo inaudito era necesario hablar de él, y dejaba de ser imperativa la conversación que debía definir el miedo para concederle todo su rango. Esta negligencia gozosa permitía que lo establecido, especialmente la autoridad en su forma más venerable, conservara intacto su prestigio.

Está de más decir que nadie preguntó de dónde brotaba la idea del paseo: la perplejidad no cabía en personajes del talante de nuestros Ventura. Pero es posible que alguien, en respuesta a algo, dijera recordar que cuando niño oyó a un abuelo de luengas barbas aludir a la existencia —¿o sería sólo a la expresión de su deseo de la existencia?— de cierto paraje maravilloso escondido en algún repliegue de sus extensísimas tierras. Otros apuntalaron estos recuerdos con anécdotas recogidas en la infancia y relegadas desde entonces a un sótano de la memoria, dándole cuerpo, al exhumarlas, a este hipotético edén que fue cobrando, poco a poco, seductora consistencia. Comenzaron a perturbar la reclusión de Arabela en la biblioteca, y ella, eligiendo llaves del manojo que pesaba en su cinto, abrió arcones y armarios de madera olorosa. Bajo las telarañas y el polvillo de la carcoma aparecieron mapas, planos, crónicas, cartas, que desteñidas y manchadas y borrosas habían permanecido olvidadas desde quién sabe cuándo. Y Arabela, enfocando sus gafas diminutas, descifraba los signos de los idiomas arcanos, proporcionando datos que era lícito interpretar como irrefutables pruebas de la existencia del edén que los estaba obsesionando.

Los hombres de la familia, entonces, tendidos en las hamacas bajo los tilos, hicieron comparecer ante ellos a delegaciones de nativos que podían saber algo: ciertos ancianos, con cabezas gachas y espaldas encorvadas de respeto y temor, por medio de torpes onomatopeyas lograron confirmar la existencia del paraje que ahora todos ansiaban que existiera. Su configuración, al parecer, no quedaba muy por debajo de lo que las fantasías del ocio veraniego hizo fermentar. ¿Por qué no ir, entonces? ¿Por qué no utilizar los escuadrones de coches y caballos en que llegaron a Marulanda, para lanzarse a esta expedición que sería de puro entretenimiento? Las mu-

jeres, al principio inamovibles en su adicción a la comodidad, se negaron a participar: no querían verse envuel-
tas, declararon, en algo que las expusiera a los antropófagos, fuera o no discutible la existencia de éstos. Pese
a tanta hesitación los hombres despacharon bandadas
de nativos a los cuatro vientos para que se noticiaran:
los baquianos regresaron con una flor azucarada, con
un pájaro de cabeza de pedrería, con cuencos llenos de
arena de plata, con tenazas purpúreas de crustáceos desconocidos. Las mujeres se engolosinaron con esto, terminando por alegar que al fin y al cabo ellas, que sobre-
llevaban la carga más pesada del veraneo puesto que su
deber era ocuparse de los niños, merecían como premio
este día de esparcimiento, y se transformaron en las pro-
pulsoras más entusiastas del proyecto.

El ritmo de la casa cambió entonces: ferviente, divertido, impidió que se siguiera pensando en cosas desagradables porque era más urgente organizar el paseo.
A los niños, entretanto, se les iba haciendo más y más
difícil conciliar el sueño a medida que se acercaba la fecha de la partida, seguros de que los antropófagos tenían hambre de carne humana, y en cuanto los grandes
los abandonaran con el fin de poner a salvo sus pellejos,
los iban a atacar. A medida que aumentaba el ajetreo
de los preparativos, aumentaba en los niños la certeza de
que todo caminaba hacia un fin total e inevitable para
ellos, ya que sólo los grandes tenían el privilegio de salvarse del holocausto porque pertenecían a la clase de
personas que controla los medios para hacerlo. A las
mujeres, por supuesto, no les cabía preocuparse de estos
espinudos temas: consultaban, en cambio, figurines, y,
sobre cabezotas sin facciones talladas en madera, construyeron sombreros que protegieran del sol sus frentes
alabastrinas, decorando sus creaciones con el plumaje
de los asombrosos pájaros del sur. El batallón de sir-

vientes desatendía sus viles tareas de espías decorativos para sumarse al trajín: los hombres de la casa se dedicaban a hacerlos ejercitar los caballos, revisar los carruajes, lustrar los arneses, sillas y cabezales, y engrasar los ejes de todos los coches, hasta los de las carretelas y tartanas en que viajarían cientos de pinches de cocina y ayudantes de jardinero. Mientras desde el torreón donde lo tenía encerrado su malvada parentela, como si él también quisiera participar en tanta animación, Adriano Gomara gritaba que lo salvaran, que lo mataran, que no lo dejaran seguir sufriendo. Hasta que Froilán y Beltrán, sus celadores, lograban meterlo de nuevo en la camisa de fuerza y amordazarlo para que no perturbara con sus aullidos de loco los pasatiempos de los Ventura.

PERO Adriano Gomara gritaba en su torreón desde hacía tantos años, que los Ventura habían aprendido a vivir sin hacer caso de sus improperios y advertencias.

Momentos después de la partida de la cabalgata, Wenceslao se dio cuenta de que los gritos de su padre, que no habían amainado en toda la mañana, habían cesado.

—¡Canallas! —masculló al dejar de oírlos mientras bañaba su trasero maltratado en el bidet de porcelana rosa de su madre—. Lo durmieron con láudano.

Se subió los calzones, arrepollando sus faldas de holán. Se trepó al taburete del tocador donde Balbina lo sentaba para cubrirle el rostro con los afeites que lo dejaban convertido en un muñeco dulzón: hoy, con la prisa de la partida, su madre no había tenido tiempo para hacerlo. Wenceslao se miró al espejo. Hizo un mohín coqueto, varando la cabeza sobre su hombro izquierdo: idéntico a un cromo. Pero inmediatamente cuadró su espalda y frunció el ceño. Rebuscó entre frascos y cisnes, entre botellitas volcadas y pomos de colorete, encontrando por fin la tijera. Derramó hacia adelante sus rizos de oro que fue cortando uno por uno, casi a ras del cráneo, dejándolos caer sobre el tocador, donde se empaparon en charcos de loción y se embadurnaron con ungüentos. Levantando la cabeza se miró al espejo otra vez. Desde el azogue lo contemplaba un muchachito cuyos ojos no eran de porcelana. Su mandíbula, ya libre del marco de bucles, se dibujaba siempre delicada, aunque ahora firme; y desvanecidos los mórbidos contornos de querubín se reveló su boca lúcida, sajada con un tajo audaz, que sonreía burlona al reconocerse. Adelantó la mano hacia el espejo para estrechar la que se le ofrecía desde el otro lado.

—¡Hola! —exclamó—. Soy Wenceslao Gomara y Ventura...

Para no malgastar su tiempo prescindió de las demás formalidades de la presentación. Corría prisa: así como era probable que los grandes no regresaran nunca más, no se debía descartar la posibilidad que volvieran dentro de poco. Alzando sus faldas se lanzó por los pasadizos, cruzando dormitorios y salas, cuartitos de estudio y de estar, de costura y de juguetes, internándose por los pasillos y alcobas de la inmensa casa abandonada, capeando a primos errabundos que intentaban detenerlo para preguntarle que qué facha de piojoso era ésa, hasta llegar a lo alto de la aparatosa escalera que caía como una culebra de bronce y mármol al desplegarse por la pared del gran vestíbulo oval. Durante medio minuto Wenceslao titubeó junto a la farola que iniciaba el tobogán del pasamanos de bronce que cuatro lacayos uniformados de amaranto y oro, con el pretexto de ocuparse incansablemente de pulirlo, solían vigilar para que ninguno de los niños cumpliera su anhelo de deslizarse por él. Como vio que ya estaba ocupado por un sinfín de primos riendo y chillando y atropellándose al resbalar por la bruñida superficie, prefirió bajar corriendo por la escalera. Abajo, cruzó a todo escape la rosa de los vientos del pavimento del vestíbulo, atravesó el gabinete de los moros y la salita donde el tío Anselmo improvisó el *ring* de box sobre la alfombra de Beauvais, y la galería de las mesas de malaquita hasta llegar acezando a la puerta de la biblioteca, donde se detuvo. Golpeó para anunciarse, entrando sin que le abrieran desde el interior.

—¿Arabela? —preguntó.

—Ya bajo —respondió su prima desde la más alta de las cuatro galerías de libros—. ¿Se fueron?

—Se fueron. Pero Froilán y Beltrán me traicionaron: no voy a poder verlo hasta...

—Es cuestión de esperar un poco.

—Hace cinco años que espero.

Mientras Arabela bajaba, y con el propósito de respetar el pudor de su prima —hubiera respetado también el pudor de las otras de ver en sus dengues algo más que simulacros— se escondió detrás del biombo para cambiar su vestido de niña por pantalones azules, camisa blanca y zapatos cómodos. Entonces dijo:

—Estoy listo.

Al enfrentarse con Wenceslao vestido de hombre y con el pelo corto Arabela no ofreció comentario ni mostró sorpresa: pero lo vio todo a través de sus gafas que se deslizaron por su naricilla obligándola a inclinar su cabeza hacia atrás para enfocar, dotando a sus ojos de visión cuádruple. Se podía contar con que Arabela no hiciera aspavientos: ya a los trece años, sin jamás salir de la biblioteca, sabía todo lo que se puede saber. Wenceslao se dio cuenta de esto desde pequeño, cuando compró sus primeros pantalones y un gorro para disimular sus rizos. Al principio eligió a Arabela porque le era útil

27

como aliada para esconder en esa biblioteca, donde nadie de la familia jamás acudía, el disfraz de lo que él nunca dudó ser. Cuando en la noche se escapaba del lecho, hurtándose a la vigilancia de los lacayos, bajaba a la biblioteca y se quedaba quieto, sin hacer ni decir nada, vestido de hombre durante horas y horas para recuperar el tiempo falsificado por sus atuendos de niña. Y frente a él se instalaba Arabela que, benigna y sonriente, con las manos plegadas sobre su falda, carente de la desgarradora urgencia de entretenerse o de justificar su existencia, permanecía sentada en la sillita de concierto junto a la ventana, hundida en el meditativo aprendizaje de su propio rencor. Al verlo, ahora, le preguntó:

—¿Te diriges al torreón?

—Ven conmigo.

—No.

—¿Por qué?

—Porque tu voz tiembla.

—Me parece que tengo motivos de sobra.

—¿Es por aquello que la gente llama esperanza?

—Sin duda.

—No creo que me gustaría sentir esperanza si me hiciera tan vulnerable como a ti.

—Si uno no siente esperanza, Arabela, uno se queda frío y solo durante toda la vida, y cuando llega la edad de entregarse a alguien o a una causa, uno no puede hacerlo.

—Yo me he entregado a la causa de alejarlos de aquí, y sin embargo desconozco la emoción que a ti te embarga.

—Me pregunto si un rencor como el tuyo, móvil en sí respetable porque está bien fundado, puede ser cimiento de la esperanza.

Arabela no tuvo que pensarlo para responder:

—No, pero al impulsarlos, por rencor, a emprender esta excursión y perderse en este espejismo, me sumo a tu esperanza sin compartir tu programa.

—Yo soy muy chico para tener otro programa que el de mi padre.

—Lo que puede ser bastante peligroso.

Entre los muchos' ritos de Marulanda existía la "hora de los arrumacos", cuando unas delante de las otras, para hacer gala de su ternura, las madres congregaban a sus hijos con el propósito de besarlos y acariciarlos apasionadamente, asegurándoles que ellas morirían si les sucediera algo malo. Una vez, durante estas competencias afectivas, Arabela, entonces pequeña, cayó fulminada por un síncope. Ludmila, su madre, presa del sufrimiento más indescriptible, intentó ahorcarse con una media de seda y así lucir la magnitud de su aflicción, pero atrayendo hacia ella los cuidados de los médicos y de la familia. Pese al peligro en que se habían precipitado la una a la otra, madre e hija pronto se recuperaron, y Ludmila, vencedora con esto en las justas de ternura, fue consagrada como modelo absoluto, como admirable monumento al amor maternal por su marido Terencio y por todos sus parientes. Arabela, desde ese momento, creció poco, haciéndose maestra en el arte de parecer no estar presente. Su cuerpo propiciaba el olvido de sus padres, como para protegerse de ellos, quedando desprovisto de jugos, frágil como flor seca en libro, como insecto que al morir se astillara en vez de podrirse. Mentía, sin embargo, al postular el rencor como su único móvil: la verdad es que todo en ella era encogido, no por el peso del llavero que colgaba de su cinto, sino por el dolor de saberse incapaz de ser fuente de placer para sus padres, los admirables Terencio y Ludmila. Su destino en este sentido no era distinto al de los demás primos. Pero a ella, que no lo soportaba, la reducía, quedando el rencor como la parte visible de su sufrimiento. A manera de corolario de lo que los grandes sentían —o no sentían— por ella, quiso que de hecho dejaran de existir: no matándolos, por cierto, sino impulsándolos a emprender la gira con el fin de eliminarlos. Mucho me complacería poder anunciar a mis lectores que la idea del paseo se originó en esta muchachita singular, tan grave y elusiva. Sin embargo, no fue así: ella, como Wenceslao, como todos los habitantes de la casa, incluso Adriano Gomara, ignoraba el origen preciso de la idea de la excursión. Pero fue ella quien aportó los datos más convincentes para dirigir a sus padres hacia el paraje con que sus imaginaciones banales soñaban. Ella embaucó a los lacayos para que desde los desvanes bajaran a la biblioteca enormes arcones repletos de papelorios. Refinó los disimulos que iban a servir para despacharlos exhumando polvorientos folios del fondo de baúles, y con la ayuda de Wenceslao se aplicó a transformar en cordilleras las manchas de moho de algunos planos, y los agujeros de termitas de ciertos mapas en sugerentes casualidades que podían interpretarse como pistas seguras. Los grandes quedaron pasmados de la pericia con que Arabela parecía traducir viejos idiomas cifrados con alfabetos ininteligibles. Pero en cuanto abandonaban la biblioteca, Arabela desaparecía de sus pensamientos, para materializarse fugazmente en ellos otra vez cuando era necesaria alguna explicación: era esto lo que no soportaba. ¡Que no la molestaran más! Que partieran, como por fin habían partido, y en cuanto Wenceslao la dejara tranquila dentro de un momento, podría comenzar su verdadera existencia, eternamente instalada en su sillita junto a la ventana, sin otra tarea, de la mañana a la noche, que la de consignar en su mente el desplazamiento de la luz por el engañoso parque de sus padres. Besó a Wenceslao en la frente para iniciar la despedida que la dejaría en paz.

—Saluda a tu padre de parte mía —le dijo.

—Te lo traeré.

—Te ruego que no lo hagas.

—Lo querrás. Y él te querrá a ti.

—Eso sólo sería un estorbo para mí.

—Te necesitamos, Arabela.

—Ya logramos despacharlos. Ha terminado, por lo tanto, toda participación mía en la acción colectiva. Por favor, ahora déjame en paz.

Wenceslao conservó en la suya, al despedirse, la mano sin temperatura, casi vegetal, de su prima. Se dirigió a la puerta para salir: estaba convencido de que su padre sería capaz de reelaborar el dolor de su prima para transformar su potencial en algo sin duda más basto, aunque también más accesible, de lo que quizás no estaría desterrada la ironía. ¿Cómo sería Arabela si el dolor fuera sólo una, no la única, de sus posibilidades? Turbada, la pequeña daba traspiés al subir la escalera de caracol hacia las galerías de libros debido a que sus gafas se opacaron con el ligero vaho que el temor hizo emanar de su rostro. Bastaría un empujón mínimo para hacerla salir del encierro de su rencor y de sus libros.

—¿Qué sacas con haber leído todos los libros, Arabela, si...?

La vio inclinada sobre la baranda de la galería más alta: el rostro de Arabela maduró con la burla dirigida hacia él, que más tarde, pensó Wenceslao, cuando comenzaran a desaparecer los tupidos velos familiares, se iba a transformar en la ironía de ser ella misma quien los fuera rasgando uno por uno y los demás no tendrían más remedio que aceptar estos desgarros. Oyó que Arabela le preguntaba desde arriba:

—¿De qué libros me estás hablando?

—De estos que me rodean —replicó él con orgullo de Ventura—. Los de la famosa biblioteca del bisabuelo. Entiendo que contiene algunos incunables.

Arabela se rió de él generosamente:

—¿Quieres ver algunos incunables, primo mío?

Wenceslao se dio cuenta por esta proposición de que Arabela carecía por completo del sentido de las prioridades..., lo que no era de extrañar, tanto tiempo encerrada entre libros...

—Supongo —repuso— que te darás cuenta que ahora no tengo tiempo.

—¿Por qué? Tu padre esta drogado. No despertará hasta tarde. Puedes pasar muy agradablemente el día conmigo manejando incunables.

—¿No entiendes que aunque sea sólo verlo...? —murmuró él al abrir la puerta.

Antes de salir, sin embargo, alcanzó a ver que Arabela presionaba una sección de las tallas de la biblioteca, y que paneles de lomos alineados muy prietos en los anaqueles saltaban como tapas, revelando que adentro no había ni una página, ni una letra impresa.

2

Wenceslao no sabía este secreto, como no sabía tantos de los secretos de los grandes porque éstos esperaban que los niños accedieran a la clase superior, a la que ellos pertenecían, la de los mayores, para revelárselos. El que inventa esta historia, sin embargo, el que elige narrar o no, o explicar o no, lo relacionado con ella, y en qué momento hacerlo, prefiere suministrar aquí la información sobre el secreto que dejó estupefacto a Wenceslao, quien, al encaminarse al torreón de su padre, no pudo sino cavilar: ¿de dónde, si la "biblioteca" es así, saca Arabela tanta información? ¿Cómo sabe tantas cosas? La respuesta, en su cabeza, tomó la forma de un tropel de otras preguntas inmediatas: ¿pero *es verdad* que sabe tantas cosas? ¿O sólo lo creo yo, que sé muy pocas y lo creen los grandes cuando acuden a consultarla porque les acomoda que las sepa?

La biblioteca de los Ventura, no podía satisfacer los empeños de aprendizaje de nadie, como tampoco los propiciaban los pronunciamientos de los grandes respecto a los libros: "Leer sólo sirve para estropear la vista"; "Los libros son cosas de revolucionarios y de profesorcillos pretensiosos"; "Mediante los libros nadie puede adquirir la cultura que nuestra exaltada cuna nos proporcionó". Por estas razones prohibían el acceso de los niños a la extensa sala de cuatro pisos guarnecidos con barandas y coronamientos de palisandro. Esta prohibición, sin embargo, no era más que una de las tantas prohibiciones retóricas que se utilizaban para domar a los niños: sabían que detrás de esos miles de lomos de soberbias pastas no existía ni una sola letra de molde. El bisabuelo los mandó construir cuando en un debate del Senado un liberalote de mucho relumbrón lo llamó "ignorante, como todos los de su casta". En revancha, el abuelo empleó un equipo de sabios de la capital, muchos de ellos liberales, para que compilaran una lista de libros y autores que compendiaran todo el saber humano. Se corrió la irrisoria voz de que el abuelo se proponía ilustrarse. Pero lejos de leer nada propuesto por los sabios, mandó fabricar en cuero de la mejor calidad, copiando exaltados modelos franceses, italianos y españoles, paneles que fingieran los lomos de estos libros, grabando en ellos con el oro de sus minas los nombres de obras y autores, y los hizo instalar en la sala que con el objeto de albergarlos acondicionó en Marulanda. Simulando amistad y escarmiento invitó a sus tierras al liberalote acusador, que halagado con el convite y florido de untuosa admiración expresada con raptos líricos que pretendían subrayar su propio pretendido parentesco con la cultura recorrió la biblioteca. Pero según contaba la leyenda, al querer arrancar un libro de una de las galerías más altas y no comprender por qué no se desprendía de su sitio, hizo tanta fuerza que dio un trastabillón, rompiendo la balaustrada y cayendo sobre un mapamundi cuyo eje de bronce se le ensartó en el cerebro. Fue el último visitante no perteneciente a la familia que tuvo el privilegio de ser invitado a la casa de campo de los Ventura. Y la balaustrada permaneció rota para probar que este acontecimiento no era una invención igual que tantos rumores de Marulanda, como por ejemplo el asunto de los antropófagos. Wenceslao jamás dudó que éstos fueran otra cosa que una fantasía creada por los grandes con el fin de ejercer la represión mediante el terror, fantasía en que ellos mismos terminaron por creer, aunque este autoconvencimiento los obligara a tomar costosísimas medidas de defensa contra los hipotéticos salvajes. Es verdad que su existencia se venía asegurando en la familia de generación en generación, toda una historia basada en tradiciones inmemoriales, sin la cual, quizás, la familia perdería cohesión, y por lo tanto, poder. Se decía que la consigna civilizadora de los primeros antepasados que entraron en Marulanda habría sido de guerra a la antropofagia, la necesidad que se antepuso a todo lo demás como una mística, de limpiar la región de éste, el mayor de los crímenes colectivos, la más horrenda encarnación de la barbarie. Degollando tribus y quemando aldeas los primeros próceres salieron triunfantes de esa cruzada, que afianzó a los Ventura no sólo en el orgullo de su labor esclarecida sino en el goce de tierras y minas conquistadas a los aborígenes, que al cabo de unas cuantas generaciones quedaron convertidos en vegetarianos que habían olvidado los sangrientos pormenores de su historia, perdiendo hasta el recuerdo de sus armas, que les habrían sido confiscadas. Continuaron, es cierto, siendo óptimos monteros. Pero cazaban sólo por medio de trampas muy complejas hacia las cuales, batiendo con carreras y gritos la llanura de gramíneas que se extendía de horizonte a horizonte, rodeaban presas de categoría que terminaban por cobrar. No como dieta para ellos, por cierto, que desde hacía quién sabe cuánto tiempo no probaban carne, sino para la mesa de los señores, ya que todos los años los Ventura pasaban tres meses de verano en Marulanda, y de los pocos placeres que podían exigir durante su permanencia en una región tan aislada era el de una mesa rica y amena.

Claro que ahora, al ver a los nativos, resultaba difícil creer que en otros tiempos formaran una raza noble y, para qué decir, feroz. Se sabía que otros propietarios más afortunados utilizaban a los nativos de sus feudos, pertenecientes a tribus menos primitivas, como sirvientes en sus residencias veraniegas, pero los Ventura no tenían esa suerte y debían reclutar todo el servicio, año tras año, en la capital. Este incómodo procedimiento no dejaba de tener ventajas: servía sobre todo para que nadie en la casa de campo jamás viera a los nativos. Pero sabían que trabajaban para ellos en sus huertos, cabizbajos, cejijuntos, ceniciento el color de la piel, demasiado grandes las cabezas, demasiado gruesos los brazos de tanto martillar el oro con sus mazas de madera, criando con igual desgano a sus hijos sucios y a sus animales en el caserío de miserables chozas construidas con los tallos secos de las gramíneas, que si uno se asomaba a los torreones más elevados de la casa podía divisar allá lejos agrupadas cómo hongos en la llanura.

La noche antes del paseo, febriles en sus dormitorios

después del toque de queda, los primos más pequeños se quedaron susurrando recetas para los guisos suculentos que los salvajes, al asaltar la casa, harían con los distintos miembros del cuerpo de Cipriano, conocido como *bocato di cardinale* por ser el más gordo, el más blanco, el más blando. Cipriano, entonces, demasiado atemorizado para calcular las consecuencias, huyó en busca de su padre porque le bastaría oírlo para transformar las murmuraciones infantiles en la realidad severa pero exenta de fantasmas de los grandes. Descalzo, en puntillas, cruzando las cavernosas tinieblas de las escalas y de los desiertos aposentos de aparato, llegó a la puerta del gabinete donde los hombres de la familia se encontraban fumando los últimos puros antes de irse a dormir. La voz de su padre, el admirable Terencio, aseguraba que hasta hacía unos lustros quedaban restos de prácticas antropófagas pese a la represión secular: danzas de simbología evidente, banquetes en que devoraban amasijos vegetales a los que daban forma humana, instrumentos musicales construidos con huesos de sospechoso origen..., no, no era una ideología, aseguraba Terencio, como representaba una ideología la forma de vida de ellos, los Ventura: la de los nativos era sólo el veneno del odio que llevaban en la sangre, un instinto de crueldad que porfiaba por subsistir pese a los castigos, inhumanidad en que sobrevivía la coherencia pertinaz de su raza como pretensión al derecho a ser lo que eran. La cruzada, por lo tanto, que no era más que una defensa, tenía que seguir. Al oírlo, Cipriano, anegado en llanto, dejó caer su acongojada cabeza sobre las guirnaldas talladas en la puerta de sándalo; entonces era verdad que existían los antropófagos, ya que sus padres se preparaban para defenderse de ellos en el paseo de mañana..., siempre que éstos no eligieran atacar, en vez de a la cabalgata, a la casa de campo, donde se iban a comer a todos los niños, comenzando por él que era el más gordito.

Una mano brutal, de pronto, enguantada de blanco, saltó de las tinieblas y agarró a Cipriano de una oreja:

—¡Canalla! ¿Qué haces aquí a esta hora? ¿No sabes cuál es el castigo por violar el toque de queda?

Era el Mayordomo, su silueta de enorme alzada reluciendo con los emblemas de su rango y los entorchados de oro que guarnecían su librea, pero conservando el rostro, allá arriba, embozado por la oscuridad.

—¿No lo sabes? —insistió, sacudiendo a Cipriano sin misericordia—. ¿No lo sabes, granuja?

No era cuestión de contestar a esta retórica del suspenso que precedía a la violencia. Después del toque de queda era el Mayordomo, con su tropa de lacayos, quien decidía qué era delito y qué castigo merecía. En sus manos, la justicia —si mis lectores me permiten llamarla así— resultaba imprevisible, ya que ni el Mayordomo ni sus esbirros debían dar cuenta a los Ventura de los detalles de lo que sucedía después del tercer golpe del gong: se les pagaba estupendamente para que mantuvieran el orden..., y el orden, claro, no podía existir si no se cultivaba en los corazones infantiles la imagen de padres amables y serenos. Si la ronda de lacayos estimaba, por ejemplo, que las manos debajo de las sábanas al dormirse era delito porque los niños no deben "tocarse" —vicio inmundo de seguro origen antropófago—, el culpable era arrastrado hasta los sótanos y azotado mientras se lo interrogaba acerca de sus relaciones con los salvajes. Pero los castigos no debían dejar huellas que los niños pudieran mostrar a sus padres para reclamar justicia: cada promoción de lacayos fue perfeccionando asombrosas técnicas de disciplina, temibles látigos de hipócritas puntas de fieltro, esposas de la seda más resbaladiza destinada a amarrar las muñecas por detrás de la espalda a los talones, convirtiendo al culpable en una dolorosa comba mientras era interrogado. A veces un niño intentaba acusar a un sirviente. La respuesta de los padres era siempre más o menos la misma:

—Si fue tan terrible la tortura, si así eliges llamar a tu fantasía, debió dejar señales. ¿Dónde están...? A ver, muéstramelas..., no las veo, y para creer algo debo ver pruebas. Concluyo, por lo tanto, que no estás diciendo la verdad. Y no debes mentir, hijo mío tan amado, ya que ésa es una costumbre muy fea sólo digna de los nativos, quienes, como es de público conocimiento, tienen el alma carcomida por los vicios. A los sirvientes les cabe la alta misión de velar para que ninguno de nuestra estirpe sea corrompido por los antropófagos.

Lidia, la esposa de Hermógenes, el mayor de los Ventura, tenía en sus manos la comandancia del ejército de sirvientes, cocineros, lacayos, caballerizos, bodegueros, carpinteros, sastres, jardineros, lavanderos y planchadores. La familia la reconocía como una tarea monumental que nadie, salvo Lidia, sería capaz de acometer. Se trataba de sacarle el máximo rendimiento a esa legión durante los meses de verano, controlando envidias, robos, altercados, pereza, faltas de cumplimiento del deber o de adhesión total a la mística exterminación de toda huella de los antropófagos. Fuera de este primer mandamiento, que los elevaba a la categoría de cruzados, existía el segundo mandamiento: mantener la rigidez de las jerarquías con el propósito de que ni siquiera un eco de sus propias individualidades imperfectas se filtrara hasta los salones donde transcurría el apacible veraneo de los Ventura: todo era cuestión de *tenue*, de conducta irreprochable reflejada en formas irreprochables. Si la *tenue* era perfecta no era necesario traspasar la identificación de su indumentaria —y del rango simbolizado en ella— para verse enredados con personas inferiores cuya esencia era ser suplantables. Sus vidas, fuera de estos tres meses de servicio en casa de los Ventura, no existían, de modo que la tarea de Lidia se reducía a concertar una estrategia que durara sólo ese período. De regreso a la capital, cada año y con un suspiro de alivio, Lidia licenciaba al contingente después de la devolución de los equipos. Ningún sirviente deseó jamás repetir la experiencia de otro verano en Marulanda. Se les pagaba bien, en una suma total al regreso a la ciudad, suma reducida por las multas que cada falla merecía y por el consumo más insignificante fuera de lo ofrecido, contabilizado sin misericordia por Lidia. Pero eran demasiado amargas las exigencias de la disciplina, esa humillación de fundirse con la librea del lacayo, con el guardapolvo azul del jardinero, con la camisa parda del caballerizo, con el mandil blanco del cocinero, pero cierta tiesura en sus andares, cierta proclividad a la sumisión, que les duraba toda la vida, los hacía reconocerse entre ellos muchos años después, formando una casta, sin importancia por cierto, pero fácil de identificar.

Todos los años, desde su tribuna y con el nuevo contingente ordenado ante ella, Lidia, al finalizar el adiestramiento y antes de partir a Marulanda, les explicaba cómo debían ser sus relaciones con los niños. Éstos, les aseguraba en su arenga, eran sus enemigos, empeñados en su destrucción porque querían destruir todo lo estable por medio de su cuestionamiento de las reglas. Que los sirvientes quedaran alertados sobre la brutalidad de seres que por ser niños aún no accedían a la clase iluminada de los mayores, capaces de todo con tal de abusar, desobedecer, ensuciar, reclamar, destruir, atacar, minar la paz y el orden mediante la crítica y la duda, y aniquilarlos a ellos, los sirvientes, por ser guardianes, justamente, de este orden civilizado, tan venerable que desafiaba toda crítica. El peligro de los niños era sólo inferior al de los antropófagos, de los cuales no sería imposible que, ignorantes y quizá sin mala intención, incluso quizá sin siquiera saberlo, fueran agentes: ninguna severidad sería exagerada, aunque se recordaba al personal su deber de conservar el semblante de obediencia total a los niños, ya que pese a sus funciones no podían olvidar que eran sus criados. Lidia, y los demás Ventura por su boca, delegaban en los sirvientes la facultad para organizar redes de espionaje y sistemas de castigo con que imponer las leyes cuyos pormenores escritos ella entregaría en un momento más al jefe de todos ellos: el Mayordomo. Dejaba en sus manos la organización de perpetuos relevos de vigilancia, día y noche, implacables sobre todo después del toque de queda, cuando su autoridad sería única y total, ciega, sorda y muda, destinada a impedir que los niños molestaran a los grandes: entre los muchos papeles de importancia que desempeñaban los sirvientes durante el verano —y sólo inferior al de protegerlos con las armas contra hipotéticos ataques durante el regreso a la capital, cuando viajarían cargados con el oro de sus minas— estaba el de actuar como filtros de las conductas infantiles, de modo que sus fechorías no impidieran que sus padres amantes disfrutaran del bien merecido descanso. Debían tener en consideración que los pobres niños lo creían todo: sus mentes eran blandas, vulnerables a novelerías de toda índole, distintas a las mentes ya formadas de los grandes, de modo que los pobres ángeles con frecuencia eran víctimas de persuasiones en que creían a pie juntillas, todas negativas porque no procedían de la familia, venidas quién sabe de dónde pero seguramente de fuentes nefandas que ella, Lidia, prefería no volver a nombrar.

Para terminar, decía, sólo dos palabras: los sirvientes de los Ventura eran su orgullo. Siempre lo habían sido. Tradicionalmente, cuando marchaban por las calles de la capital camino al tren en que harían el primer tramo del viaje a Marulanda, la gente se asomaba a los balcones para admirar el poderío de la familia simbolizado en la *tenue* de su personal. Que supieran merecer ese reconocimiento público, y Lidia terminaba recordándoles que a veces, para defender, es necesario ser los primeros en atacar.

El mayor de los problemas que se planteaba Lidia todos los años era el de encontrar un reemplazante para el Mayordomo del año anterior. El sitio apropiado para buscarlo era en las casas de otras familias como ellos, prefiriendo, está de más decirlo, aquellas que impusieran a sus sirvientes la disciplina más estricta. Nunca faltaban candidatos: el entrenamiento en los complicados organismos de cualquiera de las grandes casas siempre limitaba sus miras ancilares, eliminaba sus imaginaciones, proporcionándoles rencores tan bien encaminados por la disciplina de todos esos años en que no conocieron nada más, que, bajo el nombre de fidelidad o valor, la crueldad florecía como corola suprema que en la casa de campo se ponía al servicio de los Ventura, y a la obediencia inculcada por el largo adiestramiento que solía comenzar en la niñez se le podía dar el apodo de pericia.

Los Ventura tuvieron muchos Mayordomos, todos idénticos: nadie recordaba ni sus nombres ni sus características personales porque sus deberes estaban tan reglamentados que automáticamente se era un Mayordomo perfecto dado cierto número de años de servicio. Lo que nadie olvidaba, sin embargo, lo que no abandonaba sus pesadillas de niños ni sus obsesiones de grandes, era la célebre librea del Mayordomo, el tradicional atuendo de terciopelo color amaranto recamado con jardines de oro, cargado con insignias y emblemas, duro y pesado y tieso de entorchados, alamares y estrellas, que refulgía en la imaginación de todos como símbolo del orden, dotado de una temible vida propia mucho menos transitoria que los irreconocibles Mayordomos que sucesivamente la ocuparon. Esta librea era tan enorme que lo que en verdad resultaba difícil era encontrar un candidato de talla suficiente para que no quedara suelta. Una vez cumplido este requisito y el entrenamiento debido, se podía contar con que todos los Mayordomos fueran igualmente sin iniciativas que pretendieran innovar los rituales y que no aspiraran a otro emolumento que el honor de ser lo que eran, y a la casita que en la capital, como premio, los Ventura les obsequiaban en un barrio semejante al barrio donde vivían los señores, pero plebeyo, con fachadas ordinarias que remedaban las fachadas nobles alineadas en las grandes avenidas de palmeras que habitaba la gente como los Ventura.

Los niños llegaron a conocer muy bien a los lacayos, cuyas artimañas, al fin y al cabo, eran tan limitadas como sus imaginaciones: se daban cuenta que se los podía sobornar con poco, con un halago o con una sonrisa; que, lejos de constituir corporaciones unánimes, sus rencillas eran sangrientas; y, sobre todo, que temían a cualquiera de rango superior. Los sabían ignorantes, débiles por estar demasiado impresionados con el poder que de noche tenían sobre quienes, en buenas cuentas, de día debían servir y obedecer en silencio, tan inseguros de cada golpe que daban que los transformaban en asuntos demasiado enfáticos, por ejemplo, esos golpes que el Mayordomo propinó a Cipriano la noche que, como narrador de esta historia, preferí consignar más arriba y que aprovecharé para devolver a mis lectores al presente de mi narración:

Cipriano, pese a su ojo dolorido con el bofetón, pese a su oreja casi desgarrada, pudo aprovechar la retórica del Mayordomo para volcar una silla en las tinieblas, perdiéndose detrás de vargueños y armaduras, huyendo escaleras arriba antes que el lacayo mayor lograra distinguir la identidad del culpable. Al reintegrarse al falso silencio de los dormitorios Cipriano no perdió el tiempo para hacer circular secretos que desvelaron a sus primos, que no eran otra cosa que la información recogida a través de la puerta de sándalo, avalando con los detalles recién escuchados los terrores de los cuales él era antes la víctima principal, pero que ahora él manejaba. Zoé y Olimpia que eran las menores, temblaban hechas un ovillo en la misma cama, figurándose cortinas que respiraban como presencias, escuchando quejidos, crujidos, cuchicheos. Y cuando el viento cayó vengativo sobre la llanura y la marea de voces vegetales fue como una inundación, la tos de la pobre Cordelia —a quien, durante el día, se le prohibía fingir esa absurda tos de heroína tísica— despertó con sus desgarros a quien hubiera logrado conciliar el sueño, y los pasos borrachos de Juvenal resonaron por los corredores alfombrados de la casa buscando un compañero que lo ayudara a aplacar el miedo hasta que la llegada del alba hiciera callar a la llanura.

Juvenal se negó a ir al paseo. Como el mayor de los primos, el único considerado exento de vicios por pertenecer a la clase de los "grandes" ya que acababa de cumplir los diecisiete años, tenía este privilegio. Pero prefirió quedarse. En la casa de campo, sin las limitaciones impuestas por sus padres y por los sirvientes, La Marquesa Salió A Las Cinco podría transfigurarlo todo, parque, casa, estatuas, primos, primas, ropa, diversiones y comida en algo distinto, superior, y florecerían otras convenciones, las que él eligiera. Era preferible no especular sobre lo que podía suceder si alguno de los rumores que circulaban entre los niños fuera de verdad. Pero los rumores, aún los más verosímiles, tenían la ventaja de que era posible volverles la espalda. Esto, en cambio, sería imposible en la realidad del paseo, donde sólo se vería humillado como el jinete más torpe y el cazador de corazón más compasivo.

Nadie insistió más de lo que exigían las fórmulas de la buena educación para que Juvenal fuera al paseo. A los grandes les convenía dejar atrás a un representante de sus ideas y privilegios: al fin y al cabo Juvenal ya era "todo un hombre", y encarnaría la autoridad paterna mientras ellos anduvieran fuera.

Al principio los Ventura habían contado con dejar una parte del servicio para que atendiera a los niños durante su ausencia. Y así lo dispuso Lidia. Pero también desde el principio, y paralelos a los rumores del miedo, comenzaron a circular rumores acerca del paraje que visitarían: la esbelta cascada despeñándose en la laguna coronada por un arcoiris, las hojas de las ninfeas gigantescas extendidas como islotes acharolados sobre el agua y encima de las cuales sería encantador instalarse a jugar al naipe o a pescar, los árboles engalanados con enredaderas de follaje azul, las mariposas indescriptibles, los pájaros de pechuga de ópalo, los insectos benignos, la fruta, el aroma, la miel. Pero en cuanto Lidia designó a los sirvientes que debían quedar sin paseo, surgieron las complicaciones: en los sótanos fétidos socavados debajo de la casa, donde hacinaban sus vidas los sirvientes de rango mezquino, hirvieron escaramuzas e intrigas, venganzas y delaciones, amenazas de revelar confidencias vergonzosas, de cobrar deudas que no eran sólo de dinero, la compra y venta y la apuesta al revés de un as de la maravillosa suerte de asistir a la recreación de los amos y participar en el mundo de los privilegiados aunque sólo fuera de librea y sirviéndolos. En vista de lo cual Lidia convocó a un consejo de familia en que decidieron, para cortar por lo sano y no darle más vueltas al asunto, llevarse a todos los sirvientes al paseo, dejando a los niños bajo la vigilancia oficiosa de Juvenal, y resguardados de todo peligro por la inexpugnable reja de lanzas de hierro que circundaba el parque.

Los criados, entonces, que de este modo se sintieron promovidos a una clase en cierto sentido superior a la de los niños, se prepararon bruñendo alegremente sus botones dorados y planchando sus *jabots* de encaje, hirviendo cientos de pares de guantes blancos destinados a uniformar las manos servidoras, almidonando bonetes y ajustando mandiles a las circunferencias siempre en aumento de pinches y cocineros, mientras los jardineros y los caballerizos, para darse una importancia de la que a juicio de lacayos y cocineros carecían, se acercaban a cada rato a consultar cosas innecesarias con los señores.

A los niños, algunos de los cuales protestaron al verse excluidos del paseo, les prometieron que el año próximo, cuando ellos ya conocieran el paraje que se decía era de ensueño pero que podía resultar peligroso, o incómodo, o simplemente no justificar una expedición tan agotadora, entonces los llevarían a ellos también.

—Pero no nos llevarán —le contestaba Wenceslao a quien quisiera oírlo—. Aunque vuelvan del paseo. Y eso es muy poco probable.

Después de dejar, como vimos más arriba, a Arabela en la biblioteca, Wenceslao pensó que su prima tenía razón: ¿para qué darse prisa? El láudano no fue escatimado para adormecer a su padre en el torreón, eliminándolo durante el único día que, según creían los ingenuos celadores, duraría el paseo. Pero existía el mañana, y el pasado, y quizás el siempre, meditó con pasión Wenceslao ambulando por la galería de las mesas de malaquita y gozando los pantalones de su hombría que por fin iba a ser pública. Observó, a través de la secuencia de vidrieras, a esa raza de lisiados emocionales que eran sus primos, congregándose poco a poco en la terraza del sur. ¿Todos, lisiados? No todos: uno o dos tal vez fueran recuperables. Sin embargo, pensó, pertenecían a este paisaje artificioso, a las escalinatas y a las urnas, a las perspectivas de césped pulido y a los templetes, a las flores sometidas a las grecas de los arriates. Sus peripecias eran semejantes a las del pavo real refugiado sobre la cabeza de la Diana Cazadora, cuya cola la malvada Zoé —que tenía escaso conocimiento— intentaba alcanzar para tirársela, sin que las carcajadas de su mofletudo rostro de china alteraran la superioridad del pájaro. Cordelia, la triste, la bella, la pálida Cordelia, peinando su larga trenza rubia digna de una heroína medieval, parecía esperar algo para salir del encierro de esa enfermedad en que nadie quería creer. Mauro seguía a Melania que no hacía nada porque, como la mayoría de los vástagos de los Ventura, no sabía hacer nada, pero quizás pensando que durante la ausencia de sus padres se resolvería a entregarle por fin su cuerpo a Mauro como quien entrega un trozo de carne a un perro hambriento, para que lo consumiera, no para que lo gustara y gustar ella a su vez. Juvenal, al desperezarse, alzó los brazos para refregarse el pelo y bostezar, quedando convertido por un momento en un capullo de seda granate por las amplias mangas de la bata que su padre le prohibía lucir fuera de sus aposentos privados. Y en las escalinatas centrales que bajaban al rosedal, con el mundo en orden, posados como para un cuadro, los ajedrecistas, Cosme, Rosamunda y Avelino, disponían las peripecias de las piezas sobre el tablero de ajedrez. ¿Reunírseles para pasar el tiempo, para pretender, como parecían querer pretenderlo ellos, que éste era un mediodía de verano igual a todos, repleto de los pequeños pasatiempos que no satisfacían a nadie? Ninguno era capaz de evadirse de la anécdota que lo tenía preso. Sólo él adivinaba cambios, ansiaba proyecciones: aunque su padre estuviera dormido subiría a verlo. Hoy no había razón para temer a los lacayos fisgones al remontar las escaleras interiores hacia los pisos más altos, más, más arriba que las mansardas, hasta las azoteas y desvanes desde donde los torreones surgían hacia las nubes como dedos contorsionados cubiertos de escamas de cerámica, tan altos que parecían cimbrarse en el cielo vertiginoso. Anoche, sin embargo, la casa le pareció erizada de amenaza, atenta de ojos delatores, metálica de destellos de libreas que vencían la oscuridad, alarmante de manos enguantadas de blanco listas para atrapar: fue necesario esmerarse más de lo corriente para que, al abandonar el lecho de Melania llevando su talega repleta, los esbirros del Mayordomo no lo cogieran y desbarataran su plan. Había logrado salir a la terraza del sur gateando entre los muebles, casi sin respirar, deslizándose por el boquete de un vidrio roto. Bajó al rosedal, cruzó el laberinto de boj disimulando su forma en las estrafalarias esculturas vegetales, y se dirigió a las cuadras, donde los caballos piafaban y los coches y las monturas relucían listas para el paseo del día siguiente. Se cercioró de que no habían preparado el vehículo con un lado defendido por barrotes, en que trasladaban a su padre desde y hacia la capital: entonces no lo llevarían al paseo, como estuvieron debatiendo hacerlo. Sí, sí, las ruedas del carromato estaban herrumbradas, sin engrasar, lo que significaba que su padre se quedaría en la casa de campo y que juntos iban a poder realizar sus planes. Cruzó de nuevo el parque, esta vez en dirección inversa y a toda carrera. Seguro ahora, entró en la casa y subió hasta el torreón de su padre, despreocupado de que quedara algún soplón en la intrincada oscuridad. Al llegar a la puerta de la buhardilla de Adriano había golpeado:

—¿Froilán?

—Sí.

—¿Beltrán?

—Sí. ¿Wenceslao?

—Sí. ¿Mi padre duerme?

—No.

—Traje el dinero. Abran.

—No. Sabes muy bien que no te dejaremos hablar con don Adriano hasta después de la partida.

—Si no me abren no podré entregarles el dinero y no podrán ir al paseo.

Ante esta amenaza sonaron las llaves, y en el silencio rebotaron los ruidos de cerrojos y cadenas. Los dos gigantones cerraron el vano de la puerta: Froilán, cuadrado, de brazos largos y peludos, con la frente sudorosa que retrocedía audazmente desde su nariz de azadón; y Beltrán, cuya pesada mandíbula acromegálica caía sobre su pecho desnudo erizado de cerdas. Ambos tenían las sonrisas tiernas, casi nostálgicas, de los seres que viven en las orillas de las grandes tragedias pero que no las pueden ni comprender ni compartir. Wenceslao les entregó su dinero. Preguntó a los celadores:

—¿Todo listo?

—Sí. Son tantos los sirvientes de la casa que nadie notará nuestra presencia en los carruajes de la cola de la cabalgata. Con este dinero le pagaremos a Juan Pérez, que prometió arreglárselas para que tuviéramos sitio.

—¿Juan Pérez? —preguntó Wenceslao—. Cuando yo era pequeño se lo oía nombrar a mi padre.

—Pero no es el mismo Juan Pérez —repuso Froilán—. Todos los años hay un Juan Pérez. Pero todos los años es un Juan Pérez diferente. Es un nombre muy común, no como Froilán...

—¿Me darán las llaves? —les preguntó Wenceslao al entregarles su talega gorda de coronas.

—Ahora no. Las dejaremos aquí al irnos, escondidas detrás de los pies de esta Virgen en esta hornacina.

Al día siguiente, después de despedirse de Arabela en la biblioteca, tal como lo hemos visto, Wenceslao, acezando aún después de montar a toda carrera las escaleras hasta el torreón, se empinó para buscar la llave en la hornacina. Durante un segundo temió que esos dos seres simples y aterrados que se arriesgaron a abandonar sus deberes para compartir durante un día el boato de sus señores lo hubieran traicionado no sólo dopando a su padre, sino llevándose las llaves. Pero no. Allí estaban. Y el niño abrió cerraduras y pestillos como si los conociera de memoria.

La habitación de su padre era amplia, de vigas muy bajas, dejando arriba el vacío de una encumbrada cúpula parabólica donde anidaban las palomas: los celadores tendrían que agacharse para circular por allí. Al principio Wenceslao creyó que no había nada ni nadie en la estancia, que se lo habían llevado por miedo a dejarlo sin vigilancia, que él, un niño, iba a tener que enfrentarse solo con un futuro de desolación, de falta de guía para ordenar la vida en la casa de campo sin la vigilancia de los grandes y de los sirvientes: durante un segundo alcanzó a desear la presencia de ese execrado rigor. Pero pronto se dio cuenta de que, enceguecido por el relumbre de los ojos de las dos lucarnas al nivel del suelo, que eran lo único que iluminaban la habitación, no había distinguido entre ellas una cama con barrotes de hierro tan sólidos y negros como los de una cárcel. ¿Su pobre padre, entonces, debía ponerse en cuatro patas como un animal, humillado, reducido, cada vez que le gritaba a él por las lucarnas, mensajes y directivas disfrazadas de los desvaríos de loco que el resto de la fami-

lia había aprendido a no oír? Un bulto yacía en la cama.
Lo llamó. Pero no tuvo respuesta. A pesar de ello, dijo:

—Soy Wenceslao.

Durante un segundo tuvo la esperanza de que, al
pronunciar su nombre, su padre se pondría de pie,
abriendo sus brazos para acogerlo después de cuatro
años de separación. Pero al avanzar hacia su lecho lo vio
tendido allí, envuelto en una camisa de fuerza como en
una crisálida brutal, amordazado, con una venda sobre
los ojos: un ser humano que era su padre yacía sobre mantas inmundas de sangre y de babas y hediondas
de vómitos. Wenceslao se inclinó sobre la mordaza
húmeda.

—Láudano —masculló—. Para que no se comunicara
conmigo hasta después del regreso del paseo. Pero no
regresarán. Y mi padre despertará y su furia será terrible.

Wenceslao no titubeó. Con una navaja abrió de un
solo tajo, comenzando en el mentón y terminando en
los pies, la camisa de fuerza que se dividió en dos como
una vaina, revelando el cuerpo desnudo y blanqueado
como un cadáver reposando en su mortaja. Luego cortó
la mordaza y desanudó la venda de los ojos, dejando
descubierto el bello rostro de su padre que apenas recordaba: pero la emoción que manó al instante lo reen-
contró en esa boca hundida por la flacura, en el hueso
de esa nariz traslúcida, y en esos párpados azulados por
el sueño del opio. La barba rubia le llegaba hasta el pecho, el pelo hasta los hombros.

—Padre —murmuró Wenceslao acariciándole la melena sucia, sin esperanza que por el momento respon-
diera porque sabía que el sueño del láudano es prolongado.

Se sentó en el suelo, entonces, junto a su cabecera,
mirándolo a veces a él, a veces a través de la lucarna por

50

donde divisaba desde estas alturas a unos enanos jugando en los prados del parque que parecía una esmeralda enclavada en medio de la llanura. Esto era lo que los grandes hacían con los seres que no podían absorber en su estructura; lo que intentaban hacer con todos los que no eran exactamente como ellos; lo que harían con él, con Wenceslao, cuando tuviera la edad de su padre; lo que hacían con sus hijos mediante la incredulidad, mediante la vigilancia de los sirvientes, mediante su falta de placer en ellos, mediante las leyes arbitrarias inventadas y consagradas por ellos mismos pero que se atrevían a llamar leyes naturales: comentar todo esto con Arabela hubiera aliviado su desesperación. Pero Arabela había permanecido en la orilla del problema, encerrada en su biblioteca vacía. Debió haber insistido que lo acompañara para no ser el único que escuchaba el resuello de su padre que parecía a punto de agotarse. Estaba solo junto a él. Por el momento. Debía tener paciencia y esperar.

Y Wenceslao esperó largo rato, bajando de cuando en cuando, como lo veremos más adelante, a mezclarse con sus primos para preparar y sondear el ambiente, pero subiendo una y otra vez a vigilar a Adriano, suavizando su melena desgreñada, limpiando con su pañuelo ese rostro tiznado, refrescando sus labios resecos con un poco de agua, hasta que en los ojos sin foco de Adriano Gomara, mucho más tarde, reflotó suficiente lucidez como para percibir que no era Froilán ni Beltrán quien velaba junto a su cabecera, sino Wenceslao.

Adriano Gomara, entonces, estiró débilmente su mano para tocársela, y sus labios intentaron pronunciar las cuatro sílabas de su nombre sin tener fuerza, sin embargo, más que para enunciar la palabra de dos:

—Hijo.

Adriano tardó mucho, hasta transcurridos gran

parte de los acontecimientos que en la primera mitad de esta novela me propongo narrar, en adquirir fortaleza suficiente para iniciar una sonrisa.

Capítulo Dos

LOS NATIVOS

1

A ESTAS ALTURAS de mi narración, mis lectores quizás estén pensando que no es de "buen gusto" literario que el autor tironee a cada rato la manga del que lee para recordarle su presencia, sembrando el texto con comentarios que no pasan de ser informes sobre el transcurso del tiempo o el cambio de escenografía.

Quiero explicar cuanto antes que lo hago con el modesto fin de proponer al público que acepte lo que escribo como un artificio. Al interponerme de vez en cuando en el relato sólo deseo recordarle al lector su distancia con el material de esta novela, que quiero conservar como objeto mío, mostrado, exhibido, nunca entregado para que el lector confunda su propia experiencia con él. Si logro que el público acepte las manipulaciones del autor, reconocerá no sólo esta distancia, sino también que las viejas maquinarias narrativas, hoy en descrédito, quizás puedan dar resultados tan sustanciosos como los que dan las convenciones disimuladas por el "buen gusto" con su escondido arsenal de artificios. La síntesis efectuada al leer esta novela —aludo al área donde permito que se unifiquen las imaginaciones del lector y del escritor— no debe ser la simulación de un área real, sino que debe efectuarse en un área en que la *apariencia* de lo real sea constantemente aceptada *como* apariencia, con una autoridad propia muy distinta a la de la novela que aspira a crear, por medio de la verosimilitud, otra realidad, homóloga pero siempre accesible como realidad. En la hipócrita no-ficción de las ficciones en que el autor pretende eliminarse siguiendo reglas preestablecidas por otras novelas, o buscando fórmulas narrativas novedosas que deberán hacer de la convención de todo idioma aceptado como no convencional sino como "real", veo un odioso fondo de puritanismo que estoy seguro que mis lectores no encontrarán en mi escritura.

Quiero que este capítulo de mi historia retroceda en el tiempo para analizar las actitudes de esta familia que estoy inventando —y de paso explicármela a mí mismo a medida que la construyo—, lo que echará luz tanto sobre aquello que sucedió en el día mismo de la partida de los Ventura como sobre los horrores que sucedieron después. Mi mano tiembla al escribir "horrores", porque según las reglas estaría anticipándome a los efectos que deseo producir: pero dejemos la palabra, ya que este tono se me ha hecho tan natural como un disfraz bajo cuya artificiosidad puedo actuar más libremente que si entregara mi prosa desnuda.

Básteme empezar diciendo que nadie en la familia Ventura se preguntaba si era agradable o no pasar los tres meses de verano en Marulanda. Lo habían hecho sus abuelos, sus bisabuelos y tatarabuelos, y el rito se cumplía todos los años, incontestado, monótono y puntual. Aislados por las modulaciones del sedoso pelaje de las gramíneas de la llanura donde no existían ni ciudades ni pueblos accesibles, añoraban el vecindario de otros terratenientes como ellos para intercambiar visitas.

Existía un motivo práctico para el sacrificio de este largo período de aburrimiento anual: era la única manera en que podían controlar la producción del oro de sus minas en las montañas azules que teñían un breve segmento del horizonte. El trabajo de los señores se despachaba con algunas incursiones de reconocimiento a todo galope, con algún sofocante descenso a las minas, y con inspecciones sorpresivas a los villorrios montañeses donde los nativos de fornidos hombros martillaban el oro con combos de madera, capa de oro sobre capa de oro y sobre capa de oro, hasta formar libritos de láminas impalpables como el ala de una mariposa que, con milenaria ciencia, apretaban en fardos cuya tensión interior mantenía la unidad y la forma de cada lámina, de cada librito, de cada fardo.

Sólo los Ventura podían firmar los documentos que Hermógenes les presentaba de vez en cuando. Los revisaban sin necesidad de levantarse de sus mecedoras colocadas junto a las mesitas de mimbre repletas de refrescos, bajo los tilos o en la terraza del sur. Después, ya no quedaba más trabajo que cargar los fardos en los coches al terminar el veraneo para transportar el oro a la capital —defendidos contra hipotéticos ataques de antropófagos que pretendieran apoderarse de su tesoro por el ejército de servidores armados hasta los dientes, que también para eso los reclutaban y entrenaban—, donde comerciantes extranjeros de patillas coloradas y ojos aguachentos lo exportaban a los consumidores de todos los continentes. Los Ventura eran los únicos productores que iban quedando de oro laminado a mano, de tan alta calidad que no podían sino enorgullecerse de su exaltado monopolio: gente que sólo se contentaba con las materias más nobles siempre quedaría, y el oro de los Ventura estaba destinado a satisfacer sobre todo las exigencias de sus pares.

Desde siempre —y desde que los grandes, y los padres de los grandes a su vez, eran niños—, en cuanto terminaba la temporada de ópera y bailes en la capital y comenzaban a ralear los coches de la gente como ellos en la avenida de palmeras a lo largo del mar, apenas el silbido minúsculo de un mosquito entraba por una ventana o las cucarachas de patas peludas y caparazones rutilantes nacían en las miasmas de los rincones, los hombres de la familia fletaban un tren de innumerables vagones en que emprendían el viaje veraniego a Marulanda, con sus mujeres y sus hijos, con su hueste de sirvientes, con esposas embarazadas y niños de teta, con baúles, maletas y víveres, además de la incontable miscelánea de objetos necesarios para hacer tolerables tres meses de aislamiento. La línea férrea terminaba en un punto cerca del fin de las tierras bajas, después que se había dejado de oler el mar. Pernoctaban acampados en tiendas alrededor de la estación donde los esperaba una escuadra de carruajes de todas clases, hasta carretelas con toldos de estameña tiradas por lentos bueyes de colas pendulares ineficaces para espantar el ennegrecimiento de moscas. Al día siguiente, encaramándose en sus vehículos, emprendían el ascenso a climas más templados. Los caminos subían imperceptiblemente al principio, pero luego se empinaban para adentrarse en los primeros cordones de la cordillera, circundando el perfil de montañas horadadas por la picota de antiguos mineros que les habían vaciado las entrañas; vadeaban ríos, bajaban a valles, cruzaban desiertos y praderas y después de días y días de camino, por última vez hacían noche en el caserío de una meseta benigna, y luego otra noche más en medio de la desesperante llanura devorada por las gramíneas, al socaire de una capilla de historiada espadaña: esto ya era dentro de sus propiedades que se perdían de vista hacia todos los horizontes. Un antepasado eligió este lugar, sin que nada lo recomendara salvo su clima agradable, para construir en él su casa de campo.

Mucho se alegaba contra el lugar donde la habían

emplazado. Pero era necesario reconocer que su construcción y su alhajamiento eran perfectos. Su parque de castaños, tilos y olmos, sus amplios céspedes por donde ambulaban los pavos reales, la diminuta isla de *rocaille* en el *laghetto* de aguas ahogadas por papiros y nenúfares, el laberinto de boj, el rosedal, el teatro de verdura poblado de personajes bergamascos, las escalinatas, las ninfas de mármol, las ánforas, remedaban sólo los modelos más exaltados, desterrando toda nota que lo comprometiera con lo autóctono. El parque, enclavado en esa llanura sin un solo árbol que manchara su extensión, era como una esmeralda, su profundidad cuajada de fantásticos jardines de materia más dura que la materia del paisaje: pero era una joya que casi no se notaba en la llanura donde el viento corría con los huidizos animales de astas soberbias que los niños solían divisar a través de la reja. Estos animales no tenían más que circunvalar esta joya descomunal para seguir señoreando en el espacio inalterado desde el principio del tiempo, ese tiempo que ya existía antes de la construcción de la casa y que seguiría existiendo después de su hipotética destrucción.

Aquí debo confiar a mis lectores que, aunque lo pareciera, no era verdad que la llanura había sido siempre igual. Los Ventura contaban entre sus triunfos el haber logrado alterar la naturaleza, demostrando así su poder sobre ella. Hasta varias generaciones antes, Marulanda había sido un sitio feraz embellecido por árboles, ganado, pastizales, huertas cultivadas por caseríos de nativos agricultores. Pero un tatarabuelo conoció a cierto extranjero durante un viaje y lo trajo a visitar sus tierras. Este personaje le metió en la cabeza que las llanuras de Marulanda rendirían mucho más que con la agricultura vernácula —e incluso más que con las minas de oro— si sembraba en ellas unas semillas que le envió como re-

galo dentro de unas cuantas docenas de livianísimos sacos. Esta gramínea, aseguró el extranjero, además de
necesitar poco cuidado y escasa mano de obra era extre-
madamente remunerativa porque sus productos servían
para todo: para forraje, para fabricar aceite con sus semillas, como grano, para trabajos de cestería y cordele-
ría..., en fin. Cuando se abrieron los sacos una ventolera
arrebató los vilanos de las manos que intentaban mane-
jarlos, esparciendo por doquier sus semillas casi invisibles. Y al cabo de unos cuantos años la gramínea se había apoderado de toda la llanura, de horizonte a horizonte. Se comprobó que su cultivo era tan fácil, o que su
enraizamiento en la región tomó esta forma aberrante y
que tenía tal avidez por crecer, madurar, germinar, in-
vadir más y más tierra, que en menos de diez años había
exterminado sotos y plantíos, destruyendo árboles cen-
tenarios y hierbas beneficiosas, devorando toda vegetación, alterando el paisaje y la vida animal y humana, y
ahuyentando a los nativos atemorizados ante la inconte-
nible voracidad de este vegetal que probó ser inútil. Éstos se vieron obligados a emigrar a las montañas azules,
donde, al engrosar las filas de artesanos del metal, acre-
centaron la producción de oro laminado, compensando
con creces lo que se perdió cuando la maligna estirpe de
plantas devoró las tierras, transformándolas en una barrera insalvable. A la llegada de los Ventura todos los
años, las espigas de las gramíneas eran adolescentes va-
ras verdes que inclinaban con gracia sus apretadas cabezas. Pero a su partida, al finalizar el verano, constituían
una selva altísima, platinada, que erguía sus penachos
inútiles entregados a constante danza. Después de la
partida anual de la familia, los vientos del otoño desprendían de las cabezas de las espigas una ahogante borrasca de vilanos que hacía insoportable la existencia
humana y animal en la región. Duraba hasta que los

hielos del invierno quemaban sus tallos, dejando la tierra aterida como antes que comenzara la vida.

No eran, sin embargo, sólo los requerimientos económicos lo que impulsaba a los Ventura a emprender año tras año el agotador viaje a sus tierras. Los animaba una motivación más alta: el deseo de que sus hijos crecieran con la certeza de que la familia es la base de todo bien, en lo moral, en lo político, en las instituciones. Así, durante los tres meses de encierro en el parque rodeado de lanzas, en las habitaciones fragantes de maderas nobles, en la infinita proliferación de salones, en el laberinto de bodegas que nadie había explorado, se consolidaría entre los primos una homogeneidad que los ataría con los vínculos del amor y del odio secretos, de la culpa y el gozo y el rencor compartidos. Y al crecer se irían cicatrizando estas heridas, uniendo a los primos con el silencio de los que todo lo saben de todos los demás y por lo tanto es innecesaria otra forma de comunicación que la de repetir los dogmas. Leyes incontestadas surgirían de este entierro de los secretos de la niñez, de la memoria unitaria de generaciones cómplices que participaban en los ritos anuales. Una vez violados estos ritos nada podría contener la diáspora. Entonces, los secretos enterrados con máscaras infantiles en la tácita confabulación del olvido aparecerían en la superficie luciendo aterrorizantes facciones adultas, tomando la forma de monstruosidades o vergüenzas para aquellos que no estuvieran enterados de que el silencio puede tomar el signo de la elocuencia para los enterados del léxico tribal.

Quizás uno de los tantos móviles inconfesados que en el verano de que estoy hablando los instó a enamorarse de la idea de hacer el paseo a un paraje libre de cuidados, fuera que se hacía más y más apremiante enfrentarse con el hecho de que en el futuro iba a ser definitivamente imposible contar con los cuidados de Adriano Gomara, cuya locura —dijera lo que dijera Adelaida que siendo la mayor tenía autoridad para establecer la versión oficial de todo lo que atañía a la familia— *era* locura, y no sólo una pena que el día menos pensado se le iba a pasar. Cada año venían a Marulanda con menos entusiasmo porque vislumbraban la posibilidad de no venir más, de romper el rito, ya que se habían acostumbrado a la comodidad de veranear con un médico en la familia, cosa que ahora les parecía imprescindible: el creciente miedo de no contar más con él acercaba la dispersión. Poco antes del paseo, Ludmila, Celeste y Eulalia, caminando bajo sus sombrillas en el rosedal cuyas flores, al atardecer, parecían gigantescas, aromáticas y de colores tan extravagantes como si fueran artificiales, comentaban:

—Su contacto con los nativos lo precipitó en el delito, como a cualquiera que se relacione con seres que, aunque remota o simbólicamente, hayan considerado posible comer carne humana.

—¿Por qué Adriano no intenta entretenerse con algo positivo, como la pobre Balbina con Wenceslao?

—¡Ese niño está de comérselo!

—Todos los niños, por gracia de su naturaleza infantil, son exquisitos, como para comérselos a besos...

—¿Por qué no lee y se queda callado?

—Los libros terminarían de deteriorar su cerebro.

—En todo caso, es el colmo que se pase el día ocioso quejándose desde su torreón, donde me imagino que estará rodeado de comodidades, dejándonos a nosotros a la merced de las más atroces enfermedades.

—Sería, en verdad, insoportable traer a un medicucho de la capital, que se metería en los asuntos de la familia y pretendería que lo tratáramos como a un igual.

—Y lo necesitamos.

—Eso no significa que sea nuestro igual.

—¡Dios mío, no, por cierto!

—El deber de Adriano es sanarse para cuidarnos.

—Sí. Es su deber considerar el hecho de que ya no estamos tan jóvenes.

—Sufrimos de reumatismo.

—Y de sofocos, que es lo peor.

—Y los niños perversos se caen de los árboles y se espinan la mano y les da difteria..., nos podrían contagiar...

—Y también a los sirvientes, que se contagian con toda suerte de sucios males a los que por fortuna nosotros somos inmunes, y podrían enfermarse...

—¡Ay! ¿Entonces quién protegería el oro a nuestra vuelta a la capital?

—No sé. No sé. Corramos un tupido velo sobre este asunto.

Suspiraron. Continuando su paseo tomadas del brazo dieron vuelta alrededor de la urna elevada sobre un pedestal, y por el mismo sendero regresaron a la terraza del sur. En fin: anoche Adriano había gritado sólo dos veces. No, tres. En todo caso, era la hora del té.

Cuando en el viaje de ida a Marulanda llegaban al fin de la vía férrea los esperaba ahora, además de los consabidos carruajes, un extraño vehículo que semejaba un gran cajón pintado con las descoloridas letras de un circo de fieras, el lado abierto clausurado por barrotes. Allí metían a Adriano. Hacía el trayecto a la cola de la caravana para que no perturbara a aquellos que durante un tiempo se dignaron considerarlo como un igual, en esa jaula sobre cuatro ruedas pintadas con estrellas rojas y payasos. La jaula los esperaba todos los años al final del ferrocarril porque el tiempo no curó a Adriano Gomara, quien, como todos los seres no pertenecientes a la casta de los Ventura, adolecía no sólo de falta de control

61

sobre sus nervios, sino de un egoísmo que le impedía hacer un esfuerzo para reintegrarse a la sociedad.

Sí, en muchos sentidos Adriano sería el culpable de una eventual dispersión de la familia. Siempre se había hablado de las culpas de Adriano Gomara. Pero Balbina, la menor de las Ventura, y no sin razón porque nadie podía negar su apostura, jamás quiso oír las cosas que de él decían. Nadie —ni sus padres ni sus hermanos, que por eso la cuidaban tanto— ignoraba que Balbina Ventura era tonta de capirote. Lo único que la divertía era mimar a sus diminutos falderos blancos y no sabía desplegar otro esfuerzo que el de peinarlos para que estuvieran esponjosos como vellones. La aquejaba, además, un mal gusto verdaderamente fantástico en el vestir, una incontrolable inclinación por cubrirse de lazos, blondas, tules y cadenitas, que decoraban la espléndida redundancia de su torneada carne lechosa y de sus rizados cabellos rubios. Su madre le decía:

—Pero hija ¿vas a salir así? Pareces un escaparate.

—Comprendo que soy cursi. Pero a mí me gusta.

Indiferente a críticas y consejos, aletargada en el fondo del victoria que la llevaba al paseo de las palmeras donde todo el mundo se daba cita a última hora de la mañana, casi no miraba a los muchachos que se le acercaban guiando acharoladas calesas, o a los elegantes jinetes que la saludaban desde la montura de sus alazanes. Era como si su conciencia de todo lo que veía fuera una llamita muy tenue. Y cuando sus hermanos esperanzados la interrogaban acerca de estos caballeros, Balbina ni siquiera se acordaba de sus apellidos. La familia comenzó a inquietarse por la suerte de Balbina, que, pese a su mente infantil, ya era toda una mujer. La madre tranquilizaba a los hermanos:

—Déjenla que haga lo que quiera. Es fría como un pescado. Lo cual me conviene porque se quedará soltera, acompañándome. Aunque quizás resultaría ser buena madre, como tantas mujeres que no son capaces de enamorarse.

Sin embargo, cuando apareció Adriano Gomara, de más edad que ella y perteneciente a un mundo en cierto sentido marginal puesto que era sólo un médico, la llamita que ardía sin calor en la carne estatuaria de Balbina se transformó en una hoguera. Bailó y rió y lloró incansablemente. Atenuó el gusto barroco de su vestimenta, adivinando que era preferible que el lujo de su carne fuera protagonista, no lo que la cubría. Desoyó al coro de la familia que le imploraba que tuviera cautela, ya que —aunque se trataba de uno de los profesionales más distinguidos de la capital— no siendo uno de ellos, pariente como todos por sangre, por educación y por leyes acatadas sin enunciarlas, no podían predecir cómo se desempeñaría en su papel de marido. Adriano pertenecía a una especie desconocida para los Ventura, un ser distinto que tenía la extraña costumbre de sopesar, antes de aceptarla, ambos lados de cualquiera proposición; que sonreía imperceptiblemente, y sólo con los ojos, al plegarse a los ritos que a ellos los definían; que permitía que se murmurara de él que era liberal, aunque jamás hubo pruebas de tan horrendo crimen; que apreciaba o rechazaba a la gente por motivos ininteligibles para ellos... y claro, estos desplantes de advenedizo podían atraer la desgracia sobre la familia, como sus hermanos no se cansaban de repetirle. Balbina contestaba:

—La culpa no será suya.

Dócil, sobre todo por indiferencia, a los estímulos que hasta entonces conocía, desoyendo las advertencias del afecto, se dejó arrastrar hasta el fin porque le habían enseñado que una muchacha como ella tiene el privile-

gio de encontrar irrazonable resistirse a lo placentero.
Hasta que Balbina se casó con su médico de bigotazos
rubios en la basílica junto al mar, porque la cosa ya no
tenía remedio, y a Adriano Gomara, que además de ser
excelente jinete tenía la cabeza muy bien puesta en su lugar, no era como para hacerle ascos a estas alturas simplemente porque no era dueño de toda una provincia,
como ellos. Los Ventura, entonces, echaron la casa por
la ventana en los esponsales más espectaculares que jamás se vieron en la ciudad, para callarle la boca a cualquier intrépido que pusiera en duda la incomparable
distinción de un médico como Adriano Gomara.

2

ADRIANO era tan diferente que supo dejar que su superficie se mimetizara en seguida con los Ventura. No
tardó en adquirir la misma epidermis que esta gente
simple, opulenta y amoral, cumpliendo con ciertas formas y puntualidades que lo vistieron de un ropaje bajo
el cual permaneció libre para continuar siendo quien
era. Es verdad que todos los ceños familiares se fruncie-
ron cuando Adriano, durante el primer veraneo después
de su matrimonio, dijo que como médico le resultaba
imposible negarse a atender a los nativos del caserío que
quedaba a poca distancia de la casa de campo. Pero fue
lo suficientemente agudo como para no desdeñar la
amonestación de sus ceños. Al contrario, con el fin de
que nadie advirtiera lo que hacía, se levantaba dos horas
antes del alba para ir a visitar las chozas, sin comentar a
su regreso lo que allí había hecho y visto. Tomaba la
precaución, eso sí, de regresar antes que sus parientes
pudieran echarlo de menos, y se reunía con ellos ya
fresco, sus arreos de profesional cambiados por sus ro-

pas de caballero, sobándose las manos con el placer anticipado de una insidiosa partida de croquet.

Pero Balbina lo echaba de menos. ¡Le hubiera gustado tanto holgar con él en el lecho durante las largas mañanas del verano! Cada año le parecía más difícil comprenderlo o, ya que ella no se lo formulaba así, más difícil saber cómo obligarlo a complacerla. Llegó a la convicción de que todo se debía a la influencia nefasta de los nativos. Pero no dijo nada porque no sabía cómo hacerlo. Una tarde, sin embargo, paseando bajo los castaños, mientras intentaban enseñarle a la pequeña Mignon a jugar al diábolo, llegaron hasta la reja de las lanzas. Balbina se detuvo, quedando con la vista fija en el grupo de chozas que se alzaban en la llanura.

—Dicen que son hediondos —murmuró.

—¿Cómo pueden saberlo si nadie de tu familia se ha acercado a un nativo?

—¿Cómo se te ocurre que se les van a acercar? Nunca, por otra parte, entran en el parque. Sabes muy bien que se entienden con mi hermano Hermógenes a través de la ventana que se abre al patio del mercado cuando traen productos para vender.

—¿No te dan curiosidad?

—¡No! ¡Qué asco! ¡Andan desnudos!

—Pero el cuerpo humano desnudo no es asqueroso, eso te lo he enseñado, amor mío.

—¡Su desnudez es un insulto dirigido a nosotros!

—No es un insulto, Balbina. Más bien una protesta.

—¿De qué protestan? ¿Acaso no los compensamos por las cosas que traen a la casa? Si no fuera por lo que les damos serían aún más pobres que lo que son. Esa cola de carne que les cuelga por delante a los hombres, esas protuberancias de que las mujeres hacen gala en su pecho no son desvergonzadas ni inmorales. Su insulto no nos llega. Sería como sentirse insultados por la desnudez de una vaca o de un perro. No niegues que son inmundos...

—Los nativos son la gente más limpia que conozco.

Balbina quedó desconcertada ante esta contradicción de uno de los dogmas de la familia. Adriano le contó que, en efecto, cuando él llegó a Marulanda los nativos eran sucios y vivían en chozas pestilentes con sus animales y sus hijos. Una costra de mugre cubría sus cuerpos y les pegoteaba el pelo, y las moscas se cebaban en sus ojos legañosos y sus babas. Era como si el desaliento los hubiera derrotado hacía tanto tiempo que la aceptación de la enfermedad fuera su expresión más justa.

—¿Cómo puedes decirme entonces que son limpios?

—Las cosas han cambiado. Escucha.

Adriano le contó cómo, a raíz de que durante su primer veraneo en Marulanda, Hermógenes se quejara que los nativos le traían cada vez menos productos, hizo averiguaciones que produjeron la noticia de que un mal desconocido estaba matando a los habitantes del caserío. El médico mantuvo una conferencia secreta con su cuñado, que aunque manifestó su temor de que Adriano se sometiera a la influencia de estos epígonos de los antropófagos, prometió no decir nada sobre la proyectada excursión al caserío para que no se extendiera el pánico en la casa de campo. Y Adriano, una mañana, galopó en su bayo a visitarlos:

—¿Fue la primera vez que me dejaste? —le preguntó Balbina.

—Sí.

—¿Cómo quieres, entonces, que no los odie?

—Escucha...

Al ver llegar al jinete, los nativos huyeron como ante la llegada de un demiurgo que trae escasos víveres y cuantiosos males. Un olor nauseabundo envolvía las casuchas. Los vientres hinchados de los niños plomizos de suciedad, sus párpados color violeta, los rostros sin carne de los moribundos le indicaron al instante a Adriano cuál era el mal. Pidió que lo llevaran a ver el agua. Por entre las chozas lo condujeron al riachuelo infestado de heces humanas, las miasmas fétidas hirviendo de microorganismos asesinos. Preguntó:

—¿De dónde vienen estas aguas?

Señalaron la casa de campo. Existía allí un sistema de desagüe de reciente instalación que vaciaba los desperdicios de los Ventura en el riachuelo. Nadie pensó que más abajo, en el curso del agua, vivían los nativos, cuyas huertas y salud iban a sufrir como consecuencia del refinamiento de los señores. Adriano atendió a los enfermos, pero sobre todo los obligó a cambiar el caserío a otro emplazamiento. En dos días cada familia construyó con las gramíneas secas una nueva choza en forma de hongo junto al riachuelo, ahora antes que sus aguas recibieran los desperdicios de la cloaca de la casa de campo.

—Al volver al año siguiente —continuó Adriano—, durante mi primera noche aquí, cuando estaba preparando mi ropa para salir antes del alba a ver cómo andaban las cosas en el caserío, escuché mi nombre susurrado por cientos de voces que se identificaban con el murmullo de las gramíneas. Cuando por fin partí en el bayo que me tenía preparado Juan Pérez, encontré a los hombres de la tribu esperándome afuera de la reja, susurrando mi nombre con ese fervoroso secreteo aprendido del rumor de las gramíneas. Me condujeron a una explanada de arena blanca junto al agua transparente donde habían construido sus chozas: todos los pobladores estaban en el agua, bañándose, hombres, viejos, mujeres, niños, lavándose unos a otros en un ceremonioso acto de amor, ayudándose, peinándose mutuamente los cabellos..., el ritual del baño comunitario había vuelto con la restitución de las aguas limpias y de la salud. Y al lavarse, cantaban...

—¿Y eran bonitas sus canciones?

—¿Bonitas como las de *Mignon*, por ejemplo?

—Sí, bonitas como *Connais-tu le pays où fleurit l'oranger...* ¿Sabes? He decidido que a la hija que estoy esperando le pondré Aída, que es mi ópera favorita.

Adriano se dio cuenta que Balbina se había extraviado del curso de la conversación porque no le interesaba. Le preguntó:

—¿Y si no es niña?

—Niño no quiero.

—¿Por qué?

—Los hombres son raros, como tú, que inventas mentiras sobre los nativos. Lo que quiero es una hija, hijas que me acompañen, para divertirnos juntas yendo de compras y donde la modista.

AL CABO de unos años, en vista de las ausencias matinales de su marido, Balbina compró cuatro diminutos falderos blancos, animalitos malignos y rabiosos, de naricilla rosada y ladrido de tiple, que todos los primos detestaban no sólo por ridículos sino porque mordían y arañaban, rompiendo con dientecitos filudos sus muñecas, sus álbumes y sus medias. Mignon y Aída, en cambio, los defendían, quizás porque ellas mismas, a pesar de ir siempre emperifolladas como bomboneras, eran tan odiadas como los falderos, por feas y acusetas. Casimiro y Ruperto hacían que los perros se excitaran con la pierna desnuda que Teodora les ofrecía. Histéricos, temblorosos, como en un trance, los bichos se prendían de ella mientras Casimiro corría a buscar al tío Anselmo, que había sido seminarista, para que pusiera fin

68

a este maleficio.

—¿Qué hacen, tío?

—¿Y eso colorado que les asoma del vientre, qué es, tío?

—¿Y por qué es como mojado?

Anselmo se santiguaba, despachando a los niños a rezar rosarios, asegurándoles que los perros estaban tan enfermos que era urgente deshacerse de ellos. Esta situación estuvo repitiéndose a diario con Teodora, que llegó a gozar entre los primos del prestigio de exhalar cierto perfume que exaltaba la sexualidad, y quizás, cuando fuera grande, iba a enloquecer a los hombres, igual que Eulalia, su madre. Anselmo reclutó a uno de los primos mayores al que le enseñaba box, y después de insinuarle ruborosas verdades acerca de la vida —que una docena de primos desternillándose de risa escucharon desde detrás de una cortina; Teodora, al oírlo, opinó que ninguno de los grandes sabía nada sobre sexo; pobre madre, suspiró, con razón es adúltera—, le mandó que se deshiciera de los perros. Fueron aprisionados por un pelotón de primos que los echaron del parque por los intersticios de la reja de lanzas: en la llanura, animales más respetablemente voraces darían cuenta de sus mínimas existencias decorativas. Cuando Aída y Mignon preguntaron por ellos, les contestaron que los antropófagos los habían devorado a manera de *hors d'oeuvre* antes de comérselas a ellas si le contaban a su madre lo sucedido.

El tercer alumbramiento de Balbina la hizo olvidar sus falderos. El fruto de su insatisfecho amor por Adriano, que usaba su carne y después desaparecía, fue un niño al que no quiso ver ni elegirle nombre. Temeroso de que a su mujer se le ocurriera bautizarlo Rigoletto, la ópera estrenada con tanto éxito ese invierno en la capital, Adriano se apresuró a darle el nombre de su propio padre: Wenceslao. Después de un mes en que Balbina parecía haber olvidado el hecho de su reciente maternidad, una tarde vio a Wenceslao riéndose en los brazos de su hermana mayor, rubio y de ojos azules como buen Ventura, mecido en una ola blanca de encajes. Lo mostró a Aída y Mignon, que no se separaban de la falda de su madre por miedo a los antropófagos, diciéndoles:

—Miren. Es más bonito que ustedes dos.

Mignon y Aída bajaron la cabeza. Balbina, exasperada, les ordenó que no hicieran ese gesto tan feo que las hacía asemejarse a los nativos. Que consideraran que ya eran grandes, que tenían seis y tres años y debían saber comportarse. Lo que ambas niñas sabían de sobra era la imposibilidad de ganar el afecto de sus padres, porque por un inexplicable escamoteo de genes nacieron oscuras y feas aunque hijas de esos dos seres luminosos que eran Balbina y Adriano. Nadie se lo explicaba. Aunque, claro, en la intimidad de las sombrillas, al pasear por las avenidas del parque, las mujeres no dejaban de repetir que cómo iba a saber una quién fue el abuelo y quién el bisabuelo de Adriano, y mejor ni pensar de dónde habían salido las mujeres de su familia, de modo que todo era posible. Cuando Balbina hizo comparecer a sus hijas ante el lecho de muerte de su abuela, para que las bendijera antes de expirar, la vieja revivió un instante con el único propósito de hacer este último comentario:

—¿Cómo se le puede exigir a Balbina que sea buena madre de estos dos mamarrachos? ¡Pobre mujer! ¡Con lo tonta que es! ¡Qué triste destino ser madre de hijos a los cuales es imposible amar!

Y expiró con un eructo feroz.

Estas palabras, que las niñas escucharon con atención, y la falta de fingimiento de Balbina, certificó aque-

70

llo que las dos hermanas ya adivinaban tras la compasiva actitud de sus parientes: que ellas eran seres situados fuera del amor, aun del amor de sus padres, cuyos esfuerzos por mimarlas eran rechazados como mentira por estos dos seres agrios. Afectando una debilidad maternal por el hermanito, se dedicaron a cuidarlo y a jugar con él si alguien las vigilaba. Pero en cuanto las dejaban solas lo pellizcaban, lo hacían caer de su silla, lo alentaban para que se acercara gateando y con sus manecitas probara jugar con las ascuas de la chimenea.

Espero que mis lectores estarán de acuerdo —y que alguna vez hayan sentido la perturbadora herida causada por este sentimiento— en que la belleza tiene el poder de transgredir todas las fronteras, liberando la imaginación para que impere sobre la realidad. Si es así, podrán creerme que Balbina olvidó que Wenceslao era hombre para que, de este modo, se ajustara a sus fantasías, y vistiéndolo de niña no se acordó más de sus dos hijas feas, embelesada con la tez rosa y los ojos de lucero de su hijo.

A medida que Wenceslao fue creciendo, Aída fue separándose de Mignon porque se prendó de Wenceslao, que al comenzar a hablar con prodigiosa celeridad reveló ser ocurrente y divertido. ¿Cómo no preferir sus piernecitas sonrosadas a las flacas rodillas de Mignon que atenazaban sus piernas en la cama obligándola a prometer y a hacer cosas que ella no quería ni prometer ni hacer? Mignon la interrogaba, amenazándola con dientes de antropófagos hincándose en las partes más tiernas de su anatomía, y mientras le hablaba iba apretándola hasta hacer crujir sus huesos.

—¿Es verdad que perdiste esos bombones que te ordené que le quitaras?

—Sí.

—¿Dónde están?

—No sé.

—¿Eres idiota que no sabes?

—Me los comí.

Mignon encendió la lámpara del velador. Alzándola sobre la cabeza de su hermana que reposaba en la almohada, le dijo:

—Confiesa la verdad. ¿Oyes a los antropófagos recitando tu nombre allá afuera? Dicen que vendrán a comerte.

El susurro de las gramíneas envolvía la casa. Mignon iba acercando la lámpara a su hermana, urgiéndola a confesar, que la mataría si no confesaba, hasta que Aída, aterrada con el calor de la lámpara junto a su rostro, estalló en llanto, reconociendo que se los comieron juntos mientras dejaba que Wenceslao hurgara en su cuerpo de niña para confirmar la diferencia con el suyo, pese a sus parecidos atuendos femeninos. Furiosa, Mignon agarró un mechón de la cabellera de Aída —su orgullo por lo abundante, en contraste con los escasos cabellos color topo de su hermana, quien a menudo se los peinaba asegurándole que era la cabellera más hermosa del mundo— y le quemó el mechón en la llama de la lámpara. Ardieron pelos, camisón, sábanas, mientras Mignon sujetaba a su hermana por la garganta para que no gritara, repitiéndole una y otra vez que lo único que deseaba era verla achicharrarse. Cuando Aída pudo lanzar un grito aparecieron Balbina y Adriano seguidos de Wenceslao, que protestó:

—¿Qué es esta algarabía? ¿Que no saben que los niños de cuatro años como yo tienen que dormir por lo menos doce horas?

Apagaron las sábanas en las que Aída y Mignon sollozaban incapaces de responder a las preguntas de sus padres. Balbina sentó a Aída frente al espejo de su tocador.

—¡Un desastre! —exclamó—. ¡Una verdadera tragedia! Cuando justamente pasado mañana es el cumpleaños de Adriano y vamos a celebrarlo con una fiesta en
que quería que la familia pudiera felicitarme por lo menos por tus bonitos cabellos. Mira ahora. Esto es una
calamidad. Te raparé.

3

A ESTA ALTURA de mi historia no puedo dejar de adelantar a mis lectores que sólo en el crepúsculo del día
del paseo, cinco años después de lo que estoy contando,
en el momento mismo en que Wenceslao percibió que el
parque disimulaba a una cohorte de personajes esplen-
dorosamente ataviados, estalló en su mente la certeza de
que los acontecimientos de cinco años antes, que ahora
me propongo relatar, fueron parte de la realidad repri-
mida en obediencia a una orden de su padre, no incone-
xos fragmentos de un sueño.

En todo caso, para comenzar por el comienzo, diré
que en el alba del día de su cumpleaños, como de costumbre, Adriano preparaba sus arreos para partir antes
que aclarara. Balbina intentó detenerlo: que por favor
hoy, cuando ella se proponía festejarlo con su propio
cuerpo y más tarde la familia entera con regalos, se quedara en casa. Además, no podía, no debía abandonarla
cuando aún la agitaba la tragedia de la cabellera de
Aída. Se retorcía desnuda sobre las sábanas: maravillosamente desvergonzada para insinuarse, su carne lechosa era quizás demasiado abundante para algunos
gustos pero no para el suyo..., si tocaba su piel imperceptiblemente húmeda sus manos no podrían dejar de
adherirse a ella para buscar nuevas sorpresas en lo ar-
chiconocido. Pero no, se dijo Adriano. ¿Para qué insis-

tir? Balbina era incapaz de aceptar a los seres enteros, tanto a una hija con cabellera chamuscada como a un marido cuyo horizonte se dibujaba más allá del límite de su pobre imaginación. En siete años de matrimonio sólo el cuerpo de Balbina conservó misterio, porque para Adriano no quedaba misterio alguno en los repliegues de su egoísmo, que en último término, y aunque su cuerpo pareciera contradecirlo, no era más que una pasmosa frialdad. Al comenzar a vestirse, sin embargo, Adriano olió el ligerísimo sudor de su mujer perfumando el dormitorio. No pudo dejar de jugarse la última carta y le propuso:

—Muy bien. Me quedo. Pero con una condición.

—¿Cuál?

—Que no pasemos, tú y yo y los niños, la mañana de mi cumpleaños en esta casa con tus hermanos y tu familia. Quiero que hoy vengas conmigo. Mañana me quedaré yo contigo.

Balbina titubeó. Adriano dijo, haciendo ademán de abandonarla:

—Bueno. Si no quieres...

Ella lo retuvo:

—Prométeme que no volverás a salir en las mañanas.

—Sí.

Adriano no alcanzó a comprender la magnitud de su promesa porque se había lanzado sobre el cuerpo de su mujer, forcejeando entre la necesidad de desembarazarse de las prendas que ya se había puesto y su urgencia por agotarse en lo que se agazapaba entre aquellos muslos fastuosos. Y en la pegajosa penumbra del descanso después del amor, con un puro en la boca del que Balbina tomaba una que otra chupada, Adriano le explicó lo que ella quería saber.

Balbina sopesó la proposición de su marido, llegando a la conclusión de que si la desagradable expe-

74

riencia propuesta por Adriano para celebrar su cumpleaños afuera de la casa le aseguraba todas las mañanas del verano compartidas en el lecho, el riesgo de sentir desagrado esta única mañana valía la pena. Vistieron a los niños con sus trajecitos blancos de marinero y bajaron a los subterráneos antes del amanecer.

La casa, posada sobre un levantamiento del terreno apenas más perceptible que un suspiro en el cuerpo tendido de la llanura, se hallaba construida encima de un intrincadísimo panal de bóvedas y galerías ahuecadas en innumerables niveles de profundidad. Cerca de la superficie y relacionados con ella por el necesario ir y venir, se extendían las instalaciones de las bodegas donde enólogos cuidaban de los vinos con los miramientos debidos a personajes de alcurnia, además de las despensas y cocinas, tanto las en uso como las abandonadas. En los aledaños nacía el laberinto de pasadizos, de los cuales brotaban alvéolos, cuevas, celdillas, aberturas, cámaras abatidas por repentinas sábanas de telarañas y frecuentadas por animalitos mucilaginosos e inofensivos que casi no se movían. Aquí quedaban los cuarteles para los sirvientes carentes de jerarquía, donde la inidentificable soldadesca dotaba de cualquier rasgo individual a sus escuetas vidas privadas junto a los jergones que constituían sus viviendas temporales: un caballerizo muy joven, casi un niño, cuidaba a una lechuza regalona en una jaula construida con el armazón de alambres de una vieja falda de Celeste; a la luz de un candil, un pinche de cocina remendaba un calcetín a listas estridentes para lucirlo quién sabe en qué ocasión; un turbulento grupo jugaba al naipe, apostando una imaginaria noche en los brazos de Eulalia, el estupendo tordillo de Silvestre, una docena de azafates de plata del servicio de aparato. Tras un recodo, un melancólico muchacho del sur entretejía el inútil ardor de las melodías de su tierra pulsando una mandolina rota encontrada en un desván. También en las inmediaciones se hallaba el cultivo de hongos, pálidos, gordos como el vientre de un sapo, cuyo encargado, al poco tiempo de encierro en el subterráneo, llegaba a ser tan frío, tan quieto, tan ciego como esas deliciosas criptógamas a que los señores eran tan aficionados. Bastaba avanzar con un candil en la mano, aventurarse un poco más allá de donde quedaron pudriéndose los jergones del año pasado, para llegar a otros sistemas de celdillas del panal, donde los nuevos criados, después de colgar sus libreas relucientes o sus botas o sus mandiles, iniciaban, después del trabajo diario, simulacros de vida personal antes que fueran abortados por la fatiga o la desesperanza. Poco tardaban en darse cuenta de que si avanzaran hacia el lado de donde venía el frío por los túneles, entre líquenes y filtraciones, abriéndose paso por abandonados jardines de hongos que producían aberrantes especies barrocas como el cáncer, hacia cavernas y pasillos construidos de antigua piedra o socavados en materia natural donde chisporroteaban cristales, podían encontrar cosas desazonantes. Pero ninguno de los Ventura bajaba jamás al subterráneo. Salvo Lidia, a vigilar cocinas y despensas, y una vez al año, a la llegada del nuevo contingente, para señalarles con un dedo el sitio donde debían instalar sus jergones.

Por los vericuetos del subterráneo, en esa mañana de su cumpleaños, en la cual acontecieron tantas cosas que determinan el desarrollo de esta novela, Adriano avanzaba llevando una lámpara en una mano y a Wenceslao de la otra, seguidos por Balbina que tenía de una mano a Mignon y a Aída de la otra. Dejaron atrás todo rastro humano, toda señal de que alguna vez hubiera existido vida en estas profundidades. En un punto comenzaron a descender verticalmente por una escalera de caracol que horadaba la tierra, hasta transformarse, llegado a cierto nivel, en el hilo horizontal de un pasadizo qué siguieron. El aire seco, estático en este sector sin temperatura, era tan antiguo que parecía detenido en otra época geológica: nada podía brotar ni nacer ni descomponerse en esta atmósfera, sólo mantenerse igual. Cruzaron una gruta de bóveda altísima cuyos cristales se encendieron como una constelación descubierta con los reflejos de la lámpara, devueltos por el estanque de aguas que jamás se habían movido. Adriano se detuvo junto a una puerta. Le dijo a su familia:

—Olvídense de lo que aquí van a ver. No toquen nada.

Y tal como dije más arriba, Wenceslao, que obedecía ciegamente a su padre, de hecho lo olvidó. Adriano, con un pie, abrió la puerta. Una vez dentro sostuvo la luz en alto para mostrar formas, colores, materias tan ricas y suntuosas que Balbina gritó:

—¿Por qué no puedo tocar estos disfraces tan lindos?

—Porque no son tuyos.

—¿No están, acaso, en el sótano de mi casa?

—Sí. Pero no son tuyos.

Sólo el terror de que Adriano avanzara con la lámpara dejándola sola en este laberinto impidió que Balbina se lanzara a escarbar entre esos ropajes bárbaros colgados de los muros, pieles moteadas de animales ahora inexistentes, tocar los colores ardientes de mantos y alfombras y tapices y de filas de cacharros nacarados en los estantes, apoderarse de esas diademas con crestas de plumas, de esos aderezos de oro trenzado, fundido, repujado, pectorales relucientes, máscaras, brazaletes, cadenas, grandes placas con cifras.

Salieron de la estancia. Afuera, en otro pasadizo, los esperaban dos nativos desnudos portando teas ardientes. Adriano cerró la puerta, clausurando la memoria de Wenceslao. Sólo se dio cuenta que las joyas y mantos vistos años antes tan brevemente eran verdaderos, en el instante en que percibió a los nativos luciéndolos al emerger de la penumbra de los árboles.

El trayecto por los subterráneos no se hizo largo porque la visión de los tesoros desató la lengua de Balbina:

—¿No les has contado nada? —le preguntó a Adriano.

—¿A quiénes?

—¿A mis hermanos?

—No. ¿Por qué?

—Me van a querer quitar estas cosas.

—Ya te dije que no son tuyas. Pero no hay peligro que las toquen porque no saben que existen. No constan en ningún inventario de la casa. Tu familia ignora la existencia de estos tesoros porque están ocultos aquí desde hace tanto tiempo que ya en la época de tu abuelo se había perdido este recuerdo.

—¿Cómo sabes tantas cosas tú, que al fin y al cabo no eres de la familia?

—Porque, justamente, no soy Ventura.

—Déjate de tonterías. Estoy segura que los nativos, que te creen una especie de dios y eso te encanta, te enredan con sus mentiras y tú simulas creérselas para dominarlos. Esas cosas me pertenecen: si tú eres dios, yo soy la esposa del dios y tengo derechos.

Adriano meditó que el grito de admiración de Balbina al ver todo ese esplendor enterrado no había sido más que un simulacro que disfrazaba la codicia: la familia Ventura sólo era capaz de admirar algo si tenía la posibilidad de adquirirlo. ¿Sus gritos de placer entre sus brazos eran, entonces, ficticios, interesados, instrumentos destinados a adquirirlo a él? En todo caso, los símbolos rituales de la raza despreciada no representaban para ella la majestad de un mundo coherente, aunque ahora vencido, sino que configuraba un abigarrado guardarropa de teatro. Mignon, Aída. ¡Sí, sí! ¡Qué fácil era odiarla! Seres como ella les habían arrebatado sus arreos de guerreros y sus paramentos sacerdotales para encerrarlos en el fondo de esta antigua mina de sal y olvidarlos al construir encima de ella una casa de campo y un parque cuya razón misma de ser era, posiblemente, la de ocultarlos. Desde que les arrebataron sus vestiduras los nativos andaban desnudos a manera de protesta. Antepasados Ventura les habían ordenado que cubrieran sus vergüenzas. Pero los nativos se negaron a hacerlo, poniendo como condición que les devolvieran sus ropajes, y amenazando con que si empleaban la fuerza para obligarlos a vestir emigrarían, interrumpiendo así tanto la producción de las minas de oro de las montañas azules como el suministro de alimentos veraniegos, inutilizando de esta manera la casa de campo, que devorada por las gramíneas no tardaría en ser restituida a la llanura. Como era posible que con la devolución de sus símbolos los nativos pretendieran no sólo disputar el hecho de su secular sometimiento sino además sufrir una regresión a la antropofagia con la cual estos adornos podían estar relacionados, antiguos Ventura escondieron lo reclamado en el lugar más recóndito y no volvieron a hablar ni para bien ni para mal de la desnudez de los nativos. La presencia de sus sudorosas musculaturas, por fin, llegó a ser tan natural para ellos que el porfiado silencio de muchas generaciones de señores sepultó los tesoros en el olvido real. Esta información que suministro yo como narrador podemos pretender que fue suministrada por Adriano como respuesta a las insulsas preguntas de Balbina, ya que la memoria de las explicaciones de su padre deben reventar la conciencia

79

de Wenceslao al recordarlas repentinamente, con el ímpetu de una catarata, cinco años más tarde, cuando él se dio cuenta de que los nativos engalanados los estaban cercando mucho antes que los demás primos los vieran.

Pero Wenceslao nunca pudo olvidar el menor detalle de los siguientes acontecimientos de ese día, a partir de cierto momento en que al salir de los pasadizos subterráneos lo vio todo desde una roca situada al borde del riachuelo, junto a la explanada de arena blanca, donde se sentaron él, su padre, su madre y sus hermanas. Un semicírculo de chozas construidas con gramíneas secas limitaban la explanada. Los nativos desnudos fueron saliendo del agua, ordenándose en formaciones curvas como hoz junto a hoz, de hombres, mujeres y niños con los brazos alzados como en una cenefa, dotándolos de vaivén, y remedando y confundiendo, primero, sus voces con el murmullo de las gramíneas, pero elevándolas pronto hasta conquistarlo. Los nativos eran ahora una raza fuerte, sana, salud que en cierta medida le debían a la ciencia de Adriano, luciéndose en la ceremonia de su cumpleaños para agradecérselo con la espontaneidad que agradecían al frío anual que despejara la ahogánte niebla de vilanos.

Las filas se dispersaron, dejando una sola hoz de hombres balanceándose con los brazos en alto. Las ancianas alimentaban el fuego de un horno de barro en forma de cúpula mientras las vírgenes limpiaban una mesa de madera desbastada. Los hombres, cimbrándose en el aire rojizo del amanecer como por virtud del viento, fueron cerrando el semicírculo de cuerpos desnudos alrededor del horno, de la mesa, de la roca donde Adriano y su familia se hallaban entronizados. De pronto la fila de cuerpos se dividió para dejar salir a la arena, a toda carrera, a un descomunal cerdo blanco, una bestia mansa y desconcertada que se detuvo en el medio del redondel husmeando el suelo y rascándose el lomo contra la pata de la mesa. Antes que nadie pudiera impedírselo, Wenceslao saltó de la roca a la arena.

—¡Hijo mío! —gritó Balbina.

—Déjalo —le recomendó Adriano—. No le pasará nada.

—¿No nos pasará nada? —preguntaron Aída y Mignon al unísono.

—No —repuso Adriano ignorando las protestas de Balbina.

—Vamos —dijeron ellas.

—Se ensuciarán —se quejó Balbina—. Debí haberles puesto sus vestiditos de marinero azules, que resisten mejor el polvo, aunque debo reconocer que son más calurosos.

Los niños, que parecían tres niñas vestidas de blanco, una de bucles de oro peinados *à l'anglaise*, otra de cráneo mondo y lirondo, la otra con sus ralos pelos color topo desordenados por la brisa, jugaban con el cerdo. Wenceslao montó en él como en una cabalgadura.

—¡Te van a matar! —lo amenazaba—. ¡Te van a matar!

Aída intentó desenroscarle la cola y entre chillidos de risa Mignon le tironeaba las orejas. Exclamaban:

—¡Tienes los minutos contados!

—¡Somos antropófagos y te vamos a comer!

En el fondo de la hoz de danzantes, cerca del horno que ardía, un nativo gigantesco armado con un punzón se colocó detrás de la mesa. Los niños, despavoridos, huyeron para trepar a la roca junto a sus padres. El gigante golpeó una vez la mesa con la palma de la mano abierta. Obedeciéndolo, se hizo silencio y cesaron los movimientos. El gigante alzó el punzón: era la señal. De los cuatro puntos cardinales aparecieron cuatro nativos ululando, que persiguieron y rodearon al cerdo con una danza que simulaba una cacería. Acorralada, la bestia se entregó a ellos junto a la mesa presidida por el gigante de punzón en alto. Izaron al cerdo entre los cuatro, uno de cada pata, dejándolo caer, vientre arriba, sobre la mesa: después de haber cumplido con sus momentáneos papeles protagónicos, los cuatro hombres se confundieron con los del semicírculo. El sol brilló un instante en el punzón alzado, y cayó, clavándose en la aorta del cerdo que emitió un menguante chillido de incomprensión y dolor, recogido por la recomenzada salmodia de los nativos, mientras la población entera remedaba los estertores agónicos del animal. Un chorro negro que le manó del cuello fue recibido por mujeres desnudas portando cuencos de barro en que salpicó la sangre manchando sus pechos: así, con los cuerpos tiznados de rojo, llevando las vasijas humeantes, cruzaron en fila la arena y se perdieron. Al cesar los estertores del cerdo, ancianos con ramas encendidas chamuscaron el pelo y la piel del animal, que el gigante iba raspando hasta dejarlo limpio, sonrosado, gordezuelo, obscenamente abierto de patas. Más nativos, armados de cuchillos y sierras, le zanjaron la panza caliente, metiendo las manos en su interior para destriparlo, alzando vísceras mojadas, intestinos sanguinolentos que de tan resbalosos parecían tener vida propia. Al ser exhibidas, el pueblo vitoreaba y las mujeres las recibían en cuencos limpios. Cesaron los vítores. Se tranquilizaron los cuerpos. El gigante alzó otra vez su mano con un hacha en alto, que dejó caer con un solo golpe limpio que cercenó la cabeza del cerdo. Las mujeres la colocaron en una bandeja, le abrieron la boca para rellenársela con una manzana, la rociaron con adobos, con hierbas, con sales, y la metieron en el horno. Toda traza del animal descuartizado desapareció de la mesa, que al instante lavaron, secaron y guardaron. ¿Hubo, en realidad, una mesa, un punzón alzado, un animal cubierto de la sangre del sacrificio? ¿No fue una alucinación?

Los nativos salmodiaban alrededor del horno que pronto comenzó a exhalar apetitosos perfumes.

—Me quiero ir —se quejó Balbina.

—Espera un poco —respondió Adriano—. Juan Pérez ya debe haber llegado con los caballos, pero espera. ¡No sabes cómo te agradecen tu participación en esta ceremonia! ¿No oíste tu nombre en los cánticos? Prepararán los jamones y morcillas y más tarde te las llevarán de regalo a la casa. Ahora sólo comeremos la cabeza, que es la parte más noble de todo ser viviente. Ellos, que no comen carne de ninguna clase, hoy probarán carne en deferencia a nosotros...

—¡Ah, no! ¡Cabeza yo no como! —exclamó Balbina—. ¡Qué asco! ¿Cómo es posible que consientas en comer sus porquerías con el único fin de propiciar tu rango de dios? No me engañes, Adriano mío: aunque supieras que te están dando de comer carne humana, lo que no es improbable, comerías para no arriesgar tu poder.

Adriano apretó su fusta en la mano pero contuvo su ira hacia esta mujer malintencionada y superficial, que, sin darse cuenta de lo hecho —¿sin darse cuenta?—, con sus palabras había zanjado su disimulada arrogancia como quien zanja la panza de un cerdo, exhibiendo, de modo que él no pudiera dejar de reconocerlas, las vísceras de su ambición mesiánica. Pero Balbina no conocía el concepto de *hybris* que él sabía que lo amenazaba, se recordó Adriano para controlarse. Lo mejor era negarle todo acceso al poder con bien calibradas palabras:

—A ti nadie te ha pedido que participes en nada más. Sólo Wenceslao y yo, que somos hombres, comeremos.

—Yo no permito que mi muñeca coma cochinadas.

—Eso lo decidiremos entre él y yo. Tú no tienes nada que ver con esto. Wenceslao ¿quieres comer cabeza de cerdo con tu padre?

—Dile a nuestro hijo que puede no ser carne de cerdo...

—No importa, mamá; si mi padre come, comeré yo.

—Nosotras, a pesar de ser mujeres, también queremos comer, papá... —gimotearon Aída y Mignon.

Balbina bajó de la roca. Estaba harta, decía. Comenzaba a hacer calor y prefería no ser testigo de cómo Adriano pervertía a los niños con sus costumbres antropófagas. Y, atendida por las mujeres de los pontífices, se dirigió al coche que la esperaba en las afueras del caserío.

Adriano y sus tres vástagos, entretanto, se acercaron al horno. Alguien abrió la portezuela. Allí, rodeada de fulgor y exhalando un perfume exquisito apareció sobre la bandeja la sonrisa del cerdo, con la manzana metida en la boca y coronado de hierbas. Mignon lanzó un chillido al verla, huyendo a toda carrera hacia el victoria para refugiarse en los brazos de su madre, sollozando, hincando sus dientecillos en el cuello de Balbina como si quisiera devorarla y llamando a gritos a Aída, que pronto corrió a reunirse con ellas. Al ver el estado de nervios de sus hijas, con la punta de la sombrilla golpeó la espalda de Juan Pérez que esperaba encaramado en el pescante: éste fustigó a los caballos para que se pusieran en marcha y cruzaran al trote ese breve trozo de llanura que separaba el caserío de la casa de campo.

CUANDO ya avanzada la mañana Adriano y Wenceslao regresaron a caballo a la casa, al disponerse a subir a sus aposentos Mignon les salió al encuentro como si hubiera estado acechándolos. Llevaba el índice vertical sobre sus labios para exigir silencio.

—Ven, papá... —murmuró.

—¿Adónde?

—Te tengo un regalo.

—¿Adónde quieres llevarme?

—Shshshshsh...

Wenceslao se prendió de la mano de su padre, resuelto a no dejarlo. Mignon, cenicienta, cargada de hombros, las manos sobre el pecho como una novicia diminuta, los condujo a una sección de los sótanos desconocida para Adriano, una vasta y baja cocina cuyas bóvedas y arcos de piedra datarían de hace siglos pero que ahora sólo servían para almacenar leña. Un olor delicioso, dulzón, pesado de hierbas aromáticas llenaba el gran espacio como el incienso que se extiende por las naves de un templo. Adriano, sonriendo satisfecho, pero sin que su mano soltara la de Wenceslao, le preguntó a esa hija híspida por la que no sentía cariño, acariciándole la mejilla con la punta de su fusta, porque nada en ella lo incitaba a acariciarla con la mano:

—¿Le has preparado algún plato exquisito a tu padre para celebrar su cumpleaños?

Mignon dio un respingo al roce de la fusta, retirándose un poco. Sólo entonces sonrió. Al fondo del espacio de columnas rechonchas, casi en el centro, en el sitio que en una basílica se reserva para el altar mayor, vieron la enorme cocina negra que irradiaba calor. Avanzaron hacia ella, la sonrisa de Mignon haciéndose más y más secreta, como si sus pequeñas manos entrelazadas sobre la pechera de su vestido de marinero encerraran la cifra de todas las cosas. Sus pelos revueltos, sin embargo, contradecían su recogido aire monjil. Mirando al rostro de Adriano le preguntó:

—¿Quieres comer, papá? Como tú y los nativos no me dejaron comer lo reservado a ustedes, los hombres, preparé otro festín, sólo para ti y para mí.

Mignon, en ese momento, contenía una incandescencia tan inexplicable en esta niña con aspecto de roedor disfrazado de marinero veraniego, que Adriano casi pudo quererla. Le dijo:

—Sí, hija mía. Quiero probar lo que me has preparado.

Iban llegando a la cocina después de cruzar el espacio sacramental de las bóvedas. Mignon volvió a mirar muy fijo a su padre:

—¿De veras, papá? No me ofenderé si no comes, es sólo un juego.

Ella esperó para que él la obligara, para que la culpa de todo lo que iba a suceder fuera suya, su destino libremente asumido, de su propia elección. Adriano respondió riendo:

—Se me hace agua la boca.

Mignon abrió de golpe la puerta del horno. Adentro, en ese infierno, el rostro de Aída reía la tremenda carcajada de la manzana forzada dentro de la boca, la frente engalanada con perejiles y laureles y rodajas de zanahoria y limón como para día de carnaval, apetitosa durante una fracción de segundo: horrenda inmediatamente después, el mundo entero horrendo, sí, el infierno mismo..., con una patada feroz Adriano cerró la puerta del horno y su fusta laceró el rostro de Mignon, su propio alarido de dolor confundido con el de su hija que huyó a la montaña de leña porque sus ojos enceguecidos de pavor no podían guiarla hasta la puerta de salida, aullando, perseguida, azotada por Adriano que aullaba, las manos de Wenceslao tratando de sujetar a su padre, mientras en el horno seguía dorándose la cabeza suculenta de Aída que lo llenaba todo con su aroma festivo y pérfido. Adriano acorraló a Mignon, pegándole con la empuñadura de oro de su fusta. Pero la niña enceguecida escapó al padre enceguecido trepando la leña, sangrando el rostro, un atisbo de conocimiento que era puro terror animando su cuerpo para huir, sus rodillas, sus manos rotas, pateadas por las botas de su padre, chillando, el blanco disfraz de marinero hecho jirones, Adriano trepando tras ella para castigar a la asesina, agarrando un leño para azotar hasta el fin a la dueña de esas manos defensivas que inútilmente se alzaban en un último intento de protección, las manos de Wenceslao tirándolo de la ropa rota para impedirle asestar otro golpe con el leño ensangrentado, pero Adriano descargaba otro y otro, el leño nudoso caía una y otra vez hasta hacer papilla el cuerpo de la hija criminal e inocente que ya había dejado de moverse, convertida en una masa de sangre y de almidón sucio y pelo y huesos, mientras los que habían bajado al sótano al oír tanto aullido capturaban a Adriano, que, con los ojos cayéndosele de las órbitas y el rostro empapado de sudor y llanto y la boca rajada por los gritos y sollozos, quería huir pero seguía repartiendo golpes contra todos, lacayos, cuñados, niños, cuidado que está loco, peligroso, frenético, cogerlo de las piernas para tumbarlo, más hombres, que vengan más hombres para ayudar, pero Adriano seguía de pie entre los derrumbes de leña, poderoso, casi desnudo porque su ropa rasgada descubría el vigor de su tórax empapado con la sangre propia y la de su hija, las manos desolladas blandiendo ciegamente el tronco con que azotaba a esos desconocidos que eran su familia y sus servidores. Lograron derribarlo. Un batallón de sirvientes lo ató y amordazó para que no gritara. Y lo metieron en uno de los innumerables torreones de la casa donde pasó muchos días y muchas noches inconsciente, sus ojos completamente abiertos como si le dolieran demasiado para poder cerrarlos.

En la terraza del sur, las mujeres se reunían a coser o bordar o jugar al *bésigue*, o simplemente para apoyarse como musas con el puño bajo el mentón y el codo en la balaustrada, contemplando a los pavos reales picoteando el césped, o vigilando a los niños en sus juegos, por lo menos en los juegos que éstos permitían que fueran vigilados. Adelaida, Celeste y Balbina, Ventura por nacimiento, manejaban los hilos de la conversación, mientras Lidia, Berenice, Eulalia y Ludmila, Ventura sólo por alianza, las seguían. Después de los acontecimientos que más arriba he narrado, si Balbina no estaba con ellas, lo que ocurría a menudo porque prefería permanecer extendida en la *chaise-longue* de su dormitorio, el tema obligado de cada charla era reconstruir la muerte de Aída y Mignon según sus interpretaciones que, como existía una versión oficial, eran sólo retóricas. ¿Había sido o no había sido efecto de la influencia nociva de los antropófagos? Sí, sí: lo era, ésa era la versión oficial que reencendió el temor a los salvajes ante esta prueba irrefutable de la insidia de sus métodos de infiltración. ¿Cómo, de otra manera, se podía explicar lo del "guiso" de la cabeza de la pobre Aída? Era verdad que Adriano no la había metido en el horno. Pero a cualquiera que fuera capaz de razonar tenía que parecerle evidente —sí, sí, evidente; como era "evidente" la versión oficial de cualquier cosa, no importa cuán atrabiliaria— que si lo hizo la pobre Mignon fue por haber sido expuesta al ejemplo de los antropófagos en aquella infausta mañana. ¿Qué sucedería, Dios mío, si esa influencia llegaba a extenderse entre el resto de sus retoños? ¿Serían suficientes las medidas tomadas, especialmente la de encerrar a Adriano en el torreón, para evitar el contagio? El tema, eternamente apasionante, pese al tupido velo que al finalizar cada sesión decidían correr sobre lo incomprensible, conservaba toda su frescura.

—Hay que reconocer que aunque en su peor momento pudo haber herido a Wenceslao, que pese a ser tan pequeño se portó como un héroe e intentó desarmarlo, no lo hizo: esto demuestra que sus facultades de padre amante no estuvieron jamás totalmente ofuscadas.

—Te equivocas —pontificaba Adelaida—. ¡Wenceslao sólo se salvó porque Dios es grande!

—No, Adelaida, no porque Dios es grande, que es una cualidad que nadie pretende negarle, de modo que no tienes para qué ser tan defensiva con respecto a Él —argumentó Celeste bebiendo un sorbo de té—. Es porque desde el fondo de su enfermedad Adriano se dio cuenta que la pobre Balbina iba a necesitar un apoyo en su vida. Al fin y al cabo, de sus tres hijos, el único verdaderamente Ventura es Wenceslao, con su belleza y sus dotes de mando. Basta recordar cómo era Aída. Y para qué decir Mignon. En el cielo, sus carreras de ángeles se van a ver seriamente perjudicadas por su injustificable fealdad.

—Pero no se puede decir que la pobre Balbina no hizo todo lo que se podía hacer por ellas, vistiéndolas como las vestía. ¡Qué gran madre! —exclamó la admirable Ludmila. Y moviendo una carta en el solitario desplegado sobre la mesita rodeada de mujeres, murmuró—: Corazón sobre corazón... ¡Pobre Balbina mía!

—Fue mi marido Anselmo quien encontró el cuerpo ensangrentado —concluyó Eulalia—. Y el hacha y la sierra y los cuchillos sepultados bajo el montón de leña cuando, después de varios días, al recordar que era necesario enterrar también a la pobre Aída, lo comenzaron a buscar. Lástima que nunca pudieron encontrar la cabeza.

—Se la robaron los antropófagos o sus agentes, lo que nos enseña la lección que debemos estar siempre precavidos —dijo Adelaida—. En todo caso, reconozco que es una lástima, y más que eso, una injusticia cuando se trata de uno de los nuestros, de privar a un cadáver de su cabeza. Prefiero que corramos, una vez más, un tupido velo sobre este asunto...

Balbina parecía haber olvidado la tragedia. Cuando se le comunicó, sin darle detalles, que ella por lo demás no solicitó, la muerte de sus dos hijitas, lloró un poco, pero no demasiado, y corto tiempo después las olvidó por completo sin que nadie osara nombrarlas en su presencia, como tampoco a Adriano, a quien era preferible mantener encerrado para que no terminara comiéndoselos a todos. Wenceslao era consuelo suficiente para su madre. Crecía. Pero Balbina era incapaz de aceptar la realidad de su crecimiento, tal como era incapaz de aceptar que era niño, no niña, y continuaba vistiéndolo con faldidas de bordados y fruncidos, cargado de cintas y coronitas de rosas de pitiminí y peinado con tirabuzones *à l'anglaise*. Su vida, ahora alegre e inocente, libre de toda obligación y vuelta a la prolongada infancia de la cual Adriano quiso arrancarla, se redujo a cuidar y peinar y vestir a Wenceslao como quien mima a una muñeca viva. Él, perfumado y con el rostro cubierto de afeites, tenía que soportar la burla de sus primos para no destruir lo poco que iba quedando de la mente de su madre.

Balbina no lo dejaba abandonarla. No porque tuviera miedo que le fuera a suceder algo —desapareció de su mente la noción de peligro, de modo que era necesario vigilarla sin parecer hacerlo para que no cometiera imprudencias—, sino por su enamoramiento de este embeleco sin el cual no encontraba nada que hacer. A veces, mientras lo tenía sentado en el taburete de su tocador para embadurnarle con afeites que realzaran su belleza, solía oír desde el torreón los gritos de Adriano.

Balbina dejaba caer el cisne cargado de polvos, escuchando:

—¿Quién será? —decía como preguntándose a sí misma.

—¿Quién, mamá?

—Ese hombre que grita.

—Nadie grita, mamá.

—¿No?

—Yo no oigo nada.

—Serán los niños jugando en el parque.

—O los pavos reales.

—Seguramente.

Balbina se ponía a lloriquear:

—¿Qué pasa, mamá?

—No quieren que te lleve al paseo.

—¿Por qué?

—Porque son antipáticos.

—Pero trata de explicarme por qué no quieren que me lleves.

—Porque no debe haber ninguna entre nosotras que tenga privilegios: las leyes, cuando son parejas, eso dicen, no son duras. Si yo te llevara a ti, Adelaida tendría derecho a llevar a Cirilo, Lidia a Amadeo, Berenice a Clemente, Celeste a Avelino, Ludmila a Olimpia, y Eulalia a Zoé, y dicen que entonces las cosas se complicarían. Se quedarán ustedes, los treinta y cinco primos aquí en la casa...

—¿Treinta y cuántos, mamá?

—Y cinco. ¿Por qué?

—Me confundo. Soy pequeño y no sé contar.

—¿Me prestas tu red para cazar mariposas?

—No tengo.

—¿Por qué no tienes?

—No me interesa cazar mariposas.

—Eres raro..., raro como...

—¿Cómo quién, mamá?

—¿Qué dices?

Wenceslao titubeó medio segundo para elegir su respuesta:

—Que no tengo red.

—¡Qué lástima! Hubiera cazado mariposas más lindas, de esas que tienen las alas irisadas, para secarlas en cajas con tapa de cristal y luego, cuando celebramos tu cumpleaños, te las prendería en tus rizos. Y si me hubieran permitido llevarte las hubiéramos cazado juntos para clavarlas vivas en tus cabellos y verlas aletear hasta morir. Pero son unos antipáticos y no me dejan llevarte.

Los ojos de Wenceslao destellaron. Había temido que a último momento, en consideración por la "tragedia" de Balbina, hubieran acordado hacer una excepción en su caso. Pero no cedieron. Las leyes inflexibles, dijeron, las que no consideran cada caso en particular sino el principio puro, eran las que estabilizan las instituciones. Adriano gritó en su torre. Desde los cojines de la *chaise-longue* donde su madre lo tenía reclinado, como una de esas muñecas decorativas que estaban de moda, Wenceslao por fin osó preguntarle aquello que quería averiguar desde hacía tantos días, y que, aunque Amadeo y sus espías estaban alerta escuchando la conversación de los grandes desde detrás de los arbustos y debajo de las faldas de las mesas, nadie había logrado confirmar:

—¿Y a él lo llevarán, mamá?

—¿A quién, hijo?

¿Cómo preguntárselo? ¿Cómo pronunciar ese nombre ante ella? Se arrepintió:

—A Amadeo —repuso.

—Está de comérselo a besos ese niño..., exquisito, realmente, una verdadera monada...

Pero todas las mujeres decían lo mismo de todos los

pequeñuelos con igual fervor. En ese momento Adriano aulló desde el torreón, pero Wenceslao no alcanzó a oír bien sus palabras. Dejó que pasara un momento de silencio, mientras su madre se empolvaba, por si su padre repitiera la frase que podría contener alguna directiva para llevar a cabo sus planes de mañana. Pero no lo hizo. Entonces Wenceslao le preguntó a Balbina:

—¿Quién gritó, mamá?

—¿Qué te ha dado por preguntar repetidamente lo mismo, hijo mío?

—Me pareció...

—Nadie grita. Ya te lo dije. Son los pavos reales.

—Ah.

Capítulo Tres

LAS LANZAS

1

CUANDO LOS NIÑOS se vieron solos después de la partida de los grandes, sin otra protección que la vigilancia de los atlantes que de trecho en trecho sostenían la balaustrada de la terraza, sintieron que no podían transgredir las fronteras asignadas por la costumbre sin precipitar el desastre: el parque familiar revestía un aire insólito, hostil, y la casa, hoy tan despoblada, era colosal, autónoma, semejante a un dragón de entrañas constituidas por pasadizos y salones dorados y alfombrados capaces de digerir a cualquiera, de tentáculos que eran los torreones que intentaban atrapar las nubes siempre en fuga. Para neutralizar esa sensación de peligro que irritaba las puntas de sus nervios, los primos prolongaban los placenteros residuos de la modorra matinal pese a que se acercaba la hora del almuerzo. Y como quien silba en la noche para alejar el miedo, sin otra consigna que la consigna tácita de permanecer juntos para defenderse de lo aún no formulado, fueron congregándose en la terraza del sur.

Algunos primos, es cierto, intentaron iniciar sus actividades de siempre fingiendo que era una mañana igual a todas. Pero la violencia con que Cosme le discutía a Avelino la posición de su alfil en el tablero para continuar la partida de ayer era desacostumbrada. Colomba intentaba reclutar algunas primas —a las que sabía deseosas de imitar su eficiencia casera— para comenzar a disponer la alimentación de la jornada, pero ellas se enredaban en entretenimientos sin ton ni son que las hacía permanecer otro rato en la terraza, cerca de los demás. Y Cordelia, tendida en una mecedora para toser a su regalado gusto ahora que los grandes no estaban prohibiéndoselo —"No seas tonta, Cordelia, no tosas para imitar a las heroínas tísicas de esos novelones que lees"— intentó tocar la guitarra entre los accesos que le desgarraban el pecho, pero sólo logró hacer sonar una que otra cuerda destemplada. Los hombres se proponían iniciar algunos deportes dignos de su fuerza, tomando pelotas, mazos, remos, sin lograr decidirse a bajar al prado ni dirigirse al *laghetto*.

En la mañana de que estoy hablando, el núcleo de lo que por falta de una palabra más adecuada llamaré la "actividad" en la terraza del sur estaba ocupado por la pequeña *élite* que nunca dejaba de atraer todas las miradas, el cogollo que se sabía envidiado y que utilizaba esa envidia como arma para rechazar, excluir, premiar, castigar, despreciar: Melania rodeada de su corte de pajes, doncellas, caballeros; Juvenal, envuelto en su túnica de seda cardenalicia; Cordelia misma; y Justiniano y Teodora, y sobre todo Mauro, el Joven Conde. Este cogollo de propietarios de la fábula administraba la fantasía, organizando sucesivos episodios de La Marquesa Salió A Las Cinco para tejer un sector de la vida de Marulanda que interponían entre sí y las leyes paternas, sin tener, de este modo, que verlas como autoritarias ni rebelarse. Proporcionaban con esto, no sólo a los protagonistas sino también a los que intervenían como comparsa, una huida hacia otro nivel para aguardar allí, en almácigo y sin tener que enjuiciar los dogmas, el momento en que ellos también fueran "grandes" y ascendiendo a esa clase superior dejar de ser vulnerables a las dudas que por su naturaleza de niños los asediaban, para transformarse ellos también en manipuladores y creadores de dogmas.

Melania, envuelta en el peinador de gasa color neblina que para ella había robado Juvenal del guardarropa de Celeste, dejaba que Olimpia cepillara la larga madeja de su trenza negra mientras Clelia, maestra en estas artes, la peinaba según las indicaciones de Juvenal. Toda la familia opinaba que Melania era la más bonita de las primas, la que más pronto se casaría. Y como la obligación número uno —si no la única— de las mujeres era justamente ser bonita, gozaba de todos los privilegios. Cordelia, con su trenza de oro y su delgadez, con la intensidad de sus afiebrados ojos claros y sus altos pómulos, tenía quizás más belleza que Melania. Pero mis lectores reconocerán que la belleza pura es terrible por los misterios que encierra, una cualidad abstracta, difícil, que compromete también la inteligencia del que la aprehende, y era considerada por los Ventura como inferior a la seducción instantáneamente identificable de una encantadora adolescente. Cordelia se adhería al círculo de admiradores de Melania, ansiosa de que la animalidad de su prima la contagiara. Venciendo su tos, pulsó la guitarra, entonando:

> *Plaisirs d'amour*
> *ne durent qu'un instant;*
> *chagrins d'amour*
> *durent toute la vie...*

—¡Cállate! —le gritó Mauro, que había estado paseándose con las manos en los bolsillos. Se detuvo ante ella y continuó:

—¿Hasta cuándo te lamentas por cosas que no conoces ni tú, ni yo, ni ninguno de nosotros, y es muy posible que ni siquiera nuestros padres?

—¿Qué desplantes son éstos? —le preguntó Melania

96

fingiendo sobresalto—. ¿Y mis penas de amor por ti, qué son entonces?

—Me amas y te amo sólo cuando jugamos a La Marquesa Salió A Las Cinco —repuso Mauro—. Somos incapaces de sentir nada cuando no acatamos las reglas de algún juego.

—Es la única manera de amar —suspiró Melania—. ¿Cómo se puede amar sin convenciones?

Melania estaba encantada con este giro de la charla, ya que había nacido con una irresistible vocación para el íntimo cuchicheo sobre los sentimientos propios y ajenos, para la manipulación y la confidencia, para destruir o construir los equilibrios afectivos. Arrodillado junto a ella, Juvenal le estaba pintando largos ojos egipcios mientras Teodora la coronaba con pensamientos de rostros violáceos casi tan oscuros como sus trenzas.

—Yo quisiera amarte, Melania —murmuró Mauro—. Sin embargo, no existe compromiso entre tú y yo hasta que nuestras palabras habituales no cambien de significado por la alteración del contexto en que son dichas. Hoy es distinto, la convicción marquesal no me basta.

—¡Hoy! ¡Hoy! —chilló Juvenal poniéndose de pie y desparramando al hacerlo los útiles de maquillaje—. ¡Basta! ¿Por qué se postula hoy como un día distinto a los otros? Yo soy el guardián del orden aquí. Represento a los grandes. Como ellos, yo decido qué es verdad y qué no lo es. Hoy *no* es distinto a ningún otro día. Todo intento de hacer que las cosas del día de hoy sean distintas será considerado como sedición y debidamente castigado al regreso de nuestros padres amantes. Tú, Mauro, ¿quieres, como Wenceslao, propagar ideas que instauren el caos? No te lo permitiré: vamos a jugar todos, sí, ¿me oyen?, todos, a la Marquesa Salió A Las Cinco. Pasaré lista para que nadie falte. El que no cumpla su papel dentro de esta acción comunitaria destinada a mantener nuestros pensamientos alejados de peligrosas dudas, sufrirá el castigo correspondiente. Tú, Melania, serás la Amada Inmortal; y tú, Mauro no intentes huir, serás, como siempre, el Joven Conde; y yo, la Pérfida Marquesa...

—Me niego a jugar —lo desafió Mauro—. Algo distinto tiene que suceder.

—Aquí no sucede ni sucederá nada —insistió Juvenal.

Oyeron la débil voz de Cordelia:

—¿Por qué no si hoy es un día sin leyes?

Juvenal se dio vuelta furioso:

—¿Tú también, estúpida, tísica, propagando rumores? Cállate. ¿Qué sabes tú, que ni siquiera los antropófagos querrán comerse tu cuerpo agusanado?

Mauro, entretanto, se había quedado mirando a Melania y le dijo con una ternura cuya desnudez ella sintió como una vejación:

—Te tengo miedo, Melania. El amor me asusta porque apenas percibo su forma: pero hoy me doy cuenta que estilizado como lo hemos vivido hasta ahora no me basta.

Melania, envuelta en su túnica de gasa color neblina, se puso de pie, avanzó hasta colocarse frente a Mauro y muy cerca de él para avasallar su voluntad. En la sombra temblorosa de la glicina que los rescataba de la resolana del mediodía, blanco de las miradas de todos los primos que suspendieron sus juegos para presenciar tan conmovedora escena, la figura de Melania era de una vaga inmaterialidad. Su sonrisa fija, en cambio, su cabeza de trenzas negras enroscadas como las serpientes de una Medusa, adquirieron una intensidad alegórica que hizo temblar a Mauro. Si sentía en su piel el aliento tibio de Melania, si su sonrisa no se apagaba ahora, sí, ahora mismo, él olvidaría su certeza de que hoy todo iba a cambiar, para dejarse englutir por el universo esmeralda de La Marquesa·Salió A Las Cinco.

De pronto, Mauro vio que la sonrisa de Melania se trocaba en una mueca de espanto, y que, congelados en sus sitios por algo que ellos veían y él no, los rostros de sus primos se demudaban. Se dio vuelta.

—¡*La poupée diabolique*! —exclamó, reconociendo al muñeco de rizos de oro y faldas de encaje en esta nueva encarnación de muchachito de pantalones azules y pelo cortado a tijeretazos.

Todos los demás se agruparon gritando alrededor de Wenceslao, intentando agarrarlo para propinarle un castigo, preguntando que cómo y cuándo y por qué, que qué se había figurado, que iba a matar a su madre con el disgusto, que qué iban a decir los grandes cuando lo vieran. Cambio, cambio, se dijo Mauro, ellos mismos, que lo negaban, estaban pronunciando la palabra, reconociendo, como reconocía él —como lo envidiaba él—, que Wenceslao había dado el primer paso. Mauro no gritó. Ni pugnó por llegar al centro del grupo que exaltado con la novedosa apariencia de Wenceslao se apretaba en torno a él interrogándolo. Encaramado en la balaustrada para admirar desde la distancia a su primo, del que parecía emanar tanta lucidez, tuvo la certeza de que él y Wenceslao —pese a las palmadas brutales que le había propinado en el trasero quizás una hora antes— esperaban cosas idénticas, aunque de maneras distintas, del día de hoy. Él no se creía capaz de sembrar el pánico como lo estaba haciendo su primo que con su aparición transfigurada señalaba convicciones y propósitos tan ardientes como claros: destruir para cambiarse y cambiarlo todo. Él, por su parte, debía esperar, saber, meditar hasta descubrir una respuesta a cuyo servicio pondría la totalidad de su fervor, que era mucho. Por el momento era sólo capaz de barajar enigmas, pura perplejidad, preguntas ya no aterradoras porque hoy —o en la prolongación de hoy hacia un futuro carente de las autoridades tradicionales— parecía posible encontrar respuestas. No comprendía por qué no todos sus primos compartían su propio entusiasmo por esta nueva época pregonada por los pantalones azules y el pelo tijereteado de Wenceslao: por qué Melania misma arrastraba a Juvenal fuera del grupo y seguidos de su corte se dirigían gimiendo al interior de la casa, los ojos cubiertos para no ver al pequeñuelo, los oídos tapados para no escuchar las posibles palabras que pusieran fin al seguro reino de su exclusividad. Mauro no tardó en ver el rostro demudado de Juvenal, arriba, cerrando las ventanas del gabinete chino sobre el balcón principal, donde se atrincherarían quién sabe contra quién, contra qué, pero sobre todo, resolvió Mauro en ese mismo instante, contra un enemigo que ellos mismos estaban creando con su negación, con su terror.

Mauro miró alrededor suyo buscando a sus hermanos Valerio, Alamiro y Clemente. Tuvo que arrancarlos a la fuerza del grupo que se apretaba alrededor de Wenceslao, porque fascinados con el terror no querían alejarse de donde emanaba. Ahora él iba a necesitarlos. Era urgente trabajar con el fin de aclarar sus intenciones hasta dejarlas tan lúcidas como las de Wenceslao. Y mientras el pánico de algunos al darse cuenta de que en efecto la historia de hoy era distinta a la de todos los días anteriores y la incredulidad de otros diseminaba al grupo después de haber huido Wenceslao, Mauro, seguido de sus hermanos, saltó de la balaustrada al prado, y de allí se aventuró por el jardín hacia el fondo más escondido del parque.

AL VER LA SEÑAL que le hizo su hermano mayor, Valerio dejó caer su remo para seguirlo. Alamiro y Clemente también corrieron escalinatas abajo pateando una pelota de cascos blancos y anaranjados al alejarse para que nadie se diera cuenta que se desprendían del grupo. Valerio pronto se unió al juego, avanzando hacia el *laghetto* tras cuyos papiros acababa de perderse Mauro. Cuando llegaron los asombró la exaltación de su rostro. Pero ellos no dejaron de jugar a la pelota.

—Entréguenmela —les gritó Mauro.

—No quiero —repuso Clemente, el más pequeño—. Es mía.

Mauro le arrebató la pelota, lanzándola al agua donde un cisne la circunnavegó, y la vieron perderse en una musgosa caverna de *rocaille*.

—¡Mi pelotita...! —gemía Clemente. Y después—: Quiero cuestionar la autoridad que te has arrogado para desposeerme de mi juguete.

Mauro abrazó al pequeñuelo, asegurándole que después, cuando tuvieran tiempo, y él comprendiera su propia autoridad en caso que la tuviera, la recobraría.

—¿Por qué no ahora? —insistió Clemente.

—Porque tenemos prisa.

—¿Por qué tanta prisa? —preguntó Valerio—. Si es verdad, como dicen, que los grandes no volverán, entonces tenemos todo el tiempo del mundo.

—No sé si volverán o no —respondió Mauro—. En todo caso, sea como sea, la historia, ahora, será de otra naturaleza, distinta a la que hasta ahora hemos conocido. ¿Vamos?

Intentó reiniciar la carrera hasta el fondo del parque pero Valerio lo retuvo:

—Espera —le dijo.

—¿Qué quieres? —le preguntó Mauro.

—Que nos expliques por qué tanta prisa. La esencia misma de nuestro secreto es que carece de utilidad y significado. ¿Cómo puedes justificar, entonces, esta repentina premura?

Estaban parados al sol junto al *laghetto*. Mientras hablaban, Mauro se fue despojando de su chaqueta, del cuello almidonado, de su corbata de lazo negra, de su camisa listada, como quien se prepara para trabajar, dejándolo todo tirado en el césped. Era musculoso, todo entero color ámbar, incluso la transparencia de sus ojos muy hondos sombreados por la circunflexión de sus cejas que repetían el azabache de sus pestañas y del casco de su pelo. Detrás de él, entre los nenúfares, los cisnes hilvanaban la satisfactoria reiteración de sus periplos. Valerio le exigía una respuesta inmediata. ¿Cómo darle satisfacción para no perderlo? ¿Cómo satisfacerse a sí mismo? Él mismo ni siquiera había comenzado a analizar los nuevos problemas. Necesitaba trabajar en lo que creía inconfundiblemente suyo para que surgieran de su centro las respuestas que Valerio, tan extemporáneamente, le estaba exigiendo. Sólo fue capaz de decir:

—Vengan.

Valerio lo encaró:

—Yo no voy si no explicas.

—Ya sabes que nuestro quehacer no tiene explicación.

—Concluyo, entonces, que no hay prisa. Regresaré a casa para participar en la acción colectiva.

—¿Y delatarnos?

Valerio lo pensó un instante. Luego dijo:

—Si la acción colectiva lo exige ¿por qué no?

¿Valerio, el entusiasta, el que no conocía ni el temor ni la duda, consideraba la delación como algo posible? Era como si la unidad de los cuatro hermanos, la empresa que los había asociado durante años, cayera derrumbada bajo las exigencias del día. Mauro sintió que las lágrimas le picaban los ojos, pero su voluntad las secó. Sólo le pudo preguntar:

—¿Entonces lo nuestro no significa nada para ti?

—Mira, Mauro —dijo Valerio impaciente—. La transfiguración de Wenceslao indica que están sucediendo cosas inmediatas, importantes, que no dejan tiempo para la meditación sobre nuestro secreto. Nos exigen volcarnos hacia afuera, hacia el acontecer: yo quiero participar en ese acontecer no subjetivo. Nuestra labor no es más que un pasatiempo pueril que carece de otro significado que el lírico, una forma, un juego. Tú mismo dijiste que hoy no es un día para juegos.

¿Cómo se había atrevido a afirmar eso o cualquier cosa, se preguntó Mauro, si todo su ser era puro titubeo? ¿Si ni siquiera la labor secreta de tantos años le proporcionaba certidumbre? ¿Por qué su imaginación demasiado anhelante daba por real aquello que sólo se sentía en el aire?

—No sabemos si es juego o no —tartamudeó.

—¿Ves? Esto es nuevo. ¿Por qué, si no han cambiado las cosas, ha cambiado tu tesis? El propósito de lo nuestro era sólo hacer algo prohibido, ajeno a la voluntad de nuestros padres, algo verdaderamente nuestro, no tribal, secreto pero sin consecuencias. Ahora, como dijo Cordelia, no hay leyes y por lo tanto no hay autoridad, por lo cual queda invalidada tanto la esencia misma de nuestro quehacer como tu autoridad para quitarle la pelota a Clemente. Si persistes en nuestro empeño eres un cobarde.

—¿Por qué todo tiene que tener un efecto tan implacablemente definido? ¿Por qué una acción, en apariencia inútil porque por el momento no sabemos qué significa, no podrá sumarse finalmente al todo pero de otra manera?

—No en un día como éste —repuso Valerio.

—Estás demasiado seguro.

—Eres un débil.

—Y tú careces de imaginación. Terminarás inventando otra ortodoxia, tan inflexible como la de nuestros padres. No, no soy débil. Pero te confieso que no tengo pasta de mártir ni de héroe: a ver si aprendes a distinguir ese matiz.

—Las cosas no están como para matices.

—Eso no se puede asegurar —alegaron Alamiro y Clemente.

—Pues bien —terminó Valerio—. Mientras titubean, yo me voy.

Y lo vieron alejarse a toda carrera hacia la casa.

2

MIS LECTORES se estarán preguntando cuál era el secreto que produjo esta ruptura entre los hermanos, y acusando al escritor de utilizar el desacreditado artilugio de retener información con el fin de azuzar la curiosidad del lector. La verdad es que me he propuesto arrastrarlo hasta este punto del relato para descubrir ahora, dando al hecho toda su magnitud, aquello que quiero colocar como símbolo al centro de mi historia.

Para saciar su curiosidad, debo remontarme a unos años antes del día de la excursión y descubrir el origen de la cábala a la que los hermanos aludieron en su disputa junto al *laghetto*. Durante algunos años este secreto mantuvo unidos en la clandestinidad a los cuatro hijos de Silvestre y Berenice, sin dejarlo perturbar la superficie de la vida de la familia porque para ésta las cosas de siempre permanecían inamovibles, cumpliendo fielmente sus papeles asignados: era una verdad indiscutida que Silvestre y Berenice y sus cuatro hijos, Mauro, Valerio, Alamiro y el pequeño Clemente, encarnaban el ideal, por serios, modernos, y de atinado comportamiento no sólo en sociedad sino durante los veraneos en la casa cercada por la reja de lanzas que definía el perímetro del parque.

Esta reja era uno de los rasgos más notables de la morada. Mauro, a los diez años, pasó ese verano contándolas: dieciocho mil seiscientas treinta y tres varillas altísimas, negras, de hierro delgado pero imposible de doblar, tan bien templado era, rematando allá arriba en relucientes puntas de metal amarillo y firmemente sujetas bajo la tierra por una argamasa tan dura y tan vieja como el granito que subyace al humus. Después de ese veraneo los padres de Mauro, de regreso a la capital —no habían notado que el mayor de sus hijos solía separarse del juego de sus pares para dedicarse a hacer el arqueo de las lanzas—, quisieron premiarlo en su cumpleaños por su excelente conducta, ejemplo para sus hermanos menores y sus primos. Le preguntaron qué le apetecía como regalo. Él, sorprendiéndolos, puesto que estaban dispuestos a regalarle hasta un potrillo, pidió una lanza de hierro, e intencionalmente, para ver cómo reaccionaban, no elaboró los detalles de su petición. Silvestre y Berenice, entonces, mandaron a fabricar una lanza donde el forjador más reputado de la capital, tomando como modelo las lanzas de la reja de Marulanda. Pero la encargaron de proporciones más reducidas, con la punta no demasiado aguda para que no entrañara peligro: un juguete, en suma. Mauro desilusionó a sus padres haciéndole poco caso a este regalo que quedó herrumbrándose en el fondo del elegante jardincito de la nueva casa que la pareja se había hecho construir en la capital en el barrio de casas de los extranjeros. Interrogado, el niño contestó:

—No es una de las lanzas de Marulanda.

—No podías esperar eso, hijo bienamado —trinó Berenice—. Las lanzas de Marulanda pertenecen al patrimonio familiar y no podemos tocarlas.

—¿No debía pedir lo que quisiera?

—Bueno, dentro de las limitaciones racionales.

—Ese detalle no se estipuló en el ofrecimiento del regalo. Además ustedes mismos me han enseñado que para nosotros, los Ventura, no hay límites porque somos nosotros quienes los definen.

—Pero me reconocerás que la razón limita —alegó Silvestre—. Para eso, de hecho, existe.

—¿Qué tiene que ver con la razón una lanza que, en caso de emplearse, no serviría para nada? Esta lanza es distinta...

—Tenía que ser distinta.

—¿Por qué tenía que ser distinta?

—Bueno, las técnicas y materiales de hoy no son iguales a los que existían cuando se fabricaron las lanzas.

—Si hemos de creer en el progreso, y si las técnicas de hoy son más perfectas, se desprende que debían ser capaces de reproducir aquello fabricado por técnicas más primitivas; de otro modo, el progreso no sería más que olvido, pérdida. ¡La punta de esta lanza es burda, de bronce, madre!

—¿De que debía ser?

—De oro.

—¡Cómo se te ocurre!

—Las puntas de las lanzas de Marulanda son de oro.

—¡Qué ideas más estrafalarias tiene este niño!

—Es verdad. Por algo no se herrumbran. Para que las puntas brillen como brillan no es necesario que los lacayos se trepen a pulirlas: claro, son de metal noble. Ustedes prometieron regalarme lo que yo quisiera y no han cumplido su promesa.

—No estipulaste las condiciones.

—Si estaban tan empeñados en complacerme y no

sólo en cumplir, debían habérmelo preguntado.

Silvestre y Berenice se miraron. El padre dijo:

—Eres impertinente y por lo tanto no mereces regalo alguno. Además estás soñando, lo que quizás sea aún más grave. Ya eres grande. Debes saber la medida de lo que es lícito. No repitas que las puntas de las lanzas son de oro, mira que puede ser peligroso.

—¿Por qué?

—Olvídate de las lanzas, Mauro. Si llego a saber por medio de los sirvientes, a quienes encargaré que de ahora en adelante te vigilen en forma especial, que andas enredado en sueños prohibidos, te castigaré mandándote a estudiar al extranjero antes del próximo verano, y no regresarás a Maralunda hasta que tu cabeza se haya contagiado con el sentido común de esa raza superior, nuestros clientes, los exportadores de oro.

Mauro era experto en mantener la superficie de su conducta impoluta, como todos los Ventura. Y como sus padres, a su vez, eran expertos en correr un tupido velo sobre cualquier cosa que los incomodara, esta conversación no dejó huellas en Silvestre y Berenice porque de ahora en adelante cualquier corrección quedaba en manos de los sirvientes. Tampoco pareció dejar huellas en Mauro, que ante los ojos de la familia fue creciendo como parangón de todas las perfecciones. A pesar de este simulacro, la prohibición de sus padres definió en él un ansia inagotable por ahondar en un secreto que era suyo aunque no lo comprendiera bien, pero para él tenía el prestigio de ser ilícito. Así, en momentos perfectamente calculados, cuando nadie lo necesitaba o podía echarlo de menos, burlando tanto la vigilancia de los lacayos como la de los jardineros, solía ir a examinar la reja, recorriendo con sus dedos cada una de las varillas, idénticas para ojos menos avezados que los suyos. Llegó a ser capaz de distinguir leves diferencias entre las lanzas, magnificadas por su imaginación, y estas diferencias determinaban en él emociones distintas: las de fuste demasiado liso o de desigual espesor, las menos derechas, merecían su desprecio. Pero amaba las más esbeltas, las de superficie más negra, más texturada. Y después de largas comparaciones y meditaciones eligió amar a una, una lanza perfecta que erguía su punta de oro contra los raudos cielos de Marulanda: esa lanza se llamaba Melania.

Melania-prima, entretanto, maduraba con más rapidez que él. Se hacía mujercita, se llenaban de suavidad sus contornos y sus hoyuelos, mientras sus miradas adquirían significados que Mauro sólo conocía a través de las fabulaciones infantiles. Se destacó pronto porque sus mohínes le granjeaban toda clase de gangas con que doblegaba, sin parecer hacerlo, la voluntad de la familia. Mauro, en cambio, de la misma edad que ella, permanecía inmerso aún en la inidentificable fila de primos de su edad. Melania, claro, no se fijaba en Mauro porque estaba demasiado complacida viendo desarrollarse su propia imagen en el espejo de los halagos: los grandes, dentro de pocos años, en cuanto cumpliera diecisiete, la acogerían dentro de sus filas. Él hubiera querido impedirle el ingreso allí, pero la sonrisa con que acogía cualquier sugerencia suya era siempre la misma, sólo deliciosa, a no ser que se tratara de un nuevo episodio de La Marquesa Salió A Las Cinco, juego que tenía la virtud de hacerla desbordarse porque nada de lo que sucedía en él era verdadero. Fue con el propósito de minar esta seguridad que un verano a Mauro se le ocurrió cavar alrededor de la base de la lanza que se llamaba Melania, para obtenerla. Al cavar se preguntaba qué significado podía atribuirle a la palabra "obtener". ¿Qué era "obtener" a Melania para un niño como él? ¿Qué haría con ella una vez obtenida?

Melania-lanza era la cuarta situada después de la tapia de las cuadras, al fondo del parque, donde toda una sección de la reja quedaba oculta tras el seto de mirtos recortados en forma de almenas. Era poco probable que allí lo sorprendieran entregado a su heterodoxo quehacer. Cavó tímidamente al principio, sólo con la intención de hacer más profundo, más perturbador su secreto, arrancando con cuidado la vegetación que crecía junto a la base para reponerla de modo que una mancha de sequía no lo delatara a los jardineros que vigilaban cada centímetro del parque, aun en este recoleto lugar. Después, envalentonado, se procuró punzones y martillos con los que pudo cavar hasta muy hondo en la argamasa. Durante todo un verano cavó y rompió para "obtener" a Melania, evadiéndose en la noche aun a riesgo que descubrieran la almohada puesta en su cama para simular su cuerpo, inventando explicaciones poco convincentes para justificar las heridas de los nudillos de sus manos cuando Berenice inspeccionaba a sus cuatro hijos en la mañana por si descubría alguna falta antes de dejarlos aparecer en público. Era el deleite de la mentira adolescente, necesaria para forjar la individualidad, el vértigo del secreto, de lo furtivo, que lo hacía único entre sus primos aunque ninguno de ellos conociera su superioridad. Hasta que por fin, una tarde, logró que Melania-lanza se moviera: la sintió avivarse casi animalmente gracias a la fuerte ternura de sus manos, la sintió responder a lo que en él era verdad, hasta que por fin la alzó, libre ya, individualizada, independiente de la serie, para yacer juntos, agotados y felices, en el pasto. Extrayéndola de la fila de sus iguales, interrumpía con su ausencia la regularidad de los intervalos al introducir este intervalo distinto. Mauro percibió, como si hubiera abierto una ventana al infinito, que toda la llanura, de horizonte a horizonte, se volcaba dentro de la propiedad por el boquete que variaba la notación regular de las lanzas. Desde entonces, día a día, comenzó a acudir a su escondite tras el seto para quitar la lanza llamada Melania y contemplar, yaciendo con ella entre sus brazos, cómo penetraba el infinito por el pequeño boquete de Melania.

—¿Dónde has estado toda la tarde que no te he visto? —le preguntaba Melania-prima al verlo volver.

—Estudiando —respondía Mauro—. Cuando sea grande quiero ser ingeniero.

Melania reía al contestarle:

—No necesitas ser nada fuera de lo que eres. Le oí comentar a tu padre anoche que si insistieras en tu vocación te mandaría a estudiar donde sus amigos, los extranjeros de patillas coloradas y ojos aguachentos que compran nuestro oro, puesto que estudios de esa clase, y de la categoría que alguien de nuestra familia necesitaría, aquí no existen. ¿Te gusta la idea?

—No. Los odio.

—¿Por qué?

Al verse sorprendido, Mauro respondió riendo para disimular:

—Temo enamorarme de una pelirroja y no volver más a Marulanda.

En la capital, Mauro comenzó a visitar con frecuencia la casa de tía Adelaida para estar junto a Melania-prima, sin saber si lo hacía para revivir a Melania-lanza o si, al contrario, yacía junto a Melania-lanza para entablar una relación que rebasara su relación oficial con Melania-prima. En la casa de tía Adelaida en la capital, observaba la curva de la pesada trenza negra al caer por el respaldo de la silla cuando Melania-prima inclinaba la cabeza sobre un álbum de postales bajo la lámpara, o sentir junto a su rodilla la proximidad de la suya bajo la mesa en que jugaban al naipe, era una manera de acercarse a esa irregularidad vertiginosa que él había abierto en el implacable ritmo de la reja de los Ventura. Al crecer, escoltaba siempre a Melania en Marulanda. Y este emparejamiento oficial aceptado por la familia, que no excluía ciertas miradas, ciertos regalos, parecía natural a todos ya que era la manera normal de formar las parejas de jovencitos que quizás algún día se casarían. Sólo el tío Olegario, al sorprenderlos en íntimo coloquio en el cenador de madreselvas, se enfurecía porque él y Celeste, padrino y madrina de la niña y dictadores del buen tono no sólo dentro de la familia sino entre lo mejor de la capital, opinaban que era una extralimitación en su comportamiento. ¡Qué se le iba a hacer si el pobre Cesareón, padre de Melania, había muerto trágicamente, y Adelaida, cargada con el dolor de su viudez, no recordaba los límites que es necesario acatar! Entonces Olegario, alto y fornido, con bigotazos y cejas negras relucientes como el charol de sus botas y voz de huracán, mandó a su hijo Juvenal que vigilara a la pareja: en sus manos quedaba proteger la pureza de su prima. Los simulacros de La Marquesa Salió A Las Cinco no importaban. Pero ¡ojo!..., que no pasaran de allí. El principal resultado de esta vigilancia fue la intimidad de los tres, porque Mauro tuvo buen cuidado en obedecer las restricciones del tío Olegario, creciendo ejemplarmente sumiso, y cultivando las formas satisfactorias de su "noviazgo" con Melania-prima.

Al contemplar la superficie perfecta de Mauro, los Ventura no podían dejar de alabar la suerte que en él tuvieron Silvestre y Berenice, como asimismo en lo que se iba viendo del comportamiento de sus otros hijos. Pero restringían sus alabanzas, agregando que porque eran quienes eran no se trataba de un mérito personal sino de la estirpe, y eran sólo como debían ser.

111

SILVESTRE Y BERENICE eran los únicos Ventura que mantenían trato social con los extranjeros de patillas coloradas, narices pecosas y ojos deslavados que les compraban el oro para lanzarlo al mercado mundial. Éstos usaban leontinas demasiado vistosas sobre sus chalecos de colorinches, y gritaban sus órdenes cuando se emborrachaban con aguardiente en los portales del Café de la Parroquia, donde se reunían en busca de productos nacionales para exportarlos en los navíos que, atracados al malecón frente al Café, cimbraban mástiles y congregaban gaviotas. La familia Ventura consideraba vulgares a estos mercachifles, indignos de sentarlos a sus mesas, aunque de su munificencia —lo sabían de sobra pese a que preferían morir antes que reconocerlo— dependían tanto como de la industria de los nativos que laminaban el metal.

En los "buenos tiempos" del pasado los extranjeros no salían del Café de la Parroquia, o por lo menos se hacían notar tan poco fuera de él que era fácil reducirlos a entes exclusivamente comerciales. Pero ahora habían comenzado a erigirse en pilares de la civilización, en los avales más fogosos de la peligrosidad de los antropófagos, en cruzados cuyo papel sería imprescindible si las cosas debían permanecer como eran, fervor exacerbado últimamente por razones que Silvestre prefería no comprender. En todo caso, el monto de los contratos ya no era sólo cuestión de que los extranjeros subieran a la helada oficina de Hermógenes para firmar en silencio y pagar. Los extranjeros parecían exigir ahora que los prestigiosos Ventura, cuya sangre había escrito la historia política, social y económica del país, se identificaran con ellos no sólo en sus intereses comerciales, sino con sus familias. La verdad era que estos extranjeros simplotes, lejos de su tierra, no aspiraban más que a divertirse un poco, a ser aceptados dentro del ambiente con el fin bastante primario de no aburrirse.

Silvestre era el menos envarado de los Ventura. Gordo y calvo, vividor y simpático, le gustó el papel que la familia le asignó: el de atraer a los extranjeros hacia sí para que, actuando como baluarte, impidiera que éstos invadieran la vida de los demás. Debía encantarlos con su desenfado, profesionalizando su buen humor de modo que el anzuelo destinado a atrapar a estos incautos quedara disimulado dentro de él. Silvestre no era de los que enmudecen ante una broma chocarrera, de los que se detienen ante varias botellas de más o ante la visita al nuevo burdel de mujeres de Transilvania si esto significaba operaciones que él se preocupaba de redactar en forma que parecieran satisfactorias para ambas partes. Esto le valía no sólo una pingüe comisión que Hermógenes le deslizaba en el bolsillo, sino invitaciones y promesas —y más de una secreta comisión en efectivo— de parte de los extranjeros, que se lo conquistaban con estos halagos y con regalos de objetos importados, de los cuales Silvestre, al cabo de un tiempo, no era capaz de prescindir puesto que llegó a convencerse de que cuanto venía de las tierras de los pelirrojos poseía cualidades sobrenaturales, ausentes en los objetos indígenas. Se vestía como ellos y adoptó sus costumbres, dándose, además, el trabajo de aprender su endiablado idioma de dieciocho declinaciones, que le parecía el único digno de ser hablado.

Pero los extranjeros tenían esposas que languidecían al sentirse excluidas de la sociedad que acordaba un lugar marginal, es cierto, pero bien definido a sus maridos. La tertulia a lo largo de la vara de metal bruñido donde los bebedores apoyaban sus botas en el Café de la Parroquia era sólo masculina. Silvestre comenzó a sentir presiones difíciles de manejar: por ejemplo, el oro bajó

113

medio punto cuando Adelaida, sin ningún tino, contestó que no estaba en casa al ver el coche de una extranjera hinchada con el error de su propia importancia deteniéndose ante su puerta. A raíz de esto, en el Café de la Parroquia, el marido de la dama rechazada circuló el rumor de que en Marulanda se había producido un levantamiento de antropófagos, siendo, por lo tanto, peligrosísimo invertir dinero con los Ventura. Susurró que éstos, lejos de haber sometido a los salvajes, podían ser agentes suyos. Ni Hermógenes ni Silvestre fueron capaces de detener el absurdo rumor, que no por absurdo dejaba de ser perjudicial. Silvestre, entonces, se enfrentó con Adelaida, aclarándole la posición de dependencia de la familia con respecto a los extranjeros, verdad que la hermana mayor se negó a aceptar: los Ventura, declaró ella, no dependían de nadie. Que Silvestre no fuera vulgar al ir propagando el tópico de que "los tiempos estaban cambiando" para justificar su servilismo. Que no les ladrara como faldero a esos mercachifles. ¡Si hasta sus hijos se estaban contagiando con su manía extranjerizante! Su primogénito, Mauro, osaba decir que iba a *estudiar* para ser ingeniero. ¿Quién le había metido en la cabeza la idea que sería necesario que un Ventura estudiara para ser lo que quería ser? Francamente, ella lo encontraba peligroso. Y con el fin de mostrar su desaprobación le cerró durante una temporada la puerta de su casa a Mauro cuando acudía a visitar a Melania, de modo que estos dos, fuera de hablar de vez en cuando por los balcones, tuvieron que esperar el regreso a Marulanda para reanudar sus pláticas.

Silvestre comprendió que era necesario detener instantáneamente los rumores que ligaban el nombre de la familia con la antropofagia. Debía reparar el desaire de Adelaida a la extranjera. Le imploró, entonces, a Berenice que tomara la iniciativa de invitarla a que la acompañara a pasear en su *landau* por la avenida de las palmeras a la hora más concurrida, de modo que la sociedad entera las viera sumergidas en íntima plática. A consecuencia de esta pequeña intervención de Berenice los rumores de antropofagia encubierta por los Ventura en sus tierras se transformaron en chistes y el oro volvió a subir de precio, no medio punto, sino uno entero: Hermógenes le pagó una interesante comisión a Silvestre, y a Berenice le regaló personalmente una *chepka* y un manguito de martas de Siberia que los extranjeros mismos le procuraron gracias a los excelentes tratos que mantenían con ese exótico país.

En la capital se murmuraban muchas cosas sobre Berenice: que eran exagerados sus dengues de mujer bonita al pronunciar defectuosamente el idioma de los extranjeros, y que lo hacía con el fin de causar la risa de los pelirrojos con los doble entendidos a que sus premeditadísimos errores se prestaban. Los susurros se transformaron en tempestad cuando cambió a sus hijos de colegio para que asistieran a clase junto a los niños pecosos nacidos en otros climas. Mauro, Valerio, Alamiro y hasta el pequeño Clemente no tardaron en adquirir un estilo tan distintivo que les valió la reputación de tener costumbres "muy modernas", palabras que los coronaban con una suerte de llamita pentecostal. La gente comenzó a envidiar a estos niños, expresando esta envidia en la imitación de sus trajes y modales. Las madres de muchos niños de lo mejorcito, entonces, conscientes de que ser "modernos" era perfeccionarse, cambiaron a sus hijos de los sombríos colegios de claustros tradicionales al colegio donde se educaban los hijos de Silvestre y Berenice que, era necesario confesarlo, había adquirido maneras verdaderamente encantadoras. La gente bien de la capital llegó así a descubrir a través de esta familia que los extranjeros no eran vulgares sino "modernos". Y como esta diferencia que los hacía superiores los hacía también generosos, comenzaron a invitarlos a sus casas, donde se adoptaron muchas de sus costumbres antes consideradas bárbaras.

Era imposible conseguir, sin embargo, que Mauro se hiciera más que superficialmente amigo de los hijos de los extranjeros. Creció serio, envarado como casi todos los Ventura, para disimular dentro de su timidez su obsesión por volver a Marulanda. Silvestre y Berenice lo estimulaban para que invitara a pasar el verano en el campo a algún condiscípulo extranjero con el fin de practicar el idioma, cimentando así una amistad que podría transformarlos, el día de mañana, en cómplices. Pero Mauro se escabullía con el subterfugio de su timidez, que sólo ocultaba su odio por cualquier persona o cualquiera obligación que lo distrajera de lo que había emprendido en la casa de campo. Cuando sus padres se dieron cuenta que iba a ser imposible convencer a su hijo mayor, trataron de inducir a su hijo segundo, el alegre, el entusiasta Valerio, para que realizara la tarea de atraer a los hijos de los pelirrojos a Marulanda. Al comienzo Valerio se mostró, como ante cualquier proyecto, de óptima disposición. Pero Mauro, en secreto, le prometió que si resistía la presión de sus padres, en premio, durante el verano, lo iniciaría en una cábala verdaderamente exclusiva.

—De acuerdo —aceptó Valerio.

Hacía ya tres veranos que Mauro solía escapar hasta el fondo del parque no sólo para jugar con Melania-lanza, sino también al quitarla de su sitio, para mirar por ese boquete hacia el infinito. Cuando llevó a Valerio, éste no se contentó con la contemplación sino que quiso llegar a la llanura. Pero como consideraron que el hueco de Melania era demasiado estrecho, los hermanos decidieron cavar en la base de la lanza contigua para agrandarlo. Después de quitar la segunda lanza hicieron una breve incursión por la llanura que a Mauro no lo dejó satisfecho aunque se regocijó de que el boquete fuera mayor. ¿Y si quitaran otra lanza? El proyecto divirtió a Valerio y pusieron manos a la obra. ¿Y por qué, se preguntaba Mauro, era más importante agrandar el boquete sin saber para qué lo hacían, que el hecho mismo de evadirse del encierro?

Ese verano lograron arrancar nueve lanzas. Inmediatamente que soltaban otra más, la reponían en su sitio, arreglando con minucia el pasto en su base de modo que nadie pudiera darse cuenta que habían cavado allí ni que las nueve lanzas estaban sueltas. Para Mauro ya ni siquiera era cuestión de *ver* el boquete que se iba ensanchando con su esfuerzo y el de su hermano. Era sólo tener conciencia de que existía. Su labor era ciega, pura obediencia a su instinto de cultivar un secreto, a la necesidad que se hizo tan imperiosa en él como en Valerio de derribar la empalizada de la familia, aunque quedara en su sitio. Eran muchas las lanzas, es verdad. No le veían fin a la tarea. Sin embargo esto mismo, y esta ardorosa ignorancia que se agotaba en la belleza del quehacer puro e inexplicable, prolongado verano tras verano, dominaba a los hermanos pese al peligro de ser descubiertos.

FUE el año anterior a la excursión, cuando Mauro y Valerio, desalentados ante la enormidad de la tarea —dieciocho mil seiscientas treinta y tres lanzas son demasiadas lanzas para dos niños—, alistaron la ayuda de sus dos hermanos menores. Cada uno de los cuatro, a su manera, quedó hechizado con los problemas impuestos por ese límite, además de por el hecho de pertenecer a una conjura que excluía a todos los demás: los cuatro formaban una *élite* dentro de la familia, un grupo que hacía algo desligado de, y quizás contrario a, los intereses de la tribu.

Algunas noches, muy pocas, lograban escapar de sus camas para acudir al sitio del trabajo tras las almenas de mirtos. Cautivos dentro del ánfora plateada del cielo a esa hora, los golpes de sus martillos protegidos por el murmullo ensordecedor de las gramíneas que así se hacían sus cómplices, su acción se transfiguraba, siendo la forma más lúcida de levantar la cortina del sueño que a todos los tenía presos: al soltar las lanzas, lo sabían, y al reponerlas de inmediato, la liberación era sólo intelectual, teórica, pero bastaba; o bastaría cuando se completara. No aspiraban a poseer las lanzas. Tampoco a usarlas para correr por la llanura al claro de la luna y clavarlas en el ijar de un jabalí. En realidad ya no les interesaba salir aunque el boquete se agrandara y se agrandara. No especulaban, tampoco, respecto al origen de las lanzas, ni al por qué ni al cuándo de tan peregrino encierro. Era sólo su existencia —la laboriosa tarea de soltarlas, extraerlas, reponerlas— lo que inflamaba sus imaginaciones: su belleza, su número, las características invisibles para ojos que no fueran los de ellos cuatro que diferenciaban a una de la otra. Cuando las hubieran liberado a todas de la argamasa —¿cómo? ¿cuándo?— y cada una volviera a ser unidad, elemento insustituible pero agrupable y reagrupable de mil maneras distintas y con mil fines distintos, no esclavizadas a la función alegórica que ahora las tenía presas en la forma de una reja, quizás entonces la metáfora comenzaría a revelarles infinitas significaciones ahora concentradas en esta apasionada actividad.

En la maraña de significados que Mauro percibía sólo lograba identificar la certeza de que aquello que sentía por Melania-prima se aclararía, avasallándolos a ambos con su sencillez, cuando tras haber llegado al final de su trabajo cayera la empalizada. ¿Y cuando se vieran obligados a efectuar su tarea al descubierto? ¿Qué sucedería cuando con el tiempo hubieran soltado tantas y tantas lanzas que fuera imposible trabajar al amparo de los mirtos y tuvieran que hacerlo a la vista de quien quisiera interrogarlos? No sabrían cómo defenderse. Lo más seguro era que los castigarían, les prohibirían todo. Todo fracasaría. Pero en fin, no era necesario plantearse este problema aún, tan remoto era.

3

MAURO contó, con el corazón acongojado: sólo treinta y tres lanzas sueltas hasta el día del paseo. Treinta y tres, pero enhiestas en su sitio pese a estar libres. Mauro tenía dieciséis años. Los niños no son siempre niños. A él le faltaba desesperadamente poco para dejar de serlo. Si tuviera diecisiete sería "grande" y hoy hubiera ido al paseo. Se juró que aunque fuera grande jamás abandonaría su tarea. Miró sus manos ensangrentadas y era su corazón lo que veía sangrar al sentir que el verano próximo ya no tendría acceso a las tremendas inquisiciones de los niños. El trabajo de la reja tenía que terminar *este* verano. ¿Cómo conseguirlo, ahora que faltaba Valerio? ¿Si le abriera su secreto a todos sus primos, hasta a los más pequeños, hasta a los más recalcitrantes a contravenir una orden paterna, para que lo ayudaran? ¿O consultar con Wenceslao, que hoy parecía comandar todas las fuerzas? No, aún no: su misión era solitaria, su problema individual. ¿Seguir, entonces, solo durante toda la jornada presente y durante su hipotética prolongación debido a la eterna ausencia de sus padres? En esto creía sólo a medias. Por desgracia, le parecía más probable que el año próximo, al transformarse oficialmente en "hombre", delatara a sus hermanos empeñados aún en el infantil y tal vez malvado pasatiempo. Negaría su propia complicidad. Vería impávido cómo se desbarataba su trabajo de años y años bajo la férula de los grandes que mandarían a los lacayos a administrar azotes, y con su indiferencia anularía el valor de todo para matar su propia nostalgia. Pero no. No iba a ser capaz de hacerlo. Mauro se enjuagó las manos y la cara en el agua de la acequia mientras Clemente murmuraba:

—Somos treinta y tres nosotros...

Mauro suspendió sus abluciones. Clemente continuó:

—...treinta y tres: como las lanzas...

Los hermanos se miraron. Tenían los hombros sudados después de haber arrancado la lanza número treinta y tres. Sus camisas, que lucían colleras valiosas en los puños almidonados, reposaban en un montón. Hacía calor y era agradable abandonar los pies a la corriente de la acequia. ¿Para qué había subrayado Clemente la coincidencia de que hoy, justamente en el día del paseo, justamente en el día sin leyes, eran treinta y tres las lanzas libres y ellos, treinta y tres primos encerrados en el recinto por ellas descrito? Mauro tuvo que recordarse a sí mismo que era un espíritu racional: iba a ser ingeniero. Despreciaba la magia, la astrología, la numerología con que gobernaban sus vidas los sirvientes más incultos y las tontas como la tía Balbina. Pero la coincidencia señalada por su hermano menor planteaba una nueva serie de leyes aún no descifradas que habrían permanecido en la casa de campo sustituyendo a las de sus padres ausentes. En el silencio lamido por la acequia, todos los presagios, todas las coincidencias murmuraban acuerdo. ¿Qué estaría haciendo Valerio, a estas horas, en la casa? ¿Qué estaba sucediendo allá después del terror desatado por la transfiguración de Wenceslao? Pero Wenceslao, se dio cuenta Mauro, no era el único que ya había dado el paso: él también. Treinta y tres primos, treinta y tres lanzas coincidiendo el día del paseo..., era necesario confesar que se trataba de algo sorprendente, turbador, espectacular. ¿Y por qué respetar tanto a Wenceslao como su admiración lo hizo respetarlo cuando lo vio aparecer hacía unos minutos en la terraza? No. Wenceslao no era más que *la poupée diabolique*: la tía Balbina, en una *season* pasada, tuvo la ocurrencia de comprar un biombo japonés y una bacinica de oro. Llevando a Wenceslao aún vestido de niña aunque ya tenía edad para pantalones, lo exhibía cada mañana en el paseo, seguidos de un lacayo portador del biombo y la bacinica. De cuando en cuando la tía Balbina hacía alto en medio del elegante gentío y mandaba al lacayo que desplegara el biombo alrededor de la bacinica, improvisando así un gabinetito al que obligaba a Wenceslao a entrar para que hiciera sus necesidades mientras ella saludaba a sus conocidos o detenía a una amiga para charlar un instante. Fue considerada una idea muy *chic* que varias madres amantes en seguida adoptaron. ¿Cómo respetar a un niño que se dejaba humillar así?

—Ahora la lanza número treinta y cuatro —urgió Alamiro, terminando de refrescarse el torso en la acequia.

Mauro, echado sobre la hierba, clavó sus ojos emboscados en sus cejas negras, en los ojos de Alamiro.

—A mí no me engañas —le dijo.

—¿Qué quieres decir?

—Sé por qué tienes tanta prisa por soltar otra lanza.

—Me interesaría saber cuál es tu hipótesis.

—Simplemente que tienes miedo.

—¿Miedo de qué?

121

—De que hoy, justamente unas horas después que nos abandonaron los grandes, sean treinta y tres las lanzas sueltas y treinta y tres los primos. Quieres romper el posible encantamiento de la coincidencia apresurándote a soltar otra lanza para que así sean treinta y cuatro. Hueles misterios a pesar de tus alardes de racionalidad.

Alamiro lo encaró:

—¿Me vas a decir que tú no hueles los mismos misterios?

Mauro hundió el pecho al responder:

—Sí.

—¿Y tú, Clemente?

—Yo tengo sólo seis años: todo es misterioso para mí.

Los dos mayores, antes que Clemente acabara de pronunciarse, ya estaban arrodillados junto a la base de la lanza número treinta y cuatro mientras el menor se apostó a vigilar el sendero, un guijarro en la mano para lanzarlo como aviso si venía alguien. Cerraron los puños, Mauro arriba, Alamiro abajo, alrededor del fuste de la lanza número treinta y cuatro con el fin de efectuar la primera operación: estimar su movilidad, y por medio de remezones apreciar cuánto trabajo les iba a costar arrancarla. Mauro mandó:

—¡Arriba!

Los dos hermanos tiraron de la lanza al mismo tiempo: cedió sin oponer resistencia. No estaba presa en la argamasa como las otras. Estaba suelta. La tierra de la base apenas se removió. Los hermanos la dejaron caer lentamente, reclinándola en los arbustos. Mauro susurró:

—Aquí tiene que haber alguna equivocación.

Oyeron transcurrir el comentario de la corriente de la acequia.

—Seguro que hemos contado mal —dijo Alamiro.

122

—Contemos de nuevo.

Contaron desde el principio, desde la primera lanza junto a la tapia de las cuadras, hasta llegar a la treinta y cuatro, que encontraron desfallecida donde la habían dejado. Alamiro opinó:

—Es algo muy simple.

—Nadie te ha pedido explicaciones —gritó Mauro—. En cuanto se intenta explicar algo se plantean las dudas y comienza el miedo.

—Quizás no haya razón para inquietarse —intentó aplacarlo Alamiro—. Hemos estado contando mal desde el principio, y sin saberlo, con nuestra ansiedad, hemos hecho más trabajo que el que creíamos. Mejor. Así sólo quedan dieciocho mil quinientas noventa y nueve lanzas y jamás hubo hechicería.

—Procedamos ahora con la treinta y cinco.

Cambiaron de posición, arrodillados junto a la lanza siguiente. Pero al empuñarla como la anterior y al tirarla hacia arriba, también cedió. La lanza cayó cruzada sobre la otra. Las manos de Mauro y Alamiro también cayeron, lentamente, porque otro misterio se sobreponía al que ellos creían manejar. Lo inexplicable comenzaba a exigir en forma tiránica que le hicieran honores a su categoría.

—¿Quién...? —comenzó a preguntar Alamiro.

Mauro lo calló:

—No preguntes nada.

—Y tú no me hagas callar, que es peor.

Después de un instante de quietud total en que incluso la acequia parecía haberse silenciado, Mauro resolvió:

—Sólo se puede hacer una cosa. Comprobar si la siguiente también está suelta.

Alamiro no quiso hacerlo. Sujetó a Mauro: no, no, preferible hablar primero. ¿Qué diría Valerio? Pero

Valerio, hoy, había elegido comprometerse con asuntos ajenos a este juego que ya no era juego. Llamaron a Clemente para que por lo menos él participara en el conciliábulo. Después de meditar un instante Mauro continuó:

—Yo creo que, en el cálculo de probabilidades en tan enorme cantidad de lanzas, es... es *natural* encontrar una o dos de ellas sueltas... pero veo que mi explicación no ha dejado satisfecho a nadie.

—No... —dijeron los otros.

Clemente lo encaró:

—Lo peor es que a ti, que la diste, tampoco.

—No.

Estaba cercado de preguntas, todas amenazantes, todas implacablemente en pie. ¿Quién? ¿Quiénes? ¿Cómo? ¿Cuándo? ¿Para qué? ¿Qué extensión...? ¿Ahora o desde hacía siglos? ¿Qué manos, qué rostros, qué instrumentos...? ¿Esto se sumaba a sus esfuerzos o les arrebataba la posibilidad de meta y respuesta? ¿Y si la otra lanza, la siguiente, también resultara estar suelta? ¿Los grandes, durante generaciones, cuando niños como ellos, también se habían entretenido en soltar lanzas de la reja del parque y por eso había tantas lanzas libres de la argamasa? ¡Qué trivial, en ese caso, sería su apasionada actividad, pensó Mauro! ¡Qué desilusionante su empeño, que, lejos de señalarlo como individuo en busca de un idioma único para su rebelión, se identificaba con las generaciones precedentes haciendo sólo lo que estaba destinado a hacer! Con las piernas cruzadas sobre la hierba Mauro escondió su cara entre sus manos, su llanto delatado sólo por la agitación de sus hombros mientras Clemente le acariciaba el casco de cabellos negros. Iba diciendo entre sollozos:

—La misma tarea, emprendida por otros, desautoriza la nuestra. ¡Cuánto tiempo hemos perdido aquí es-

124

perando desentrañar un enigma para terminar descubriendo que nuestra empresa no ha sido ni siquiera un juego!

Mauro se secó las lágrimas y se puso de pie. Se dirigió a la lanza número treinta y seis. La arrancó con toda facilidad, dejándola caer sobre la hierba, y arrancó otra, y otra, y otra más, tendiéndolas en el suelo y sobre las plantas, avanzando, agrandando el boquete por donde entraba el torrente de la llanura, arrancando cada vez más y más lanzas con idéntica facilidad, cada vez más rápido y con más certeza como si supiera para qué y por qué lo estaba haciendo, más lanzas caídas ante el estupor de sus hermanos, sí, sí, todas estaban sueltas, todas cedían con facilidad porque otros habían estado empeñados en el mismo trabajo que ellos. Caían, iban cayendo las lanzas del inmenso cinturón de hierro y oro que formalmente los defendía de la llanura.

Alamiro y Clemente, al principio atónitos ante la sacrílega acción del mayor, se contagiaron con su entusiasmo y se sumaron a su tarea: también ellos se pusieron a arrancar lanzas, más y más lanzas sin examinar su belleza, arrancando por arrancarlas, dando exclamaciones, borrando el deslinde sin llevar la cuenta de las lanzas extraídas porque hoy era sólo cuestión de avanzar hacia un fin posible: porque lo imposible se estaba tornando posible. En medio de su entusiasmo no pudieron dejar de percibir con una emoción de infinitos niveles contradictorios, que por el boquete ahora enorme las gramíneas avanzaban, avasallando el parque para reclamar ese territorio. Pero no se trataba de sentir ni pensar. Sólo la acción los impulsaba, la hazaña de ir quitando más lanzas, sudando al seguir el perímetro del parque que iban destrozando, atropellándose, dando exclamaciones, hasta que los hijos de Silvestre y Berenice dejaron de estar protegidos por el seto de mirtos, empal-

125

mando con el camino de gravilla que descubría un
sector de la reja y la llanura al césped principal que, rodeado por la avenida de tilos, subía hasta la terraza del
sur y el rosedal: los hermanos quedaron al descubierto.
En un banco entre las clivias que bordeaban el camino,
ajenos a todo acontecer que no fuera el de su juego, Rosamunda, Avelino y Cosme, en un momento tensamente
silencioso de la que bien podía ser su partida de ajedrez
número mil, al principio no alzaron la vista, mascu-
llando al reconocer a medias a sus primos:

—¡Hola...!

Pero en seguida, cuando se dieron cuenta por qué
gritaban, volcaron el tablero y las piezas, y sin preguntar
por qué ni para qué ni cómo, sumando sus alaridos de
asombro a los de los tres hermanos que habían abando-
nado toda cautela, sumaron también sus manos para
arrancar más y más lanzas con el vértigo irracional de
aquello que los estaba envolviendo, destruir el límite,
abrir el parque, disolver aquella esmeralda encantada
dentro de la que vivían, en la inmensidad de la llanura.
A medida que el delirio de los seis primos iba comiendo
más y más reja, se acercaban a la parte principal del parque y desde debajo de los olmos y los castaños y desde la
terraza del sur y desde el *laghetto* y el laberinto de boj, los
demás primos los vieron, y dando voces y llamándose
unos con otros corrieron de todas partes a sumarse a
este juego de arrancar lanzas, abandonando muñecas,
novelones, quehaceres, atropellándose para unirse a la
locura, Colomba y Morgana, Aglaée y Abelardo y Olimpia y Zoé, y Valerio lleno de preguntas para reivindicar
su posición en la trama de esta insospechada evolución
del juego, y Cordelia y... casi todos, llamándose a gritos,
derramándose escalinatas abajo, espantando pavos reales y palomas, gritándoles a los demás que vinieran a ver
lo que estaba sucediendo —jamás para que se unieran

126

a lo que "estaban haciendo", puesto que lo veían como un fenómeno natural de contornos mucho más poderosos que sus voluntades individuales—, ayudándose unos con otros para correr más de prisa, ven Amadeo, dónde estará Casilda, que venga Fabio, que Juvenal y Melania y Justiniano salgan del gabinete chino, tropezando, los mayores alardeando de rapidez y destreza en el número de lanzas que arrancaban, sin cautela, los bucles desordenados, manchando sus cuellos de marinero y sus medias listadas, dejando caer las pamelas y sombrillas con que se protegían del sol, sin preguntarse qué iba a suceder una vez que terminara de suceder lo que estaba sucediendo, más y más lanzas que primos y primas, ya cansados iban arrancando por el gusto de dejarlas tiradas en el pasto. Esto de arrancar lanzas, todos estaban de acuerdo, era el capítulo más fascinante e imprevisto de La Marquesa Salió A Las Cinco, inaugurando competencias de quién era capaz de quitar más lanzas en menos minutos, de acarrear un haz mayor, de lanzarlas más lejos. El almuerzo preparado por Colomba y sus ayudantes quedó enfriándose mientras los primos terminaban de desmontar toda la reja visible desde la fachada noble: el césped, ahora, se extendía ininterrumpidamente al unirse a la eternidad del horizonte disuelto en el cielo por una pincelada de bruma.

Pronto, sin embargo, algunos niños se fueron aburriendo o cansando. Retomaron sus muñecas, sus pelotas. Otros, sentados en la hierba, examinaban las lanzas o se amenazaban con ellas para imitar a los soldados y a los bandoleros. Las primas mayores, Cordelia, Colomba, Aglaée, Esmeralda, acezaban aún arreglándose unas con otras los fichús estropeados y los bucles en desorden, cuando oyeron una vocecita junto a sus faldas:

—¿Quién va a volvel a ponel las lanzas?

Miraron sin dejar de hacer lo que hacían: Amadeo

lloriqueando. Pero Amadeo lloriqueaba siempre, por nada y por cualquier cosa. Su gemelo había muerto al nacer dejándolo incompleto, de pestañas demasiado claras, siempre hambriento pese a que nunca dejaba de tener los bolsillos llenos de trozos de pan húmedo con sus babas, buscando una mano —aunque le bastaba un solo dedo— a la cual aferrarse. Había tardado mucho en aprender a caminar, y aun ahora, a los seis años, hablaba defectuosamente: era una monada, una ricura, de comérselo a besos opinaban las mujeres de la familia, pero en el momento de que estoy hablando las primas que lo oyeron pensaron que era definitivamente un estúpido.

—Lo harán los nativos —aseguró Arabela, que había salido de su biblioteca para experimentar, ella también, un poquito con las lanzas, pero al no lograr enajenarse en el juego se unió al grupo de primas—. Si se lo pedimos.

Las muchachas la miraron. ¿Quién era este ser polvoriento y deslucido? ¿Y de ser alguien, qué derecho tenía a explicar? Hacerlas pensar, justo en este momento, en los nativos, era pura perversidad, era introducir la cuña que terminaría por desarticular esta situación que debía ser de puro entretenimiento. Aglaée comenzó a lloriquear, llamando a Melania, su hermana mayor.

—Si lloras —le advirtió Arabela— se extenderá el pánico y clausurarás nuestras posibilidades de actuar en forma positiva.

El grupo de muchachas se mantuvo unido para defenderse de lo que quizás iban a tener que defenderse, buscando con la vista a los más pequeños, cuyo bienestar sus madres les habían encomendado. Los vieron desfilar, cada uno con una lanza al hombro, allá lejos, transgrediendo el circuito donde antes se alzaba el deslinde. No se atrevieron a bajar a buscarlos. Era preferible permanecer junto a Aglaée, cuyos crecientes berridos iban congregando a más niños y niñas que preguntaban y palidecían, que dentro de un instante iban a comenzar a exigir, que querían saber dónde estaban Wenceslao, Melania, Juvenal, que pedían respuestas, que luchaban con los codos para acercarse al centro del grupo donde unas cuantas primas mayores, alrededor de Arabela que intentaba apaciguar, miraban inquisitivamente el horizonte adornado con un vellón de nubes que el viento iba escarmenando hasta disolverlo.

AMADEO se reunió con Wenceslao bajo el estratégico diamelo entre cuyas ramas habitualmente se escondía para espiar los sucesos de la terraza del sur. Sollozando, mordisqueaba un mendrugo que no le proporcionaba alivio.

—¿Qué te pasa? —le preguntó Wenceslao—. ¿Tú también tienes miedo?

—No... sólo que Esmeralda, la muy estúpida, me estuvo besuqueando, diciéndome que me iba a comer. Es antropófago, Wenceslao, convéncete, ellas y no los nativos son los verdaderos antropófagos...

A solas con su primo el idioma de Amadeo se tornaba preciso y maduro. Wenceslao lo había adiestrado para que desde muy pequeño, fingiendo atraso en caminar y hablar, le sirviera de espía y mensajero. Pero jamás logró convencerlo que no confundiera la efusión de sus tías y primas con verdadera voracidad. Le dio una lanza, mandándole que lo siguiera.

. —¿Y los demás? —le preguntó.

Amadeo le señaló uno por uno a sus primos pequeños. Con sus silbidos Wenceslao los fue llamando para que se congregaran junto a él. Los armó con lanzas mientras el melodrama organizado por Aglaée en la te-

129

rraza del sur crecía como una marea, derramándose escalinatas abajo. Seguido por su pelotón, Wenceslao cruzó el césped y se internó en la llanura de gramíneas que se cimbraban sobre sus cabezas, revelando, apenas, las puntas doradas del desfile de lanzas. Después de dejarlos marchar un rato jugando a los soldados, Wenceslao los hizo sentarse en un círculo alrededor suyo.

—No tengan miedo —les dijo—. Los antropófagos no existen, de modo que no hay nada que temer. Son una ficción con que los grandes pretenden dominarnos cultivando en nosotros ese miedo que ellos llaman orden. Los nativos son buenos, amigos míos y de mi padre, y también de ustedes.

Wenceslao comenzó a relatarles la historia de la reja de las lanzas, que sus catecúmenos escucharon como quien escucha portentos de leyenda: hacía años que los nativos habían soltado las lanzas, dejando treinta y tres en su sitio, una para cada uno de los primos en señal de alianza. Ellos tenían que ejecutar parte del trabajo, sumarse al esfuerzo colectivo para poder ser amigos, y ese trabajo lo hicieron por ellos sus primos, Mauro, Valerio, Alamiro y Clemente. Hacía muchas, muchas generaciones, continuó Wenceslao, que los antepasados de los nativos habían forjado esas lanzas: eran las armas de sus guerreros, famosos en todo el continente. Pero cuando los antepasados Ventura los vencieron les arrebataron sus armas, con las que construyeron la reja que los defendía y aislaba.

De pronto Wenceslao calló: escondidos entre las gramíneas, los primos mayores se habían aprovechado de que sus explicaciones mantenían absortos a los pequeños y fueron cercándolos. Gritó:

—¡A mí, secuaces! ¡Ahora el peligro es real porque los primos grandes son los delegados de nuestros padres e intentarán someternos! ¡Ponerse de rodillas en círculo alrededor mío, con las lanzas horizontales apuntando al enemigo!

Los primos grandes se incorporaron al ser descubiertos, y como no se les había ocurrido armarse con lanzas avanzaron cautelosamente, confiados en el arma de la autoridad.

—¡Avelino! —le gritó a su hermano menor Juvenal, que no había podido resistir la tentación de salir de un encierro para figurar en el melodrama.

—¡Olimpia! —llamó Rosamunda.

—¡Clemente! —mandó Mauro—. ¡Ven acá ahora mismo!

Clemente corrió hasta los brazos de su hermano mayor. Los demás, al ser llamados por sus hermanos grandes, dejaron caer sus lanzas sin hacer caso de Wenceslao que les chillaba cobardes, traidores, amenazando ensartar con su lanza a quien se acercara un paso más, que no tenía miedo, que estaba dispuesto a ver correr sangre. Sus ojos refulgían azules en su rostro de hombre tostado por el sol y empapado de sudor. Los grandes, armados con las lanzas que abandonaron los pequeños, apresaron a Wenceslao. Abelardo le retorció el brazo a la espalda. Valerio lo tumbó en el suelo manteniéndolo allí mientras se debatía y preguntaba a gritos qué querían de él.

—En primer lugar —dijo Juvenal—, quisiera saber quién te dio permiso para cortarte el pelo. Estás hecho un mamarracho.

—¿Y estos pantalones? —lo interrogó Morgana.

Mauro se había quedado atrás, contemplando la escena en silencio. Sí: la explicación de Wenceslao sobre el origen de las lanzas era satisfactoria y tenía más que el aire, la estampa clarísima de la verdad. ¿Cómo sabía tantas cosas Wenceslao? El orgullo de Mauro, ahora disuelto, se transformó en una anhelante necesidad de llevar más allá el misterio de las lanzas que ya no era misterio, ponerlo al servicio de algo, o de alguien que le diera toda su categoría. ¿Cómo era posible, sin embargo, que Valerio hubiera puesto un pie sobre la garganta de Wenceslao y la punta de la lanza sobre su pecho para que no se moviera? Arabela, que como Mauro se había mantenido un poco atrás, creyó que la mejor estrategia sería pedirles que lo dejaran, alegando que sus padres, al llegar esa tarde, harían la justicia que hubiera que hacer con este propagador de infundios aterradores.

—No, Arabela —dijo Wenceslao, casi ahogado en el suelo—. Sabes que no volverán. Hace demasiados años que se viene gestando esta excursión para que dure una sola tarde.

—No me vengas con historias —lo contradijo Juvenal— que la excursión se está preparando desde hace tiempo. Mi madre, que me lo cuenta todo porque soy su confidente, sólo comenzó a contarme lo de la excursión este verano.

—Este verano —repuso Wenceslao— mi padre decidió por fin plantar la idea del paseo en sus cabezas.

Un murmullo, como una ráfaga, sacudió a todos los primos, debilitándolos de tal modo que se sentaron en el suelo. Cuando Valerio, también aplacado, quitó su pie y su lanza de encima de su primo, éste se incorporó lentamente, y todos, en silencio, se sentaron alrededor suyo. Alguien logró preguntar:

—¿El tío Adriano?

—Sí. A través de mí. Cuando se duermen los celadores que le roban láudano para enviciarse con él, yo hablo largas horas con mi padre a través de la puerta. Hace unos años me dio instrucciones para que le hablara a mi madre de cierto paraje maravilloso como si fuera una realidad conocida y aceptada por todos. Ella, en el rosedal, en el gabinete de los moros, comenzó a aludir a este paraíso del que yo solía hablarle como si ella y sus pares siempre hubieran sabido de su existencia. Las alusiones a este sitio repetidas por mi madre fueron aceptadas como "evidentes" por la familia, ya que es regla tácita no sorprenderse ante nada, no aceptar lo insólito, y así, por medio de conversaciones y repeticiones de tíos y tías que todo lo encontraban "evidente", ese paraíso fue tomando consistencia hasta llegar a ser indudable. Ustedes, a su vez, sin darse cuenta, fueron aportando mil pormenores al preguntar cosas para las que ellos se veían obligados a inventar respuestas y así no mostrarse sorprendidos: carecen del coraje necesario para reconocer que es una invención. Y así se vieron forzados para actuar como si todo fuera una "realidad", esa palabra tan unívoca y prestigiosa para ellos, pasando sin darse cuenta al mundo virtual que su certidumbre basada en nada inventó, a habitar el otro lado del espejo que crearon, donde quedarán presos. Con los datos que a través de mí y de mi madre mi padre les fue proporcionando, con mapas y manuscritos que bajo su dirección Arabela y yo fabricamos en la biblioteca...

El ruedo de primos guardaba silencio. Sólo Mauro, desde atrás, con la voz debilitada por la sorpresa, no ya por la perplejidad, se atrevió a preguntar:

—¿Pero existe...?

—No sé —repuso Wenceslao con las cejas enarcadas por un temor otra vez infantil.

Venían sin lanzas.

La patética ineficacia de la verdad revelada minutos antes por Wenceslao se ponía de manifiesto: arremolinados por los berridos de Aglaée los niños avanzaban gimiendo alrededor de ella, buscando a Melania como si ella fuera a solucionarlo todo. Clarisa, por no soltar el miriñaque de Aglaée se lo rasgó, y con las guedejas deshechas y los ojos desorbitados arrastraba de la mano a Olimpia, y ésta a Cirilo y a Clemente, núcleo enloquecido que fue hinchándose al absorber más y más niños en un nubarrón de irracionalidad impelido hacia un desenlace inespecificado pero sin duda brutal.

¿Cuál sería este desenlace? Ni Mauro ni Valerio, ni Abelardo ni Justiniano, ni Arabela ni Colomba, los mayorcitos, podían adivinarlo mientras intentaban inútilmente calmar a los menores: que recordaran, los exhortaban, que Wenceslao mismo había asegurado —¿dónde diablos se escondía el facineroso que gestó la barahúnda?— que los antropófagos eran pura ficción, de modo que no existía peligro alguno. Enervados al comprobar que ningún argumento los serenaba, les pegaban para que dejaran de llorar, aumentando así la llantina; era hora de comer, les gritaban, que se lavaran la cara y las manos inmundas y se cambiaran esa ropa hecha jirones para presentarse decentemente a la mesa dentro de veinte minutos justos y para que sus pobres padres no los encontraran hechos unos mendigos al regresar dentro de pocas horas, sí, dentro de pocas horas, pocas horas..., pero la bandada de niños desharrapados que rodeaba a Aglaée no oía nada, volando entre las gramíneas cuyas espadas herían sus caras y sus piernas, cayendo y levantándose, alcanzando el parque, remontando el declive del césped principal, agitados, clamorosos, los ojos enrojecidos de lágrimas y sol y polvo, cruzando el rosedal, espantando a los pavos reales que oteaban el escenario de su advenimiento desde las balaustradas, subiendo la gran escalinata hasta la terraza del sur, donde Aglaée y los pequeñuelos que gemían y unos cuantos de los mayorcitos que iban perdiendo la compostura necesaria para controlarlos también llamaban: Melania... Melania...

Había cerrado las ventanas del saloncito chino, atrincherándose allí contra los malvados que arrancaban lanzas y cortaban rizos a tijeretazos. Rechazaba toda relación con los irresponsables transgresores, sí, con los criminales que ponían en peligro el orden de las cosas al no acatar las leyes de sus padres. Melania no tenía instinto para la acción colectiva, sólo para la complacencia personal, para el regocijo, que creía abarcaban la totalidad de la experiencia. Pero al oír bajo su balcón las voces que aclamaban por ella —¿por qué por mí, se preguntaba?, ¿será porque me han visto protagonizar La Marquesa Salió A Las Cinco?—, se dio cuenta de que la historia, por decirlo de algún modo, la estaba arrastrando a desempeñar en ella, no sólo en la fantasía, un papel de estrella que iba a obligarla a abandonar la deliciosa indolencia que le era tan cara, para darse el trabajo de sustituir la historia por la fantasía, de modo que el lugar de ésta quedara acotado para siempre. En todo caso Juvenal la ayudaría. Antes que terminara el conciliábulo de la llanura se escabulló del grupo para volver junto a Melania y celebrar con ella un conciliábulo secretísimo destinado a neutralizar los efectos del de Wenceslao. Juntos, desde el saloncito chino, oyeron acercarse el griterío. Sólo la más dura autoridad, dictaminó Juvenal, la convincente reencarnación en ellos de la autoridad paterna podía impedir el desastre, producto de la vesania de Adriano —de seguro origen antropofágico—, inspirador de las teorías propagadas por Wenceslao. Contra estas teorías, no contra ese ser que era mejor no nombrarle a Melania para que la pobre no se extraviara en el pánico, tenían que luchar para que las cosas se mantuvieran en pie hasta la llegada de los grandes. Era preciso, antes que nada, revalorizar el peligro de los antropófagos que Wenceslao intentó desacreditar: si la amenaza de los antropófagos existía, existiría también la necesidad de unirse bajo el mando de ellos dos para buscar protección. Si los antropófagos *no* existían, en cambio, si era todo nada más que una engañifa, bueno, entonces surgirían opiniones y posiciones contradictorias, una pluralidad de actitudes para afrontar lo que sucediera, cabecillas pasajeros que pretenderían arrebatarles el poder, herejías y disidencias incontrolables. Estuvieron de acuerdo que por el momento no tenían tiempo para elaborar un plan: arreciaba la tormenta del pavor bajo el balcón engalanado por la glicina. No era imposible —aunque era difícil creerlo pese a que necesitaban pregonar una supuesta seguridad— que sus padres regresaran esa misma tarde y terminara todo con una distribución de azotes para castigar la consabida anarquía infantil. Con el fin de darse tiempo de actuar acertadamente era preciso distraer a los niños para que hicieran antesala, por decirlo así, antes de reingresar a la historia que ellos se encargarían de remendar y volviera a ser como siempre había sido, engolosinarlos con esta espera: al ser Juvenal y Melania los principales proveedores de golosina, adueñarse de sus voluntades. ¿Qué ardid más indicado para llevar esto a cabo que un episodio, propuesto como el episodio culminante, de La Marquesa Salió A Las Cinco, en el que ella y Juvenal y Mauro, como de costumbre, serían los protagonistas?

Los embates de la tormenta infantil iban a alcanzar el saloncito chino. Era necesario actuar. Pese a que no tenían tiempo para concertar un plan detallado, Juvenal y Melania sintieron confianza uno en la capacidad de improvisación del otro, de modo que sin titubear se dirigieron a la ventana.

Estaba cerrada. Pero en el rayo de luz de un postigo entreabierto, sobre la alfombra tenuemente azul, tenuemente amarilla, Cosme, Rosamunda y Avelino jugaban

136

impertérritos al ajedrez con el ajedrez chino de marfil que en su vitrina era el ornamento más precioso del saloncito. Al verlos, Juvenal y Melania, que casi no recordaban que aburridos con el asunto de las lanzas los ajedrecistas se habían encerrado con ellos, se detuvieron:

—¿Quién les dio permiso...? —preguntó Melania.

—Está prohibido tocarlo, es pieza de museo —les advirtió Juvenal.

—Rompimos la vitrina y lo sacamos...

Iracunda, Melania le dio una patada al tablero y mechoneó a Rosamunda. Entre Juvenal y Cosme la aprisionaron para calmarla. Atenazada en sus brazos, Melania peroraba:

—¡Imbéciles! Romper la vitrina es una acción irreparable..., podían haberse apoderado del ajedrez por medios no irreversibles: acciones como ésta inauguran el caos. ¿Cómo vamos a arreglar el cristal antes que lleguen nuestros padres? ¿Y el asunto de las lanzas? ¡Cretinos!

Juvenal le pegó una palmada en la cara para tranquilizarla. Sorprendida porque nadie, jamás, la había tocado más que con caricias, Melania se calló.

—Mira —le dijo Juvenal recogiendo el rey blanco y otras piezas dispersas por la alfombra—. Es seguro que hoy todos haremos cosas irreparables. Pero es *muy* importante que lo irreparable que hagamos nosotros dos y ustedes los ajedrecistas, ya que están dentro del secreto, no lo sepan los demás. Tranquila, Melania: ahora tenemos que enfrentarnos con el estado llano, y si bien debemos calmarlo, podemos también cultivar su terror para así controlar por medio de él. A ver si eres mujer de veras, prima mía: ahora te toca actuar a ti. Adelante.

Y Juvenal abrió de par en par las ventanas.

Capítulo Cuatro

LA MARQUESA

1

LA NOCHE ANTERIOR, después de la cena con que los grandes culminaban su jornada, mientras al otro lado de la puerta del comedor se iba extinguiendo el tintineo de la platería al ser retirada de la mesa por los lacayos, los Ventura se reclinaron en las butacas del gabinete de los moros, felicitándose de que todos los preparativos para el paseo estuvieran en orden. Hoy sobraba tema para la charla de la hora del café: alguien aseguró que entre las ruinas reflejadas en el estanque de las ninfeas gigantescas encontrarían púdicas flores de color y consistencia semejantes a la carne de una niña, cuyos pétalos se ruborizaban al acariciarlos, segregando una sustancia dulce de lamer; alguien ponía en duda, y otros lo afirmaban, que con el zarandeo del viaje se estropearían las cajas de champán *millésimé*; ponderaban sus caballos, sus coches, sus jaurías; Olegario examinaba con Terencio el cañón labrado de una escopeta, al parecer insuficientemente recto, efectuando juntos un repaso mental de todas las armas de la casa. ¡Qué acertado acuerdo, decían, el de llevárselas todas! ¡Claro, asentían las mujeres! Los niños son tan descuidados que se pueden hacer daño con ellas ya que, en sus manos, las armas las carga el diablo.

Como todas las noches, los más grandecitos circulaban entre sus padres ofreciendo confites y tazas de café sobre bandejas de plata. Peinados, perfumados, tiesos los lazos de las trenzas de las niñas y los cuellos de los varones, los pequeños Ventura se desempeñaban con la *tenue* perfecta que era el orgullo de sus madres. A estas alturas, pensó Lidia, era inútil preguntarse por qué Fabio y Casilda, al coincidir junto a la consola de donde tomaban las bandejas para ofrecerlas, cuchicheaban demasiado rato. ¿Y por qué Juvenal, que de ordinario no se despegaba del lado de su madre, se había levantado dos veces para ir al salón contiguo —observó Silvestre— a consultar la hora en el reloj que dos esfinges de calcedonia sostenían encima de la chimenea? Y Wenceslao, que pese a su escasa edad y por deferencia al dolor de Balbina tenía el privilegio de asistir a estas tertulias, se estaba despidiendo con mohínes afectadísimos, destinados, sin duda, a disimular el hecho de que hoy se despedía demasiado pronto. Olegario recordó que el año anterior había estimado excesivo el número de niños considerados de edad suficiente para participar en esta conmovedora escena familiar. Pero este año —contaron sus ojos, que tenían el brillo pero también la falta de transparencia del azabache —era excepcional ver más de los siete niños congregados esta noche. ¿Por qué justo hoy faltaba Melania, por ejemplo? ¿No sería lógico que pasara junto a su pobre madre viuda y junto a él y a Celeste, sus padrinos, las últimas horas de esta última noche? Preguntó en voz alta:

—¿Y Morgana? —y al pronunciar el nombre con el que sustituyó el de Melania, quebró, no sin innecesaria brutalidad, el cuello de la escopeta que examinaba—. ¡Pero si esta escopeta está como nueva, mi querido Terencio!

Olegario la volvió a cerrar. Apoyó la culata en su hombro y con un ojo en la mirilla apuntó primero a Celeste, luego al moro de vestiduras doradas empinado sobre su pedestal, luego al corimbo de luces sostenido por su pareja, y por último al corazón mismo de Juvenal: disparó. Juvenal dio un respingo con el vano disparo de su padre, pero sentado junto a Celeste, de cuya cesta de labores iba seleccionando hebras de seda para que ella terminara su *petit point*, sólo miró alrededor suyo como si ignorara la ausencia de Morgana.

—¡Es verdad que hoy no ha bajado mi gitanita de ojos sombríos! —declaró Celeste, y como para buscarla giró su delicada cabeza sobre su cuello que brotaba con la naturalidad de un tallo del semicírculo de su escote.

Olegario miró el cuello de su mujer. Juvenal interceptó su mirada, preguntándose hasta qué punto el consentimiento de su madre de partir mañana con su marido y no volver nunca más demostraba que las confidencias de Celeste a él habían sido sólo confidencias a medias, revelando así el elemento de traición que hay latente en toda complicidad. ¿No resultaba verdad, de este modo, que el sobreentendido de que él tenía mayores derechos que Olegario sobre su madre era un engaño concertado por los dos? En ese caso ella sería la artífice de todos sus ultrajes, no víctima, como él. ¿Qué parte tuvo Celeste en la farsa de iniciarlo en los caminos ortodoxos del amor, cuando su padre se lo encomendó a una sabia amiga suya a quien él azotó por la vejación a que Olegario, usando como instrumento a la lujosa mujerzuela, intentó someterlo? ¿Cómo comprobarlo, cómo comprobar nada sobre la irritante unión de esa pareja si no regresaban jamás del paseo? ¿Cómo comprobar si los hilos de seda multicolor, al pasar a la mano alabastrina de su madre desde la suya, iban o no teñidos de burla?

—¡Hijo ejemplar! —trinó Celeste después del último sorbo de café—. ¿No te parece que la tibieza de esta noche perfumada de nardos que entra por los ventanales abiertos al trémulo jardín, quedaría admirablemente

140

complementada por los Estudios Trascendentales de Liszt?

—Sí, Juvenal —rogaron otros—. Toca algo...

Juvenal accedió, pero a condición de que su madre guardara sus labores, ya que sentirla atareada con la aguja lo perturbaba. Envolviendo el bordado en un retazo de tafetán para que nadie descubriera sus garabatos de seda en el cañamazo —debo adelantar a mis lectores que Morgana se encargaba de deshacerlos durante la noche, cuando reconstituía el bordado para que a la mañana siguiente la familia pudiera admirar los refinamientos de la aguja de su madre—, Celeste plegó sus manos sobre su falda y cerró sus ojos para que nada la distrajera de la música.

CON LOS OJOS cerrados para descansarlos del *petit point*, escucho a mi hijo tocando Liszt. Mantengo mi pequeña cabeza erguida, vigilante igual que la de una víbora. No veo la mirada con que Olegario hiere mi cuello, pero no necesito verla porque después de tantos años de ejercer la ceguera me basta que su voracidad me roce para sentir su quemadura. ¿Dónde está Melania? ¿Por qué no acude esta noche? Melania neutraliza el apetito de Olegario porque es capaz de desviarlo hacia ella por lo menos en parte. ¿Cuándo aprenderá mi ahijada las lecciones que le doy para que se adueñe de su corazón, víscera que poseo pero que no me interesa en absoluto? Melania es voluntariosa, apasionada: al no lograr lo que quiere mediante sus mimos —que Olegario finja una enfermedad para no ir al paseo y se quede aquí con ella— se está vengando con la minúscula rebeldía de no asistir esta noche al gabinete de los moros. Melania no ha llegado a la madurez suficiente para comprender que sólo cuando se maniobran las situaciones se puede disfrutar la eliminación de todo contrato con lo vegetativo. Si hubiera aprendido mis preceptos de escepticismo y atenuaciones, Olegario hubiera quedado preso en su miel, liberándome a mí de tener que contemplar mi probable condena al eterno encierro en su mundo carnal durante la prolongada excursión. Desprecio a Olegario por amarme en forma tan absoluta que le resulta imposible matizar ese sentimiento con una nomenclatura más compleja, en la que su utilización del cuerpo y el corazón de Melania nos dejaría a los tres satisfechos. A Olegario no le gusta Liszt. Se va a otro salón a examinar la escopeta defectuosa.

LA MINUCIOSA CONJURA que incluía todas las horas y todas las actividades de Celeste —la familia funcionaba como distintas prótesis para sustituir los distintos aspectos de su deficiencia y así no verse obligados a reconocerla como tal— estaba destinada a negar su ceguera. Olegario era su primo, dos años mayor que ella. Había veraneado desde siempre en esta casa donde las hondas habitaciones y el tembloroso parque conducían a intimidades culpables, de modo que entre ellos el concierto del engaño databa de tan antiguo que la mentira no era mentira porque se originó antes que la palabra definiera los contornos del bien y del mal. Nada, en Marulanda, ni un florero, ni una cornucopia, ni la coreografía de las ceremonias familiares jamás cambiaba de sitio ni de forma, para que de este modo la memoria de Celeste erigiera en verdad la farsa del mundo que no veía. Sus paseos por el rosedal —siempre se plantaba las mismas rosas en los mismos lugares para que Celeste se deleitara "reconociendo" sus colores— solía darlos sola: la precisión con que recorría los senderos era recuerdo de su infancia, fijada en su memoria no por el regocijo, sino por el terror que quemó su retina, consumiéndola e inutilizándola, al ver el miembro enfurecido de su primo de catorce años que iba a penetrarla al resguardo de un macizo de floribundas: imprimió allí su obscena encarnación, que ocultó, suplantándola, la imagen de todas las cosas del mundo. Pero la memoria avara de la ciega pudo almacenar los datos de antes de entonces, utilizándolos para configurar un universo del que no faltaba ni un matiz de lila, ni el reflejo del sol en el vidrio de cierta acuarela que a cierta hora y en cierta fecha la hería, de modo que todos los años al pasar frente a ella Celeste opinaba que era menester cambiar de sitio esa valiosa obra de arte. Los Ventura, naturalmente, no cambiaban de sitio la acuarela para que, de este modo todos los años a cierta hora de cierta fecha, Celeste "viera" este insignificante fenómeno que configuraba tanto la verdad como el embuste.

ESCUCHO Liszt en el gabinete de los moros, los ojos inútilmente cerrados. Inútilmente porque esto no elimina la imagen tumefacta que los repleta. ¿No se dice que mi voz contiene algo como un gorjeo ahogado, cierto quejido que intentan imitar en su enunciación las elegantes de la capital? Este quejido no es más que el terror convertido en estilo, la sonora metáfora del espanto que así no permanece encerrado dentro de mí, enloqueciéndome. ¿Dónde está mi Melania, su cuerpo flexible como el de una gata, que tan bien se amolda al mío? Mis dedos han aprendido a reconocer la negrura de su trenza al acariciársela cuando acude a llorar sobre mi pecho sus penas de amor por Olegario. ¿Qué misterio contiene mi pobre cuerpo que Olegario no puede olvidar su sabor para tomar posesión de la dulzura de Melania? ¿Por qué Melania no baja a protegerme antes que

Juvenal termine los Estudios Trascendentales y Olegario regrese al gabinete de los moros a quemarme otra vez el cuello? No, Melania, no te voy a castigar por tu fracaso de retener a Olegario, me puedes servir durante cualquier otra forma de eternidad. Todo, dicen, termina alguna vez. Todo, menos mi propio infierno donde el recuerdo de los colores y las superficies comienza a extinguirse pese a mi desgarrada lucha por retenerlo.

CUANDO Adriano Gomara descubrió el secreto de la ceguera de Celeste se sintió un poco ridículo. Era a Celeste, la autoridad familiar, a quien solía pedirle su parecer sobre cierto cuadro, o sobre un *putto* de Clodion recién adquirido. Celeste se tomaba del brazo que Adriano galantemente le ofrecía para conducirla ante la obra de arte, y absorta en su "contemplación" durante unos segundos emitía un juicio negativo: sabía, como buena Ventura, que toda autoridad emana de la negación; que sólo quien posee referencias inaccesibles para el otro es superior. Dejaba, entonces, que Adriano, inseguro con respecto al pequeño bronce, se lo describiera sin darse cuenta que lo hacía al intentar justificarlo. Luego, Celeste, apoyándose en los datos que la defensa de su interlocutor le proporcionaba iba elaborando detalles, críticas, juicios acertadísimos. Hasta que un buen día a Adriano se le reveló entera la ceguez de Celeste cuando frente a un muro de seda color perla afirmó que era color manzana. Fue tal el asombro de Adriano ante tamaño error que no se atrevió a discutirlo. Pero el hecho mismo de no discutirlo fue justamente lo que lo atrapó, iniciándolo en la conjura familiar que erigía la farsa del buen gusto de Celeste en poder, en visión válida. Adriano, a raíz de esto, se dio cuenta de que la nueva decoración de su casa en la ciudad —emprendida

144

con el asesoramiento de Celeste ya que Balbina era demasiado perezosa para hacerlo— resultaba ser la obra de una ciega, de armonía teórica, abstracta, fruto de la imaginación, de la memoria desesperada, de formas y colores seleccionados por otras facultades —quizás por la inteligencia pura— pero carentes de toda relación con el regocijo sensorial: el asombro de Adriano lo hizo sentir una suerte de profunda veneración o temor ante la coherencia con que Celeste hacía encajar la mentira en un mundo convencionalizado con acierto.

En el infierno de una simple excursión que puede durar eternamente ¿seré capaz de seguir ejerciendo la humillación diaria de obligar a Olegario a elegir y preparar los refinadísimos atuendos que me caracterizan aún más que mi ceguera? Sólo eso, seleccionar, preparar, elegir mis vestidos, ser mi instrumento en ésta, la única función de mi vida que me completa, le da acceso a mi cuerpo. ¿O eliminando este trámite con el aislamiento prolongado que comenzará quizá mañana debo presuponer una reversión al salvajismo de todos nosotros, en que ninguno de estos ejercicios civilizados perduren, y sólo quede el brutal asalto diario idéntico al primer día? Si Juvenal no estuviera ejecutando el Vals Mefisto, todos en silencio, todo en orden, los ventanales abiertos al parque que ya dije era trémulo, yo gritaría de miedo ante esta perspectiva. Tengo un *chiffonnier* de palo de rosa que contiene todos mis guantes, miles de pares de los matices más tiernos: bajo mi vigilancia, Olegario pasó la tarde de hoy ordenándolos, par por par, describiéndome color por color y guante por guante para que yo le indicara junto a cuál clasificarlo y en qué cajón, de modo que conozco el contenido completo de mi *chiffonnier*. Me llevaré mi *chiffonnier*. Así, en

145

caso de asaltos consuetudinarios podré interponer la necesidad de ordenación de mis guantes entre su cuerpo y el mío. ¿Dónde está Melania? ¿Por qué no baja mi ahijada? ¿Por qué siente vergüenza ante su fracaso si es menor que el mío? Estoy forjándola, paso a paso para que incite a Olegario a tomarla detrás del macizo de floribundas donde él me arrebató, no la inocencia, que no tiene importancia y que además yo jamás tuve, sino la vista. Entonces, lo sé, se devorarán mutuamente. Que es lo que quiero. Así, por fin, conoceré la paz.

—Explícame, entonces, cómo se viste —le preguntó Adriano a su mujer, recordando que la elegancia de Celeste era proverbial en la ciudad.
—Olegario.
—¿Olegario?
—Por cierto.
—¡Pero si Olegario es un bruto que no sabe nada sobre nada, salvo sobre mujeres y caballos livianos de cascos!
—¿Qué tiene que ver?
—¿...Olegario eligiendo tules, combinando sedas y lazos, enterándose de lo que está de moda?
—Para eso tiene esas desvergonzadas mujeres con que se exhibe por todas partes, incluso en el paseo de las palmeras, rompiéndole el corazón a mi pobre hermana: todas ellas son modistas, sombrereras, importadoras de encajes..., no veo qué tiene de raro...
—No sé..., el ángulo justo con que Celeste inclina su sombrero es lo que le confiere su *chic*, y el estilo inimitable con que se anuda al cuello una bufanda de gasa, y el sombreado levemente artificial que le da esa profundidad a lo que podríamos llamar su "mirada"... son logros muy sutiles, Balbina, muy inteligentes...

146

Adriano se quedó cavilando, la vista en el techo, las manos cruzadas bajo la cabeza en la almohada, sintiendo como la tibieza exquisita de la noche de Marulanda vagaba sobre su cuerpo desnudo. Se dibujó una sonrisa en sus labios musculosos que comenzaron a borbotear con una risita que, por fin, despertando a Balbina que también desnuda dormía a su lado, se transformó en carcajada.

—¿De qué te ríes, tonto?

Cuando Adriano pudo controlarse explicó:

—Me parece tan insoportablemente cómico pensar que Olegario, con sus cejas de moro y sus tamañas manos velludas cargadas de anillos, elige tules y flores... y luego en el paseo, apretando sus botas de charol para dominar su garañón encabritado al pavonearse como un chulo ante las hembras más vulgares de la ciudad..., bueno..., es cómico. Y también terrible. Uno de estos días se volverá loco.

Pero fue él, no Olegario, el que se volvió loco.

UN AIRE ENDIABLADO que nada agita circula por el gabinete de los moros: Mefisto baila entre nosotros, que estamos a punto de emprender el viaje. Nadie, ni niños ni grandes, dormirá esta noche pensando en el tiempo anómalo que mañana se inaugura, propicio para las violencias y las venganzas. Me tendré que vengar diariamente de él para mantenerlo a raya. Suele sentir derecho sobre mí debido al triunfo alcanzado por alguna de las *toilettes* concertadas por él, lo que debía darle, piensa, acceso perpetuo a mi cuerpo. Afortunadamente estos triunfos han sido verdaderamente bullados sólo cinco veces. Tuve que poner mi cuerpo en sus manos cinco veces, al publicarse poemas que escritores que desde sus heladas buhardillas oyeron la leyenda de mi elegancia le dedicaron a mis capotas o a mis escarpines: de ahí mis cinco hijos. Es como debe ser: he dictaminado toda mi vida que el poeta, siempre que se mantenga en su mezquino lugar, implanta leyes a las que nosotros, los Ventura, debemos dar solvencia. Entre los niños circula el rumor que el paseo durará más de un día, una semana, un mes, un año, más, encerrándonos quizás eternamente en la verdegueante isla de Cythère. Pero la mente de los niños carece de estructura: ignoran que las posibilidades de las circunstancias se reducen a las que se acepta, como yo acepto el hecho de que ahora odio rara vez a Olegario. Con los años he llegado a tenerle más bien compasión por ser tan apasionadamente monógamo, ya que no cabe dentro de mi cabeza, peinada por él, ni siquiera elucubrar sobre lo que es sentir pasión. Puedo, en cambio, deleitarme en mi juego de condenar al macho vibrante a este afeminado quehacer de ocuparse de mis vestidos, al que él se entrega encandilado con la posibilidad de que así podrá obtenerme otra vez. Con su pelo tan reluciente como sus botas de charol y sus bigotazos brillando sobre su sonrisa que descubre sus grandes dientes húmedos, se dedica a cuidar y revisar las armas de la familia. Bajo su mando se reúnen los sirvientes para ser adiestrados de modo que en caso de ataque nos defiendan. Anoche bebió hasta el amanecer con los lacayos transformados en milicianos. La familia no oyó los ecos del jolgorio y las reyertas porque Olegario es un hombre discreto. Contamos con esa discreción de buena clase para mantener la estabilidad de todo, incluso la del mundo virtual que perciben mis ojos muertos. Melania no baja porque teme que la castigue. Pero su fracaso de retener a Olegario —mi fracaso— me propina el castigo consiguiente: Olegario irá conmigo ¡ay! quizás para siempre, a la excursión.

En el aburrimiento de los veraneos en Marulanda, Olegario y Celeste solicitaron a Adelaida y Cesareón el privilegio de ser padrino y madrina de la recién nacida: Melania seguía a su madrina por todas partes, o más bien la guiaba al advertir desde muy pequeña la deficiencia jamás nombrada que aquejaba a Celeste. Pasaba largas horas en su *boudoir* jugueteando sobre sus rodillas, pero con más frecuencia sobre las rodillas de su padrino, sobre todo cuando la presumida pequeñuela pedía permiso para disfrazarse de "grande" con alguno de los magníficos atavíos de su tía consentidora. Nadie sabía jugar con ella como su padrino, nadie hacía cosquillas más divertidas en las partes más cómicas del cuerpo, nadie acariciaba más lenta y suavemente..., ni su padre muerto tan aparatosamente cuando Melania tenía ocho años pero cuya muerte resbaló sobre ella sin dejar huellas porque tenía las manos de consuelo y las manos de placer y los besos de consuelo y los besos de placer de su padrino, mientras Celeste los "miraba" sonriente. Pero Melania, pese a su aire de que si uno le hincara el diente se le perfumaría la boca como al morder una fruta, no había madurado todavía. Celeste no lograba hacerle comprender que la vulnerabilidad en el amor se fortalece sólo cuando se regocija en sí misma, porque así amarra al otro. Le enseñó, eso sí, a adueñarse de las voluntades e imaginaciones de sus primos, a hacerse centro de un núcleo de elegidos entre los que se destacaba Juvenal, su confidente, su *cavalier servant*, con el que iban concertando La Marquesa Salió A Las Cinco, esa máscara que encubría la mascarada. Celeste, para quien la vida de su hijo no tenía secretos, propuso los amores de la Amada Inmortal con el Joven Conde porque conocía a Mauro y lo admiraba como sabía admirar cualquier persona o cosa de calidad: era demasiado puro para propasarse con Melania sin que ésta lo amara. Y Melania amaba a Olegario, para quien ella, Celeste, quería reservarla pura. Pero como Olegario había comprendido que era todo un ardid de Celeste, le prestaba algunos trajes suyos a Mauro, sus impecables chalecos veraniegos de piqué blanco con botones de nácar, sus chisteras color palomo, sus bastones, sus polainas, para que disfrazado de él perdiera su timidez y conquistara a Melania. De este modo la niña lo dejaría tranquilo para seguir conjugándose solo frente a Celeste. Y vestido de Olegario, Olegario lo sabía, Mauro solía tenderse sobre el cuerpo de Melania en un ruboroso simulacro del amor, un episodio más de La Marquesa Salió A Las Cinco, y debajo de la cama salía chillando una bandada de pequeñuelos desnudos participando en la parodia de un multitudinario alumbramiento.

JUVENAL, pobre, no está satisfecho. Sin embargo accede a todo lo que deseo, incluso a la prolongación de los interminables Estudios Trascendentales mediante la interpolación de la Lectura del Dante: advierte que yo no quiero que Olegario regrese aún del otro salón a quemarme el cuello con su mirada y sabe que a Olegario no le gusta Liszt porque no comprende que el amor es todo retórica y sólo así tiene una hondura no vegetativa. Juvenal está enfadado porque yo le niego tantas cosas a las que él se siente con derecho, cosas a las que yo, a mi vez, me creo con derecho a negarle: me odia, por ejemplo, casi peligrosamente diría yo, porque me niego a darle acceso a mi *toilette*, que, estoy de acuerdo, él sería capaz de refinar porque tiene talento. Por el puro gusto de ver tambalear mi unión —si así puedo llamarla— con Olegario, a veces tilda de error la combinación de tal pluma con tal lazo. Quizás lo haga para salvarme del pe-

ligro de caer otra vez en manos de Olegario si el éxito de
mi *toilette* es mayúsculo. Mira, entonces, desafiante a su
padre. Pero Olegario sólo acaricia, al pasar junto a él, la
cabeza de su pobre hijo mayor sin devolverle el desafío
porque le lleva demasiada ventaja: lo sabe enredado
apenas en la periferia de la maraña que a él tan dolorosamente lo une a Melania y a mí. Fue para vengarse de
todo esto que Juvenal se negó a venir mañana al paseo.
Y yo, ¡ay de mí!, quedaré sin siquiera con su endeble
protección.

Sí, meditó Juvenal, concluyendo los Estudios Trascendentales entre los aplausos de las cuatro o cinco personas que quedaban en el gabinete de los moros, pero yo
soy aún más zorra que mi madre, que ignoraba que
como gusano que pudre el corazón de la fruta sin que
por fuera se vea, él introdujo a Wenceslao en el lecho de
su prima, asegurándole que por tratarse de una *poupée
diabolique* no podía ser nada malo. Ahora deseaba más
que nada un largo alejamiento de sus padres para que
en la casa de campo sólo quedaran los nudos ficticios de
La Marquesa Salió A Las Cinco en vez de los verdaderos
con que intentaban hacer de él un hombre cuando aún
no estaba listo para serlo. Juvenal giró el taburete del
piano para agradecer, sin levantarse, los aplausos, inclinando una y otra vez la cabeza: le dio un beso a Celeste,
y Olegario lo besó, enigmático, hiriente, pero lleno de
los gestos del aprecio y del orgullo. Juvenal pretextó un
pequeño dolor de cabeza —cosa que nada aseguraba a
los que amablemente se inquietaron por su salud— para
murmurar un buenas noches y hasta mañana antes de
la partida. Celeste le recordó lo delicado que era —vibra,
explicó a los demás, igual que yo, como un junco con
cualquier aire— y le rogó que no olvidara arroparse

bien, ya que el viento de la noche parecía estar despejando el cielo con el único propósito de dejárselos perfectamente transparente para el paseo de mañana.

2

EN EL INSTANTE mismo en que Juvenal iba a empujar la puerta del gabinete de los moros para salir al vestíbulo, una mano enguantada de blanco se la abrió desde afuera: no titubeó en avanzar pues sabía que era el Mayordomo que le estaba dejando paso en el momento justo, como si conociera el horario exacto de sus intenciones. Al "buenas noches" simuladamente soñoliento que Juvenal murmuró al pasar, el Mayordomo —enorme, humilde, decorativo—, respondió inclinando un poco, pero prolongadamente, la cabeza, tal como lo imponía la etiqueta de la casa. Luego se reintegró, envuelto en su librea cargada de oros, al infinito número de objetos lujosos cuyos destellos Juvenal dejó extinguiéndose en el espacio del que arrancaba la espiral de la escalera.

Juvenal fue ascendiendo lentamente, decidido a no dejar partir a su madre sin antes extraerle la verdad sobre el alcance de su traición a él. ¿Pero si mañana, y para siempre, se quedaran encerrados donde iban, riéndose a coro con sus pares del grotesco episodio de sus desgraciados tratos con la mujerzuela? Lo mejor era no dejarla partir. Esta noche, ni el Mayordomo, aunque imponente, ni los lacayos, que quedaron allá abajo ajustando insignificancias en el lago helado del vestíbulo antes de congelarse en sus puntos de espionaje, serían capaces de impedírselo. Y pese a que los acompañaban con el propósito ostensible de servir a los señores y compartir las migajas de sus diversiones, iban para defenderlos: sí, defenderlos con todas las armas de la casa que ellos tenían escondidas. Los lacayos se aburrían con su monótona tarea decorativa, humillados, pese a sus suntuosísimas libreas, con la conciencia de su propia inutilidad. Este decorativismo estático de los lacayos era método, ya que condenándolos al aburrimiento, a la repetición, a la inutilidad, azuzaban sus sueños de gestas heroicas, de situaciones en que el peligro les proporcionara ocasión para probar que sus desteñidas existencias eran algo más que sombras de las necesidades de otros más poderosos que ellos. Claro, se dijo Juvenal ascendiendo, este paseo fue organizado para aplacar a los sirvientes, ya que en sus filas podía estar germinando el descontento: quizás nuestros padres les tengan miedo por haberles dado demasiado poder, y el propósito de complacerlos a ellos, a los sirvientes, estaría entonces detrás de todo el fasto familiar. A estas horas, adivinó, o por lo menos dentro de unos minutos, cuando el toque de queda los petrificara en la oscuridad, se quedarían soñando con la escopeta por fin destinada a cada uno, con los cartuchos que debían cargar, recordando las enseñanzas impartidas por Olegario durante los ruidosos zafarranchos del verano, fantaseando ataques de antropófagos de rostros pintarrajeados que, por fin, después de tantos años de promesas de heroísmo a promoción tras promoción de lacayos sin que nada sucediera, irrumpirían sobre ellos descendiendo en balsas por el río que desemboca en el estanque de las ninfeas gigantescas.

Todavía no sonaba el toque de queda. Y aunque sonara, Juvenal según las prescripciones de la familia, ya era un "hombre", y por lo tanto no tenía que atenerse a esta regla destinada sólo a los "niños": sin necesidad de guía iba adentrándose impunemente en el infierno de la noche. Ascendiendo lo que hoy le parecía círculo tras círculo tras círculo de la interminable escala, se dirigía rumbo a su estudio situado en el más alto de los torreones de cerámica. No pudo evitar, antes de desaparecer, que sus ojos advirtieran sumidos en el lago helado de allá abajo las sombras rencorosas de los lacayos cargados con emblemas de oro que con sus miradas criminales seguían su ascensión. Juvenal acezaba. Con desacompasado aliento musitó:

> *malvagio traditor; ch'alla tua onta*
> *io porterò di te vere novelle.*

Al acercarse por fin a la puerta de su estudio, lo hizo en la punta de los pies para que el piso no crujiera. La abrió bruscamente. Allí estaban, acezando en la oscuridad. Abrió el cortinaje de un tirón: la noche blanqueada por el reflejo del cielo lunar en el océano de espigas cayó de golpe dentro del estudio, descubriéndolos sentados al borde de la cama, la respiración demasiado rápida para reclamar inocencia. Sus movimientos, además, eran delatores: ¿para qué disimular el apresurado gesto de la mano al abrochar un botón culpable con la cordialidad inhabitual de otro gesto destinado a significar "hola"? ¿Para qué erguirse, para qué separarse? Les preguntó:

—¿Estaban dándose besitos?

—No hemos hecho nada —respondió Higinio.

—No les creo —murmuró Juvenal acercándose y palpándoles el sexo a ambos al mismo tiempo—. Van a reventar los pantalones.

No lo rechazaron, aunque Justiniano argumentó:

—Como tardaste, nos excitamos...

Irguiéndose arrogante, Juvenal les dijo:

—¡No quiero que se toquen! Ustedes no son maricones. ¿Me oyen? Aquí el único maricón soy yo.

Higinio intentó continuar la apología de Justiniano:

154

—Es un honor que no pretendemos disputarte. En todo caso ¿qué primos adolescentes, dada la ocasión, no se harían una masturbación mutua?

—Ya están demasiado grandes —declaró Juvenal—. A ti, Higinio, te faltan sólo dos años para ser "hombre". Así es que cuidado: de esto que han estado haciendo a ser maricones que se disfrazan de marquesa y entornan los ojos al tocar el piano, como yo, hay un solo paso.

—No te las vengas a dar de moralista —intervino Justiniano.

—No hablo de moral —repuso él—. Es otra cosa. Quiero que ustedes hagan esto sólo conmigo. Yo les daré lo que me pidan a condición de que me dejen ser a mí solo lo que soy y ustedes sean una cosa distinta. Si se transforman en maricones me buscaré a otros, que difícil no es. A ver, por el momento quiero sitio en la cama entre ustedes dos.

Los primos se separaron para dejar que Juvenal se sentara y continuara acariciándoles el sexo, ahora descubierto. Justiniano exigió:

—Bueno, pero danos algo que beber...

Juvenal se levantó para encender un quinqué. Desde el muro presidía, superior, comprensivo, privilegiado, el retrato de aparato del Cardenal Richelieu de Philippe de Champaigne, en cuyo rostro Juvenal había pintado sus propias facciones picudas y verdosas de pavo real con una lucidez admirablemente desprovista de compasión. Sirvió las copas. Se sentó de nuevo entre sus primos, volviendo a juguetear con sus sexos que al instante se pusieron tumefactos:

—Eres insaciable, Justiniano —comentó Juvenal—. Pero sólo en lo que se refiere al licor. No eres como mi Higinio que siempre está dispuesto. Mira, si parece de hierro. ¡Imbéciles! ¿Creen que para esto los cité esta noche?

Las uñas de Juvenal se clavaron en la carne dura del sexo de Higinio, que aullando azotó a Juvenal. El fuste, ahora muerto, del miembro de Higinio quedó ensangrentado. Justiniano lo ayudó a limpiarlo y curarlo mientras Juvenal volvía a llenar las copas que pronto los otros bebieron, Higinio quejándose todavía. En su rostro banal de ángel rubio, la boca mezquina le negaba la iluminación de la sonrisa que de costumbre prodigaba indiscriminadamente, por cualquier cosa, menos cuando trataba de huir de la perversa Zoé, gorda, achinada, minúscula, que lo perseguía instando a los demás primos pequeños a que corearan la terrible acusación: "Higinio no tiene pathos... Higinio no tiene pathos...". Quedó irritado con la dolorosa vejación a su cuerpo que sólo Juvenal sabía apreciar en su justo valor. Continuaron bebiendo melancólicos, los sexos lacios reposando sobre sus pantalones a medio abrir, el deseo derrotado por las preocupaciones. Justiniano, que enunciaba con dificultad debido al alcohol que tan rápido efecto le hacía, preguntó:

—¿Para esto nos citaste esta noche?

—No.

—¿Para qué, entonces? —quiso saber Higinio.

Juvenal extrajo una llave de su bolsillo.

—En el salón de baile —explicó Juvenal— donde nos reúnen para que la tía Eulalia nos enseñe a bailar la gavota, todos los techos y las paredes están pintadas con un fresco *trompe l'oeil*. ¿No es cierto? Hay puertas a que se asoman personajes y galgos...

Asintieron. Juvenal les preguntó:

—¿Todas las puertas simuladas están abiertas?

—No..., hay muchas cerradas.

—Exactamente —concluyó Juvenal—. Pero hay un detalle que se nos ha escapado: no *todas* las puertas y ventanas cerradas son *trompe l'oeil*. Muchas son verdaderas.

Se abren. Se cierran.

—¿Con esa llave?

—Exactamente. Esta llave abre una de las tantas puertas *trompe l'oeil* que no son *trompe l'oeil*.

—¿Y para qué la quieres abrir?

—¿Ellos se van mañana, no es verdad, llevándose todas las armas de la casa y dejándonos desprovistos de defensa? ¿Ustedes no tienen miedo?

—No, porque volverán al atardecer —afirmó Higinio.

—Tú crees todo lo que dicen nuestros padres. Pero los que Wenceslao propaga pueden no ser infundios.

—Estás tratando de asustarnos para que hagamos lo que tú quieras —dijo Higinio, en quien el desgarro de su miembro había producido una chispita de resistencia, ya que no de rebeldía—. Dinos cómo conseguiste esa llave y para qué.

—Muy simple: Lacayo-amante comprado, a quien emborraché y me lo contó todo. Las armas están escondidas para el paseo detrás de las puertas no simuladas del salón de baile. Le di más de beber. Quedó más atontado que Justiniano ahora. Y le robé esta llave.

—¿Qué te propones hacer?

Juvenal se descompuso con la pregunta de Higinio:

—Tengo terror..., terror de que se vayan para siempre..., terror de que se queden..., que noten mi terror..., que lo noten Melania y los demás..., y terror porque tengo que hacer algo para impedir que mi madre se vaya para siempre con mi padre...

Justiniano, borracho y sin abrir los ojos, le propuso:

—Mátala...

—¿Por qué no? —repuso Juvenal—. Matarla esta noche. Y tal vez a mi padre. Para eso quiero robar las armas, no para defendernos de los hipotéticos antropófagos durante su ausencia.

—Me voy... —gritó Higinio incorporándose.

—¡Pobre infeliz!

—Es distinto jugar a lo prohibido..., pero pensar en lo que tú estás pensando no es juego..., me voy...

Para retenerlo, Juvenal lo agarró del sexo herido, arañándoselo otra vez. Higinio dio un aullido y salió corriendo del estudio.

Juvenal, que lloraba, bañó el rostro de Justiniano con vino para despertarlo. Sonó el primer toque del inmenso gong de bronce que desde el vestíbulo de la rosa de los vientos esparcía sus vibraciones por toda la casa. En diez minutos más, pensó Juvenal, serían dos los golpes, y diez minutos después, tres, el toque último, cuando sólo los grandes como él podían circular por la casa. Sería preferible dejar a Justiniano oculto donde estaba: pero enfrentarse solo con rifles y pistolas, escopetas y mosquetes en su delirio de poseer siquiera uno, quizás para defenderse, quizás para atacar, era una propuesta insoportable. Obligó a Justiniano a que se levantara. Tomándolo de la mano lo arrastró dando trastabillones escaleras abajo antes que sonara el segundo golpe del gong. Pero no pudo impedir que Justiniano agarrara una botella por el gollete y mientras iban bajando tomara otro y otro sorbo más.

A UN EXTREMO de la alargada estancia —en el extremo opuesto al que ocupaba la tribuna para la orquesta— se abría sobre el parque la única ventana verdadera. La claridad de la noche abismal transformaba en fulgores de plata los oros de los sillones alineados a lo largo de las paredes, y los del arpa, y los del claverín. A estas horas, las falsas sombras de las capas y gorgueras, los falsos galgos adjetivos a los personajes pintados en los vanos de las falsas puertas, parecían tener eficacia suficiente para desprenderlos de la simulación bidimensional del *trompe l'oeil* y hacerlos ingresar en el espacio real. Hasta los rumores de la seda y de las ilustradas voces renacentistas parecían esperar sólo que se aplacara el secreteo vegetal de las gramíneas para dejar oír su lujosa autoridad.

O más bien las voces parecían haberse extinguido justo antes de la entrada de los primos al salón de baile. Justiniano se sentó en la banqueta del clavecín con la loca idea de golpear sus teclas para tocar La Marcha Turca, que sin duda hubiera congregado a los lacayos enfurecidos, pero Juvenal, al impedírselo, le dio un empujón que lo hizo deslizarse inconsciente bajo el instrumento. Quedó roncando, borracho.

—Imbécil —pensó Juvenal—. Me has dejado solo para realizar una tarea de héroe que no me cuadra...

Juvenal también estaba borracho. Su larguísima sombra abarcaba toda la longitud ajedrezada del pavimento, internándose bajo los arcos hasta el fondo de perspectivas pintadas, de modo que su cuerpo parecía ser sólo la semilla de donde brotaba la gigantesca realidad de su sombra. Debía apresurarse: si lo pensaba un segundo más, el miedo lo inmovilizaría para siempre. Confundido con tanta puerta simulada Juvenal buscó con la punta de los dedos —pasándolos por los falsos perfiles de las puertas, sobre los rostros pintados con tal verosimilitud que el estuco mismo parecía tener el calor y la textura de la carne— un agujero de verdad para meter la llave: sólo reconocieron la faz del terciopelo, una mano enguantada, la frialdad de un anillo que a la luz de la luna brillaba más convincente que lo permitido por un *trompe l'oeil*, la tersura de un tulipán detenido a medio caer en el muro decorado por la lluvia de flores que las diosas lanzaban desde las nubes de las falsas bóvedas.

Una cerradura, por fin, recibió la llave de Juvenal.

Los mecanismos funcionaron. Era sólo cuestión, ahora, de mover la manilla para abrir la puerta y coger una escopeta. Nada más. Él no era un criminal ni un insurrecto. No deseaba asesinar a su madre ni tomar el poder. Sólo adueñarse de un fusil para defender su pobre pellejo: los antropófagos no conocían las armas de fuego y huirían al ver su rayo mágico. Juvenal dio vuelta la manilla de la puerta. Se abrió de golpe con el ímpetu de la catarata de armas que vertidas estrepitosamente lo tiraron al suelo.

—¡Estoy perdido! —exclamó.

Encogido en el suelo entre fusiles, mosquetes, trabucos, arcabuces, carabinas, Juvenal esperó que terminaran de caer sobre él todas las armas. Estaba demasiado confuso para tomar una y correr antes que alguien se lo impidiera. Al tratar de incorporarse percibió que los personajes del fresco *trompe l'oeil* se desprendían de los muros para acercarse a él y rodearlo. Al principio, viendo que las sombras tremolaban, creyó que sería efecto de su imaginación enfebrecida por el alcohol, pero cuando se dio cuenta que iban estrechando el círculo alrededor de él —el brillo de un puñal oscilando, el bamboleo de la pluma de un sombrero, el ruedo de una capa que se mecía, el cambio de oriente de una perla prendida a una oreja viril, la baba de plata en los hocicos de los galgos negros— tuvo la certeza de que el castigo sería ahora mismo, inmediato, antes del tercer golpe del gong. Una mano enguantada pero brutal lo atenazó del brazo.

—¡Déjame! —chilló Juvenal.

Otra mano le agarró el otro brazo con igual violencia. Y otra el cuello.

—¡Déjenme! —volvió a chillar Juvenal al ver que los personajes se cerraban en torno a él blandiendo látigos, bastones, floretes, dispuestos a azuzar a sus perros—. Ustedes no son personajes señoriales. Son infames lacayos disfrazados, sirvientes viles..., no se atrevan a tocarme. Tengo diecisiete años. No soy un niño. Soy un señor...

Risas soeces acogieron esta última aseveración. Incluso, le pareció, odiosas risas de mujeres, de las damas —en realidad no eran más que los lacayos más jóvenes en *travesti*— que se acodaban junto a cestas de fruta y a palomas en las balaustradas más altas.

—Señora, dirás... —espetó una voz.

—Maricón.

—Peguémosle.

—Sí —exclamó Juvenal—. Maricón porque me gusta y no porque me pagan, como ustedes.

—Entonces te vamos a dar en el gusto.

Las risotadas sonaron en el salón de baile. Entre las sombras proporcionadas por los disfraces aristocráticos, las duras facciones de los lacayos, desdibujadas por el rencor y la lujuria, se acercaron como las máscaras revenidas de la última hora del carnaval, al rostro del señor que los insultaba. Vengativas manos plebeyas le arrancaban la ropa mientras Juvenal les lanzaba improperios..., cerdos..., viles..., pagados... La camisa y los pantalones cayeron convertidos en harapos. Y en medio de la lujosa comitiva que lo maltrataba, Juvenal quedó desnudo, aterrado y jubiloso, albo a la luz de la luna que se nubló cuando las figuras negras con sus miembros erectos lo obligaron a ponerse en cuatro patas, como un animal, en el suelo. El personaje más alto, el más negro, el más siniestro, poseedor del miembro más enorme que goteaba en anticipación de la venganza, iba a montar a Juvenal. Pero sonó el tercer golpe del gong.

Se abrió la puerta verdadera: la figura del Mayordomo envuelto en su librea entró pausada y solemnemente al salón de baile. Los lacayos se arreglaron la ropa, congelándose bidimensionales como si hubieran

161

recortado a los personajes del fresco *trompe l'oeil* y los hubieran colocado en el espacio real. El odiado Mayordomo se acercó a Juvenal que yacía hecho un lloroso nudo en el suelo: éste lo vio alzarse como una colosal construcción plateada por la luna, desde cuya claridad los demás sirvientes fueron retirándose para reintegrarse al fresco. El Mayordomo iba a blandir su pene, pensó Juvenal, el más descomunal de todos, el más feroz, para castigarlo poseyéndolo. Pero en vez de hacerlo el Mayordomo inclinó ligera pero prolongadamente la cabeza, tal como lo exigía la etiqueta familiar, y dijo:

—Señor...

Juvenal gemía. El Mayordomo continuó:

—¿Qué hace Su Merced en este estado, aquí, a estas horas?

Los gemidos de Juvenal iban amainando, pero era incapaz de contestar. El Mayordomo le hizo una señal a sus esbirros. Éstos, con calculados movimientos militares muy distintos a los de la obscena pavana de un momento antes, comprendieron la orden, y en un abrir y cerrar de ojos restituyeron todas las armas a su lugar detrás de la puerta falsamente simulada, que cerraron con la llave que luego entregaron al Mayordomo. Él la guardó en uno de los innumerables bolsillos escondidos en el vasto jardín bordado de su librea. Se inclinó para ayudar a Juvenal a ponerse de pie. Le dijo:

—Su Merced tendrá frío —y lo fue ayudando a vestirse con los jirones de su ropa. Continuó hablando, su pausa decorada con una siniestra nota de afectividad, más hiriente que todo improperio—. Su Merced ya es grande y por lo tanto tiene permiso para venir aquí a tocar el clavecín cuantas veces quiera y a la hora que quiera, como a menudo lo hace en las noches de luna. Pero esta noche es una noche distinta.

—¿Por qué distinta?

—Porque mañana será un día distinto. En todo caso, su señora madre, en el gabinete de los moros, le pidió que se arropara. ¿No cree aconsejable obedecer, aunque usted ya sea grande y pueda reinventar todas las reglas? Si yo no hubiera llegado a tiempo —mintió el Mayordomo, cuya aparición, Juvenal estaba seguro, fue parte de un plan—, estos brutos incapaces de pensar en otra cosa... ¿Qué le estaban haciendo?

Si el odio de Juvenal por el Mayordomo —por todos los traidores Mayordomos que todos los años, desde su infancia, lo habían sometido a encierros y palizas por sus inclinaciones— era antes grande, ahora, al frustrarlo arrebatándole el castigo del que lo iban a hacer víctima, lo odió, si eso fuera posible, aún más. *Traditore*. Sin embargo, representaba el orden de la casa. Y como Juvenal no ignoraba que una falla en la forma era más grave que cualquier otra falla, respondió seguro:

—Me estaban tuteando...

El Mayordomo, con una especie de rugido que lo hizo hincharse, se alzó hasta más de la medida completa de su altura, y su voz, hasta ahora pura seda, retumbó en el salón:

—¿Tuteándolo?

—Tuteándome.

—Serán severísimamente castigados —aseguró el Mayordomo agobiado por la indisciplina de sus subalternos—. Aquí no ha pasado nada: le ruego que corramos un tupido velo sobre la vergüenza de los acontecimientos recientes. Se trata de una transgresión, apenas, del toque de queda por parte del señor Justiniano que tiene menos de diecisiete años. Hay que llevarlo a su cama sin que nadie vea su estado y así no cause pena a sus padres que tanto lo aman. Ustedes dos..., el de la pluma encarnada y el de los zapatos con hebilla..., llévenselo para que nada perturbe esta última noche en

163

la casa de campo y mañana los señores puedan partir sin preocupaciones a su tan merecido día de esparcimiento. Cuando regresemos por la tarde el señor Justiniano será debidamente multado como se multa a cualquier niño que transgreda el toque de queda.

El de la pluma encarnada y el de los zapatos con hebilla sacaron a Justiniano de debajo del piano y se lo llevaron. Los demás lacayos aguardaban órdenes. Juvenal preguntó con la voz hecha menuda por la ansiedad:

—¿Quiénes regresarán?

—¿Cómo puede dudar que serán sus padres, señor? Nosotros los acompañamos para asegurarnos de que así sea. Ahora sería conveniente que Su Merced se retirara a sus aposentos privados a descansar. Y no olvide arroparse bien, tal como se lo aconsejó su señora madre.

En el claror de la ventana por la que entraban el cielo y el parque y la llanura al salón de baile de las lontananzas simuladas, se formó una doble fila de lacayos —¿en qué momento, se alcanzó a preguntar Juvenal, descartaron sus disfraces señoriales para volver a vestir sus libreas?— que lanzaban largas sombras sobre el pavimento cuadriculado. Éstas, al extenderse verticales en vez de horizontales por las fingidas perspectivas entrevistas bajo los arcos también fingidos, reestablecieron de una vez por todas la diferencia entre el espacio real y el espacio del arte. Ahora, desde las puertas del artificio las miradas de los personajes volvieron a ser fijas, incapaces de seguir a Juvenal, que avanzó altivo bajo la protección del Mayordomo hacia la puerta verdadera, por la avenida de lacayos que a su paso fueron inclinando la cabeza: ¿cómo prescindir del privilegio de que ninguna culpa fuera culpa porque existía esta protección? Pero por suerte después de mañana ya no habría para qué prescindir de nada: volvería a abrazar a su madre.

Los protagonistas salieron. Y después, en fila, salieron los lacayos, restituyendo, al cerrar la puerta, la bidimensionalidad debida a todas las risas, los guiños y el jolgorio de los personajes que poblaban los frescos.

Capítulo Cinco

EL ORO

1

DE LOS HIJOS de Hermógenes y Lidia, pareja tan central en esta narración, sólo he hablado de Amadeo. Y muy al pasar, mencioné a Colomba, espejo de dueñas de casa y viva imagen de las perfecciones domésticas de su madre. Pero mientras se desarrollaban los acontecimientos relatados en los capítulos anteriores debemos desplazar nuestra atención hacia otra parte de la casa de campo, donde Casilda, la gemela de Colomba, organizaba la máquinaria de su propia salvación, casi tan extravagante como la de quitar las lanzas de la reja.

Cuando comenzó la algarabía provocada por la eliminación del deslinde, Casilda se encontraba con Fabio en el despacho de su padre, abierto hacia el patio del mercado: hay que imaginarse un amplio embudo de tierra apisonada descrito por dos murallones que hacían converger la llanura y el horizonte hacia las dos ventanas por donde Hermógenes y sus hijas atendían a los nativos. Aunque muy remotos, los ecos del jolgorio de los niños repercutían en el despacho, y Casilda, perturbada por la posibilidad de un repentino regreso de sus padres antes de lo previsto, quiso ir a ver lo que acontecía. Fabio le advirtió:

—Sólo pueden estar ocurriendo cosas que nos atrasen. Ve tú si quieres, pero vuelve pronto. Yo me quedaré trabajando.

Y Casilda corrió a mezclarse con sus primos.

El desastre de la reja, que interpretó como sólo un espejismo de libertad, le servía a ella para desviar la atención de sus primos, encubriendo sus propias actividades. Las convicciones proclamadas por Wenceslao, además, le parecieron típicas de la ingenuidad de sus pares: ella *sabía* que los grandes tenían que regresar antes que se pusiera el sol. ¿Cómo pensar de otra manera si habían dejado el oro en Marulanda? Bóvedas y bóvedas de esos fardos grisáceos que disfrazaban el fulgor amarillo de las láminas, robando hasta la experiencia cromática a sus ojos. El desprecio de Casilda por sus primos, incapaces de sentir el sortilegio del místico metal, la hizo despachar el asunto de las lanzas como un episodio sin importancia. ¿Cómo pensar que los grandes, abandonándolos, podrían juzgar que sus propios placeres eran más trascendentes que el oro? Su padre le había inculcado desde pequeña que siquiera imaginar semejante opción era impensable porque los Ventura jamás emprenderían nada que le restara valor a su oro. Hacerlo sería apostatar de las creencias esenciales de la familia. No: iban a regresar en unas cuantas horas más.

Por eso su propia prisa y la de Fabio. La noticia de que el tío Adriano se preparaba para bajar, en cambio, proponía un peligro real. No porque Casilda temiera a un loco, sino porque un grande, por muy loco que fuera, primero que nada bajaría al despacho de Hermógenes a incautarse del oro. La anunciada aparición del tío Adriano cambiaba sus actividades sólo acelerándolas.

Con un gesto le indicó a Higinio que la siguiera. Éste, preparándose para encarnar el hermano mayor de la Amada Inmortal, se resistió. Casilda, entonces, le habló al oído a Zoé, que, sin abrir la boca porque la tenía llena de golosinas, asintió con la cabeza. Se deslizó hasta donde Higinio consultaba con Juvenal: ¿un gabán de pieles y una *chepka* porque este hermano vive en Siberia? Sin escucharlo, Zoé lo tiró de la chaqueta. Higinio bajó la vista: el Monstruo Mongólico, el Oráculo de Oriente, achinada, adiposa, de crueldad implacable, se reía estruendosamente de él. En un momento más le iba a espetar que él no era capaz de encarnar un hermano de la Amada Inmortal, a un siberiano, a un ser exótico y misterioso porque él no tenía... ¡No quería oírla! Higinio retrocedió seguido por el monstruo de pies planos que le gritaba lo que no quería oír, porque se lo había gritado ya tantas veces que ya nadie, sólo él, lo oía.

—Ven —lo llamó Casilda.

Y ambos partieron corriendo hacia las cuadras.

Al llegar, Casilda se dijo: claro, ya no queda nadie en las cuadras aún hediondas a bestias. El polvo de la partida ya se asentaba sobre los enseres y sobre la tierra blanda de bostas, surcada y pisoteada. Se habían llevado todos los coches, y todos los caballos, mulas y bueyes, menos los que por imperfectos no les servían —viejos, rengos, enfermos, débiles—, que ultimaron a balazos justo antes de partir: en sus cadáveres diseminados sobre el barro los agujeros que acribillaban sus cuerpos, la baba sanguinolenta que chorreaba de sus hocicos, la cera que pegoteaba sus párpados, hervían con borbotones de moscas insistentes. Sí, pensó Casilda: náufragos en medio de la llanura que nadie, salvo el nativo más aventurado, se arriesgaría a cruzar a pie. Sólo dejaron el carromato del tío Adriano, esa fantástica jaula desvencijada que por inútil habían varado en un rincón de las cuadras.

—¡Maldición! —exclamó Casilda—. ¡No nos queda ni una mula renga!

Pisoteando el barro y las bostas, sorteando los cadáveres caballares y bovinos, se acercaron al vehículo. Era, en verdad, enorme, pesadísimo: seguro que en su tiempo albergaba una manada de fieras. Lo agarraron de la vara y lo tiraron. No se movió, aunque sus viejas ruedas chirriaron un poco. El rostro de Casilda se descompuso: ni siquiera le habían engrasado los ejes. Se sentó en la vara. Higinio se sentó junto a ella, intentando besarla. Ella lo rechazó tan someramente como a una mosca. Ni Melania encerrada en el gabinete chino, ni Wenceslao con sus arriesgadas intrigas, ni Mauro como promotor del simulacro de liberación colectiva, ni Juvenal manejando las vicisitudes del corazón de todos, eran más que niños. Pero el hecho de que Higinio también lo fuera le resultaba útil. Nadie llegó a enterarse de su encuentro con Higinio la noche anterior. Y éste —como al principio Casilda temió que lo hiciera— no se lo había confiado a Juvenal. De saberlo, Juvenal seguramente la hubiera invitado a informarle *in extenso* de este sorpresivo vaivén de su corazón que, como lo sabían todos los primos, se encontraba anquilosado en una relación tan conyugal con Fabio que ya no le interesaba a nadie.

Pero Casilda presumía de no usar jamás su corazón. Anoche, en camino al despacho de su padre para ver cómo progresaba el trabajo de Fabio, mientras en el gabinete de los moros los grandes contemplaban las imágenes del más risueño futuro, idéntico al presente sólo que mejor, tuvo que cruzar el parque para entrar en la otra ala de la casa burlando la vigilancia de los esbirros del Mayordomo. Sorprendió a Higinio, que se había quitado los pantalones, examinando su miembro a la luz de la luna, malherido por las uñas de Juvenal como hemos visto en el capítulo anterior, mientras desde la concha de plumbagos que decoraba un meandro del sendero de tuyas, una ninfa de mármol lo observaba. Casilda percibió al instante la relación establecida entre el muchacho y la estatua, como si se dispusiera a ofrendarle su sexo en una especie de sacrificio. No fue esto, sin embargo, lo que llamó la atención de Casilda: fue la fuerza de los muslos desnudos de su primo, la potencia de sus hombros y sus brazos. Su imaginación, al despojarlo de la chaqueta y de la camisa, lo dejó convertido en otra estatua, pareja de la ninfa.

—Es bello y fuerte —se dijo Casilda para sí—. Prefiero que no tenga pathos; así lo instrumentalizaré a mi gusto sin enredarme innecesariamente.

Sentir la fuerza de Higinio poseyéndola allí mismo, sobre el césped, significaría, además de suplantar con su propia fealdad la belleza de la ninfa de mármol, adueñarse del inocente deportista —orgullo del tío Anselmo en el ring de box donde era temible contrincante de Mauro— para usarlo, y después descartarlo si su dependencia no la acomodaba. Pero Higinio, temeroso, lloroso, se mostró reacio a sus avances. Con lágrimas reluciéndole en los ojos le confesó no sólo que quería y no sabía y que era la primera vez que una prima se mostraba dispuesta a compartir el placer con él, tan poco interesante era su persona, sino que hoy todo contacto era imposible por encontrarse dolorido.

—Sé de buena tinta —le murmuró Casilda al oído— que durante las invasiones, en el barro y la nieve de la derrota, los soldados heridos de más gravedad durante el desastre, pese al dolor, fueron los de comportamiento más ardoroso con las prostitutas que seguían a los batallones. A mí no me importa que ésta sea tu primera vez. Yo te enseñaré.

Higinio se protegió el sexo con las manos. Hincada ante él, Casilda se las quitó, examinando la herida de su primo con atención, pero no le preguntó qué le había sucedido porque no ignoraba que para ganarse a la gente hay que respetar lo que les causa vergüenza. Le preguntó en cambio:

170

—¿Quieres que mañana, si no puedes hoy?

—¿Estaré bien?

—Son heridas leves. Rasguños. Estarás bien.

Cuando en la terraza del sur Higinio la vio haciéndole señas para que la siguiera, su fácil corazón se alborozó al recordar la promesa nocturna de Casilda. No era ninguna beldad, por cierto, pero tenía un autoritarismo no distinto ni menos excitante que aquel con que Juvenal solía someterlo. En las cuadras, sentado sobre la vara del vehículo circense, Higinio tocó a Casilda intentando someterla como sabía que un hombre debe someter a una mujer. Su lengua hurgó en la fría boca de su prima, que pensaba: sí, ahora estás en mis manos, y le dijo:

—Espera.

—¿Ahora no puedes tú?

—Seguro que este vehículo tiene alguna relación con las intrigas en que Wenceslao está envuelto y no tardará en aparecer por aquí. Mejor vamos a otra parte.

Ceñuda, casi ciega de concentración, un timón oculto fue guiándola desde dentro de ella misma por los intrincados pasadizos de la parte baja de la casa, hacia atrás, lejos del bullicio de los primos, arrastrando a Higinio más allá de los desiertos comedores de la servidumbre, fétidos de fritura y cebolla, pasando las despensas interminables donde a cada rato era posible tropezar con Colomba, perdiéndose por pasillos hasta llegar ante una puerta donde se detuvo. Besó a Higinio levemente en los labios para sellar su voluntad. Y abrió la puerta del despacho de su padre.

El corazón de Higinio dio un salto al comprender lo que sus ojos veían: el prosaico espacio ocupado por el escritorio, por la balanza, por la pareja de empinados taburetes junto a los dos pupitres, estaba presidido por el imperio de la puerta de hierro negro que daba acceso a las bóvedas, abarcando casi toda una pared, desde el suelo hasta el techo. Éste, entonces, era el tabernáculo de la riqueza de la familia, lugar al que pocos tenían permiso o ganas de entrar, el único en toda la casa comunicado directamente con la llanura por el patio del mercado al que se abrían esas ventanas con reja y candado: Hermógenes abría esa reja, los nativos le pasaban desde afuera sus fardos de oro para que los pesara en la balanza, los avaluara, y después de regatear se los cambiaba por vales canjeables en la pulpería administrada por Colomba en el cuarto contiguo y a través de una ventana igual, por azúcar, velas, tabaco, mantas y otros lujos traídos desde la capital. En los dos pupitres, sentadas en los altos taburetes, sus ojos claros protegidos por viseras y sus trajes de señoritas por guardapolvos, Colomba y Casilda, entrenadas desde la infancia por Hermógenes, llevaban las cuentas, inclinadas sobre descomunales libros en que lo iban anotando todo con plumas que desgarraban al unísono el silencio del despacho: era el orgullo de Lidia —encargada, como esposa del hermano mayor y según un antiguo acuerdo de la familia, de "llevar la casa"— que gracias al trabajo de sus dos hijas no hubiera ni un alfiler que no constara en esos librotes. Cualquiera, repetía oficialmente al comienzo de cada verano desafiando la molicie familiar, tenía su venia para examinarlos. Pero todo estaba tan bien como estaba que no era preciso revisar nada porque Lidia y sus hijas eran "unos tesoros".

Fue tan vigoroso el asalto de la tétrica puerta de fierro sobre Higinio, que tardó un instante en darse cuenta de que Fabio, sentado en el suelo con las piernas cruzadas en posición artesanal, gastaba su atención puliendo con una escofina los dientes de una llave: un acto de intención desconocida, pero, comprendió Higinio al instante, sacrílega. Su primo no fue arrancado de su concentración ni por su presencia ni por la de Casilda, ni por el entusiasmo del juego de las lanzas. Fabio, que jamás jugaba a La Marquesa Salió A Las Cinco, era duro, distinto, enfocado hasta un punto de precisión total. Higinio sintió impulsos de detener el horrendo propósito desconocido de Fabio y Casilda, para participar en el cual, y no para el amor, fue seducido por ella y traído aquí. Pero al ver a sus primos sintió que el miedo de un primerizo como él en el acto del amor es sólo reflejo del prometido placer de salvarlo; y para salvarlo, para encontrar el foco de su ser, para ser como Fabio, había que entregarse al miedo, decidirse a vadearlo, aceptar sentirlo con la lucidez que él sentía ahora que la provocación del frío cuerpo de su prima producía en él la misma urgencia que el calor del cuerpo de su hermana Melania.

—Fabio... —llamó Casilda al entrar.

Sentado en el medio de un charco de llaves, levantó la cabeza del trabajo: la escofina rompía sus dedos tiznados con las limaduras de hierro, la luz rayada caía sobre su angosto pecho musculado con tal economía que era como si el sudor no reluciera sobre su piel, sino sobre la anatomía descubierta al desollarlo.

—Traje a Higinio —dijo Casilda.

—Bien —repuso Fabio sin sonreír—. Toma. Parece que es ésta.

Cuando Fabio miró a Casilda al entregarle la llave, Higinio percibió que, desde la calavera que el contraluz recortó en las esquemáticas facciones de su primo, sus ojos no se movieron hacia los de Casilda. ¿Era éste, entonces, todo el amor que el "marido" de Casilda podía darle... incapaz de mirarla a ella, sólo a la llave? ¿Dónde habían dejado el ingrediente de placer en su unión, que Higinio percibió como pura complicidad? Tuvo la certeza que para estos dos seres la fiesta no existía, que su búsqueda no modificaba su comportamiento, que eran secos, pura estructura, puro designio. Higinio, está de más decírselo a mis lectores que ya conocen a este personaje, no entendía así el amor, definido sobre todo por los parámetros ofrecidos por su madre, Adelaida, al rememorar las incomparables delicadezas de ternura que en tiempos más felices la unieron con Cesareón. Pero Higinio, con la melancolía de los seres que permanecen sólo en la periferia de la grandeza, vio que el léxico de Adelaida era limitadísimo al no contar con vocablos para calificar el aliento que animaba la tremenda llave que, durante un segundo, conectó las manos de Fabio y Casilda al pasar de una a la otra, con una corriente que escapaba a su glosario.

Fabio se puso de pie. Casilda se acercó a la puerta de hierro. Manipuló los discos y palancas, presionó botones numerados y movió tornillos hasta que saltó una tapa, revelando una cerradura. Higinio apretó sus puños ante este sacrilegio, reconociendo una vez más el umbral por donde hay que pasar para cualquier descubrimiento. Fabio instó a Casilda para que probara la llave. Ella la metió en la cerradura, moviéndola, primero, con cautela, luego, poco a poco, ansiosamente, enrojeciendo de cólera al comprobar que los mecanismos escondidos permanecían inertes. Lanzando la llave a los pies de Higinio exclamó:

—¡Mierda! ¡Esta llave es una buena mierda y ni tú ni ella sirven para nada! Los grandes volverán esta tarde y no habremos abierto.

Mientras Casilda, con el rostro tenso como un puño de ira insultaba a Fabio, éste, sin alterarse, recogió la llave, la metió en la cerradura, la movió, acercó la oreja para escuchar y la sacó de nuevo para examinarla. Probando otra vez dijo:

—Espera. Falta muy poco.

—No puedo esperar más. Va a bajar el tío Adriano y

estaré perdida...

—Ándate si no puedes esperar más —le respondió Fabio sentándose en el suelo para continuar su trabajo—. Anda a la terraza del sur a jugar a La Marquesa Salió A Las Cinco.

¿Cómo era posible que un niño igual a él, a Higinio, definido por las mismas reglas impuestas por los grandes, fuera dueño de tal autoridad que la cólera de Casilda no perturbaba los certeros movimientos de sus dedos? Era capaz de procesar todas las contradicciones. Higinio reconoció que para él, en este momento, ni sus vergonzosas complicaciones con Juvenal, ni la promesa de poseer a Casilda, conservaban prestigio alguno y hubiera querido aliarse con Fabio hasta la muerte. Pero siguió a Casilda hacia la ventana donde ambos se acodaron mirando hacia afuera, dando la espalda a Fabio que lastimaba sus oídos con el chirrido de la escofina.

La explanada del patio del mercado, dorándose con el sol que iba a decaer, parecía un amurallado desierto. Hoy no era de esos días en que el patio, poblado por hombres, mujeres y niños desnudos cargando mercancías, concentraba esas reuniones silenciosas desprovistas de saludos, de despedidas, de cantos. Sentados en corros en espera de un turno para que Hermógenes los atendiera, atizaban exiguos montones de brasas donde alguien asaba una carpa roja, o guarecidos bajo cobertizos improvisados con tallos de gramíneas, hablaban sin animación, pero —había notado Casilda este verano— con una intensidad enervada, perturbadora. Confuso con la inmóvil contemplación en que se había convertido tan bruscamente la premura de Casilda, Higinio se preguntó: ¿qué alternativa iba a ofrecerle? Permanecieron largo rato escuchando el chirrido de la escofina, mirando la distancia que convergía hacia ellos por el embudo del patio. El chirrido cesó. Casilda se dirigió hacia

Fabio con una prisa tan repentina que su anterior quietud se definió como un proceso de acumular energía para ella. Dijo:

—Dámela.

Metió la llave en la cerradura. Cedieron los mecanismos.

—Ahora tú, Higinio. Ayúdanos —exclamó.

Higinio, demudado, permanecía unos pasos más atrás.

—¿A qué? —pudo preguntar.

La cólera de Casilda, borboteando bajo la delgada piel que la contenía, estalló:

—¡Imbécil! ¿Para qué crees que te he implicado en nuestro proyecto? ¿Por tu linda cara, eminentemente sustituible por cualquier otra cara linda? ¿Por tus rizos rubios, por tu nariz respingona? No, imbécil, entiéndelo por fin: para que nos ayudes. Para que tu fuerza de toro tenga algún significado. Ayúdanos a abrir.

Los tres tiraron de la enorme puerta de hierro que giró lenta pero pesadamente como un paquidermo, revelando, adentro, bóvedas que se perdían en la oscuridad. Los tres permanecieron en la entrada, apretujados como para protegerse de esa boca hambrienta. Casilda encendió un candil.

—Síganme —susurró.

Adentro, el olor prevaleciente era el de los tallos de las gramíneas secas con que los nativos envolvían los fardos de oro: los tres niños avanzaron lentamente entre ellos, como se avanza entre los santos de una capilla. Alineados, numerados con tinta violeta, llenaban las cámaras que se abrían una después de otra. Casilda, con la mano que no llevaba el candil, iba pasando la punta de sus dedos sobre las superficies ásperas de los fardos. Nadie que no lo supiera hubiera adivinado que contenían miles, quizás millones de láminas del oro más fino:

176

la materia misma que hacía grandes a los grandes, ya que éstos, no los niños, eran los propietarios del oro. Casilda no pudo negarse, pese a que sabía exactamente lo que sus ojos iban a ver, que sintió cierta desilusión al no encontrar cofres vomitando las joyas de la Princesa Baldrulbudur. Certera, sin embargo, avanzó siguiendo la implacable numeración hasta un rincón remoto de una de las cavernas: allí encontró el fardo número 48779/TA64. El nativo que lo trajo, años atrás, jamás había regresado. Tal vez porque llegó hasta sus oídos la ira del señor al comprobar que el oro de ese fardo estaba malo, que se iban a trizar las láminas y a descomponer, y su valor, por lo tanto, se anulaba. A cambio de esa porquería se le había entregado vinagre, harina, mantas: ese nativo era un ladrón.

Casilda se detuvo. Bajó la luz para comprobar el número y le entregó el candil a Fabio. Cayó de rodillas junto al fardo como ante una imagen votiva, los volantes del vestido arremolinados en el polvo del suelo. Con el transcurso de dos, tal vez de tres veranos, las ligaduras vegetales del fardo 48779/TA64 habían cedido, estallando por la presión del interior, conservando, sin embargo, su forma de paralelepípedo. Las uñas de Casilda se hincaron con saña en la superficie de ese fardo como si quisieran sacarle sangre, rompiendo los ligamentos, hundiendo su mano ávida en la arteria del oro. Escarbó en el oro pulverizado que tiñó sus brazos como sangre amarilla, sus manos, sus coyunturas, las uñas relucientes, la cara metálica, el pelo como una espuma de oro. Volaban las partículas de metal molido por sus manos sanguinarias, las pestañas de oro, las cejas de oro, la mueca de su sonrisa infantil transformada en una máscara eterna de encono. Y voló el oro pulverizado cubriendo de una ligera película el pecho desnudo de Fabio y el poderoso antebrazo de Higinio. Intentaron in-

177

clinarse ellos también para escarbar y bañarse en esa materia mística. Pero Casilda los detuvo.

Se puso de pie. Por fin lo había tocado. Lo había visto. Por fin había sentido el contacto de esa materia esencial que hacía funcionar a los Ventura, más a ella que a todos, salvo a su padre, que conocía todas las dimensiones del oro, porque él era el verdadero dueño: dueño, sí, pero sólo hasta que ella impusiera su rencor que la erigiría como figura simétrica y de igual magnitud que él. Esto sería posible sólo si se mostraba implacable ante las seducciones de lo inmediato.

—Basta —dijo, levantándose—. Vamos.

—¿Por qué? —protestó Higinio—. Abramos más fardos y juguemos con el oro: Wenceslao dijo que no volverán...

—Obedece, Higinio —dijo Fabio.

—Nos iremos, dejándote encerrado aquí —amenazó ella.

—¿Por qué no puedo jugar con el oro?

—No es el momento, Higinio —explicó Fabio con paciencia—. Ahora tenemos que preparar nuestra partida...

Higinio frunció su ceño dorado:

—¿Partida?

—Sí —lo desafió Casilda—. Huir.

Ante esta palabra, Higinio perdió el aplomo:

—¿Huir de la casa de campo? ¿De qué están hablando?

Casilda dejó pasar un instante de silencio para que a la luz del candil las partículas flotantes, y ellos mismos, se aquietaran. Luego dijo muy tranquila:

—El oro, Higinio. Vamos a huir llevándonos el oro. Nosotros tres.

Higinio no quería saber más y quería saberlo todo, escuchando inmóvil pero con creciente avidez lo que

Casilda y Fabio seguían hablando: jamás podría desligarse de esta cábala siniestra de la que no quería desligarse, que no era una travesura de niños para resistir mediante un juego la represión de los grandes, sino que era un verdadero delito. ¿En qué quedarían convertidos Fabio, Casilda, él? Fugitivos, ladrones, sus padres los perseguirían por campos y ciudades con ejércitos y jaurías. Significaba transformarse en otro ser, ascender o descender a otros niveles sociales, en todo caso dejar atrás a su madre, Adelaida, y las morbideces de su hermana Melania en los inviernos de la abrigada casa que habitaban en la ciudad como un santuario a la memoria de su padre muerto tan trágica como prematuramente. Era cambiar de mundo. Esconderse. Borrar sus huellas para trocar su identidad por otra que... sí, sí, por otra que caería fuera de las persecuciones de Zoé porque tendría pathos. Casilda iba explicando a medida que avanzaban hacia la salida:

—...este oro es mío. He trabajado, he aprendido, he espiado para merecerlo. Jamás lo había visto. Pero grávida con el conocimiento preciso de las cantidades, del peso, del valor de cada fardo, conociendo la teoría del oro que enriquece a los grandes pero excluida de la experiencia inmediata, sobreviviendo a costa de pura nostalgia y de pura envidia... Ayúdanos ahora a cerrar la puerta, Higinio...

Estaban afuera, cerrando, echando llave. Sólo los ojos de Casilda, dentro de la total precisión de su persona, parecían algo desenfocados por un poco de humedad. Esto, en otras circunstancias, hubiera sido interpretado por Higinio como emoción. Ahora no era más que un acicate para que él se atreviera por fin a saltar más allá de su propia sombra. Sin saber por qué, exclamó:

—El carromato del tío Adriano...

La humedad de los ojos de Casilda se secó al instante, se relajaron las tensiones que mantenían enjuto el torso de Fabio, y ambos rostros se ablandaron con sonrisas y exclamaciones:

—¡Comprendiste, Higinio, comprendiste sin tener que explicarte!

Y lo abrazaron y besaron haciendo que Higinio se sintiera parte de esos cuerpos que lo apretaban felices de que el contacto, por fin posible, disolviera sus límites. Pero el abrazo duró sólo un instante. Casilda fue la primera en separarse. Dueña de sí misma otra vez, escuchó altanera, como quien escande, estas cinco palabras de Higinio:

—Ahora tenemos que conseguir caballos.

Ella respondió:

—Sabes que no hay. Ya viste los cadáveres.

—¿Qué haremos, entonces?

—¿Para qué crees que te impliqué a ti en esto? ¿Crees haber terminado tu faena ayudándonos a abrir la puerta? ¿Crees que si me hubieran dejado una mala mula, renga o tuerta o enferma, no hubiera empuñado yo misma la fusta y haciendo sangrar al animal no hubiera cruzado la llanura sola? Sí quieres parte del oro, tienes que ayudarnos a arrastrar el carromato.

—¡Estás loca!

—Puede ser.

—¡No llegaremos ni a una legua!

—Prisioneros —murmuró Casilda, asumiendo por primera vez cierto grado de desaliento—. Nos han dejado prisioneros en medio de la llanura para que nos devoren nuestras posibilidades incumplidas. Es la mayor de todas las crueldades. ¡Qué maravilloso sería poder vengarme de ellos para así dejar de odiarlos!

No tardó, sin embargo, en recuperarse:

—Vayan a ver si pueden arrastrar el carromato —les

180

dijo—. Pero cuidado. Antes de salir al parque lávense el oro en la jofaina que hay en el tocador del pasillo para que no nos descubran.

2

CASILDA Y COLOMBA eran gemelas. De idéntica altura y contextura, dotadas de sedosas matas de cabello negro, de ojos de aguamarina rodeados de pestañas oscuras y poseedoras de voces un poco roncas, los elementos iguales se hallaban combinados armoniosamente en Colomba haciendo de ella una adolescente deliciosa, mientras que en Casilda las mismas proporciones y colores se combinaban de manera torpe, de modo que, aunque igual a su gemela y frecuentemente confundida con ella por un interlocutor inatento, resultaba ser una muchachita fea. Fabio, como es natural, se enamoró de Colomba, no de Casilda, en su infancia, compartiendo con ella las golosinas, los juegos y los secretos de la niñez y constituyendo desde muy pequeños una de las tantas parejas que se formaban entre primos y primas. Hasta que llegó la pubertad. Entonces, agazapado en el centro de sus cuerpos, descubrieron el deslumbramiento del sexo, que los arrastró a comprometer no sólo ese fervor aislado, sino también el alma: entendieron que el amor culmina en ese destello momentáneo en que el cuerpo y el alma, hasta y desde entonces distintos, se funden efímera pero violentamente en una sola cosa.

Pero con la pubertad llegó también para la bella Colomba el flujo mensual de la sangre. Fabio sufrió un disgusto porque no estaba preparado para entender, y su naturaleza precisa necesitaba, sobre todo, entender. ¿A quién preguntarle? Sus padres, Terencio y Ludmila, eran tan perfectos que para ellos el cuerpo constituía, en

181

primer lugar y casi exclusivamente, el espejo del alma, carente de toda función que desmintiera esta noble premisa de la que emanaba toda vida. Sólo en segundo lugar, y tal vez como corolario de lo primero, el cuerpo era objeto de decoración y cuidado como un altar, necesarias funciones para enaltecer el valor de la familia. Fabio era pequeño, delgado, puro nervio, puro cálculo, de tan perfecta factura que desde su infancia fue claro que los años jamás alterarían su rostro a la vez de niño, de hombre y de viejo, en el que la calavera protagonizaba los accidentes de tendones, piel y músculos que tensaban sus facciones. Desde muy temprano sus mecanismos funcionaron admirablemente, tanto en la administración de sus pequeños secretos como en sus relaciones con los demás. No tardó en advertir que para los Ventura el primer mandamiento era que jamás nadie debía enfrentarse con nada, que la vida era pura alusión y ritual y símbolo, lo que excluía indagaciones y respuestas aun entre los primos: se podía hacer todo, sentirlo todo, desearlo todo, aceptarlo todo siempre que no se nombrara, y nadie, nunca, había nombrado la misteriosa sangre de Colomba ni el extraño perfume, casi sólo un espesamiento del aire, que la rodeaba en esas ocasiones.

Una vez, en presencia de Fabio, Colomba, que se encontraba doliente, se acercó a su madre solicitando mudo alivio. Lidia lo adivinó al instante. Rechazó el contacto con su hija y con los labios crispados le dijo:

—Aléjate. No te acerques nunca a mí ni entres en la misma habitación en que me encuentro cuando estés sucia. Me das asco.

La persona más conmovida con este rechazo no fue Colomba, sino Fabio. Comenzó a evitar a su prima, ya que cualquier misterio le producía un asco similar al que vio escrito en los labios de tía Lidia. Colomba, desconsolada con su actitud, se confió en su gemela Casilda: jamás la intimidad de las dos fue más dulce que en el primer período en que la sangre de Colomba ahuyentó a Fabio, nunca más apasionante el enigma de ser gemelas ni más enredada la madeja de las identidades de sus cuerpos abrazados en la cama donde se confundían, porque todos los demás cuerpos quedaban orgánica y ferozmente excluidos de ese óvulo. Y hasta sentadas en los altísimos taburetes frente a sus libros de cuentas en el despacho de Hermógenes, con sus guardapolvos grises y sus viseras verdes para proteger sus ojos demasiado claros, el rasguido de sus plumas unánimes sobre los folios divididos en DEBE y HABER, sonaba con una suerte de ceremoniosa coordinación.

Un día, con el fin de eliminar para siempre a este maléfico ser cuyo flujo encarnaba lo intolerable de todo misterio, Fabio le dijo a Colomba que si esa noche no eludía la vigilancia de los secuaces del Mayordomo para reunirse con él en cierta buhardilla donde había un colchón, y si no acudía a la cita perfecta y totalmente limpia, no la iba a querer nunca más, ya que otras primas no ensuciadas por la sangre estaban dispuestas a ofrecerse a él. Tenían entonces trece años. Colomba corrió donde Casilda, que con el fin de que nadie viera llorar a su hermana porque era prohibido llorar por razones no inmediatamente justificables y los lacayos podían delatarla, la arrastró hasta el cuarto donde en una serie de armarios, cuya administración Lidia ya había confiado a Colomba, se guardaba la ropa de cama limpia: entre las sábanas de tía Ludmila, espliego; entre las de tía Celeste, limones; entre las sábanas de tía Adelaida, membrillos en estación; entre las de tía Eulalia unas hierbas aromáticas y tal vez mágicas que los nativos traían en pequeños atados y en la pulpería se los trocaban a Colomba a razón de una docena de atados por una vela de sebo que ella contabilizaba puntualmente contra la cuenta de Eulalia. En el pasadizo, afuera, transitaba algún primo, de cuando en cuando algún sirviente, pero sabían la prohibición de acceso a este cuarto empapelado con margaritas asoleadas. Sólo la llave que pesaba en el bolsillo delantero del delantal de Colomba podía abrirlo. Abrazando a su hermana, Casilda sintió la dureza del hierro contra su vientre.

—¿Por qué lloras?

—Porque Fabio no me quiere.

—¿Por qué?

—Porque tengo sangre.

—¡Estúpido!

—Dijo que prefería a otras que no están sucias.

Casilda lo meditó un instante:

—¿A qué hora te dio cita?

—Un poco antes de medianoche.

—Iré yo.

Colomba titubeó antes de preguntar:

—¿Crees que lograrás engañarlo?

Casilda palideció ante la desatinada humillación de la pregunta con que su gemela la relegaba, diferenciándola y apartándola de sí: inmediatamente la urgencia de la venganza suplantó al amor de un momento antes. No quiso dejarlo entrever. Dijo en cambio:

—No te preocupes, hermana querida. En la oscuridad, Fabio no notará la diferencia. Al fin y al cabo tengo la piel tan fina como tú y la cabellera tan sedosa al tacto. Basta apagar la luz para que tu belleza quede anulada: existe sólo hasta que cae la noche, hasta que una ventana se cierre, hasta que una llamita se apague, y entonces su contingencia queda al descubierto. Ve donde Fabio para decirle que aceptas su invitación siempre que te reciba a oscuras.

Colomba enmudeció. ¿Era verdad lo que Casilda

decía o sólo una comprensible envidia porque, pese a ser Casilda la mano derecha de su padre en el despacho, era a ella, a Colomba, a quien Hermógenes a veces solía sentar en sus rodillas para cantarle canciones de cuando la guerra, de sus tiempos de húsar? Esa envidia, ahora, no importaba: importaba mucho, en cambio, que todo siguiera igual, tal como siempre había sido entre ella y Fabio, para casarse cuando grandes, y al tener hijos olvidar que se comportarían tal como se comportaban ellos ahora, sustituyendo a sus padres en el centro del cuadro de las relaciones idílicas protegidas por el acuerdo circular del olvido. Fabio la amenazaba con no quererla: dejar las cosas así era arriesgar el futuro que era también el pasado. No, esta noche no importaba que al impersonarla en la oscuridad, la arrogante fealdad de Casilda le arrebatara una porción de su belleza: al fin y al cabo, como buena Ventura, sabía que cada cosa tiene su precio. Existía sólo un problema, más bien de orden técnico por decirlo así, para que esto fuera posible.

—Tienes toda la razón del mundo, hermana mía —musitó Colomba—. Pero existe una pequeña dificultad.

—¿Cuál es?

—Yo no soy virgen. Tú sí. Fabio va a notar esa diferencia.

Casilda se rió despacio, mirando a Colomba hasta el fondo de sus ojos, como rompiendo con su mirada todas las telas que limitaran su penetración. Colomba retrocedió hasta el armario que contenía sábanas fragantes a limón. Cerrando sus ojos apoyó su nuca contra ellas. Casilda abrazó a su gemela, apegándosele, divertida con su ingenuidad que tanto reducía las dimensiones posibles del engaño. ¿Este ser idéntico a ella era en efecto tan distinto como para creer que una tela frágil como la que le causaba desazón iba a impedirle impersonar su belleza entre los brazos de Fabio? Fabio no importaba nada; su belleza sí. Soltó la cintura de Colomba. Alzó su propia falda y se bajó los calzones. Tomando la mano de su hermana la hizo acariciar su reciente vellón. Colomba abrió los ojos como si un fogonazo hubiera estallado detrás de sus párpados. Casilda murmuró:

—No tengas miedo. Dame un pañuelo diminuto de hilo blanco, pero sin bordados que puedan lastimarme...

Colomba eligió un pañuelo. Se lo entregó a Casilda, que fajó su propio anular con él. Incierta, débilmente al principio mientras su gemela la observaba sin comprender lo que hacía, Casilda se hundió poco a poco el dedo fajado en la vulva, los ojos cerrados, las facciones contorsionadas, introduciendo el anular con más y más fuerza. Colomba, asombrada al principio, se hincó en el suelo mirándola hacer y sujetándola por el talle. Casilda se quejó:

—Ayúdame...

Colomba se puso de pie, recibiendo la cabeza dolorida de su hermana que cayó sobre su hombro, y la ayudó a forcejear para que el dedo venciera su tenaz sello. La acariciaba al hacerlo, diciéndole tan suavemente al oído que parecía arrullarla más que con su voz, con las modulaciones de su aliento:

—Mi amor..., te duele, mi amor...

La descarga del orgasmo distendió las facciones de Casilda. Por un momento la armonía del placer la igualó a su gemela y gritaba apretando furiosamente sus piernas:

—Sí..., sí, ahora, no me quites la mano, déjamela hasta el fin...

Después, como si despertara del ensueño que las unía, retiraron cuidadosamente el dedo de Casilda envuelto en el pañuelito enrojecido: sudaba, pero tenía el rostro aureolado del que termina de hacer el amor, la fatiga adornándole los ojos, y la miel del placer, deslizándose, acariciaba sus miembros lacios. Colomba trajo agua tibia en una palangana y mientras su gemela se encuclilló sobre ella con la falda arremangada, lavó amorosamente el sexo de su hermana, listo para encarnar el suyo. Casilda vio que de su propio rostro reflejado en el agua rosa de la palangana se iba borrando la bella máscara de la exaltación, y al retirarse, como la pleamar, revelaba el roquerío de sus propias facciones. Colomba terminaba de secarle el sexo y perfumárselo. Acarició la cabeza inclinada de su hermana, entonando con voz sedosa la exótica canción que ese año todos cantaban en las tertulias de la capital:

> ...trátala con cariño
> que es mi persona.
> Cuéntale mis amores
> bien de mi vida,
> corónala de flores
> que es cosa mía...

Nunca en su vida Casilda habría de emocionarse tanto como entonces con la contemplación de una bella nuca inclinada, con la sombra de unas pestañas cayendo con acierto por la suavidad de unas mejillas, porque sabía que esa noche esas prendas serían suyas, acariciadas por Fabio en la oscuridad.

PERO inmediatamente después de hacer el amor con Fabio, Casilda se alzó del lecho y encendió la luz para revelarle orgullosamente su identidad. Ella era Casilda, no Colomba. No quería engañar a nadie sobre este punto porque hacerlo hubiera sido declararse inferior a Colomba. Lo que se proponía era sólo demostrarle a Fabio cuánto más satisfactorio es un cuerpo que incita a toda clase de indagaciones, que un cuerpo solamente perfecto. Y para probárselo a él, y a sí misma en forma concluyente, hizo que su primo acercara, desde el rincón donde se hallaba relegado, un vasto espejo de marco de oro, y a plena luz, entre el polvo y las telarañas y las goteras secas que velaban su faz, Casilda y Fabio, al unirse de nuevo, vieron duplicada la mentira de la belleza ausente y la realidad victoriosa del placer buscado con sabiduría. Sin embargo, Fabio incurrió en el secreto desprecio de Casilda por ser sólo capaz de engolosinarse como un niño con el placer, en vez de sentir la nostalgia por la categoría mágica de la belleza encarnada en Colomba, quien, llegó a ser evidente para Casilda al poco tiempo, no merecía poseerla. Se hallaba enredada en el orgulloso fenómeno de sus menstruaciones, segura, ahora, de que esto la elevaba a la categoría de "mujer", dándose cuenta, al mismo tiempo, de que era verdad la tradición prevaleciente entre las personas de su categoría: que el hombre es sólo un instrumento, adjetivo tanto al fenómeno de la gestación como al del funcionamiento de una casa..., sí, sí, lo que importaba era la perfección de la mantelería y de la ropa blanca, la abundancia de las despensas, los bronces bellamente bruñidos, y Fabio no entendía nada de esto. No podía compartir este universo embrionariamente femenino, si su energía dura y cerrada y fuerte como un puño era como una parte de Casilda, y Casilda, ya desprendida del huevo que antes la unía a su gemela, era como otro puño con igual necesidad que la de Fabio de realizar algo fuera de sí, que la inacción de los veraneos propiciada como "descanso reparador" por los grandes no proporcionaba.

—Lidia y Colomba son perfectas —trinaba Eulalia al

hincar sus dientecillos maliciosos en una pierna de faisán trufado.

—Lidia y Colomba son perfectas —exclamaba Silvestre al comprobar que sus chalecos veraniegos de piqué blanco estaban lavados, planchados y almidonados tan irreprochablemente que ni sus amigos los extranjeros de patillas coloradas y ojos aguachentos hubieran podido criticarlos diciendo, como decían de casi todo, que en su país esas cosas se hacían mejor.

—Lidia y Colomba son perfectas —pontificaba Adelaida comentando con Ludmila cualquier primor de su cuñada—. Cesareón, mi marido, que en paz descanse, decía que prefería no pensar qué sería de nosotros los Ventura sin los desvelos de esta brillante rama de nuestra familia.

3

Así como los desvelos de Lidia sacralizaban los quehaceres del servicio y de la casa, Hermógenes consumía su fuerza, que era considerable, en manejar la hacienda familiar para que ninguno de sus parientes se molestara. En Marulanda, como ya lo he señalado en este texto, se dedicaba a recibir, pesar y contabilizar minuciosamente el oro, almacenándolo, hasta el momento de emprender el arriesgado viaje de regreso a la capital, en cámaras cerradas con la puerta de fierro tan pesada que sólo él era capaz de ponerla en movimiento. En la capital atendía a los mercaderes de rostros encendidos que tanto lo temían porque en definitiva su poder era el único que manejaba la provisión —enorme, es cierto; pero limitada si se tomaba en cuenta la demanda cada día creciente— del oro laminado a mano que los Ventura eran los últimos en el mundo en producir. Estos extranjeros que Silvestre mareaba con aguardiente en los bulliciosos portales del Café de la Parroquia, donde les proporcionaba también direcciones de mujeres chabacanas, cruzaban dando traspiés de borrachos el barrio del puerto anegado en olor a alquitrán y vapor de las cuerdas y redes podridas con el agua salobre, entre bandadas de niños mendigos de vientre hinchado y ojos acusadores, entre vociferantes vendedoras de pescado frito y frutas opulentas, entre marineros patibularios que con pájaros de procedencia desconocida posados en el hombro los injuriaban desde los umbrales de siniestros figones, hasta el despacho del hermano mayor. Allí, en un continente sombrío al que no llegaba el barullo portuario, los atendía Hermógenes: enterados por Silvestre del monto que debían pagar y sobre todo de que debían hacerlo sin disputa si esperaban conseguir lo que querían, apabullados por la enorme alzada y la indiferencia total del dueño del oro, dejaban sobre su escritorio los valores internacionales que Hermógenes administraba para la familia. Todos los Ventura estaban de acuerdo en que era preferible dejar esos asuntos en sus hábiles manos. El hermano mayor, solemne, austero, les entregaba sus rentas semestrales equitativamente repartidas para que cada cual hiciera su gusto con ellas después que Lidia restaba el monto de las fruslerías de los antojos veraniegos que tanto trabajo le daban. Todo esto era sin duda engorroso, una responsabilidad que hubiera roto los nervios de cualquiera, menos los de Hermógenes Ventura, que tenía la fortuna de no poseerlos.

Sin embargo, y pese a los infinitos problemas inherentes a la tarea, desde que pudo contar con la ayuda de Casilda la carga se le hizo menos pesada. Lidia tenía el orgullo de parir sólo mellizos: primero Casilda y Colomba, luego Cosme y Justiniano, después Clarisa y Casimiro, y por último Amadeo y su gemelo, el que murió al nacer. Todos fueron educados en la forma más convencional. Pero a Casilda no se la mandó a las monjas como a sus demás primas, que allí aprendían a ser mujercitas modosas y entretenidas. Hermógenes la conservó junto a sí, entrenándola durante toda su niñez con el mayor esmero, hasta que a los doce años floreció como una contable y amanuense perfecta. Sentada en su empinado taburete, con el libro de cuentas abierto sobre el pupitre, blandía la pluma que con tanta frecuencia manchaba sus dedos con tinta, y se pasaba los días transcribiendo los vales referentes a las transacciones de oro con los nativos, que su padre le presentaba para que ingresara en los libros. A su lado, Colomba, a quien Casilda en sus ratos de ocio había enseñado a hacerlo, transcribía en otro libro, cuyo tejemaneje era tal vez más complicado pero sin duda menos fundamental que el suyo, todo lo que se consumía en la casa de campo. Pero Colomba no sabía nada del oro. Casilda, en cambio, fuera de Hermógenes a quien admiró como aliado antes de ver en él al enemigo, era la única que sabía con exactitud las cantidades, pesos, valor, producción y disponibilidad del metal que enriquecía a la familia.

Casilda no ignoraba que Hermógenes, de querer a alguien, lo que era poco probable y en todo caso nada definía en su conducta, quería a Colomba, bonita y engañadora, con quien, en privado, muy de tarde en tarde rompía su costra de austeridad enseñándole a espaldas de Lidia descaradas coplas militares con que ambos reían a carcajadas. A Casilda no le importaba que los escasos asomos de ternura de su padre fueran para Colomba, ya que en cambio de mimos compartía con ella, con la fea, lo más íntimo de todo: le enseñaba un secreto libro de cuentas fraudulentas que guardaba en su dormitorio, en el que constaba el monto de lo que día a día iba sisando al oro de los Ventura. Este libro, estimaba él, encerraba la verdadera grandeza de su persona, su superioridad frente a los demás aunque su epidermis pareciera idéntica: era el engaño consagrado por la costumbre y elevado a la categoría de arte, el robo como misión, como quehacer propio de pontífices, como evidencia de que todos los engañados son inferiores, como orgullo, como hábito, como trabajo siempre y cuando no se le diera el nombre de lo que era. El secreto con que Lidia creía sellar por sobre todo lo demás la unión con su marido —pero él desconocía la secretísima cuenta de banco en que Lidia, no tengo para qué ocultárselo a mis lectores, invertía el fruto de sus mezquindades con los sirvientes y con los niños en la casa de campo—, Hermógenes lo rompía para hacer cómplice a Casilda. Pese a esta singular entrega de su padre, fue creciendo en ella el rencor: no se conformaba con que intentara convencerla de que el oro era sólo una idea existente en libros de cuenta y transacciones, que sólo vendido, comerciado, exportado, ahorrado, transformado en bonos y acciones, en préstamos e hipotecas, adquiría valor, y no lo poseía, en cambio, en sí mismo, como sustancia sacrosanta que a ella no se le permitía ver. Su valor dependía, le aseguraba Hermógenes, de que los extranjeros de dientes remendados lo necesitaran o no. Casilda no creía esta aseveración que sin duda era el engaño mayor de su padre, lo que invalidaba la confianza que él le mostraba incluyéndola sólo en parte del engaño total. Casilda vivía en el terror de extinguirse antes de haber visto y tocado la materia divina. Observaba por el rabillo del ojo, mientras sacaba sus cuentas en el pupitre, a los nativos desnudos entregando sus fardos forrados en gramíneas secas a su padre por la ventanilla. Veía cómo Hermógenes los numeraba con un pincel untado en tinta violeta, y luego, presionando botones marcados con cifras, moviendo palancas, abría una tapa donde introducía una llave que jamás abandonaba su bolsillo, y empujando la enigmática puerta de hierro la hacía girar sobre goznes que sólo a su fuerza parecían obedecer. Entraba cargando el fardo a la bodega. Se quedaba allí un rato para dejar el fardo clasificado según su peso y su número. Luego volvía a salir y cerraba. Casilda, cuyo pupitre estaba orientado de modo que le diera la espalda a esta operación, con los años y la costumbre llegó a afinar de tal modo el oído que, escandiendo los sonidos y las pausas del disco numerado, llegó a adivinar la clave, una cifra mágica que su memoria atesoró. Pese a las cosas importantes que le revelaba su padre, jamás la invitó a entrar en las bóvedas, ni jamás le permitió conocer otra cosa que el grisáceo exterior vegetal del oro. Comenzó entonces para Casilda la tarea de permanecer siempre alerta para conseguir un duplicado de la llave: el raro momento en que Hermógenes, olvidándola sobre un papel en blanco, entraba cargado a las cámaras, que Casilda aprovechaba para trazar su contorno apresuradamente con un lápiz; o si se le caía, ella iba a recogerla para entregársela a su padre y al hacerlo apretaba su forma contra un puñado de cera blanda que su mano escondía lista para tal eventualidad.

Un día, sin embargo, Hermógenes hizo entrar a Casilda a las bóvedas. Sucedió una de aquellas mañanas en que Colomba era requerida tan asiduamente en la pulpería que no lograba salir de allí: un toque de campana significaba que traían carne; dos, verdura y fruta; tres toques anunciaban alguna delicadeza extraordinaria. Los nativos que traían fardos de oro, en cambio, entraban a toda carrera en el patio del mercado, ululando desde muy lejos de una manera inconfundible, de manera que cuando Hermógenes sentía el ulular que se insinuaba en el fondo de la llanura, se arrellanaba en su sillón junto a la ventana, frente al escritorio, como si se dispusiera a comer, y limpiándose las gafas se preparaba para atender el aborigen.

El día del que estoy hablando, Hermógenes acababa de despachar a un portador de oro en forma satisfactoria, es decir, le había dado por su fardo la mitad de lo que costaba, y de esto sólo una fracción fue consignada en los libros oficiales de los Ventura. Pesó el fardo, pagó y se perdió llevándolo en sus hombros en el interior de la bóveda. Transcurridos unos minutos Casilda oyó que su padre la llamaba a gritos desde el interior, su voz trizada por la ira que la obligaba a obedecer aunque titubeó antes de decidirse a entrar.

—¿Qué sucede, padre?

Hermógenes, su altura perdida en la oscuridad de la bóveda, pero sus botas reluciendo detalladamente junto al candil posado en el suelo, señaló uno de los fardos con la punta del pie.

—¿Qué le pasa a ese fardo, padre?

—¡Antropófagos!

—¿Por qué antropófagos?

—Sinvergüenza, ladrón. Antropófago porque todo delito contra nosotros sólo puede emanar de ellos. ¿No ves que este fardo está mal hecho?

—¿Es el que acaban de traer?

—¡No seas estúpida! ¿Crees que yo aceptaría un fardo ostensiblemente mal hecho? No. Éste se ha ido descomponiendo poco a poco. La presión interior de las láminas de oro, que debe ser equilibrada y perfecta, ha vencido los ligamentos húmedos o podridos, que se aflojaron. Sin la presión necesaria las frágiles hojas de oro no pueden permanecer intactas. ¡Perdido! ¡Lo tendremos que vender al peso! Es el fardo número 48779/TA64. Consulta tu libro para ver qué nativo lo trajo y cuándo y qué mercancías le entregamos en cambio. No mucho, sin duda, y este fardo estropeado no nos arruinará, pero es el comienzo del fin, del cambio, del peligro: el acto sedicioso de tratar de engañarnos que proclama que los antropófagos han inspirado esta acción. Cuando reaparezca por aquí ese ladrón no aceptaremos su oro, ni el de los miembros de su familia. Por desgracia no podemos tomar represalias más radicales como sería mi deseo, porque los demás nativos, solidarizando, podrían dejar de traernos oro. ¡Suspiro por los buenos tiempos cuando el prolongado estado de guerra los sometía con espada y pólvora! Hace generaciones que estos brutos no trabajan en otra cosa que en hacer estos ligamentos, en martillar el oro con sus combos, y acomodarlos en fardos. Y sin embargo se equivocan. No. No se equivocan. Cualquier error en ese sentido es voluntad, no casualidad.

Hermógenes tocó el fardo con la punta de su bota: cedieron las ataduras y se abrieron. Casilda vio la amplia espalda de su padre inclinándose sobre el fardo inutilizado, impidiéndole ver, así, los libros de hojas de oro. La sombra de su padre no le permitió regalar su vista hambrienta con la contemplación de esa sustancia de la cual ella tenía licencia sólo para conocer la teoría, y tuvo que seguir ejercitando el poder de su adivinación que era fruto de su nostalgia.

—Sólo ellos saben manejar estas láminas por medio de unas pinzas que fabrican con ciertas cañas adherentes cuyo secreto poseen. Nuestros dedos, tanto más delicados que los suyos —piensa en Juvenal tocando Scarlatti, por ejemplo—, por desgracia las destruyen, y por lo tanto, querámoslo o no, estamos en sus manos. Algún rebelde, seguramente venido desde el otro lado de las montañas azules —de la vertiente que no controlamos, abierta a influencias desconocidas del interior del continente—, debe estar infiltrando ideas que preludian algún cambio y todos los cambios son peligrosos puesto que preceden al advenimiento de los antropófagos.

Hermógenes apagó el candil. Turbio de ira salió de la bodega seguido de su hija. Bufando más que de costumbre cerró la puerta de hierro. Casilda se encaramó en su taburete, se caló la visera y empuñó la pluma, inclinándose sobre la página donde iba trazando día a día la estructura de las fortunas que, ahora le pareció más que nunca, nada tenían que ver con la esencia sacrosanta del oro. Pero no escribió. Tenía el corazón pulverizado por la avidez. Algún día la saciaría. Esperar no importaba. Con un paso adelante que su corazón efectuó con desenvoltura y júbilo decidió que ahora ya no hacía falta pensarlo más, de modo que volvió a hacer chirriar su pluma sobre su papel. Dejó de hacerlo cuando Hermógenes murmuró su nombre, Casilda, como a veces lo hacía para hablar, no con ella, sino consigo mismo. Con los cristales de sus gafas sobre la frente recogiendo toda la luz del patio en dos pequeñas pozas, cerró los ojos después de refregárselos y se reclinó en el respaldo de su sillón:

—Un fardo estropeado. Me pregunto si este año alcanzaremos a reunir suficiente oro como para satisfacer nuestros compromisos. Los nativos han estado perezosos. Por desgracia, no podré darle la importancia que querría a las exportaciones, sino al Señor Arzobispo, que cuando fue a cenar a casa en la capital dijo que tenía el propósito de redorar todos los altares de su diócesis este invierno y todos los coros, para así cimentar la fe que los liberales pretenden hacer tambalear. Si no le hago precio especial va a decir que somos unos herejes. ¡Nosotros, los Ventura, herejes!

Afuera, la sombra que echaba la tapia del patio del mercado se iba borrando. Se divisaban las espaldas desnudas de algunos nativos, los últimos, que regresaban a la llanura apoyados en altísimos báculos de cuyas puntas pendían calabazas para el agua. En el despacho comenzaba a establecerse la penumbra: menos en los ojos de aguamarina de Casilda fijos en su padre, y en las gafas de Hermógenes, que sobre su frente reducían y multiplicaban el paisaje como dos ojazos de oro pelúcido. Era la hora en que Casilda, antes de dar término a su trabajo diario, a veces deseaba no haber sido programada para este sacerdocio tan adusto. Pero hoy no. Éste era su sitio. Siguió escuchando:

—Las cosas ya no son como antes. Ese nativo intentó engañarme con su fardo estropeado. ¿Cómo dijiste que se llama el nativo que lo trajo? ¿Pedro Crisólogo? ¿No es el hijo de Juan Nepomuceno y de la vieja Rita de Casia? ¿El hermano mayor de Juan Bosco? Todos ellos sufrirán a causa de este delito. Mala gente. Se están despertando en ellos sus antiguos instintos sanguinarios hasta ahora adormecidos, preparándose a caer sobre nosotros.

—No puede ser, padre.

Hermógenes abrió los ojos y se caló bruscamente las gafas mirando a Casilda, que bajo la descarga de esa mirada volvió a bajar su visera verde y a darse vuelta, inclinándose de nuevo sobre su librote de cuentas. Extinguidos los ojos de cristal del padre y los ojos de aguamarina de la hija, ya no quedaba luz en el despacho.

—¿Por qué dices que no puede ser?

Casilda no se volvió, titubeando al contestarle:

—Son tan..., tan sumisos...

Hermógenes, que estaba paseándose de arriba para abajo por la estancia, se quedó parado detrás de su hija, que continuaba trabajando. Exclamó:

—¿Dices sumisos? No hay gente sumisa. Tú, por ejemplo...

197

—¿Yo?

—Tú. Tú no...

—¿No qué, padre?

Casilda se ahogaba con la fuerza que sentía emanando de ese volumen gigantesco que casi tocaba su espalda inclinada. Bruscamente, la mano de Hermógenes cayó como una tenaza sobre el cuello de Casilda como si quisiera quebrárselo. Fue tan breve el apretón que, aunque brutal, Casilda no alcanzó a sentir verdadero dolor: sólo sintió que su corazón se encogía, hinchándose luego en una diástole que la llenó de fuego en cuanto la garra del padre, sin completar su indudable designio criminal, la soltó: permaneció sólo el gesto como lenguaje tan elocuente que nada había que agregarle. Incluso completarlo lo hubiera debilitado. Casilda dijo, todavía sin darse vuelta y usando todo su control para no huir despavorida:

—¡Qué fuerza tiene, padre!

—No tanta como ellos...

Hermógenes no necesitaba explicarle a su hija quiénes eran "ellos", ni ella lo requería, puesto que la presencia de "ellos" repletaba el despacho, determinando las acciones y contestaciones de padre e hija. Y ambos sabían todo lo que el otro sabía porque la violencia precipitada por "ellos" logró una fractura momentánea por la que ambos lograron comunicarse.

—No —prosiguió Hermógenes—. Sumisos no. Inolvidable el odio de sus ojos cuando visitamos las minas de las montañas azules este verano. No celebraron nuestra llegada. Preguntaron por Adriano Gomara, lo que es pésima señal. Las mujeres no hacen casi nada. Los niños son unos holgazanes que se niegan a aprender el oficio de sus padres. Dicen que algunos jóvenes emigran a las ciudades de la costa y luego regresan para llevarse a sus parientes. Aprenden vicios, el peor de los cuales es adquirir exigencias a las que no tienen derecho.

—Padre... —tartamudeó Casilda mirando directamente a los ojos miopes de Hermógenes y de pie ante él.

Él adivinó lo que su hija no osaba pedirle: toda la acción y la conversación de la tarde habían estado convergiendo hacia esta única solicitud. Atemorizado por la carga de nostalgia en Casilda, por su hambre que podía devorarlo a él como el hambre de un antropófago, Hermógenes retrocedió un paso, apretando la llave de la puerta negra en su bolsillo:

—No —le contestó, sin que Casilda llegara a formular petición alguna más que con la expresión de ojos diluidos, que de pronto se enfocaron.

—¿Por qué no, padre?

—Jamás.

—Sólo verlo...

—No.

—Sólo atisbar el del fardo defectuoso.

—No: es nuestro.

—¿De quién?

—Mío y de mis hermanos. Ustedes son sólo niños. No entienden nada de estas cosas y siempre terminan por hacer tonterías y complicarlo todo. Ustedes son inconscientes, desordenados, botarates, indisciplinados como los sirvientes, perezosos como los nativos, capaces de destruirlo todo si llegan a conocer el oro antes de ser grandes. No. Jamás. No vuelvas a pedírmelo porque si lo haces te castigaré.

—Yo, padre, no he pedido nada.

—¿No?

—¿Yo? No. ¿Para qué?

—Mejor así.

—Sólo quiero obedecerle y ser útil.

—Tal vez me haya equivocado. En todo caso me alegra, hija mía, que la codicia no te haya movido a pedirme nada indebido. Vamos.

Hermógenes apagó la vela que unos minutos antes había encendido para escudriñar el rostro de su hija. Pero, pensó Casilda, allá adentro, en las bóvedas, en la oscuridad completa, encerrado tras la puerta negra erizada de placas y ruedecillas defensivas, escondido dentro de fardos recubiertos de gramíneas secas, fajado y apretado, brillaba el oro de los Ventura. ¿Es verdad que brillaba en la oscuridad sin necesidad de que ojos algunos lo contemplaran? ¿O era su brillo tan mágico que sólo una mirada como la suya lo encendía?

Capítulo Seis

LA HUIDA

1

FABIO E HIGINIO desaparecieron del despacho de Hermógenes. Pero Casilda sintió que no quedaba sola. Aguzó el oído intentando percibir algún ruido que avalara esta sensación. Sin moverse de junto a la ventana, escudriñó, primero y con cuidado, todos los rincones del despacho, y en seguida la explanada entera del patio del mercado. Sin llegar a conclusiones, transfigurada por el polvillo de oro que la cubría, permaneció hierática como un lujoso estofado, el rostro y el vestido tiesos de metal reluciente, sin mover los párpados ni los labios por temor a que se desprendieran algunas de las escamitas amarillas que, formando parte de su persona, la valorizaban.

Debía esperar el regreso de sus primos con paciencia —virtud que como mis lectores se habrán dado cuenta no era su fuerte— y con fe. Pero le resultaba difícil mantener la entereza porque dudaba que la solución para el problema del transporte de los fardos llegara con ellos. Por otra parte, no contaba con la hechicería para que de pronto hiciera brotar una solución de la nada. Era verdad que desde el principio los grandes dijeron que se llevarían "todos" los animales. Pero ni ella ni Fabio jamás dejaron de contar con que este "todos" reflejara, como de costumbre, la selectividad de los Ventura, que incluían en dicha palabra sólo aquello que era de primerísima calidad, y así dejaran en la casa de campo una

201

cantidad de animales que no cumplieran con los requisitos de la perfección. Esta vez, sin embargo, el "todos" de los grandes fue literal, como lo comprobó esa mañana con Higinio en las cuadras. El propósito de los grandes había sido, entonces, dejarlos definitivamente aislados, brutalmente encerrados no sólo por candados y rejas cuya eficacia acababa de ser desautorizada por el asalto de sus primos, sino por la inmensidad de la llanura de gramíneas, al despojarlos de todo medio para cruzarla. El engañoso exterior triunfalmente dorado de Casilda esperando el regreso de sus primos no encerraba más que desaliento porque sabía que Fabio e Higinio no lograrían mover el carromato. Cuando al cabo de un momento llegaran a decirle que el porfiado vehículo rehusaba moverse, sería el fin de todo: los tres tendrían que volver a la terraza del sur, al infierno de La Marquesa Salió A Las Cinco, y disolverse en el agua chirle de la homogeneidad. Porque la verdad —Casilda no tuvo más remedio que afrontarla una vez que se quedó sola— era ésta: aunque fustigara a sus primos durante días y noches, no serían capaces de arrastrar el carromato cargado de oro hasta donde fuera posible conseguir refuerzos.

Mejor no permanecer en el despacho enloqueciendo de impotencia. Mejor ir al encuentro de Fabio e Higinio para sumar la fuerza insignificante de sus brazos de niña a la de ellos. Volvió a mirar el patio del mercado por entre los barrotes de la ventana. El día se estaba agotando. La sombra de los murallones lo partía en dos mitades, una blanca, la otra negra. La mitad clara reflejaba aún suficiente luz como para iluminar un poco el interior del despacho. Afuera, en la hondura de la mitad de la sombra, Casilda percibió que parte de esa densidad se movía.

—¿Qué hará —se preguntó— ese nativo aquí a esta

202

hora, si sabe que hoy mi padre no está y por lo tanto no hay mercado?

La sombra más densa se separó de la sombra del muro. Y resueltamente, con el claro propósito de exponerse, cruzó de la oscuridad a la luz deteniéndose en medio de ella: era un nativo joven, fornido, desnudo, que permaneció en la media distancia apoyándose en una altísima lanza con una centella amarilla en la punta, en una actitud, estimó Casilda, quizá rebuscadamente imperial. Casilda se replegó hasta el fondo del despacho para guarecerse.

—¡Pedro Crisólogo...! —se dijo.

Y huyó sin volver a mirar el patio, hasta la oscuridad del pasadizo, la punta de oro aún clavada en su carne, avanzando encogida por ese dolor, apretando las cerillas contra el sitio en su pecho donde tenía enterrada la lanza de Pedro Crisólogo, hasta llegar al recodo ocupado por el peinador y la jofaina, con su lavatorio, sus candeleros, su espejo y sus cepillos. Era allí donde su padre, Colomba y ella se purificaban después del trabajo diario que los exponía a los nativos, y después de colgar sus guardapolvos en perchas previstas para ese objeto, ascendían al *piano nobile*.

El espejo del peinador adquirió una presencia de materia viva a medida que Casilda iba acercándose a él. Encendió una cerilla para ayudarse a avanzar: la llama recortó un ídolo dorado en la penumbra, que al entrar en el espacio de la luna encendió las velas que flanqueaban el espejo. Casilda se contempló en esa hondura recién abierta: sí, sí, su estado natural era éste, tal como se veía, recubierta de oro. Jamás lavaría esa polvareda ni se cambiaría de vestimenta. El lavatorio decorado con juncos, sauces, garzas, estaba lleno de agua: así, estilizado, acuático, artificial era el paisaje donde los grandes estarían pasando el día. Iban a volver pronto para salvarla del nativo que se llamaba Pedro Crisólogo, que su padre le había dicho era un criminal. Pero luchó contra este anhelo infantil que disolvía su dureza en el anhelo de protección, cruzando sus brazos con energía para que la luna del espejo le asegurara que era capaz, a pesar de todo, de actitudes firmes. ¿Y si llevara las cosas hasta sus últimas consecuencias y en vez de lavarse con agua y jabón y sacudirse la ropa con un prosaico cepillo hiciera su aparición entre sus primos ungida por el oro, para reinar sobre ellos? Pero Casilda no ansiaba reinar. Sus primos le interesaban demasiado poco porque eran sombras de los deseos de sus progenitores. Sólo se proponía desarticular, desmontar el mundo de su padre, para que así su odio quedara desprovisto de objeto, y, al ser inefectivo, no la hiriera. Sólo así podría ser ella misma, en otra parte y con una identidad que ahora desconocía. Apretó las manos contra el pecho y bajó la cabeza.

—No hagas ese gesto tan feo —le decía su madre con demasiada frecuencia como para pasarlo por alto—. No inclines la cabeza como una vieja ni hundas la boca ni ahueques las mejillas, que te ves espantosa, hija mía.

Ahora Casilda hizo el gesto prohibido conscientemente, para derrocar toda autoridad que no emanara de la diosa de oro que veía reflejada en el espejo: una diosa con una lanza clavada en el pecho. ¿Qué quería Pedro Crisólogo, el criminal? ¿La vio? ¿Por qué la miró? O más bien, seguro de que ella lo miraba desde el despacho, ¿por qué salió a la luz para que lo identificara y su miedo adquiriera un nombre? Vencida por sus cavilaciones, Casilda bajó los brazos. No. Ella no era ni ídolo ni diosa, sólo una niña amedrentada por la proporción de sus propios designios. Tomó la cotidiana toalla limpia que colgaba junto al peinador, y el jabón de su concha, y se inclinó sobre el agua para lavarse la cara.

—No lo hagás...

Casilda se dio vuelta, escudriñando la oscuridad, temiendo encontrar allí al nativo hablándole. Pero no era voz de nativo. Ni tampoco lo que algunos de los grandes llamaban "la voz de la conciencia", que ella sabía inexistente. La voz completó su ruego:

—No te quites el oro...

No era la voz del nativo porque era la aterciopelada voz de una niña de la familia. Casilda la reconoció al instante. Preguntó:

—¿Qué haces aquí, Malvina?

Malvina avanzó desde la oscuridad. El resplandor de las velas las unió en el mismo espacio. Malvina palpó delicadamente, como si no quisiera alterar la posición ni siquiera de un escama de oro, la ceja de Casilda con su meñique. Casilda, temerosa de que Malvina lo supiera todo y pudiera delatarla, la apresó por la muñeca gritándole:

—Confiesa al instante por qué me estabas espiando.

Le dobló el brazo hasta hacerla arrodillarse. Cuando estuvo prosternada ante ella le clavó las uñas en el brazo para hacerla llorar. Esto no era difícil porque Malvina, silenciosa, sombría, se encontraba siempre al borde de las lágrimas por estar convencida —ninguna demostración de lo contrario lograba disuadirla— de que nadie la quería. Malvina atribuía este supuesto desprecio al hecho de que ella era la única "pobre" entre los primos, ya que el tono general de la afectividad entre los niños de Marulanda le impedía pensar que era por ser "fruto del pecado", hija adulterina de los amores de Eulalia con ese liberalote que se suicidó por ella, circunstancia que los niños, envidiosos, computaban muy en su favor.

—Llévame —imploró Malvina desde el suelo.

Casilda la soltó. Pero Malvina permanecía arrodillada, prendida a los pliegues del guardapolvo de Casilda. ¿Qué sabía? Temiendo que pudiera desbaratar sus planes ya bastante maltrechos, la hizo levantarse para escudriñar su expresión a la luz de las velas. Malvina era morena, mate, de inmensos ojos suaves y sombreados y líquidos, y mirada y piel tibias. Celeste afirmaba que toda ella, tanto su físico incomparable como su personalidad, era *veloutée*, incluso el roce de su voz. Sí, pensó Casilda con rabia, *veloutée*, pero también sigilosa, solapada, mentirosa, y con seguridad, traidora. ¿Qué hacía Malvina aquí? ¿No significaba que lo sabía todo si estaba implorándole que la llevara consigo? Agotada, Casilda deseó con vehemencia echar atrás relojes y calendarios, clepsidras y cuadrantes, y anular cronologías de toda índole para ser lo que antes: ella sola con Colomba en su huevo único, idénticas en el secreto permanentemente infantil de su unidad. Pero, como decía tía Celeste, Malvina era *veloutée*, acariciable. Y Casilda sintió como, involuntariamente, su brazo ceñía ese talle quebrado tan cerca del suyo. Malvina se prendió a ella con tal fuerza que Casilda tuvo que empujarla para que no la ahogara.

—Llévame... —susurró Malvina en su oído.

—¿Adónde?

—Donde te propones ir con Fabio e Higinio.

Casilda la soltó. Se frotaba la cara con la toalla.

—Los he seguido —continuó Malvina—. Los he visto aquí y en el jardín. Me he ocultado para oírlos hablar. Llévame, Casilda, no seas mala. No soporto la vida con mis cinco hermanas estúpidas, con Anselmo, con mi madre, con mis primas que no me quieren.

—Te equivocas. Todas te queremos según nuestras capacidades, que a veces son harto limitadas.

Vio que Malvina no le creía, como si enfrentada con

un precipicio su mente rehusara avanzar más en esa peligrosa dirección. Casilda estimó que no era el momento más adecuado para convencerla de la verdad de sus aseveraciones. Tenía poco tiempo. Le dijo:

—Bueno, ven, entonces...

Ya que lo sabía todo era preferible incluirla. Uniéndola a Fabio e Higinio la fustigaría sin pena, como a ellos, para que arrastrara el carromato. Malvina le apretaba las manos, se las cubría de besos mientras hablaba precipitadamente como si quisiera entregarse entera, en seguida, sin guardarse nada:

—No te preocupes, Casilda mía, lo sé todo y no le diré nada a nadie y te ayudaré, ya verás, porque tú eres mi salvación y te quiero. ¿A quién, sino a ti, podría interesarle lo mío?

—Por lo menos a tus cinco hermanas.

—Esas cerdas no me dirigen la palabra más que en público. En privado, cuando nadie nos oye, me tratan de "usted". Sí, sí, todas son idénticas, desde la lánguida Cordelia, la mayor, hasta Zoé, el pequeño monstruo de Mongolia, todas con los ojos gachos y las manos juntas, todas vestidas de gris, arrastradas como una formación de patitos de juguete por Anselmo. Zoé, a pesar de ser subnormal, es ducha en inventar mentiras que le cuenta a Anselmo y éste se las transmite a los lacayos para que me castiguen. Y tía Lidia, tu madre, cada año, al adoctrinar al contingente nuevo de sirvientes, no deja de mencionar que, como soy la única pobre, no deben tener miramientos conmigo. Se sabe con toda certeza que me iré al infierno por ser pobre.

Durante los veraneos en Marulanda, tanto en la mente de los niños como en la de los grandes —en la capital vivían bajo la amenaza de este castigo— se borraba la existencia del infierno: habitaban una suerte de interregno religioso, sin obligaciones piadosas, sin sacerdotes ni monjas profesoras, sin confesores extorsionistas, sin iglesias a una distancia que fuera ni siquiera remotamente accesible y por lo tanto obligatorio asistir a ella, desligados de Dios y en consecuencia también del infierno. Sólo Anselmo y Eulalia —siempre irónicamente acomodaticia en este sentido para granjearse libertades en asuntos de mayor importancia— a las seis de la tarde rodeaban la bandada de sus hijas como si fueran torcazas, conduciéndolas hasta los aposentos de Anselmo para rezar el rosario y confesar sus sentimientos pecaminosos al oído de su padre arrodillado ante la imagen de alguna santa ejemplarmente recóndita. Anselmo, que además de su voz gangosa conservaba nostalgias de su época de seminarista, vivía en lo que el resto de la familia consideraba una absurda adicción a la sobriedad, durmiendo en un gran dormitorio blanqueado a la cal y en una cama estrecha y dura pero con sábanas de seda bajo el crucifijo de oro labrado como único adorno. El seminario había sido una suerte de exclusivo club de hombres que no propiciaba contactos con nadie salvo con la Deidad, indiscutiblemente masculina, indiscutiblemente de su clase. Pero Dios continuaba desengañándolo al negarle la gracia de que Eulalia —casi voluntariamente, como si tuviera el propósito de frustrarlo— le diera un hijo varón, ni siquiera mediante sus devaneos. Para realizarse en este sentido, se decía Anselmo, iba a ser necesario esperar un nieto, lo que no tardaría mucho porque sus hijas eran bonitas y bien educadas, casaderas a temprana edad, ya que además de sus adornos personales eran dueñas de vastas porciones de la fortuna de los Ventura. Todas, menos Malvina. Cuando se abrió el testamento de la abuela, la matriarca que durante medio siglo fue la dictadora social del patriciado del país, se produjo consternación al comprobar que dividía su patrimonio en siete partes iguales para sus siete vástagos;

pero, curiosamente, la parte destinada a Anselmo se la dejaba sólo en usufructo: el derecho de la fortuna en sí, para hacer y deshacer de ella, pertenecía en forma directa a sus nietas habidas en el matrimonio de Anselmo con Eulalia. Con un codicilo tenebroso: que esa porción de su fortuna, al subdividirse, no se dividiera en seis partes iguales como sería natural, sino en cinco, ya que Malvina quedaba explícita y definitivamente excluida.

—¿Por qué lo habrá hecho? —preguntó Balbina sin ningún tino.

Eulalia sonrió apenas bajo la pluma del tricornio que le sombreaba los ojos, mientras sus cuñadas trataban de no ruborizarse, y Adelaida, la mayor, la viuda, emitía como pitonisa este pronunciamiento:

—Ese secreto bajó con ella a la tumba.

Y con estas palabras Adelaida selló, no el secreto —que no lo era para nadie— de tamaña injusticia, sino el derecho a comentarlo, lo que era más grave.

DESPUÉS de la muerte de su madre, como es natural, los Ventura quedaron envueltos en el más riguroso luto.

Adelaida solía hacer enganchar su *coupé* para salir a distraerse a una hora en que no hubiera "nadie" en el paseo de las palmeras, despeinadas por un ventarrón perverso. Pasear sola no le gustaba, porque la entristecía no solamente el recuerdo de su madre sino el de su marido, el lamentado Cesareón, cuya imagen llevaba engastada en una joya —modesta ahora que los sucesivos lutos la impulsaron a hacer voto de pobreza— que le cerraba el vestido en el cuello. La atormentaba la interrogante que hizo que su madre señalara con un dedo tan nefasto a Malvina desde la tumba. No se proponía averiguar más detalles sobre la vida de Eulalia: le bastaba con saber por boca de sus hermanas que se atrevía a lucirse en un frívolo victoria descubierto con Isabel de Tramontana, y con eso se decía todo. Su compañía le producía un vértigo que no se saciaba con el contacto de los pliegues de su vestido con el de la pecadora. Eulalia sabía todas las reglas pero no tenía intención de acatar ninguna: el encaje que lucía no era luto, ni sus lazos de seda reluciente. Todo negro, sí, pero no luto, que era una cosa muy distinta. Esto le comunicaba una desazón inmensa a Adelaida, porque su propia experiencia de aquello que los entendidos llamaban "la vida" era mínima y hasta ahora se había enorgullecido de esta elegante laguna en su educación. Eulalia, en cambio, pese a haber nacido Valle y Galaz, más o menos prima de todos ellos, ostentaba una belleza exasperantemente metabólica, que le producía una sensación de repugnancia y temor a la mayor de las Ventura, paralela a la admiración y no muy distinta a ella. ¿Sería tan *veloutée* su voz, tan fino el mate de su piel, tan pausados sus movimientos, si Eulalia no fuera lo que los frailes llamarían "una perdida" si perteneciera a otra clase social? La belleza era pródiga con las mujeres de la familia. Sólo con Adelaida se mostró mezquina: sus pequeños ojos apagados estaban cosidos como botones en la superficie de un rostro de piel áspera colgada en un solo plano detrás del espolón de su nariz, pero veían todo lo que decidían ver, y, encerradas en el confesionario rodante del *coupé* bajo la lluvia, Adelaida vio al instante que Eulalia iba a dar la batalla del castigo de Malvina, de frente. Que es lo que ella rezaba para que no ocurriera, ya que no tenía otra arma para defenderse de su cuñada sino los circunloquios en que era ducha. Eulalia repuso:

—¿No sabes, acaso, que Malvina no es hija de tu hermano Anselmo, sino de Juan Abarzúa?

Adelaida se dispuso a oír otra versión más:

—Sí. Lo sabías pese al tupido velo. Dicen que Malvina es idéntica a mí porque es *veloutée*, como yo. Pero también lo era Juan: soy ególatra y me enamoré de Juan porque se parecía a mí. He tenido varios amantes —no tantos como se rumorea, si eso te consuela— pero a ninguno he querido tanto como a Juan, idéntico a Malvina. Tu madre lo odiaba. Arbitrariamente, como todo lo que ella hacía o sentía. Lo odiaba por las únicas razones por las que tu madre era capaz de odiar o amar, por motivos históricos, políticos, dinásticos, jamás humanos: los abuelos de Juan habían sido "azules" mientras que los nuestros fueron "negros", enemigos jurados, aunque hoy la diferencia ha llegado a ser cuestión más bien académica. Y según tu madre, el abuelo de Juan le robó un astillero a tu abuelo, con lo que ustedes perdieron la influencia política sobre las tierras regadas por ese río que se interna miles de kilómetros en el continente al otro lado de las montañas azules que tiñen el horizonte. Esas eran las cosas que contaban para tu madre. Y porque odiaba a Juan y a sus antepasados desheredó a Malvina: una venganza histórica más que humana. Por eso no le tengo rencor.

No había nadie en toda la familia que no supiera del siniestro codicilo del testamento de la abuela —tal vez no había "nadie" en toda la capital que no lo supiera—, y no actuara con el encubierto desprecio que dictaba: sólo los niños de la familia, que también lo sabían, computaban muy a favor de Malvina el hecho de ser hija adulterina, fruto del pecado, no sólo por ser de distinta sangre que ellos, sino envidiándole que tuviera opción para elegir su identidad porque era libre, y ellos, en cambio, estaban determinados por padres y madres totalmente predecibles, sin la doble corona tétrica, pero corona al fin y al cabo, de la pobreza y del pecado.

En cuanto se fue pasando el luto que llamó momentáneamente la atención de los Ventura sobre la conducta de Eulalia, ésta quedó sin ninguna marca vergonzosa: una cuñada más que, como todas, tenía sus "cosas", una tía más, la más bonita, la más dulce, la que más cuidado tenía en no ser autoritaria con los niños, la que pensaba dos veces antes de hacerlos castigar. Era, además, una pieza irremplazable dentro de los ritos de la vida de Adelaida: nadie como Eulalia para jugar *bésigue*, y las partidas entre las dos, alegres, reñidísimas, apostando pequeñas joyas, hacían las delicias de la hermana mayor, de modo que la abstracta condición de pecadora de Eulalia quedó sepultada bajo las exigencias prácticas del veraneo.

Malvina, entretanto, creció hosca, relegada a los rincones por voluntad propia, rodeándose de negativas, de secretos, de trampas, de excusas. Dos primos, al comentarlo, se daban cuenta de que cada uno creía que Malvina había pasado la misma porción del día con el otro, cuando en verdad no la había pasado con ninguno. ¿Con qué fin los había hecho creer lo contrario? ¿Dónde y con quién estuvo? ¿Para qué tanto disimulo? Descubrieron, además, que Malvina robaba, costumbre que se aceptó entre los primos como característica que la describía, y no fue sancionada porque la comprendieron como una forma de rebeldía contra la pobreza impuesta por la familia. Los niños sólo se preocuparon de no dejar sus pertenencias al alcance de su mano. No era que robara *objetos*. Sólo dinero, monedas. A veces desaparecían algunas onzas o coronas de una bandeja, o Anselmo se daba cuenta que faltaba cierta suma de una talega destinada a la caridad. ¿Para qué robaba Malvina?

¿No tenía abundancia de vestidos y regalos y dulces, igual que todos los demás? En verdad, había decidido que como no tenía derecho legal al dinero debía procurárselo ilegalmente, ya que la legalidad no era sino una convención inventada para la comodidad de quienes tuvieron el privilegio de crearla. Poseía, es verdad, algo que sus demás hermanas no tenían más que de palabra: el amor de Eulalia. Pero lo rechazaba con insolencia porque sabía que no iba dirigido a ella sino a Juan Abarzúa, a su tinte mate, a sus lindas manos encarnadas en las suyas. Y lo rechazaba, además, por ser la forma más cruel de excluirla, amor dado por la emoción, no por las venerables reglas anteriores a los individuos. La muda legalidad de una herencia que podía no haberla señalado ni para bien ni para mal, sobre cuyos principios se asentaba la sociedad a que su abuela le negó la entrada mediante el famoso codicilo, le era inaccesible.

A Malvina no le quedó otro expediente que hacerse una vida marginal. Llegó a ser experta en disimulo y espionaje, en caminar casi sin tocar el suelo para no dejar huellas ni hacer crujir el parquet, en deslizarse sin desplazar el aire, fundiéndose en puertas y en matorrales para escuchar lo que otros decían. Mis lectores adivinarán que así llegó a saber qué mensajes Wenceslao transmitía de los nativos a su padre y de su padre a los nativos. Vio hincharse el proyecto del paseo de que he estado hablando, aceptándolo en toda su ambigüedad de origen, motivos y propósitos sin que esto la perturbara. Conocía de memoria las actividades de Mauro y sus hermanos junto a la reja, como asimismo las actividades confluyentes de los nativos. Así, observó el ir y venir de las diversas intrigas que se iban desarrollando en forma paralela en la casa de campo hasta que eligió una, salvadora, para sumarse a ella: la de Casilda. Lo que ella podía aportarle definiría su posición de primacía en ella. Casilda era fea pero su cuerpo emanaba una autoridad apremiante, de modo que recibir sus caricias, como ahora junto al espejo del pasadizo, no era desagradable. Pensaba, mientras en el abrazo el oro ilegal que teñía a su prima al tiznarla a ella se transmutaba en derecho puro, que ni Wenceslao ni el tío Adriano podrían aportar a Casilda lo que ella. Éstos estaban en contacto con los nativos que tenían conciencia del destino y el derecho de su raza y deseaban una lucha frontal para recuperarlos: aquellos, en suma, que sabían que sus antepasados jamás fueron antropófagos. Los amigos de Malvina, en cambio, eran marginales, descontentos, excluidos, que creyéndose descendientes de los antropófagos mitológicamente perversos vivían convencidos de que su única opción era el delito.

Malvina se desprendió de los brazos de Casilda. Le preguntó:

—¿Viste a alguien?

Casilda comprendió a quién. Malvina la retiró, poniéndole las manos sobre los hombros, mirando las llamas de las velas que vacilaban en el centro de cada uno de sus ojos de aguamarina. Casilda comprendió que si no hacía algo de inmediato, Malvina le arrebataría la dirección de su intriga porque tenía no sólo más rencor sino más medios que ella. Enterró sus uñas en las manos de Malvina arrancándoselas de sus hombros y la abofeteó. Ésta, entre gemidos, alcanzó a murmurar:

—Te lo diré todo...

—...dime..., dime...

—...si me juras que me llevarás...

—Dime quién es.

—Lo sabes.

—Pero dímelo tú.

—Pedro Crisólogo.

214

Y Malvina la miró antes que continuara:

—¿No recuerdas su nombre?

A Casilda no le quedó más que decir la verdad:

—Sí. El que trajo el fardo estropeado, el polvo de oro que ahora nos cubre a ambas.

Malvina le contó a su amiga que en las noches, desde que era pequeña, salía a pasearse como animal encerrado junto a la reja, meditando su evasión. Una vez había visto a dos hombres cavando en torno a una de las lanzas. De eso hacía años, cuando era apenas más grande que Clemente o Amadeo, pero ya conocía su exclusión del testamento de su abuela y ya había robado unas monedas que no sabía dónde guardar para el momento de su fuga, que desde entonces planeaba. Como los nativos cavaban con picos y con palas se le ocurrió pedirles que hicieran también un agujero para esconder en él su tesoro. Ellos, que trabajaban afuera de la reja, alzaron algunas lanzas, entraron en el parque e hicieron el hoyo donde Malvina les indicó. Era fácil entenderse con ellos mediante signos infantiles ya que se trataba de nativos apenas un poco mayores, maleables e influenciables como Malvina sabía que eran todos los niños menos ella. Se hicieron amigos de inmediato. Estos nativos y otros la venían a visitar a menudo, ayudándola a enterrar en el mismo lugar todo el dinero que robaba. Ellos no comprendían el concepto de robo porque para los de su raza todo era de todos. Pero a medida que fueron creciendo y entendiéndose mejor y mejor mientras jugaban, les pudo explicar que los excluidos tienen derecho al robo, que eran los grandes los que definían los límites que dividían lo que es delito de lo que no lo es. Después fue Malvina quien instó a Pedro Crisólogo para que vendiera como bueno un fardo de oro defectuoso, y gustara así el acre sabor de la exclusión. No sólo porque Hermógenes ya no estaba dispuesto a comprar su oro ni el de los suyos, sino porque los de su raza, dándose cuenta de lo que había hecho poniendo en peligro la economía de la comunidad contra la cual a los Ventura les sería fácil tomar represalias, lo marginaron también de sus centros. Después, Malvina fue iniciando a Judas Tadeo, a Juan Bosco, a Francisco de Paula, en el sabor del delito, acre pero endurecedor, enseñándoles, de paso, el poder y el significado del dinero. La pelambre de la llanura era clara cuando Malvina, después que sus amigos levantaban unas cuantas lanzas para dejarla salir, emprendían sus correrías nocturnas: era tan vasta la llanura, tan distinta, que a veces le parecía ser un mutante, dueña de este espacio nocturno por el que correteaba con sus secuaces como por la superficie vegetada de la luna. Sus amigos, con sus cuerpos desnudos, de músculos bruñidos como los de una armadura, la obedecían porque ahora ellos, también descastados por pequeñas infracciones, sabían lo que era la marginalidad. Pero para algo positivo les sirvió a todos los aborígenes, no sólo a esta banda de excluidos, la perpetración de los delitos contra los Ventura: la raza entera comprendió el valor del dinero y su función, tomando conciencia de la miseria que los señores les entregaban a cambio de lo que a ellos tanto trabajo les costaba. Malvina, en la capital, se dedicaba a averiguar el precio normal de las cosas trocadas en el patio del mercado por los fardos de oro, y por cuánto hubieran podido vender ese metal a los exportadores. Hubo una época de gran intimidad entre Malvina y Colomba, en que Malvina se informó de todas las triquiñuelas del trueque, descubriendo el monto exacto de lo que por su parte, hasta el momento, había sisado Colomba.

—¿Colomba? —preguntó Casilda sorprendida.

Sí, Colomba también robaba. Como, cada uno por su lado, robaban Hermógenes y Lidia. ¿Por qué no podía robar también ella, Malvina? ¿Por qué, en último término, no podían robar ellas dos?

FABIO E HIGINIO en seguida se dieron cuenta de que no iban a poder hacer nada: el carromato no se movía. En el barro, los cadáveres de los animales ajusticiados por imperfectos comenzaban a descomponerse, congregando negras estrellas de moscas sobre sus heridas. En la penumbra del atardecer las sombras de las cosas parecían tanto más individuales que las cosas mismas, que los olores —las bostas, el heno podrido, el viejo cuero de arneses descartados, la madera y el barro— lograban conquistar el espacio excluyendo al aire y ocupando su lugar. La negación del carromato a obedecer a los esfuerzos de Fabio e Higinio era como la negación definitiva, una exasperante confirmación de que jamás había existido la menor esperanza para el proyecto.

Desde la terraza del sur llegaban los ecos de la algazara de los primos que podían seguir jugando porque no se dejaron envolver en propósitos ajenos a las leyes que circunscribían sus posibilidades. Higinio vio, sin embargo, que los propósitos de Fabio, sentado sobre el heno con las piernas cruzadas como si se dispusiera a limar otra llave, se encontraban en el mismo punto de certeza que antes que la realidad le enseñara que todo había sido en vano. Higinio hubiera querido gritarle, culparlo. Pero la envidiada firmeza de Fabio se lo impidió.

—Será mejor que me vaya a la terraza del sur —murmuró en cambio.

Dio media vuelta para abrir el portón del establo y salir, pero quedó detenido en el umbral. Dijo:

—Mira...

De un salto Fabio se puso a su lado.

—¿Con quién viene? —preguntó Higinio.

—Escondámonos —lo urgió Fabio—. Cualquiera que acompañe a Casilda en estos momentos no puede sino significar traición.

Se quedaron mirando a las dos primas por un resquicio de la puerta del establo: avanzaban sin cuidado, dueñas del espacio, aunque disimuladas de tal modo por las sombras del incipiente atardecer que ellos no lograron identificar a la segunda muchacha. Higinio se dio cuenta al instante que ahora no era Casilda la que manejaba la situación sino la otra. Se detuvieron en medio del patio, cuchicheando. De pronto, la desconocida, que mis lectores saben muy bien quién es, se metió los dedos en la boca de cierta manera, y emitió diez silbidos, cada uno distinto en tono y en extensión al otro. Después del último silbido alzó la cabeza de modo que su rostro quedó expuesto a la luz, mirando todo el contorno del patio.

—Malvina —susurraron los dos primos.

—Nos va a meter en un enredo —dijo Fabio.

Pero no siguió hablando: de los rincones del patio, de las puertas de los establos y cuadras y graneros, que Fabio e Higinio creían haber explorado, surgieron diez figuras desnudas que lentamente, cada una armada con una lanza cuya punta refulgía sobre sus cabezas en la luz crepuscular, se fueron acercando a Malvina y a Casilda. Malvina, después de besar a cada nativo en la mejilla, rodió a Casilda con el brazo: como con la intención de entregársela, pensó Fabio sobresaltado, sí, entregársela para que los antropófagos la atravesaran con sus lanzas, que eran las lanzas de la familia, de los Ventura, robadas por los inmundos nativos en el desbarajuste de la tarde. ¿Cómo salvar a Casilda? Malvina les estaba explicando algo con sonidos a los que los nativos permanecían atentos. Luego Malvina volvió a murmurar algo en el oído de Casilda. Ésta, entonces, temerosa todavía, comenzó a hablarles a los nativos mientras Malvina les repetía sus palabras en su idioma y éstos asentían con la cabeza. A medida que hablaban y que los nativos asentían, Casilda pareció ir perdiendo el temor, ir reconquistando fuerza, hasta que extendiendo su brazo señaló el carromato del tío Adriano tumbado en un extremo del patio. Todos lo miraron. Entonces Malvina, retomando la dirección de la empresa, ciñó la cintura de Casilda con el brazo y la hizo avanzar hacia el vehículo. Una doble formación de nativos armados, cinco por lado, las siguió.

—Van a meter a Casilda en el carromato y la van a matar —susurró Higinio, pero Fabio no pestañeaba para mirar.

En vez de hacerlo, la doble fila de aborígenes marchó hasta colocarse una a cada lado de la larga vara del carromato, y sin el menor esfuerzo aparente comenzaron a arrastrarlo en cuanto Casilda y Malvina montaron en él. Sólo entonces, comprendiendo, Fabio e Higinio, sin consultarse pero de acuerdo en su temor de que se pudiera realizar su empresa dejándolos a ellos olvidados, saltaron del escondite gritando:

—Casilda... Casilda...

Corrieron hasta el carromato que avanzaba lento hacia la reja. Al alcanzarlo intentaron abrir la portezuela de barrotes entre los que tantas veces habían visto asomada durante los viajes la cabeza rubia y la barba canosa del tío Adriano, pero donde veían ahora los rostros de Malvina y Casilda, hermoseados por la victoria.

—No suban —les ordenó Casilda.

—¿Por qué? —preguntaron ellos.

—Adelántense —les ordenó Malvina— y quiten las lanzas que cierran ese extremo del patio de las cuadras para que el carromato pueda pasar...

Los primos obedecieron. En un abrir y cerrar de ojos, mientras el carromato llegaba hasta ellos, quitaron treinta lanzas, y los nativos, arrastrando el vehículo, cruzaron la barrera, deteniéndose al otro lado. Fabio e Higinio, de nuevo, intentaron treparse. Pero Malvina les ordenó:

—Cojan cuatro lanzas, una para cada uno de nosotros, para defendernos en caso de peligro durante el viaje.

¡Entonces el viaje era una realidad, pensaron los dos mientras recogían las lanzas! No sólo no todo estaba perdido, sino que, lo que hacía un rato les parecía imposible, ahora comenzaba a transformarse en hecho. Las primas les abrieron la portezuela desde adentro y ellos subieron. Poco a poco los nativos fueron dando impulso al carromato, más impulso, hasta que en unos cuantos minutos el pesado vehículo corría veloz por entre las gramíneas, rápido, más rápido gritaban los cuatro primos entusiasmados viendo pasar, por el lado del paralelepípedo cerrado sólo por los barrotes, las gramíneas doblegadas dorándose con el último resplandor del sol, la gloria de la llanura entera que como un colchón de plumas los acogería.

Al acercarse al patio del mercado, por el exterior de la casa ya oscura, lo único que vieron, al principio, fue una estrella de oro flameando en medio de la explanada: la lanza de Pedro Crisólogo, que no se había movido. Sólo había dado media vuelta, mirando hacia afuera del patio, sonriendo para recibirlos. Malvina les gritó a los nativos que arrastraran el vehículo hasta junto a la ventana del despacho. Allí depositaron la vara delicadamente para no incomodar a los viajeros. Pedro Crisólogo abrió la portezuela de reja. Primero saltaron a tierra Higinio y Fabio. Luego, Pedro Crisólogo, galante como si hubiera estado espiando los modales de los Ventura para parodiarlos, ayudó a bajar a Malvina primero, para que no se enredara en los faldones de su crinolina, y luego a Casilda. Ésta, al tocar su mano, al sentirse tan cerca de su bruñido cuerpo desnudo, reconoció el rostro de quien le había proporcionado su primera experiencia del oro, ese oro que aún la cubría. Comparó esta sensación con la del miedo a un ansiado ataque sexual de parte de este ser de otra raza, habitante de un estadio inferior del desarrollo humano, antropófago, caníbal, salvaje, y para quien, entonces, el desenfreno no podía tener limitaciones, ni siquiera el de devorar a la compañera en el amor.

Ya casi no quedaba luz. En el patio del mercado las figuras se movían con el silencio de la casi oscuridad, y las voces eran breves, casi puro espacio. Con un alambre torcido como un garfio, Pedro Crisólogo abrió sin problemas el candado del despacho. ¿Entonces siempre...? Mientras subía a la estrecha ventana, Casilda no tuvo tiempo para formular entera esta aterradora suposición. Adentro, Casilda encendió el quinqué. Fabio e Higinio abrieron la puerta de fierro con la llave. Ella, sentada ahora al escritorio de su padre, abrió el libro de cuentas. Se caló la visera. Untó la pluma en tinta. Hizo una señal y por la ventana comenzaron a entrar, uno a uno, los hombres de Malvina. Después de penetrar en las bóvedas salían cargados con los fardos, tal vez los mismos que habían traído. Antes de abandonar el despacho se detenían junto al escritorio de Casilda, ella buscaba el número del fardo en el libro, lo tarjaba, y el nativo salía con su carga por la ventana, llevándolo al carromato dentro del cual Malvina y Pedro Crisólogo lo acomodaban. La operación duró varias horas de trabajo en orden y silencio, hasta que el cielo estuvo negro: sólo entonces, cuando en el libro de Casilda estuvieron tarjados todos los números correspondientes a los fardos que sacaron los nativos, y las bóvedas quedaron vacías y el carromato repleto, Casilda cerró el libro y se quitó la visera.

—¿Listo? —le gritó Malvina desde el coche.

Casilda no contestó. Faltaba algo. Volvió a abrir su libro de cuentas. Comprobó que el fardo número 48779/TA64 no estaba tarjado. Mientras afuera los nativos se ponían de cinco en cinco a cada lado de la vara del vehículo, ella le gritó a Malvina que esperara un instante y ordenó a uno de los nativos y a Fabio que la siguieran al internarse por las bóvedas con un candil en alto. No tuvo que buscar mucho rato para encontrar el fardo casi enteramente destrozado pero prendido aún en una forma ideal de fardo. Al tocarlo, el candil tembló en su otra mano. Ordenó al nativo que con todo cuidado lo sacara y lo depositara al pie del carromato, no dentro. Casilda apagó el candil pero no el quinqué y después de Higinio y de Fabio salió ella también por la ventana del despacho. Afuera, la luz del quinqué caía sobre el fardo depositado en el suelo. Sus rayos rescataban a uno que otro rostro de la oscuridad. Prendidos de los barrotes de la jaula, desde dentro, Malvina y Pedro Crisólogo miraban atónitos.

Casilda le dio una feroz patada al fardo. Las moléculas doradas aclararon el aire como un fogonazo. Higinio lanzó una carcajada de triunfo infantil, y, con ella, se lanzó sobre el fardo, untando sus manos en el oro, su rostro, sus ropas, seguido por Fabio y por Casilda que hicieron lo mismo, revolcándose como perros locos en sus excrementos de oro, riendo, escarbando más y más y embadurnándose hasta que no quedó nada de los tres niños, ni una parte de sus rostros y sus ropas que no fuera de oro reluciente. El aire mismo permanecía hinchado con una neblina dorada que iba cayendo sobre ellos, sobredorándolos homogéneamente como ídolos.

Luego, saciados, parecieron tranquilizarse. Entonces, con la ayuda de Pedro Crisólogo desde el interior del carromato, fueron subiendo, primero Higinio, después Fabio, y por último Casilda. Pedro Crisólogo bajó y los cuatro primos, apretujados en el espacio mínimo que dejaban los bultos, se sentaron en el suelo como gitanos, mudos en torno al candil. Malvina, sin que los demás lo notaran, iba tocando sus vestiduras para quitar un poco de oro con que untar su propio rostro y sus manos. Luego, apagaron el candil.

Pedro Crisólogo dio la voz de partida. Los nativos comenzaron a arrastrar, muy lentamente al principio, el carromato. Pero pronto, aunque menos pronto que antes porque ahora iba muy cargado, tomó ímpetu y rodó por la llanura, veloz entre las gramíneas, alejándose de la casa de campo que era sólo, al principio, un borrón negro señalado por la lucecita que quedó ardiendo en el despacho, que pronto se fue empequeñeciendo hasta desaparecer ella también por completo.

Capítulo Siete

EL TÍO

1

—FINJÁMONOS monumentos mientras el estruendo huracanado de la crueldad retumba en el horno que recuece las ánforas, transformando la ternura globular, los miembros rencorosos, en ríos verticales y contradictorios, que al anularse mutuamente lo anulan todo como triángulos superpuestos: ese todo erizado de espinas envenenadas como las del agave sacrosanto que hace rodar nuestros ojos como planetas perdidos en un cosmos infinitesimal mientras deliran los fásmidos, y cualquier vaivén, o el garabato de un estornino en el cielo, es alarido que se prepara para estallar en la boca como una bolsa de sangre al morderla...

¿De dónde sacaba estas parrafadas Melania, la muchachita modelo que apenas sabía contestar sí y no con los ojos gachos, dejando que los hoyuelos de su sonrisa fueran toda su elocuencia? Juvenal sintió renovarse su admiración ante su familiaridad con las palabras cuando jugaban a La Marquesa Salió A Las Cinco. Ahora desde abajo, Juvenal la escuchaba conmovido igual que todos los primos, a quienes la sublime retórica y la feérica aparición de Melania había logrado calmar. Por el momento. Sí, por el momento, recordó Juvenal, que sabía qué iba a suceder cuando se secara ese surtidor de retórica.

Por entre los grupos de primos y primas embelesados Juvenal se deslizó hasta junto a Mauro: boquiabierto, respirando un tanto adenoidalmente, rascándose el acné y la piel ambarina de sus hombros desnudos enrojecida por el sol, no oía ni veía más que a Melania, y todo lo demás, lanzas, paseo, peligro, padres, castigos, tío Adriano, se había borrado de su mente. Juvenal lo agarró del brazo, y deslizándose con él, alelado, por entre los otros primos lo arrastró hasta el centenario tronco de la glicina cuya voracidad casi animal englutía el balcón.

—Sube —le ordenó.

Con los músculos académicamente dibujados en su espalda Mauro comenzó a encaramarse: conde intrépido, príncipe encantado, lujurioso seductor... ¿quién era, qué hacía, se preguntaban sus primos? Melania, cuya voz se iba debilitando, comenzó a titubear hasta que sus palabras amenazaron confluir con el silencio: los espectadores, sin embargo —y la pareja de pavos reales apostados simétricamente en la balaustrada, como proponiéndose de marco a la escena—, no se movieron porque la atención de todos había virado hacia la intrepidez con que el Joven Conde trepaba al balcón por el tronco, su piel acariciada por los trémulos racimos de flores color lila que lo salpicaban de polen, y también hacia la heroína que, con la trenza deshecha y el peinador de gasa color neblina revuelto mostrando demasiado pecho, demasiada espalda, lo esperaba anhelante en el balcón. Mauro llegó arriba. Los aplausos enloquecidos y los gritos manifestaron la admiración de la concurrencia. Hoy, se preguntaba Mauro estrechando teatralmente a Melania, en este día en que todo está cambiando ¿despertaría por fin dentro de Melania-prima la carnalidad trascendente de Melania-lanza para yacer con ella en la hierba junto a la acequia, detrás de los mirtos recortados en forma de almenas? Los ojos de Mauro, que tenía el rostro hundido en el cuello de Melania, percibieron que desde la raíz del pelo de su

225

nuca se deslizaba una gota de sudor por su piel como sobre un pétalo caliente, resbalando por su cuello, su cerviz, y ya, dentro de un segundo, se iba a perder en la tibieza establecida entre el peinador y su espalda: beberla, ahora mismo, esa gota precisa, no otra, sudor, lágrima, linfa, rocío, cualquier cosa, todo, lo que fuera, consumirla y consumirse y perderse con ella en la oscuridad definitiva de Melania. Oyó la voz de su prima que le decía al oído:

—Di algo, estúpido, que se nos van a aburrir...

El deber lo despertó:

—...para llevarte conmigo he hecho frente a las acechanzas de la glicina encantada por la esperma enardecida, trayéndote en la boca la vincapervinca todopoderosa de mi beso abierto como un capullo desgajado por el...

Pas mal, pensó Juvenal. O por lo menos mejor que de costumbre, ya que la autoridad de Mauro en el juego no se debía tanto a su retórica como al arrojo de las proezas en que era maestro. En todo caso, no importaba. Lo que sí importaba, en cambio, era que los primos, abajo, comenzaban a inquietarse, ya que carecían de vocación de espectadores. Todos pretendían tener derecho a ser partícipes aunque fuera como comparsa en caso de que no supieran ganarse un papel ni siquiera pasajeramente protagónico. En todo caso, a Juvenal no le gustó el giro que iba tomando la intriga que las palabras de Mauro iban bosquejando en el balcón —fábula, leyenda, cuento en vez de novela con cuyos personajes les fuera fácil identificarse, porque eran Ventura y, como tal, les gustaba que el arte verosímil y esclavo reflejara sus complacencias— y al parecer tampoco le gustaba a nadie porque Mauro continuaba con una monserga sin inspiración. Era necesario hacer algo para que no volvieran a caer en la realidad después de haber sido

226

arrancados de ella por este brillante episodio. Para distraerlos comenzó de inmediato a repartir papeles: tú eras el bueno y tú la mala, tú eras el notario concupiscente que escondió el testamento ológrafo, y tú la leal amiga que hace pasar como propio el bastardo de la Amada Inmortal..., hasta que Arabela alzó la lucidez de su pequeño trino:

—Esto tiene que terminar..., cuando baje el tío Adriano pondrá orden en esta incoherencia...

Los primos volvieron a paralizarse. Habían olvidado, quizás voluntariamente porque no eran capaces de enfrentarse con el hecho, que era el tío Adriano, no Wenceslao, hasta ahora sólo un mito de terror veraniego, quien los avasallaría dentro de un rato. La voz titubeante de Melania preguntó desde el balcón:

—¿Es verdad que...?

—Está previsto —aseguró Arabela— desde hace mucho tiempo.

Melania lanzó el alarido de la comprensión. Como una alimaña le lanzó un zarpazo a Mauro, arañándole el pecho, los brazos, el rostro, desorbitada y empavorecida..., imbécil, qué haces aquí tocándome cuando ese demonio del tío Adriano nos va a destruir a todos como destruyó a sus hijas, me dan asco tus manos, tus besos, los únicos besos y las únicas manos que no me dan asco son las del tío Olegario, déjame, idiota, nosotros sin reja y ustedes divirtiéndose a costa mía, que no ven que es una alianza peligrosa entre el criminal de la familia y los antropófagos...

Juvenal no perdió ninguna de las palabras de Melania: algo más de lo que él sabía, ciertamente bastante más que lo que su madre le confiaba, existía entre su padre y Melania. Sin embargo, no le importaba absolutamente nada. Más le importaba poder utilizar a Melania cuándo y cómo le conviniera con el propósito de desenredar la madeja que lo conduciría hasta el corazón mismo de Celeste. En medio de la borrasca de primos congregados en la terraza del sur, intentaba controlarlos proclamando el apasionante interés del episodio de La Marquesa Salió A Las Cinco que se desarrollaba en el balcón, especialmente este sorpresivo estallido de violencia que debía agradar a los espectadores: todo lo que sucedía, aseguraba, todo lo que sucediera, cuanto decía Mauro, cuanto decía él mismo y la desazón misma que reinaba entre ellos, era parte de esa otra realidad que debían hacer más real que todo lo demás, sí, sí, que nadie creyera lo contrario, todo provocado por la envidiosa hermanastra que con el propósito de impedir la boda salió del convento que albergaba su duro corazón, quién quiere ser la hermanastra, tú Colomba, tú Cordelia..., dónde está Casilda que estaría tan bien en este papel de antipática..., o Rosamunda..., dónde está Rosamunda..., por qué faltan tantos primos..., éstas serán las últimas peripecias antes del matrimonio que yo, la Pérfida Marquesa, he autorizado porque se ablandó mi corazón y le doy permiso a mi hija tan amada para que contraiga nupcias con su primo el Joven Conde esta misma noche, sí, esta misma noche, pregonaba Juvenal histéricamente para contrarrestar el terror que iba a romper dentro de un instante si no los seducía o fascinaba o convencía o entusiasmaba, sí, esta noche se celebraría la boda con una ceremonia en que la Marquesa echaría la casa por la ventana, tú eras el cochero, tú la abadesa, así es que anda a procurarte un hábito de rico moaré y una papalina almidonada, y tú eras la doncella encargada de planchar el larguísimo velo de ñandutí al que podrás coser un maleficio diminuto, y tú el viejo pretendiente de la Marquesa que propulsa toda intriga para que la Amada Inmortal no se case con nadie porque quiere que sus propios hijos hereden, no importa que en el juego de la semana pasada hayas sido otro personaje, no recuerdo qué fuiste, paje o doncella, no importa cambiar porque es un juego, hoy puedes ser otra persona si cabe en la historia que vamos inventando, hombre o mujer, joven o viejo, bondadosa o perversa, somos libres para seguir el curso de la trama que desarrollemos, y para transformarnos porque para algo somos los hijos de los Ventura que no nos permiten acceso a sus guardarropas privados porque son cosas de gente grande, pero cuya ausencia de hoy nos permitirá abrir armarios y roperos y cómodas para apoderarnos de todo y disfrazarnos con el fin de darle impulso a la fantasía protectora que nos englobará.

Aquí el novelista debe detenerse para explicar a sus lectores que, instados por Juvenal y entusiasmándose unos con otros, comenzó el irreparable desenfreno de los niños a quienes sus padres habían dejado solos en la casa de campo. En el día de que estoy hablando, los hijos de los Ventura necesitaron romper los moldes establecidos para exorcizar el miedo, saltar fronteras y derribar reglas para buscar el alivio en el libertinaje de la imaginación. Fue a raíz de muchos de los acontecimientos ocurridos durante este episodio final de La Marquesa Salió A Las Cinco que los niños Ventura se vieron envueltos en hechos de tal espanto que cambiaron la vida de todos ellos y de Marulanda: mi mano tiembla al comenzar a describir los horrores de esta última versión de la mascarada.

En todo caso, para volver a mi fábula, diré que tanto la violencia, pese a ser fascinante, de la escena del balcón, como las inquietantes revelaciones de Wenceslao en la llanura, pero sobre todo la expectativa de que el tío loco bajara a la terraza del sur dentro de un rato, impulsaron a los niños descontrolados a tomar posesión de lo que sabían no era de ellos, y en vez de conformarse con los disfraces habituales rompieron las puertas de los armarios paternos para vestir sus galas: soberbias chupas de paño de Sedan y calzas de gamuza de un tinte levemente violáceo, el perfume de sándalo de gavetas llenas de bufandas de velo recamado y gasa, un revuelo de hopalandas verde-mar y azul y transparentes bajo saboyanas de segrí, macfarlanes y guardainfantes, sayas de gro y zarzahán, chalecos de raso brochado, chambergos, melones, cofias para novicias o nodrizas, ojos artificialmente amoratados para el dolor, abrillantados por la belladona para la pasión, largas colas de terciopelo de Génova color *albicocca* para subir la escalinata de la Ópera donde el amante oculto en la galería puede asesinar de un disparo, los tricornios emplumados de tía Eulalia, capotas engalanadas con airones, capuchas para deslizarse misteriosamente junto a un muro llevando un mensaje, birretes y pañolones, mostachos y favoritas pintadas con corcho quemado, vinagre ingerido para producir la palidez de alguna aristocrática dolencia, salmuera bebida para producir fiebre, batas de dolorida viuda, las de tía Adelaida, adornadas con brandenburgos y *soutache*, el lujo de las joyas que señala el rango, cada uno empeñado en que el suyo sea superior al del otro, nadie quiere encarnar personajes plebeyos si no son también perversos o hermosos, yo no quiero ser cochero pese a las escarapelas y las esclavinas de mi *redingote*, quiero ser el primo de la desposada, por lo menos el hijo del primo, el que vivía en las Antillas y usaba guayabera y jipijapa y bebía ron con los piratas y azotaba a sus esclavos... y entonces... y entonces se casaba con la *belle créole* llamada Bontée o quizás Felicitée que sufría en silencio porque él tenía hijos de sus barraganas mulatas y se dedicaba a hacer sahumerios para lograr darle un hijo varón, quién va a ser la *belle créole*, aunque no sabemos qué relación tiene con la Amada In-

230

mortal, ni su posición ni su importancia en esta historia, puede ser que mucha importancia, puede ser que poca, todo depende de la eficacia de tu disfraz, de lo convincente de tu actuación, de tu capacidad para reinventar la historia, tú eres responsable de tu propia importancia o tu falta de importancia, tuviste oportunidad para cambiar el rumbo de esta historia pero no imaginación para hacerlo, ni para dotar a tu personaje de vigor, sí, sí, podías haber trasladado la historia entera a los trópicos si hubieras logrado convencernos que así tiene que ser, y en ese caso todos nos hubiéramos transformado en *belles créoles* y plantadores de café o azúcar tendidos en hamacas mientras las mulatas nos abanicarían con frondas de quencias.

2

LAS GRAMÍNEAS, más animadas que de costumbre, aprovechaban el aumento de la penumbra para transgredir el antiguo emplazamiento de la reja: introduciendo su sigilosa suavidad entre los olmos asonantes y los sauces, invadían el territorio del parque, amenazando —sintió Juvenal— apoderarse de su forma para borrarla en cuanto las tinieblas se identificaran con el sueño. El espectáculo, no podía negarlo, era bello: a esta hora del crepúsculo, desde esta pequeña altura, se veía a las plumas tendidas como una espalda de oro vivo, ondulando de placer con la caricia del viento. Que las gramíneas avanzaran, se aseguró Juvenal, era sólo una fantasía por medio de la cual su imaginación intentaba incorporar a toda la llanura, hasta las montañas azules que teñían el horizonte, y el universo entero, a La Marquesa Salió A Las Cinco. ¿O era una alucinación? Ojalá. El hecho de que él estuviera alucinando quizás resultara saludable para dotar al juego del frenesí que crearía el encierro en el recinto de la fábula, incontrovertible por ser absolutamente falsa. Había logrado, en todo caso, su propósito al proponer esta mascarada: no sólo desaparecieron las tensiones, sino que, con los primos dispersos por toda la casa en busca de elementos para consolidar nuevas identidades, el miedo carecía ahora de centro al cual aplicarle la posible chispa causante de una detonación. Era un triunfo para él, para la Pérfida Marquesa, cuya personalidad asumiría dentro de un instante —en cuanto Justiniano y Abelardo terminaran de sacar los moros del gabinete y apostarlos uno a cada lado de la cristalera abierta a la terraza, lugar donde se celebrarían los esponsales— retirándose al dormitorio de su madre para empavesarse con sus mejores cintas y reaparecer hecho una reina. Algunos niños bajaron ya listos: Aglaée y Esmeralda de mellizas siamesas difíciles de calzar como personajes secundarios en cualquiera trama, Alamiro de rufián con monóculo, Hipólito y Olimpia luciendo tenidas eclécticas que sería necesario corregir.

Mejor corregirlas cuanto antes para impedir que los niños se detuvieran a observar el atrevimiento de las gramíneas que crecían por todas partes, en los arriates, en el rosedal mismo, alrededor del *laghetto* emplazado justo donde se veía desde la terraza del sur como una decorativa lámina de plata, ahora semioculto por la frondosidad aberrante del plumaje. Juvenal pintaba una estrella en la frente de Olimpia, dirigía a Morgana rizándole el pelo a Hipólito para caracterizarlo de Cupido, llamando a los demás con el fin de congregar la atención sobre sí mismo como centro generador de la fábula y así impedir que nadie advirtiera como las gramíneas avanzaban ululando monocordes.

Pero no, esto no era verdad. Su murmullo no era

monocorde: el aterrado oído musical del mayor de los primos percibió o creyó percibir modulaciones, como si el rutinario murmullo de roces vegetales se diversificara en ritmos y espacios y quizás hasta en larvas de melodías. Mandó a Cordelia y Teodora que ensayaran algo nupcial con sus mandolinas, algo estrepitoso, festivo, incitando a los que gemían a gemir aún más al ver que el Ángel de Bondad se desmayaba al recibir la nueva de que la Amada Inmortal, en su última lucidez antes de recluirse en un manicomio, pidió que ella se desposara con el Joven Conde: distinción que, debo confiar a mis lectores, Colomba en secreto le había comprado a Juvenal cediéndole las llaves de las despensas de la casa. Ya casi no se distinguían los rostros desfigurados por el maquillaje y las sombras. Nadie sabía quién era quién. Dentro de poco sería necesario palpar para reconocerse. Mientras tanto, en la oscuridad ya casi completa, las gramíneas de acero no se agitaban, erizándose amenazadoras, en cambio, al pie mismo de la balaustrada y de la escalinata que nadie elegía mirar. Pero no. No eran las gramíneas que los cercaban. Eran las lanzas, enhiestas otra vez, o lo parecían, transformando la benigna prisión habitual del parque, tan amplia, tan dominada, en el aciago cautiverio de esta otra prisión encogida y hostil que ahora los recluía con la prolífica enumeración de gramíneas simulando lanzas siempre más y más próximas. Juvenal no quiso reconocerlas: ahogado dentro de este espacio mezquino, le faltó aliento para engañar a los pequeños que pedían más comida, más abrigo porque la noche traía frío además de lo innombrable, reclamando a sus mamás, una clamorosa banda de principitos y hadas, de adúlteras y cortesanas, de seductores y potentados mal vestidos e inexpertamente maquillados tironeando de la ropa del primo mayor, ensordeciéndolo con sus exigencias y lamentaciones, dónde está Me-

233

lania, dónde esta Fabio, que no lo hemos divisado en todo el día... ¿y Malvina, y Casilda? A Higinio parece que se lo tragó la tierra, queremos que venga Wenceslao para que nos explique todo aunque sea con mentiras, y Mauro, el Joven Conde, sin el cual no habrá boda porque sólo él puede protagonizar el trágico sino que le hemos asignado, y Arabela habrá vuelto a su biblioteca, y Amadeo, que es una ricura, de comérselo sobre todo ahora que estamos comenzando a sentir hambre, es delicioso ese niño aunque demasiado pequeño para que pasee solo en esta oscuridad, especialmente hoy que no hay reja y podría perderse en la llanura..., buscarlo por lo menos, buscar al pequeño Amadeo porque quedamos pocos, cuántos quedamos, quiénes faltan, mejor no saber, aunque tendremos que saberlo porque van a encender las luces, los corimbos de cien velas sostenidas en alto por los moros de vestiduras doradas, pero entonces veremos por qué el parque ya no está abierto a la llanura...

DEBO DECIR a mis lectores que Wenceslao se había dado cuenta que la maniobra de Juvenal era extraviar a sus primos en la fantasía utilizada como engañifa. Disfrazado de trovador y luego de jorobado, de chambelán y después de indio, protegido por la oscuridad que disolvía su habitual estatura protagónica y atomizando su identidad para que no le hicieran preguntas que él se sabía aún incapaz de contestar, subía a hablar con su padre en el torreón —al cuidado de Amadeo y de Mauro— y bajaba con Arabela, y volvía a subir llevándole las nuevas con que Adriano Gomara, al despertar, iba echando a andar la maquinaria de su pensamiento.

El niño quedó cabizbajo al oír a su padre —después de las salutaciones más afectuosas— enunciando el plan de acción que Wenceslao estimó torpe, de adueñarse inmediatamente de Marulanda entero y cambiarlo todo en forma radical, eliminando de una manera inespecificada pero injusta a cualquiera que osara jugar a La Marquesa Salió A Las Cinco. Especialmente a Melania y su círculo: les advirtió que desde pequeño Juvenal había sido un pozo de triquiñuelas. Y Melania poseía la sabiduría de generaciones de mujeres para las que el engaño fue el único arte. Y los ajedrecistas, incapaces de hacer otra cosa que jugar, proclamaban una neutralidad disolvente. En fin: a todos éstos y a los demás que estuvieran de su parte —proclamó Adriano Gomara levantándose de la cama y adueñándose, con su figura prócer envuelta en sábanas, de todo el espacio de la buhardilla y de los corazones de los niños que lo escuchaban, salvo del de su hijo que por el momento, dolorosamente, se lo reservó— era necesario despojarlos no sólo de sus privilegios sino de sus derechos, para escarmiento y para ejemplo. ¿Cómo era posible, pensaba Wenceslao al oír el tono inapelable de sus recomendaciones, que su padre fuera tan ingenuo, tan arrebatado, que no se propusiera primero los problemas que le allanarían el camino, como el del aislamiento, por ejemplo, o el del miedo a la noche, o el de la maraña de los afectos entrecruzados que formaban alianzas que por indefinidas eran imposibles de combatir, o el de una racional utilización de las habilidades de cada cual? ¿Cómo tolerar que su padre propusiera esta arremetida chambona si ya sabía —él mismo se lo informó— que Juvenal era ahora dueño de las llaves que daban acceso a los víveres de la casa, con los que debían alimentarse hasta que se llegara a cumplir el muy loable proyecto de producir alimentos propios? ¿Y lo peor, para qué alienarse a Colomba, el Ángel de Bondad, la única entre los primos que por su largo empleo en estos menesteres conocía la administración de los víveres para hacer funcionar con eficiencia y economía los regímenes alimenticios de los niños? ¿Y el tiempo..., el desesperante problema del tiempo que podía, con su ambigüedad, disolverlo todo, destruir personajes y programas, transformándolos en monstruosidades?

Disponiéndose a bajar la gran escalera en espiral que caía por el muro del vestíbulo ovalado, Wenceslao se detuvo con Mauro bajo la farola que iniciaba el tobogán del pasamanos de bronce para plantearle sus perplejidades. Pero Mauro, transfigurado por su contacto con el tío Adriano, sudoroso y anhelante porque le parecía tan increíble que un grande se ocupara de otra cosa que de pulimentar sus propias uñas, le respondió irritado que él mismo haría prisionero al que se opusiera al tío Adriano y lo encerraría en las fétidas mazmorras destinadas al castigo de los sirvientes díscolos. Arabela, atenta junto a ellos, intentó suavizar esta discordia opinando que al comienzo eran naturales las posiciones extremas defensivas, pero que luego, cuando la experiencia hubiera apaciguado los ánimos, llegarían al equilibrio de un diálogo civilizador. En el corazón de Mauro, sin embargo, quedó grabado el recelo a Wenceslao, indeleble como un tatuaje, porque le parecía que todo hijo del tío Adriano —y él se consideraba ahora también hijo suyo, ya que jamás sintió filiación alguna con Silvestre— le debía fidelidad total, entrega total, indiscriminada adhesión y obediencia, fuera lo que fuera que mandara, ya que su programa no sólo enaltecía como necesaria su propia obra y la de sus hermanos en la reja de las lanzas, sino que, a partir de esto, instituiría profundas alteraciones en la vida de Marulanda en las que ellos, no la autoridad paterna disfrazada de amor, serían protagonistas. Quien osara criticarlo era un traidor. Y la traición ya estaba insinuándose en la conducta de Wenceslao: éste y Arabela se dispusieron a encaramarse en el pasamanos de bronce para deslizarse por él, pese a que el tío Adriano les había recomendado que por el momento no rompieran ninguna de las reglas de los grandes. Pero Wenceslao, que hacía siempre exactamente lo que se le antojaba porque era un mimado, carente de toda noción de disciplina pese a que poseía la desgraciada facultad de convencer con su encanto, se montó en el pasamanos seguido por Arabela.

3

MEZCLADOS con los demás primos en la terraza del sur, sin que éstos se percataran de sus presencias por estar ofuscados con la mascarada, tanto Mauro como Wenceslao como Arabela percibieron que ninguno de los demás se daba cuenta, ya sea porque la conciencia no les alcanzaba para ello o porque preferían no hacerlo o por desinformación, de los conflictos propuestos por todo lo que estaba sucediendo. Pero fue en ese momento mismo, desde la terraza del sur —como ya lo he dicho en capítulos anteriores—, cuando Wenceslao antes que nadie, mirando el parque, pudo reconocer la presencia de suntuosos personajes disimulados en la espesura del boscaje, espectros, quizás, o dioses, o sólo sombras de sacerdotes, y fue como una epifanía deslumbradora que le hizo aceptar como verdad la explicación ofrecida por su padre años antes mientras en aquel infausto día recorrían los sótanos. Por mandato paterno había cerrado las esclusas de la memoria, adscribiendo al sueño sus maravillosas figuraciones: éstas se abrieron ahora, soltando la catarata del recuerdo al identificar los portentos del presente.

Wenceslao, en un estado de hiperestesia que lo absorbía todo, se dio cuenta que, al poco rato, el entusiasmo del juego de sus primos comenzaba a amainar. Divisó a Melania, que seguramente había descendido para no quedar encerrada en el gabinete chino mientras se iba estableciendo la enemistad de la noche, cuchicheando en un rincón con Juvenal, sin duda intentando recuperar la importancia de la Amada Inmortal porque sin su papel de novia no entendía nada. Pero Juvenal tenía las llaves. Como no estaba dispuesto a ceder a las exigencias de Melania si quería conservarlas, pretextó que ella no iba vestida de novia como lo requería el argumento de este episodio que ya estaba a punto de comenzar. En todo caso —lo vio Wenceslao— Juvenal se encontraba alerta, captando otras voces y visiones que las de sus primos en su ruidosa mascarada, sin duda idénticas pero con carga contraria a las que él mismo veía y oía. Juvenal, entonces, mandó que encendieran los corimbos de cien velas cada uno sostenidos por los moros. Al ver que Justiniano y Abelardo obedecían, Melania chilló:

—No, no, no enciendan nada, no está oscuro, es mentira, no es de noche, nuestros padres nos prometieron regresar antes que oscureciera y como no han llegado aún no puede haber oscurecido, no, no enciendan nada porque eso sería reconocer que nuestros padres no han cumplido su promesa, y la cumplirán, sí, la tienen que cumplir...

Pero las encendieron, y todo, entonces, comenzó a transcurrir como en un proscenio iluminado. Los pavos estáticos y los desvanecimientos de la glicina parecían integrados a la descartable bidimensionalidad de telones y bambalinas, y la torpe exageración de los maquillajes realzaba los gestos y movimientos de los niños, convirtiendo el alboroto de acallar a Melania en otro acto de La Marquesa Salió A Las Cinco. Los pequeños no vieron inconveniente para trocar automáticamente sus gemidos verdaderos por gemidos marquesales. Pero el oído de Juvenal, fino y atento a lo de más allá, percibió que, más alto que las voces que lo envolvían, sonaban notas definidas, crótalos, caramillos, triángulos, clarísimos ahora pese a encontrarse emboscados en el murmullo atronador producido en la vegetación por un viento que ni él ni nadie sentía en la piel, pero que impelía hacia la terraza el encrespado océano de las gramíneas. Los niños, olvidando la fugaz individualidad de sus disfraces, volcaron sus rostros hacia la penumbra del parque para cuestionarla con su repentino silencio.

Fue entonces cuando comenzó la verdadera invasión de plumas: la vegetación en realidad se movía. No, no sólo se movía, avanzaba, más aún, marchaba, penachos, plumas, lanzas, plantas, gramíneas, una lenta selva desplazándose desde la oscuridad hacia ellos, hacia el elenco de La Marquesa Salió A Las Cinco atrapado en la luz artificiosa del *tableau vivant*. Sobrecogidos, los niños se replegaron, un nudo mínimo frente a la invasión, incapaz de resolver su terror en gritos que, en todo caso, sería insuficiente reacción ante estos portentos. Pero otro grito de Melania, cuyo descontrol había eliminado su noción de miedo, los sacó de su arrobo: la Amada Inmortal señalaba una figura resplandeciente, envuelta en largos hábitos, de barba blanca y cabellera rubia, una aparición entre los dos moros, que brillaba como el núcleo mismo de la iluminación.

—¿Quién —chillaba Melania— ha tenido el mal gusto de disfrazarse para este sainete de Dios Padre Todopoderoso?

—*Hybris...* —acotó Arabela, sin que nadie comprendiera su culto comentario.

Dios Padre, con un gesto muy leve, indicó a Mauro y a Arabela, que lo flanqueaban, que apresaran a Melania porque su histeria era un obstáculo para que la ceremonia se llevara a cabo con la solemnidad debida. Wenceslao trató de impedir que Mauro prendiera a la Amada Inmortal, como si nunca nada los hubiera unido. Pero tuvo que obedecer al personaje todo luz que lo llamaba para que se colocara a su lado. Mauro, entretanto, intentando frenar a Melania que seguía debatiéndose, conminaba a sus primos que aclamaran a la aparición. Casi todos los niños lo hicieron, aunque no entendían muy bien las proyecciones de esta sección del juego.

No podían dejar de contemplar las gramíneas que ya subían las escalinatas desde la inagotable población de sus iguales que se extendía hasta el horizonte mismo de la oscuridad. Iban subiendo lentamente, portadas por personajes que fueron definiéndose como guerreros y sacerdotes, las gramíneas cimbrándose en las cimeras de sus cascos de oro, atadas a las puntas de las lanzas, coronando a las mujeres y a los músicos. Avanzaban los fantásticos penachos que los habían venido cercando durante el transcurso de la tarde y que ahora inundaron la terraza ocupada por un grupo de niños ineficazmente pintarrajeados y disfrazados de grandes con ropas que no les pertenecían. A los nativos, en cambio, sí les pertenecían los ropajes con que iban cubiertos: los atavíos de ricas pieles moteadas de animales ahora inexistentes, el vacilar de las joyas pendiendo de orejas y muñecas, la algarabía de colores de los mantos tejidos, el tintineo de cadenas y amuletos, los collares, los peplos, las casacas, las máscaras de oro.

El cortejo iba encabezado por un guerrero joven de estupendo porte, cubierto por un manto que caía dulcemente desde un bordado de alas granates en sus hombros, tocado por un yelmo con cresta de gramíneas azules. Lo seguía la procesión de sus iguales, pero era tan majestuoso que los ojos de todos quedaron presos en él y en el espacio que lo separaba de la otra figura, simétrica pero distinta, que lo esperaba en la luz. Lo más extraordinario del recién llegado, que tenía todo el aire de estar acudiendo a una cita fijada desde hacía mucho tiempo, era que traía el rostro cubierto por una máscara de oro repujado en la forma de una sonrisa, dejando sólo ranuras en que brillaba la emoción de sus ojos. Este personaje seguido de su séquito de mujeres y guerreros vestidos con igual lujo, invadieron la terraza entre los niños disfrazados de lo que no eran, entre las sillas y las mesitas de mimbre pintadas de blanco donde diariamente se tomaba té o se jugaba al naipe. Cuando el guerrero llegó junto al pontífice que lo esperaba en la luz, éste, antes de saludar al gigantón, y en medio del silencio de todo, hasta de las gramíneas confabuladas para prestar trascendencia a la ceremonia, lo despojó suavemente de la máscara de oro. Se la entregó a Wenceslao, que se sintió participando en una dimensión de orden tan natural que involuntariamente olvidó sus críticas a los programas de su padre. Su corazón, en este instante de esperanza, era idéntico al corazón de todos los demás, idéntico al corazón de ese gigante autorizado pero no autoritario, en quien reconoció a aquel que en el lejano e infausto día de la muerte de sus hermanas se colocó junto a la mesa donde yacía el cerdo blanco y le clavó el punzón en la yugular de modo que sufriera poco, pero cuidadoso que la sangre fluyera precisa en los cuencos humeantes sostenidos por las mujeres.

El gigantón abrió los brazos y se unió a la otra figura en un abrazo fraterno que arrancó un alegre ulular de las interminables legiones oscuras que lo acompañaban, y un aplauso cerrado, consagratorio, de la mayoría de los niños.

SEGUNDA PARTE

EL REGRESO

Capítulo Ocho

LA CABALGATA

1

LES QUEDABA TIEMPO de sobra, de modo que no había necesidad de apresurarse. El lento tranco de los caballos, el apacible rodar de los carruajes eran infinitamente propicios para gozar del crepúsculo en su plenitud. Aunque los crepúsculos eran todos iguales en Marulanda, todos los días del verano, este crepúsculo preciso del que estoy hablando produjo exclamaciones de admiración cuando el sol se puso en su prolongado baño de sangre, dejando, después, la esfera blanca del cielo posada sobre la esfera blanca de la llanura. La serpiente de la cabalgata trazaba un efímero rastro que era borrado al instante por las gramíneas al cerrarse sobre él con la naturalidad con que se cierra el agua sobre la piedra que en ella cae.

Los sirvientes cantaban algo en los coches de la retaguardia: los pinches de cocina, elucubraron los señores, o tal vez ayudantes de jardinero o caballerizos menores, entonando vulgares cancioncillas para pasar el rato, ya que carecían de sensibilidad para contentarse con la contemplación de un bello atardecer. Iban muy atrás, de modo que sólo de cuando en cuando la brisa arrastraba hasta los coches principales una ráfaga de música. Pero como el comportamiento del personal había sido óptimo durante la jornada, era preferible no hacerlos callar. Todos los Ventura estaban de acuerdo que el Mayordomo, por la disciplina con que concertó el de-

245

sempeño de su tropa durante el paseo, se había hecho acreedor a un aguinaldo pese a que no hizo más que cumplir con su deber, estipulado hasta para contingencias como ésta en el contrato. ¿Que el canturrero significaba una ligera falta de disciplina? ¡Que cantaran! Reprenderlos estropearía este atardecer incomparable con que estaba culminando la excursión: era preferible, como en tantas otras ocasiones, correr un tupido velo...

El paseo resultó ser un verdadero sueño, más encantador que todas las expectativas. Los lacayos habían levantado una marquesina de gobelinos junto al estanque, en el sitio donde el aria de la cascada se escuchaba en su más fina tesitura. Allí, las señoras cambiaron sus trajes de viaje por túnicas más cómodas que las hacían asemejarse a huríes tendidas sobre almohadones de seda, o a sílfides persiguiendo mariposas entre los helechos azulados. Ludmila, siempre un poco en el aire, bailando sobre la hoja de una ninfea, intentó agarrar el arcoiris de la cascada y después mostró su mano, que parecía haber quedado nimbada. Los maridos orgullosos exhibían los frutos de la caza: tiernos animales de astas asombrosas, pajarillos agobiados por la fantasía de sus colas, y hasta un gran coleóptero de alas tan potentes que al agitarlas en su agonía refrescaban el aire, tan cristalino, por lo demás, que ni el humo de los asados logró mancharlo. Con la modorra de las comidas y el dulce cansancio del ejercicio, nuestros amigos los Ventura dormitaron una y otra vez, de modo que el tiempo, largo y breve a la vez, transcurrió plácidamente, casi sin notarlo. Para finalizar la jornada los hombres se adentraron por el río, disparando desde su balsa contra los crustáceos de color violeta que pululaban entre las formidables raíces de los árboles que las lucían junto al caudal: antes de partir, todos, hasta las damas más melindrosas, probaron las tenazas de estos monstruos guisados en agujeros hechos en la arena, mientras un grupo de lacayos, los más jóvenes vestidos de mujeres, ejecutaban una contradanza aldeana. El lento regreso, cruzando la eternidad de la llanura, fue un paliativo para las emociones, un descanso, y recibieron el crepúsculo, consuetudinario como era, como un espléndido dividendo.

—Tengo la extraña sensación de que los niños... —balbuceó Ludmila despertando de pronto con un barquinazo del coche, y se calló en seguida al darse cuenta de lo que iba a decir.

—¿Y Juvenal...? —suspiró Celeste abriendo los ojos.

—¿Qué dices de Juvenal? —preguntó Terencio, que cabalgaba junto al coche en su potro bayo—. Déjate de hablar bobadas, Ludmila, no tienes extrañas sensaciones con respecto a los niños, de modo que vuelve a dormirte...

Y para no continuar con el enojoso tema, Terencio dejó pasar el primer coche. Pero en el segundo encontró que venían hablando de lo mismo:

—Tengo la extraña sensación..., la extraña sensación..., la extraña sensación... —repetía y repetía Adelaida entre sueños, porque abotagada de tanto comer había dormido durante gran parte del viaje.

—¡La oscuridad que va a sobrevenir nos está haciendo pensar en cosas inútilmente desagradables! —exclamó Terencio, dejándolos avanzar mientras la silueta de Eulalia, airosa con la pluma de su tricornio y la cola de su ropón de amazona agitándose en la brisa, trotó a reunirse con él:

—¿Me juras que me amas con pasión desordenada? —le preguntó ella, porque durante el paseo su pasatiempo fue intentar seducirlo—. Te quiero confiar que tengo la extraña sensación...

Sin contestarle porque las reiteraciones lo aburrían,

tanto las de Ludmila como las de Eulalia, Terencio se quedó atrás esperando el *landau* que transportaba a Hermógenes. Éste traía el ceño fruncido.

—¿Pasa algo? —le preguntó Terencio.

—Decididamente no —respondió Hermógenes—. Pero es un hecho que todos tenemos la extraña sensa-ción..., los niños...

—¡No culpes a los niños, que son unos ángeles! —exclamó Lidia.

—Es todo culpa de ese imbécil que interrumpe la perfección de nuestra paz con su desabrido canto —decidió Terencio.

Oía desde el otro coche a Ludmila, hipnotizada durante todo el viaje por su mano con el fulgor irisado, repitiendo y repitiendo cada vez en forma más estridente que tenía la extraña sensación. Iracundo al precisar la causa del desasosiego familiar en el canto del fámulo, Terencio giró su caballo, y dejando pasar los meandros de coches en que los sirvientes venían ordenados según sus rangos, galopó hasta la cola de la cabalgata.

El canto se apagó antes que Terencio llegara a la última carretela, cargada con muchachos riendo entre cestas, escopetas, toldos enrollados y plantas: dos pinches de cocina, los dos celadores de Adriano —quién sabe por qué se encontraban allí, aunque a esta hora, al final de la excursión era inútil y quizás peligroso preguntárselo a nadie— y un ayudante de jardinero.

—¡Tú..! —gritó Terencio dirigiendo su ira al grupo en general para no verse humillado al individualizar a ningún sirviente.

—¿Su Merced? —respondió el que no era ni pinche ni celador, eligiéndose a sí mismo como el aludido.

—¿Quién eres?

—Juan Pérez, a sus órdenes, Su Merced.

—Tu nombre no me interesa. ¿Qué haces?

—Mantengo limpio el *laghetto*, Su Merced.

—Te repito que no me interesa que te identifiques. Ya veo, por tu divisa, que eres ayudante de jardinero y eso me basta. Bájate del coche.

Sin que la carretela se detuviera, Juan Pérez —y ya sería imposible no identificarlo con ese vulgar nombre intruso pese a que hubiera sido mejor que no fuera así—, rápido y sin preguntar por qué ni para qué, saltó al suelo y quedó de pie ante el corcel montado por Terencio. Juan Pérez inclinó ligera pero prolongadamente la cabeza, como lo exigía la etiqueta familiar, indicando sumisión. Bien: con este ser insignificante podía dar rienda suelta a la rabia que llevaban todos los Ventura porque la intromisión del canto popular los arrancó de la ensoñación del paseo.

—¿Tú cantabas?

—No, Su Merced.

—¿Quién cantaba, entonces?

—No lo sé, Su Merced.

Terencio se quedó observándolo durante un instante desde su altura. ¿Era insignificante, en realidad, este Juan Pérez? Sonreía, respetuoso pero ladino, aceptándolo todo con una sonrisa que no comprometía sus pequeños ojos de córnea amarillenta. Terencio, ducho en saber de inmediato quién se vende y a qué precio, le dijo a este ser enclenque, de duro pelo erizado:

—Te doy una corona si delatas a quien cantaba.

Juan Pérez extendió su mano y dijo:

—Yo cantaba.

Terencio le cruzó la palma con la fusta. Juan Pérez cerró la mano instantáneamente, como quien se apodera de la moneda más valiosa. Pero ni parpadeó ni dejó de sonreír. Terencio entendió que la sonrisa de Juan Peréz era una estratagema, que mentía, que con su voz de rana sería incapaz de cantar nada, pero que con el fin de destacarse había elegido asumir la culpa por carecer de otro medio. Molesto con la intromisión de una identidad cuya esencia era quedar imprecisa —y de otras dos identidades que puesto que ya se acercaba el fin del paseo era preferible olvidar— Terencio se propuso borrar de su memoria a Juan Pérez. Sabía que la forma más eficaz de borrar es pagando. Y lanzó una moneda que el miserable se puso a buscar en cuatro patas entre las gramíneas, mientras Terencio, derribando tallos y penachos en su galope, se alejó para reunirse con los que encabezaban la cabalgata.

2

EN LA MENGUADA claridad de la llanura los coches avanzaban apenas, remontando la ligera hinchazón de terreno tras la cual descubrieron la ruinosa capilla donde descansaban en el viaje de ida a Marulanda, antes de emprender la última etapa. Al llegar a lo alto, el primer coche se detuvo, y detrás se detuvo la serpiente de carruajes: abajo, la masa oscura de la capilla trazaba su espadaña erizada de pájaros que parecían cigüeñas contra el cielo ausente. En el panorama de plata ennegrecida una fogata junto al portal lo circunscribía en su elemento rojo. Adelaida, cuyo coche se había adelantado, tocó con la punta de su sombrilla la espalda del cochero para que no avanzara más.

—Hay gente —dijo.

—¿Quiénes? —preguntó Terencio.

—Y no debe haber gente —proclamó Hermógenes—, puesto que toda esta tierra es nuestra y necesitarían nuestro permiso...

—Podríamos cenar en la capilla, o mejor junto a ella para no execrar con nuestras modestas funciones humanas la morada de la deidad —sugirió Lidia.

—¡Qué idea más bohemia, más absolutamente encantadora! —arrulló Celeste—. "Déjeuner sur l'herbe." Pero, claro, manteniendo todas las formalidades y convenciones que en esa cuestionable obra de arte desgraciadamente no se observan.

Terencio reclutó a un par de lacayos armados y los tres se lanzaron a todo galope colina abajo. Desde los coches vieron las inmensas sombras de los corceles espantados por las llamas caracoleando sobre el muro. Terencio entró en la capilla mientras los lacayos se quedaron merodeando sus contornos con antorchas encendidas. Al cabo de unos minutos, como su hermano no volviera a salir de la capilla, Adelaida golpeó otra vez la espalda del cochero, y el *landau*, arrastrando la serpiente de la cabalgata, se deslizó ladera abajo.

—¡Terencio! —gritaron una y otra vez al llegar a la capilla, sin bajarse de sus coches y manteniéndose a cierta distancia para que las llamas no encabritaran a los troncos.

—Tengo la extraña... —comenzó a murmurar Balbina.

Pero Hermógenes le cortó la frase:

—Tú, déjate de sensaciones, que ya las conocemos de sobra y algún día pagaremos sus consecuencias.

Flanqueando el portal como dos estatuas infernales, los dos lacayos vestidos con sus libreas relucientes de oro, sus *jabots* de encaje, sus calzones de nankín, sus medias blancas, alzaron las antorchas encendidas para iluminar la entrada de los Ventura en la capilla. En las tinieblas de la nave escucharon la voz iracunda de Terencio resonando de tal forma que no se distinguían sus palabras. Avanzaron con cautela, las mujeres con las faldas recogidas, los hombres con fustas y bastones preparados. Terencio, en el presbiterio, estaba pateando a un ser harapiento encogido sobre las losas del suelo, mientras otro ser, una hembra con un crío en sus brazos, sollozaba apoyándose contra las ruinas del altar. Lidia, que con Adelaida iba a la cabeza de la comitiva, de pronto detuvo a su cuñada, exigiendo:

—¡Luz! —y los dos lacayos con sus antorchas corrieron hasta el presbiterio.

La figura harapienta apoyada en el ara se dio vuelta, revelando a los espectadores el rostro estragado de Casilda, flaca, envejecida, los ojos de aguamarina enloquecidos de hambre y terror. Mientras Terencio seguía castigando al culpable en el suelo, Lidia, sonriente y compuesta después de la sorpresa inicial, se acercó a su hija.

—¡Qué descuidada estás! —le dijo—. ¿Qué haces aquí? ¿Cómo va a ser posible que no nos podamos alejar de la casa de campo ni un solo día sin que ustedes hagan travesuras? ¿Qué significa este disfraz? Y ya estás demasiado grande para seguir jugando a las muñecas. Es una vergüenza. Entrégamela.

Casilda intentó esconderla entre sus harapos.

—No es muñeca. Es mi hijo.

—Sí, sí —dijo Lidia, paciente—. Ya sabemos que es tu hijo tan amado. Pero me tendrás que reconocer que ya estás mayorcita para permitir que las intrigas de La Marquesa Salió A Las Cinco te envuelvan hasta el punto de convencerte de que esta muñeca de trapo es un niño verdadero.

Y quitándole el niño a la fuerza se lo entregó a Hermógenes. Sin que ninguno de los presentes lo mirara porque todos sabían que era innecesario ser testigos de un episodio que no debía tener y que en efecto no tenía importancia, salió al atrio, y dejó caer al muñeco dormido en la noria generosa en agua reconocida en todo Marulanda como de gran pureza. Los sirvientes cumplían la orden de no moverse de sus sitios en los carruajes, para no ver nada porque sabían cuando estaba sucediendo algo que se les pagaba para no ver. Sólo los dos lacayos con antorchas presenciaron la ridícula escena en que una niña histérica había confundido irreversiblemente la ficción de La Marquesa Salió A Las Cinco con la realidad. Al entrar de nuevo en la capilla y avanzar hasta la primera fila del grupo familiar, Hermógenes, ahora con las manos vacías, vio que Casilda sollozaba en el abrazo protector de su madre: una escena conmovedora, tal como debía ser. Y Ludmila, mostrándole su mano irisada, trataba de consolar a Fabio, que lacerado por la fusta de su padre se había sentado a llorar en las gradas del presbiterio. Los demás Ventura permanecieron quietos a la luz de las antorchas, esperando que el asunto se desarrollara un poco más para calcular cuáles debían ser sus propias actitudes con respecto a este curioso incidente. Al ver regresar a su padre, Casilda le gritó:

—¿Qué ha hecho usted con mi hijo?

—¿Qué hijo? —preguntó Hermógenes.

—Mi hijo y el de Fabio, el que usted me acaba de quitar de los brazos para asesinarlo...

Al escuchar a Casilda, todos miraron a Adelaida para saber qué debían hacer y decir ante esta declaración que, pese a la evidente locura de Casilda, era un poco fuerte. Cuando Adelaida rió ligeramente, todos hicieron lo mismo. Entonces Adelaida se dirigió a Casilda:

—¿De dónde vas a haber sacado un hijo? ¿Qué no sabes que los niños no los mandan de París, sino que tardan nueve meses en nacer, no un solo día?

—Hace un año que Casilda y yo estamos aquí muriéndonos de hambre y de miedo —intervino Fabio.

Los grandes rieron al unísono, como con un chiste bien ensayado en una obra de teatro. Poco les faltó para aplaudir. Entonces, siguiendo el ejemplo de Adelaida, tomaron asiento en la primera fila de bancos de la capilla para contemplar la escena que transcurría en el presbiterio adornado con restos de columnas salomónicas y molduras doradas como en un decorado de ópera. Hermógenes le dijo a Fabio:

—Si tienes hambre, que te traigan de comer. Que jamás se diga que un Ventura conoce el hambre. ¿Qué quieres? ¿Jamón con piña? El cocinero mayor preparó uno de primera, que frío y acompañado con un vino blanco muy seco es insuperable. Come lo que quieras. Pero, sobre todo, no me vengas con cuentos de que estás aquí desde hace un año porque nosotros salimos de la casa de campo esta mañana. Hemos estado ausentes doce horas, no doce meses.

—Y hemos pasado unas horas encantadoras —agregó Celeste—. Hubiéramos querido quedarnos para siempre, pero tenemos obligaciones que cumplir con nuestros hijos, y nuestros maridos se deben a la sociedad. Son sacrificios que nos impone el deber de nuestra clase pero que cumplimos con gusto.

—Lo que sucede —explicó Berenice a los demás—, y yo lo sé porque soy moderna y mis hijos me lo cuentan todo como a una amiga, es que en La Marquesa Salió A Las Cinco suelen computar cada hora como si fuera un año, para que de este modo el entretenido tiempo ficticio pase más rápido que el tedioso tiempo real.

—¡Eso es lo que les sucedió a ustedes en el paseo! —chilló Casilda, que con las facciones estragadas, inmunda, los pies desnudos, el pelo en mechones, se afirmaba en la balaustrada del presbiterio imprecando al público aposentado en las butacas.

—¡No te atrevas a ser tan impertinente con tus mayores! —le advirtió Hermógenes.

—Déjala —le dijo Lidia—. ¿Que no ves que no es más

254

que una escena de ese estúpido juego que juegan, que por lo demás debemos prohibir en cuanto regresemos a casa? Por desgracia, Casilda se ha convencido que toda esa historia es verdad.

—¡Has actuado muy bien en esta escena, amada hija mía! —continuó Lidia—. ¡Mereces nuestros aplausos!

Y Lidia, y los demás Ventura, aplaudieron a Casilda.

—Bueno —dijo Lidia cuando terminaron los aplausos—. Ahora péinate un poco. Toma.

Y le ofreció una peineta, que Casilda golpeó haciéndola rodar hasta un rincón de la capilla. Dijo muy despacio:

—Devuélvanme a mi hijo.

Y liberándose bruscamente, Fabio repitió, colocándose junto a ella:

—Devuélvanme a mi hijo.

—¿Pero de qué hijo hablan? —preguntaron varias voces.

—Están trastornados.

—Lidia —dijo Adelaida—. ¿No crees que has hecho mal en ocultarle a tus hijas, que ya están creciditas, los misterios de la gestación, y cuánto tardan en nacer los niños, y los humillantes sacrificios del alumbramiento?

—Tienes razón, cuñada mía —respondió Lidia—. ¡*Mea culpa!* ¡Pero tengo tan arduas tareas que desempeñar en el manejo de la casa, que me atrevo a esperar la clemencia de todos ustedes! Seguramente Casilda ha visto cigüeñas en la espadaña y creyó que ellas le trajeron el muñeco de trapo con que estaba jugando.

—Sólo ustedes persisten en creer que en esta región existen cigüeñas, madre, para contarnos ese cuento en que jamás hemos creído —murmuró Casilda—. Por otra parte, hace un año que no juego a nada porque todo ha cambiado...

La voz de Hermógenes atronó en la capilla al dictaminar:

—Nada ha cambiado. Cualquier cambio en Marulanda indicaría la perniciosa infiltración de los antropófagos.

—No existen los antropófagos —afirmó Casilda—. ¡Ustedes los inventaron para justificar la rapiña y la violencia!

Hermógenes la apresó mientras Lidia le cubría la boca con la mano. Fabio aullaba postrado en el suelo bajo la bota de Olegario mientras Terencio le retorcía el brazo y Anselmo, de rodillas, oraba rogándole que asegurara que en la casa de campo todo seguía igual:

—Todo ha cambiado, aunque me torturen para que diga lo contrario. Los nativos instalados en la casa..., el tío Adriano es Dios omnipotente..., mis primas viven en concubinato con primos o nativos..., Cordelia tiene gemelos mestizos..., la reja de las lanzas ya no existe..., los nativos se apoderaron de las lanzas para volver a convertirlas en lo que son: armas para luchar y defenderse..., Mauro es el lugarteniente del tío Adriano...

La sonrisa incrédula iba acentuándose en los labios de los Ventura. Sus carcajadas estaban a punto de estallar. Hasta que Casilda, que sabía muy bien lo que estaba diciendo y para qué, declaró:

—Y nosotros nos robamos el oro de las bóvedas.

La familia entera, que aburrida con el empecinamiento de los niños en seguir jugando a La Marquesa Salió A Las Cinco bostezaba en sus asientos de los bancos apolillados, se puso de pie, exclamando:

—¿Qué dices, desdichada?

Fabio rió:

—No es juego cuando se trata del oro ¿verdad?

Terencio fustigó a su hijo. Olegario, Silvestre, Anselmo, arremolinados en torno a él, lo pateaban, le torcían los brazos, manteniéndolo con la cabeza en el suelo. Fabio imploró:

—Déjeme, padre..., no me torturen más que lo confesaré todo.

—¡Habla!

—¡Ay de ti si mientes!

—Hace un año... —comenzó.

—Eso quiere decir hace doce horas —tradujo Celeste—. Yo conozco maravillosamente las reglas del juego. Sigue, Fabio, yo te iré corrigiendo.

Fabio pudo decir:

—...Malvina, Higinio, Casilda y yo, con la ayuda de un puñado de nativos, arrastramos la carreta del tío Adriano cargada con todos los fardos de oro...

—Entrégame el oro en este mismo instante —mandó Hermógenes.

—Se lo llevaron. Casilda y yo nos dormimos agotados cuando llegamos aquí y al despertar ya no estaban los nativos ni la carreta ni el oro ni Higinio ni Malvina...

Las mujeres apresaron a Casilda, y pellizcándola y pinchándola con alfileres de sombrero la obligaron a contribuir detalles al relato de su primo. Habían quedado abandonados en la capilla en medio de la llanura, sobreviviendo a duras penas la tempestad de vilanos ahogantes del otoño que enceguecía como una niebla blanca, hasta que las primeras heladas del invierno los dispersaron dejando sólo los tallos de las gramíneas quemados por la escarcha. Al poco tiempo pasaron de regreso dos nativos en el carromato del tío Adriano cargado de mercancías con las que pensaban hacerse ricos vendiéndoselas a otros de su raza: iban emperifollados, con corbatas carmesí, con oro en los dientes y diamantes en las orejas. Les contaron que Malvina e Higinio se daban la gran vida en la capital, pero se negaron a llevar a Fabio y a Casilda de regreso a la casa de campo porque

Malvina e Higinio, ahora jefes de una poderosa banda de malhechores con ramificaciones en todas partes —hasta en las minas de las montañas azules que teñían el horizonte—, podrían llegar a saberlo y se vengarían de ellos. Solían pasar también otros nativos, duros, desilusionados, encaminándose a la costa, pero Fabio y Casilda se negaron a ir con ellos no sólo porque temían ir a la capital donde Malvina e Higinio se apoderarían de ellos, sino porque, ahora no podían dudarlo, su destino verdadero estaba en la lucha que se llevaba a cabo en la casa de campo. Últimamente pasaban más y más nativos procedentes de allá, que les traían noticias: reinaba el desorden, la insatisfacción, la hambruna, la pereza. Las vituallas de la despensa fueron repartidas a tontas y a locas durante el primer entusiasmo sin tomar en cuenta que debían prepararse para un largo período de aislamiento. Los nativos de las montañas azules donde se producía el oro laminado a mano ya no trabajaban porque no tenían a quien vendérselo. Y los que se salvaban del hambre y de la peste que reinaba en sus caseríos habían descendido a la casa de campo, instalándose allí. Lo peor era que el desconcierto y el miedo habían producido un caos en que los distintos grupos integrados por niños y por nativos luchaban unos contra otros o trataban de hacerse la vida mutuamente imposible. Sin embargo los niños se negaban a abandonar su casa: era lo suyo, lo insustituible, su historia, sus lealtades, y el lugar donde, después de este período de confusión y de miseria, deseaban instaurar sus arbitrios. Casilda y Fabio, ahora, sólo querían volver allá para tomar parte en lo que hubiera que tomar parte y como pudieran: habían creído morir de frío con su hijo durante el invierno —no, corrigió Celeste: hablas de la muñeca de trapo— o ahogados por los vilanos, pero lograron sobrevivir mendigando comida a quien pasara cerca de la capilla,

258

o cazando liebres o pájaros con la lanza que ninguno de los dos sabía manejar.

—¿Qué lanza? —preguntó Silvestre.

—De las de la reja de la casa de campo: ahí está —dijo Fabio, señalándola, y Juan Pérez, ataviado con la librea amaranto y oro que le alquiló a un lacayo con la moneda de Terencio, iluminó con su tea la lanza adosada a una de las columnas de la capilla. Todos la reconocieron: inconfundiblemente negra, con la punta de oro refulgente. Terencio fustigó el rostro de su hijo:

—¡Confiesa!

—¿Qué quiere que confiese?

—Lo más importante de todo —replicó Hermógenes.

—Lo que todos ansiamos saber —contestaron en coro los Ventura.

—Díganme qué quieren que confesemos..., ya no podemos más —imploró Casilda.

—¿Fueron los antropófagos?

—No existen.

—¿Cómo te atreves a decir una herejía de tal magnitud?

—¿Son ellos quienes se han apoderado de la casa de campo?

—¿Los han convertido a ustedes a sus prácticas perversas?

—¿Se preparan para atacarnos?

Cuando por fin lograron que Fabio y Casilda confesaran que sí, que los antropófagos preparaban un ataque, que ellos y todos los niños de la casa comían carne humana, que se trataba de un levantamiento de las brutales masas ignorantes, los ataron y los amordazaron entre los gritos de Fabio y Casilda implorando que hicieran lo que quisieran con ellos pero que no los separaran.

Celeste dijo:

—Yo opino que a Casilda hay que mandarla a la capital. Demostró ser una histérica al creer que un simple muñeco de trapo era un niño habido en relaciones ilícitas con su primo. Es necesario extirparle el clítoris, que es el tratamiento ortodoxo, según entiendo, para las histéricas. Y cuando mejore queda el expediente de encerrarla en un convento para que dirija su ardor hacia Dios en vez de dirigirlo hacia preocupaciones más mundanas.

Quedaba mucho que deliberar antes de decidir qué se haría con los dos niños, que al fin y al cabo no constituían más que un detalle en lo que podía ser una catástrofe mayor. Y entre los cinco hombres de la familia metieron a los dos pequeños Ventura en un berlina y bajaron las cortinillas.

Es mejor que mis lectores se enteren inmediatamente que nunca nadie supo nada más de ellos.

Los Ventura volvieron a sentarse en los escaños. La luz de las antorchas refulgía en sus botas, en sus ojos oscuros dentro de sus cuencas, en los botones de nácar de sus chalecos veraniegos, en el moaré de sus faldas, en sus leontinas discretas. Tenían la fría compostura de los jueces, las cejas levemente levantadas de la falsa disponibilidad, prestando la atención condescendiente de aquellos que ya han tomado determinaciones pero que usarán la estratagema de mostrarse abiertos.

Para comenzar por el principio y despachar los detalles para poder concentrarse, después, en el meollo: el asunto Fabio-Casilda. Pese a que todos sintieron una suerte de rabiosa desazón ante los gritos de esos dos que no querían separarse, se pusieron de acuerdo en dos minutos sobre sus destinos: clitoridectomía y convento para Casilda; viaje al extranjero para Fabio. Ambas co-

260

sas de inmediato, a la llegada a la capital, y todo hecho con el mayor sigilo, de modo que los curiosos no se pusieran a indagar. Era demasiado obscena la relación que parecía haber crecido entre primo y prima, teñida de un ponzoñoso sentimentalismo que ellos, los Ventura, no podían aceptar, ya que era la negación del sano realismo que gobernaba sus vidas.

Ahora quedaba por decidir si lo que Fabio y Casilda habían dicho sobre Marulanda era verdad: el posible desorden de los niños y la regresión de los nativos a la antropofagia, aunque evidentemente una exageración, eran cosas con las que se tenía que contar. Cabía la contingencia de que no se tratara más que de un delirio: entonces convendría seguir el viaje hasta la casa de campo como si tal cosa después de tomar un ambigú *all'aperto* junto a la capilla, cruzando el resto de la llanura de noche para llegar a casa al amanecer. Dormirían en los coches. Les gustaba dormir mecidos por los muelles de sus carruajes. Juan Pérez, que con la antorcha alzada los escuchaba atento, de pronto empuñó la lanza con su mano libre y bajando las gradas del presbiterio la blandió ante los Ventura:

—¡La prueba...! —masculló Olegario.

El lacayo que ataviado con la librea roja decorada con alamares de oro portaba la tea y la lanza parecía una de esas lujosas imágenes barrocas que decoran los retablos, como surgiendo del infierno mismo. Sentados en los mismos lugares y conservando las manos quietas y las sonrisas inmutables, los rostros de los Ventura se descompusieron sin que se alteraran sus máscaras. La lanza. No podían ignorarla. Sólo una de las dieciocho mil y tantas que rodeaban el reducto del parque, es verdad, pero suficiente para probar que lo impensable era más que probable. Los antropófagos las habían quitado. Ahora servían no para protegerlos a ellos sino para matar. Y durante un instante, hipnotizados por el destello de esa punta de oro, el espanto arrasó con la epidermis de la convención que dice que hacerse mayor consiste en ser capaz de olvidar lo que uno decide olvidar: para ellos también, cuando pequeños, los insignificantes delitos habían sido la única escapatoria frente a la represión de los mayores que dictaban las leyes; la fantasía de la destrucción de sus padres no les era ajena, como tampoco el impulso de terminar con todo lo que representaban. Las acciones inconfesables de que hablaron Fabio y Casilda ellos también las habían cometido —o soñado, que era lo mismo— en la espesura del parque o en el abandono de las buhardillas, pero en ellos no produjo esta angustiosa solidaridad: para los grandes, presenciar la despedida de Fabio y Casilda había sido como empinarse detrás de los horizontes. Conocían codicias, robos, venganzas, mezquindades, camas y caricias prohibidas, ahora olvidadas por un civilizado acuerdo tácito. Habían sufrido la cobardía y el poco interés de los grandes por ellos, el terror a Mayordomos brutales que desde siempre administraban la antojadiza justicia de la noche después del toque de queda, mientras las gramíneas, allá afuera, se quedaban murmurando el vocabulario incomprensible de los antropófagos para impulsarlos a reivindicaciones jamás emprendidas. ¿Pero qué tiempos eran estos que corrían si las consabidas fantasías infantiles, al desbocarse, podían irrumpir, quizás destruyéndolo, en el mundo que siempre había sido como era y que debía seguir siéndolo? ¿Cómo era posible que dos criaturas, sí, dos niños como Fabio y Casilda que no tenían derecho a nada por serlo, se atrevieran a amarse, sí, a amarse como los grandes habían oído que se podía amar, pero que jamás lo experimentaron por considerarlo obsceno, además de saber de sobra que terminaba en desastres? ¿Qué vientos, y de dónde, ha-

bían traído estas influencias nefastas que, si las encara-
ban, se verían obligados a reconocer que lo estaban
trastornando todo?

—He llegado a la determinación —declaró Hermógenes— de que no nos conviene regresar a la casa de
campo. Algo de mayor o de menor consecuencia tiene
que haber sucedido y esto se maneja siempre mejor a la
distancia, a través de intermediarios. Esta lanza es una
prueba concreta de que quizás no todo lo que Fabio y
Casilda dijeron fue mentira, aunque lo debemos tomar
con cierto escepticismo. Repito: por ahora no nos conviene regresar.

—Si preguntaran en la capital, como necesariamente
preguntarán, podemos decir que los aqueja una enfermedad contagiosa, lo que no es necesariamente una falsedad, y que por el momento es preciso aislarlos —sugirió Anselmo.

—Sí. Además, en lo que se refiere a los niños mismos,
sabemos que son tan egoístas, tan sin sentido del deber
—dijo Adelaida—, que, como se estarán divirtiendo con
el estúpido pasatiempo de La Marquesa Salió A Las
Cinco, no notarán que en realidad *pasa el tiempo* y nosotros no regresamos.

—¿Cómo era mi... mi muñeca de trapo? —preguntó
Ludmila—. ¿Era sonrosada, gordezuela, rubia?

—¿Para qué quieres saberlo? —atronó Terencio.

—Me hubiera gustado ver a mi nieto de trapo, tenerlo un minuto en mis brazos... —murmuró Ludmila.

—Ludmila —la amenazó Terencio—, si sigues hablando sandeces te amarraré como a ellos.

—Tienes razón —respondió Ludmila, recuperada—.
Lo mejor es pensar que nuestros hijos probablemente ni
siquiera noten nuestra ausencia hasta el próximo verano.

Hermógenes explicó entonces a su auditorio que el

peligro real, mayor que la conducta irregular de los niños que sería fácil de corregir propinándoles unas buenas palizas, que para eso eran niños, consistía, en primer lugar, en que las minas de oro fueran abandonadas y que los trabajadores olvidaran sus técnicas para convertirse en guerreros o emigrar a la capital; y en segundo lugar, y sin duda lo más grave de todo —suposición avalada por la presencia de la lanza en la mano del lacayo—, que guerreros antropófagos asolaran Marulanda, convirtiendo a los pacíficos nativos del caserío a su feroz secta, concertando un golpe para reconquistar la región que les pertenecía a ellos, a los Ventura, desde tan antiguo. Sobrevendría así la catástrofe final, aseguró Hermógenes: cesaría para siempre —si no había cesado ya, en el espacio de un solo día que les estaba comenzando a parecer eterno— la producción de oro laminado, con lo cual la economía de la familia sufriría un revés tan serio que ya no podrían seguir viviendo como estaban acostumbrados a vivir y que era la única manera civilizada de hacerlo. Peor aún: si por algún medio llegaba a la capital —y era necesario correr a impedirlo costara lo que costara— la noticia de que los antiguos antropófagos habían reaparecido en la región, el precio de sus tierras y sus minas bajaría de tal modo que en caso extremo, si se vieran en la alternativa de tener que venderlas, ni un idiota las compraría. Hermógenes concluyó:

—Nuestro deber es regresar inmediatamente a la capital para estancar este rumor. Mandaremos a los sirvientes para que atiendan a los niños y los defiendan. Así, nuestros hijos, que son tan aficionados a hacerlo, no podrán alegar que los abandonamos. Fuera de esto es urgentísimo impedir que Higinio y Malvina vendan el oro robado. No tanto porque perderíamos la producción de este año, sino, sobre todo, porque al ponerlo ellos en el mercado, los extranjeros pelirrojos creerán que han surgido otros productores, bajará el precio, y el monopolio se nos irá de las manos.

—¡Pero si hace un año que se lo robaron! —suspiró Balbina, cansada y aburrida—. Ya no quedará ni una lámina, ni para dorarle el taparrabos a un querubín.

—¿Un año? —tronó Lidia—. ¿Entonces tú te has dejado embaucar por las fantasías de dos niños trastornados por el dolor de verse separados de sus padres durante doce horas? Es un insulto que tomo personalmente, puesto que si aceptas que hemos estado afuera un año significaría que en realidad hubo tiempo para que naciera un niño. Y eso es imposible, porque Casilda es casta y pura como todas nuestras hijas y como lo fuimos nosotras a su edad.

La familia entera intervino para aplacar la justificada ira de Lidia, repitiéndole en susurros que recordara que la inteligencia de Balbina había sido siempre algo defectuosa: para muestra bastaba ver el desastre de su unión con Adriano Gomara. Quedaban demasiadas decisiones importantes que tomar para distraerse ahora con susceptibilidades negligibles. Era apremiante, por ejemplo, decidir ahora mismo qué se haría con la casa de campo mientras ellos corrían a la capital a salvar su fortuna. ¿Cómo impedir que salieran rumores de lo que allá sucedía, que en todo sentido estropearían la reputación de la familia? ¿Cómo defender las leyes por ellos implantadas? ¿Cómo constituirse en paladines del orden? La respuesta no podía ser más que una: con la violencia. La tremenda agresión —de parte de los niños, inocentes al fin y al cabo pero quizá no tan inocentes, y de los nativos— justificaba cualquier violencia de parte de ellos. Pero ellos eran Ventura, seres civilizados, cultores de la ironía y de las artes de la paz, acatadores de la legalidad y de las instituciones, que odiaban la violencia y eran incapaces por convicción y tradición de ejercerla. Resultaba muy difícil resolver ensuciarse las manos.

Juan Pérez avanzó. Entregó a Hermógenes la lanza y a Olegario la tea. Y ante los ojos de los Ventura estupefactos mostró las palmas de sus dos manos abiertas.

—Yo las tengo sucias —dijo.

—¿Por qué no te las has lavado? —preguntó Lidia—. ¿No tienes órdenes mías, transmitidas por el Mayordomo, de tenerlas siempre limpias?

Las manos de Juan Pérez eran pequeñas, de huesos endebles, pero las sostuvo ante los ojos de la familia con tal firmeza que les fue imposible rechazarlas con un llamado al orden: las palmas de esas manos deformadas por las cicatrices se imprimieron en sus ojos como un emblema de la brutalidad.

—Esta suciedad no sale, Su Merced —contó Juan Pérez—. Cuando yo era niño mi padre me estaba azotando por haberle robado la girándula a un amigo que habitaba la choza vecina. Yo lo negaba, escondiendo el cohete detrás de mi espalda, apretándolo a pesar de saberlo encendido: entonces comenzó a estallar y quemar y dar vueltas sin que yo lo soltara. Como mi padre estaba muy borracho logré convencerlo que el estallido era en el vecindario, que celebraba efemérides locales. Aguanté el dolor y no le mostré las manos, pero se me quemaron las palmas. Y al cicatrizar se endurecieron, conservando el color de la pólvora que jamás he podido lavar.

—No nos interesa ni nos conmueve tu historia —dijo Terencio.

—Lo sé —dijo Juan Pérez—. Tengo las manos sucias pero duras. Su latigazo no lo sentí.

Hermógenes avanzó hasta él. Con la punta de la lanza que el falso lacayo le había entregado picó la palma de una de las manos aún extendidas. No se movió.

266

—¡Qué bruto! —exclamó Hermógenes—. ¿Cómo te llamas?

—Juan Pérez, Su Merced.

—Todos los años hay un Juan Pérez —dijo Lidia—. Casi no es un nombre. No indica una identidad.

Hermógenes volvió a entregarle la lanza. Con una mano en el bolsillo del pantalón, con la otra jugueteando con su leontina, el mayor de los Ventura se paseó meditando en silencio y luego volvió a dirigirse a Juan Pérez:

—Siento que quieres proponerme algo.

—Ustedes deben mantenerse con las manos limpias para dar el ejemplo sin el cual no hay orden. Para ensuciarnos las manos estamos nosotros, los sirvientes: una tropa vigorosa, disciplinada, que acepta la autoridad absoluta del Mayordomo. Los sirvientes debemos regresar a la casa de campo pero no sólo para atender a los niños, sino para hacerle la guerra a los antropófagos y desmantelar su influencia.

—¿Qué es, entonces, lo que propones?

—Que nos den todas las armas.

—¿A ti?

—No, ciertamente. Yo carezco de autoridad oficial. Al Mayordomo, que como comandante de todos los sirvientes sería responsable de la acción.

—¿Y tú?

Juan Pérez se puso en puntillas para murmurar unas palabras al oído de Hermógenes, que apoyado en la lanza del lacayo se inclinó para oírlas. Entonces, después de pensarlo muy brevemente, mandó que el otro lacayo acompañara con su tea a las señoras hasta los carruajes porque debían estar agotadas y mejor sería que se prepararan para salir rumbo a la capital dentro de, a lo sumo, una hora. Cuando no quedaron más que los cinco hombres de la familia en la capilla iluminada por la antorcha de Juan Pérez, Hermógenes le habló:

—Tienes toda la razón. Adriano ha sido la causa de todas las desgracias de la familia y es el cabecilla de este levantamiento de antropófagos, como lo dijo Casilda. Hay que salvar a los niños de las garras de su locura. Pero dime ¿por qué tú?

Juan Pérez dijo que, con todo el respeto debido, quería aclarar que la señora Lidia estaba equivocada. Que no había un Juan Pérez distinto todos los años. Que oculto en la insignificancia de su aspecto y de su nombre, año tras año él mismo se presentaba durante el período de reclutamiento en la capital a solicitar trabajo para el verano en Marulanda, y año tras año era enganchado sin que nadie percibiera que se trataba del mismo Juan Pérez que el año anterior. Fue pinche de cocina, ayudante de los ayudantes de caballerizas, ahora trabajaba en los jardines, pero jamás, por su físico mezquino y su rostro poco agraciado, se le concedió la librea color amaranto con alamares de oro que tanto ansiaba lucir. Cuando fue caballerizo, era él quien ensillaba el alazán en que Adriano Gomara partía de mañana a visitar el caserío de los nativos. Pero Adriano Gomara, pese a las buenas intenciones de sus propinas, jamás llegó a darse cuenta de que todos los años era el mismo Juan Pérez que ensillaba su caballo. Y si insistía en regresar uno y otro verano a Marulanda era más que nada con el propósito de que Adriano lo viera como ser humano, para recobrar, de alguna manera, la identidad robada por el desconocimiento del médico que con ella parecía negarle su derecho a ser persona. Él, Juan Pérez, pese a su nombre, no era intercambiable. No todos los Juan Pérez del mundo tenían las manos sucias desde la infancia con las cicatrices de la pólvora y duras con el rencor del desconocimiento. Adriano, encerrado en su torre y vigilado por los celadores, estaba fuera de su alcance para la venganza. Sólo eliminándolo iba a poder ser él mismo.

—Hace años que hemos dado a Adriano por muerto, de modo que eliminarlo es sólo cuestión académica —le respondió Hermógenes paseándose por el presbiterio, mientras los demás hombres de la familia se paseaban también, apoyándolo o discutiéndole, y Juan Pérez, repantigado en el primer escaño, contemplaba el comienzo del melodrama—. Lo importante es volver a implantar nuestro orden en Marulanda porque es el verdadero: cuestión moral. Debemos eliminar a los antropófagos como una continuación de la mística que ha guiado a nuestra familia desde siempre. Si ellos han actuado con violencia contra nosotros, nosotros tenemos el deber, por cierto doloroso, de defender también con violencia nuestras ideas, nuestras instituciones y el futuro de nuestra progenie, además de nuestras propiedades. Se me hiela la sangre al pensar que quizás uno de los nuestros, en su inocencia, ya haya sido iniciado en las prácticas sanguinarias de esta horrible secta. ¡Hay que cortar las cosas de raíz, caiga quien caiga!

Juan Pérez los dejó discutir, acalorarse, justificarse. Allí, en el presbiterio, iluminados por la antorcha que Olegario mantenía en alto, eran figuras de una irrealidad despreciable: debían engañarse a sí mismos hasta creerse voceros de una ética inmaculada para justificar la violencia, en vez de mirarla cara a cara y verla como era, la consecuencia del odio, del rencor, del miedo, de la rapiña, de la innata brutalidad. No, ellos no se atrevían a asumir su odio. Ni su codicia, ni su prepotencia, ni su cobardía. Para subsistir necesitaban conservar una imagen estilizada de sí mismos, estática, ideal: eran ellos, no él, quienes carecían de identidad. No importaba. Quizás fuera mejor que para ellos dependiera todo de la perfección de sus chalecos de piqué blanco.

En todo caso, se estaba haciendo tarde. Era preferible dar la voz de partida para que comenzara la acción. Juan Pérez, con el propósito de zanjar de una vez las discusiones y titubeos de sus amos, se puso de pie y dijo:

—Ahora es sólo cuestión de convencer de todos los puntos de la mística familiar a los sirvientes.

Los Ventura quedaron paralizados en el escenario del presbiterio, como si la maquinaria que los movía se hubiera roto.

—¿Acaso no están convencidos?

—Deben estarlo —dijo Anselmo—, ya que el adoctrinamiento a que los somete Lidia es, justamente, inculcarles esta mística, porque sin mística es imposible vivir una vida que tenga sentido, y nosotros tenemos el privilegio de exigir que nuestra vida lo tenga aunque otras puedan carecer de él.

—Si no están completamente convencidos fracasará todo —siguió Terencio—. En el adiestramiento semanal con las armas demuestran estarlo...

—Nada fracasará —les aseguró Juan Pérez desde su platea—. Sólo que ahora, en vísperas de la acción, una arenga de Vuestras Mercedes los enardecerá, especialmente al Mayordomo: es un ser simple, que no desea otro emolumento sino que le permitan sentirse héroe. Los sirvientes se contentarán con apoderarse de los objetos de la casa de campo, ya que son tan inferiores que creen que la posesión de tantos objetos codiciados es lo que hace a Vuestras Mercedes superiores...

—¿Y a tu juicio —preguntó Silvestre, quizás un poco ofendido— en qué consiste nuestra superioridad?

Juan Pérez no titubeó:

—En la ausencia de la duda.

Se hizo un silencio ante esta decepcionante respuesta con que el renacuajo disfrazado de lacayo complicaba las cosas que ellos no tenían necesidad de comprender más que hasta donde siempre las habían comprendido.

270

Luego protestaron un instante: preferían no perder todo lo que tenían en Marulanda, algunas joyas de familia, muebles de valor, tapices, cuadros, abrigos de armiño..., la casa misma, el parque mismo con sus especies raras..

—No protesten, Vuestras Mercedes —exclamó Juan Pérez, harto de tanta mezquindad—. Hay que sacrificar algo, al fin y al cabo, cuando se trata de una guerra sagrada: he estado con ustedes demasiado tiempo para ignorar que lo que ustedes poseen en Marulanda es reemplazable porque constituye una parte infinitesimal de las posesiones familiares. ¿Por qué no construir otra casa de campo en un sitio más ameno..., en el sitio donde pasamos esta tarde de paseo, por ejemplo?

Lo felicitaron por la idea. Las mujeres estarían dichosas con la tarea de alhajar una nueva residencia, justamente allí. Les parecía recordar, incluso, que alguien durante la tarde lo había sugerido. Sí: en cuanto se pacificara la región —después de breves escaramuzas en que triunfarían los sirvientes sobre los antropófagos, pues los primeros llevaban armas de fuego mientras que los nativos no contaban más que con lanzas— se propusieron construir otra mansión, un verdadero palacio de ensueño junto a la feérica cascada donde pasaron esta tarde tan feliz. ¿No sería, además, un eficiente tapaboca para quien hubiera osado propagar el infundio de que Marulanda se ponía peligrosa y estaba por lo tanto desvalorizándose?

3

—Donde veo un antropófago yo..., yo lo aplasto no más —gritó el Mayordomo después del breve silencio a que se redujeron los aullidos de adhesión de los sirvientes suscitados por la interminable arenga de Hermógenes.

—¡Los aplasto no más...! —repitió exacerbado, hundiendo brutalmente en el suelo el taco de su escarpín con hebilla, y en seguida el silencio de la llanura anochecida se volvió a repletar de aullidos y salvas porque la voz del Mayordomo, su acento y su tono, sintetizaban, haciéndolos identificarse con él y compartirla, una simple y feroz ideología.

Los Ventura, desde sus coches ya preparados para partir rumbo a la capital, vieron al Mayordomo como por primera vez, refulgiendo en el centro del semicírculo que le abrió su legión. Hasta ahora había resultado inútil —además de difícil porque los sirvientes, como los chinos y los negros, eran todos iguales fuera cual fuera su rango— hacer el esfuerzo de traspasar la identidad genérica de una librea conferida por ellos y que sólo denotaba la función de su poder absoluto sobre los sirvientes y su obediencia absoluta a los señores de la casa: como ya lo he dicho, esta librea era un objeto espléndido, recamado con jardines de oro y cargado con insignias y emblemas, dura y pesada y tiesa con entorchados, galones, estrellas y alamares, la versión mítica de las libreas de terciopelo color amaranto de los lacayos cuya complejidad iba disminuyendo según descendía la importancia de cada cargo. Era de suponer, entonces, aunque hasta ahora había sido ocioso tomarlo en cuenta, que cada Mayordomo traía consigo un rostro distinto y una voz distinta. Pero todos los años el Mayordomo era contratado no sólo según su eficacia y demás cualidades que un Mayordomo de primera debe tener, sino también por su gran talla, para que así le calzara la principal librea de la casa, cuyo lujo lo transformaba en un ídolo bárbaro, inmune a todo, salvo, alguna vez, al ceño fruncido de uno de los señores. La librea indicaba, más allá de toda duda, que quien la llevaba era poseedor en el más alto grado las cualidades inherentes a su oficio. Y como los Ventura no eran aficionados a barajar los pormenores personales de sus sirvientes sino la eficacia en la protección de sus personas, les era innecesario hacer la transición, año tras año, de una individualidad a otra porque la librea era muchísimo más importante que la persona de utilidad reemplazable que lo ocupaba.

Los coches estaban listos para arrancar. Por fin lograron hacer que montara Ludmila, que ajena a todo este movimiento había permanecido inclinada sobre la noria como buscando algo y cuando se le preguntó qué hacía repuso lloriqueando que para qué le preguntaban si sabían que se estaba lavando la mano para que desapareciera el fulgor del arcoiris. Las demás madres terminaron de hacer sus ruegos de clemencia a los sirvientes para con las travesuras de sus hijos tan amados. Pero los hombres de la familia, encaramados en los pescantes donde empuñaban las riendas, ya que en este viaje de regreso harían de cocheros, no daban la voz de partida aún, hipnotizados por esa figura fulgurante creada por ellos mismos, que en medio de la noche abierta de Marulanda parecía más gigantesca, más poderosa, más brutal que la de todos los Mayordomos anteriores, y cuyo rostro individual les sería ahora imposible olvidar. ¿Cómo no haber notado antes su mandíbula salvajemente cuadrada y su nariz de tubérculo? ¿Y su tez cetrina, sudada, y la bajeza de su frente? ¿Cómo no haberse fijado en la gloria de sus ojos de seda, en cuya blandura de joyero anidaban las alhajas de la inescrupulosidad total, la temeridad total, la simpleza total, que sumadas significaban la eficacia absoluta? ¿Cómo no se percataron antes que en ese rostro sin edad la boca duramente cerrada, de la cual apenas recordaban un "Sí, Su Merced", transformaba la mística de los señores, al ser enunciada por sus labios rígidos, en una ideología de crueldad pura? ¿Hasta dónde iba a llevar las cosas este hombre de brazos simiescos, de toscas manos de luchador a paga pero enguantadas de blanco, de silueta innoble de tanto inclinar el cuello ante órdenes pero que ahora lo mantenía rígido porque era él quien las impartiría? ¿Era, en verdad, un hombre este Mayordomo, no la encarnación de una fuerza vil creada por ellos mismos al investirlo con la gran librea de aparato?

Ya era inútil tanto pensar. Azuzada por el Mayordomo, la legión de sirvientes arremolinados alrededor de la capilla de cuya espadaña huían los pájaros, parecía haber olvidado a sus señores. Al apoderarse de los mejores coches exigieron también los mejores caballos, los mejores víveres, los mejores arreos, todas las armas. La noche se estaba erizando de escopetas, arcabuces, mosquetes, pistolas; sonaba el metal de los estribos y de los cuernos de caza y hedía a pólvora y a sudor y a comida instantáneamente reclamada. Se puso más y más estruendosa de relinchos y gritos y cantos alrededor de hogueras descomunales que amenazaban extender el fuego arrasando todas las gramíneas de la comarca, sin cuidarse de que se podían achicharrar ellos mismos y los señores y los antropófagos y todo ser viviente en una hecatombe producida por el concierto de todas las fuerzas del mal.

Era necesario huir inmediatamente hacia la costa, antes que la tropa levantisca, ahora autónoma, precipitara la hecatombe. Desde sus pescantes los Ventura ya no veían la refulgente librea sino que, rasgo por imborrable rasgo, el rostro del individuo del que podrían transformarse en víctimas, si de alguna manera que no comprendían no lo eran ya. Partir, partir, que era lo mismo que huir. Sólo faltaba Hermógenes, que ridículamente, y haciendo algo que era muy poco de él, pidió

274

licencia a la familia para retirarse un momento a orar en la capilla por el final feliz de ambas expediciones, la que se encaminaba a la capital y la que se dirigía a la casa de campo. Al poco rato, cuando los ánimos de la multitud, cuyas filas parecían aumentar a cada instante, estaban a punto de estallar, salió Hermógenes muy compuesto de la capilla, seguido por uno de los jardineros menores, enclenque, mal vestido, que lo ayudó a subirse al pescante de su coche y que después no tardó en disolver su lábil identidad entre los demás sirvientes que comían o cantaban para preparar el ataque, o la defensa: los Ventura ya no sabían qué iba a ser, porque ahora todo quedaba en manos del Mayordomo.

Pero más tarde, esa misma noche, en la soledad de la llanura por donde la menguada cabalgata que llevaba a los señores Ventura hacia los primeros caseríos donde iba a ser posible descansar y reclutar ayuda, Terencio, Olegario, Anselmo y Silvestre, despiertos en los pescantes que antes guiaban los cocheros, se dieron cuenta de que no era insignificante el rostro del hombre que ayudó a Hermógenes a subir al carruaje que ahora iba a la cabeza de todos los demás.

Capítulo Nueve

EL ASALTO

1

CUANDO los Ventura trajeron a Adriano Gomara, recién casado, por primera vez a la casa de campo y ufanos lo pasearon por la magnífica esmeralda del parque, el médico notó que al pie de una de las escalinatas un lacayo de librea color amaranto, inmóvil, parecía montar guardia. Una y otra vez, no dejó de notar su presencia, siempre quieto en el mismo sitio, hasta que decidió preguntar a su nueva familia qué funciones desempeñaba aquel pobre hombre siempre apostado en el mismo lugar.

—¿No estás de acuerdo —le contestó Celeste— en que hace falta una mancha roja justamente allí, un color complementario, para centrar la composición verde, como en un paisaje de Corot?

Adriano permaneció mudo, sin saber si admirar o despreciar a esta gente que era capaz de reducir a los seres humanos a un elemento decorativo. Los Ventura notaron su perplejidad, cuyo contenido comprendieron y fue contabilizada en su contra. Esta pregunta de Adriano, sin embargo, que mis lectores podrían considerar un detalle insignificante sólo digno del olvido, se conservó como una parábola dentro de la familia, repetida mil veces como ejemplo típico de paso en falso que puede dar una persona de otra clase que no comprende que la misión de los sirvientes es la de proteger a los señores hasta en detalles aparentemente tan insubstanciales como éste. Su reacción fue de las primeras cosas que delató a Adriano Gomara como a un ser peligroso. Y todos los años, durante el período de adiestramiento de los sirvientes, Lidia les repetía este ejemplo que iba tomando contornos de leyenda, para edificar al contingente, además de señalar a su cuñado como objeto de trato particular por parte del servicio, que no debía revelarse en nada, salvo en que era necesario marcar con una cruz a este personaje conflictivo.

El momento del conflicto producido por Adriano Gomara había, por fin, llegado. En la bengala del amanecer, la serpiente de los coches erizados de negros cañones, avanzaba a galope tendido por la llanura derribando gramíneas y estropeando el silencio con vociferaciones y una que otra detonación. Los sirvientes siempre habían desconfiado de Adriano Gomara porque "no sabía mandar", ya que, claro, no nació para hacerlo, como los Ventura. Pero la noche anterior, al socaire de la capilla, cuando los señores les entregaron sus coches y sus armas, también formularon claramente la clave de su peligrosidad: pese a su locura, —dijeron, y no a causa de ella puesto que se introdujo en la familia con este designio— era el agente de los antropófagos, que buscaban el desmantelamiento del poder tradicional; más aún, se podía asegurar que era su jefe; en todo caso, él era quien impulsaba el odio de los salvajes con el ímpetu descrito por Fabio y Casilda para que derribaran lo estable, utilizando como instrumento a los inocentes niños que con ese fin habían corrompido. Era necesario, exhortaron los señores a los sirvientes, limpiar, erradicar, destruir cualquier cosa nueva construida u organizada, salvar a quienes no hubieran sido iniciados aún en las prácticas nefandas.

El Chef, el Caballerizo Mayor y el Primer Jardinero ocupaban el coche que iba a la cabeza rompiendo el aire. El Mayordomo, reluciente de oros en el pescante junto al cochero, llevaba firme el fusil en su mano enguantada, oteando el horizonte con sus pasmosos ojos de seda y resistiendo el viento con su mandíbula y sus labios endurecidos. ¿Cómo entender la actitud de los niños si lo contado por Fabio y Casilda respecto a ellos no fuera más que la fantasía de niños histéricos? El Chef, inmaculadamente vestido de Blanco, con su alto bonete almidonado, sus carrillos rojizos y sus labios carnudos sobre los cuales vibraba el minúsculo acento circunflejo de su bigotito, pareció elucubrar el pensamiento del jefe:

—¿Cómo explicarnos que estos seres que lo tienen todo, que a su debido tiempo se transformarán en capitanes del imperio de oro laminado a mano y dueños de tierras y minas y tribus enteras, actúen anárquicamente para destruir sus propias cosas, comprometiendo, en fin, sus posibilidades de heredar el poder?

—¿Las niñas en concubinato con los nativos...? —meditó el Caballerizo Mayor.

—No podemos creer que los nativos hayan osado trasladarse a vivir dentro de la mansión a la que nosotros mismos rara vez tenemos acceso —acotó el Primer Jardinero.

—Son alucinaciones de una pobre niña enloquecida de hambre —decidió el Chef acariciándose sus manos y su cuello al repantigarse en su asiento del coche.

El viento de la carrera arrastraba las palabras, confundiéndolas con el crujido de las gramíneas al abrirse, quebrarse, caer. Pero la voz de Juan Pérez, que empuñaba las riendas en el pescante junto al Mayordomo dirigiendo el tronco con un desenfreno que parecía incompatible con su enclenque figura, de pronto sonó nítida:

—No son alucinaciones.

Los cabecillas lo miraron. ¿Quién era este ser que se atrevía a definir así las cosas? Y Juan Pérez, para demostrarles que decía la verdad, contó lo que ninguno de ellos había visto: Hermógenes Ventura ahogando en el pozo al hijo —sí, sí, que no se hicieran los tontos, que sabían que todas las hijas de los Ventura eran putas, hijas y nietas de putas—, sí, *el hijo de Casilda.* Los cabecillas pasaron por alto los desagradables epítetos del improvisado cochero porque podía ser que con el ímpetu de la carrera y el aire los hubieran oído mal y sería mejor no esclarecer el asunto. Era verdad, entonces, aseguró Juan Pérez, no sólo que había transcurrido un año en lugar de un día, pese a que, para efectos del trabajo, era preferible parecer convencidos de la segunda versión del tiempo —por razones de pago, cuando llegara el momento, recordarían a sus amos la verdad de ese año que tenía un precio que no dejarían que les robaran—, sino que los niños estaban corrompidos hasta los huesos. Era verdad que en Marulanda reinaba la anarquía y el desenfreno. Y era verdad, sobre todo, que instigados por Adriano Gomara los antropófagos se habían apoderado de casa, jardín, minas, huertas, muebles, implantando allí su salvaje modo de vida con pretensiones de encarnar un nuevo orden. No. Los antropófagos no eran una invención: eran un peligro real, activo, una mancha que amenazaba extenderse desde Marulanda por el mundo entero. Éste era el momento en que ellos, los sirvientes, después de esperar promoción tras promoción en actitudes decorativas que a lo sumo servían para centrar el colorido del parque, y conformarse soñando con la gesta heroica que justificaría su inmovilidad ancilar, iban a defender con las armas la única, la verdadera causa valiosa. Con ese fin los contrataba Lidia. Con ese fin los entrenaba Terencio.

El discurso de Juan Pérez enardeció a los jefes y can-

celó sus dudas. Veloz, el viento de la carrera los hizo enmudecer, mientras las gramíneas, al ser tumbadas por
los cascos de los caballos y por las ruedas de los coches,
silbaban como latigazos. Atrás, en la larga serpiente de
la cabalgata, el resto del personal aullaba fervoroso
como si también hubiera escuchado la arenga de Juan
Pérez. Sobre la tempestad de vehículos que iban avanzando por la llanura se oyeron vítores al Mayordomo,
gritos de adhesión a su persona, maldiciones a los antropófagos y a Adriano Gomara, el caudillo sin cuyo incentivo los antropófagos jamás hubieran despertado de
su sueño de siglos. Los cabecillas se pusieron de pie dentro del *landau*, enarbolando fusiles, beligerantes, enar-
decidos, estruendosos en su sed de acción, vociferando
que combatirían hasta la muerte junto al Mayordomo.

Juan Pérez permaneció silencioso gobernando las
riendas. Era necesario apresurarse. Fustigaba a los caballos sin merced para que corrieran aunque se les que-
braran las patas. Tras él los demás coches tomaron igual
ímpetu: apresurarse, que no alcanzara a extinguirse el
ingenuo pero brutal encono de los sirvientes, para sustituir con esta premura cualquier asomo de lucidez.

LOS COCHES corrían por la llanura, siempre igual bajo
un cielo inmóvil y sin nubes. Hasta que por fin, cuando
el alba ya palidecía sobre el paisaje, aparecieron en el
horizonte como una serie de gránulos hechos de la
misma carne que la llanura, las chozas del caserío.

Los coches avanzaron un poco más, menos desafora-
damente. Cuando llegaron cerca, pero no lo suficiente
como para que desde la población los vieran o se escu-
chara el tumulto de los carruajes, el Mayordomo dio orden de hacer alto: que todos se bajaran de los coches.
Mandó que, acercándose al caserío, lo rodearan por to-

das partes en el más completo silencio, agazapados entre las gramíneas y con las armas listas. Pero cuidado, les advirtió: que nadie disparara ni un solo tiro. Que reservaran la pólvora para la casa de campo, donde cobrarían la pieza mayor de esta cacería. Este asalto —ya que se trataba de chozas habitadas por labradores que carecían de importancia— era sólo una incursión de reconocimiento. Cuando él disparara un tiro sería la señal para que cayeran sobre los nativos, pero sin nuevos disparos. El círculo de sirvientes armados se completó en torno a las chozas. El Mayordomo, acompañado de Juan Pérez, arrastrándose entre la vegetación con pistolas en la mano, se acercaron para observar lo que ocurría dentro del caserío.

Quietud. Era evidente que todos dormían. Nadie esperaba un asalto: el momento perfecto para atacar y tomar prisioneros. Pero cuando el Mayordomo se disponía a dar la señal, vio que por una calleja entre las chozas avanzaba un piquete de nativos no sólo armados con lanzas sino vestidos con ropajes que al Mayordomo le parecieron disfraces estrafalarios, sus cabezas cubiertas con cascos de oro empenachados con gramíneas teñidas de rojo. No fue, sin embargo, la visión de estos guerreros bárbaros lo que asombró al Mayordomo impidiéndole dar la orden de ataque: fue ver que, capitaneando el piquete y también armados, iban un niño y una niña desnudos, niños que no podían pasar por nativos porque se trataba de vástagos de los Ventura.

—Valerio y Teodora —susurró Juan Pérez.

—¿Cómo los reconoces? —preguntó el Mayordomo admirado—. Lo que es a mí, todos los niños me parecen idénticos, como los chinos o los negros, y, fuera de unos cuantos, los confundo a todos.

—Yo, en cambio, los conozco uno por uno. No hay nada que hayan hecho, nada que piensen, que se haya

281

escapado a mis investigaciones.

—Después me cuentas.

—Toda mi información está a sus órdenes, señor Mayordomo.

Durante este breve intercambio de palabras que acabo de relatar, Valerio y Teodora, seguidos de un guerrero nativo que iba, como ellos, desnudo, y llevaba un casco adornado con gramíneas rojas en la cabeza, entraron en la choza más importante. El resto de los guerreros se quedó afuera montando guardia mientras las callejuelas del pueblo iban resucitando con los habituales quehaceres de un caserío: mujeres encendiendo el fuego y poniendo cuencos a calentar, hombres atando gavillas de gramíneas secas o cargando cestas de hortalizas, niños jugando en el polvo. Al cabo de un rato se escucharon gritos dentro de la choza: el Mayordomo y Juan Pérez vieron que, a punta de lanza, salían gimiendo y vestidos de harapos, flacos, sucios, desmelenados, más niños y niñas:

—Colomba... Melania... Cipriano... y Aglaée... Abelardo y Esmeralda... Olimpia, Ruperto y Zoé —iba enumerándolos Juan Pérez a medida que aparecían.

Fueron rodeados por un círculo de guerreros aunque esto era inútil, tan desalentadas eran sus actitudes, tan patéticas sus lamentaciones. Los aullidos más despavoridos se oían aún dentro de la choza. Valerio, entonces, con cuatro guerreros, volvió a entrar, y al poco rato sacaron a la fuerza a Juvenal, que casi desnudo bajo un lujoso manto de bárbaras listas violeta y naranja, cargado de pendientes, amuletos, brazaletes y collares, se debatía, pateando, insultando, llorando. Melania le gritó:

—¿Qué sacas con seguir luchando? ¿No ves que ellos son los más y nosotros los menos y estamos en su poder?

282

—¡Cállate! —la amenazó Teodora con su lanza—. ¡Tú, a trabajar, igual que el resto de la población! ¡Aunque no sepas hacer nada o lo hagas mal!

—¡Qué bruta! —susurró el Mayordomo—. Mira su cuerpo desnudo..., esta Teodora no es púber y mira la brutalidad con que trata a su prima mayor. ¡Los perjuicios que ha hecho en la moral de estos pobres niños la influencia de don Adriano y de los antropófagos! ¿Se los irán a comer?

—Lo dudo —respondió Juan Pérez, que con sus ojillos demasiado juntos, demasiado pequeños, seguía los movimientos de nuestros personajes sin perder de vista a los pobladores del caserío que continuaban sus labores como si estuvieran acostumbrados a escenas como la que acabo de describir: un hombre subió al techo de su choza para remendarlo con gramíneas nuevas..., varias mujeres alimentaban a una fila de niños nativos sentados en el suelo..., un grupo de ancianos aventaba cereales.

—Yo no voy a trabajar —le contestó Melania a Teodora—. Soy una dama y no sé hacerlo porque naturalmente nadie jamás me ha enseñado a hacer nada. No estoy dispuesta a trabajar ahora porque al tío Adriano, que es un loco, se le ocurra que lo haga.

Las facciones de Valerio, que la escuchaba dispuesto, como flecha en un arco, a la polémica, los músculos de su cuerpo desnudo y bronceado tan dispuestos como sus palabras, estallaron de rabia al gritarle a sus primos:

—¡La mayor de todas las locuras del tío Adriano ha sido su debilidad! Su sentido de la libertad pertenece al orden antiguo, que ahora no nos sirve.

—¿Por eso, para contrarrestar lo que tú llamas su debilidad —lo interrogó Abelardo desde el centro del ruedo de los guerreros—, nos tomaste prisioneros esta mañana sin que lo sepan ni Mauro, ni el mandamás a quien ustedes dicen obedecer?

El guerrero desnudo con su yelmo de oro que acompañaba a Valerio tenía la cabellera larga y desmelenada, las facciones ásperas con el hervor de una osadía sin límites, sus amuletos grabados no con los pacíficos signos de los demás nativos, sino erizados de amenaza y de muerte. Se adelantó gritando:

—¡No hay cambio sin sangre! ¡Eso es lo que él no quiere aceptar! ¡Y en caso extremo es la sangre de ustedes la que tiene que correr! Estamos amenazados desde el exterior. El día menos pensado regresarán los grandes ayudados por las secretas maquinaciones de ustedes. Ustedes son nuestros enemigos, él no lo quiere entender, y sólo merecen que los masacremos sin piedad si se niegan a trabajar, y a estar, como toda la población, en pie de guerra...

—Juan Bosco —murmuró Juan Pérez—. Peligroso. Conviene recordarlo.

Juan Bosco hablaba en voz tan estridente que muchos de los trabajadores se reunieron para escucharlo. Prosiguió con su alborotada perorata:

—Nosotros, los que vivimos en el caserío, desdeñando las comodidades de la casa de campo, sabemos que, ahora debilitado, Adriano Gomara estaría dispuesto a transigir y pactar con los de afuera, con los grandes, y debemos impedir esta traición...

El Mayordomo, al oírlo decir "Adriano Gomara", exclamó furioso:

—¡Adriano Gomara!... ¡Es el colmo! ¡Que un vil antropófago se tome la licencia de no darle el tratamiento de "don" a don Adriano!

—¿Y cómo hablan nuestro idioma?

—Todos los nativos lo hablan. Sólo simulan ignorarlo.

284

—Eso es lo más peligroso de todo. Voy a dar la señal...

—Conviene esperar un poco —lo aplacó Juan Pérez— y observar cómo se desarrollan estos acontecimientos que nos pueden favorecer.

El Mayordomo bajó su revólver. Desde el centro del círculo de guerreros, dos de ellos sacaron a Juvenal, que pataleando y chillando fue arrojado a los pies de Juan Bosco. Éste le preguntó:

—¿Con qué derecho has robado nuestras vestiduras?

—¿Derecho? —gritó Juvenal—. ¿Tú, un nativo, cuestionar mi derecho a hacer lo que yo quiera con cualquier cosa que exista en Marulanda? ¿Y llamas "vestiduras" a estos trapos que sólo sirven para asistir al baile de disfraces de la hija de la Marquesa?

—Dame la llave.

—¿Llave? —preguntó Juvenal—. ¿Yo? ¿Qué llave?

Valerio avanzó amenazándolo con su lanza:

—¡Entrégasela! No te hagas el tonto. Sabemos que, pese a que los alimentos de las bodegas al comienzo fueron repartidos con demasiada precipitación de modo que ahora escasean, tú tienes escondida la llave de otra bodega, todavía repleta, oculta en algún vericueto de los interminables subterráneos que hemos recorrido sin encontrarla, con los que pensaban aderezar las mesas del baile de esta noche.

—No tengo ninguna llave —replicó Juvenal alzándose frente a Juan Bosco y ajustándose los penachos verdes estropeados durante la refriega—. No existen más alimentos que los que ustedes se robaron.

—¡Entrégasela! —le gritó Melania—. ¿Para qué nos sirve ahora, estúpido, si estamos perdidos? Resistir a estas alturas es reconocer que no se tiene fe en que volverán nuestros padres a salvarnos al final de esta prolongada tarde de pesadilla.

Y al ver que Juvenal no la obedecía, Melania rompió el círculo de guerreros y se abalanzó sobre Juvenal, sacudiéndolo, implorándole que entregara la llave, que entregara todo, que Mauro había enloquecido de fervor por el tío Adriano y que el vocabulario de su seducción no podía recobrarlo, que Wenceslao, enmudecido, enigmático, se negaba a ayudarlos a ellos como se negaba también a ayudar a Mauro, y quizás, incluso a su padre, que nada se sacaba con luchar si estaban reducidos y cercados, irremediablemente solos. Aprovechando la confusión provocada por la histeria de Melania, Abelardo, Esmeralda y Zoé rompieron el círculo para arrebatarle la llave a Juvenal y lograr así que a cambio de ella les otorgaran el privilegio de no trabajar como los nativos, mientras los primos de opinión contraria alentaban a Juvenal que se defendiera. Juan Bosco, Teodora y Valerio contemplaban la algarabía de niños que se daban bofetadas, lloraban, discutían. Los habitantes del caserío, abandonando sus trabajos, acudieron a presenciar el espectáculo de los primos maltratándose en la polvareda como si supieran que no eran peligrosos porque se exterminarían unos a otros.

Ése fue el momento estratégicamente justo —cuando la población entera se hallaba congregada para presenciar estos acontecimientos— que eligió Juan Pérez, no el Mayordomo, para hacer sonar su disparo: de entre las gramíneas surgieron lacayos rutilantes, jardineros azules, cocineros blancos, caballerizos pardos, y como apariciones infernales se lanzaron sobre la población. Sonaron los disparos al aire para que los atacados no perdieran la noción de la superioridad de las armas enemigas. Cuando los apresaron con la facilidad del estupor, el Mayordomo ordenó que encerraran a los nativos en las chozas para que ninguno huyera a precaver a los de la casa de campo. Que destacamentos de sirvientes, ordenó, montaran guardia, disparando a matar esta vez, si alguien intentaba huir. Lo mismo a Valerio y a Teodora: ya tendrían tiempo para ocuparse de ellos y hacerlos escarmentar por haberse sumado a las huestes de antropófagos. Sólo sus víctimas, los primos que resistieron a la corrupción, anonadados y temblorosos, quedaron en libertad.

Fue Zoé, la más pequeña, la primera que rompió el pasmo: de una carrera se lanzó a los brazos del Mayordomo, que la alzó, y ella comenzó a cubrirle el horrendo rostro con besos de agradecimiento. Los otros niños, entonces, menos Melania y Juvenal, que no se dejaron arrastrar por el entusiasmo inmediato, se lanzaron a los brazos de los salvadores, besándolos, abrazándolos felices porque el Chef y los pinches, el Mayordomo y los lacayos y los jardineros y los caballerizos y hasta el hombrecito de ojos ratoniles al que tantas veces y tan tranquilamente habían visto limpiar con su red la superficie del *laghetto*, eran los heraldos de la llegada de sus padres.

Juvenal y Melania se quedaron atrás, murmurando. ¿Qué prerrogativa intentarían arrogarse los sirvientes en su papel de salvadores? ¿Intentarían darles órdenes, por ejemplo, las cuales, por supuesto, ellos, como hijos de sus amos, no estarían dispuestos a acatar? ¿Romperían las necesarias convenciones que separan al sirviente del amo? ¿Se tomarían libertades o familiaridades con ellos mientras llegaban —muy pronto, sí, sí, ahora no cabía duda: muy pronto— sus padres amantes después de su merecido día de esparcimiento en ese lugar de fábula del que estaban ansiosos de saber detalles?

El Mayordomo depositó a Zoé en el suelo, liberándose de los brazos de Abelardo, de Colomba, de Aglaée: se acercó, entonces, a los dos mayores que se habían mantenido aparte, e inclinando ligera pero prolongadamente la cabeza ante ellos como lo imponía la etiqueta familiar, pronunció estas palabras:

—Vuestras Mercedes, estamos aquí para protegeros y ayudaros. Nuestra misión es momentánea: la de despejar la atmósfera y limpiar el ambiente de modo que los señores puedan regresar cuanto antes a vuestros encantadores brazos. Es necesario dirigirnos inmediatamente a la casa de campo, antes que allí reciban la noticia de nuestra reaparición por estas tierras benditas. Si no comenzamos por poner orden allí, no habrá orden en ninguna parte. Es necesario darse prisa. ¡A los coches! ¡Todo el mundo a los coches! Yo, el Chef, y los jefes de las otras agrupaciones de sirvientes iremos en el carruaje de adelante...

Juvenal, arrastrando su capa sucia y haciendo cimbrear sus penachos rotos, avanzó hacia el Mayordomo que resplandecía al sol, ni una sola blonda de su *jabot* estropeada, ni una sola mancha en sus medias albas, y le dijo:

—Mira, Mayordomo. Estamos muy satisfechos con tu desempeño y el de tus hombres. A la vuelta de nuestros padres amantes se lo diremos, y es posible que tú y todos los sirvientes reciban aguinaldos. Pero debo advertirte, Mayordomo, que de ninguna manera es posible que un criado, sea cual sea su rango, ocupe el coche delantero. Nosotros iremos en el primer coche.

—Pero, Vuestra Merced, eso no es posible...

—No hay más que hablar —lo apoyó Melania—. Tú comprendes, Mayordomo, que el primer coche debe estar reservado para mi madre, la Marquesa...

Escuchándola, Juan Pérez cuchicheó algo, empinándose para alcanzar el oído del Mayordomo, que se inclinó para escucharlo. Mientras lo hacía, a éste se le fue suavizando el ceño y luego inclinó su cabeza, asintiendo:

—Como lo manden Vuestras Mercedes. Pero tendrán que llevar armas.

288

Los demás niños, entusiasmados con la novedad, ya las estaban cogiendo. Melania eligió una pistolita muy mona, de empuñadura de nácar. Juvenal, un arcabuz larguísimo que lo hacía desternillarse de la risa. Pero antes de subir al *landau*, dijo:

—Ah, se me olvidaba. La llave.

Y metiendo su mano detrás de su taparrabos adornado con flecos, extrajo una llave que le entregó al Mayordomo:

—Para las bodegas. Están todavía repletas de alimentos. Pero no para cualquiera: sólo para nosotros. ¿Entendido?

—Entendido, Vuestra Merced.

Sirvientes y niños, entonces, ocuparon los coches. El Mayordomo le dio su mano, primero, a la Amada Inmortal y luego a la Pérfida Marquesa para ayudarlas a acomodarse en el *landau*. En los coches siguientes iba el resto de los primos, armados, como todo el servicio, hasta los dientes. Y cuando el Mayordomo dio por fin la voz de mando, los coches arrancaron rumbo al parque.

Los acontecimientos que he narrado más arriba no duraron más que media hora pese a que podrían parecer más prolongados por la minuciosidad con que he hecho el relato. En todo caso, puedo asegurar a mis lectores que no constituyeron más que un incidente preliminar, sin importancia, sólo digno de olvidarse, dentro de la gesta heroica de la toma de Marulanda por los sirvientes, que ahora me propongo escribir para edificación de todos los que lean estas páginas.

2

MIS LECTORES recordarán que, en "los buenos tiempos", como decían Juvenal y Melania con la voz acongojada por la nostalgia, jamás se veía ni una hebra de gramínea dentro del parque, aunque ese océano comenzara inmediatamente afuera de la reja. Lo que sucedía era que en el momento mismo de llegar, a comienzos del verano, mientras los Ventura y su progenie permanecían en la casa abriendo maletas y baúles y disponiendo la estrategia del veraneo, se desplegaban por el parque las falanges de sirvientes, y en una ofensiva de suprema eficacia que duraba un solo día, arrancaban hasta la última brizna de la maligna hierba que, debido a las tempestades de vilanos del otoño que esparcían las aéreas semillas por todas partes, intentaban asomar sus tiernos penachos en los arriates y en el rosedal, en el césped, en las trizaduras de las escalinatas y en las urnas. Al cabo de ese día de trabajo no quedaba ni una espiga intrusa en todo el parque. Al día siguiente el personal vestía sus diferentes divisas, abriendo las puertas para que los señores efectuaran su descenso a los jardines ya limpios de gramíneas, sin siquiera tener que verlas. Pero durante todo el veraneo, en una silenciosa labor de nunca terminar, el ojo avizor de los jardineros —que para eso, entre otras cosas, estaban— al divisar una brizna de la plebeya hierba, la extirpaban en cuanto nacía.

La casa de campo, ahora, mostraba un aspecto muy distinto. Borrado el límite de la reja —no quedaba más que la historiada cancela cerrada por su cadena y su candado entre dos pilastras de piedra, como a la deriva en medio de la llanura— las gramíneas habían logrado fundir la extensión del paisaje con lo que antes fuera el civilizado parque. Crecían ahora irreprimibles, fantásticas en medio de los senderos y los prados, y hasta en los intersticios de los aleros y techos de la ahora deteriorada arquitectura, de manera que la mansión, antes tan majestuosa, parecía una de esas pintorescas ruinas empenachadas de vegetación que aparecen en los cuadros de

Hubert Robert o de Salvatore Rosa. Pero mirando mejor, el que observara se podía dar cuenta de que los jardines habían cambiado hasta lo irreconocible, no sólo debido a esa invasión sino gracias a una serie de acequias que salían del *laghetto*, que ya no era un estanque decorativo, sino fuente de riego para las hortalizas que sustituían a los elegantes canteros de antaño. Grupos de nativos y niños trabajaban inclinados bajo el sol, levantando una compuerta para inundar cierto sector que necesitaba agua, o cosechando lechugas, frambuesas y zanahorias.

Los trabajadores, deteniéndose de pronto, alzaron la cabeza. ¿Qué era ese trueno que se oía venir desde el horizonte? Trueno en el aire, remeciendo la tierra, una sensación de peligro que hizo que todos quedaran detenidos, alerta antes de tirar sus instrumentos de trabajo y correr a la terraza del sur, donde, desde todos los rincones, se venía congregando la población, tal como estaba previsto para casos de urgencia. El gigantón que abrazó a Adriano Gomara en un capítulo anterior, Francisco de Asís, repartía las lanzas a los que iban llegando en tropel aunque nadie podía identificar aún el amenazante ruido. Sin embargo lo reconocieron como peligro, fuera lo que fuera: durante el año de trabajo, Adriano les había inculcado la conciencia de que, pese a las desavenencias interiores, al hambre, a los odios intestinos, el peligro definitivo iba a venir desde afuera ya que en cualquier momento se verían en la necesidad de defenderse con sus vidas de un ataque de parte de los grandes, empeñados en recuperar lo que creían suyo. A los pocos minutos ya nadie dudaba qué era ese ruido de galope, gritos, disparos. Agrupados en la terraza, niños y nativos se miraban, seguros de que dentro de unos instantes ya no serían los mismos, ni las cosas seguirían iguales. Pese a la pobreza de las armas la población estaba preparada:

291

entre la masa de rostros cenicientos y los ojos claros de los Ventura se cimbreaban los penachos rojos de los cascos de los guerreros avanzando hasta el borde mismo de la terraza, dispuestos a defenderla con sus lanzas y sus vidas. Desde el torreón de cerámica atronó la voz de Adriano Gomara que desde su altura veía avanzar la cabalgata, identificándola con el aciago destino de todos y con el suyo propio:

—Los que siempre esperamos vienen a destruirnos. Desde aquí veo cómo se precipitan sobre nosotros con sus caballos, sus coches, su furia. No debemos tener miedo porque somos fuertes ya que tenemos fe en nuestro derecho incuestionable y en nuestra razón. Ellos atacan con pólvora, nosotros nos defenderemos con hierro: no importa, porque al fin, y después de terminado el sacrificio y la pesadilla en la que yo, seguramente, y muchos de ustedes pereceremos, la crónica nos hará justicia y el tiempo hará germinar lo que sembramos en él.

El estrépito de coches que a toda carrera alcanzaba el *laghetto* ahogó las últimas palabras de Adriano. Las ruedas, las patas de los caballos arrasaban los senderos, trituraban coles y sandías, devastando lo que quedaba de los macizos de rododendros y hortensias, los bordes de amarilis, derribando carretillas llenas de alcachofas y chapoteando en la tierra recién regada al remontar veloces la levísima pendiente que conducía al rosedal, al que penetraron, pisoteándolo, aniquilándolo. Eran cientos, parecían miles de sirvientes en sus fragorosos coches, cada hombre un solo objeto con su arma y también uno solo con la víctima desconocida que caería con cada disparo. Saltaron hechos añicos los cristales de la casa y astillas del *trencadís* de torres y tejados al ser alcanzados por las balas. Algo, quizás cortinajes, comenzó a arder dentro de la casa, cegando con el humo a la multitud aglomerada en la terraza del sur. Las niñas lloraban sin soltar sus lanzas. Cordelia, con sus gemelos mestizos metidos en un saco a su espalda avanzó, lanza en ristre, con la intención de colocarse junto a los guerreros de la primera fila, pero Francisco de Asís la rechazó con un beso. Mauro, con los diez hombres que formaban la guardia personal de Adriano, entraron en la casa abriéndose paso entre piños de nativos y niños empavorecidos, entre el desbarajuste de fardos de oro reventados y sin numerar, cruzando el vestíbulo de la rosa de los vientos bajo las madejas de lana que chorreaban tintes desde las cuerdas donde hilanderas y tejedoras las habían colgado, espantando gallinas y saltando sobre bebés, hasta llegar al pie de la escala nublada por la humareda. Wenceslao se venía deslizando por el pasamanos de bronce llevando una lanza en ristre. Mauro le gritó:

—¡Huye, Wenceslao! ¡Escóndete!

—No, pese a mis desacuerdos con mi padre, y también contigo, es con ustedes con quienes tengo que arriesgarme —respondió sin detener su descenso.

—Te van a matar a ti en cuanto lo maten a él. Si no te encuentran, en cambio, será el símbolo de que no se puede matar las ideas de tu padre encarnadas en ti.

—Sigues demasiado racional pese a tu exaltación. Te equivocas. Yo ya no encarno sus ideas. Ya no encarno más que la desesperación de no tener ideas que encarnar —le respondió Wenceslao sin detenerse porque era el momento menos adecuado para una de las violentas discusiones en que solía trenzarse con su primo, como también con su padre después que lo vio alzar el puñal sobre su garganta, y para qué decir con Juvenal y Melania y los suyos, que apenas se dignaban dirigirle la palabra porque lo tenían por el habitante más peligroso de Marulanda. En todo caso, los dos primos, para efectuar este intercambio, más breve de lo que mi inhábil pluma acaba de hacer parecer, no se habían detenido, sólo disminuyeron un poco sus velocidades al cruzarse en sentido contrario.

Los nativos armados de lanzas se desplegaron fila tras fila, protegidos por la balaustrada de la terraza del sur. El Mayordomo, desde su carruaje en medio del macizo de rosas American Beauty, que eran el orgullo de Adelaida, mandó que dispararan, ahora no para amedrentar sino para matar. Los sirvientes bajaron su puntería desde la arquitectura y descargaron sus balas sobre los nativos que cayeron acribillados cuando iban a atacar con sus lanzas. Los sirvientes saltaron de sus coches aullando, pisando cadáveres, ultimando a los heridos, una horda que iba derribando en su fuga a los nativos que, tomando los lugares de los caídos, intentaban impedir que el enemigo se apoderara de la terraza del sur. Pero la resistencia era inútil debido a la pobreza de sus armas. Los defensores que ya no podían luchar fueron azotados con las empuñaduras de las pistolas, fustigados, maniatados, reducidos a la impotencia. Ruperto y Cirilo, Cosme, Clarisa, Casimiro y Amadeo, Justiniano, Alamiro y Clemente, Morgana, Hipólito y Avelino, Rosamunda, Cordelia y, por último, hasta el mismo Wenceslao fueron aprisionados en un rincón de la terraza, mientras falanges de sirvientes llevaban a grupos de nativos a otra parte para deshacerse de ellos y se perdían tras los montones de objetos humeantes y cadáveres. Juan Pérez divisó a Wenceslao entre los prisioneros:

—Usted, señor Wenceslao... —le gritó.

—¿Qué quieres?

—¿Cómo es que no está con su señor padre?

Wenceslao lo miró sin contestar: conocía de sobra a este Juan Pérez contra el cual su padre no se cansaba de precaverlo. Adriano había elegido no tener ningún contacto con él, pese a que año tras año se le ponía en el camino para que de cualquier modo lo distinguiera. Ignorándolo, en cambio, voluntariamente desechaba su traicionera disponibilidad. Wenceslao, siguiendo los consejos de su padre, prefirió callar. En vista de su silencio, Juan Pérez llamó:

—¡Agapito! Tú, que eres hombre de mi confianza puesto que eres mi hermano, encárgate del señor Wenceslao, el más peligroso de todos los niños porque es el que discrimina, piensa, y critica. Después que termine la batalla yo me entenderé personalmente con él.

Agapito Pérez, un muchachón cuya sonrisa no se alteraba ni con el olor a pólvora, ni las lamentaciones, ni el fuego, ni los disparos ni el fragor, como si aún en estas circunstancias la vida no fuera del todo desechable, apresó a Wenceslao. Juan Pérez lo mandó:

—Llévatelo, enciérralo, y monta guardia. Eres responsable de él.

Cuando Agapito Pérez desapareció con Wenceslao, subieron a la terraza del sur los niños que, como ya hemos visto, fueron liberados por los sirvientes en el caserío, acompañados por el Mayordomo que escuchaba los detalles que Juvenal le daba sobre el baile de máscaras abortado, por el Chef que ponía atención a lo que Melania le decía sobre los últimos episodios de La Marquesa Salió A Las Cinco y que ya la trataba de "Amada Inmortal", del Primer Jardinero que recibía instrucciones del Ángel de Bondad, y del Caballerizo Mayor que traía a la gorda Zoé, sus ojos casi invisibles de tan achinados porque venía muerta de la risa y los labios más babeantes que de costumbre, montada sobre sus hombros. Los demás niños los seguían. No escuchaban sus nombres pronunciados por sus hermanos y primos custodiados por los sirvientes: ellos volvían a casa después de un modesto incidente, pero, en suma, no había pasado nada. Ya se arreglarían las cosas para que después de un castigo a los traviesos las cosas siguieran igual que antes..., sí, los sirvientes volverían a alzar la reja de las lanzas y ellos, muy compuestos, esperarían el regreso de sus padres al cabo de la excursión de un solo día. Algunos nativos, es verdad, habían sufrido en la refriega: pero era culpa de ellos, sí, ellos mismos se lo habían buscado. Además, todo nativo era sustituible por otro, de modo que el hecho en sí carecía de importancia. Y dejándose de sentimentalismos, seguramente los que sufrieron no eran tantos como los descontentos de siempre no tardarían en asegurar.

En el gabinete de los moros los niños recién rescatados de las garras de los antropófagos estaban a punto de dejarse caer exhaustos en lo que quedaba de los sillones destripados y sucios. Pero antes que lo hicieran el Mayordomo les sugirió que sería preferible subir al *piano nobile*, donde estarían mejor, ya que después de todos los sufrimientos del cautiverio necesitarían asearse y relajarse. El Chef les prometió que él personalmente se encargaría de que estuvieran alimentados con la esplendidez habitual —despachó a un destacamento de cocineros a los sótanos para que comenzaran al instante a preparar viandas— y en el sector del *piano nobile* destinado a ellos, mientras llegaba a restituirse el tren de vida normal, serían atendidos por un grupo de lacayos suficientemente numeroso como para que no sufrieran la menor incomodidad. Con lo cual los niños, rodeados de cuarenta lacayos de libreas impecables, salieron del gabinete de los moros.

Atento, Juan Pérez continuaba listo para cumplir lo que los jefes mandaran, su propio rencor mimetizado con la ira de los cabecillas que manifestaban horror ante el hecho de que el desorden estuviera unido a la inmoralidad, a la desvergonzada corrupción de las costumbres de los inocentes niños: Valerio y Teodora y algún otro, completamente desnudos..., los niños de la familia bañándose junto a niños nativos en el *laghetto*; relaciones, en fin, que hasta ahora sólo eran capaces de adivinar pero seguramente inmundas y que ellos, defensores de la familia, la paz y la propiedad, se encargarían de reformar desde la raíz misma. Pero antes de sentarse para trazar un programa de reconstrucción, mientras sonaban disparos y aullidos, era necesario llevar a cabo lo más importante:

—¡Juan Pérez...! —aulló el Mayordomo.

—A sus órdenes, mi señor...

—Cumple tu deber ahora mismo.

Y Juan Pérez, seguido de una treintena de héroes armados con pistolas y fusiles, las bandoleras repletas de cartuchos cruzadas sobre el pecho henchido con el orgullo de su alta misión, salieron del gabinete de los moros cuya puerta el Mayordomo, como tantas veces, abrió con su mano enguantada de blanco, dejándolos encaminarse hacia la torre donde los aguardaba el corruptor de esos inocentes que hasta su intervención vivieron en paz, pero que por culpa suya se habían transformado en antropófagos.

LA CASA se estremecía desde los sótanos hasta las torres con las carreras de los nativos acosados. Estallaban disparos y aullidos, cuadros y estatuas hechos añicos se derrumbaban, los salones atestados de prisioneros gritando al ser llevados al parque desde donde se oían las detonaciones de fusilamientos, los sirvientes enloquecidos del furor místico contra la antropofagia segando a balazos a cualquiera, a todos, a quien apareciera sin lucir el distintivo de sirviente. El humo repletaba las estancias, la pólvora y la sangre manchaban las alfombras por las cuales huían cabras heridas por las balas. Pero el estruendo no cubrió el vozarrón del Mayordomo, que saliendo a la terraza del sur donde permanecían los niños acorralados por un piquete que los defendía y amenazaba a la vez, proclamó usando sus manos como bocina:

—¡Este caos no puede seguir! ¡Los antropófagos entrenados para implantar a punta de lanza sus salvajes costumbres en esta tierra! ¡Conmino al culpable de todo este desorden, a don Adriano Gomara, que se entregue a nosotros, representantes del orden y de la familia a quien pertenecen estas tierras!

Juan Pérez, seguido de sus hombres, los dedos en los gatillos, la identidad del culpable impresa en sus retinas como único blanco, iba ascendiendo la escalera de mármol que se desplegaba graciosamente por el muro del vestíbulo oval. En ese momento, que su nombre quedara o no inscrito en la historia como salvador no preocupaba a Juan Pérez: su rencor personal confluía, acrecentando en él su veneno, con el odio de sus superiores, pero sin confundirse con él. Sabía que plantear las cosas como un enfrentamiento ideológico no pasaba de ser un hábil gambito de los Ventura para recuperar lo que temían les hubieran quitado. Esa falsedad no importaba. Sólo importaba el corazón palpitante de la figura de barba blanca que alguna vez había podido observar por el ojo de la cerradura de la puerta de su buhardilla, aguardando la bala que Juan Pérez sentía palpitando por escaparse del cañón de su pistola y al incrustarse en ese corazón, inmovilizarse para inmovilizarlo. ¿Qué importaba que la mística guerra contra los antropófagos fuera superchería si en este momento actuar ardiendo de convicción justificaba cualquier cosa?

Juan Pérez, desde abajo, vio aparecer a Adriano Gomara en lo alto de la escalera, seguido por Mauro, y por sus guardias. ¿Cómo solidarizar con esa ineficaz figura de apostólica barba blanca, de albo camisón hecho jirones, el incoherente casco de guerrero nativo en la cabeza, la inútil lanza en la mano? Con su pelotón, Juan Pérez avanzó muy lentamente escalera arriba, esperando, esperando aún otro momento para estar más cerca y no errar, porque era su bala, no otra, la que debía abatirlo. Pero a medida que iba subiendo, acercándose, y que Adriano Gomara y los suyos avanzaban con las lanzas tendidas, Juan Pérez fue discerniendo en las facciones de su enemigo el horroroso misterio de aquel para quien lo humano tiene sentido y puede aspirar a un orden. Adriano no lo veía a él, a Juan Pérez. En consecuencia él no existía. Al ignorarlo, Adriano Gomara no era más que la encarnación del juicio moral que desde el centro de cualquiera ideología y desenmascarándolo, condenaba y rechazaba su vileza, porque había comprado la librea de lacayo tal como estaría dispuesto a comprar lo que quisiera de quien estuviera dispuesto a vender, y a su vez venderse. Que Adriano Gomara, entonces, reconociera su bala como suya al caer gritando, oh, qué triunfo si gritara lo que sabía que no gritaría: "Tú, Juan Pérez...". Eso era imposible. Juan Pérez alzó su pistola sobre esa estampa de gran altura y disparó.

Afuera, en el parque, y adentro, por la casa entera, seguían los disparos. Quizás la de Juan Pérez no fuera, al fin y al cabo, ni la primera bala del enfrentamiento ni la que derribó a Adriano Gomara, porque el pelotón de lacayos comenzó a disparar justo cuando el que los encabezaba alzó su pistola, en el segundo en que se atropellaban en su mente las sensaciones que recién he descrito, cuando a una orden de Mauro los hombres de la guardia de Adriano Gomara, cargaron con sus lanzas contra ellos. En todo caso, cuando el cadáver de Adriano Gomara, acribillado de balas, el camisón blanco y la barba blanca y los ojos ya blancos de muerte salpicados con su sangre cayó rodando escalera abajo junto con los otros, Juan Pérez vació su pistola una y otra vez en el cuerpo de quien ya jamás podría reconocer su individualidad, privándolo así para siempre de ella, mientras sus secuaces ultimaban a Mauro y a sus guerreros. Quedaron todos reposando en un montón sanguinolento al pie de la gran escala de bronce y mármol, confundiendo sus sangres con los tintes que chorreaban de las madejas sobre el suelo del vestíbulo de la rosa de los vientos.

3

LA NOTICIA de la muerte de Adriano Gomara corrió al instante por toda la casa. Los gritos de niños y nativos se transformaron en lamentaciones. Sin embargo, no detuvieron la resistencia que aunque inútil se hizo casi suicida, y más cruentos los castigos, culatazos, latigazos, fusilamientos de todo el que osara moverse o alzar la voz, como si el personal sintiera que la muerte de Adriano Gomara, lejos de poner fin al asalto, impusiera la necesidad de defender lo ganado acrecentando la insidia. El impulso de ver con sus propios ojos los resultados de la tragedia hizo que los sirvientes que custodiaban a los niños en la terraza del sur relajaran su vigilancia, mientras éstos, entremezclándose con los sirvientes y los nativos que surgían de todas partes, corrieron al vestíbulo donde los cuatro cabecillas contemplaban el hacinamiento de cuerpos en el charco de sangre y de tintes.

Ya no se oían disparos. Sólo uno que otro, allá afuera, lejos, en los límites del parque, quizás contra un nativo perseguido que escapaba hacia las montañas azules que teñían el horizonte. En el vestíbulo, el pasmo que precede a la conciencia plena de los grandes desastres hizo cesar las lamentaciones, y se estableció el silencio. Pero duró sólo un segundo: el gemido de Cordelia, que cargando a sus gemelos se encontraba justo detrás de los cabecillas, fue tan desgarrador que pareció agotarla y se desplomó en el suelo estirando su mano entre las patas abiertas del Mayordomo para acariciar la barba enrojecida del tío Adriano. Sólo entonces, estimulados por el gemido de Cordelia, se desencadenaron los sollozos y exclamaciones de los demás, que enmudecieron ante el grito del Mayordomo:

—¡Silencio! ¡Aquí no ha pasado nada!

Si lo que estoy narrando fuera real, no inventado, podría decir que algunos testigos, después, aseguraron que fue tan solemne y tan siniestro a la vez este primer momento de estupor, que no sólo los sollozos de los niños y de los nativos se alzaron entonces, sino que se les unieron los de algunos sirvientes, quizás de los más ignorantes o los más jóvenes, que admiraban a Adriano Gomara en secreto, o de los que no tenían muy claro el contenido del enfrentamiento que estaba ocurriendo en Marulanda.

En todo caso, el Chef, todo sonrisas dibujadas en sus mofletes temblorosos, se inclinó, una vez restablecido el silencio, para ayudar a Cordelia a ponerse de pie. Mientras la hacía incorporarse, sus manitas sonrosadas acariciaban la trenza rubia de Cordelia y sus ojillos de botón buscaban la alargada mirada verde de la niña. Que se calmara, le rogó, continuando sus caricias: no pasaba nada. Ya se arreglarían las cosas de alguna manera, y para demostrárselo le palmoteaba las manos.

—¡Déjame, asqueroso! —le gritó Cordelia y lo escupió en la cara.

El Chef, al limpiarse el escupitajo tísico de Cordelia, iba a propinarle un bofetón, pero al tomar impulso para hacerlo se dio cuenta que sus ojos verdes, de pronto secos, se habían alzado hasta la balaustrada de bronce rematada en lo alto de la escala por una farola, y vio que Wenceslao desnudo, llevando una lanza, el rostro feroz dispuesto a todo, iba a comenzar a descender. Cordelia lo detuvo con un grito:

—¡Lo mataron! ¡Huye a esconderte, que ahora te matarán a ti!

Algunos de los niños y nativos, los que no estaban completamente anonadados —y, repito: quizás también alguno de los sirvientes, para que mis lectores no crean que mi deseo es condenarlos a todos—, también le gritaron que huyera. Antes que el personal pudiera reaccionar, Wenceslao, comprendiendo el peligro, desapareció. El Mayordomo volvió a gritar para restituir el orden, voces de mando para que lo persiguieran, que lo encontraran y lo trajeran costara lo que costara, que sin Wenceslao su propia misión pacificadora quedaría incompleta, inconclusa, porque el hijo era portador de los mismos gérmenes de insurrección que animaron, hasta hacía tan poco, al padre.

Cordelia había aprovechado la momentánea confusión para refugiarse en los brazos de Francisco de Asís. El Mayordomo, después de ordenar la persecución de Wenceslao —que pronto caería en su poder porque era sólo un pequeñuelo—, y los demás sirvientes de alto rango se cerraron en torno a Cordelia. Entonces el Mayordomo, con una ligera pero prolongada inclinación de la cabeza, tal como lo exigía la etiqueta de los Ventura, se dirigió a ella:

—Me veo en la obligación de rogar a Vuestra Merced que observe un comportamiento más decoroso y abandone el abrazo de ese antropófago. Al fin y al cabo, Vuestra Merced es la hija mayor de don Anselmo, que es un santo, y de doña Eulalia, que es una dama dotada de las más altas cualidades. Debe comprender que nuestra intención es sobre todo liberadora, y si sienten la mano a veces un poco dura de nuestra autoridad, es sólo por el bien común. Para restituir el orden, les aconsejo que cooperen con nosotros, que es lo mismo que cooperar con los señores. Quisiera, en esta solemne ocasión, rogarle que nos preste su valiosa ayuda indicándonos cuál es el sitio más probable donde intentará esconderse el señor Wenceslao. Estoy seguro que este escondite, sin duda preestablecido por don Adriano, lo conoce no sólo usted sino todos los que durante este único día de nuestra ausencia permanecieron en la casa de campo. Y si usted no se digna decírmelo, entonces, naturalmente, le pediré a todos, uno por uno, niños y nativos sin perdonar a nadie, que nos lo digan hasta encontrar al señor Wenceslao, cuyas travesuras están poniéndose verdaderamente intolerables.

Cordelia escupió también el rostro del Mayordomo, que impertérrito, la expresión definitiva como la de una piedra, no se alteró. Tampoco hizo gesto alguno para enjugarse el escupo, esperando sólo que Cordelia le contestara. Pero no contestó. Al cabo de un minuto, el Mayordomo ordenó a sus guardias:

—¡Quítensela de los brazos a ese antropófago inmundo! Usted, señor Chef, encárguese de ella. Tráiganme al antropófago...

Un piquete de hombres que apenas lograban dominarlo hicieron adelantarse al guerrero Francisco de Asís. Él lo sabía todo —el Mayordomo lo vio claramente escrito en la transparencia total de esos ojos negros que lo miraban de fijo—, todo, absolutamente todo, porque este hombre que tenía delante, tan grande como él o quizás más y más poderoso, tenía la conciencia de representar a todos los que eran como él: era una presencia plácida, regia, la historia encarnada en este personaje emblemático, abstracto, pura significación. Él era la tentativa de todo un año, que no porque él y otros murieran fracasaría. Pero su sacrificio serviría para proteger a Wenceslao, que si lograba escapar quizás le daría una forma, distinta y quizás irreconocible, a lo que él y los suyos desde tan antiguo reclamaban como justo.

Los lacayos lo despojaron de su casco empenachado de gramíneas rojas, de las correas de cuero que cruzadas sobre su pecho sostenían su abigarrado manto, dejando expuesta la sombría musculatura de su tórax. El Mayordomo lo interrogó sobre el paradero de Wenceslao. En los ojos de Cordelia ardió una ligera, desesperada llamita verde, que el Mayordomo alcanzó a advertir. Esta niña de cuerpo y mente corrompidos no iba a derrotarlo. Nadie iba a derrotarlo. ¿No sabía, por boca de quien lo vio, que Hermógenes Ventura había refutado el tiempo real para darle vigencia al tiempo voluntariamente inventado por medio del simple expediente de deshacerse del hijo/muñeco de Casilda y Fabio, quebrantando con ello sus voluntades? ¿Si lo hacían los señores, por qué, entonces, no hacerlo él, que sólo aspiraba a tomarlos como modelo en todo? Arrebató a Cordelia los gemelos que llevaba a su espalda como una nativa, y comenzó a mecerlos en sus brazos, diciendo:

—¡Qué muñecas tan encantadoras, señorita Cordelia! ¿Pero no le parece que usted está un poco crecidita para jugar con muñecas? En todo caso, en la casa de campo se murmura que usted cree que son hijos suyos y de Francisco de Asís. Esto es imposible por dos razones que deseo hacerle ver. Una, porque tiene que darse cuenta que en un solo día de ausencia de sus padres no puede haber concebido y dado a luz... y es necesario, señorita Cordelia, que acepte la verdad de que hemos estado ausentes un solo día. ¿Por qué no contesta? ¿Por qué permanece muda? ¿Está acaso enferma? Recuerde que sus padres se lo tienen prohibido.

Antes de continuar dejó escurrirse un instante en que Cordelia no habló:

—Así sea. Y en segundo lugar, es imposible porque me parece evidente que el amor, el más alto ideal de la familia y sobre el cual se basa la estructura de la sociedad entera, de la moral y de la propiedad, no puede existir entre una damita decorosa y bien educada como usted y un asqueroso antropófago...

Como Cordelia no respondía, sino que iba escondiendo más y más la llamarada de rencor verde bajo sus párpados, el Mayordomo dejó de mecer a los críos y se los lanzó a unos lacayos que desaparecieron con ellos. Rugió entonces:

—¡Dime dónde está ese canalla de Wenceslao!

Y Cordelia lo escupió de nuevo.

La furia de los cabecillas y de los sirvientes que los rodeaban se desató sobre Cordelia: puta, la llamaban, degenerada, tísica, encubridora de un bandido como Wenceslao, antropófaga, que había permitido que le quitaran a sus hijos que estarían flotando muertos en este momento junto con otros cadáveres en el *laghetto*, madre desalmada, todas las niñas transformadas en putas por la influencia desmoralizadora de Adriano, corrompidas, todas llenas de quién sabe qué lacras morales, de qué inmundas corrupciones físicas, y todos los niños eran asesinos, maricones, crédulos, imbéciles, ladrones..., y de los nativos mejor ni hablar...

—¡Juan Pérez! —gritó por fin el Mayordomo.

—¡A sus órdenes, mi señor! —gritó éste, apareciendo y encomendándose al dios particular de los malvados para que la ira del Mayordomo, centrándose en Cordelia, no cayera sobre él culpándolo de la huida de Wenceslao, a quien, estúpidamente, por ayudar a promocionar a su propia familia antes que la situación estuviera madura para ello, puso bajo la vigilancia de su hermano Agapito.

—¡Trae una guitarra! —mandó el Mayordomo.

Cordelia, inmovilizada por el abrazo palpitante del Chef, se replegó, se cerró más aún, mientras el Mayordomo decía:

—Todas las parejas bien constituidas se enseñan unas a otras muchas cosas ¿no es verdad, señorita Cordelia? Usted cantaba, si recuerdo bien, unas canciones muy bonitas, que nosotros, los sirvientes, no teníamos derecho a oír más que desde lejos. Seguro que alguna le ha enseñado a Francisco de Asís ¿no es verdad? ¡Entrégale a Francisco de Asís la guitarra, Juan Pérez...!

El gigantón la recibió, abrazándola dulcemente, como si fuera un cuerpo, por la cintura. Las cuerdas murmuraron y luego enmudecieron contra su pecho. Nadie de la multitud que llenaba el vestíbulo de la rosa de los vientos y la escala de mármol se movía. Nadie respiraba. Se oía caer, de vez en cuando, una gota de tinte rojo, amarillo, verde, en los charcos. Francisco de Asís seguía abrazado a la cintura de la guitarra sin decir palabra.

—¡Juan Pérez, te ordeno que lo hagas cantar!

Éste le arrebató la guitarra, conduciéndolo hasta el pie de la gran escala. Allí lo hizo extender sus manos abiertas sobre la superficie de bronce de la piña decorativa que remataba la espiral de la balaustrada.

—¿Vas a cantar? —le preguntó Juan Pérez, imitando con su voz de rana el trueno de la voz del Mayordomo.

Francisco de Asís continuó mudo, altivo, centro de las miradas de todos. No podía rebajarse a contestar. Juan Pérez sintió la altura de su desprecio. Entonces descargó la culata de su pistola una y otra vez sobre sus dedos, una y otra vez, hasta oír cómo crujían sus huesos mientras le gritaba:

306

—Toma y toma y toma, antropófago, ladrón, dege- nerado, corruptor, toma y toma..., aunque te tenga que quebrar todos los huesos del cuerpo nos vas a tocar la guitarra a nosotros que somos los vencedores..., toma y toma, por acariciar el cuerpo de la señorita Cordelia...

No dijo: por acariciar ese cuerpo que mis manos in- dignas jamás acariciarán porque no saben acariciar. Francisco de Asís, pálido más con el horror que con el dolor, tenía todos los músculos del cuerpo tensos, bri- llantes como los de una coraza bruñida, como una esta- tua de bronce imperial, defendiéndose así, como podía, del dolor físico que por el momento borraba todos los demás dolores y lo protegía de ellos. Pero desde detrás de ese dolor, escuchó la voz de Cordelia que decía:

—No dejes que te maten...

Y los nativos, y quizás los niños:

—Canta para que no te maten...

—Te necesitamos...

Los escombros de todos sus dolores se sublevaron, entonces, y con los guiñapos en que quedaron converti- das sus manos tomó, como pudo, la guitarra. Sus dedos inanimados apenas podían pulsar una que otra cuerda, pero su voz se alzó alta, clara, segurísima, como mani- festación de algo que los sirvientes eran incapaces de comprender pero que, al oírla, les pareció más violento, más subversivo que nada que jamás oirían, la primera señal de una resistencia inquebrantable que tal vez —pensaron durante un segundo en que se sintieron vaci- lar— ni ellos, ni los grandes, ni nadie iba a poder vencer:

> *Plaisirs d'amour*
> *ne durent qu'un instant;*
> *chagrins d'amour*
> *durent toute la vie...*

En ese momento se abrió una de las puertas que

daba a la balaustrada del *piano nobile*. Todos creyeron que el ensalmo de la canción había convocado a Wenceslao. Pero no era más que la amable presencia de Melania en *déshabillée*, un poco desmelenada, apretando un pañuelito humedecido de agua de colonia a sus sienes. Inclinándose sobre el pasamanos dijo:

—Cordelia, mi amor, te ruego que cantes tu linda canción un poquito más bajo porque estoy literalmente ciega de dolor de cabeza después que la Marquesa y yo regresamos a nuestras posesiones...

Y cuando escuchó que los guardias, a una señal levísima del Mayordomo, se llevaban a Francisco de Asís para ajusticiarlo, Melania insistió, tosiendo un poquito para demostrar cuán mal estaba:

—Cordelia... ¿por qué no contestas?

Antes de desaparecer por la puerta del gabinete chino se alzó de hombros con indiferencia, agregando suavemente para no despertar a la Marquesa que tenía el oído tan fino:

—En fin, mal educada ¡no contestarme! Es preferible correr un tupido velo sobre la conducta de algunas de mis primas...

Cuando se cerró su puerta tras ella, la voz del Mayordomo tronó en el vestíbulo como si todos los huracanes por fin se hubieran desatado:

—Darle caza, como a una fiera porque es una fiera, todos, darle caza a Wenceslao. Que no se te escape, Juan Pérez, pues pagarás con tu cabeza si no me lo traes vivo o muerto, haz lo que quieras para averiguar su paradero, interroga a quien quieras, haciendo lo que te parezca, utiliza todas las artimañas de tu vileza porque la vileza es nuestra única fuerza, ni uno solo de estos nativos ni de estos niños queda excluido de la posibilidad de saber el paradero del hijo de don Adriano Gomara...

A punta de pistola y fusil los sirvientes sacaron a los

niños y a los nativos con las manos en alto del vestíbulo de la rosa de los vientos. Y los cabecillas, saltando por encima de los cadáveres amontonados y aún calientes, subieron la escalera comentando la jornada. Después de golpear discretamente la puerta para no molestar a la Marquesa que dormitaba y a Melania aquejada de *migraine*, el Mayordomo murmuró:

—¿Tenemos licencia para hablar con Vuestras Mercedes un instante? Es necesario ponernos de acuerdo sobre ciertos puntos...

Capítulo Diez

EL MAYORDOMO

1

QUIERO PEDIR a mis lectores que, al levantarse el telón sobre este capítulo, se imaginen un escenario repleto de desolación y de muerte: gritos, persecuciones y disparos en el parque incendiado y enfangado, y cadáveres de anónimos nativos flotando en el *laghetto*. Golpeados, heridos, los niños de la familia huían de habitación en habitación hasta refugiarse en la biblioteca, donde Arabela intentaba calmarlos asegurándoles que a ellos, por ser quienes eran y pese a lo que podían indicar los atropellos cometidos con la inconciencia del primer momento, no se atreverían a tocarlos. No era sólo el temor por sus vidas, bien lo sabía Arabela, ni el dolor de los moretones y los huesos rotos lo que los acongojaba: con los ojos irritados por el humo y las lágrimas, a través de los ventanales de la biblioteca veían caer acribilladas hileras de nativos, mientras una febril figura de librea amaranto corría gritando órdenes, dirigiendo los fusilamientos, azotando a los que mostraban resistencia, su áspera vocecilla de rana reverberando en los cristales al mandar que se llevaran a los nativos más peligrosos al caserío. Juan Pérez: Arabela lo identificó. ¿Cómo no distinguir sus facciones de las de otros lacayos de rango mínimo, para acordarse después, en el momento de la venganza? Arabela les explicaba:

—Por desgracia, a más de alguno de nosotros nos tocará verlo de cerca y nunca más podremos olvidar sus

310

facciones, aunque todo cambie y esta figura emblemática del mal caiga víctima de la destrucción que lleva adentro.

Las sílabas civilizadas de Arabela no podían, por temor a las represalias, alzarse mucho: por el momento era necesario no ser ellos mismos, sino sólo representarse. Un silencio de terror y pólvora quedó envolviendo la mansión casi en ruinas, donde parecía imposible que renaciera sistema alguno a partir de aquello que los sirvientes llamaban "el legado de ruinas de don Adriano", y los niños, en susurros, puesto que lo primero que se restableció fue la vigilancia, "el salvajismo del Mayordomo". Después del primer momento de fragor, éste decretó con un rugido:

—Aquí no ha pasado nada. La vida seguirá igual que siempre.

Mis lectores podrán medir lo absurdo de esta ordenanza si me creen que tanto lo sucedido durante el año anterior, con sus triunfos y sus injustificables torpezas, como el dolor y la humillación del asalto, habían grabado en el corazón de todos, niños y nativos por igual, una conciencia, un rencor que ya no permitiría que nada, nunca más, fuera como había sido. Así, lo único que los vástagos de los Ventura se atrevieron a manifestar, por el momento, fue obediencia: y, como si éste fuera un verano idéntico a los anteriores, tomaban actitudes rememoradas —pero ahora vacías, como las de actores justo antes de que se alce el telón— en las estancias y en los jardines, leyendo un libro de versos o entretejiendo una guirnalda en el cenador de jazmines. Pero ni sus ojos leían la estrofa ni sus narices olían el jazmín. ¿Cómo habían de hacerlo si durante semanas enteras persistió el fétido aroma —como de carne humana chamuscada— de los pétalos multicolores del rosedal al incendiarse? ¿Si los cristales rotos de la casa quedaron nublados de humo, trepidando con las detonaciones de los ajusticiamientos que llegaban desde los confines del parque? ¿Si los sillones vomitaban crin y muelles, y las balaustradas con sus ánforas se desmoronaban, y los muros cubiertos con los insolentes *graffiti* de otra época se iban descascarando, y los cadáveres de los pavos reales se podrían en las escalinatas recalentadas por el sol? A los niños no les estaba permitido ver nada de esto —aunque prefiero expresarlo así: a nadie le importaba que vieran; pero no debían mirar, y menos comentar—: sabían que podía ser peligroso levantar la cabeza inclinada sobre el bordado cuando, desde un hato de nativos conducidos a punta de cañón por un destacamento de lacayos, Luis Gonzaga o Juana Arco le pedían socorro a su amiga Morgana, por ejemplo, que sólo osaba recoger sus piernas para que los desgraciados, al ser conducidos al castigo, a la muerte, o al exilio no se enredaran en ellas.

Llegando a este punto de mi narración, debo detenerme para corregir algo que afirmé más arriba: el asalto no significó conciencia, y mucho menos rencor, para todos los primos, ni todos se identificaron con las desvaídas figuras de la derrota. Otro grupo, más reducido, por cierto, no salía del *piano nobile* ni bajaba al jardín por preferir permanecer arriba disfrutando de la renovación de su arrogancia. Como será fácil adivinar, estoy hablando del brillante grupo de Melania y Juvenal, a los que, por estar habituados a manejar la fábula, nada les costó volver a arroparse en ella. Cuando en el primer momento de la victoria los cabecillas intentaron, como hemos visto en el capítulo anterior, efectuar una amistosa entrada en el gabinete chino para parlamentar con los niños recién liberados en el caserío, fueron recibidos como heraldos del desastre que invadían el coto de la fantasía. Juvenal, incorporándose en el diván donde yacía postrado por la *migraine*, les señaló la puerta con el brazo y el dedo majestuosamente estirado, deteniéndolos en el umbral con esta acusación:

—¡No tengan la osadía de entrar aquí con ese aire mundano que no les cuadra! ¡Fuera! ¡A cumplir con su deber! Es el colmo que dos horas después de nuestra llegada no hayan restaurado aún los estropicios cometidos por los antropófagos en el único día de la ausencia de nuestros padres. ¡Pura negligencia! Si no quieren pagar una importante multa es necesario que emprendan de inmediato el arreglo de estas estancias, de modo que seres civilizados como la Marquesa y sus iguales, corazones puros, almas sensibles que tuvimos el heroísmo de resistir a la barbarie y sus tentaciones, podamos vivir cómodamente en ellas y se borre toda huella de presencias intrusas en estos ámbitos que es nuestro derecho exclusivo, por ser quienes somos, habitar.

Los cabecillas, apabullados por la enorme verdad de las palabras de Juvenal, retrocedieron, volviendo a cerrar la puerta del gabinete chino donde no alcanzaron a entrar. Gritando sus órdenes desde lo alto de la escala, organizaron a la tropa que aún hervía en el vestíbulo de la rosa de los vientos, transformándolos momentáneamente en pintores y yeseros, tapiceros y bordadores, que efectuaron una acelerada restauración del *piano nobile*, destinada más tarde a extenderse, como quien corre un tupido velo, por la casa entera: entonces, las huellas de la ocupación por cientos de familias, del recinto que se concibió para una sola, quedarían borradas, y la fábula podría volver a establecerse en el decorado que le correspondía.

Es verdad que con la prisa nada quedó igual que antes: los zurcidos de los tapices se destacaban torpes; el yeso de los pechos lucidos con tanto desenfado por las cariátides que sostenían ménsulas permanecía húmedo,

313

modelado sin pericia; el oriente de las perlas de los retratos de corte no pasaban de ser manchas aproximativas porque, al fin y al cabo, ¿quién iba a estar fijándose? ¿Quién, en las circunstancias presentes iba a cometer la chambonada de señalarlo? Hacerlo, todo el mundo estaba de acuerdo —y "todo el mundo" era, ahora, muchas menos personas que antes—, sería peligroso. El olor a cola, a trementina, a aceite, a cera, aunque penetrante y desagrable, tenía por lo menos la virtud de desterrar el olor a pólvora constantemente incrementado por los disparos que retumbaban en el fondo de remotos pasillos. Entonces, al cabo de unas horas de frenética actividad, el *piano nobile,* vigilante otra vez de pupilas de halcones desencapuchados en los tapices que describían los pormenores de una expedición de cetrería, quedó listo para recibir a los niños buenos, que igual a sus padres sabían que era indigno de ellos reconocer la existencia, y menos tolerarla, de personas y situaciones anormales.

EL MAYORDOMO, al ser expulsado del *piano nobile* por Juvenal, eligió para instalar su cuartel privado el pequeño despacho de Terencio, discretamente lujoso con grabados ecuestres ordenados sobre paneles de encina, invitante de butacas de cuero para acoger a caballeros perfumados de buen tabaco.

—Es muy inglés —había oído decir el Mayordomo a los Ventura.

Y para justificar su elección le repetía a Juan Pérez:

—Es muy inglés.

Codiciaba este despacho menos porque al quedar en un extremo de la casa había salido intacto del asalto, que porque desde su entrada al servicio de los Ventura el Mayordomo admiraba a Terencio como el ejemplar más perfecto de su raza, no tanto por el lustre de sus botas y el ademán de su muñeca al ofrecer la pitillera —similares manierismos, al fin y al cabo, adornaban a todos los Ventura—, sino porque, a diferencia de los Ventura de mayor calibre intelectual, los modales de Terencio eran de una sola pieza, no un adorno, con su alucinada convicción de que todo ser distinto a él era un antropófago comprometido en la preparación de la hecatombe. Enseñar a los criados a usar las armas no constituía, bajo su tutela, más que el repaso diario del tema de la muerte, lección bien absorbida por el Mayordomo.

Juan Pérez, en cambio, no necesitaba absorber nada de nadie porque su rencor era previo a toda idea. Inclinado sobre la baranda de bronce del balcón que bruñía con un ante y un líquido fétido, veía contra el atardecer reflejado en los cristales de la ventana abierta, la mole purpúrea del Mayordomo paseándose por el despacho de Terencio, intentando emular la silueta de su señor, que era delgada como la de un mancebo y ligeramente curvada hacia atrás como un sable: esfuerzo que redundaba en lo grotesco como todo el que aspira a ser lo que otros son, ignorando las posibilidades creativas de su propia dosis de odio. El lastre como de piedra de sus enormes manos enguantadas de blanco se cimbreaba al extremo de sus brazos y no conseguía dotar de un balanceo adecuado a su cuerpo sostenido por canillas que no llenaban del todo sus medias de seda. Sin levantar la vista de su trabajo, Juan Pérez miró el césped, ahora gris de barro seco y descuido: el Mayordomo se proponía restaurarlo a su verdor primitivo de modo que sirviera de marco clásico a parejas de blanco jugando al croquet. Pero ese proyecto era alentado por la nostalgia, sentimiento que Juan Pérez repudiaba por ser sólo capaz de proponer restauraciones, rescates, remedos, repeticiones, nunca la arriesgada creación de una autonomía.

A él, en cambio, nada en la casa ni en el parque lograba proponérsele como una meta apetitosa para su imaginación: no eran más que elementos en la etiología de la droga que reclamaban sus pasiones para funcionar con suficiente intensidad y para que así él pudiera conocerles, por fin, la cara. Con la arrogancia de los solitarios se dijo que la casa, sus escalinatas y sus personajes, no lograban invertir su anhedonía, ni definían nada dentro de él, como tampoco el parque ni su deslinde ahora inexistente. Allá abajo, a las órdenes del Jardinero Jefe, divisó diversos grupos de sirvientes buscando posibles escondrijos de lanzas, y recogiendo aquellas abandonadas por los guerreros muertos: obedecían así la orden del Mayordomo de volver a alzar la reja para definir de nuevo el perímetro de la propiedad. Pero Juan Pérez —al terminar de pulir la baranda había cerrado la ventana; ahora, con un plumerito, desempolvaba el reloj de péndulo— sabía otra cosa: que ahora, antes de la futura reconstrucción de la reja, no existía el miedo, mientras que su erección lo señalaría; significaba entonces una visión de muy escaso vuelo de las actuales circunstancias, porque un orden restablecido no es nunca verdadero orden sino un remedo de otros, siempre desfasado en el tiempo y que no tiene por qué calzar con la circunstancia presente. Era inútil explicarle a este paquidermo enjoyado que el deslinde entre presente y pasado, bien y mal, tú y yo, es, con frecuencia, de materia aparentemente más endeble a la del fierro de unas lanzas. Lo cierto era que en caso de reconstruirse la reja "tal cual —y cito aquí las palabras del Mayordomo— como existía antes de la partida de los señores" se quedarían sin armas cuando dentro de poco se agotaran las municiones prodigadas por el personal como reiteración de la retórica del poder. En todo caso ya se había concertado entre Juan Pérez y un grupo de juramentados el plan de acaparar lanzas en secreto para definir con ellas un ruedo menor y utilizar como armas las lanzas sobrantes. ¿Pero armas contra qué, contra quién? No importa, se dijo Juan Pérez, es necesario plantearlo todo en forma de lucha armada. Escondió su plumerito y limpió las manchas fétidas de sus dedos mientras miraba al Mayordomo que, al sentarse al escritorio de Terencio, agobió la delicadeza de ese mueble con su volumen, y su elegancia con la profusión de sus condecoraciones. Contra él. No, no contra él, que como todo el mundo, menos él, lo sabía, era esencialmente suplantable, sino contra levantamientos de niños perversos, contra hipotéticas insurrecciones del personal, contra los antropófagos en acecho desde el interior de todo, contra los señores, sí, sí, contra todo lo que no fuera él mismo porque al no ser él, Juan Pérez, frágil, y rencoroso por saberse frágil, todo constituía una amenaza de destrucción para su yo, toda existencia fuera de la suya era parte del peligro que comenzaba justo afuera de su piel, en su pobre camiseta caliente y sudada: por eso, la única manera de plantearse el universo era como una formulación de la violencia. Él, contrario al Mayordomo con su pesante caudal de satisfacción, necesitaba ir a la raíz misma del peligro, o más allá: transformarse en peligro para no ser su víctima.

Y el peligro, claro, no se encontraba ni en la casa de campo ni en el parque, que había hecho recorrer palmo a palmo por sus hombres. Disueltas en ese océano de espigas maceradas por el atardecer visto a través de los cristales de la ventana que había cerrado después de encender la lámpara sobre el escritorio de su jefe, huían los dos seres más distintos a él, y, por lo tanto, los más amenazantes. ¿Huían, en realidad, juntos, o era eso sólo parte de su delirio? ¿O habían muerto ya, inidentificados, víctimas del desdén de la casualidad en las primeras

317

horas del asalto? ¿Alcanzó a existir una alianza entre ellos, el desconocido placer de la lealtad? ¿Compartieron el trabajo y las ideas cuya ponzoña irían esparciendo ahora por el mundo como evangelistas malditos? ¿Se igualaban en ese evangelio el amo y el vasallo? Esta posible igualación era el resorte del terror que mantenía a Juan Pérez vibrante desde el alba montado en su caballo, recorriendo a toda carrera la llanura, decidido a todo, hasta a prenderle fuego a las gramíneas para que ardiera el mundo de extremo a extremo. Lo seguían sus juramentados, tan desenfrenados como él, armados hasta los dientes, que se hundían en ese mar vegetal extendido de horizonte a horizonte sin más brújula que el corazón de este personaje —si mis lectores me permiten la licencia de usar esta palabra en relación a él— cuya aguja, tarde o temprano, tenía que señalar el escondite del par de facinerosos en algún punto de esa extensión sin orillas.

La llanura había llegado al apogeo de su maduración: las esponjosas espigas iban a comenzar a desprender vilanos. Si se tratara de un verano igual a todos, dentro de pocos días quizás Terencio haría alto en el croquet vespertino, y de su corbata negra extraería el primer vilano atrapado por los infinitesimales tentáculos de esa seda mate, exclamando al soltarlo al aire con sus delicadas uñas:

—Ludmila, esposa mía, mira, un vilano: es como una estrella minúscula, un livianísimo sistema de frágiles ganchos que se adhieren a todo. ¡Qué prodigiosa es nuestra Madre Naturaleza si pensamos que, dentro de una semana o dos, esta miniatura se multiplicará por cientos de millones que como nubes lo envolverán todo! Pero nuestra Madre Naturaleza, que es madre nuestra pero no de todos los hombres porque pertenece a nuestra estirpe, nos da trato de hijos predilectos: con este

318

primer vilano tiene la gentileza de prevenirnos que ya llegó el momento de hacer nuestras maletas para regresar a la capital. Te ruego que, como espejo de esposa que eres porque sabes cumplir tus deberes con una sonrisa, te encargues de eso, ya que el papel principal de una esposa es el de regir los pormenores de una familia para que el marido pueda despreocuparse de ellos y dedicarse a tareas más altas. Tenemos que partir, en resumen, a lo sumo dentro de dos semanas si no queremos morir ahogados por los vilanos. ¡De modo que, a trabajar, y sin perder el tiempo!

En el momento de que estoy hablando, ningún vilano se había desprendido espontáneamente aún. Sin embargo, cuando Juan Pérez, solo o con una cuadrilla se internaba a todo galope entre las gramíneas, trillándolas y triturando sus copos, levantaban una nube de vilanos como una columna platinada que para los que la avistaban desde lejos señalaba el sitio asolado por los siniestros jinetes. Los nativos que tuvieron que permanecer en el caserío obligados por las armas a dedicarse a la agricultura proveedora de la casa, sabían que ver acercarse la nube anunciaba a Juan Pérez, a sus hombres y sus disparos. Y cuando el piquete ecuestre alcanzaba las primeras chozas, pocos nativos se libraban de sus acentos iracundos y de sus látigos: humillados porque pasaban días y días y no encontraban a Agapito y Wenceslao, descargaban sobre cualquiera su furia durante los interrogatorios dentro de las chozas construidas a pocos pasos del caserío, un barrio repleto de anónimos prisioneros nativos, y a veces, de un niño o de un sirviente traidor. Pero eran sobre todo nativos, porque esa raza de antropófagos confabulados, como una red, estaba ayudando a huir, a salvar a los dos malhechores. Juan Pérez, látigo en mano, pistola al cinto, envuelto en la inmensa capa platinada de una nube de vilanos, galopaba como un poseído en amplios círculos concéntricos de radio en disminución, cayendo por fin sobre un desdichado que al ver acercarse la nube rutilante no podía hacer otra cosa que aguardar su suerte en cuclillas detrás de una mata de gramíneas, sangrante el cuerpo tajeado por las hojas vertidas en la forma de un surtidor de espadas. Había algo, sin embargo, que ayudaba a los nativos: desde sus abuelos, estudiando el trayecto de las grandes piezas de caza en su ir y venir por la llanura, y carente de armas de gran alcance, lograron desarrollar complejos sistemas de trampas —fosos cubiertos de un entretejido de gramíneas disimuladas bajo una capa de tierra de modo que el gamo o el jabalí engañado, al pisarla, cayera dentro— hacia las cuales, ululando, batían a los animales. Estos sistemas, que se extendían espaciadísimos entre la casa de campo y las montañas azules que en los días claros teñían el horizonte, desconocidos por los no pertenecientes a su raza, hacían más lenta la búsqueda de Juan Pérez y sus esbirros, ya que éstos no osaban recorrer esos sectores sino a pie. En los hoyos se cobijaba algún fugitivo que esperaba que se alejara la nube para continuar su huida casi muerto de hambre, recalando de agujero en agujero. Habituados a reseñar las direcciones por el desplazamiento en los astros y conocedores de los escasos abrevaderos, unos pocos lograron llegar hasta las montañas. Cruzándolas —al resguardo de la noche para evitar los fusiles de los sirvientes encargados de volver a poner en marcha la producción de las minas— alcanzaban la otra vertiente, donde el poder de los Ventura y sus servidores era nulo o risible.

Por la tarde, después de los interrogatorios a los antropófagos que se negaban a reconocer su filiación a la espantosa secta, Juan Pérez se lavaba las manos y se refrescaba la cara. En la choza donde dormía desdeñando los halagos de la casa de campo, calzaba sus escarpines y sus medias de seda, vestía sus calzones de nankín, su *jabot* de encaje y su modesta librea color amaranto bordeada apenas con una trencilla de oro como correspondía a un lacayo de ínfimo rango. Subiendo al *landau* conducido por un cochero, blandiendo su plumero de criado cruzaba el trecho que separaba el caserío de la mansión. Al confundirse entre los lacayos laboriosos que representaban la comedia de la estabilidad de Marulanda, adivinaba la justificada inseguridad que los embargaba. Sí, era peligroso que flaqueara la mística de la cruzada contra los antropófagos: como si ésta jamás los hubiera convencido del todo, a veces los veía abatirse bajo ráfagas de un simple escepticismo visceral que no era otra cosa que el miedo de ser engañados. En la noche, los que no montaban guardia, en el sótano devorado por líquenes fantasmales como descartadas bambalinas que fingieran jirones colgados a la entrada de cavernas, y casi sin luz debido a que las velas comenzaban a escasear, los lacayos o pinches o jardineros ruidosos y pendencieros jugaban a las cartas. Apostaban no la fantasía de una docena de azafates de plata, sino que ahora, en posesión de un fragmento de ese sueño, ofrecían una pieza auténtica recién robada. Con el fin de no perder su anonimato, Juan Pérez no llegaba a reprenderlos. Los delataba, en cambio, al Mayordomo para que él y sus hombres repartieran castigos oficiales. A veces compartía con la leva los asquerosos manjares que les servían para ahorrar las delicadezas destinadas a los del *piano nobile*, la escasez no fuera a hacerlos fallar en sus convicciones. Oyendo hablar a los sirvientes, roncos y descontentos, se preguntaba si resultaría verdad el persistente rumor de que los Ventura estaban a punto de regresar con otro contingente de criados de reemplazo y con un nuevo Mayordomo. Si esto llegara a suceder iba a ser necesario luchar contra los nuevos porque se pretendería pagarles a ellos los antiguos sueldos de un solo día de ausencia, no de un año entero como era justicia. Este insidioso rumor iba creciendo día a día, ganando más y más adeptos, haciendo más y más difícil controlar ciertos sectores del personal que comenzaban a mostrarse díscolos. Utilizando la exageración de este hipotético peligro, Juan Pérez había logrado someter al Primer Jardinero: más anciano que los demás cabecillas y a punto de jubilar de su agotadora profesión, la llegada de Lidia se le presentó no sólo como la probable estafa de un año de emolumentos, sino sobre todo, debido a ese año robado cuya existencia los Ventura se negarían a reconocer, la postergación en un año del ansiado retiro.

Mientras bruñía los bronces del balcón del despacho de Terencio, contestando un sí o un no a las preguntas con que el Mayordomo solicitaba su consejo, sin levantar la frente inclinada sobre sus quehaceres, Juan Pérez iba alimentando a su jefe con pequeños datos, con sospechas aparentemente insignificantes, de modo que se convenciera de que él por sí solo había llegado a la conclusión de que este peligroso rumor era propagado por los niños que *no* tenían el privilegio de habitar el *piano nobile*, sobre los que sería necesario redoblar la vigilancia y los castigos: él se reservaba carta blanca en este asunto. ¿Con qué fin, se preguntarán mis lectores? La razón no es difícil de adivinar: la fuente de estos rumores era, sin duda, Wenceslao, cuya herencia de antropofagia aún embargaba la casa..., sí, sí, él oía sus carreras por los pasillos alfombrados y su desvergonzada risa en el jardín, y veía su nombre dibujado una y otra vez pero sin voz en los labios de los primos, tal vez enlazado con el de Agapito. Y como el enigma es la materia misma de que están construidas las obsesiones, cuanto veía y oía lo veía y oía teñido por esas presencias: sí, ellos hacían lle-

gar los rumores subversivos hasta la casa de campo por
correos aún no descubiertos que interceptaría no sólo
para atrapar a los culpables, sino para contraponer a la
figura de Wenceslao la difusión de su propia leyenda negra que ocultaba su cara y su biografía, porque nadie
era capaz de identificarlo más que como uno de tantos
lacayos.

2

ESTE OJO, se dijo Juan Pérez —y untó su pincel en brillo
glauco para pintar un foco en las pupilas del galgo que
con su pata entreabría la puerta para asomarse al salón—,
será mi ojo. Lo registrará todo: cuando yo no esté,
permanecerá aquí vigilándolos. No es que los ojos de
los personajes del fresco *trompe l'oeil* tuvieran oportunidad de fisgonear allí ningún secreto de trascendencia:
condenados por la bidimensionalidad del muro a ser
testigos sólo del ajetreo oficial con que se despachaba la
administración de la casa, al lacayo no le quedó más
protesta que pintar una raya de aburrimiento entre las
cejas del cortesano y endurecer su boca con un pliegue
de fastidio. Pero quería dejar bien claro que él no era
ese cortesano, él era este galgo famélico cuyas costillas
negras se disponía a acentuar con sombras. Cuanto su
pincel de restaurador tocaba parecía transformarse en
un engendro alucinado. Sus esbirros, suspendidos por
andamios y poleas a distintas alturas sobre la faz del
fresco, se encargaban de transformar imperceptiblemente a las diosas retozonas en arpías, a las nubes sonrosadas en tormentas. Este perro vería con una minuciosidad equivalente a su hambre todo aquello que él no
podía ver porque se hallaba con la nariz en un palmo
del muro, cercado por potes de color, su espalda vuelta

hacia la sala: entre las cuatro *bergères* de brocato carmesí dispuestas sobre el pavimento ajedrezado, la interacción de los cabecillas debía desplegarse ante los ojos de este galgo. El Caballerizo Mayor, despaturrado, se había dormido en su asiento; el Primer Jardinero se encontraba ausente porque, inoculado con el terror de que le robaran un año entero de su vida, andaba rastreando lanzas con la concentración de un lebrel. Presentes ahora, sólo el Mayordomo y el Chef: el obeso guisandero —y pese a sus aires no era otra cosa— confundía la bella aridez sustantiva del poder con el placer, pegajoso y fangoso, que era lo fácil, lo adjetivo, y esta confusión podía acarrear problemas. El Mayordomo, por fortuna, era de entendimiento tan romo que ni los agasajos del placer lo arrastraban. Podía concentrar toda su fuerza en la tarea de incrementar la monumentalidad de su imagen que a Juan Pérez le interesaba conservar monolítica: su pincel acariciaba el lomo de los galgos, tranquilos, tranquilos, los acariciaba y acariciaba, domándolos para mantenerlos atentos a los cabecillas, no se les ocurriera saltar más allá de sus dimensiones. Afuera, un sol muy alto, bruñido como por orden de los Ventura, detallaba la superficie azul del cielo como si se tratara de una prolongación del fresco: caía desde los esbeltos ventanales de un extremo de la estancia, sobre el ajedrezado por el cual, brazo en brazo, transitaban el Mayordomo y el Chef hasta el otro extremo ocupado por la yesería de la tribuna para la orquesta, y después volvían.

—Ninguno de los niños —afirmaba el Mayordomo— ha desaparecido. Tengo que repetirle, mi dilecto amigo, que los señores los encontrarán a todos cuando hagan el recuento de sus polluelos.

—Naturalmente —lo apoyó el Chef—. Las ausencias de Fabio y Casilda, de Higinio y Malvina, corren por cuenta de ellos. ¿Tenemos otra pueba sino rumores de que Wenceslao ha desaparecido? De Mauro no sé nada. En todo caso ¿qué diremos sobre estos dos pequeños asuntos cuando regresen?

El Mayordomo se detuvo en medio de la luz sobre el pavimento. Desprendió su brazo de terciopelo del brazo de hilo del Chef, y abriendo sus manos con el repentino candor de un par de alas, le propuso lo obvio:

—Pero, amigo mío, por supuesto que les diremos la verdad.

El Chef estuvo a punto de preguntarle cuál verdad entre las múltiples que el poder maneja. Pero calló para dejar que el Mayordomo se internara en la maraña de sus elaboraciones:

—¿Por qué no refrendar la verdad que ellos supieron por boca de Fabio y Casilda en la capilla? Claro: durante su paseo, que como todos estamos de acuerdo ha durado un solo día, ocurrió el temido ataque de los antropófagos y se comieron a Mauro y a Wenceslao. El mayor para la tropa. El menor, el de carne más tierna, para los jefes, como debe ser.

En el silencio del salón de baile —un oído de tísico hubiera podido percibir la inefable caricia de los pinceles sobre la piel de un cuello adolescente para mancharlo de pústulas o sobre la silueta encorsetada de una cintura para restarle flexibilidad— restallaron como groseras respuestas a los planes del Mayordomo los ruidos intestinales del Chef. Llevándose las manos a la panza se sonrojó como una damisela, atinando sólo a murmurar:

—Le ruego encarecidamente que me excuse, señor Mayordomo. ¡Son gajes de mi oficio! Confieso que no es muy elegante lo que me acaba de suceder.

—Amigo —le dijo el Mayordomo—. Le ruego que me confíe qué apetitos desencadenaron este feroz reclamo de su organismo.

El Chef, como un niño que preferiría no confesar una travesura de mediana importancia, tartamudeó:

—Le ruego que me excuse si no me atrevo a explayarme al respecto...

—Mi dilecto amigo —lo interrumpió el Mayordomo palmoteándole la espalda—. Sentémonos aquí un instante para charlar, usted y yo, en la mayor intimidad...

—Cómo no, señor Mayordomo —repuso el Chef acomodándose en la *bergère* que le correspondía—. Pero antes quisiera que le ordenara a Juan Pérez que se retire. Como soy un poco puritano prefiero que este fámulo no vea, en el espejo de mano que está restaurando y que sostiene con tanto donaire esa rubia deidad reclinada, que mis inocentes confesiones me producen rubores.

—Eso, jamás —replicó su interlocutor alzando la mano—. Le ruego que se muestre comprensivo conmigo, estimado Chef, si pretende que yo lo sea con usted. Quiero dejar establecido que no estoy dispuesto a prescindir ni un momento de Juan Pérez: es mi cloaca, el oscurísimo resumidero del poder. Usted debe aceptarlo en mí aunque deba combatirlo en otros.

Sin dejar de pintar, con un ligero gesto de la ceja, Juan Pérez indicó a sus juramentados que se retiraran: éstos, abandonando sus potes de pintura y sus guardapolvos, tramoyeros y maromeros se descolgaron de los andamios, y después de inclinar leve pero prolongadamente la cabeza, como lo mandaba la etiqueta familiar, salieron en hilera de la sala. Cloaca, se dijo Juan Pérez con la vista fija en el espejo de la diosa, su pincel elaborando biseles para no perder ni un reflejo de lo que iba a suceder: cloaca necesaria como todas las cloacas, encima de cuya trama se edifican las ciudades más ostentosas. Sí, estimó, en mí, sirviente de sirvientes, el poder que confiere el hecho de ser cloaca se transforma en elemento autónomo, de polivalencia destructora que va mucho más allá de individualidades e ideologías. Juan Pérez, desde afuera, desde el terreno que de acuerdo con su jefe se reservaba, se alegró de comprobar que el Mayordomo, a quien creía sólo dotado de la mecánica de la visión, no se engañaba ni respecto a sí mismo ni respecto a él: comprendió con algo parecido a una epifanía, que su propia complejidad no era la única forma de inteligencia, ya que el poder directo, simple pero supremo, está dotado de otra lucidez porque su planteo se reduce a la eficacia total equivalente a la convicción total, negada a seres como él, que planeaba en otras dimensiones.

—Muy bien, que se quede aquí si no hay más remedio —musitó el Chef en voz muy baja porque el paseo por el salón los había llevado junto al Caballerizo Mayor y prefería no despertarlo para que su palinodia no tuviera más testigos—. Se trata de lo siguiente: yo soy, como usted sabe, el gastrónomo número uno del país y ciertamente de esta casa, aunque me inclino ante la superioridad natural de los señores. Pocas personas habrán probado y conocerán más guisos que yo, de kurdos y bosquimanos, de coptos y esquimales. Tanto, que estoy terminando de compilar una enciclopedia que encierra todas las experiencias gastronómicas posibles. Existe algo, sin embargo, que no he probado nunca, y que claro, espero no comer, aunque no puedo, ni debo, ni quiero, ocultarle mi curiosidad: carne humana. Es tan grande mi ansiedad por probarla, que en cuanto se habla de ella mi tripa suena nostálgicamente. Huelga asegurarle, señor Mayordomo, que jamás osaría comerla.

Y en el silencio de sus puntos suspensivos volvió a atronar su barriga de tal modo que tuvo que esperar que cesara el ruido antes de continuar:

—Pero quisiera..., quisiera sólo oler algunos de los

guisos preparados por los salvajes. ¿Cree usted, señor Mayordomo, que esta operación sería considerada como antropofagia? Me encantaría, además, conocer algunas de sus recetas y completar así mi cultura gastronómica, que sin la inclusión de ellas quizás será acusada por la crítica más acerba como demasiado académica. Dicen que en las batallas entre estos brutos, los jefes se reservan las vaginas de las vírgenes impúberes, con las que hacen un sancocho sumamente sabroso. Debe ser..., debe ser...

Y suspiró al unísono con el tercer estruendo de su barriga:

—...debe ser *bocato di cardinale*, como vulgarmente se dice...

La repulsiva sensualidad del Chef, se dijo el Mayordomo, lo hacía propasarse. Afabilísimo, sin embargo, mientras para su coleto concertaba la mejor estrategia con que aplastar a este antropófago en potencia, lo enredó en una ligera carcajada postiza, invitándolo a ponerse de pie para despedirlo con la deferencia que su rango requería:

—Amigo mío, sus nostalgias son comprensibles en un espíritu selecto como el suyo, más relacionadas con la ciencia que con el disolvente regalo de los sentidos. Pero quisiera aprovechar esta oportunidad para recordarle que a nosotros los jerarcas nos están permitidas ciertas libertades vedadas al vulgo. No se apure: yo mismo me ocuparé de instruir a Juan Pérez que lo ponga en contacto con los grandes cocineros aborígenes que le proporcionarán recetas, o lo que usted quiera: sobre eso correremos el tupido velo de la discreción que con tanto arte como frecuencia nos han enseñado a utilizar nuestros amos.

Los labios del Chef, tumefactos, viscerales, babeaban de expectación mientras se restregaba sus manecitas

328

demasiado chicas, demasiado limpias. Preguntó:

—Desearía poner en su conocimiento, señor Mayordomo, que mi trabajo de enciclopedista ya está completo, esperando sólo el capítulo sobre antropofagia, de modo que corre cierta prisa que mis experiencias en este campo se lleven a cabo: mis editores me asedian. ¿Cuándo se me proporcionarán? ¿Dentro de un día, de dos, de una semana, un mes...?

Aquí, el Mayordomo se detuvo, alzándose escarpado como una cordillera de terciopelo y oro que ocupara todo el horizonte y de cuyas cumbres naciera el cataclismo de su furia, refulgentes sus ojos de seda y los alamares de su autoridad, implacable la geometría de su mandíbula, imperial el gesto de su brazo dispuesto a descargar su fuerza sobre la figura del Chef, reducido, ahora, a un temeroso temblequeo. El trueno de la voz del Mayordomo desprendió granos de yeso al retumbar en el bajorrelieve pompeyano que decoraba la tribuna cerca de la cual se había detenido y despertó al Caballerizo Mayor, que permaneció en su butaca simulando continuar su sueño para capear la borrasca.

—¡Rayos y centellas! ¿Te atreves a hablar de un mes, una semana, un día? ¿No acabas de comprender, pedazo de alcornoque, que aquí no pasa, no ha pasado ni pasará el tiempo, porque así lo ordenaron nuestros señores? El tiempo se detuvo cuando partieron de excursión. ¡Ay del que crea que continuará antes de su regreso! ¡Si tú y todos no lo comprenden de una vez habrá crujir de huesos y rechinar de dientes!

—Sí, señor Mayordomo —contestó Juan Pérez, en lugar del Chef porque comprendió que éste se encontraba demasiado apabullado para hacerlo.

—¿Por qué me contestas afirmativamente con esa voz de renacuajo si no entiendes qué estoy diciendo? Establezco ahora mismo que hablar de un mes, de una semana, de un día o muchos, o mencionar de paso o accidentalmente un minuto o un segundo, es traición.

Pausa teatral. Luego gritó:

—¡Juan Pérez!

—Sí, señor Mayordomo...

—¡Confiscarás todos los relojes y calendarios de la casa, todos los cronómetros y péndulos, clepsidras y metrónomos, relojes de sol y de arena, todos los anuarios, agendas, almanaques, lunarios, que declaro objetos sediciosos y cuyos poseedores serán relegados al caserío bajo tu terrible intendencia!

Arrebatado por su propia retórica el Mayordomo había subido los peldaños hasta la tribuna. Desde allí gesticulaba con sus grandes manos enguantadas, dirigiendo su perorata no tanto a sus subalternos, sino a las damas y caballeros del fresco, más capacitados que ellos, por su ilustración, para saborear las lindezas de su estilística:

—¡Día y noche, terminaré con vosotros! ¡Quien se refiera a vuestra cíclica autoridad, aún por circunloquios, cometerá delito y será castigado! ¡Ni pasado ni futuro, ni desarrollo ni proceso, ni historia ni ciencia, ni luz ni sombra: sólo fábula y penumbra! ¡Juan Pérez, vil atributo mío! Harás clausurar todos los postigos y pintar de negro todos los vidrios para mantener luces inalterables en todas las habitaciones, de modo que quede anulada la diferencia entre día y noche y todo transcurra en el remanso de lo que permanece afuera de la historia, porque la historia no se reanudará hasta el regreso de los amos.

Con el rostro todavía pegado al muro y el pincel en ristre, los pies rodeados de potes multicolores, Juan Pérez dejó de pintar, mirando un instante al Mayordomo reflejado en el espejo de su diosa: con un toque lívido de su pincel aquí, un verdoso acá, él podía alterar

330

a este lacayo enaltecido hasta dotarlo de la perspicacia suficiente para que comprendiera de una vez que la meta no era atrapar a los niños dentro de esa realidad que él estaba inventando, sino a los Ventura mismos cuando regresaran. Tarea por cierto más difícil. Pero como al fin y al cabo son las leyes las que crean la realidad, y no a la inversa, y quien tiene el poder crea las leyes, era sólo cuestión de conservarlo. ¡Que el Mayordomo no lo malgastara! ¡Que fuera con cuidado para que el poder, que siempre finalmente se agota, no se agotara antes de la llegada de la presa suprema! Y para eso era necesario seguir pintando el fresco, restaurando mentirosamente, lentamente, alterando rostros y atmósferas, aire, tiempo y no tiempo. El Mayordomo se había detenido para respirar. El Chef lo aprovechó para hacerse dar un ataque de tos tras el cual tomó la palabra, interpelando a su jefe desde el pavimento cuadriculado, como un fiel:

—Quisiera felicitar al señor Mayordomo por la dimensión de sus planes recién expuestos, dignos sin duda de los mejores momentos de La Marquesa Salió A Las Cinco y no diferente, en sustancia, al contenido de ese juego: sólo puedo decir que esto prueba que *les grands esprits se rencontrent*, como dicen los franceses. Desearía, sin embargo, pedirle que me permita hacerle un pequeño reparo.

—Adelante, colega...

—¿Cómo se propone controlar el hecho de que los niños, a ciertas horas, sientan sueño, y sobre todo, a ciertas horas, sientan hambre, que al fin y al cabo es el fenómeno más natural del mundo porque hasta los animales (y hasta los antropófagos, que, todos estamos de acuerdo, son inferiores a los animales) lo sienten?

El Mayordomo se dio tiempo para rumiar esta pregunta bajando pausadamente de la tribuna. Tomando al

Chef del brazo otra vez volvió a pasearse con él de arriba para abajo, de abajo para arriba por el ajedrezado pavimento, explicándole con paciencia:

—En ese sentido, mi querido señor Chef, su labor será importantísima. Puedo decir, sin temor a la exageración, que me sería imposible llevar a cabo mi tarea sin su valioso aporte, ya que en este antitiempo que inauguraremos usted será mi principal colaborador para detener la historia donde queremos y donde debemos detenerla. Usted sabe muy bien que toda organización se altera por medio de una simple manipulación del hambre: aquí está su papel. Usted mantendrá abierto día y noche, que pronto no se distinguirán uno de la otra, el gran comedor iluminado por eternos candelabros dispuestos sobre las mesas que usted y sus hombres se encargarán de mantener siempre cubiertas de los más exquisitos manjares para que los niños, creyendo en su propia libertad y en la total disponibilidad y abundancia de la comida, acudan a comer a todas horas, cuando se les antoje. Roto así el ritmo de inveteradas costumbres, se lanzarán como cachorros hambrientos a comer a cada instante, y descontrolados, borrarán su ritmo y su comprensión del tiempo. Igual que los animales, dormirán a cada rato haciendo la digestión, sin programa general, cada cual a su aire, lo que, de nuevo, confundirán con libertad al proponerse caóticos ciclos personales que anularán el colectivo que hasta ahora les había permitido compartir, ya que el tiempo no compartido con otros no es tiempo, y llevar su cuenta...

Con algo de desdeñosa impaciencia el Chef se desprendió del brazo de quien —ya que él iba a hacer el sacrificio de comer carne humana y el Mayordomo no— ahora le resultaba difícil concebir como un superior absoluto:

—Mi opinión, que me atrevo a proponer como no

del todo negligible, es que debemos analizar este asunto con más detenimiento, incluso consultar a los niños del *piano nobile*. En todo caso, propongo, puesto que aún no se han dado casos claros de subversión, que no es urgente llevar inmediatamente a cabo los planes de mi señor Mayordomo. Urge, me parece, en forma más perentoria, realizar mis experiencias culinarias. Me explicaré por qué: no se crea que mi interés es puramente egoísta, académico, frío. No. Dentro de poco faltará la carne en la casa de campo, ya que los malvados nativos están envenenando las aguas que los animales beben en los abrevaderos, y si no tomamos precauciones, nos quedaremos sin nada que comer. Yo quisiera no sólo estudiar la manera de cocinar carne humana del modo más variado y atractivo, sino también cómo salarla para conservarla durante los largos períodos cuando...

Aullando al oírlo, el Mayordomo, como una fiera que toma impulso para lanzarse sobre su presa, reculó hasta topar con Juan Pérez que, impertérrito, seguía pintando: reducida de nuevo la dimensión del Chef al darse cuenta que no podía competir con la ira de su superior, huyó corriendo de la habitación tapándose los oídos para no escuchar sus improperios:

—¡Antropófago! ¡Monstruo!

Aprovechando que el Mayordomo tenía el brazo estirado para tomar impulso y descargar su puño sobre la víctima, Juan Pérez le puso un pote de pintura bermellón en la mano, que voló hacia la puerta recién cerrada manchándola con un signo sangriento. Le puso, después, un pote de azul de Prusia, que el jefe también lanzó, y uno de amarillo cromo y uno de violeta de genciana que el cabecilla, gritando, manoteando, ciego, aullando contra el antropófago que se le rebelaba, lanzaba, manchando no sólo la puerta sino las perspectivas mentirosas y los arcos, las risas de las elegantes maritornes y los paisajes aptos para bailar la pavana. Para salvarse de esta hecatombe polícroma, el Caballerizo Mayor se había puesto de pie, retrocediendo hasta la puerta, donde se encontró con Juan Pérez, quien, ya que ahora la propulsión de la ira del Mayordomo se autoabastecía, estaba huyendo para dejarla agotarse por sí sola. En la puerta el Caballerizo Mayor le preguntó:

—¿Qué inopinado estruendo...?

Juan Pérez no lo dejó formular entera su pregunta:

—Un atentado contra la dignidad, y quizás contra la vida del señor Mayordomo. Como usted ve, está tomando estas justificadas represalias que lo llevarán a destruir el fresco, cuya culpa sus enemigos, seguramente, querrán cargar sobre los hombros de nuestro jefe, cuando en realidad fueron ellos los responsables del desastre...

3

FUE, como solía decirse en las novelas de antaño, un tiempo aciago.

La casa quedó sellada por la pintura negra con que los sirvientes cubrieron los cristales, por puertas y ventanas condenadas, por pasillos tapiados con muros de cal y canto. Sumergidos en la tenue penumbra de los candiles, los niños parecían flotar como peces moribundos, absortos, sin embargo, en la silenciosa tarea de sobrevivir, ya que la sobrevivencia en las actuales condiciones, era una arriesgada forma de rebeldía. Pronto —¿cuánto tiempo es pronto, se preguntarán mis lectores, si no hay manera de medirlo cuando está difuminado por el artificio de una llamita en cada cuarto?— se fueron habituando a esta realidad engañosa en que las voces y los pasos tenues, y para qué decir las emociones, no podían

334

optar por forma alguna de desarrollo. Desde la multi-plicación de sombras y rincones los lacayos no dejaban de rondar, escuchando cualquier coloquio, escudri-ñando cualquier papel que pudiera contener mensajes en que los primos se preguntaran por el alcance de lo sucedido o de lo que sucedería, acechando los dormito-rios para que la amistad o el amor o el frío o el miedo no reunieran a un par en un lecho con el fin de compar-tir informaciones y perplejidades. Se trataba de encon-trar —mandaron las autoridades— a niños a quienes acu-sar de haber comido carne humana, o haber deseado comerla o haber abrigado intenciones o deseos de ha-cerlo, o todavía hacerlo o desear hacerlo en la insonda-ble clandestinidad que, pese a todo, los sirvientes sen-tían palpitar dentro del apretado puño de su vigilancia, o mantener relaciones secretas con los antropófagos que aún rondaban la casa. Sí, sí, la rondaban, repetían los sirvientes dispuestos a todo, la rondaban escabulléndose milagrosamente entre las gramíneas y armándose, sin duda, bajo las órdenes de Wenceslao y del otro: ellos, los sirvientes, habían impuesto su orden al caos del pe-ríodo anterior, duramente, heroicamente. Se trataba de una conquista específicamente de ellos; no de cualquier grupo de sirvientes, porque ellos no eran suplantables. No tolerarían que nuevos sirvientes tomaran su lugar. Era necesario seguir la lucha porque cada niño era un enemigo, un antropófago en potencia. ¿No les habían enseñado acaso, sus amos, esta principalísima necesidad de cuidarse de ellos? Los salvajes seguramente perma-necían en comunicación con Valerio y Teodora, que, cubiertas ahora sus vergüenzas por jirones de vestidos que les quedaban pequeños porque eran de hacía tanto tiempo y estaban en una edad en que crecían tanto, sólo aguardaban una oportunidad para volver al estado de salvajismo del que los sirvientes los rescataron con su asalto al caserío. Aislaron a estos dos en lujosos dormitorios muy distantes el uno del otro, servidos por un piquete de lacayos cada uno, que obsequiosos atendían a sus necesidades y los acompañaban de habitación en habitación escuchando sin disimulo sus conversaciones con los demás primos, pasándoles el vaso de agua pedido y ayudándolos a vestir sus sucios harapos, es verdad, pero con pistolas y cuchillos escondidos en sus fajas bajo sus libreas de terciopelo y oro.

A los niños no hubo necesidad de prohibirles volver a mencionar a los nativos, porque desde el comienzo advirtieron que podía ser peligroso hacerlo: se requería de ellos, lo sabían, buena voluntad para olvidarlos, ya que éstos representaban los elementos incontrolables del tiempo que se iba a anular. Desterrados a su mísera suerte, las circunstancias de los antropófagos ni siquiera rozarían —como en lo que Juvenal y Melania llamaban "los buenos tiempos"— la conciencia no sólo de aquellos cuyo regalado existir transcurría en los salones del *piano nobile*, sino también de aquellos que habitaban el ruinoso resto de la mansión donde cada uno en su agujero, por decirlo así, se ocupaba de su propio escuálido proyecto de sobrevivencia. Es verdad que, de cuando en cuando, desde afuera, se oían disparos. O quejidos inexplicables detrás de una puerta. O por conductos secretos se filtraban hasta la casa imágenes de hambre y desesperación. Pero como no se debía mencionar estos hechos, su frecuencia fue disminuyendo, o por lo menos así pareció en el prolongado presente a que los niños quedaron sometidos y que los absorbió, de modo que muchos de ellos —por cuna, con una respetable vocación para el olvido— pronto desterraron a los nativos de la memoria.

La Pérfida Marquesa que, como a estas alturas de mi narración todos mis lectores sabrán, era viuda, manifestó deseos de volver a casarse. ¿Por cuarta, por quinta vez? En fin, los primos ya habían perdido la cuenta de los numerosos enlaces que precipitaron a la muerte o a la locura a sus cónyuges, o que los impulsaron a intentar rehacer sus fortunas perdiéndose para siempre en las selvas de las Filipinas. Se sentía sola, le confiaba la Marquesa a la Amada Inmortal, su hija, su amiga del alma, su confidente comprensiva. Necesitaba un hombre que, además de ser su par en lo espiritual y en lo social, poseyera el vigor necesario para calmar sus apetitos, los cuales, a esta edad, justo antes que se extinguieran, se iban exacerbando. Al mirar a su alrededor en el *piano nobile* sólo vio a Abelardo, descartado porque, fuera del hecho de ser su hermano —y aunque jamás se aludiera este defectillo que aquí me propongo mencionar— era, para decirlo de una vez por todas, bastante jorobado. Durante unos días consideró la posibilidad de reanudar sus relaciones con Justiniano, pese a que pertenecía al otro bando: su arma para atraerlo, además de sus encantos ahora ¡ay! un tanto otoñales, sería la promesa de trasladarlo a vivir al *piano nobile*, la única, la gran ambición de los envidiosos que allí no vivían. Pero Melania se opuso. Justiniano era un borrachín carente de todo estilo, que sería un lunar en un ambiente como el que ellos cultivaban. Mantuvieron una seria conferencia con el Chef, *habitué* del salón de la Marquesa, al cual, acariciando la mano de esa noble dama extendida sobre el *vis-à-vis* donde se contemplaban mutuamente el rostro, no pudo dejar de indicarle que sería una *mésalliance*. La Marquesa objetó:

—¿Pero qué tiene de particular, mi querido amigo, si la Virgen María, que era de lo mejor de lo mejor de Jerusalén, se casó con San José, un pobre carpintero?

El argumento de La Marquesa no convenció ni a Melania ni al Chef. Éste, aconsejado por el Mayordomo, que en el presente enredo prefirió permanecer entre bastidores, sugirió ¿por qué no Cosme? Era guapo y fornido. Tenía bellos ojos, de un gris tan claro que su iris parecía no existir más que como el reflejo cuadriculado del tablero de ajedrez sobre el cual se hallaban perpetuamente concentrados. Es cierto que no pertenecía al *piano nobile*. Pero tampoco se dejaba arrastrar a las histéricas dramatizaciones del otro bando cuyos miembros malvadamente insistían en andar vestidos de harapos para manifestar quién sabe qué descontento. Al margen de ambos grupos, aparte, inclinado con Avelino y Rosamunda sobre el ajedrez, nada, salvo este juego, parecía agitar su sangre. Durante el transcurso de este relato mis lectores han visto a Cosme innumerables veces en igual posición —sobre las gradas de la terraza del sur sin alterarse ni siquiera en el momento de la culminante aparición del tío Adriano entre los dos moros; o mientras se desarrollaba la escena del balcón, aquella en que Melania y el malogrado Mauro se cubrieron de gloria; y en tantas y tantas otras ocasiones en que si no he nombrado a los ajedrecistas se debe al sobreentendido de que allí estaban, silenciosos, plenos, presentes en todo aunque sin tomar parte en nada—, sin alterar con su presencia la composición del cuadro general de las emociones. Melania alegó que introducir a uno de los primos declaradamente hostil dentro del ambiente de gentileza que tanto trabajo les había dado crearse —al desmelenado Valerio, por ejemplo, que por su violencia era quizás el más atractivo de todos— sería una locura, una falta de ese sentido de la realidad que en todos los tonos y desde la cuna no se cansaban de predicarles sus padres. Atraer a Cosme, en cambio, no resultaría difícil para la Pérfida Marquesa si le prometía el uso del ajedrez-chino-que-es-pieza-de-museo, encerrado de nuevo en su correspondiente vitrina. Zoé, la mensajera, chata y gorda y bamboleante, simiesca la mano que apretaba sus caramelos, con voz gangosa pero precisa transmitió los deseos y promesas de la Pérfida Marquesa a Cosme. Éste repuso sin levantar sus ojos del tablero:

—Dile a esa puta vieja que no me importune, que prefiero jugar con guijarros o con botones que con el ajedrez-chino-que-es-pieza-de-museo, si esto significa que tengo que someterme a sus requerimientos.

Al escuchar la repetición *verbatim* de la respuesta de Cosme, la Pérfida Marquesa lloró amargamente, porque la verdad es que había llegado a amar a Cosme con el amor de los primeros años. Melancólica mientras Aglaée le espolvoreaba la cabellera con *henna*, le preguntó al espejo que Olimpia, arrodillada ante ella, sostenía para que contemplara allí su rostro:

—Espejo, espejito. Dime: ¿quién es la más bella entre las bellas?

—La Marquesa de Belvedere y Aluvión, Condesa de C'rear-en-Laye, Vizcondesa de...

—¿Espejo, fiel espejito, dime cómo puedo vengarme del cruel desaire de Cosme?

Debo confiar a mis lectores que la voz del espejito pertenecía al Ángel de Bondad, que escondida detrás de las cortinas había sido elegida, por la normalidad de su criterio por todos admirado, para contestar a la Pérfida Marquesa y equilibrar así sus palabras que con tanta frecuencia caían en la alucinación. Cuando la voz del espejito, sin embargo, respondió a la noble dama sugiriéndole una idea para su venganza, ésta fue tan desalmada —pero de tan característica sapiencia culinaria— que prefiero dejar a mis lectores en "suspenso", como se dice ahora, sin respuesta a su curiosidad, para que se den cuenta más tarde, cuando yo vaya relatando las cosas a medida que sucedieron, cuál fue esta idea. Y el Ángel de Bondad mantuvo una secreta conferencia con el Chef, que accedió, aunque con infinitos reparos, a las proposiciones de esta niña.

La Pérfida Marquesa le hizo llegar un *billet doux* a Cosme, invitándolo a cenar en la intimidad de su *boudoir*. Cosme se dio cuenta de que si no acudía a este *rendez-vous* —que no era más que una orden disfrazada, puesto que la Pérfida Marquesa tenía la autoridad de su lado— ponía en peligro su suerte, y la de Rosamunda y de Avelino. Cosme se sentó ceremoniosamente a la mesa. Pero, hambriento debido al tono de *austerity* de las comidas de aquellos que no vivían en el *piano nobile*, comió copiosamente, entusiastamente, como el adolescente que era, en tanto que la Pérfida Marquesa, melancólica, distante, etérea, sólo desmigajó durante la cena una granada. Mientras lo hacía le propuso a Cosme unir su suerte a la de ella. Cosme levantó sus ojos grises, que la Marquesa encontró más enloquecedores que nunca, y le dijo:

—No.

—¿Por qué no?

—Porque sería una imposición.

—¿Qué te atreves a sugerir? ¿Por qué voy a necesitar imponerme yo, si tengo belleza, millones y apellidos, y los hombres de todo el reino andan locos por mi mano?

—Porque soy libre.

La Pérfida Marquesa se levantó de la mesa, apoyándose con una mano enguantada sobre el encaje del mantel y arreglándose con la otra las perlas que resbalaban sobre sus hombros ebúrneos.

—¡Estúpido! —le gritó.

—¿Porque prefiero permanecer libre?

—¡Porque prefieres creerlo! Querido mío, no hay nadie que sea libre, ya eres grande, está bueno que te enteres... —replicó ella, acompañando sus palabras con una carcajada de final de segundo acto. Después, bruscamente seria, clavando en él sus ojos pesados de *kohl*, le espetó:

—¡Desdichado! ¿No te fijaste que yo sólo probé un poco de fruta durante nuestro ágape? Te quiero explicar por qué: te hice servir carne humana, sí, sí, carne humana en venganza por no quererme, hice preparar para ti guisos de antropófago para transformarte en antropófago, sí, sí, eso es lo que eres, un antropófago que ha devorado la carne de algún asqueroso nativo traidor y ajusticiado..., mas, si quieres saber la verdad, te diré que todos ustedes son alimentados diariamente con carne humana y en consecuencia se puede decir con plena justicia que todos los que no viven en el *piano nobile* son antropófagos...

Y mientras la Pérfida Marquesa salía de la estancia derramando joyas con una mano crispada en su escote y recogida la cola de su vestido con la otra, Cosme, doblado en dos con un repentino calambre de pavor que le rasgó las entrañas, vomitó sobre el encaje de la mesa, pidiendo a gritos que lo ayudaran. Acudieron sirvientes, primos sorprendidos que preguntaban qué le sucedía que gemía en forma tan atroz. Pero los lacayos respondieron al unísono:

—Nada.

Lo llevaron a tenderse en su cama. Un lacayo le administró medicinas que no lograron doblegar su vigilia para sumirlo en el sueño. Sus gemidos sonaban inquietantes por la casa. Los primos que transitaban por ese corredor los oían. Después, sin que se calmaran sus calambres, evitando tanto a sus primos como a los sirvientes —si esto fuera posible en una casa de paredes y puertas y rincones toda ojos—, se atrevió a salir de su habitación, cabizbajo, enfermo del alma, tembloroso, paseándose de un extremo al otro por la galería de las mesas de malaquita ahora con los ventanales pintados de negro, logrando no tropezar en la oscuridad con los hacinamientos de fardos de oro descomponiéndose por los rincones. En uno de esos paseos, Arabela, entreabriendo la puerta de la biblioteca y asomando su rostro, lo alcanzó a ver. Cosme la reconoció por el lejano relumbre del único candil reflejado en los dos cristales de sus gafas. Dio otro paseo, hasta el otro extremo de la galería. A su regreso se detuvo apenas un minuto para susurrarle que ellos, los niños que no jugaban a La Marquesa Salió A Las Cinco, eran alimentados con carne humana de los caídos en la continuada resistencia. Pavorizada, Arabela corrió a contar esta noticia a los demás niños, que, como tenían que sobrevivir fuera como fuera, no dieron otra muestra de alteración que correr a vomitar en secreto. Desde entonces, pretextando enfermedades o simplemente "olvidando" hacerlo, fueron ejercitándose poco a poco para aprender a no comer, y sólo parecer hacerlo. Pero los lacayos implacables los obligaban a comer de todo, a todas horas, produciéndoles malestares reales, arcadas, vómitos, dolores que los enfermaban de veras porque estaban seguros que hasta el pan, hasta el vino rojo, hasta la leche estaban contaminados. Los niños fueron enflaqueciendo peligrosamente, hasta quedar convertidos en pajitas, en ramitas, los rostros hundidos por el hambre que los enloquecía, hasta que les resultaba difícil esconderse detrás de los fardos de oro descompuestos que llenaban las galerías y los salones con su fétido polvillo de oro rojizo que se adhería ligeramente a los rostros de los niños, incapaces de identificar esa materia pegajosa que flotaba en el aire dotándolos de una especie de mordaza de sangre. Los primos permanecían escuálidos, casi inmóviles en la continuada penumbra de las estancias —¿soy o no soy antropófago?, se preguntaba cada uno a sí mismo, ¿cuál sería el castigo absoluto para tan nefasto crimen?, ¿a cuáles de sus amigos nativos se habían comido?—, jugando, como siempre, o casi como siempre, leyendo, o simulando leer, charlando sin poder decirse nada, incapacitados para reaccionar porque no sabían si sus reacciones, aunque mínimas, podían desencadenar represalias no sólo contra ellos mismos sino contra los nativos que habitaban, allá afuera, los repliegues de la historia que para ellos ni por un minuto había cesado.

A los pocos días, Cosme desapareció. O los primos se dieron cuenta que había desaparecido. Incapaz de jugar al ajedrez, se había estado sentado junto al tablero para ver jugar a Rosamunda y Avelino que a veces trataban de animarlo guiñándole un ojo al hacer un gambito afortunado, o acariciándole, simplemente, la mano, o haciéndole sostener la reina negra para moverla en forma triunfal: él la soltaba, rodaba al suelo. Pero ahora no encontraron a Cosme ni en las inmediaciones del tablero, ni en el comedor, ni en su habitación, ni en la galería. Los niños vivían en la zozobra de no estar seguros de haber visto o no a Cosme, ni cuándo, debido a la confusión del tiempo incompartible. Sólo de tarde en tarde se preguntaban por él, enarcando las cejas, o por medio de subrepticios gestos de las manos, o con palabras que al no salir de sus labios sólo incrementaban el silencio.

Hasta que de pronto se oyó en toda la casa el feroz portazo que Arabela dio al salir de la biblioteca, marchando con propósito firme por la galería de las mesas de malaquita, cruzando los salones, trepando las barricadas de fardos de oro, desembocando en el gabinete de los moros, cruzando el vestíbulo de la rosa de los vientos vigilada por los lacayos atónitos que bruñían el pasamanos de bronce de la balaustrada, subiendo la escala mientras peroraba con voz inaudible, como si discutiera consigo misma los pro y los contra de la inaceptabilidad total o parcial de la desaparición de Cosme sólo por haber hablado con ella, escurriéndose rápido como una ratita gris hasta abrir, por último, la puerta del salón de baile. Al verla entrar andrajosa y estragada, los cabecillas se pusieron de pie, inclinando ligera pero prolongadamente la cabeza como lo exigía la etiqueta familiar para que nunca nadie pudiera decir que un sirviente faltó a ella. Arabela avanzó hasta el Mayordomo, plantándose ínfima pero firme ante su enorme altura, mientras un círculo de lacayos se apretaba en torno suyo.

—¿Eres el Mayordomo? —le preguntó—. Lo supongo porque eres el más grande y ése es el único atributo necesario para ser Mayordomo de nuestra casa. Te lo pregunto porque, como te darás cuenta, estoy limpiando mis gafas con el ruedo de mi vestido rasgado, zurcido y sucio.

—¡Es una moda lamentable, Vuestra Merced, que deploro se haya establecido entre los niños...!

—Ha desaparecido Cosme —lo interrumpió Arabela.

Una expresión de inocente sorpresa bañó la cara del Mayordomo:

—¿Desaparecer? —preguntó—. ¿Desaparecer, lo que se llama desaparecer? Imposible, Vuestra Merced, porque no hay hechiceros que lo puedan haber hecho esfumarse por arte de birlibirloque. Y yo no he sabido que Vuestra Merced se haya dignado unirse al juego de La Marquesa Salió A Las Cinco, donde, hay que reconocerlo, a veces suceden cosas inverosímiles que ninguna persona normal creería.

—Cuando digo "desaparecer" —recalcó Arabela, calándose por fin las gafas y escudriñando toda la altura del Mayordomo sin encontrar nada allí salvo cantidad pura—, quiero decir, específicamente, que ustedes lo han

344

tomado prisionero y se lo han llevado.

El Mayordomo acarició la cabeza escueta de Arabela, sonriendo con la ternura casi navideña de que son capaces los malvados, y blandamente le dijo a Arabela:

—No hay que darle importancia. Ya encontrarán otro compañero de juego Rosamunda y Avelino. Ya verán que el encantador Cosme, tan sereno y tan medido, pronto se volverá a sumar a los inocentes pasatiempos de Vuestras Mercedes. Aunque no hay que descartar la teoría de que los antropófagos, que, como Vuestra Merced lo sabe, se infiltran por todas partes pese a nuestros heroicos esfuerzos, se lo hayan robado, quizás ¡y tiemblo al sugerirlo! para comérselo. Aunque, ¿no es usted de mi opinión, mi querido señor Chef?, si fuera ésta la razón del robo hubieran elegido a un niño más tierno, más joven, más gordo, como el buen Cipriano, por ejemplo, que francamente está como para el cuchillo. En todo caso, ustedes lacayos, dejen de rondar a esta encantadora niña que ha acudido con la confianza de los inocentes a exponer sus perplejidades. Les recomiendo especialmente a esta muchacha.

Esa misma noche, cuatro hombres de antifaces negros maniataron y amordazaron a Arabela en su camita detrás del biombo Coromandel de la biblioteca y se la llevaron. O por lo menos ésa fue la versión que circuló entre los primos sobre las circunstancias que precedieron a y sobre la desaparición misma de esta prima. Oigamos la versión de Arabela, que meditaba en estos términos:

"PERO NO. Es preferible no dar el texto que prometí en el párrafo anterior: la experiencia del dolor, cuando es de gran intensidad y significación, no puede ser reemplazada por la fantasía, que por su naturaleza misma es

345

sugerente, y, por eso, aproximativa e irrespetuosa. En versiones anteriores de esta novela, aún en las galeradas, venía en este sitio una extensa sección que no era otra cosa que el monólogo interior de Arabela mientras era castigada por los esbirros de Juan Pérez, los cuales, empleando refinadísimas artes, intentaron extraerle no sólo la supuesta verdad sobre el paradero de Wenceslao y Agapito, sino los nombres de los niños que se habrían transformado en antropófagos. Que Arabela haya confesado lo poco o nada que sabía sobre estas materias carece de importancia, ya que el heroísmo puede tomar muchas formas, aun, en casos extremos, el de una aparente cobardía. La modestia me aconseja, más bien, correr un tupido velo sobre estos pormenores, ya que es imposible reproducir esos horrores para quien no los ha vivido, y además quizás sean sólo rumores: ya se sabe lo mentirosos que son los niños. Puedo decir, eso sí, que después, cuando el escombro en que quedó convertida nuestra pequeña amiga despertó atada a un tronco en una choza del caserío, tuvo la certeza de que el simple hecho de sobrevivir al castigo —y no es que la sobrevivencia no hubiera sido la única y misérrima tarea que a ella y a sus primos los tenían condenados en la casa de campo— era en sí una exaltada forma de heroísmo porque otros, con seguridad, sobrevivirían en circunstancias tan o más trágicas que la de ella, y su dolor, por lo tanto, no era sólo personal, sino colectivo. Su espalda, memoriosa al cabo de quién sabe cuánto tiempo de despertar, reconoció con algo semejante al alivio las rugosidades del tronco, el mismo a que la ataron cuando la trajeron a esta choza antes que iniciaran los ritos del castigo. ¿Qué habían hecho, entretanto, con su pobre cuerpo? Su memoria rehusaba devolverle los detalles, como si recordarlos bastaría para precipitarla en un desmayo igual a aquel del que recién se recobraba.

Las hormigas del suelo de tierra donde se hallaba sentada fueron invadiendo su cuerpo en busca de llagas en donde beber, y hasta que enloqueciera con su cosquilleo —benigno pese a lo incómodo, porque delineando su piel le devolvían su propia forma atomizada por el dolor, además de capacitarla para reaccionar a algo distinto a él— definían el espacio de su cuerpo que tan frágilmente encerraba una conciencia que no se atrevía a despertar del todo. Esperar. ¿Esperar qué? Sometida al Mayordomo, su mente funcionaba aún en un tiempo sin hitos, incontabilizable, en que la espera, en sí, era una contradicción. Pero de pronto se endureció dentro de Arabela, se precisó, se perfiló, se definió algo como el dolor definitivo: le habían arrancado un miembro, algo vital que le faltaba..., sí, le habían quitado sus diminutas gafas que ya no le pesaban sobre el arco de la nariz. En un momento inespecificable de los castigos, una mano furibunda se las arrebató al negarse a contestar cierta pregunta, o al no hacerlo porque desconocía la respuesta, y una bota feroz las pisoteó. Arabela recordaba eso como su última visión, porque era como si no hubiera destruido sus gafas sino sus ojos. Pero no: pese a que los castigos posteriores obnubilaron sus sentidos, ahora se daba cuenta que junto con su piel acariciada por las hormigas que le devolvían el contorno, se establecía algo de luz en torno a su antifaz: a pesar de ella, comprendió Arabela, iba a tener que andar por el mundo como en sombras, a tientas y ayudada por otros, si es que alguna vez recobraba el uso de sus piernas. Pero eso no la hirió tanto como comprender, como con una iluminación, que ella, Arabela, nunca más iba a poder leer. Ante esto, su rencor se irguió como la única realidad asible, y gracias al odio la inundó una feroz certeza de que sobreviviría.

Capítulo Once

LA LLANURA

1

LA PENUMBRA, por definición, tiene el carácter relativo y transitorio de los estados intermedios puesto que proviene de, o devendrá, o se define en relación a la luz y a la sombra. Las tinieblas, en cambio, poseen un implacable carácter de cosa permanente y sin matices, independiente del tiempo, parte de la eternidad y específicamente de la eternidad maldita: por esto los sirvientes de rango menor que dormían en los sótanos odiaban ese lóbrego infierno al que se sentían condenados. Y hasta el candil al que a veces tenían derecho parecía no extinguirse sino ser arrebatado por la oscuridad a que pertenecía, igual que el sueño, que no era más que una forma de tiniebla paralela a la fatiga que al final del trabajo diario se abalanzaba sobre ellos para devorarlos de un solo bocado. Por esto, despertar al día siguiente era una sorpresa cuya credibilidad se les iba definiendo sólo poco a poco al subir a través de los sucesivos niveles del sótano, de estrato en estrato de penumbra en disminución, hasta llegar a las menos densas, e ingresar, por último, en esa fina penumbra manipulada por el Mayordomo, que compartían con los niños. Los sirvientes se encontraban tan ensimismados en el destino que los tenía condenados al sótano que, debido a que desconocían otras actividades salvo las relacionadas con la sobrevivencia —y las inherentes a la mística con que los Ventura pretendían acicalarles el hambre—, no se planteaban la posibilidad de que estos sótanos poseyeran una historia previa a sus miserias y que hubieran sido construidos con otro fin que el de alojarlas, como tampoco imaginaban que pudieran extenderse más allá de los límites que su cautela establecía.

Pero los subterráneos de la casa de campo eran muchísimo más vastos y muchísimo más viejos que el espacio y el tiempo de que sus imaginaciones —y las de sus señores— podían dotarlos. No es mi intención, aunque como narrador omnisciente tendría derecho a hacerlo, contar la historia de esos sótanos pretendiendo que es independiente de mi antojo, o que existe fuera de esta página. Ni topógrafo ni espeleólogo, ni minero ni ingeniero, no voy a levantar un plano de esta mina de sal tan vasta y tan vieja como la de Wieliczka. Aspiro sólo a establecer el proscenio para mi recitación, rico, eso sí, de bastidores, bambalinas, telones y tramoyas, y complejo de utilería y vestuario, pero matizado por la reserva, de modo que mi monólogo —no nos engañemos: no pretendo que esta narración sea otra cosa— cobre proyecciones que ni mi propia intención desconoce.

Mis lectores sabrán que desde remotos tiempos y entre ciertos pueblos extendidos por el mundo entero, la sal tuvo el prestigioso carácter de símbolo de los instintos de lealtad, bondad, hospitalidad, generosidad, y afirmar que "hay sal entre nosotros" era enunciar estos sentimientos, de modo que bastaba decir que alguien "es la sal de la tierra" para señalar su excelencia. Pero no fue, seguramente, con el propósito de ilustrar estos exaltados conceptos que el remoto tatarabuelo de nuestros Ventura, después de tanta guerra y exterminio, hizo levantar la primera casa de la familia —castillo, o más bien fortaleza, no el palacio que mis lectores conocen como descendiente de aquellas construcciones heroicas— encima de la mina de sal, sino con otros dos fines:

uno, para ratificar el también viejo concepto de que "sentarse o asentarse encima de la sal", en varias culturas, posee el significado de eminencia, o de hegemonía; y dos, pensando ya en las gangas, con el propósito de controlar la sal, por aquellos tiempos el único valor de cambio, una suerte de dinero que permitía a los aborígenes desarrollar su propio rudimentario comercio. Al edificar una casa encima de la mina y defender el predio reservado para el solaz de la familia por medio del cerco de lanzas, los Ventura encerraron todos los accesos a la mina, reservándose, sin embargo, los más importantes como entradas a aquella parte de los sótanos, donde establecieron algunas dependencias de la casa. Terminó así, en una generación, rápidamente, el trabajo de la sal y se olvidó su importancia, instaurándose en cambio la explotación del oro en delgadas láminas, cuyo objeto los nativos no alcanzaban a comprender, quedando de este modo reducidos al trueque, y dependientes de lo que los Ventura les quisieran dar en cambio. Fue así como la sal dejó de representar la autonomía de los nativos, y, por lo tanto, el peligro. Los Ventura, entonces, pudieron sellar definitivamente la mina con un voluntarioso olvido de los pólipos de túneles y cavernas sobre los que la mansión se alzaba, que no tardaron en quedar reducidos en sus memorias a la conocida topografía de la parte utilizada, y a un incierto "un poco más allá", también de fácil manejo. Algo después, cuando ya se olvidó del todo el motivo del emplazamiento de la casa en un paraje tan desolado, los Ventura, como para hacer gala de su ignorancia, no dejaban de preguntarse, verano tras aburrido verano, jugando al croquet o al naipe o tomando el té, qué diablos podía haber impulsado al tatarabuelo a emplazar allí su casa.

Pero de pronto, a raíz del asalto, el sótano pareció incandescer en las imaginaciones de los sirvientes que lo habitaban, quemarlas con una presencia peligrosa que antes jamás había tenido. Algunos audaces, ahora, no todos, se negaban a dormir en ese insondable laberinto de pasillos húmedos de filtraciones y moho, donde un topo, por ejemplo, o una lombriz ancha y pegajosa como una lengua podía interrumpirles el sueño con una caricia; o al revés, donde el aire empobrecido parecía carecer de densidad suficiente para alimentar la respiración de los sirvientes que dormían encorvados en sus jergones perdidos en los vericuetos. ¿Por qué, si la casa era tan grande y si los señores se encontraban ausentes y quién sabe cuándo regresarían, si es que regresaban, tenían que dormir allí habiendo sitio de sobra en otras partes? El malestar causado por esto llegaba a los oídos de los cabecillas, amenazante como una viga maestra que cruje antes de partirse y hacer desplomarse al edificio entero. Así, para que nadie pudiera seguir propagando viles historias, los cabecillas decidieron instaurar la esperanza como el gran engaño: sí, los sirvientes seguirían habitando los sótanos, pero la dedicación podía sacarlos de allí, era sólo cuestión de hacer méritos. Y como para demostrarlo desaparecieron de las cuevas uno, dos, tres, cuatro, una docena o más sirvientes —pocos, claro, si se considera el crecido número del personal; pero en fin, por algo se comienza— que dejaron de vivir en los sótanos, abandonando allí sus juguetes, el ábaco incompleto, la mandolina, la figurilla rota, la lechuza, el *tarot* que nadie sabía echar, y olvidando a sus compañeros de pasadizo, de celda o de jergón, entumecidos en la soledad que alrededor de ellos se iba ampliando gracias al señuelo de esta esperanza. Se encontraban con los desaparecidos durante las horas de servicio —al desempolvar con sus plumeros la colección de faisanes embalsamados dentro de sus vitrinas, por ejemplo—, quienes, alegres y tostados por el sol de la llanura, habían sido premiados, contaban, con el derecho a vivir en una choza construida por cada uno y dotada de un mínimo jardincillo adyacente, pero jardincillo propio al fin y al cabo, por haber sido quien se apoderó de Arabela en la biblioteca, o quien delató a Cosme o quien tenía en observación a Justiniano, a Valerio, a Teodora, todos a punto de caer, o estaban en connivencia con el delicioso Amadeo, un inocente silfo que parecía ocupado en las mismas tareas epigonales que sus demás amigos del *piano nobile*, pero que en realidad cooperaba con las fuerzas del Mayordomo para encontrar el paradero de Wenceslao. Sí, cada uno de los sirvientes podía, si se empeñaba, salir del sótano.

Así arengó el Mayordomo a todo el personal reunido. Y en seguida, para demostrarles que sus desvelos por ellos no eran pura retórica como sus enemigos alegaban, destacó a cuadrillas de albañiles armados de cal y piedra, de plomadas, paletas, cerchas, llagueros y niveles, que en un abrir y cerrar de ojos tapiaron todas las entradas de los pasadizos del sótano, las que quedaban justo más allá de las últimas puertas y jergones. Las tinieblas definitivas, así, la vieja oscuridad infernal, quedó, ahora, relegada más allá de los muros chorreados aún de cal: las dramáticas bocas cavernosas y desdentadas, los socavones que al titilar de un candil encendían una constelación de ojos de gato en la sal de las bóvedas, los hacinamientos de muebles de tantos años anteriores corrompiéndose en los pasadizos de piedra labrada con una técnica hoy perdida, los estanques tan inmóviles que parecía que jamás hubiera caído en ellos el reflejo de un rostro, todas estas cosas desapacibles quedaron para siempre relegadas detrás de los nuevos tabiques que con ese propósito hizo construir el Mayordomo.

Uno de los problemas más engorrosos que fue necesario definir antes de tapiar algunos túneles, fue si era conveniente dejar adentro, o afuera, al alcance de los cocineros, los abandonados jardines de criptógamas que, debido al descuido, proliferaban de tal manera que algunos pasillos quedaban tapiados naturalmente por estas excrecencias como por una aglomeración de monstruos ciegos. Sus tamaños y aspectos eran tan variados y aberrantes como si cada uno estuviera improvisando sus formas. A ojos vista parecían crecer, hincharse obscenamente, unir y desunir su pulpa medio animal, medio vegetal; pero al hundir en ella el dedo esas carnes no volvían a recuperar su forma porque carecían de elasticidad, como si fuera la carne de un anciano. La mayor parte de los sirvientes quería relegar a las criptógamas a la oscuridad definitiva tras los muros nuevos. Pero el Chef, a quien no le gustaba quedar disminuido ante las arengas del Mayordomo, reunió extraoficialmente al personal para explicarles:

—Las criptógamas, pese a su aspecto aterrante, son muy útiles para nuestros fines, además de ser, en mi modesta opinión, muy sabrosas. No es verdad que a los niños díscolos se les alimente con carne humana, como ellos creen, ya que ninguno de nosotros se atrevería a cometer crimen tan atroz. Comer carne humana, hoy por hoy, es una experiencia refinadísima reservada para casos especiales, para una *élite* dedicada a la ciencia que, aunque la pruebe, no delinque, por el simple hecho de ser *élite*. Lo que les servimos a los niños es carne de criptógama, de las variedades más firmes, que semejan carne humana. Las elejimos porque tienen un nauseabundo perfume particular desconocido hasta ahora para los niños, a los que hemos convencido que es el perfume específico de la carne humana guisada, y que los hace vomitar. Es necesario, entonces, cuidarse de no tapiar todos estos jardines de criptógamas puesto que nos proporcionan la sustancia misma de nuestros castigos sin los cuales no existiría el orden que es nuestra alta misión mantener.

"¿Quién sostiene que la tiniebla es un estado absoluto? No estoy de acuerdo. Difícilmente existe tiniebla más total que ésta, y sin embargo veo, adivino, invento, recuerdo el relumbre de las ramas de oro en las bocamangas de la librea de Agapito dormido con su cabeza sobre mi vientre, y discierno el claror de su *jabot*, empobrecido porque rasgué los encajes para utilizar algunos como vendas. Mis ojos han aprendido a distinguir varias formas de oscuridad porque no les queda otra opción.

"Hace quizás semanas que Agapito y yo vivimos aquí. Si puede llamarse vivir esta espera sin esperanza, inútil porque no sé qué espero que me libere de esta espera, ni qué haría si de pronto dejara de ser absurda la esperanza. Y permanezco aquí no tanto por la inactividad resultante de la herida que inmoviliza a Agapito, a quien no quiero abandonar, como por mi confusión ante todo lo sucedido y lo que sucederá. Acabo de despertar. Ahora no veo la caverna pero sé que es muy alta, vasta como un circo, con una laguna en el centro y una bóveda agujereada por hornacinas y panales, donde otrora vi cien cuerpos de bronce multiplicando en el agua sus teas alzadas. No, no lo he soñado, pero aún no despierto del todo. Como ha sido siempre mi primer impulso al despertar desde que estamos confinados aquí, estiro la mano para palpar el pecho de mi amigo, por si sus vendas aparecen húmedas otra vez. Tengo que permanecer junto a él, atendiéndolo porque nuestro destino es uno, y todo perdería el poco significado que le queda si nos separáramos. Agapito, en su delirio, me ruega, me grita que lo deje, que lo racional sería que àl menos yo me salvara, y repite y repite que dentro de muchos, muchos años, cuando todo haya terminado y no figure más que como una pesadilla en la crónica, y nuestra amistad sea sólo otro símbolo más de la derrota, alguien quizás descubra aquí sus huesos escarchados por los restos de oro de su librea: estudiará el género de su esqueleto, su edad geológica, su raza, no las emociones que lo caracterizaron. Entretanto todas nuestras historias, dice, habrán proseguido su camino hacia sus desenlaces, cercanos o distantes pero inexorables, no afectados por la trivialidad de su muerte. Tengo que permanecer hasta el fin junto a él, sobre todo para probarle que ninguna muerte es trivial.

''¿Cuánto tiempo más durará esto? Seis panes, doce panes dirá Amadeo, que así cuenta el tiempo. Pero para mí la relación de su tiempo con el de la realidad permanece opaco. En todo caso, aquí, sin reglas que fijen la duración de los transcursos, tienen que bastarnos los panes de Amadeo, no tan asquerosos como las criptógamas, nuestro otro alimento: éstas me provocaron vómitos, no por desagradables, sino porque una dieta de hongos puede enloquecer a cualquiera, como la que comíamos antes que el buen Amadeo con su pan y su tiempo llegara hasta nosotros y ya no tuvimos que volver a probarlos. Amadeo me cuenta que condenaron todas las puertas de la casa y que pintaron todos los cristales de las ventanas de negro. Pero él inventó una técnica para no permanecer exilado del tiempo: en el gabinete de los moros uno de los cristales negros tiene una trizadura en una esquina, un pelito de luz que recoge y refleja el día y es el agente intermediario entre la luz y la penumbra, entre el afuera y el adentro, entre la verdad y la superchería. En cuanto oscurece el pelito, Amadeo sabe que es de noche y cuenta no el paso de un día, sino cuatro panes: es decir, la cantidad mínima con que se puede saciar el hambre de dos personas, Agapito y yo. Siempre le enseñé que si yo desaparecía me buscara por el túnel oculto más allá de la puerta que queda detrás de la cocina negra en que Mignon asó a Aída en el sótano de las columnas rechonchas. Amadeo se interna un poco por ese túnel, lanza un cuchillo de plata robado en el comedor de modo que su tintineo se retransmite por el socavón de piedra, y su eco, prolongado de túnel en túnel, llega hasta nuestro silencioso escondrijo aquí en el fondo. Yo acudo a su llamado: me entrega una bolsa de pan —panes contados, que, ya que nos servirán para regularizar el hambre, será una manera de instaurar una cronología inventada, de pan en pan, una ficción, o mejor decir un "acuerdo", que es lo esencial en toda ficción, que nos permitirá entendernos—, me relata lo sucedido arriba y me trae quinina para aliviar la fiebre de Agapito. Ávido, le pregunto qué hora es en este mismo instante, y me responde, por ejemplo, que minutos antes de descender, la trizadura estaba cambiando de color como un cabello que se dora en el crepúsculo: entonces, por medio de Amadeo, de ese pelito, se reestablece mi relación con el exterior poblado por la historia a la que tengo derecho. La última vez que lo vi, Amadeo me comunicó que hoy —calculo que es hoy: él me dijo "dentro de ocho panes"— comenzarán a tapiar los accesos al sótano. El Mayordomo sostiene que los sirvientes que duermen aquí y merecen comodidades después de su heroico desempeño en la tarea de la reconstrucción, se lo han solicitado muy respetuosamente. Pero no es verdad que es por eso, me explica Amadeo: es por el miedo que les produjo la reaparición de Cosme, sí, reapareció tullido, con la mitad del rostro y un ojo quemado por el vitriolo. Permanece inclinado sobre el tablero pero es incapaz de seguir las vicisitudes de una partida de ajedrez. Que Cosme sea incapaz de jugar, que yo esté ence-

356

rrado en el sótano significa que el castigo inherente a toda derrota no es tanto la humillación, que al fin y al cabo es soportable, sino el permanecer afuera de todo lo que importa.

"Por lo menos queda esto: levantar la cabeza de Agapito, posarla suavemente en el suelo, encender una cerilla que hace relumbrar las sales de las paredes y la bóveda: no las veo —las he visto antes— porque escudriño su rostro. Duerme tranquilo. No se ha vuelto a desvanecer. Sí, sí, sobre las vendas se destaca su estrella roja como una condecoración en el pecho. ¿Dónde, en qué parte, exactamente, estaría mi condecoración, si el cuchillo de mi padre hubiera terminado de caer? Camino, uno, dos, tres, cuatro pasos a mi derecha: llego al estanque que debió haber recibido mi sangre ceremonial confundida con los reflejos de las antorchas de los nativos que no aceptaron la criminal ofrenda de mi padre. Del reborde mismo en que me tuvieron tendido —alcancé a dejar de contar los segundos, iniciando mi ingreso en la eternidad— tomo los encajes que me sirvieron de vendas en la curación de ayer, cargados de ricos minerales quizás beneficiosos después de haberlos lavado en el estanque, secos, ahora, y limpios. Regreso los mismos cuatro pasos hasta el cuerpo de Agapito. Lo palpo. Prefiero hacer todo esto mientras duerme, no sólo por ahorrarle el dolor sino para que en su desesperación no me siga urgiendo que huya, huye, Wenceslao, huye, que no te atrapen, sálvate, porque salvándote tú nos salvamos todos. ¿Por qué insistes en cargarme con esa responsabilidad? Después de enfrentar a mi padre acusándole de *hybris* en cuanto los nativos me liberaron de su cuchillo, rechazo esa carga porque, por el momento, con mi fe en él desmoronada, no tengo más respuesta que la individual, el instinto de las viejas emociones compartidas, mi sentido común que no alumbra más que un candil, pero en fin, es todo lo que tengo. Agapito duerme. Le quito casi furtivamente la venda. Se agita un poco, pero le quito otra y otra capa de encaje: limpio la herida cuyo contorno, hoy, me parece tan preciso como el de una monedita y por eso adivino que sanará. Es cuestión de esperar, si podemos. Entonces, cuando nuestros padres regresen —regresarán: el oro se produce en estas tierras—, saldremos a la superficie y los lacayos, entonces, no podrán hacer nada contra nosotros y nosotros podremos hacer lo que queramos contra ellos: yo seré omnipotente otra vez disfrazándome de *poupée diabolique*, rizos, faldas, enaguas almidonadas; y convenceré a mi madre que exija los servicios de Agapito como lacayo particular, para que así esté a salvo junto a nosotros: destruiremos todo para que nada caiga, excepto lo podrido, y de este modo todo sea otra cosa, algo que aún no conozco: lo peor es haber tenido certezas y saber que ahora, de reconstruirse algo, será reconstruir cualquier cosa menos certezas, por saberlas peligrosas.

"Vuelvo a colocar la venda de encaje que corto del *jabot* con uno de los cuchillos de plata que me lanzó Amadeo. Me siento junto a Agapito a comer el último pan de mi lugarteniente: esto es señal de que ha llegado el momento de acercarme por el pasadizo hasta las inmediaciones de la puerta. Dejo a Agapito, la bolsa de pan junto a su mano por si despertara y no me encontrara a su lado. Sé hacia dónde tengo que caminar. Ocho pasos a la izquierda, a tientas por la pared hasta encontrar la boca del túnel en cuyas irregularidades, aun en las tinieblas, fosforecen los minerales: camino quizás media hora, puede ser que más, o menos, no importa, voy bien porque llego a la cueva invadida por las criptógamas, que cruzo como un bravo explorador, segando y amputando con mi cuchillo de plata las cabezas y los muñones que han crecido desde que pasé por aquí hace catorce panes, para llegar a otro pasadizo y por él alcanzar una escalera de caracol vertiginosamente vertical. Asciendo. Remata en una antesala donde convergen cinco túneles horizontales de piedra labrada. Palpo: penetro por el túnel del medio. Camino y camino y camino con las manos por delante como un sonámbulo para tocar el revés de la puerta de madera, al final, pero no la toco, no llego, permanezco lejos, a mucha distancia porque..., sí..., sucede algo inhabitual: picotas cavan, alguien canta, una voz ríe. Me tiro al suelo. Avanzo arrastrándome silencioso para ver y que no me vean, un resplandor en el fondo, un punto de luz que crece a medida que sigo reptando, quiero ver, no me importa el riesgo, crece el resplandor en la boca iluminada del pasadizo: una linterna, dos hombres tapiando la entrada, riendo, contando historias, colocando hilada tras hilada de piedras. Sólo veo luz desde las rodillas de los hombres. ¿Cuánto hace que están trabajando? ¿En cuánto rato más terminarán y quedaremos sepultados, Agapito y yo? Otra hilada de piedras: ahora los veo sólo de la cintura para arriba. ¿No volveré jamás a la superficie, entonces? ¿Y si los atacara sorpresivamente, a toda carrera, con los cuchillos de plata, y entrara como una tromba y subiera al *piano nobile* a desafiar al Mayordomo? Me mataría: sería fácil justificar mi muerte alegando que mi padre odiaba a sus hijos y los fue matando uno a uno, yo el último. ¡Qué fácil es juzgar y condenar a mi padre! ¡Y qué cerca de la verdad estarían, pero cuán errados! Pero no, Cordelia lo dijo: que a mí me maten no es mi papel. Quizás mi papel no sea más que morir emparedado aquí con Agapito porque da lo mismo morir emparedado en el vientre de una antiquísima mina de sal que bajo el cuchillo de mi padre cuando los nativos congregados le pidieron este sacrificio como prueba de que era capaz de todo por ellos. Si cumplía, ellos lo apoyarían hasta la muerte. Mi padre estuvo de acuerdo en comprar su solidaridad con mi pequeña vida, pero sin siquiera solicitármelo. Yo, quizás hubiera aceptado, pero no me lo pidió. Aunque el cuchillo no llegó a bajar, todo quedó corrompido entre mi padre y yo. Debe significar algo alentador, sin embargo, que en la gran caverna del estanque, los nativos, luciendo sus joyas y sus penachos y sus lanzas, en el momento mismo en que mi padre iba a hundir su cuchillo en mi cuello, se lo impidieron con un salvaje ulular a coro. Que no, que bastaba con esa prueba, gritaron, y lanzaron sus antorchas al agua de modo que, con el breve chirrido y la repentina oscuridad y el humo, creí, de hecho, haber muerto. Una parte mía, es verdad, murió. Es como si llevara la cicatriz. Pero debo rescatar esa parte mía y reformularla jugando mi suerte con Agapito porque eso será resucitar de otra manera.

"Ahora veo sólo dos cabezas y el cuenco invertido de luz en la pequeña bóveda. Hablan. Silban. Trabajan. ¿Cómo es posible pensar en otra cosa que en el hecho de que Agapito y yo, en unos minutos más, quedaremos enterrados vivos? Las otras entradas al sótano también estarán tapiadas. Con mi desaliento, en todo caso, y la oscuridad, yo no sabría encontrarlas, de modo que moriremos en este laberinto. Ya no veo sus cabezas: sólo una línea de resplandor curvo en la bóveda que me recuerda que existe el otro lado.

"Pero de pronto, dentro de mí, un fogonazo me dice que quizás no todo esté perdido, me recuerda que no sólo debo mirar hacia adelante, hacia adentro de la casa de mis mayores, porque puede haber salvación por el otro lado. Mientras extinguen definitivamente la luz que tenía delante y clausuran mi posibilidad de avanzar hacia ella, se enciende otra luz, distante, pequeña, en el otro extremo de mi ser por decirlo así: en el caserío. Mi esperanza, de pronto exaltada, recuerda, abre sus ojos hacia el sitio imaginado o recordado de donde viene la otra luz. Sí: mi padre y mis hermanas y mi madre y yo entramos a este túnel una vez, por esta puerta recién tapiada. Y seguimos este pasadizo que conozco, y bajamos la escala interminable y seguimos por el otro túnel hasta el estanque donde mi padre me quiso matar y los nativos reunidos me salvaron. ¿Por qué no tiranizar mi recuerdo, para continuar más allá del intento criminal que me bloquea? Tendido aquí, boca abajo, mi imaginación, forzándose, da un salto feroz para recular por encima de las prohibiciones: la cámara de los vestidos y las pieles moteadas y los jarros de cerámica opalescente, sí, mi padre encendió brevemente la luz para tentar con estas cosas nuestros ojos, y al otro lado veo a dos nativos desnudos portando teas, y el largo pasadizo que nos condujo hasta el caserío: la luz, el aire vivo —no este aire exánime— lamiéndonos las mejillas, la explanada de arena blanca bajo el peñasco, las chozas, la visión de la llanura, el sacrificio de un cerdo, ceremonia más humana que disponerse a sacrificarme a mí. ¿Lo calcularía todo justo en ese momento, al ver agonizar a la bestia, cambiándome a mí por ella con el pensamiento, transformando mi pequeña vida en un proyecto suyo? Repto. Avanzo con los brazos extendidos, abarcando todo el pasadizo, casi hasta al muro recién construido. Me detengo porque mi mente inundada con estas imágenes me hace relajarme, como desmayándome, apoyando mi mejilla en el suelo, extendiendo mis brazos y mis dedos abiertos. ¿Pero qué es esto? ¿Qué toco? ¿Una bolsa? Sí, la bolsa del tiempo y del pan: en busca de ella he venido. Amadeo cumplió. Despierto. No puedo gozar de mi relajación porque mis dedos tocan la bolsa de papel y la agarran. La última bolsa de pan, quizás. El pan recién comido me indicó que Amadeo vendría ahora, después de mi último pan, el número catorce, a dejarme *esta* bolsa. Pese a los peligros de hoy, cumplió. ¡Mi buen, mi inútil Amadeo! Con el sobresalto del tacto del papel me pongo de pie, la bolsa en la mano. Ya no sé hacia dónde es el túnel que me llevaría a la casa, ni hacia dónde el que me llevará donde Agapito. Enciendo una cerilla: es hacia allá. Pero antes de apagarla veo que en el papel hay un mensaje: DENTRO DE DOCE PANES EN EL CASERÍO. Sin firma. Es él. Y me lanzo a correr por el pasadizo gritando: Agapito... Agapito...

2

LOS NIÑOS, igual que los nativos, igual que los grandes, sabían calcular —desde hacía tantas generaciones que ya era casi un instinto— en qué momento la benigna naturaleza de Marulanda comenzaba a preparar su hostilidad y con qué aceleramiento se iban acercando la maduración de la gramíneas y el soplar del cierzo otoñal hasta producir aquel extraño fenómeno meteorológico, por cierto único en el mundo, de las borrascas de vilanos que anualmente asolaban la región. Todo comenzaba, como hemos visto, con un primer vilano atrapado en la seda negra de la corbata de Terencio. Y durante los pocos días de reposo que mediaban entre este primer aviso y la conciencia de que sería una locura no comenzar ahora mismo la preparación de los baúles para viajar, las mujeres de la familia, escotadas para aliviarse del bochorno, se acodaban en la balaustrada bajo sombrillas forradas de verde, y los hombres se instalaban en las mecedoras de los balcones con los chalecos de piqué desabotonados y los jipijapas hundidos hasta las cejas, a contemplar —no sin orgullo, ya que ellos, los Ventura, eran no sólo los propietarios, sino los autores de tan bello panorama— la prodigiosa llanura, alba y liviana de penachos enhiestos de horizonte a horizonte, benigna aún por unos días, ondeando tan ligera en la brisa que parecía que Marulanda entero navegara en una nube de la más pura blancura hacia una región donde esta gloria no fuera lo pasajero sino lo permanente.

Los sirvientes, en cambio, no eran capaces ni de captar esta belleza ni de calcular el peligro inherente en ella: la relación del personal con Marulanda era efímera, puesto que se contrataba a la gente por temporada, de año en año, de verano en verano, para ser licenciados a su regreso a la capital por razones y fechas que ni los amos sentían obligación de justificar ni los sirvientes pretendían tener derecho a cuestionar.

En el verano que tiene lugar esta segunda parte de mi fábula, los sirvientes comenzaron a sentir muy pronto un no sé qué, un ahogo, una necesidad de prisa que les causaba no sólo torpeza en el servicio sino una inestabilidad que los hacía tan susceptibles al desgano como al frenesí, presagiando la inminencia de una catástrofe en la que todos perecerían. El calor era insoportable. Las libreas de terciopelo color amaranto, pesadas de sudor, se cubrían de unos microscópicos vellos blancos inidentificables para los lacayos. Ahogados, como los niños, languidecían sin luz y sin aire en el interior de la casa clausurada. Día a día, allá en la llanura, lejos o cerca, se hinchaba más y más la nube platinada que seguía a Juan Pérez y a sus esbirros al trillar los esponjosos penachos con sus carreras en busca ya no sabían de quién ni para qué. Harto con los escrúpulos del Mayordomo, sin siquiera consultarlo porque sentía como nadie el peligro del tiempo que se abalanzaba sobre ellos, Juan Pérez dio órdenes al Jardinero Mayor que, fuera como fuera y en no más de dos días, erigiera de nuevo la reja de las lanzas, con las lanzas que encontrara y en el perímetro que resultara. Quedó un reducto de lo más modesto, definido por un cinturón de fierro que comenzaba en el medio mismo del rosedal, casi al pie de la escalinata, a pocos pasos de la casa: un recinto casi carcelario. Así, furibundo, se lo gritó el Mayordomo a Juan Pérez:

—¡...y yo no me he sacrificado como me he sacrificado para terminar viviendo en una cárcel!

—Así resultará una defensa más efectiva —trató de apaciguarlo Juan Pérez.

Ni Juan Pérez ni nadie hubiera sabido especificar, a estas alturas, defensa contra qué ni contra quién, porque hasta el Mayordomo mismo ya se daba cuenta de que era contra nada y contra todo. Inútil seguir pretendiendo que se trataba de una defensa contra los antropófagos que, perseguidos, asesinados, desarticuladas sus bandas y exilados o en prisión, los pocos restantes ya no constituían un peligro, aunque sí un pretexto para seguir sembrando el terror. Y un niño, un solo niño, Wenceslao —aún lo creían heredero de las perniciosas enseñanzas de su padre; ignoraban que la derrota y el desengaño obligan a replantearse todo de otra manera, y por eso el nuevo ataque, por llamarlo así, sería no sólo por otro flanco sino de maneras que quizás a primera vista no parecerían ataque—, no podía mantener a todos los ánimos de una población en vilo porque, en buenas cuentas, sin sus aliados, los antropófagos, nada sería capaz de hacer.

¿Y los señores, se preguntaban los cabecillas? Sí. Los señores. Ellos regresarían, tarde o temprano: aquí en Marulanda —y en esto concordaban los cabecillas con el razonamiento de Wenceslao— se producía el oro. Ellos resultarían ser el peligro definitivo. Iban a regresar escoltados por un nuevo contingente de servidores, frescos de esperanza y entusiasmo, portando armas nuevas como juguetes y cargados de municiones como de bombones —a ellos ya no les iban quedando— y por lo tanto iba a ser inútil hacerles frente: sería más elegante, para no decir necesario, sumarse a ellos y cosechar lo que se pudiera cosechar..., desalentadora forma de cuasi derrota dentro del triunfo que aún no saboreaban del todo. Sí, cosechar, siempre que los amos estuvieran de acuerdo en correr un tupido velo sobre... tantas y tantas cosas. Pero claro, en ese sentido los sirvientes, que compartían con sus amos el mismo código moral aunque diferentemente formulado, sabían que no corrían peligro: la culpa de los desastres más graves iban a cargarse a la cuenta del difunto Adriano Gomara y achacarlos al caos que produjo su locura durante ese infausto día durante el cual, por su edad y su experiencia, debió haber controlado no sólo a los niños sino todos los asuntos de Marulanda.

Los niños, en cambio, adivinaron al instante contra qué amenaza apenas delineada en la atmósfera se preparaba la inútil defensa de los sirvientes. Aunque claro, una reja de fierro no iba a ser de gran efectividad en ese sentido: justo un año antes, ellos también habían tenido que enfrentarse con la tormenta de vilanos. Pero en esa ocasión tuvieron de su lado a los nativos, que conocían el terreno. Con las viejas artes nacidas de la necesidad de sobrevivir no sólo les enseñaron a evitar la asfixia, sino que les advirtieron de antemano, para que no sintieran miedo, que al principio casi no notarían nada. Luego, explicaron, sería como si comenzaran a quedarse ciegos paulatinamente, todo difuso, los contornos de todo como estompados, hasta que un velo se extendiera entre ellos y el mundo, y entonces el maligno cierzo caería castigando a la llanura, sublevando a las esponjosas espigas maduras, arrancándoles hasta el último vilano, torturándolas durante semanas y semanas y semanas en que el aire tomaba una textura espesa, como de arena congelada irrespirable. Pero *se podía respirar:* eso les habían explicado los nativos. Los ojos podían no quedar heridos ni el rostro lijado..., era sólo cuestión de reducir la vida al mínimo, permanecer siempre lo más cerca posible de la tierra y con preferencia extendidos sobre ella, porque allí la densidad de vilanos era menor..., respirar apenas, en pequeños sorbos ni profundos ni frecuentes, reducir la actividad, no moverse, casi vegetar, hasta que por fin se fueran calmando los vientos, se abriera el cielo antes ennegrecido por la tempestad, y cayera el bendito hielo del invierno quemando de nuevo la tierra para que el ciclo pudiera comenzar entero otra vez.

Adriano Gomara había invitado a pasar el otoño dentro de la casa a las autoridades nativas con sus familias y sus séquitos. ¿Pero por qué sólo las autoridades tendrían este privilegio, y él el privilegio de invitar, lo retó Valerio? ¿Por qué no abrir desde el principio, tal como se propuso, las puertas de la mansión a quien le apeteciera entrar? Para ganar su apoyo, Adriano aceptó que cientos de familias inundaran los aposentos y dependencias, que se vieron igualmente invadidos por los vilanos, ya que los nativos no comprendían las funciones del cristal y la ventana, creyendo que bastaba cerrar una puerta para protegerse. Wenceslao vigilaba, enseñaba inútilmente, rogaba, hasta que optó por irse a vivir en una de las casuchas del caserío, más adecuada para defenderse de los vilanos que ese caserón lleno de ventanales. Así se lo gritó a su padre que, seguido del fiel Mauro con su escolta de lanzas, ni lo oyó, tan apresurado iba ascendiendo a la tribuna de la orquesta en el salón de baile con el fin de presidir una asamblea de jefes convocados para resolver los más urgentes problemas de sobrevivencia en tan adversas condiciones. Pero fue bien poco lo que entonces se pudo decir. O por lo menos, lo que se oyó, debido a las voces ablandadas, deformadas, por las ráfagas de vilanos que penetraban por los ventanales rotos, que al circular silbando por el salón ahogaban a Adriano y a su escolta mientras los jefes nativos permanecían hieráticos, envueltos en sus mantos multicolores, con los ojos cerrados, hablando casi sin abrir los labios, y los personajes renacentistas del *trompe l'oeil* se apresuraban a cubrir sus lujosas vestiduras con albornoces y a proteger, riendo, sus lindos rostros con máscaras, capuchas y almocelas como si se tratara sólo de una lluvia de confeti.

Ahora, todo el ciclo iba a comenzar de nuevo. El aire, por fortuna, permanecía aún tranquilo pero agobiante de calor: preferible, sin embargo, a que la brisa agitara los penachos, porque el menor movimiento los haría desgranarse. Como sabían esto, Wenceslao, Agapito, Arabela y el pequeño Amadeo avanzaban muy lentamente entre las plantas, apartando con prudencia los tallos y la cascada de sables mutiladores de sus hojas no sólo con el propósito de no hacerse daño, que bastante averiados iban, sino para que su itinerario no fuera causante de la desintegración del milagro que mantenía contra el azul del cielo, allá arriba, la unidad de cada copo, quizás aún por unos cuantos días que era urgentísimo aprovechar para la huida.

El aspecto de nuestros cuatro fugitivos al emprender su periplo por la llanura no podía ser más lastimoso: pálidos, endebles de sufrimiento y encierro, avanzaban a tropezones, como podían, como abriéndose paso a través de las dificultades insuperables de una pesadilla que, renovándose y renovándose, parecía eternizada. ¡Qué difícil movilizar a Agapito, tan alto, tan robusto! Febril aún, encorvado sobre el dolor de su herida, casi no se sostenía en pie: con las medias blancas en jirones, el *jabot* destrozado, la camisa sangrienta, caminaba a tras-

367

tabillones apoyándose en Wenceslao, que abriéndoles paso los guiaba hacia una hipotética salvación de emplazamiento totalmente incierto si antes no los devoraban las alimañas de la llanura. Arabela avanzaba prendida del cinturón de Wenceslao, los ojos muy abiertos como para lograr ver sin sus gafas, y después de arrancarle del cuerpo los restos del vestido pegoteados con sus propias heces, cubierta sólo con la librea de Agapito, prenda más bien engorrosa en las presentes circunstancias, ya que las colas bordadas de oro dificultaban su desplazamiento, aunque la defendían de la agresión de las plantas: pero Amadeo se las iba desenredando como si él fuera el grande y el fuerte y ella la pequeña a quien debía cuidar porque él la había rescatado de la choza, sí, él, a Arabela, este pobre escombro que sobró de la tortura. Él, Amadeo, en realidad los había salvado a todos: ya no era "una ricura", ni "de comérselo", sino el héroe de la jornada. Su deseo de extender este papel estelar lo llevaba a insistir con sus preguntas una y otra vez —Arabela y Agapito no tenían fuerzas para responder y Wenceslao iba demasiado preocupado de otras cosas—, a mendigar insaciablemente que le repitieran que lo querían mucho porque lo había hecho todo muy bien, pero muy, muy bien, y con su lastimera reiteración comprometía la escasa apostura heroica con que había nacido.

Pero no se podía negar que, en efecto, Amadeo se había desempeñado con sumo arte, aun, para decir la verdad, con sagacidad, con arrojo. Su primera treta fue, desde el momento mismo del asalto, dejarse identificar con los habitantes del *piano nobile*, tanto que los primos que no habitaban en esta exaltada región concibieron un odio ciego por Amadeo, refiriéndose a él —no al Mayordomo del año como había sido la costumbre de la casa en otros tiempos— como *malvagio traditore*. Controlaba apenas su miedo cuando Melania y Aglaée, cuyas mentes parecían haberse congelado alrededor de unas cuantas frases sin riesgo, besuqueándolo le repetían que estaba "de comérselo vivo", para que así, complaciendo a todo el mundo, nadie lo vigilara ni sospechara de él pese a saberlo el antiguo lugarteniente de Wenceslao. Quería circular libre por la casa para buscar a su primo, a quien seguramente encontraría en el túnel detrás de la cocina y no asolando la llanura, como lo hacía Juan Pérez. Éste creía haber terminado con el asunto de los sótanos sin sospechar que los lacayos, atemorizados al calcular la extensión de ese laberinto, se negaron a seguir explorándolo y le mintieron. Contabilizando sus panes con infinita precisión, y contabilizando igualmente los que le iba entregando a Wenceslao, concertó su visita al caserío alegando que Arabela, la rebelde, la peligrosa, le confesaría todo a él, para estar allí cuando Wenceslao y Agapito emergieran de la tierra. Pese a que los niños jamás salían de casa, los hombres del Mayordomo, en la tarde preestablecida, lo fueron a buscar para llevarlo a la choza: jugueteando con él sobre sus rodillas en la calesa que los transportaba al caserío, se mofaron de él por el lenguaje de retardado mental con que hablaba. Amadeo permitió que los sirvientes se rieran porque esto lo hizo darse cuenta de que eran tan bastos que no comprendían ningún idioma salvo el propio, ni siquiera la jerigonza. ¡Qué raro —comentaron ellos— se había puesto el Mayordomo últimamente, ordenando tanto interrogatorio histérico, inútil, como si se propusiera quitarle a Juan Pérez esa prerrogativa! Con la falta de luces de este crío de escaso desarrollo físico y mental, y lo mal que quedó Arabela después de su interrogatorio, no se podía esperar gran cosa de esta entrevista. Cuando entraron en la choza, los hombres se desentendieron de los niños al oírlos hablar en su idioma de idiotas: pero claro, eso es lo que era Amadeo, y no sería imposible que después del castigo Arabela hubiera sufrido una regresión a la infancia en que esos sonidos incoherentes le quedaran como único medio de comunicación.

—Tepe vepengopo apa bupuscapar... —le dijo Amadeo.

Ella respondió:

—Nopo sepe sipi vopoy apa popodeper mopovepermepe.

—¿Tepe sipiepentepes mapal?

—Sipi..., mupuchopo...

—Epestopos crepetipinopos hapay quepe apaburripirlopos paparapa quepe sepe apabupurrapan ypi sepe vapayapan...

—Sipi...

Amadeo dejó pasar un segundo antes de atreverse a murmurar el nombre de su primo:

—Wepencepeslapaopo nopos espepeperapa...

Arabela suspiró profundo. Se agitó sobre su fétido jergón en la choza de paredes de gramíneas secas. Amadeo no se movió de su posición, sentado con las piernas cruzadas en la tierra al pie de la cama, pese a que hubiera deseado darle a su prima un poco del pan que quedaba en la bolsa, y tocarla para compartir con ella su propio mendrugo de vitalidad. Los hombres del Mayordomo, tensos, impacientes, le preguntaron, como mofándose otra vez, si había averiguado algo de importancia: ahora arrogante, Amadeo les respondió que, como lo sabían, él era responsable de su misión secreta sólo ante el Mayordomo, de quien era persona de toda confianza, y no ante ellos que al fin y al cabo no eran más que lacayos de rango mezquino, de modo que procuraran no aburrirse, ya que el asunto que llevaba entre manos iba para largo. Los hombres del Mayordomo se fueron a buscar amigos o a beber, como se entiende que hacen los hombres, y se olvidaron de Amadeo, como con tanta frecuencia la gente parecía olvidarse de él, o no verlo, o por lo menos no darse cuenta de su presencia. Digo estas cosas porque, usando la prerrogativa del escritor que prefiere dar ciertos episodios por contados para seguir adelante con su relato, quiero que mis lectores me crean una sucesión de pequeñas peripecias sin tener que pormenorizarlas: que Amadeo perforó la pared de gramíneas de la choza con un cuchillo de plata que traía escondido en la faja, que salió por el boquete ayudando luego a salir a su prima, que la guió escondiéndose entre las primeras matas de gramíneas de la llanura por la orilla del caserío, llegando por fin a la roca negra junto al riachuelo y a la explanada de arena. Allí, escondidos en una oquedad de la roca, encontraron a Agapito y a Wenceslao esperándolos. No hablaron. No tenían nada que decirse. Sólo partir..., partir cuanto antes. En cualquier dirección. Lentamente porque no les quedaba otra forma de hacerlo, a ver si tenían la suerte harto improbable de llegar a las montañas azules que teñían el horizonte antes que se desataran los primeros vientos y murieran ahorcados por bufandas de vilanos. Pero con más seguridad morirían aquí, a unos cuantos pasos del caserío, de hambre, de sed, incapaces de proveerse de alimento, o simplemente víctimas de los disparos fortuitos de un lacayo más atemorizado que los niños mismos. En todo caso el asunto, ahora, era sobrevivir. Nada más. Sanar, si fuera posible, las heridas. Aliviar el dolor de Agapito y de Arabela. Procurarse agua, comida. Unirse a otros que como ellos emigraran sin dirección fija con la esperanza de encontrar reparo antes de que comenzara a soplar el cierzo; quizás acompañar a algún nativo huidizo que desde el momento del asalto vivía agazapado de temor entre las matas, toda gente como ellos que ya no sabía qué hacer con sus vidas, anonadados frente a catástrofes y desengaños muchísimo mayores que los que jamás soñaron, y comunicarse con gente que se atrevía a reconocerse confundida y desesperanzada, a no saber, a ofrecer respuestas sólo tentativas, a no formular teorías porque nada era formulable en estas circunstancias en que toda acción, todo código se anulaba a sí mismo por no pertenecer a ningún contexto, y ellos, al huir, se excluían de todos.

En todo caso, que mis lectores estén tranquilos, porque Wenceslao, que en cierto sentido es mi héroe, no puede morir hasta el final de mi relato, si es que muere. Tal vez en más de un momento de esta fábula, que ya se prolonga demasiado para seguir llamándola así, los lectores que han llegado hasta aquí habrán pensado que hay pasajes en que Wenceslao se desdibuja, que pierde el relieve de su personalidad y parece a punto de extinguirse. Pero no importa. Ésta no es, en esencia, la historia de Wenceslao, como tampoco la de ninguno de estos niños inverosímiles que hacen y hablan cosas inverosímiles. Tampoco propongo un análisis ni estudio de las relaciones que mantienen entre ellos, ni siquiera en el momento a que hemos llegado en mi fábula, cuando debemos imaginarnos a los cuatro ayudándose unos a otros como pueden al emprender la fuga por la vastedad tantas veces descrita del paisaje de Marulanda. Es que Wenceslao, igual que mis demás niños, es un personaje emblemático. Uno, quizás el más memorable, del grupo de niños y niñas que, como en un cuadro de Poussin, juguetean en el primer plano, inidentificables con ningún modelo porque no son retratos, porque sus rostros no están constreñidos por los estigmas de la individualidad y de las pasiones fuera de las más formales. Ellos y sus juegos son poco más que un pretexto para que el cuadro pueda llevar un nombre, porque lo expresado no reside tanto en sus juegos clásicos que sólo sirven como punto focal: tiene mayor jerarquía dentro de la tentativa del artista la interacción entre estos personajes y el paisaje de rocas y valles y árboles que se prolonga hasta el horizonte, de donde, en proporción áurea, despega del cielo, bellísimo, emocionante, intangible, que crea ese espacio aceptadamente irreal que es el protagonista del cuadro, como la narración pura es protagonista en una novela que logra triturar personajes, tiempo, espacio, psicología y sociología en una sola marea de lenguaje.

QUIERO señalar la incapacidad para valérselas por sí mismos como una de las características más notables de los niños Ventura: educados para blandir el poder, quedaban ignorantes y desvalidos frente al menudeo de la vida diaria ya que sus padres estimaban como señal de acertada crianza que fueran inhábiles frente al mundo de los objetos que se estropean y es necesario componer, que se desordenan y ensucian y es necesario ordenar y limpiar; y la ocurrencia de que sus manjares poseyeran modestas biografías previas a aparecer aderezados sobre la vajilla de plata, y que el vello del terciopelo, el apresto del gro, el delineamiento de una levita obedecieran a algún concierto de inteligencia y manos antes de llegar a ellos en sus formas consumibles, no les cabía en la cabeza, porque justamente para hacerse cargo de todo esto —y no plantearse los sucios problemas de entre bambalinas que nada tenían que ver con la noble función de vivir— se contrataba a los sirvientes. Como consecuencia, los niños eran incapaces de organizar, de proyectar, de prever, de prepararse.

Así, mis lectores no se extrañarán que a ninguno de nuestros pequeños amigos que avanzaban tan dificultosamente por la llanura se le hubiera ocurrido aprovisionarse de una lanza, inútil, de acuerdo, para hacer frente a las armas de fuego, pero imprescindible para la caza: sólo concibieron esta carencia al divisar a un ciervo bordeando una de las escoriaciones que de trecho en trecho dejaban calvo el terreno, visión que los hizo darse cuenta que la fatiga casi paralizadora era proporcional al hambre. Pero incluso Wenceslao, que era más precavido que el resto, había olvidado en el fondo del sótano los cuchillos de plata que tan útiles hubieran resultado en la presente circunstancia.

—Yo traje el que usé para practicar el boquete en la pared de la choza —proclamó Amadeo—. Este cuchillito es mío y nos salvará a todos.

No era el mejor momento para aconsejarles escepticismo: Arabela se estaba desvaneciendo y era necesario descansar bajo una de las matas de mayor circunferencia. Se habían alejado lo suficiente del caserío como para no alcanzar a oír las voces, aunque todavía algún graznido, algún relincho. Tendieron a la niña en la sombra: la librea se abrió como una vaina, exponiendo su cuerpo manchado de cardenales y tachonado de minúsculos insectos puntiagudos convocados por su sangre. La voz de Arabela, flotante como un despojo salvajemente desprendido de su persona, murmuraba que quería comer algo. Agapito preguntó qué habían traído como provisiones para la fuga.

—Pan —respondió Amadeo.

—A ver —dijo Agapito—. Te queda sólo este pedazo.

Y exhausto de desaliento mientras Arabela masticaba el último mendrugo, Agapito se tendió a su lado reflexionando:

—Si no tenemos qué comer no nos podemos alejar de las chozas...

Pero se vieron obligados a hacerlo: en ese momento, en el caserío, parecieron descubrir la ausencia de Amadeo y Arabela porque de pronto se extendió el trajín de

374

hombres poniéndose en pie de guerra: piquetes vociferantes comenzaron a trillar a caballo todo el contorno de la población, patrullando el curso del riachuelo metro por metro en busca de los fugitivos porque sin duda por allí, riachuelo arriba, intentarían escapar. El brío de las cabalgaduras, el peligro de sus patas desenfrenadas guiadas por los hombres que buscaban a los niños porque sabían que el Mayordomo se vengaría en cuanto se enterara de la fuga, pasaban muy cerca de los cuatro. Éstos, confiados en la artera protección de la casualidad, avanzaban casi arrastrándose entre las gramíneas, sin esconderse ni evitar a sus perseguidores, incapaces de tomar ninguna iniciativa fuera de la de cambiar la dirección de su marcha e internarse en la llanura perpendicularmente al peligroso curso del agua, las montañas azules que teñían un sector del horizonte como único norte. Caminando entre las hojas que les acuchillaban la cara, las manos, el cuerpo, que rasgaban lo que iba quedando de sus vestidos, veían cimbrarse allá arriba los penachos que les recordaban cuál sería su suerte si no se daban prisa. Descansaban un poco, volvían a emprender la marcha sin hablar, a veces creyendo —tan homogéneo era todo lo que sus ojos veían— que sin avanzar, hasta detenerse al borde de una de esas lacras pedregosas desde donde descubrían el horizonte, y podían así enmendar el rumbo de su huida hacia las montañas según donde éstas aparecieran. Eran tan insignificantes los cuatro frente a la furia de sus perseguidores que al cabo de poco percibieron que entre la vastedad de la geografía y su propia pequeñez se había establecido una suerte de alianza de protección. Dejaron de ver y oír y hasta de temer a sus perseguidores, y no continuaron enredándose en la atormentadora dialéctica que rechazaba y defendía la imposibilidad y la inutilidad de la empresa acometida: quedaron reducidos al hambre enloquecedora, a la sed, a la certeza de su destino de extinción. Intentaban comer algún tallo que al pasar no les parecía seco del todo, mascaban una hoja que los hacía toser y les provocaba arcadas y llanto y más fatiga, maldiciendo lo definitivo que era el triunfo de las gramíneas familiares sobre toda la vegetación. La llanura comenzó a teñirse de una acuosidad malva al atardecer, pero carente de paz, resonante de voces iracundas y agitada de carreras, como si sus enemigos estuvieran estrechando el cerco. Esperaron llegar al borde de una escoriación para hacer alto. Con el espacio libre ante ellos, no encerrados por la minuciosa repetición de las gramíneas vistas con una óptica obsesionante, por lo menos podían tener algo de perspectiva para vislumbrar a sus perseguidores apenas se acercaran. El aire fresco del crepúsculo hizo que Agapito, como velaje después de la calma chicha de los subterráneos, comenzara a desplegarse, a inquietarse, a querer hacer cosas pese a su herida. De pie desde su sitio examinó el terreno del claro.

—Hay una trampa —murmuró.

Wenceslao se incorporó, mirando el lugar señalado por Agapito.

—Rota —siguió diciendo el lacayo—. Puede haber caído un animal adentro. Dame el cuchillo, Amadeo.

—Es *mi* cuchillo —protestó Amadeo, escondiéndolo a su espalda—. Ya no estamos en los tiempos del tío Adriano cuando cualquiera tenía derecho a quitarte las cosas sin ningún respeto. Yo no soy como Melania y Juvenal que creen que el Mayordomo va a reestablecer el orden; pero tienes que pedirme prestado el cuchillo, Agapito, y yo decidiré si te lo presto.

—Amadeo —le dijo Agapito, sin poner en tela de juicio, por el momento, su sentido de la propiedad—. ¿Puedes hacerme el favor de prestarme tu cuchillo, que lo necesito por el bien de todos?

—No trates de justificarte diciendo que es para el bien de todos, que ya lo sabemos. Te lo presto con mucho gusto. Pero me lo tienes que devolver, porque es mío puesto que yo fui el único que se acordó de traer un cuchillo.

—Sí. Te lo devolveré. Y limpio, además.

—Así debe ser.

Agapito, encogido, con el cuchillo de plata empuñado como una daga, salió desde la vegetación al claro. Aguzando su oído al aire favorable oyó voces de gente que andaba cerca: de pronto deseó *no* encontrar —en vez de encontrar: el hambre, frente al peligro, pasó a segundo término— un animal dentro de la trampa porque iba a ser necesario esconderse allí. Estaba vacía. Desde el borde del agujero llamó con la mano a los otros, que transportando a Arabela comprendieron inmediatamente de qué se trataba porque ellos también habían escuchado voces cercanas, y sin decir nada se metieron en el agujero. Desde allí, Agapito cubrió la trampa como pudo, esperando que con la luz incierta del crepúsculo nada se notara.

La escena que sigue no la presenciaron los que se ocultaban dentro del agujero. Pero es breve y en un párrafo el autor puede relatar la pantomima a sus lectores: bajo los racimos de nubes que a esta hora eran como glicinas colgando del techo de una glorieta, el trozo escoriado de la llanura parecía un proscenio listo para la representación. Efectuaron su entrada tres lacayos de brillantes libreas y albos *jabots*, dos de ellos, que evidentemente se disponían a iniciar al más joven en alguna ceremonia, portando cada uno un manojo de penachos. Venían serios, lentos como figuras que toman posición para un *pas-de-trois*, guiando al lacayo joven, que sonriente, dispuesto, no traía nada en sus manos. Llegados muy cerca del agujero, los dos que portaban los manojos de gramíneas se separaron del otro que los miraba atónito, se enfrentaron, presentaron armas, tendieron sus floretes de mentira y con compases rectos y transversales, con movimientos remisos y violentos, se trenzaron en un floreo cada vez más encarnizado, al comienzo aplaudido por el espectador, pero al ver que los penachos despedían nubarrones de vilanos más y más abundantes a medida que crecía la saña de la falsa batalla, huyó a perderse porque era evidente que la polvareda vegetal, con la que no contaba, lo amedrentó. Los otros dos, entretanto, con estocadas a fondo, soltaron sus carcajadas, tiraron los despojos de sus armas y sin acobardarse con la limitada lluvia de vilanos que caía sobre ellos se sentaron en el suelo a charlar, cerca del agujero donde se escondían nuestros amigos, que pese a no verlos pudieron escuchar sus palabras.

—¡No nos creía!

—Es la primera vez que sale a la llanura porque sirve conmigo en el *piano nobile* y somos pocos los de allí que no vivimos en la luna de Babia.

—¡Bien merecido tiene el susto que le hemos dado con nuestra inocente demostración!

Uno de los lacayos extrajo del revés de la cola de su librea un frasco de vino que despacharon mientras charlaban. Pese al lujoso aspecto de sus atuendos, un observador que se hubiera acercado podría notar, en la menguante luz, sus uñas sucias, la barba de una semana, que demostraban que, pese al requerimiento de *tenue* intachable, algo fallaba de tal manera en la casa que detalles que "en los buenos tiempos", como decían Melania y Juvenal, hubieran sido inaceptables, parecían ahora envolverlos con desapacible aire de deterioro. El que más reía y bebía de los dos lacayos de pronto enmudeció:

—¿Qué te pasa? —le preguntó el otro.

—¡No puedo soportar más esta tensión! Algunos di-

cen que faltan sólo dos o tres días y después ya no podremos respirar, otros que faltan dos o tres semanas: las
dos proposiciones son aterradoras si no tenemos esperanza de encontrar refugio ahora que el Mayordomo
hizo tapiar las entradas de los sótanos, maldito sea, ni de
huir...

—¿Quién dice dos o tres días? —preguntó el otro.

—Los niños.

—No los del *piano nobile*, donde trabajo yo, que están
muy preocupados porque la Marquesa, a su edad, espera un niño, según dicen de un caballerizo...

—¡Un caballerizo! ¡Qué escándalo! En fin, no, ésos
no, ésos son los niños que no dan problemas porque se
ocupan de las cosas que siempre los han ocupado. Son
los otros los que hablan, los perversos epígonos de los
antropófagos que nos hacen la vida insoportable. En
cuanto nos acercamos a cumplir con nuestro deber de
vigilar sus conversaciones se ponen a comentar las tempestades de vilanos del otoño pasado, cómo se ahogaban, cómo sufrieron al comienzo y hubieran muerto todos si don Adriano Gomara no les hubiera permitido
refugiarse en los sótanos junto con los nativos. Dicen
que son inmensos los sótanos. Cabríamos todos los sirvientes. Y todos los niños. Y tribus enteras de nativos.
Dicen que hay algunas tribus que viven allá abajo todo
el año, en la oscuridad, sin salir jamás a la superficie,
casi mimetizados con las rocas, pálidos y blandos como
hongos..., yo conozco un lacayo que cree haberlos visto
moverse y oído hablar en la noche cerca del jergón
donde él duerme. Ya no se puede comentar otra cosa
que las inminentes tempestades de vilanos. Permanece-
mos al acecho por si oímos más detalles en las conversaciones de los niños que tampoco hablan de otra cosa y
además suelen dibujar cosas incomprensibles que reco-
gemos cuando vaciamos los papeleros para hacer la lim-

pieza: los examinamos, como es nuestra obligación, y nos damos cuenta que las figuras, al parecer ininteligibles, trazadas en el papel son nubarrones de vilanos, crueles ráfagas ahogando rostros horriblemente contorsionados por la angustia..., quisiéramos no oír lo que los niños dicen ni ver lo que dibujan o escriben, pero no podemos evitarlo porque es nuestra obligación. ¿Y ahora, con los sótanos cerrados, qué vamos a hacer? ¿Dónde refugiarnos? ¿No sería preferible lanzarnos a la llanura, vencerla, cruzarla, huir de Juan Pérez, del Mayordomo, de los niños alucinantes, y de los amos que cuando lleguen no querrán premiarnos sino castigarnos por la pérdida de Amadeo, esa ricura de niño, y de Arabela, y de Wenceslao, y de Mauro, y huir hacia las montañas azules que tiñen el horizonte?

Dar un grito, saltar fuera del hoyo, llamarlos, unirse a ellos al instante porque eran seres humanos aunque enemigos, acosados por las mismas angustias que ellos aunque planteadas de manera inversa: ése fue el impulso que, al oír a los borrachos, como un relámpago hizo ponerse de pie dentro de la trampa a Wenceslao y Agapito. Pero no alcanzaron a darse a conocer porque en seguida se oyeron voces:

—¡Viva el Mayordomo!
—¡Viva la familia Ventura!
—¡Abajo los antropófagos!
—¡Vivan los sirvientes!

En un minuto el claro se anegó de ajetreo, de caballos encabritándose peligrosamente cerca del agujero que cobijaba a nuestros cuatro amigos: cantos, disparos, preguntas, respuestas, carcajadas, más gritos, y desaparecieron llevándose a los dos que bebían. En otro minuto el claro quedó desmantelado de nuevo y el silencio pareció llenar hasta la última anfractuosidad de la llanura. Arabela, hecha un guiñapo en el fondo de

la trampa, gemía. Amadeo lloraba pidiendo pan en jerigonza porque se le había olvidado el idioma normal.
Wenceslao y Agapito, en la oscuridad, buscaron mutuamente sus miradas para preguntarse qué podían hacer
para aliviar el hambre. Y la sed. Por lo pronto salir del
agujero para no perecer ahogados por la llovizna de tierra que se desprendía de arriba, ni aplastados por la
caída de un animal: ésta era la hora, explicaba Agapito a
los niños, la pálida hora misteriosa y silenciosa suspendida entre el día y la noche en que los animales acuden a
beber en los manantiales que de trecho en trecho brotan
en la llanura, y estas trampas las construían los nativos
en las inmediaciones de los manatiales para interceptar-
les el camino. Agapito trepaba hacia afuera, cuidándose,
al salir, de no romper el frágil techo de gramíneas que
sostenía la tierra. Desde el borde extrajo primero a Arabela, inerte, y a Amadeo, que no reaccionaba, ayudado
por Wenceslao. Luego lo ayudó a salir a él.

A un extremo del claro, como si la piel de la tierra se
hubiera replegado para descubrir algo como una pe-
zuña, más relacionada con el esqueleto subyacente que
con la superficie, se alzaba una roca como una mesa, no
más alta que las gramíneas. Se acercaron a ella intentando confundir sus siluetas con su contorno. Después
de ayudar a Agapito a disponer a Arabela y a Amadeo al
pie de la roca, Wenceslao se subió, obedeciéndole a
Agapito que le aconsejó tumbarse sobre ella para ver y
no ser visto: allá las luces del caserío; casi en el horizonte o en lo que quedaba de él, la casa de campo envuelta en la esmeralda, ahora negra, del parque.

—Ya no se distinguen las montañas azules... —murmuró Wenceslao.

—Si dices que la casa está hacia allá y el caserío hacia
allá, entonces las montañas tienen que estar en esa dirección —respondió Agapito desde el pie de la roca, se-

ñalando—. En todo caso no nos conviene movernos hasta volver a verlas y así no equivocarnos de camino.

¿Camino hacia qué?, se preguntó Wenceslao. ¡Si lo supiera! ¡Habían partido tan patéticamente y sin sentido! Y ahora no les quedaban fuerzas ni para lo mínimo, que era sobrevivir, mientras arriba se encendían unas cuantas estrellas sin que la bóveda perdiera su aspecto de cruel abstracción, como si fuera —igual que este insoportable presente— una ocurrencia suya. Pero debajo de la roca Agapito canturreaba. Estaba mejor, pensó Wenceslao. Quizás todo estuviera mejor, aunque quizás lo pensara sólo porque iban a dormir al aire libre. Ahora por lo menos, no como en el sótano, era posible conversar con Agapito.

—Agapito.

—¿Sí?

—¿Duermen?

—No se mueven y están vivos.

—¿Cómo sabes?

Los dos, de acuerdo, se saltaron una pregunta y una respuesta.

—¿Y lo de las trampas?

—Mi madre, que era tierna y paciente y risueña pese a las adversidades, era hija de una mujer de estas tierras que le contaba cosas...

Wenceslao se quedó en silencio un instante antes de arriesgarse a ser infantil, como Amadeo, y decir:

—Yo también sé cosas.

—¿Quieres contarme algo?

—Sí.

Y Wenceslao, tendido encima de la roca, le contó a Agapito, tendido debajo de ella, lo siguiente: que todo lo dicho por los dos borrachos junto al agujero no eran más que mentiras propagadas por sus primos para aterrorizarlos: ni ellos ni los nativos se habían refugiado jamás en el sótano. Más aún, su padre, alegando que era lo racional, había intentado obligar a los nativos a cobijarse en la mina durante la última temporada de vilaños. Pero los nativos poseían otro régimen de racionalidad frente al cual la de su padre se configuraba como una agresión, e intentaron explicarle que el sótano era un recinto sagrado al que no tenían acceso cuando volaban los vilanos porque así expiaban su vieja derrota en manos de los Ventura. Su padre había alegado que el presente estado de emergencia no era como para guiarse por tales supersticiones. Los nativos le reclamaron que no se trataba de una emergencia, ya que de generación en generación, año tras año, ellos les hacían frente a los vilanos a su manera, muy eficaz por otra parte. Si él no trataba de imponerse no existiría emergencia alguna. Fue entonces, durante una de las primeras borrascas, cuando el cierzo silbante metía pelusas por la garganta y por los ojos, que su padre, seguido por Mauro y un grupo de fieles armados con lanzas, rodearon a una tribu de nativos para meterla a la fuerza en el sótano y así "salvarla", produciendo enemistad irreconciliable entre salvadores y salvados. Los jefes anunciaron por medio de sus emisarios que ante tal insulto no les quedaba más que retirarse para siempre llevándose a sus tribus, dejando a Adriano Gomara solo con los niños, y revelándolo así como lo que realmente era: un Ventura, un enemigo. Inquieto ante tal peligro convocó a una conferencia de los jefes en el salón de baile en medio de las ráfagas de vilanos. Éstos le exigieron como prueba de su lealtad incondicional que en el recinto más sagrado del sótano lo sacrificara a él, a su hijo, ante todo el pueblo reunido y de esta manera —no de otra: treinta generaciones antes de la llegada de los Ventura ya habían dejado de serlo— se revelarían como antropófagos al comerse a Wenceslao junto al estanque subterráneo.

Éste permaneció en silencio un instante. Agapito murmuró:

—Tal vez...

—Estás pensando lo mismo que yo.

—¿Lo digo?

—No. Todavía no. Ya llegará el momento. En todo caso fue entonces que tuvo lugar el siniestro asesinato simbólico de mi padre, real si no lo hubiera interrumpido el perdón no simbólico de los nativos gracias al cual yo nací de nuevo.

Y estamos juntos aquí, hubiera podido agregar, tú y yo para acometer una empresa por el momento desconocida. Los ojos de los dos traspasaban la oscuridad, buscando las montañas azules que no veían. Agapito entonó en voz muy baja una canción de las calientes tierras del sur que se prometió que algún día visitaría, pero ninguno de los dos resistió a la fatiga y se quedaron dormidos, como tanto les gusta hacerlo a los muchachos que son amigos, cerca el uno del otro, bajo las estrellas.

3

LO PRIMERO que vieron a la luz del alba fue la hoja lúcida del cuchillo de plata de Amadeo, y el mango brillando enigmáticamente explícito de elegantes signos en el barro junto al agua: un boquete en la tierra no más grande que un abrazo rebalsando un líquido amarillento, que, increíblemente, reconocieron como agua. Al verla, depositaron a Arabela con escasa ceremonia en el suelo. Pese a haber adivinado al instante el historial del cuchillo, Agapito y Wenceslao se abalanzaron sobre el agua, y de bruces en el barro bebieron y bebieron el líquido salobre, y se empaparon la cara y el cuerpo y los brazos y la ropa reseca. Luego recuperaron a Arabela:

sin moverla de su sitio para que no le dolieran las magu-
lladuras que la tenían convertida en una muñeca des-
coyuntada, le llevaron agua en el cuenco de las manos
para que antes que nada bebiera, y refrescarla después.
Al revivir, Arabela preguntó con voz apenas audible:
    —¿Y Amadeo?
    Sólo entonces —perturbados por esa peculiar atmós-
fera tibia y olisca, semejante a la de una habitación encerrada donde duerme gente de cuerpo sucio y ropa añeja
que suele albergarse en los sitios frecuentados por bestias
que acuden a beber—, descansando en la sombra de las
gramíneas, se atrevieron por fin a fijar la vista sobre el
cuchillo que relucía en la tierra: sí, aportaba una respuesta a las angustiosas pesquisas de la mañana, después
que al despertarse encontraron que Amadeo había desaparecido del lugar donde lo acostaron a dormir la noche anterior. Lo llamaron a gritos, hacia los cuatro puntos cardinales, sin atreverse a abandonar el cobijo de la
roca para no exponerse a posibles miradas enemigas en
medio del claro y para no dejar sola a Arabela. Sería necesario internarse más allá del claro: Agapito le advirtió
a Wenceslao, que no hubiera podido hacer otra cosa,
tan desfallecido de sed y hambre se encontraba, que
permaneciera vigilante junto a Arabela: él explotaría el
terreno sin entrar en los matorrales de gramíneas porque de hacerlo, en cinco minutos el gran espacio lo de-
voraría.
    Desde su sitio, ahora bajo la roca junto a su prima,
observó a Agapito examinando el terreno. Resultaba
imposible conjeturar sobre lo que podía haberle sucedido a Amadeo, hacia qué lado podía haberse perdido,
o hacia dónde se lo podían haber llevado sus hipotéticos
raptores: era exquisito, se decía Wenceslao pensando en
su lugarteniente, delicada presa para los antropófagos
que se robaban a los niños malos en las historietas re-

presivas y moralizantes que sus madres les relataban desde la infancia. Los movimientos de Agapito, ligeros, bien concertados, parecían señalar que sabía cómo y hacia dónde buscar porque aceptaba ser descendiente de antropófagos por el lado de su madre. ¿Cómo era posible que hubiera recobrado tanta fuerza después de tanta sangre perdida? ¿Era debido a las sales de la alberca subterránea que comenzaban a sanar su herida, o al aire matutino de la llanura que parecía haberlo desplegado entero como velamen pese a que aún caminaba encorvado? Wenceslao, en cambio, apenas lograba moverse. Hasta tener conciencia de ese hoyo quemante de hambre en el vientre significaba un esfuerzo.

Agapito, de pronto, como si hubiera encontrado algo en el claro, se detuvo. Regresó corriendo. Cargó a Arabela y mandó a Wenceslao que lo siguiera. Era posible cualquier cosa, explicó mientras marchaban, pero en la desconcertante homogeneidad de la llanura ¿por qué no seguir la única clave ofrecida, la única dirección marcada, que era la del sendero que cruzaba de parte a parte el claro, trazado por los animales salvajes al dirigirse al abrevadero? Una vez llegado a él, desplomados entre la vegetación, a punto de extinguirse con el calor del sol que iba montando en el cielo, divisaron sólo el cuchillo de plata relumbrando en el barro, no a Amadeo. No tocaron el cuchillo. Se quedaron mirándolo. No tenían fuerzas ni para gritar aunque sabían que Amadeo andaba cerca, sí, tan cerca que no necesitaban ni moverse ni llamarlo, sólo yacer allí, porque en un momento más Amadeo iba a aparecer a posesionarse de su cuchillo para salvarlos con él, tal como lo había prometido. No sabían si durmieron, ni cuántas horas ni cuántos minutos, pero el hecho es que, sueño o fatiga o modorra o alucinación o pesadilla, desde el fondo de ese curioso recinto definido al aire libre por frecuentes presencias animales, olor, calor, sangre, heces, sexo, les llegó un gemido. ¿Pájaro, ciervo, gato? No: Amadeo. Los tres, tambaleantes, se pusieron de pie gritando Amadeo, Amadeo, Amadeo, tan fuerte y repetidamente que sus voces histéricas cubrieron las repeticiones del gemido.

Fue Arabela quien lo encontró tumbado al otro lado de la mata bajo la cual habían reposado en el claro alrededor del manantial. Arabela no gritó. Permaneció muda junto al cuerpo ensangrentado y, ya que nada más podía hacer, se extendió como para dormir junto a él, intentando restañar con su mirada el aura de vida que flotaba aún en torno a los ojos de Amadeo. Al darse cuenta del extraño silencio de Arabela mientras ellos dos daban voces, corrieron hacia ella. Se arrodillaron junto a los dos cuerpos tendidos. Wenceslao tocó el corazón de Amadeo: latía aún y Amadeo sonrió al reconocer la mano de su primo sobre sus costillas. Agapito fue por agua, una y otra vez, refrescándolo, haciéndolo beber. Amadeo entreabrió los ojos: vio los de Arabela a menos de un palmo de los suyos. Murmuró:

—Arabela.

—Sí.

Y con un gran esfuerzo preguntó:

—¿Es verdad que soy exquisito?

—Sí, sí...

Entonces dijo:

—Perdónenme si insisto, sobre todo en este trance. Escúchenme. Acérquense porque no tengo fuerza para hablar muy alto y tengo algo un poco heterodoxo que proponerles.

Las tres cabezas se juntaron a la suya para oírlo:

—Voy a morir —dijo—. A las jabalinas no les gusta que les roben a sus pequeñuelos y yo con mi cuchillo quise matar a uno para que lo comiéramos. ¿Tienen hambre, no es verdad?

Los tres asintieron. Él continuó:

—¿Soy una ricura, no es verdad, de comerme vivo, como se lo han pasado la vida asegurándome que lo soy?

—Sí.

—¿Por qué, si les duele la barriga de hambre, y no saben cómo subsistirán para llegar a las montañas azules, no me comen a mí? No, no sean tontos, no lloren, no protesten, no estoy alucinado ni loco. ¿No fue éste —que alguien me coma— desde siempre mi destino, si soy una ricura? ¿Quién, entonces, mejor que ustedes? Querría seguir la aventura juntos y no puedo, pero ésta será otra forma de hacerlo. Y lo que sobre de mi carne, para que no se descomponga, lo podrán salar con el agua salobre del manantial y llevarla con ustedes para comer en el camino, así estaremos juntos un poco más. No lloren..., es sólo el realismo inmisericorde de los que están a punto de morir, que saben que lo perderán todo, incluso sus cuerpos, lo que me hace hablarles así...

Y después de dejarlos llorar otro poco, calculando el efecto de sus palabras, desdeñoso les preguntó:

—¿O tienen miedo, como nuestros padres, de ser antropófagos?

Ofendidos, los tres protestaron que no.

—Cualquiera que sepa pensar —continuó aún Amadeo—, y piense lo que piense, pensará siempre en la muerte, como yo, que por la muerte de mi gemelo lo he hecho desde que nací porque he vivido como si una parte mía ya estuviera muerta. No tengo miedo. Sí, por favor, esta última merced, quiero irme con ustedes, seguir con ustedes, nopo tepengapan miepedopo, sepe lopos ruepegopo, copomapanmepe popor fapavopor...

No les fue difícil darse cuenta cuándo expiró: siem-

388

pre pálido, siempre transparente, de cabellos y pestañas y cejas demasiado claras y labios sin color, en la luz vegetal y en la proximidad del agua, sus facciones, de pronto, al cruzar cierta línea, se tornaron completamente limpias y su piel se tornó opaca y estática como la de un feto. Fue un poco después, cuando sus primos terminaron de llorarlo, pero no mucho después porque el tiempo urgía, que Agapito le preguntó a Wenceslao:

—¿Qué fue lo que ibas a decir a propósito de los antropófagos anoche antes de quedarnos dormidos en la roca?

—Lo sabes.

—Dilo —demandó Arabela—. Quiero saberlo.

—Esto: que sólo cuando los nativos se resuelvan a ser antropófagos de veras, no simbólicamente, se salvarán de su destino de vasallos.

Agapito dijo:

—Que lo nuestro no sea simbólico, entonces: comamos cada uno lo que el cuerpo nos pide, que nos lo da quien tiene derecho a darlo.

Los buitres comenzaron a circular arriba. Wenceslao pensó que cada uno de esos pájaros se llevaría trozos del cuello, de las entrañas, del rostro de su lugarteniente. Los antropófagos creían, según las terroríficas leyendas propagadas por sus padres, que el que devora se adueña del valor y de la sabiduría del devorado. ¿Esos pájaros, después, cuando quedaran sólo los huesos de Amadeo blanqueando en la llanura junto al pozo, sabrían graznar en jerigonza? Se lo preguntó a Agapito, que rió con la ocurrencia y dijo, entregándole a Arabela el cuchillo que recién había lavado en el manantial:

—Primero tú. Tarda cuanto quieras.

La dejaron sola. Ellos dos se instalaron al otro lado del pequeño claro, más allá del manantial, quietos porque algo muy serio iba a suceder, pero no acongojados:

Amadeo había sido noble y valiente, cualidades que ellos iban a adquirir. Agapito entonó suavemente una canción de las tierras del sur mientras veían moverse a Arabela entre las matas del otro lado del manantial, su espalda vuelta hacia ellos, inclinándose e irguiéndose al cortar y ensartar algo en una caña de gramínea, encendiendo el fuego y quedándose muy quieta durante largo rato en que sólo vieron su espalda encorvada, su rostro oculto tras el cuello de la librea, mientras se extendía en el aire un olor dulzón, terrible, para Wenceslao no completamente desconocido. Fue este olor que a Wenceslao le rompió el corazón al hacerlo pensar en los pobres seres de vidas mínimas que apenas se asoman a la luz y luego vuelven a hundirse, Aída, Mignon, Amadeo, los nativos que casi no tenían rostro, víctimas de los extremos de la locura y de la crueldad no templadas por la razón: él podría morir si no comía la carne de Amadeo, podía ser uno de ellos. No estaba dispuesto, sin embargo, a morir: ni la locura ni la crueldad, que en este momento concebía como curiosamente interdependientes —como dependían a su vez, y quizás en última instancia, de los falseados sentimientos de sus padres—, lo iban a arrastrar a formular una ortodoxia más concreta que su propia desilusión.

Arabela se levantó, llevó el cuchillo de plata al pozo y lo lavó, entregándoselo luego a Agapito, que repitió la operación exactamente como Arabela. Después él también lavó el cuchillo y se lo entregó a Wenceslao mientras ella dormía un sueño vigoroso.

Wenceslao fue el último y tardó más que los otros. Miraba cómo volaban más y más bajo los buitres anunciando el proceso irreversible de la carne, hasta que por fin tuvo que decidirse. Claro, era difícil: Amadeo había sido su lugarteniente prácticamente desde que quedó sin gemelo. Él, Wenceslao, le había enseñado todo lo que sabía. Menos jerigonza, que Wenceslao jamás pudo aprender a hablar. Quizás ahora, por fin, aprendería.

EN UNA VERSIÓN ANTERIOR de esta novela, Wenceslao, Agapito y Arabela, después de haber devorado a Amadeo, se perdían vagamente en la llanura, rumbo a las montañas azules que teñían el horizonte y ya no los veíamos nunca más.

Es evidente —o me doy cuenta ahora que es evidente— que esto no es posible ni adecuado. En primer lugar porque, mal que mal, Wenceslao —o su presencia en las conversaciones de otros, o su influencia— ha sido centralísimo en el transcurso de esta narración, revistiendo características de héroe. A veces, es verdad, su personalidad retrocedía, pero era sólo por un momento, con el propósito de despejar el centro del escenario para otros personajes, incluso para los necesarios partiquinos y comparsas. En todo caso, trabajando en las sucesivas versiones de esta novela, me he vuelto a enamorar de este personaje, Wenceslao, a cuyo desarrollo le veo gran futuro en los tres capítulos que quedan, y no puedo, en consecuencia, deshacerme de él tan temprano y en forma tan descolorida como la que me había propuesto. Y en segundo lugar no me deshago de él porque, debido a acontecimientos posteriores a las fechas en que escribí las primeras versiones de esta fábula —perdón: novela, no me resuelvo a abandonar la palabra que espontáneamente usé para cambiarla por ésta, más convencional dada la forma de esta narración— y relacionados con la biografía de este escriba, he querido recuperar a Wenceslao, obligándolo a asumir su papel central hasta el fin para decir y hacer lo que no puede dejar de decir y hacer después de convertirse en antropófago.

Para que así sea, debo comenzar esta sección —esta *coda* al capítulo once que no existía en mis cuadernos de apunte ni en mis versiones anteriores— con los tres niños, vigorosos, ahítos después de su siniestro banquete, limpios después de haberse purificado en el agua del pozo, caminando llanura adentro, hacia las motañas azules que teñían el horizonte, calculando cuántos días emplearían para alcanzarlas antes que sobrevinieran las borrascas de vilanos: hasta aquí el capítulo once en mi versión anterior.

Para cambiarlo como deseo, me veo en la necesidad de introducir algo en este lugar, un acontecimiento que puede parecer un *deus ex machina*, aunque en el fondo no lo sea —por otra parte no tengo problemas para echar mano de este artificio, que me parece de la misma solvencia que cualquier artificio literario que puede no parecer artificio—, que cambie el rumbo del periplo de nuestros amigos. Y si es así, mejor será revestirlo del mágico esplendor que un tropo de esta categoría requiere.

Lo primero que los niños vieron fue una nube platinada en lontananza.

—Los jinetes de mi hermano —opinó Agapito.

Wenceslao se detuvo y los hizo detenerse: la nube crecía, demasiado inmensa esta vez y su volumen aumentaba demasiado rápido, velando la mitad del mundo y presentándose con el empaque de un cataclismo.

—La tempestad de vilanos que comienza —murmuró Arabela sin miedo.

Pero Wenceslao se dio cuenta, por la forma de la nube, que ésta tampoco era la explicación acertada. Ayer había visto desgranándose espontáneamente un penacho en los dedos del aire, pero prefirió no decir nada porque quizás fuera una excepción, el comienzo de la catástrofe aplazado aún unas semanas. Ahora no comentó la observación de Arabela porque la nube, hinchándose, no sólo crecía sino que se desplazaba hacia ellos, como si el perverso querubín de mofletes llenos, en el ángulo de la carta geográfica, supiera exactamente en qué punto de la inmensidad se encontraban y dirigía la nube hacia ellos para arrollarlos y arrollar el caserío que quedaba a sus espaldas, y la casa de campo, que quedaba más atrás. Avanzaba tan rápido, en todo caso, que Wenceslao estimó inútil seguir caminando, y también huir, y hasta moverse. Le pidió, en cambio, a Agapito, que le permitiera subirse sobre sus hombros, lo que hizo cuidando no magullar sus heridas ya casi sanas.

Permaneció arriba un buen rato, resistiendo el pavoroso impulso de huir al ver acercarse más y más implacablemente la nube, escuchando el creciente tamboreo del miedo en su corazón, un bombo, ahora, profundo, repetido, rápido, más rápido, ensordecedor, que comprometía su torrente sanguíneo y su cuerpo y su cabeza y todo el paisaje como las reiteraciones de un trueno que no era trueno porque el trueno, al acercarse, no se desgrana en pisar de cascos y rodar de ruedas, en toques de trompetas y cuernos de caza, en relinchos y ladridos y risas e interjecciones y algún disparo.

Desde los hombros de Agapito, Wenceslao, atónito, envuelto en la neblina de los vilanos que todo lo atenuaban sin ahogar nada, los vio pasar: *landaux* y victorias, calesas y *coupés*, acharolados, dorados, los cocheros fustigando desde lo alto sin misericordia y sin perder una cucarda, las damas riendo bajo toldos, sombreros, sombrillas, los señores repantigados fumando, o galopando en sus alazanes junto a la cabalgata a la cabeza de la jauría de perros controlados por pajes escarlata tocando cuernos, las carretas, las carretelas, las tartanas, la infinita procesión de coches cada vez con menos pretensiones de nobleza a medida que la cabeza de la cabalgata, como en la niebla de un sueño, se alejaba hacia la casa de campo, atestados de lacayos luciendo impecables libreas de amaranto y oro, de cocineros albos, de caballerizos pardos, de jardineros, el largo tren repleto de la complicadísima utilería que los Ventura consideraron necesaria para subsistir.

Antes que el cortejo terminara de pasar, antes de formularse ninguna de las preguntas que un personaje al que se acaba de plantear como héroe debería formularse, Wenceslao, de un salto, bajó de los hombros de Agapito, y dándole vuelta la espalda a las montañas azules que teñían el horizonte, echó a correr en dirección a la casa de campo, seguido de Agapito y Arabela, y gritando:

—¡Mamá! ¡Mamá!

Capítulo Doce

LOS EXTRANJEROS

1

Supongamos que la siguiente entrevista tuvo —o hubiera podido tener— lugar:

Una mañana voy caminando muy de prisa por una calle del puerto en dirección al despacho de mi agente literario, con la versión definitiva de CASA DE CAMPO finalmente bajo el brazo. Me acosan, como suele suceder en estos trances, las dudas, la inseguridad, o lo que es aún más doloroso, la esperanza. Con mi ánimo iluminado por este último sentimiento, veo avanzar por mi vereda la figura bamboleante de un caballero que reconozco: pese a su gordura —o a causa de ella—, Silvestre Ventura se acerca con el paso peligrosamente ingrávido de alguien recién salido de la penumbra de un bar donde ha pasado demasiado, y demasiado agradable tiempo, o como si le dolieran los pies demasiado delicados para sostener esa humanidad que se ha hecho gigantesca y resoplante: y sin embargo, no lo puedo negar, conserva algo de *flair*, de estilo, manifestado en el color desenfadadamente juvenil de su corbata, en el centímetro de más de pañuelo blanco agitándose marineramente en el bolsillo de su pecho. Sí, lo reconozco en cuanto dobla la esquina. Esto —digamos— sucede, o podía haber sucedido, justo en *este* punto del desarrollo de esta novela; de modo que, pese a que parezca una interpolación de otro mundo, ruego a mis lectores que tengan paciencia durante unas páginas y las lean hasta el final.

—¡Hola, viejito! —exclama Silvestre Ventura, palmoteándome la espalda—. ¡Gustazo de verte después de tanto tiempo! ¿Dónde andabai que andabai perdido?

—...

—¿Cómo estái? ¿Y la señora...? ¿Con quién fue que te casaste?... Ah, sí, los conozco, son medios parientes de la Berenice. ¿Así que te ha ido bien? ¡Qué bueno, hombre! A ver, acompáñame un rato, que uno ya no te merece y hay que celebrar. Yo iba donde mi hermano Hermógenes que me llamó, no sé qué putas querrá decirme a esta hora de la mañana. Ya, viejo, no seái tan rogao, si no tenís na mejor que hacer, asique pa qué estái con huevás, vamos no más...

—...

—¿Quién va a estar esperando un manuscrito con urgencia? ¿Urgencia pa qué? No seái ridículo con tus huevás de manuscritos, ya, vamos, mira que más allacito hay un bar...

No comprendo por qué Silvestre insiste que lo acompañe: hasta ahora nuestras relaciones han sido estrictamente profesionales, del creador al creado, con la consabida tiranía del segundo sobre el primero, de modo que no le tengo la menor simpatía. Pero me agarra del brazo —los Ventura son capaces de hacer cambiar el rumbo a un trasatlántico en alta mar si les conviene o les divierte—, y riendo triunfal me obliga a acompañarlo. Noto que a esta hora de la mañana Silvestre Ventura ya tiene el aliento ácido del alcohol, un tufo trasnochado, denso y podrido; y que pese a su elegancia —que ahora, con más tiempo para examinarla, no me parece tan admirable— su camisa está sucia y su chaqueta arrugada, como si hubiera dormido sin desvestirse. Al percibir que me he dado cuenta, explica:

—¡La farrita de anoche...! ¡A estos gringos calientes no se les ha visto el fin...! ¡Yo ya me estoy poniendo viejo para estos trotes! ¡No veo la hora que mi chiquillo mayor, Mauro, no sé si lo conoces, crezca para que se haga cargo de mis asuntos! Pero te diré que me ha salido medio raro, dice que va a estudiar ingeniería y anda como enojado todo el tiempo, como si nosotros, sus mayores, fuéramos unos huevones. ¡Qué critica él, mocoso de mierda, que anda enamorado de la Melania, esa mosquita muerta que ya tiene hechuras de puta, no me digái que no, o por lo menos harto caliente ha de ser esa cabra!

Hemos entrado a un bar con el aserrín nuevo del piso aún sin hollar. Un inmundo gato blanco con algún antepasado de Angora dormita sobre las servilletas encima del mostrador porque no hay nadie en el recinto, ni siquiera los mozos, que no han llegado aún para servir: sólo está la patrona esperándolos furiosa detrás del *bierstücke*, pechugona, vestida de seda floreada y esa seda cubierta con un delantal floreado que desentona con el otro, concentrando su furia en un enigmático tejido que parece ser un chaleco destinado a un pulpo, tantos brazos tiene. Pedimos dos *bocks* que nosotros mismos llevamos a la mesa de madera relavada, donde nos acomodamos. Silvestre —para componer el cuerpo según me asegura— toma un prolongado sorbo de cerveza en el que se propone ingurgitar el reflejo de mi persona con mi manuscrito defensivamente apretado contra mi pecho. Luego se limpia la boca con el dorso de la mano y al comprobar que la mano le queda mojada se la seca con el pañuelo. Quedamos mirándonos: Silvestre Ventura y yo no tenemos absolutamente nada que decirnos. No comprendo su pegajosa insistencia para que lo acompañe. Por la inquietud en sus ojos amarillentos como dos botones *capitonés* en su cara manchada y fláccida como un colchón de hospedería, veo que él también descubre que no tiene nada que decirme: insistir que lo acompañe no es más que obedecer a un tropismo de sociabilidad que en absoluto indica ni afecto ni interés, sólo una especie de *horror vacui*, que es necesario llenar aunque sea con compañía indiferente y con palabras descoloridas. Como si por fin hubiera descubierto un tema que abordar conmigo, me pregunta:

—Oye, ¿y cómo te ha ido con tus libritos?

—...

—¡Me alegro, viejo, me alegro, para que aprendan! ¿Y estái ganando harta platita?

—...

—¡Claro! Es que ustedes escriben tanta huevá onírica difícil de entender que uno, que tiene tanto trabajo, no tiene tiempo más que para leer el diario y a veces, como gran cosa, algo entretenido...

Estoy a punto de esgrimir la idea de que la gente se entretiene sólo con aquello con que es capaz de entretenerse. Pero me doy cuenta que Silvestre no me oirá. Tararea algo residual de la fiesta de anoche y apura el resto del *bock*. Me doy cuenta que ahora quiere partir. Yo lo detengo: ahora soy yo el que no quiere que se vaya. Al fin y al cabo he escrito 600 folios sobre ellos, los Ventura, lo que algún derecho me da. Le cuento que el manuscrito que llevo debajo del brazo trata, justamente, temas relacionados con su familia. Esto parece interesarle; no, más bien divertirlo. Dudoso todavía, me pregunta:

—¿No te habrái metido en cuestiones de genealogía, que a nadie le importan más que a los siúticos y a los maricones?

Le aseguro que no: lo que he hecho es sólo novelar aspectos sugeridos por su familia. Silvestre se ríe. Me asegura que estoy loco, que los Ventura son gente perfectamente normal que nada tienen de novelable: él, por ejemplo, me dice, es un caballero bueno para el trago, como tantos otros, pillo pero no sinvergüenza para los negocios, que ayuda a su hermano Hermógenes a hacer otros negocios más importantes... y que la Lidia es una vieja avara y mezquina, sí, eso sí que lo puedo decir en mi libro si quiero, eso sí que es novelable porque la Lidia es el colmo, de novela, sí, sí, para contarlo y no creerlo. Lo detengo. ¿Para qué seguir? Insiste en que todo lo que me dice puede ser verdad, pero sin embargo es distinto. Le propongo, como demostración, leerle unas páginas. Da un respingo, se excusa: mira su reloj, murmura que está cansado, que otro día, que tiene mucho que hacer, que Hermógenes lo está esperando porque dentro de una semana deben partir a Marulanda con unos extranjeros que se interesan por comprar sus tierras, sus casas, sus minas, tentando a la familia con la idea de liquidarlo todo para invertir en el exterior. No: me pongo firme porque aunque no me interesa lo que Silvestre Ventura puede decir sobre su futuro, porque está en mis manos, quiero ver cómo reacciona con lo que he escrito sobre los suyos. Me escuchará aunque no tenga tiempo o me jure que no le interesa. Mientras saco mis papeles del cartapacio y elijo, él pide otro *bock*, para que lo ayude a resignarse, dice:

—Pero apúrate, mira que no tengo tiempo.

Yo le leo. Una, dos, tres, cuatro páginas. Noto que se amodorra en los primeros renglones y se adormece: yo sigo, él despierta, abre los ojos y después los cierra, luego los vuelve a abrir, mira su reloj y me interrumpe:

—Oye, me tengo que ir, fíjate...

Comienza a levantarse. Le pregunto si le gustó. Responde:

—No entendí na...

Me río, incómodo: alego que mis páginas no contienen nada de raro, ninguna idea ni estructura que demande gran trabajo intelectual, nada que sea difícil desde el punto de vista literario o que no se pueda absorber como relato puro. Con un suspiro de impaciencia, Silvestre deja caer su peso sobre el respaldo de su silla y se toma el resto del tercer *bock*. Dice:

—Es que no te creo na, viejito...

Le pregunto qué es lo que no me cree.

—Y además me da rabia porque nos conocís harto bien —responde sin dureza—. Es que todo lo que me leíste... ¿cómo te diría yo? es romántico, no tiene nada que ver con nosotros. Jamás hemos sido tan ricos, eso lo sabís, asique... Ni Marulanda es tan grande como para que hablís de "provincias enteras". Jamás hemos tenido ni sombra de esa cantidad de sirvientes... La casa: no es más que un caserón común y corriente, y lo tuyo da una impresión de refinamiento y opulencia que nunca hemos tenido, aunque no niego que a veces soñamos con tenerlo o haberlo tenido, sobre todo para que les dé rabia a los siúticos y podamos reírnos de ellos con autoridad. Y no somos ni tan injustos ni tan malos... ni tan tontos, como puedes comprobar por lo que te estoy diciendo...

Se interrumpe para reunir fuerza con el fin de preguntarme:

—¿Y qué sacái con escribir algo sobre nosotros en que ninguno de nosotros se reconocerá?

Le contesto que yo no escribo ni para su aprobación ni para su consumo. Y que el hecho de reconocerse en mis personajes y situaciones no limita mi idea de lo que puede ser la excelencia literaria: en el fondo, si escribo, es para que los que son como él *no* se reconozcan —o nieguen reconocerse— ni entiendan. El feísmo extremado de algunos de mi anteriores libros pudo ser absorbido por gente como los Ventura porque toda intención de ser "real", aunque caiga en lo desagradable, cae dentro de lo aprobado, ya que en último término es útil, enseña, señala, condena. Yo no he podido resistir la tentación —le explico a Silvestre Ventura que me escucha con interés— de cambiar mi registro, y utilizar en el presente relato un preciosismo también extremado como corolario de ese feísmo y ver si me sirve para inaugurar un universo también portentoso, que también, y por costados distintos y desaprobados, llegue y toque y haga prestar atención, ya que el preciosismo es pecado por ser inútil y por lo tanto inmoral, mientras que la esencia del realismo es su moralidad. Pese a la atención que Silvestre presta a mis palabras, es evidente que nada comprende de las deformaciones que aquí utilizo. Cuando callo, responde, porque los Ventura siempre entienden y tienen acceso a todo:

—Caricaturas. Claro. Eso lo entiendo. No es ninguna novedad. Pero lo tuyo no es eso... Por ejemplo, la Celeste. No es ciega. Es harto cegatona, con sus anteojos de poto de botella, y tiene la manía de hablar como profesora. ¿Por qué no exageraste en *ese* sentido, fácil de comprender para todos porque lo grotesco puede ser cómico, en vez de pintarnos esa señora tan seria, tan terrible que es la Celeste de tu novela? Y claro, es cierto que la Eulalia se ha puesto un poco putona con lo pesado que es el beato de Anselmo, pero todo el mundo la quiere porque es simpática, lo mismo que Cesareón, que era marica, pero era tan divertido que a nadie le importaba, y como somos ricos nadie se atreve a hablar. Ser rico y simpático es lo único que importa, y quizás, fíjate lo que te digo, ser simpático es más importante que ser rico: ser sencillo, ocurrente, sin pretensiones, bueno para el trago..., todas las puertas se te abren y jamás te morirás de hambre. Ya ves el pobre Cesareón. ¿Por qué no cuentas el cuento de Cesareón, mejor, que es harto divertido?

Un poco amoscado porque no logro imponerme replico que no sé ese cuento y que además no se trata simplemente de repetir chismes. Pero Silvestre no me oye porque está riéndose con el recuerdo de su cuñado:

—¡Tan cómico este Cesareón! ¿Sabes lo que le contestó a la pesada de su hermana cuando ella le dijo que cómo se iba a casar con una mujer tan fea como la Adelaida, la novia que sus amigos, preocupados por su pobreza y flojera, por fin le desenterraron? Mira, le contestó Cesareón: tú, date con una piedra en el pecho porque de ahora en adelante no te van a faltar los porotos en la olla, y mejor cállate, mira que ya no están los tiempos pa caritas...

Acompaño a Silvestre en sus carcajadas e intento comenzar a explicarle que..., pero no: me doy cuenta que se ha perdido en una selva de fantasmas y conceptos familiares, de cuentos y personajes y sobreentendidos que para él constituyen no sólo el universo, sino también la literatura: es imposible intentar moverlo de allí. Lo dejo seguir porque me divierte oír su crónica de los Ventura, tan distinta —y a veces contradictoria— a mi novela de los Ventura. Dice:

—Mi mamá, te acuerdas como era de acampada, lloraba porque no quería que la Adelaida se casara. No tanto porque le acomodaba tener una hija fea y solterona que la acompañara hasta sus últimos días como porque estaba cabreada de oír el cuento de que Cesareón de la Riva era maricón. Mi mamá, llorando, repetía y repetía la maldita palabra hasta enloquecer a todo el mundo. Un buen día amaneció dándose cuenta de que no tenía para qué llorar tanto porque no sabía qué significaba la palabrita, asique exigió que se lo explicaran. Oyó muy atenta al curita y al final de la explicación dijo: "Bah, qué tontería, eso no tiene nada de particular. Tiene derecho a hacer lo que quiera con sus verijas".

Al citar esta frase de su madre fue tal la risa de Silvestre que salpicó su arrugado chaleco de piqué con una rociada de cerveza que no se preocupó en limpiar. Al contrario, al continuar con su relato, sus dedos regordetes juguetearon con las manchas de cerveza en la madera de la mesa como si se regodeara con la porquería.

—Lo convidó a la casa a comer esa misma noche. Y desde entonces fue su yerno preferido, el que le llevaba todos los chismes y sabía todos los parentescos y las platas y los puteríos y se reían a gritos con mi mamá, comadreando y jugando al naipe. La muerte de Cesareón fue una tragedia porque todos lo queríamos. Y cuando a raíz de la muerte de mi mamá se abrió el testamento con el famoso codicilo en que desheredó a la Malvina, la Eulalia se enfureció, y le gritó a la Adelaida que lo había hecho por los chismes de Cesareón, el maricón de más cartel en toda la ciudad. Pálida, la Adelaida le dijo que lo sabía, pero que no entendía qué significaba la palabra. Entonces la Eulalia se rió a gritos y le dijo que para vengarse se lo iba a explicar ahí mismo con lujo de detalles, y vieras cómo gozó haciéndolo, ya sabes lo cochina que es la Eulalia para hablar. Entonces la Adelaida sonrió, se puso como tomate, y dijo delante de toda la familia: "Bueno, yo seré ahombrada entonces, porque les diré que no tengo ninguna queja de su *performance*". Riéndonos, todos la besamos por tomarlo a la chacota y no armar pelea. Fue por eso que nadie quiso contarle que el badulaque de Cesareón no murió —como le contaron a ella y como dijeron sus amigos para proteger su reputación— atropellado por un cochero loco, sino en una farra de marineros borrachos en uno de estos bares de mala fama que hay por aquí cerca en el puerto.

Valgan las páginas anteriores como alarde. El tono realista, siempre confortable pese a que suele revestirse de hostilidad, se me da espontáneamente. Tengo buena pupila de observador, buen oído para el diálogo, suficiente perspicacia literaria para darme cuenta que sólo el régimen de ironía se puede tolerar dentro de esas coordenadas estilísticas. Un Silvestre Ventura trabajado así, como muestrario de lo posible, como alusión a lo reconocible, podría rendir excelentes dividendos. Y mis lectores acaban de comprobar, al leer el diálogo que habría sostenido conmigo en el bar, que es justamente el estilo que Silvestre patrocina y que lo define. Comprendo, sin embargo, que si a estas alturas de mi novela yo cediera a la tentación de verosimilitud —que por momentos es grande— tendría que alterar el registro entero de mi libro. Cosa que no estoy dispuesto a hacer ya que justamente considero que el registro en que está escrito, el tono específico de la narración, es aquello que, más que mis personajes como seres psicologizables, sirve de vehículo para mis intenciones. No intento apelar a mis lectores para que "crean" en mis personajes: prefiero que los reciban como emblemas —como personajes, insisto, no como personas— que por serlo viven sólo en una atmósfera de palabras, entregándole al lector, a lo sumo, alguna sugerencia utilizable, pero guardando la parte más densa de su volumen en la sombra.

Tal vez todo lo anterior no se deba más que a cierta nostalgia por los materiales literarios de lo que nuestro hábito llama realidad —generosos, sobre todo, en puntos de apoyo— cuando se ha elegido el vértigo de lo contrario, llamémoslo como lo llamemos. En todo caso, quisiera desentenderme aquí mismo de esta nostalgia para retomar la tónica dominante de mi relato. Hacerlo no presenta grandes complicaciones: es sólo cuestión de eliminar mi presencia con este volumen debajo del brazo, volver a colocar a Silvestre Ventura en la calle donde lo encontramos, adelgazarlo unos kilos —no muchos: prefiero conservarlo rotundo—, limpiar el amarillo de sus córneas, cambiar su chaleco lleno de lamparones por uno más pulcro en que titilen los botoncitos de nácar, y rogar a mis lectores que olviden lo que dije de su tufillo. Pero no nos engañemos: una y otra historia, la con tufo y la sin él, distan mucho de ser idénticas aunque la trama parezca conducirnos por los mismos meandros.

Silvestre Ventura avanzaba por el medio de la calzada para evitar las sorpresas desagradables que podían derrumbársele encima desde los balcones de esa calle estrechísima donde los asuntos de la familia lo habían llevado. El aire otoñal, después de despejar las miasmas veraniegas, dejó al abigarrado populacho portuario persistiendo en su sociabilidad vertical, encaramado en las ventanas que jalonaban las fachadas unidimensionales como telones, las mozas tirándose un ovillo de hilo de un balcón a otro, atendiendo jaulas de tucanes y colibríes, o, inclinándose sobre las begonias carnosas como moluscos que ya se empezaban a descomponer, preguntándose cuánto durarían antes que la población vertical se redujera a camisas lavadas agitándose en la ventolera. Desembocó en la plaza abierta al puerto, donde el toldo de nubarrones sostenido por las cuatro columnas de las palmeras que se alzaban en las esquinas definía el escenario para el vocerío y el tumulto de la buhonería popular, que Silvestre, experto, rebasó, doblando un trecho hacia la izquierda por la avenida de palmeras frente al mar, y sin que los barcos enloquecidos por el presagio de tempestad tentaran su atención, subió al despacho de Hermógenes, quien, después de saludarlo al unísono con Lidia, le preguntó:

—¿Lo encontraste?

—No.

Desalentados, se dejaron caer cada uno en un sillón. Silvestre no se atrevía a mirar de frente a su cuñada ni a su hermano mayor, pero sobre todo a su feroz cuñada paridora de gemelos y coordinadora de la legión de sirvientes, porque él era responsable frente a ella en la materia que ahora los ocupaba. No necesitaba mirarla, por otra parte —conocía los gestos de su desaprobación desde hacía demasiado tiempo—, para saber que al alzar el velo de su capota descubriría su labio arriscado de desprecio con el único fin de amedrentarlo. Los ojos de Hermógenes clavaron a su hermano: encendió un puro con una llamarada tan sorpresivamente alta que casi abrasó su bigote y sus cejas igualmente tupidas que éste. Silvestre tartamudeó excusas, intentando arrullar a Lidia con el argumento de que era un error atribuirle toda la culpa a él ya que en parte lo era de la loca de Berenice que nada, salvo las diversiones, tomaba en serio, sin llegar, por supuesto, al fondo ni siquiera de éstas: anoche, en el baile de trajes del Teatro de la Ópera y disfrazada de India Galante, se había equivocado, y en lugar de seducir al dominó de moaré gris, según se convino, sedujo a un inocuo torero de bonitas pantorrillas pero sin ninguna utilidad porque no era él, sino el dominó, quien empleaba al candidato a Mayordomo que les urgía contratar para el viaje a Marulanda pasado mañana.

—¡*Allumeuse*...! —exclamó Lidia y bajó su velo sobre la sorna de sus ojos.

Él venía ahora —continuó explicando Silvestre— de la cochambrosa habitación en que este individuo vivía, donde, muy sentado con un retoño jugueteándole sobre cada rodilla, se negó desfachatadamente a ir a Marulanda, mostrándose suspicaz ante el extemporáneo viaje. ¿Por qué lo querían contratar ahora, quiso saber, que no era la época usual de las levas de los Ventura? ¿Qué descontrol, qué anomalía, significaba esto? ¿Cómo era posible —siguió inquiriendo— que pretendieran partir pasado mañana cuando hasta estos inocentes que brincaban sobre sus rodillas sabían que dentro de dos semanas iban a comenzar las tristemente famosas borrascas de vilanos producidas por las gramíneas que avanzaban devorando terreno —y que, según se decía, si el gobierno no tomaba cartas en el asunto y les prendía fuego de una vez por todas, amenazaban apoderarse de todo el terreno nacional, dejándolo empenachado pero inútil— y que impedían toda vida humana? No, él se negaba a ir, aun a costa de perder la oportunidad que un hombre de su traza tendría en el futuro para optar al codiciado puesto de Mayordomo. Si es que había veranos futuros —acotó el fámulo con impertinencia— ya que los rumores sobre los últimos acontecimientos ocurridos en Marulanda eran desasosegantes.

—¿Le ofreciste lo convenido? —preguntó Hermógenes.

—Una participación de 0,005 por ciento en el producto de las minas cuando las compren los extranjeros y quedemos sólo nosotros, ustedes dos y yo, como socios encubiertos.

—Es más de lo que convinimos. En fin. ¿Ni siquiera con eso?

—Ni siquiera.

Lidia se puso bruscamente de pie con el imperio de las mujeres pequeñas: su piel algo venosa apretaba su cuello corto y sus abultadas facciones rojizas como en un paquete que iba a estallar de soberbia. Sus ojos lacustres eran como los de sus hijas Casilda y Colomba: sólo que los suyos, vacíos de tensión por no percibir más que lo cuantitativo, quedaban desprovistos de cambios, de sombreados, y parecían lagos pintados por niños con tiza azul.

—Pésima noticia —fue su veredicto paseándose de arriba para abajo en la helada habitación desbordante de legajos—. Será menester, entonces, partir sin él. Quería llevarme otro Mayordomo con el fin de desarticular de entrada las probables pretensiones heroicas del que quedó allá y que podrían resultar peligrosas..., pero en fin: ya no podemos perder más tiempo entrevistando otros candidatos. Los extranjeros envían emisarios a cada instante para averiguar cuándo partiremos. Celeste se lo pasa el día explayándoles a sus esposas la belleza de la cascada que cae junto a nuestra casa y del constante juego de los arcoiris, ayudándolas, además, a elegir tenidas apropiadas, debo reconocer que con poco éxito, tan desangeladas que son las pobres. Y ellos, por lo que tú me cuentas, Silvestre, que has podido recoger estos chismes en el Café de la Parroquia, están más y más entusiasmados por comprarlo todo, casa, llanura, cascada, minas, y piafan por partir cuanto antes.

—Ése, precisamente, es el punto comercializable —comentó Hermógenes—: que pese a no ignorar que se avecina el aciago tiempo de los vilanos los extranjeros insistan en partir ahora mismo, sin esperar, según indicaría el sentido común, hasta después de las borrascas. Significa sólo una cosa: que están ansiosos de efectuar la transacción cuanto antes porque creen que las leyendas negras que circulan por los mentideros de la capital respecto a Marulanda nos obligarán a bajar nuestros precios. Pero los extranjeros son ingenuos y nosotros no. Creo no equivocarme al asegurarles, queridos míos, que no dudo de obtener un elevadísimo precio.

—De acuerdo, entonces —repuso Silvestre con admiración por la sagacidad de su hermano—. Me voy donde Malvina, que me espera, para imponerla de los últimos sucesos mientras me sirve una taza de café turco y nos fumamos un cigarrillo en la salita que ha acomodado en su nueva casa para este propósito. ¿Mañana a esta misma hora aquí, entonces?

En cuanto oyeron los pasos de Silvestre alejándose escaleras abajo, la pareja se echó a reír, y recobrada la intimidad marital, el enorme señorón ventrudo de gafas sobre la frente, y su pequeña esposa regordeta, se abrazaron y besaron largamente en la boca, acción que dada la formalidad del despacho y lo convencional de los personajes resultaría, para el que la viera, de una curiosa obscenidad. Hermógenes se sentó en el sofá. Maniobrando crinolinas y refajos con una pericia que denotaba largo hábito, sentó a Lidia en su falda, acunándola un poco, acariciándola, cantándole canciones de cuando la guerra, de sus tiempos de húsar mientras ella se quitaba —riendo porque mientras más soeces las coplas de su Noni más la estimulaban— la capota, y él le desabrochaba pechera y botines. Y sobre el sofá de cuero, Hermógenes Ventura y su esposa Lidia hicieron el amor porque su uso sexual era frecuente, satisfactorio y normal, aunque hacía mucho que las circunstancias exteriores no se mostraban tan propicias a la celebración carnal como esta ocasión de la próxima venta de Marulanda a los extranjeros. Una vez terminada la ceremonia, él la ayudó a componer sus atuendos repitiendo que Silvestre era un ingenuo si creía que ellos dos, que llevaban juntos los asuntos de los Ventura, iban a permitirle participar más que muy tangencialmente en ésta, la más brillante de sus operaciones.

Lidia se despidió de su Noni, satisfecha y más colorada que de costumbre. Él cerró la puerta. Paseándose desde el escupitín de oro junto a su escritorio hasta el escupitín de oro bajo el retrato de su padre apoyado en unas ruinas romanas, meditó que en mucho de lo que ahora tenía que hacer, Lidia no tomaría parte. Debía, por ejemplo, llamar al notario para poner a nombre de

Juan Pérez ciertas propiedades que le prometió al salir de la capilla en la llanura: el fámulo las aceptó, según dijo, "en parte de pago", y él se las daba gustoso siempre que al llegar a Marulanda encontrara que había cumplido con su cometido, lo que era fácil de relativizar porque la situación propiciaba el regateo. Pero que no se equivocara: en el reparto final, cuando el cadáver de la fortuna de la familia quedara tirado en la llanura para que lo picotearan los cuervos, ni Juan Pérez ni nadie —ni siquiera Malvina— participarían del reparto. Tampoco Lidia, pese a que la ceremonia recién cumplida no tuvo, en los cálculos de la esposa, otro propósito que el de afianzar su propia participación en todo, estrujar a su marido hasta la última gota como siempre lo estrujaba, e introducirse hasta en el más recóndito repliegue de su vida personal para colonizarlo. Por eso y sólo por eso, él, pobre víctima acosada por el codicioso encarnizamiento de su mujer —como Hermógenes se las arreglaba para interpretar la situación— tenía que pasar su dura vida disimulando, escondiendo y engañando.

2

ERA como si una hecatombe selectiva hubiera eliminado de la faz de la tierra a todos los cuerpos de color leonado, a todos los rostros cabizbajos y cejijuntos antes indígenas de estos parajes. Es verdad que todavía, de cuando en cuando, una falange maldita —residuo de los nativos convocados en otros tiempos por la voz de que todo era de todos, invitándolos a asentarse en los feraces aledaños de la casa señorial —serpenteaba llanura adentro conducida a punta de rifle y dejando un reguero de cadáveres en su camino hacia las montañas azules que teñían el horizonte. Allí, más sirvientes los vigilaban para que no perdieran un minuto de trabajo: en los misérrimos caseríos donde se golpeaba el oro para reducirlo a las láminas codiciadas por los Ventura, el personal tenía orden de disparar si algún nativo hablaba. El peligro de comunicación entre ellos hacía necesario que olvidaran, suprimiéndolo de cuajo, el uso de la palabra. Pero los nativos que martillaban el oro llegaron a desarrollar un recitativo compuesto de golpes, espacios, ritmos, redobles, que los ansiosos oídos vernáculos pronto aprendieron a descifrar.

A veces algún niño de la casa de campo veía bajar por la escala —y pretendía no verla— una manada de nativos quejumbrosos conducidos por hombres armados. ¿En qué lugar de la casa habían estado? ¿Qué sucedía aún en esas profundidades que ellos ignoraban? ¿Hacia dónde...? Los niños, mirándolos sin mirarlos para no verlos salir hacia donde ellos no podían, no intercambiaban con ellos ningún signo de reconocimiento: eran demasiados los nativos para personalizar y demasiado pocos los niños, y hacía inútil la faena de enfrentarse con una tragedia de proporción abismal. Pero como esto sucedía muy de tarde en tarde, la conciencia de que a pesar de todo continuaban existiendo nativos fue atenuándose, aun en los niños mejor dispuestos, que pudieron llegar a creer que el fenómeno que habría arrasado la región los habría eliminado a todos definitivamente y sin dolor, dejándolos sólo a ellos, y a los sirvientes, propietarios del dudoso privilegio de la vida.

La casa había quedado como arrumbada en la llanura, un lujoso objeto desasosegante, descompuesto, los arriates y los rosedales arrasados, gran parte del parque quemado o talado por el hacha de los nativos que necesitaron leña. De jardín, claro, no quedaban trazas, como tampoco de la embrionaria red de regadío que se intentó establecer y luego se abandonó sin haberla usado porque todo, entonces, había sido transitorio, aproximativo, y los errores y derroches quedaban consuetudinariamente libres de sanción y remiendo. La casa misma, sus balaustradas ruinosas, sus estatuas decrépitas, las escamas saltadas del *trencadís* del techo, acogía a las gramíneas que se apoderaban de su arquitectura para enraizar en cualquier grieta o hendija, y crecer, espigar y agostarse allí mismo, dotando a la casa de unos curiosos copetes sumisos a los vaivenes del viento.

Como si la casa viviera sus mejores tiempos, sin embargo, Juan Pérez, manteniendo su plumerito apretado en la axila, refregaba obsesivamente todos los pasamanos de bronce de los balcones de la fachada: trabajo que no era más que una endeble excusa para no salir de la casa y atrincherarse allí, vigilando, entretanto, la llanura circundante. En los últimos días, su lasitud no le permitía otro oficio que el de bruñir y bruñir los pasamanos, vigilando sin parecer hacerlo todo cuanto transcurría sobre la gran oblea de la llanura antes que llegara al hiato definitivo del horizonte. La gran rueda de buitres circulando en el cielo usaba de eje cualquier muerte: la de un nativo tránsfuga, por ejemplo. O la de un sirviente, lo que no significaba más que rebajar un número en las listas. O la de Wenceslao. Pero los rapaces que roerían esa carroña estaban ya royendo sus propios huesos, encerrados en la casa de la que no tenía fuerza para salir, debilitado, chillándole a sus esbirros que no ensuciaran el horizonte con la ahora inútil polvareda de vilanos, agarrotado por culpas vorazmente asumidas. No. No podía salir. Y trasegando su miseria de una habitación a otra, la mirada encubierta pero fija en el horizonte, Juan Pérez pulía y pulía las barandas de bronce para que brillaran de modo que cuando volvieran los amos que no volverían jamás encontraran los bronces, por lo menos, brillando como significantes de la civilización mantenida.

La fachada más pomposa —la fachada oficial, por decirlo de algún modo— era aquella que se presentaba al camino recto perpendicular a su centro, bordeado de setos antes meticulosamente recortados en formas alternadas de obeliscos y de bolas, pero ahora, por desgracia, desdibujados de manera lastimosa y devorados casi en su totalidad por el maldito hierbajo del que los ojos de Juan Pérez estaban ahítos. Este camino conducía recto a la historiada cancela de la que me parece he hablado en otra parte, sostenida por dos pilastras de piedra guarnecidas por desbordantes fruteros tallados en el mismo material. Si bien la reja había desaparecido de su antiguo perímetro —encogido ahora hasta unos pasos de la casa y con un boquete en que montaban guardia dos lacayos armados— la cancela se mantenía en su lugar, inútil, teatral, naufragando en el océano de la llanura borroneada por la vegetación, pero firmemente clausurada por la cadena y el candado cuya llave Hermógenes se había guardado en un bolsillo de su levita cuando partió a la excursión con que inicié este relato. Si uno lo meditaba, la cancela cerrada proponía ahora su prestancia retórica como puro signo, porque quien quisiera podía ingresar directamente por el boquete previsto para estos efectos dándole el santo y seña a los guardias para que levantaran la barrera, haciendo caso omiso de la grandilocuente indicación formal ofrecida por la cancela. Desde los balcones, Juan Pérez miraba la cancela incansablemente porque encarnaba su única esperanza. Había hecho una apuesta consigo mismo a propósito de la cancela, que si él ganaba..., bueno, la verdad era que en ese caso daría todos sus quebrantos por bien empleados. Pero era una apuesta secreta que el autor no cree oportuno revelarle aún a sus lectores. Juan Pérez suspiraba mirando la cancela, elevando la vista —sin quitarla,

413

sin embargo, de las coruscaciones de fierro del balcón que desempolvaba con su plumerito— hasta la amplitud del implacable horizonte que lo enmarcaba todo.

Como si oscuros dioses oportunistas hubieran oído su apelación, esta vez por fin ofrecieron una respuesta a sus perplejidades: en la línea que indicaba el fin de la tierra y el comienzo del cielo brotó una manchita, justo encima, por decirlo así, de la cancela, y medio a medio de ella, como calculando su propia relación de simetría respecto a las dos pilastras. La mancha creció hasta parecer, luego, una hormiga desplazándose, y de ahí adquirió el porte de una cucaracha y después el de un ratón, y del porte de un ratón aumentó al de un animal mayor y alargado. Una soflama de comprensión encendió el rostro de Juan Pérez al comprobar que esa víbora se deslizaba y prolongaba significando para él la derrota liberadora, poder claudicar de todas sus congojas porque sus obligaciones pasarían a manos de otros y él, en un segundo, se chamuscaría como una pajita bajo la lupa del escrutinio señorial, reduciéndose al pellizco de cenizas a que su incapacidad de encontrar y castigar a Wenceslao, y por lo tanto detener la propagación de la antropofagia, lo hacía acreedor. El fin, en suma: el principio, otra vez, la reanudación del tiempo que pasaba a manos de otros administradores para que él pudiera seguir apacentando sus rencores en un recoleto rincón, sin que éstos tuvieran un efecto ni positivo ni negativo sobre nadie.

Ningún habitante de la casa de campo había avistado aún la cabalgata que se acercaba; ni alcanzaban hasta la casa los ladridos ni el resonar de los cuernos. Pero era inútil preparar a nadie, pensó Juan Pérez: que a cada cual lo sorprendiera según sus actividades. Sólo él, desde su balcón, iba a tener tiempo para ordenarse y hacerle frente a los señores que llegaban como en una

gran lagartija que acercaba su cabeza a la casa y perdía
en el horizonte los resabios de su cola. El corazón de
Juan Pérez brincó: era ahora, a la llegada, cuando se iba
a jugar entero en la apuesta que lo definiría todo. Y con
las dos manos apoyadas en la baranda de bronce contempló el arribo de la cabalgata como quien espera un
veredicto, los coches y los jinetes y los caballos y los perros y los señores y los mozos tocando sus cuernos mientras la gente de la casa se alertaba al hecho de que éste
era un crepúsculo distinto a los anteriores.

Juan Pérez tuvo que ahogar un aullido de triunfo al
comprobar que ganaba su apuesta: sí, la cabalgata, en
vez de enfilar hacia el boquete de la reja verdadera,
en vez de detenerse paralogizada ante tantos cambios, se
dirigía como si tal cosa hacia la cancela. Allí se detuvo el
primer coche. Tras él, con un prolongado estertor por
todo el cuerpo del lagarto hasta su invisible cola, la comitiva también se detuvo, dividiendo el mundo, como
debía ser, simétricamente en dos. Del primer coche se
apeó Hermógenes y abrió el candado de la cancela. Volvió a guardar su llave y a subir al *landau*. Dio orden de
ponerse en marcha otra vez: y mientras grupos de nuevos jardineros mantenían abiertas ambas hojas de la
cancela, los coches de los Ventura comenzaron a pasar
entre el poste de la derecha y el poste de la izquierda —o
el de la izquierda y el de la derecha, según si uno los miraba desde la casa o desde la llanura— como si entraran
en el recinto de su parque siendo que en realidad no entraban a ninguna parte, y sólo después de cumplir con la
magnífica formalidad de pasar por la cancela, enfilaron
hacia el boquete donde los sirvientes que montaban
guardia los dejaron entrar sin santo y seña porque los
reconocieron. Sí, eran ellos, pese a que en los coches
principales tanto los guardias como Juan Pérez —y el
Mayordomo que había corrido a reunírsele en el balcón

415

principal para presenciar la llegada— desconocieron entre las de los señores una que otra cabeza coloradota, algunos sombreros adornados con flores demasiado estrafalarias para cubrir las refinadas cabelleras familiares.

—¿Quiénes serán? —se preguntó el Mayordomo como a sí mismo.

—¿Cómo, quiénes serán? —replicó Juan Pérez con desprecio, olvidando, de momento, que el Mayordomo no escuchó las promesas recibidas a último momento en la capilla de la llanura de labios de Hermógenes—. Los extranjeros, por cierto...

—¿Cómo lo sabes?

—Basta tomar en cuenta la aspereza de sus coloridos, la bastedad de sus atuendos...

—Hay quien adolece de esos graves defectos sin ser extranjero —explicó el Mayordomo—. Pero en fin, ahora ayúdame a prepararme...

Y mirándose en el vidrio del ventanal abierto en que a su espalda se reflejaba la llegada de las carrozas en el atardecer, el Mayordomo retocó su chorrera de encajes mientras Juan Pérez, arrodillado detrás de él con el plumerito entre los dientes, le peinaba el terciopelo un tanto chafado del faldón de su librea. La entrada del cortejo de los señores por la inútil cancela, meditaba, reestablecía la simetría del mundo, asegurándole que seguirían resguardándola, apoyados, según las confidencias de Hermógenes, por estos extranjeros. Que entraran por la cancela después de cumplir con el trámite inútil pero gloriosamente significativo de que Hermógenes se hubiera apeado para abrirla él mismo con su llave, significaba ni más ni menos que los Ventura se proponían no ver nada, apelar una vez más al tupido velo familiar, no concederle rango alguno al tiempo pasado y a lo pasado en el tiempo, sino moldearlo según las reglas clásicas a las que ellos —como él, Juan Pérez—

eran adeptos.

—¿Estoy bien? —preguntó el Mayordomo antes de partir a dar la bienvenida a los señores en el vestíbulo de la rosa de los vientos.

—Elegantísimo, como de costumbre —respondió el fámulo.

—Mientras los recibo, tú rodea a todos los niños, a los del *piano nobile* y a los otros, y enciérralos en la cocina de las columnas rechonchas en el sótano. Que no salgan hasta que yo los haga llamar. No quiero preguntas indiscretas de sus padres esta primera noche...

—Si conozco a mi ganado —repuso Juan Pérez— sus padres no harán preguntas indiscretas ni hoy ni jamás...

—¿No?

—No...

—En todo caso, enciérralos..., tengo que hacerle frente al nuevo Mayordomo, cosa que me tiene preocupado...

—Nosotros fuimos los que extirpamos la antropofagia —declaró Juan Pérez—. El otro Mayordomo y los otros sirvientes serán los nuevos sirvientes y el nuevo Mayordomo, pero nosotros seremos algo más porque como acreedores, no sólo debido a nuestro brillante desempeño sino porque nos invistieron ellos mismos con el manto de su distinción al hacernos cómplices y enviarnos aquí con órdenes explicitísimas, a otro rango, al que corresponde un tratamiento distinto...

—Tienes razón, Juan Pérez. Pero dejemos las elucubraciones para otro día y concentrémonos en la estrategia del momento. Tú, mientras yo doy la bienvenida a los señores, no encierres, mejor, a los niños: me parece un ardid más efectivo soltarlos en el césped principal para que, jugueteando allí sin subir a la terraza donde les darás terminantes órdenes de no subir, saluden desde lejos a los grandes demasiado extenuados por el

417

viaje para otra cosa que disfrutar del piscolabis que dispondré en la terraza del sur, y llamando la atención sobre sus encantadoras figuras en la incierta luz del atardecer ni los ojos de los extranjeros ni los de los señores perciban el deterioro del parque y de la terraza... y no noten la ausencia de Wenceslao...

LIDIA sintió que era su deber bajar inmediatamente a la cocina, sin siquiera quitarse los polvorientos velos del viaje, a disponer el ambigú para agasajar a los extranjeros. Pero Hermógenes, con un gesto de la ceja, le impidió hacerlo: entre todas las mujeres de la familia ella era la única apropiada para atender a la esposa del extranjero principal, ya que Adelaida era irreductiblemente orgullosa, Balbina una tonta, Ludmila una desustanciada, Celeste una pedante, Eulalia una perdida y Berenice hacía lo posible por parecerlo. Al asumir su papel, Lidia pensó con satisfacción que ella misma no era ni siquiera una mundana: perita, en cambio, en disponerlo todo para que los de su entorno redoblaran su disfrute de las cosas materiales, ella se jactaba, como de una virtud, de su propia incapacidad para sentirlo. ¡Qué fácil hubiera sido la presente situación de haberse conseguido, mediante los buenos oficios de Silvestre, un nuevo Mayordomo, al que hubiera instruido para que al llegar se hiciera cargo de todo! Ahora, el corazón de Lidia no podía abandonar la cocina, el desbarajuste de la llegada percibido como un entrevero de siluetas más bien remotas ocultas tras la realidad mucho más sustanciosa de su añoranza por el placer de impartir órdenes culinarias. Pero éste no era el momento adecuado para pensar en el placer sino en el deber, porque al mayor de los extranjeros se le había ocurrido aportar a su esposa a este empingorotado cenáculo: una mujercita insignificante pero decidida, tímida pero bárbaramente tajante en sus juicios, tan pelirroja como ellos, a todas luces desconcertada en esta atmósfera de risas insinuadas y de talles ajustadísimos pese al largo viaje, y confundida por el frívolo revoloteo de Berenice alrededor de su marido, por lo demás nada apetecible. Parecía, sin embargo, una buena mujer, con quien Lidia, en otras circunstancias, gustosa hubiera charlado de lo ineficaces que son los lacayos de todas las latitudes, y de los niños, esas pesadas alhajas tan enloquecedoramente agotadoras con que la naturaleza las obligaba a cargar..., discurrir juntas, en fin, sobre todos aquellos asuntos que para las mujeres con el corazón bien puesto resultan ser la más delectable manera de matar el tiempo, necesidad suicida que les ofusca el entendimiento.

Los extranjeros eran tres hombres y una mujer. El extranjero con empaque de principal, un ventrudo señorón de cincuenta años, calvo pero con las mejillas enmarañadas por el tremendo vigor de sus *favoris* de nabab, tenía el rostro pecoso, la ingenua nariz respingona, y los ojos aguachentos rodeados de pestañas de paja. Sus atuendos hacían alarde de un rebuscado desdén por la elegancia, como si ignorar ese valor señero constituyera en sí un contravalor que desafiara a aquellos propiciados por los Ventura. Utilizaba una cornetilla para oír, varios pares de gafas que cambiaba a menudo haciendo restallar unas cajitas negras en que los guardaba, tenacillas para manejar los billetes, una leontina con brújula, dos relojes que controlaba uno contra el otro, objetos que desplegaba ante el éxtasis de Berenice y luego devolvía a los innumerables bolsillos de su práctica chaqueta de viaje: era como si los aparatos artificiales que actuaban como prolongaciones de sus facultades lo dotaran de cierta omnipotencia, sobrenatural y sin embargo mecánica. Hermógenes casi no se despegaba de su lado. Sacaba libretas y papeles de sus bolsillos, que ofrecía a su displicente escrutinio, intentando enfrascarlo en controversias que pasaban rudamente por alto la presencia de los otros, incluso la de las damas. Este señor era el más importante, calculó sin dificultad el Mayordomo al ofrecerle la bandeja de refrescos en el gabinete de los moros, previo a salir a la terraza: sí, de este señor dependía todo. Qué, aún no sabía, pero en todo caso, frente a él los Ventura no eran libres. Era —y el Mayordomo se encogió ante tan espeluznante ocurrencia— como si en el gabinete de los moros, algo destartalado pero, en fin, aún digno marco para el fasto de los señores si uno tenía la voluntad de no reparar en detalles, los Ventura, oh prodigio, estuvieran "trabajando": Hermógenes pujando junto al extranjero mayor, Berenice tentadora, Eulalia —predijo el Mayordomo— lánguidamente lista para cosechar lo sembrado por los ardores de su cuñada, Lidia distrayendo a la extranjera para que no percibiera nada, Terencio, Anselmo y Olegario divirtiendo como discretos saltimbanquis al segundo extranjero, que no era más que un mocetón fornido inidentificable de tan genéricamente rubio, cada uno, de pronto, haciendo su número en su propio circo. El Mayordomo se dijo que no debía perder ni un detalle de la tanda para que nada de lo que tramaban escapara a sus ojos.

Pero los ojos de Juan Pérez —escanciaba en las tulipas de cristal un refresco sangriento, producto de ciertas frutas oriundas del sur, y perfumado con gotas de ron— no necesitaba escudriñar porque lo sabía todo desde que Hermógenes le explicó su proyecto en la capilla. Vistos en sus nuevos papeles de solicitantes, los señores mostraban la misma torpe voracidad que él sentía frente a los Ventura, emoción que era, específicamente, aquella que lo enyugaba a su odiada condición de sirviente.

Sí, aun la intransigencia de Adelaida concentrada en sus labores y dándole vuelta la espalda a sus invitados, sí, aun ella esperaba algo de la desdeñable operación que hasta a ella beneficiaría. O no: porque el asunto, lo vio Juan Pérez muy claro, no estaba aún zanjado. De ahí tanto festejo, tanta risa, tanto aleteo de abanico, tanto palmotazo en la espalda. Cada miembro de la familia cacareaba su especialidad: sexo, política, religión, arte, domesticidad, dándose cuenta no sin humillación que lo que ellos *eran* carecía de todo valor para los extranjeros —contrario a lo que ellos *poseían*, que comprendieron que no era lo mismo— y estaban deseando, con el mismo desespero con que Juan Pérez deseaba ser Ventura, ser estos hombres rudos, coloradotes, de hablar tentativo y apologético, incapaces de apreciar la irónica chanza familiar, tono que, de momento, nadie tenía la energía para superar con esfuerzos más deslumbradores. Tanto la mujer ataviada con el inadecuado sombrero todo de frutas, como el tercer extranjero, tío, al parecer, del segundo, salían de sus letargos para participar en la convivialidad sólo con preguntas expresadas en versiones macarrónicas —que este escriba rehúsa darse el aburrido trabajo de reproducir— de la lengua de los Ventura.

—¿Qué es lo que dice, señor Silvestre?

—¿Me lo puede explicar, por favor?

—¿Por qué razón asegura que sus botines fueron un "regalo" si acaba de decirnos que los compró en la tienda del italiano del paseo de las palmeras? Eso es una contradicción, señor Olegario, que le ruego me aclare...

Y Olegario, paciente, explicaba.

—¿Usted, señora Berenice, pretende ser una vieja y sólo tiene cinco años menos que yo? —le preguntó la mujer en voz alta al oírla murmurar en el oído de su hijo, evidentemente no tan inocentón como ella lo hubiera querido ni como su aspecto parecía pregonar.

—Es un decir, amiga mía —repuso Berenice, confundida al darse cuenta que sus maniobras eran demasiado ostensibles.

—¡Trabaja, puta, trabaja! —se decía Juan Pérez para su coleto al retirar las tulipas vacías.

—¿Cuántos hijos tiene usted y de qué edad? —le preguntó la extranjera a Berenice con el propósito de remachar su victoria ante su hijo.

—¿Hijos? ¿Quién? ¿Yo? Cuatro, todos hombres. ¡Son mis alhajas! Claro que mantener cualquier clase de trato con ellos es lo más agotador del mundo. ¡Perezco, sin embargo, por verlos! ¡Y acunarlos en mi seno! Aunque estoy demasiado extenuada después del viaje, como todas nosotras, para exponerme a ellos hasta mañana. Por suerte tengo criados que los atienden...

—¿Cómo? —exclamó la extranjera escandalizada—. ¿No se sacrifica ocupándose usted misma de sus retoños? ¡Pero si los duros cuidados maternales son la tarea más bella del mundo!

Olegario, moreno, seductor, acudió al salvataje de Berenice atusándose los bigotes acharolados al preguntarle a la extranjera:

—¿No le gustaría ver a nuestros herederos jugando en el parque?

Y Terencio:

—Sí, salgamos a la terraza del sur...

Y Anselmo:

—A esta hora suele haber una vista preciosa...

A un chasquido de los dedos de Olegario, el Mayordomo y Juan Pérez abrieron las altas puertas-ventanas a la terraza del sur para dejar salir a los señores, que se acomodaron en los sillones de mimbre que los sirvientes les ofrecieron lejos de la balaustrada ruinosa para que los detalles imperfectos del parque quedaran tamizados por la distancia y el crepúsculo. Nunca fueron tan "sirvientes" Juan Pérez y el Mayordomo como en ese instante, porque identificando de pronto sus intereses con los de sus amos, desearon ardientemente que los extranjeros quedaran boquiabiertos de veras ante el parque, pese a que en esta temporada no lucía sus mejores galas.

—¿No es verdad que los ocres del crepúsculo —declamó Celeste—, delicuescentes como una llovizna de oro cayendo sobre Dánae...?

—¿Es actriz esta señora? —susurró la extranjera al oído de Hermógenes, pasmada ante el inenarrable lirismo de Celeste.

—No —respondió el interpelado en voz baja para no interrumpir el estro de su hermana, pero sin agregar su sólito comentario a Lidia: es sólo tonta—. Celeste es una mujer superior, cuya sensibilidad exquisita, casi enfermiza, la conmueve ante la belleza en todas sus manifestaciones. ¿No es verdad que el parque luce magnífico desde aquí a esta hora?

—No está mal —contestó el de las *favoris* de nabab— para un sitio tan remoto como éste. ¡Lástima que sea tan pequeño!

—¡Pequeño! —chilló Ludmila, ofendidísima porque las posesiones de su opulenta familia política nunca habían terminado de asombrarla.

—Es uno de los parques artificiales más extensos del hemisferio —explicó Silvestre sin molestarse en ocultar su orgullo ofendido.

El nabab se quitó las gafas, las guardó en su cajita negra, se caló otras gafas y encendió su pipa al echarse atrás en su sillón para contemplar la propiedad: los niños en el césped, o más bien en lo que quedaba de él y que a esta hora podía pasar por césped, formaban con sus juegos una versátil guirnalda que serpenteaba trenzándose y destrenzándose como el más delicioso ele-

423

mento decorativo, entonando las canciones de la dicha infantil. Cerca de ellos, disimuladas pero no escondidas en el espesor de los arrayanes, ardían las libreas de los lacayos —sin lucir sus pistolas dispuestas bajo el terciopelo recamado— para que los retoños cumplieran con su seductora función.

—Eso no lo dudo —replicó el nabab—. Pero el parque de mi casa, que decididamente no es uno de los parques más grandes de *nuestro* hemisferio, llegaría hasta el horizonte...

—El horizonte, aquí, también nos pertenece —reclamó Ludmila.

—Sí, señora Ludmila, sí —la tranquilizó la extranjera—. Pero no tiene para qué sobreexcitarse de esa manera. ¿Quiere tomar esta oblea para calmar sus nervios? Para su paz, quiero explicar que jamás hubiéramos emprendido este viaje tan incómodo ni hospedarnos en esta casita casi en ruinas si no supiéramos la extensión exacta de las posesiones de su familia política.

—Por desgracia, las ruinas de esta casa son muy viejas y están algo estropeadas —declaró el muchachón rubio—, no nuevas como las ruinas que mi padre hizo construir en nuestro parque: ruinas griegas. Orden jónico. Siglo v antes de nuestra era. Copia exacta del templo de Artemisa.

Sólo Berenice lo escuchaba:

—¡Qué fascinante! ¡Qué maravilla! —repetía, porque la información emitida por el muchacho rubio la inquietaba, como si no supiera qué hacer con el armatoste de sus palabras—. ¡Qué maravilla! ¡Qué fascinante!

La extranjera la clavó con su mirada:

—¿Fascinante? ¿Qué quiere usted decir, fascinante? Las serpientes fascinan, Svengali fascina, pero no veo por qué unas ruinas perfectamente prácticas van a fascinar a nadie. Para fascinar se necesitan ojos, señora Berenice, y las ruinas carecen de ojos...

—En la llanura, más allá del parquecito —dijo el tercer extranjero, parecido al nabab pero en escala reducida y con el aspecto prescindible de esas reproducciones de los grandes monumentos destinados al uso doméstico, a quien parecían haber traído sólo para hacer número—, se divisa una especie de burgo o arrabal. ¿Puedo pedirles que me digan qué, exactamente, es?

—Allí —explicó Terencio— viven unos nativos que, cuando en verano pasamos tres meses aquí...

—¡Tres meses! —exclamó la extranjera horrorizada—. ¡De veras que son ustedes una raza de valientes!

—... tres meses —continuó Olegario tratando que no le escocieran las palabras de la extranjera y jurándose encontrar una ocasión para violarla sin causarle ni recibir placer con este acto, sólo como castigo, hasta que la pelirroja pidiera perdón— que por lo demás se van en un suspiro, ellos trabajan cultivando sus predios y cazando o engordando animales para nuestra mesa...

El extranjero prescindible, que resultó no ser tan prescindible puesto que acaparaba la conversación, preguntó, encendiendo también su pipa:

—¿Antropófagos, me imagino?

Las mujeres, sobresaltadas, se pusieron de pie, apretando sus acongojados pañuelos entre sus dedos y a los ángulos de sus ojos por si lagrimearan:

—¿Cómo *puede* usted preguntar una cosa así?

—Hay cosas que se saben y no se dicen ante las damas, señor mío...

—¡Ah! ¿Entonces se sabe?

—Señoras —intervino con tono oficial el nabab—. Nuestra intención no ha sido amedrentarlas. Son ustedes demasiado encantadoras, y las mujeres encantadoras son dignas de nuestra mayor consideración, como

425

un soldado valiente, o como un sirviente fiel. ¿Qué sería de nuestra civilización sin estas dulces tiranías?

—Ha llegado el momento —proclamó el extranjero prescindible con una autoridad que redujo a los otros dos— que la familia Ventura se enfrente con la amarga verdad de que como en todo nativo existe un antropófago en potencia, no queda otra alternativa que eliminarlos a todos.

Hermógenes carraspeó pidiendo licencia para intervenir:

—En mi opinión, están suficientemente "eliminados" manteniéndolos, como los mantenemos, en estado de aislamiento y dependencia...

—Es evidente que su opinión no es ni informada ni rigurosa. Prueba: lo que ha sucedido aquí en la casa de campo.

—¡Pero si no ha sucedido absolutamente nada, mi querido señor extranjero! —trinó Celeste—. Las singulares floraciones que cultivamos siguen engalanando nuestras ánforas, como siempre, y los pavos reales vigilan día y noche con la infinitud de sus ojos de pluma...

El extranjero prescindible prescindió de Celeste. Se puso de pie y, pasando por alto la elemental regla de buena crianza que ordena no transformar jamás una reunión presidida por damas en una reunión de negocios, se dirigió de esta manera a los comensales sentados alrededor de la mesa donde, atareadísimos, Juan Pérez y el Mayordomo les ofrecían refrescos y golosinas:

—Si las minas de oro que visitaremos mañana son en efecto tan estupendas como creo, al transferirlas ustedes a nuestras manos nosotros eliminaremos *realmente*, no nominalmente como ustedes, a los antropófagos: lo mecanizaremos todo para prescindir de ellos. Con el fin de que no revivan aquí sus nefastos hábitos, al principio les daremos facilidades para que emigren a las grandes metrópolis llenas de fábricas y de humo, que darán cuenta de ellos. Los que permanezcan aquí, y siempre habrá un hato de empecinados que insistan en quedarse...

—Continúe, tío —lo azuzó el sobrino, quien, si no fuera demasiado obvio, aquí tendría que lanzar una carcajada que el autor calificaría de siniestra—. Continúe hasta el final...

Pero el extranjero prescindible, distraído por algo, había detenido su oración: paseaba su mirada por la llanura, lo que pareció endulzarlo, y cambió el tono de su charla:

—¿Cuánto falta —preguntó con acento ahora carente de admonición— para que las gramíneas comiencen a desprender los famosos vilanos?

Adelaida, autoridad familiar en lo agrícola, se dignó responderle con los labios rígidos de desprecio ante tanta ignorancia:

—Dentro de diez días estarán como yesca y comenzará la borrasca.

—Tenemos ese plazo, entonces —declaró el extranjero—. Luego, al partir de regreso, libraremos para siempre a esta región del flagelo de los vilanos.

—¿Cómo? —preguntaron todos a coro.

Con una llamarada demasiado oportuna para que su auditorio no comprendiera el comentario, encendió su pipa. Algunos se pusieron de pie, picoteando nerviosos las delicadezas del piscolabis, o consultaron sus relojes, o ponderaron la guirnalda de niños extendida en el jardín, las mujeres gorjeantes, los hombres elegantemente envarados pese al largo viaje. De reojo examinaban al extranjero del que al comienzo habían prescindido como el más anodino: repantigado en su sillón de mimbre, la cabeza calva, las mejillas colgantes como un dogo, encerraba la taza de su pipa dentro de su puño. De pronto lo relajó soltando una humareda: todos sintieron el impulso de huir, que controlaron, aunque Balbina, que era tonta, se puso de pie con un gritito y corrió hasta la balaustrada. Su familia, afectuosa, la llamó para que regresara al sitio que le correspondía. No insistieron, sin embargo, porque nada de lo que Balbina hiciera tenía importancia. Con un gesto de la cabeza el Mayordomo le indicó a Juan Pérez que se acercara a atender a Balbina que reclinaba su cabeza en una de las urnas derruidas. Le ofreció una tentadora ración de torta Pompadour para que así no siguiera escudriñando tan histéricamente el parque y se reintegrara a la fila de sus pacíficos iguales sentados en torno a los visitantes.

—¿A qué hora partiremos mañana? —preguntó el rubio.

—Lo más temprano que se pueda —repuso el extranjero que había resultado ser el único imprescindible de los tres.

—Y de paso —gorjeó Celeste— haremos un pequeño rodeo para visitar la laguna y la cascada con las ninfeas gigantescas que recuerdo como una obra maestra de la naturaleza...

—Balbina ¿por qué no vienes? —la llamó Eulalia.

Balbina no se movió. El *ballet* de los niños sobre el césped mullido como el terciopelo le parecía a Balbina una visión celestial, ajena a las contingencias de su persona o su familia, parte de ese *continuum* de espejismos que envolvía toda su experiencia. Pronto, Eulalia, solicitada por otros cálculos, olvidó la ausencia de Balbina, que permaneció aparentemente tranquila contemplando las siluetas de los niños, allá abajo, y escuchando sus exclamaciones candorosas, tan encantadoras que deseó al instante huir de la terraza, donde era imposible no someterse a las tensiones del ambiente, para ir a integrarse a sus juegos. Pero a Balbina, gorda y encorsetada, enjoyada y emplumada, le hubiera costado mucho desplazar su volumen sumado al de su crinolina con la soltura de los críos, que eran sólo reencarnaciones de ella y sus hermanos y sus primos además de ser ellos mismos, indeterminadamente ocupando sitios intercambiables del pasado y del presente, unánimes en su ensoñación. Algo faltaba, sin embargo, una voz que viniera del cielo, consuelo y guía que en otras ocasiones emitía los místicos pronunciamientos que la inspiraban. Ella no recordaba qué decía esa voz, sólo su presencia invocándola —Balbina, Balbina, Balbina mía— que la aprisionaba en una dulzura física ahora ausente de la perfección del parque y del mundo.

¿Ausente?

No. No desde la mansarda sino del césped, y mezclada con las voces de los niños, oyó la voz amada que no le decía Balbina, Balbina, sino mamá, mamá entre un revuelo de faldas y puños y libreas y patadas que de repente aglutinaron a niños y criados en el jardín. Balbina, dentro de lo que en ella cabía, se alertó, aunque nadie del resto de la familia había notado el insignificante fenómeno que interpretaron como una aglomeración sin gracia de la coreografía infantil. Pero Juan Pérez corrió a la balaustrada. Sin etiqueta le entregó la taza de café y la bandeja a Balbina. Nadie le otorgó categoría a este sorprendente gesto, ni quiso descifrar la introducción de la mano del lacayo bajo el faldón recamado de su librea para verificar la empuñadura de su pistola.

—Con el debido respeto, Su Merced —le dijo Juan Pérez—, le ruego que permanezca totalmente tranquila y no demuestre que sabe que el señor Wenceslao ha vuelto a casa.

—¿Pero de dónde va a haber vuelto mi muñeca preciosa? —preguntó Balbina. Y en seguida gritó—: ¡Wenceslao, Wenceslao, tesoro mío, ven a los brazos de tu madre!

WENCESLAO pateaba, mordía, manoteaba, resistiendo a los lacayos que intentaban someter sus piernas frenéticas y sujetarlo del pelo y de las orejas para desvestirlo, y vestirlo de nuevo con los despojos del atavío de la *poupée diabolique* que ahora le quedaba pequeño. Atenazándole la cabeza con manos musculosas lograron cubrirle el cabello con una peluca de rulos rubios robada a Ludmila, mientras le gritaba a Juan Pérez —éste, arrellanado en su sillón con el plumerito en la mano contemplaba riendo la ardua transformación— que jamás le diría dónde se hallaba Agapito, advirtiéndole que temiera a su hermano transformado en antropófago como él, que iba a caer sobre la casa con mil hombres hambrientos, la vieja crueldad reinvestida de significación porque el odio era ahora una necesidad. Peroraba con tal virulencia, que las manos de los lacayos en vez de pintarle los labios sólo lograron embadurnarle la cara de manera lamentable.

—No importa —los tranquilizó Juan Pérez—. Los señores, por lo que se desprende de su actitud frente a la cancela, están empeñados en correr el tupido velo familiar sobre cualquier detalle desazonante. También lo harán ante el maquillaje defectuoso del señor Wenceslao. Vamos.

—Espera —le dijo Wenceslao al ser empujado fuera de la habitación por los lacayos—. Te quiero advertir que recuerdes el poder que tengo sobre la pobre tonta de mi madre. En las presentes circunstancias bastará una palabra mía para que ella desencadene una tormenta en la que perecerán todos ustedes ahogados por sus propios designios.

—Es lamentable —comentó Juan Pérez a los lacayos para no interpelar directamente a quien las formas aún señalaban como amo— que un pobre niño, víctima de toda suerte de influencias maléficas, ose expresarse de modo tan irreverente de su madre que, además de ser una santa que mucho ha sufrido, lo ama con locura...

Iban marchando por el pasillo, Juan Pérez a la cabeza, dos lacayos siguiéndolo, luego Wenceslao arrepollándose por costumbre los holanes de sus refajos, y a la retaguardia cuatro lacayos con pistolas abultadas bajo sus libreas. Armas inútiles —pensó Wenceslao, decidiendo callar por el momento y seguir adelante— porque en cuanto cruzaran el vestíbulo de la rosa de los vientos, remontaran la escala y entraran al salón de baile donde los grandes se recreaban con un concierto antes de retirarse a descansar, nadie podría detener sus palabras. Pero Juan Pérez impartía órdenes con acentos tan serenos que de pronto lo acometió la enorme certeza de hallarse ante un hombre nuevo, capaz de prescindir de Agapito, el alegre, el botarate, el de la linda voz, porque ahora manejaba secretos refuerzos, para Wenceslao desconocidos. Si el nuevo Juan Pérez que avanzaba a la cabeza de la comitiva blandiendo el plumerito como una guaripola podía descartar su dependencia de Agapito desvistiéndose de su parte más vulnerable encarnada en su envidia a él, iba a menospreciar su secreto del escondite de su hermano —este escriba desea comunicar aquí a sus lectores, ajeno, por cierto, al conocimiento de los personajes de esta fábula, que Wenceslao había logrado ayudarlo a esconderse con Arabela en la isla del *laghetto*—, y entonces él, Wenceslao, se vería obligado a apelar a subterfugios aún indeterminados para someter al vil lacayo que lo tenía en su poder.

La extranjera, sentada al arpa, ejecutaba *Biondina in Gondoletta*, que no se ajustaba ni a su registro ni a sus ca-

pacidades estilísticas. En el débil reverbero de las velas
—escasas por orden del Mayordomo y celebradas por un
"Tiene más magia así..." de Celeste—, los Ventura y los
extranjeros acomodados en la sillería de oro formaban
un círculo cortés pero inatento, algunos adormecidos
por la intolerable fatiga del viaje, otros despiertos pero
arrobados en la propia concupiscencia o en la desasosegante sospecha de que los personajes del fresco hoy los
sitiaban, ocultando bajo sus capas cortas y sus puños de
encaje, no la flor habitual, ni la joya, ni el *billet doux*,
sino pistolas, y que no reían, sino que acechaban. Pese a
que la voz de la extranjera podía calificarse de cualquier
cosa menos de argentina, era, además de las buenas maneras, cierto aire de sumisión lo que mantenía a la concurrencia fija en sus posiciones a pesar del agotamiento
de la larguísima jornada.

Fue justamente esta sumisión de su parentela —sumisión a una fuerza aún inidentificable— lo primero que la
sensibilidad de Wenceslao captó al entrar: esa ligera fe-
tidez vergonzosa que exhalan los cuerpos aterrados di-
fundiéndose en la penumbra de la triunfante sala. Reconoció a Balbina transformada por las sombras en un
monstruoso bulto rosa que dormitaba echada como una
bestia en un sitial de coruscaciones doradas, y como se
dio cuenta que ésta no iba a ser la oportunidad más adecuada para el análisis, se dispuso a lanzarse a sus brazos
exclamando:

—¡Mamá...!

—Shshsh...

¿Cómo identificar a esa áspera mujer que cantaba,
saber de quiénes eran esas caras interpuestas entre las
otras caras, familiares aun en la sombra? No pudo seguir elucubrando porque el Mayordomo había cruzado
la estancia, colocándose, como debe hacerlo un sirviente, detrás de él y repitiendo con respeto la onomato-

peya de los señores:

—Shshsh...

Wenceslao sintió el cañón de una pistola apretado contra su espalda. Para desconcertar al Mayordomo subió muy lentamente sus brazos como alzando una cesta de imaginarias cerezas, colocó sus pies en quinta posición, y delicadamente, siguiendo las modulaciones de la voz y el arpa, diseñó con su cuerpo un *arabesque*, avanzando, al hacerlo, uno, dos pasos, y del *arabesque* pasó a una *pirouette* y a un *pas de bourrée* que le condujeron hasta el centro del círculo admirativo, libre ahora del *malvagio traditore* que manoseaba su pistola al contemplar a esa alondra escapada que, burlándose de él, amenazaba perderse por las perspectivas de las logias abiertas a los insuperables cielos del arte. Los que se habían adormilado reaccionaron ante el hechizo de este niño graciosísimo haciendo monadas en el centro del salón. Balbina, sonriente, miraba ufana alrededor suyo dispuesta a participar a quien lo ignorara que este silfo era su hijo, que ésta, la *poupée diabolique*, le pertenecía, su existencia misma concebida para divertirla. Dándole un codazo a Celeste, que aún no se había percatado de la presencia de Wenceslao, le susurró al oído:

—¿No te parece una delicia como baila mi hijo?

—¡Es una figurita de *biscuit*! —asintió, puntual, Celeste.

Desde el centro del pavimento ajedrezado, mientras prolongaba su danza al son del arpa, dándose tiempo para descifrar lo que sentía y pensaba y veía, el panorama del terror que los mantenía presos cada uno dentro de sus repeticiones e imitaciones de sí mismos, le pareció de una falsedad nauseabunda. ¡Con qué fingida bonhomía Anselmo daba vuelta las páginas de la música en el atril iluminado por dos velas! ¡Qué víbora maligna se ocultaba bajo la sensibilidad anhelante de Celeste! ¡Qué inmenso animal enfangado en su autocomplacencia era su madre! ¡Qué falso el negro de las sienes de Olegario, qué hipócrita el de sus bigotazos! ¡Qué dependiente de las sombras de su galante tricornio era el ardor de las miradas que Eulalia prodigaba al más joven de los desconocidos! ¿Sabían, acaso —y temerosos exageraban sus máscaras—, que todos los lacayos que estaban atendiéndolos, sin que fuera posible descubrir ni un error en su *tenue*, llevaban pistolas cargadas y sin seguro metidas en sus fajas de seda?

Hermógenes, contrario a los demás, no parecía temer ni pistolas ni apariciones de sobrinos sorpresivos. De pie tras el sillón del más importante de los desconocidos explicándole que este espectáculo, aunque pareciera ensayado, representaba la candorosa inspiración de un niño de su estirpe, era todo intriga, o más exactamente, todo maniobra. Superior y distinto a ella hacía converger hacia él toda la sumisión de la familia, asumiéndola con el fin de manejarla debidamente y depositarla por medio de amables secreteos en los oídos de estos señorones todos iguales que ocupaban los asientos de honor en el salón de baile. Para él —como para ellos y, como de pronto se dio cuenta Wenceslao ejecutando un *entrechat* más bien modesto, como para Juan Pérez— el futuro nada tenía de incierto. Y Hermógenes, satisfecho con estos prolegómenos, contaba los segundos para que, al alejarse el último trino de la soprano y la última *pirouette* del danzarín por las mentirosas avenidas de los frescos, los dejaran, por fin, en paz tanto a él como a los extranjeros, para tirarse agotados por la tensión del viaje en las mejores camas de la casa.

JUAN PÉREZ no sabía vincularse con el poder más que por medio de maquinaciones clandestinas que lo tornaban vulnerable a cualquier emoción. Así, no calculó que las grandes alianzas suelen establecerse directa y fríamente, de fuerza a fuerza, prescindiendo de consideraciones ideológicas y personalistas de frágil constitución puesto que no encarnan más que la carencia de esa autoridad oficial, sorda, y ciega, que en definitiva es la única que cuenta.

Todo sucedió, por decirlo de algún modo, a espaldas de Juan Pérez, en cinco minutos. Durante la batahola producida por los niños jugando a La Marquesa Salió A Las Cinco, que irrumpieron disfrazados en el salón de baile, Cosme, con el rostro devorado por el vitriolo, se constituyó en *partenaire* de la *poupée diabolique* en un *pas-de-deux* que Juvenal acompañó al clavicordio: entonces, hasta Hermógenes, austero, avejentado por las preocupaciones, se anegó en los gestos de la paternidad gratificada por el retorno de sus polluelos. Fue un instante emotivo, casi *gemütlich*, que el nabab de patillas coloradas, en su papel emblemático que lo facultaba para cerrar tratos en nombre de lo suyos, eligió para decirle, sin necesidad de disimulo, unas cuantas palabras al Mayordomo. Éste las contestó afirmativamente, con la lucidez de quien sabe el valor de lo que da y de lo que recibe y no duda que su certidumbre está definiendo el futuro. La concurrencia reía, en todo caso —el nabab, después de despachar su misión oficial se reintegró al jolgorio—, con la *petite pièce* armada por la Marquesa al reencontrar a su pobre nieta, que le fuera raptada en la cuna, y que a la vuelta de la vida, y para vergüenza de tan encopetada dama, se dedicaba a las tablas. El Mayordomo no tuvo más trabajo, para cumplir con su parte del programa, que preocuparse de que los niños obedecieran la consigna: por solidaridad con el agotamiento reinante no hablarles esa noche —para no tener que hablar nunca más si las cosas salían como previstas— a sus padres; no molestarlos, sino a lo sumo divertirlos con alguna invención ligera después de los besos de rigor ya que, en buenas cuentas, no había transcurrido más que un día de ausencia y las excesivas demostraciones de apego no serían procedentes; sobre todo nada de decirles ni contarles nada, de otro modo sufrirían de esos castigos que no dejan huella. Al final de la zarabanda a la que otras parejas también se unieron —cabe destacar entre ellas a la interesante pareja formada por Melania y el extranjero más joven, que produjo el escándalo de Adelaida y el regocijo de Hermógenes que al instante incluyó a su sobrina en sus programas como cebo—, Wenceslao se detuvo en medio del salón de baile para interpelar a su prima:

—El capullo se agostaba en lo más azul de la noche, cuando la ajetreada jungla presumía su vapuleadora intransigencia con el fin de destruir la orografía imperial de mi sangre. ¿Por qué tú, jerarca de la belleza, cuyos suspiros sólo he cosechado en el ergástulo de mi abrazo...?

Melania no estaba segura —¿cómo estarlo de nada?— de interpretar correctamente las alusiones con que Wenceslao presumía de hacerle chantaje. Temiendo que los grandes fueran capaces de descodificar el idioma marquesal, se apresuró a responder echando mano al consabido lujo de su retórica:

—Banal sería, oh atribulado vástago de los eriales, el intento de arañar el cristal de la brisa para soterrar en su meliflua cadencia nuestros secretos palaciegos como una ráfaga de perfumes violados...

No, no, se dijo Wenceslao, no, porque no tenía puesto el corazón ni en la zarabanda ni en la comedia de difuso contenido a la que a estas alturas todos los primos, aun los más averiados, se habían sumado. Encubierto por la retórica que lo identificaba con la proposición bidimensional del *trompe l'oeil*, hacía votos para que, aprovechando el tumulto producido por su propia aparición en el césped, Agapito, acarreando a Arabela, se hubiera escabullido del escondite en que los dejó en la isla de *rocaille*, y sorteando a los sirvientes hubieran logrado esconderse, como convinieron, en el dormitorio de Balbina, donde en un instante, en cuanto ejecutara la reverencia final de la zarabanda, él arrastraría a su madre para que les sirviera de escudo. ¡Cómo había engordado, pensó Wenceslao al verla devorar merengues en su sitial de oro! ¡Cómo se había monstruificado! ¡Cómo se habían monstruificado todos los grandes durante su ausencia! ¿O Adelaida fue siempre este horrendo pajarraco juzgador, descontroladamente balbuceando un semirrosario y moviendo su cabeza como en un tic de desaprobación que hoy parecía hacerla presa del baile de San Vito? ¿Y la negrura del pelo de Olegario, de sus bigotes, vello, botas, era sólo tintura, pintura, pomada, fijado en el perpetuo gesto artificial de esa máscara? ¿Y los otros..., por qué en la penumbra de sus plumas Eulalia parecía un palpitante molusco de blancos brazos blandos listos para ahorcar, de garganta carnosa lista para engullir? ¿Y Silvestre era un lacayo más, resoplando, constreñido por las espirales de su propia obesidad? Sentados en rueda alrededor de los niños harapientos que ahora bailaban un minué, este círculo de caricaturas le pareció incapaz de reaccionar más que por medio de repeticiones de sus propias imágenes, hoy exageradas y difusas como las postreras reverberaciones de un eco. Al acercarse al sitial de Balbina del brazo de Cosme vio, sin embargo, que el rostro de su madre contemplaba a los niños con el pavor de quien contempla a seres grotescos, y al controvertir el horror resultaban ellos, ya no los grandes, las caricaturas. Como para alejarse de esas imágenes horrendas, Balbina se reclinó en el respaldo de su asiento. Y con la última monada suscitada por la última nota del clavecín, Wenceslao, abriendo los brazos, se lanzó a abrazar a su madre, cubriéndola de besos. Pero ella, rígida en su sitial, miraba algo, alguien que acaparaba su vista justo detrás de Wenceslao, que dio vuelta su cabeza: era Cosme, la sonrisa apenas reconocible entre las llagas de su máscara purulenta.

—Que se quite esa máscara, hijo mío, me da mucho miedo este juego de La Marquesa Salió A Las Cinco. A veces me parece que en realidad nunca lo he entendido —dijo Balbina con voz diminuta que la concurrencia entera escuchó.

—No es máscara, mamá...

—¿Qué es, entonces?

El Mayordomo interpuso una bandeja de merengues entre los ojos de Balbina y el rostro de Cosme, pero ella, de un manotón, lanzó los dulces rodando hechos trizas por el pavimento ajedrezado.

—¡Quítate esa máscara! —chilló Balbina.

Todos callaron. Hermógenes, protectivo, se colocó detrás de su hermana, palmoteándole la espalda para tranquilizarla, pero en realidad listo para amordazarla con el pañuelo empapado en agua de azahar que le entregó Lidia, por si Balbina gritaba algo que fuera inconveniente para los delicados oídos de los extranjeros, sus ilustrísimos huéspedes a los que no debían proporcionar más que agrados.

Balbina, amenazante, poniéndose de pie, encaró a Cosme:

—¿Me vas a obedecer?

—¿Cómo? —preguntó él alzándose de hombros desesperanzado.

Y Balbina se lanzó sobre Cosme intentando, con sus blandas manecitas inútiles, arrancarle la máscara de su tortura, rasgarle la piel, gritándole que obedeciera, que qué significaba esto de los niños vestidos de harapos, de su flacura y sus heridas, de su estado de miseria y enfermedad, de la casa misma hecha una pocilga, una ruina, de estos asquerosos merengues de yeso sin azúcar que sólo simulaban ser merengues, que ella quería merengues de veras, que qué sucedía, que a ella no le gustaban las cosas feas, ruinosas, viejas, ni los vestidos ajados, que le daban miedo, que le gustaban las muñecas, las rosas, las libélulas, que no quería ver otras cosas, que no las aceptaba, que le explicaran, que qué sucedía, que lo explicara el Mayordomo, que lo explicaran los niños, que dónde, por fin, estaba Adriano...

—Adriano... Adriano...

Y gritaba el nombre de su marido mientras manoteaba y pataleaba defendiéndose de los que intentaban apresarla, con Wenceslao pataleando y mordiendo junto a ella. La verdad es que Balbina dijo mucho —demasiado— en escasos minutos. Los grandes explicaron a los extranjeros que no se trataba más que de otro episodio de La Marquesa Salió A Las Cinco, juego que les tenía absorbido el seso a sus hijos inocentes —y a Balbina que, ya lo habían visto, no tenía más juicio que un niño— y que a veces, en esta ocasión por ejemplo, el exceso de fantasía los descontrolaba. Ya se tomarían las medidas necesarias para que no volviera a suceder. Hermógenes mandó traer camisas de fuerza que, explicó a los extranjeros —al parecer dispuestos a aceptar cualquier explicación—, formaban parte de la utilería del juego, como los harapos, y metiendo a Balbina que sollozaba y a Wenceslao que pateaba dentro de ellas, se los llevaron, sin más trámite que la restitución de las sonrisas en todos los rostros, a la misma torre donde tuvieron encerrado durante tantos años al pobre Adriano. Cuando desaparecieron, todos suspiraron con alivio y los caballeros pidieron permiso a las damas para encender nuevos puros. Los niños, entretanto, se habían confundido con las figuras silenciosas de los frescos, olvidados como parte del muro hasta que un acceso de tos de Cordelia volvió a llamar la atención de los grandes sobre su existencia. Más tarde los besarían. Y con un gesto de sus manos, los padres les indicaron que salieran sin hacer ruido del salón de baile para dedicarse a la ternura y hablar con ellos, quizás, mañana.

—Toca algo, Juvenal... —dijo Celeste.

—Sí, sí...

—Que toque algo...

—Para pasar el mal rato.

—¿Qué mal rato?

—Un episodio de juego no es nunca un mal rato.

—Algo alegre, en todo caso.

—No —dijo Celeste—. Opino que la melancolía posee sutilezas ausentes en cualquier manifestación de alegría.

—¿Tienen alguna preferencia musical nuestros ilustres visitantes?

Capítulo Trece

LA VISITA

1

LA EXTRANJERA sufrió un desvanecimiento de sorpresa al oír el exótico sonido del primer toque de gong reverberando por la casa. Pero pronto reaccionó con el analéptico administrado por Lidia —el Mayordomo ordenó suspender los toques sucesivos, disponiendo asimismo que los niños se retiraran a sus camas sin esperarlos— y pudo preguntar de qué se trataba. Después de atender, altiva, a la explicación de Terencio, declaró que entre su gente no existían estas estridencias simplemente porque los niños bien entrenados no deben necesitar alharaca alguna para obedecer a un programa de sumisión dadas unas cuantas reglas muy simples que hacen posible convivir en paz. Después que las cuestiones referentes al adiestramiento infantil quedaron zanjadas, como corresponde entre las damas, la aceptable realidad de la fatiga borroneó los recordatorios desazonantes que podían obligarlos a hacerse cargo de ciertas emociones, y los Ventura, entonces, y sus invitados, candelabro en mano, fueron ascendiendo la gran escala del vestíbulo de la rosa de los vientos rumbo a las habitaciones donde los lacayos ya habían dispuesto todos los requisitos para disfrutar del sueño.

Sonaron aún un rato por los pasillos y antecámaras las risas un poco forzadas con que los señores pretendían mantener un ambiente festivo hasta el final. Pero en cuanto se cerraron las puertas de los dormitorios sobre las intimidades conyugales, cayó encima de cada pareja el agobio de esta casa tan grande, de tantas y tan inmanejables tierras, escenario de acontecimientos en que sus hijos no sólo habrían participado como víctimas o verdugos —poco importaba ese distingo en la presente emergencia—, sino donde presiones funestas los habrían transformado en instrumentos para precipitar el todavía inexplorado desastre del pasado que, naturalmente, conllevaría un desastre futuro que era preciso a toda costa evitar. Les quedaba poco tiempo: sólo esta noche para tomar las medidas necesarias, sobre todo la muy importante de alertar a sus esposas —en conmovedoras escenas en que apelarían a la abnegación que caracterizaba a las nobles esposas de su clase— sobre la urgencia de que sacrificaran el dulce ocio de un día haciéndose responsables de parte del salvataje.

Ellos, los hombres de la familia, habían celebrado una reunión en la capital antes de salir, para elaborar un plan —aprovechaban la oportunidad de esta paz nocturna y campestre para impartírselo a sus amadas cónyugues— que en grandes rasgos era éste: llegar a Marulanda hacia el atardecer; descansar una noche; desayunar en la terraza del sur a la mañana siguiente; dejar a sus mujeres, ayudadas por la mitad de los sirvientes, encomendadas de hacer cargar en los coches las obras de arte más valiosas y todo el oro que encontraran; ellos, entretanto, habrían partido a mediodía hacia las minas con el resto de los sirvientes y con los extranjeros, no sólo para reiterar *in situ* el ofrecimiento de vendérselas, sino para demostrarles cuán efectivamente el Mayordomo y sus hombres habían limpiado la región de todo peligro de un levantamiento de antropófagos, por lo que sus posesiones no podían considerarse desvalorizadas; luego, regresar esa misma tarde a la casa de campo, firmar compromisos de compraventa, descansar

442

esa noche, y partir de regreso a la capital en la mañana, con coches, armas, oro, obras de arte, sirvientes, mujeres, niños y además con los extranjeros, para formalizar allá los documentos antes que se desencadenara el mayor de los peligros: las borrascas de vilanos. Si los extranjeros llegaban a sufrirlas, sin duda rasgarían en las narices mismas de los Ventura todo papel de compraventa de propiedades que, por la desgraciada circunstancia que las hacía de peligrosísima explotación, no valían, en buenas cuentas, nada, reduciendo a escombros el orgullo de la familia que en este valor cifraban su superioridad ante todo el mundo, salvo ante estos bastos extranjeros quizás capaces de manejar hasta las borrascas, si elegían hacerlo.

Pero el programa de escenas conyugales dignas de un sarcófago de patricios romanos no pudo cumplirse: claro, Adelaida carecía de marido que le exigiera nada y Balbina, como ya lo han visto mis lectores, fue encerrada en una torre. Lidia, por otra parte, como Berenice, ya estaba enterada de todo, así es que a estas dos sólo les quedaba refinar los pormenores de la intriga. Celeste, por su ceguera, suplantada en la charla familiar por su "sensibilidad enfermiza" de iguales prerrogativas, quedaba dispensada de todo trabajo salvo del de consultora. Eulalia, doliente del escepticismo ese año en boga, se negó a cooperar: le advirtió a Anselmo que la dejara en paz con sus idioteces, que sucediera lo que sucediera, ella pensaba pasar el otoño viajando con Isabel de Tramontana y un grupo de exquisitos por los lagos de Italia. Sólo la pobre Ludmila, anhelante y desgreñada, creyó el melodramático nudo pintado por Terencio, y compenetrándose con esta rara oportunidad que las circunstancias le brindaban para acercarse a su marido, le sometió su promesa de hacer cuanto de ella se requiriera.

A lo que sí accedieron todas las esposas, lo que sí comprendieron, fue la necesidad de engolosinar a los incautos extranjeros con la maravilla que ellos, los Ventura, tal vez podrían llegar a consentir que pasara de las manos familiares a sus toscas manos. Éstos, quizás, con el ánimo de prolongar su permanencia en Marulanda, pero con más seguridad porque la compra de estas tierras carecía de prioridad entre sus designios, se levantaron tarde y soñolientos a la mañana siguiente, sin demostrar prisa por partir. Antes que bajaran, la conversación de la familia alrededor de la mesa de desayuno dispuesta entre unas cuantas gramíneas que los jardineros no habían tenido tiempo para arrancar de la terraza del sur, estuvo salpicada de silencios acusadores, como si temieran llamarse la atención unos a otros sobre lo natural que sería congregar en estos momentos a sus retoños para felicitarse por su salud o por sus nuevas gracias, condecorando a los más meritorios con la dádiva de un beso. La ausencia paternal había sido corta pero suficiente para que en la forma consabida de todos los niños, aun en el espacio de un sólo día, crecieran como la mala hierba. Pero por desgracia su alto sentido del deber hacía necesario postergar esta anhelada satisfacción, ya que sería improcedente pensar en otra cosa que en lo sugerido por el espectáculo que se desplegaba afuera de la menguada reja de las lanzas, a unos pasos del rosedal: la larga hilera de coches desde el alba listos para partir, los caballos piafando inquietos, los mozos bruñendo bronces y ajustando capotas, los cocheros impacientes haciendo restallar latigazos tentativos desde el pescante, y la interminable cola de carretas, carretelas, tartanas cargadas de criados armados hasta los dientes, perdiéndose, con los movimientos autonómos de una larguísima víscera que digiere, en dirección a las cuadras.

444

La aparición de los cuatro extranjeros en la terraza del sur, a media mañana, para tomar desayuno en compañía de los dueños de casa fue para éstos un bendito aplazamiento de las angustias mayores, sustituyéndolas por preocupaciones de más fácil manejo. Los señores les informaron a sus visitantes que como entretenimiento se había programado para después de la colación matinal, y antes de la partida, una visita a la casa, guiada por Terencio y Anselmo, excelentes conocedores de sus bellezas algo descuidadas por tratarse de una visita en la estación menos propicia. Los extranjeros no demostraron quedar extasiados con este plan. La verdad era que todo entusiasmo parecía aletargado en ellos, y sin duda iba a resultar trabajoso despertarlo para cualquier propósito. Celeste, sentada junto al nabab de patillas coloradas y chaleco estridente, le aconsejó:

—Deben ustedes hacer alto en el camino a las minas para descansar.

—No —le contestó el nabab con un desdén que hubiera amedrentado a una interlocutora menos intrépida.

—Permítame intentar persuadirlo, señor mío. Existe un paraje privilegiado por el juego de una cascada cantarina, donde con frecuencia solemos pasar tardes de esparcimiento que devuelven la serenidad a nuestros espíritus acongojados. Todo tiene allí la delicadeza de un paisaje pintado en un plato de porcelana. Las cosas y los personajes, nimbados por la contagiosa cercanía de la cascada, son ligerísimos pero jugosos, meditativos pero alegres. ¿Cuándo volveré, ay, a contemplar los mensajes cabalísticos de la huella que dejan los cangrejos color magenta al cruzar la arena de plata, y la vibración de los helechos al dar paso a los frágiles seres que se pierden entre ellos para refugiar sus amorosos escorzos en la sombra? ¿Recuerdas, amada Eulalia, como un día cruzabas el arqueado puentecillo tendido entre nenúfar gigante y nenúfar gigante como una secuencia de crinolinas invertidas, y te apoyaste en la baranda sosteniendo, a modo de sombrilla, una flor semejante a un inmenso jazmín? Ay, el registro melodioso del agua, las oquedades azules, las dulcísimas flores donde beben pájaros diminutos que por un instante se fijan con el orden de un alfabeto delicadísimo en el aire, y después se desbandan...

Melania, toda sonrisa y hoyuelos, había aparecido sobre las gradas sin atreverse a avanzar. El más joven de los extranjeros la saludó desde lejos con la mano, pero se dio cuenta que Melania no pretendía saludarlo a él sino a Olegario, que desvió la mirada, prefiriendo permanecer absorto en las suntuosas palabras de Celeste. El extranjero rubio, en cambio, que no las comprendía, se levantó discretamente para no interrumpir la fluyente retórica y fue al encuentro de Melania que le tendió la mano para guiarlo escalera abajo y perderse con él en lo que quedaba de jardín: anécdota que Hermógenes computó muy a favor de su sobrina —y de sus propios planes—, decidiendo llevar a Melania en este viaje dijera lo que dijera la tonta de Adelaida. Satisfecho, vio también que el nabab y su compañero, y la esposa —no se sabía de cuál, puesto que no pasó la noche con el que todos creían su marido— comenzaban a prestar más y más atención a las inspiradísimas palabras de Celeste:

—...es un paraje recoleto, exclusivísimo —continuó la ciega—. Un paraíso al que nadie salvo nosotros..., me duele confesar que ni siquiera nuestros hijos porque su algazara puede destruir su armonía..., tiene acceso. Tememos que gente insensible, distinta a nosotros, descendientes de los nativos a los que naturalmente jamás se ha permitido contemplar la cascada aunque conocen de memoria sus mitos, descubran sus tranquilas playas, se apoderen de sus bosques, y por envidia destruyan este reducto de belleza y alegría. ¡Oh, Arcadia, Cythère, Hélade mía, con qué saña te acecha el odio de los que ansían nuestra destrucción! Tal vez nuestro celoso tatarabuelo haya sembrado estas vastas extensiones de gramíneas sin titubear en destruir con ellas toda vida, para resguardar esta maravillosa creación de ojos y manos extrañas a nuestra estirpe y por lo tanto enemigas. Esperamos que ustedes, al interesarse por nuestras tierras que les cederemos sólo con dolor, sepan apreciar la joya suprema que se llevarán envuelta en sus prácticas hectáreas, este dulcísimo reducto que les cederemos sólo a condición de ser nosotros quienes lo defendamos hasta la muerte contra todo invasor. ¡Yo quiero ir, Olegario, hoy más que nunca me apetece ir, cuando estos buenos señores codician nuestra bellísima playa! ¡Sí, sí, veo la codicia brillando en sus ojos deslavados, destellando en sus sonrisas decoradas con parches de oro! ¡Y por mucho que nos permitan igual acceso a ella cuando sea suya, ya la sutilísima sensación de seguridad total, de inaccesible superioridad, no volverá a ser la misma! ¡Llévame, Olegario! Te ruego que me dejes allí, de paso hacia las minas, atendida por una corte de sirvientes que armarán una tienda de tapices sobre la arena de la playa, y me recogerás de regreso, al atardecer.

—¡Qué idea más divina, Celeste! —exclamó Eulalia.

—¡Digna de tu prodigiosa imaginación! —la apoyó Berenice.

—¡Sí! —continuó Ludmila, olvidando sus promesas nocturnas a Terencio con este novedoso arrebato de fervor femenino—. ¡Iremos todas, para quedar para siempre nimbadas por el arcoiris...!

—Y los graves placeres del pasado se configurarán en nuestra evocación de lo mucho que allí hemos disfrutado... —dijo Adelaida.

—¿No quiere usted venir con nosotras? —preguntó Lidia a la extranjera que lo había estado escuchando todo con extremada atención—. ¿No quiere usted participar en nuestra fronda femenina contra los deberes que pretenden imponernos los hombres?

Riendo, un poco superior, la extranjera repuso:

—Esa batalla la gané hace muchos años y de otra manera.

Permaneció escudriñando a las hermanas y cuñadas, que se ponían de pie entre el revuelo de faldas y chales con el propósito de ir a prepararse para el intempestivo paseo cogiendo siquiera bolsos y guantes, sombrillas y pamelas. Al ver a Celeste del brazo de su marido perdiéndose a toda prisa rumbo a su vestuario para tener tiempo de concertar allí una de sus complicadísimas *toilettes*, la extranjera detuvo con un gesto de la mano al resto de las mujeres de la familia, interpelándolas:

—¿Quieren hacer el favor de explicarme cómo puedo creer que es verdad lo que la señora Celeste describe..., que el lugar mismo no es pura invención, si ella, palmariamente, es una ciega?

Las sonrisas complacientes de los Ventura tuvieron la eficacia de correr el tupido velo sobre la incomprensión de la intrusa que tildó de ceguera lo que en Celeste no pasaba de ser una sensibilidad enfermiza. Fijaron su atención más bien sobre su escepticismo respecto a la posibilidad de existencia de tan peregrino paraje de recreo, protestando su fe en la existencia de tal lugar. Pero la extranjera continuó:

—El subjetivismo con que ustedes acostumbran a juzgar todo lo que pertenece a la familia nada tiene que ver con la realidad vista desde afuera y con otra perspectiva. ¿Cómo me pueden pedir que crea lo que afirma una ciega y que toda la familia endosa, sin prueba alguna que me inste a abandonar las relativas comodidades de esta casa para aventurarme a un lugar que no sólo puede resultar peligroso, sino que me hará perder el tiempo que me queda para levantar, con las señoras, el catastro de los enseres de esta casa? Si todo lo que se dice de estas tierras y de estas minas posee una irrefutabilidad tan frágil como lo que describió la señora Celeste, me pregunto si debemos aventurarnos a comprar...

La última parte de este discurso fue casi una interpelación a los dos extranjeros que mojaban bollos en su chocolate: una actitud muy poco femenina, según juzgaron las damas de la casa que consideraban de mal tono inmiscuirse —incluso enterarse— en los asuntos varoniles. En todo caso, furioso a estas alturas con las dudas de la extranjera, Hermógenes detuvo a su parentela en desbande con la intención de hacerlos tomar conciencia de que si se ponía en duda la palabra de un miembro de la familia, por mucho que fuera mujer y de sensibilidad enfermiza por añadidura, sería cosa de llevar el asunto al campo de honor. Pero al pensarlo con más cuidado prefirió no decir nada sobre esta sangrienta opción, dando, en cambio, dos palmadas para llamar al Mayordomo, que se acercó con la ligera pero prolongada venia que exigía la etiqueta familiar, e inclinándose a este oído murmuró un par de vigorosas palabras que hicieron que el fámulo partiera a todo escape. Hermógenes carraspeó, pidiendo la atención de los comensales y rogando a los que se hallaban de pie que volvieran a sentarse para escuchar dos palabras que les quería decir:

—Existe, entre los ángeles que Dios nos ha dado por hijas —comenzó la monserga de Hermógenes— una, sobre todo, adornada con las más bellas cualidades, no sólo físicas sino espirituales. El tradicional brillo con que nuestra familia se ha desempeñado en el sector público, en política, en historia, en economía, en todo lo que se refiere al bien de la comunidad, se halla, en embrión, es cierto, en todos nuestros vástagos, pero en forma muy particular en este ángel de sabiduría procreado por nuestro Terencio en el vientre de nuestra admirable Ludmila, que, como se sabe, es espejo de madres y esposas abnegadas. El ángel bendito de que hablo, pese a sus cortos años, no sólo sabe todo lo que se puede saber sobre la historia y geografía de esta región, sino que además, robando horas a los inocentes juegos de la niñez, ha logrado reunir documentos, mapas, contratos, cartas que detallan y prueban la existencia y el valor de todo lo que nuestros distinguidos amigos los extranjeros ponen en duda. Huelga decir que estoy hablando de nuestra pequeña, de nuestra queridísima Arabela, a quién he hecho llamar por el tonto del Mayordomo, que por alguna razón que no comprendo, tarda demasiado.

Sus frases fueron acogidas con una salva de aplausos. Las madres, arremolinadas en torno a Ludmila, congratulándola por la suerte que tuvo en este retoño, sugirieron por sus actitudes displicentes que era indigno de ellas preocuparse por tardanzas: la vida les sonreía a todas en la forma de esta niña, pero la fortuna señalaba, dijeron, a su madre, Ludmila, como su favorita. La conversación pronto se diluyó en otros temas que hacían pasar el rato amenamente sin sentir que pasaba, y la amenidad, claro, era la forma más eficiente de correr el tupido velo sobre dudas y afrentas, suspendiendo sus actividades, sus risas delicadas, sus acentos que no encuentro otra manera de calificar que llamándolos "cultos", por ser el acento de los poderosos, en el tiempo infinitamente prolongado de un elegante desayuno campestre con las nubes blancas sonriendo benignas desde un cielo sin urgencias.

Cuando por fin reapareció el Mayordomo, el

tiempo, con todos sus inconvenientes, comenzó a fluir de nuevo. Uno de estos inconvenientes parecía ser lo que remolcaba de la mano: un ser pálido, minúsculo, envuelto en una librea de lacayo que le arrastraba por detrás como una lujosa cola harapienta, revelando por delante unas flacas canillas de pajarito y pies desnudos, diminutos. Su rostro verdusco, sus huesos endebles, sus ojos perdidos, su temblor de fiebre, todo delataba que Arabela —a la que mis lectores ya habrán reconocido— apenas se podía tener en pie. Seguía a este par un lacayo de menor rango empujando una carretilla repleta de papelorios.

—¡La encontré...! —exclamó el Mayordomo jadeante: era claro que había tenido que correr.

—¡Por supuesto que la encontraste, Mayordomo! ¡Tú comprendes que uno de nuestros hijos difícilmente se va a perder dentro de esta propiedad que nos pertenece y donde no hay misterios! —le llamó la atención Lidia.

Desde el otro lado de la mesa, Ludmila, emocionada, le tendió los brazos a su hija, exclamando:

—¡Adoración!

La extranjera, entretanto, se había puesto de pie antes que nadie pudiera reaccionar, corriendo hacia Arabela para sostenerla antes que se derrumbara. Le pasó un brazo en torno al talle y le cogió la muñeca lacia para tomarle el pulso.

—Esta niña está muy mal —declaró—. ¿Qué le pasa a la pobre?

—No es nada, si me permite decírselo, Su Merced —explicó el Mayordomo—. Sólo está jugando a La Marquesa Salió A Las Cinco.

Mientras la extranjera desaparecía con Arabela para atenderla en uno de los salones contiguos (acoto aquí para no tener que volver sobre este tema: Arabela murió una hora más tarde en los brazos de la extranjera), Ludmila, al darse cuenta que su hija comenzaba a desfallecer con un realismo que trascendía a La Marquesa Salió A Las Cinco, se puso de pie con el ánimo de también acudir a socorrerla. Pero permaneció estática, como hechizada detrás de la mesa tan ricamente dispuesta, sus manos apoyadas sobre el mantel, presa de visiones que sus ojos cosechaban en la inmensidad del cielo o en la llanura desplegada más allá de la formación de coches repletos de hombres cargando armas. Sin darse cuenta que al hacerlo volcaba fruteros de cinco pisos y postres, Ludmila comenzó a avanzar lentamente mientras sus parientes, restándole importancia a su pintoresca actitud, la conminaban, risueños, a que por favor reaccionara, que tomara un vaso de agua, que qué iban a pensar los extranjeros, que por favor explicara qué le sucedía...

—Es que veo —murmuró Ludmila muy lenta— algo como una gran nube platinada que crece y avanza desde el horizonte...

—Esta tonta —le secreteó Eulalia al nabab tomando el asiento junto a él que Celeste dejó vacío— siempre está viendo nimbos extraños, nubes platinadas que no existen...

—Déjenla —rió Berenice—. Que vaya hasta la balaustrada y, apoyada en ella, que busque su nube platinada en el horizonte para así deshacernos de su aburrida charla doméstica y hablar de cosas más divertidas ¿no le parece, señor extranjero?

Pero la nube que contemplaba Ludmila desde la balaustrada, como esperando que descendiera de ella una aparición sobrenatural, se acercaba y acercaba, crecía y crecía, comenzando a escucharse cuernos de caza y a sentirse en la tierra el reverbero de los cascos de los caballos, hasta que los del grupo que se hallaba aún en la mesa entregado al alegre parloteo impuesto como estilo preferencial por Berenice y Eulalia, tuvieron que prestarle atención a lo que ya no era sólo una anécdota del horizonte. Enarbolando, entonces, sombrillas y calándose panamás y quevedos, se acercaron también a la balaustrada alrededor de Ludmila.

Se trataba, como mis lectores lo habrán adivinado, de otra cabalgata. ¿Pero de quién podía ser?, se devanaron los sesos los Ventura en busca de una respuesta. Naturalmente no tan larga como la de ellos, su categoría suprema era evidente por la extrema modernidad de los coches. Ni los extranjeros ni los dueños de casa dijeron nada, ni comentaron los pálidos rostros infantiles que alguien divisó pegados a los cristales de los pisos altos. ¿Cómo darse por aludidos de un acontecimiento que no estaba programado para esta mañana en que debían partir con los extranjeros a mostrarles sus minas y que esta cabalgata interrumpía con la introducción de otra serie de coordenadas que ellos ni conocían ni controlaban? Desde detrás de la fila de señores, simulando ocuparse junto a los otros lacayos de las cosas de la mesa, el Mayordomo, más alto que sus amos, de cuando en cuando echaba una ojeada con algo más que curiosidad a la cabalgata que se aproximaba. Ésta, precedida de dos jinetes tocando cuernos de bronce, no entró, como hizo la gran cabalgata de los Ventura, por la cancela que se alzaba aún entre las algodonosas gramíneas, sino que se dirigió directamente hacia la abertura de la nueva reja custodiada por guarniciones de jardineros: así como el hecho de que los Ventura hicieran su entrada por esa cancela señaló que se proponían adherir a la política de correr un tupido velo sobre cualquier cosa que fuera necesario correrlo, esta entrada de la nueva cabalgata, audaz y directa, significaba —pensaron con sobresalto los Ventura— una actitud diametralmente opuesta a la de la familia, que no presagiaba nada bueno.

La increíble berlina de charol color rana cerrada con cristales avanzó hasta el pie mismo de la escalinata, en lo alto de la cual se congregaron los Ventura boquiabiertos. Un mozo ataviado con los colores de la familia saltó del pescante y abrió la portezuela, dándole la mano para que bajara a una elegantísima mujer, mientras tanto otro mozo le entregaba las cadenas de cuatro borzois que tiraban de su enguantada mano. Después de ella descendió de la berlina un personaje algo perturbador, escandalosamente bien vestido, aunque llevaba las hombreras demasiado altas, juzgaron los hombres de la familia, el talle demasiado ajustado, los faldones de la levita demasiado cortos revelando la musculatura brutal de sus muslos enguantados en ante casi malva. Su rostro, observaron con horror, era el de un nativo joven, bien parecido a pesar de ser nativo, que con expresión insolente tomó el brazo de la mujer que mantenía su rostro cubierto con el clásico velo de viajera, que lo esperaba apaciguando a sus borzois, para iniciar juntos la ascensión de la escalinata hacia los Ventura que los esperaban pasmados entre las ruinas de sus ánforas y atlantes. Al llegar arriba, la mujer del velo le entregó sus perros a su acompañante, y adelantándose besó en la mejilla a Eulalia, primero, y luego a las demás mujeres de la familia. En seguida le dio la mano a cada uno de los hombres menos a Anselmo, al que le dio vuelta la espalda. Éste exclamó:

—¡Malvina!

—¿Es usted el único que me reconoce? —preguntó burlona, y acercándose a los extranjeros continuó—: ¡El desdén es siempre inconfundible para quien lo recibe!

454

Pero no creo, en cambio, que mi identidad haya pasado inadvertida para ustedes, que además de ser más agudos han circulado conmigo por el paseo de las palmeras en mi berlina color rana.

Malvina, entonces, levantó el velo de su sombrero. Sus familiares no pudieron ahogar una exclamación admirativa: no sólo porque ya no era una niña, sino porque sus ojos, antes *veloutés*, se habían transformado por medio de quién sabe qué modernos trucos, en dos pozos conectados por artificios tan hondos que, más que grandes ojos negros, Malvina parecía llevar un antifaz de seda sombría en la parte superior del rostro. Toda ella, por lo demás, el dibujo de sus labios, la proporción de su cuello y su busto parecía haber sido sabiamente rectificada, reducida a puro diseño, pura estructura: al contemplar su elegancia las mujeres que la examinaban sin animarse aún a acercarse, comprendieron que sus propios atuendos, por mucho esmero que en ellos hubieran derrochado, en comparación eran baratos y prolijos.

Malvina no volvió a dirigirles la palabra. En cambio se enfrascó de inmediato en una conversación con los extranjeros en su propio lenguaje, conversación que no era la charla a que Berenice estaba acostumbrada, sino, se dieron cuenta las otras mujeres, una cosa distinta, inaccesible para ellas no por tratarse de un idioma de tan arrevesada gramática sino porque versaba sobre pasiones que ellas no sabían cómo tocar. Silvestre, que como ya he dicho hablaba el idioma de los extranjeros de maravilla y que como hombre tenía acceso a cualquier asunto, intentó acercarse al grupo para participar en su intercambio. Pero el amigo de Malvina —los Ventura ya habían corrido un tupido velo para escamotear de sus conciencias a tan insoportable figura— lograba maniobrar los perros de modo que se interpusieran entre la familia y el nuevo núcleo. El compañero de Malvina, que si los Ventura lo hubieran permitido los hubiera desconcertado con su destreza para manejar la exótica lengua, era quien llevaba la voz cantante de la conversación, haciéndole frente al nabab, que parecía defender algo con que el otro extranjero no estaba de acuerdo, discusión —amable por cierto— en que terciaba con frecuencia, y al parecer con acierto, Malvina. El Mayordomo, revoloteando alrededor de ellos, les servía, les ofrecía, desaparecía con órdenes y reaparecía para atender a los miembros de esta *élite* que ni siquiera parecía recordar la existencia del resto de la familia. Hermógenes, rondando a los perros que le gruñían en cuanto se acercaba demasiado para ofrecer o sugerir algo a los extranjeros por sobre sus fauces babosas y sus lomos arqueados, tuvo que quedarse al otro lado del cerco de animales, cuchicheando con Lidia, Berenice y Silvestre, y dándole órdenes al Mayordomo. Éste, que no tenía tiempo para atenderlas por encontrarse demasiado ocupado con los visitantes, las delegaba en los lacayos de menor rango para que ellos no dejaran de cumplirlas. Los Ventura que quedaron afuera de los dos grupos continuaron inmersos en el parloteo que era su elemento natural, mirando, envidiosos pero sin parecer mirarlos, a los miembros de las dos *élites* que no los acogían. Cuando Melania regresó desde el jardín del brazo del joven extranjero rubio, Malvina exclamó:

—¡Melania, amor mío!

Y ambas primas corrieron a fundirse una en los brazos de la otra como si siempre hubieran sido inseparables. Desde ese momento Melania pareció olvidarse de todo lo demás, incluso de Olegario y su ausencia porque Malvina ya no la soltó del brazo, ni tuvo una mirada para los ojos que la acechaban desde detrás de los cristales de los pisos más altos.

Mis lectores recordarán que en la primera parte de esta novela Malvina tuvo una figuración fugazmente protagónica al proporcionar a Casilda y Fabio lo que necesitaban para huir. Figuración que no fue gratuita, puesto que no sólo me serví de ella como *deus ex machina* para precipitar los acontecimientos narrados en ese momento, sino que la introduje con el fin de que actuara más tarde como una especie de vehículo para lo que ahora me propongo narrar. Mis lectores recordarán también que al comienzo de la segunda parte mencioné su vida de hampona en la capital y hablé de agentes suyos, unos nativos recargados de garambainas y perifollos que solían recalar en la capilla de la llanura. Recapitulo ahora, antes de seguir adelante, para poder extenderme sobre la singular carrera de esta muchachita en la ciudad y se comprenda así lo que sucedió en Marulanda el día en que los hombres de la familia organizaron la excursión a las minas, y las mujeres, el paseo a la playa, en que encarnaban sus sueños de exclusividad.

Después que Malvina abandonó a Fabio y Casilda a su triste suerte en la llanura, prosiguió hacia la capital, donde al cabo de indecibles peripecias, cuyo relato ahorraré a mis lectores, llegó extenuada y flaca, con Higinio, Pedro Crisólogo y siete de los diez nativos que tiraban el carromato del tío Adriano (tres murieron en el camino o quizás prefirieron huir), pero con el ánimo entero. El rigor de su autoridad endosada por el látigo de Pedro Crisólogo muy pronto abatió al buenazo de Higinio, dejándolo reducido a un montoncito de incomprensión ante este mundo al que con tanta soltura había ingresado, donde los riesgos no eran sólo físicos —hubiera sido fácil tolerarlos— sino morales, para los que se encontraba totalmente desprovisto de preparación. Lo

457

que más lo agobiaba era el cambio operado en Malvina durante el trayecto: ya no era *veloutée*, ya no era sombría, ya no era melancólica ni misteriosa. Saliendo de esa interesante envoltura se había tornado aguda, ácida, áspera, como si al traicionarla se hubiera apropiado de la dureza de Casilda para hacer posible con ella su hazaña de llegar a destino.

Al llegar pagó, según lo acordado, un fardo de oro a cada uno de los nativos que arrastraron el carromato, mandándolos que se hicieran humo para disponer de su botín. Malvina sabía muy bien lo que estaba haciendo porque desalentados, los pobres se lo restituirían, volviendo a su servicio al no encontrar oportunidad para venderlo más que a muy bajo precio: si bien los extranjeros estarían dispuestos a darle otro nombre al robo tratándose de una hija de los Ventura, se negarían a ensuciarse las manos con el robo de un puñado de nativos. Malvina se presentó, entonces, causando gran alboroto en ese ambiente de hombres, en el bar del Café de la Parroquia, a exponer su problema ante los extranjeros y también su proyecto para el futuro, ya que no sólo le interesaba disponer de los fardos robados según hemos visto, sino de los que se proponía seguir obteniendo con miras a una explotación conjunta en gran escala. Malvina alcanzó a decir pocas frases antes que los extranjeros, comprendiendo que hiciérase lo que se hiciera en relación a lo propuesto por esta muchacha tenía que hacerse en tan estricto secreto que ni siquiera se sospechara que sus manos andaban metidas en el asunto, la escamotearon, ostensiblemente para salvarla del revuelo causado por la presencia de una pequeña dama entre tanto comerciante borracho. Después de oír la exposición de su plan le compraron su oro a un precio más elevado que el que hubiera podido obtener Hermógenes porque les convenía sellar así una especie de componenda que deslumbrara de tal modo a Malvina que la estimulara a conseguirles más y más oro, que iría bajando de precio, y finalmente, y como premio de toda la intriga, la propiedad de las tierras que lo producían. Los extranjeros no tardaron en instalar a Malvina, cambiándole de nombre, de personalidad, de rango, de estilo, en una residencia como una bombonera extravagantemente modernista, desde donde comenzó a reinar sobre sus nativos y sobre los secuaces que éstos se procuraron entre los ex-lacayos que pululaban sin trabajo en los cafés del puerto.

Era necesario, sin embargo —según lo vieron los extranjeros— resolver un problema delicadísimo antes de dar un sólo paso más: deshacerse de Higinio. Arrinconado, descontento, sin voz ni voto ni acceso al dormitorio de raso violeta que Malvina ocupaba con Pedro Crisólogo, engordaba y palidecía, inactivo, y deprimido por ya no saber quién era, sin siquiera tener fuerza para buscar una identidad en algún quehacer o diversión. Los extranjeros —que en otros casos no hubieran titubeado en llegar al asesinato— no lo hicieron porque si bien se corría el peligro de que a Higinio se le ocurriera venderse a quien le ofreciera cualquier importancia que lo inflara, se trataba, al fin y al cabo, de un Ventura, y ellos, en general, eran lo suficientemente astutos como para preferir que no se tocara a los vástagos de los poderosos. Fue Malvina —que sentía un grado mínimo de afecto por su primo, pero afecto al fin y al cabo— la que sugirió la idea del viaje. Y ella misma lo engolosinó con noticias sobre los halagos en el país de los extranjeros, convenciéndolo que Pedro Crisólogo anhelaba el privilegio de ir, pero que por su condición de nativo le era denegado, mientras que él, en cambio, aceptando la invitación, afirmaría su superioridad. Primo y prima se despidieron con un beso en la mejilla sobre el puente del bergantín que se llevó a Higinio a otras latitudes, dejando libre el campo para que Malvina cambiara, por decirlo así, definitivamente de piel: sólo de este modo iba a poder hacer lo que quería con su propia vida y la de su familia, porque ninguna presencia de su sangre le recordaría la necesidad de justificar sus procedimientos.

Cambiar de piel, para Malvina, resultaba cómodo porque jamás se sintió a sus anchas ni completamente dueña de la piel concedida por su familia. Libre de Higinio, no tardó en borrar toda huella de su clase, de su nombre e incluso de su edad por medio de afeites y manipulaciones expertas. E instalándose en el palacete del que todos se preguntaban qué podía estar transcurriendo detrás de sus vidrieras de colores, comenzó a exhibirse junto a Pedro Crisólogo en el paseo de las palmeras, donde éste se pavoneaba con sus pantalones demasiado ceñidos y con el torso desvergonzadamente expuesto bajo sus colgandijos de oro, como un saltimbanqui, blandiendo una fusta con empuñadura de pedrería. Tanto hombres como mujeres intentaban evitar que el descaro de la mirada negra de Pedro Crisólogo interceptara sus miradas, porque, aunque nada vergonzoso las cargara, hacía subir soflamas a todos los rostros. No: por cierto que no era elegante —así como la mujer que lo acompañaba lo era, exageradamente, mitológicamente, tanto que por serlo en demasía dejaba de serlo para transformarse en otra cosa—, pero resultaba imposible impedir que la curiosidad glotona quién sabe de qué satisfacciones los siguiera al verlos pasar. ¿Quiénes podrían ser? ¿De dónde salían? ¿Qué pretendían al hacerlos avergonzarse? ¿Cómo era posible que dos seres se envolvieran en un aura de lo informulablemente prohibido como estos dos, tanto que la gente no preguntaba a los extranjeros —los únicos con acceso a ellos— quiénes eran, para así no mancillar sus reputaciones al exhibir interés por una pareja tan espectacular, tan obscena?

Escondida dentro del lujoso caparazón de su nueva identidad, Malvina comenzó, entonces, a actuar. Compró burdeles y garitos por intermedio de Pedro Crisólogo, que los administraba a punta de fusta sin que ella tuviera más trabajo que llevar las cuentas y cobrar: sus arcas, bien pronto, y además del precio del oro recibido de los extranjeros, rebosaron de coronas multiplicadas. Fletó el carromoto del tío Adriano lleno de telas y abalorios, en que mandó a dos de sus nativos a Marulanda para que se noticiaran de lo que ocurría en la casa, en las minas, en el caserío. Volvieron, y volvieron a partir y a volver, trayendo noticias y llevando promesas y amenazas, produciendo la extrañísima situación que ahora me propongo narrar.

UNA TARDE, poco después de la partida de los Ventura, Adriano Gomara vio pintada en el muro color *arancione* de la terraza del sur su propia imagen barbuda acribillada de lanzas. Al instante hizo llamar a Mauro por conocerle inclinación a tales desmanes. Pero le informaron que esa misma tarde, él, acompañado por Valerio, Teodora, Morgana y Casimiro, habían partido al caserío, jurando que se quedarían a vivir allí sin volver a la casa de campo mientras durara el presente estado de cosas.

Esa noche, enervado en el lecho que compartía con Wenceslao, Adriano escuchó los crótalos guerreros que llegaban del caserío, y desde las ventanas del dormitorio había visto arder fogatas. Se abrió con su hijo: creía que la retirada de Mauro y sus seguidores era una reacción contra su negativa de abrir las puertas de la casa a la muchedumbre que al extenderse la noticia de la huida de los Ventura había bajado desde las montañas azules,

461

para que la ocuparan sin discriminación ni orden, tal
—según le recordaba Mauro cada vez que discutían el
punto— como les fue prometido en las arengas iniciales.
Su retrato en el muro era una advertencia que era preciso no desoír: en el caserío Mauro podía estar calen-
tando al populacho para caer sobre la casa de campo.
No hay cambio sin sangre, solía repetir Mauro, y esa hecatombe se avecinaba. ¿Y si los dejara, por fin, entrar?
¿Cuál sería la actitud de los del *piano nobile*, de aquellos
que, rodeando a Colomba, controlaban las reservas de
alimentos que repletaban los sótanos? Si la muchedumbre invadía la casa —se lo había advertido Colomba
misma— ella era capaz de inundar esos sótanos para que
todos, incluso ellos, murieran de hambre. En el tenso silencio de su padre respirando junto a él en la oscuridad,
Wenceslao pensó acariciarle la mano posada sobre la
sábana, pero su impulso se marchitó al nacer, porque
no sintió a su padre atormentado por la deliberación in-
teligente y por la pasión, sino confundido por encontrarse incapaz de dirimir sobre los puntos que él mismo,
para comenzar, había planteado con falta total de esa
modestia que es la forma excelsa del sentido de realidad.
Más que dolorido por la contradicción entre el deseo
del bien y los medios para alcanzarlo, según Wenceslao,
preocupaba a su padre su propia imagen mancillada
ahora en retratos acusadores garrapateados en los muros de la casa. Sólo mientras lo tuvieron encerrado,
mientras fue maldito, mártir, mientras permaneció
constreñido por la camisa de fuerza pareció ser una ins-
pirada fuente de soluciones: ahora, en cambio, colocado dentro de una realidad precisa, todo era titubear,
exigir apoyo y simpatía, admiración y alianza, fluc-
tuando entre alarmentes soluciones extremas de autoritarismo y debilidad.

—Usted nos metió en este berenjenal —le espetó Melania cuando a raíz del cisma de Mauro acudió a conferenciar con los del *piano nobile*—. Usted, entonces, debe proponernos soluciones si quiere nuestro apoyo. ¿No es usted, acaso, el caudillo?

—Yo no soy un caudillo. Jamás pretendí serlo. Los nativos creen en mí porque he sido un mártir, como ellos, de la familia Ventura. Por eso soy el único que puede exigir orden e impedir el desbande. Dame las llaves de las bodegas, Colomba.

—¿Para qué me las pide si me las puede hacer quitar?

—¿Y para qué quiere las llaves —la secundó Juvenal— si con un puñado de forajidos puede romper las puertas para entrar en las despensas? Que las pida es una fórmula que alguien que estuviera seguro de sus intenciones y su poder no necesitaría esgrimir.

—Espera —le dijo Melania a Juvenal—. No lo insultes: a pesar de su baja extracción y de su desempeño incuestionablemente deslucido, es tío nuestro. ¿Estaría usted dispuesto a mantener a raya a los nativos?

Al levantarse al alba al día siguiente para ir a conferenciar con Mauro en el caserío, Adriano vio escrito en el muro del vestíbulo de la rosa de los vientos: NO TE DAREMOS LAS LLAVES PORQUE INTENTARÁS TRAICIONARNOS. Iracundo, aprovechando el público insulto, reclutó a un puñado de nativos con quienes, comenzando por encerrar con llave en el *piano nobile* a los que allí vivían y custodiar sus posibles salidas, recorrió los sótanos y despensas, abriendo a machetazos las puertas, a hachazos las cadenas y candados, incendiando y golpeando, dejando los alimentos a disposición —como debía ser— de quienes los necesitaran. Al terminar su tarea escribió él mismo en el muro del vestíbulo de la rosa de los vientos, frente a la otra inscripción: NO NECESITAMOS LAS LLAVES PORQUE YA TENEMOS LOS ALIMENTOS. Durante todo un espantoso día las despensas quedaron abiertas. Los nativos y los niños, en tropel, las invadieron arrebatándose mantas y telas y golosinas innecesarias, volcando el precioso aceite para las lámparas y los sacos de harina que mezclada con el vino también volcado producía una masa rosada que se adhería a los pies. Comieron hasta hartarse, hasta vomitar, y se emborracharon. Sólo en la tarde, cuando Adriano se dio cuenta del desastre que en un día había mermado en tal forma las provisiones que iba a ser necesario racionarlas, destacó en la puerta de cada una de las despensas a guerreros desnudos, empenachados, portadores de lanzas, para que sólo dejaran entrar a quien tuviera salvoconducto para hacerlo. Pero siempre le daban entrada a familiares y amigos, de modo que, aunque disminuyó el gasto sin sentido, no cesó del todo. La casa, con esto, se transformó en una especie de cuartel, con grupos de nativos armados marchando por todas partes como si estuvieran preparándose para la acción. Temerosa de que algo grave estuviera a punto de suceder, Colomba solicitó hablar con Adriano, que acudió a visitarla en el lujoso encierro del *piano nobile*. Ella le dijo:

—Estamos de acuerdo en compartir y en convivir, hasta cierto punto, con los nativos, a condición de que usted permita que yo, que tengo verdadera experiencia en estas cosas, administre los alimentos austeramente de modo que todos podamos sobrevivir hasta ser capaces de producir alimentos suficientes.

Adriano, en principio —después, en la noche, le confió a Wenceslao que esto era sólo para comenzar; más tarde sobrevendrían los verdaderos cambios—, aceptó la propuesta de Colomba. Las cocinas, entonces, comenzaron a funcionar de nuevo bajo sus órdenes. Pululaban nativas revolviendo enormes ollas llenas de los productos de sus huertos: con sus cuencos en la mano, sentados en fila en la tierra del patio del mercado, o en el parque donde algunas familias habían eregido chozas, esperaban que Colomba, Zoé, y Aglaée, sudorosas pero contentas de manejar el cucharón, se los llenaran.

Hasta la choza del caserío donde Mauro vivía con una muchacha nativa llegó la noticia de que los del *piano nobile* no sólo habían sido puestos en libertad sino que administraban los alimentos. Fue el detonador para su rebeldía, y con hordas de guerreros armados, por el momento sólo para amedrentar, seguidos de una muchedumbre vociferante, invadieron la casa de campo, instalándose en las habitaciones y las salas: cientos de familias con sus animales y sus hijos ansiosos, iluminados, hacinándose malolientes y sin saber cómo servirse de las comodidades, cocinando sobre los *parquets* y los mármoles del suelo, tiznando los muros con el humo y los rincones con sus heces, arrancando puertas de sándalo con el fin de hacerlas astillas para el fuego porque eso era más fácil que bajar hasta el parque para traer leña, e instalando sus industrias en las salas.

La mayoría de los primos, entretanto, seguía su vida normal en el desorden provocado por la invasión de nativos. Los tres ajedrecistas pasaban el día jugando ajedrez, como en los mejores tiempos, ahora sin fiscalizaciones, enseñando el juego a una muchacha nativa que se interesó y la incorporaron al grupo. Las niñas más pequeñas —menos Zoé, el recalcitrante Monstruo de Mongolia— aprendieron a manejar extraños juguetes autóctonos que jamás habían visto y a tocar flautas de hueso o caña, o enredaban a los trabajadores que intentaban convertir el parque en un vergel que los alimentaría a todos. Y mientras Mauro se dejaba anegar por el desorden, Adriano, abstraído por ciertos planes de los que sólo Wenceslao y Francisco de Asís, el gigantón que vivía con Cordelia, estaban enterados, desatendía los modestos quehaceres de la producción buscando resolver los problemas desde esferas más altas.

Es aquí donde mi narrativa empalma con la historia de Malvina, que antes estaba contando. Y específicamente con la anécdota de aquellos emperifollados nativos, con oro en los dientes, corbatas carmesí y diamantes en las orejas que regresaron a Marulanda en el carromato cargado de mercancías. Una noche, antes de llegar al caserío, estos buhoneros se hicieron prender por Francisco de Asís y su piquete de bravos. Después de incautarse de su inútil cargamento de abalorios, Adriano quiso saber quiénes eran. Cuando murmuraron en su oído el nombre de Malvina, él, Francisco de Asís y Wenceslao se los llevaron en el más estricto secreto al patio del mercado para conferenciar con ellos sin que nadie, ni los del *piano nobile* ni los exaltados que rodeaban a Mauro, se enteraran. Sí, asintió Adriano. Le convenía este contacto con Malvina. Estaba de acuerdo en establecer un nuevo comercio entre él, a través de Malvina, con el mercado mundial. Los buhoneros regresaron a la capital con el siguiente mensaje de Adriano para su querida sobrina Malvina: en Marulanda se empezaba a pasar miserias casi intolerables, si no se hacía algo las cosas iban a empeorar; las minas estaban abandonadas porque, al darse cuenta que la ausencia de los Ventura cerraba los mercados de oro, los nativos, como es natural, se negaron a trabajar, descendiendo a la llanura para implantar su hambre en esas escuálidas tierras; si él, sin embargo, podía obtener por adelantado ciertas cosas que ya faltaban para trocarlas por los fardos de oro —aceite para las lámparas, velas, harina, azúcar, mantas para el invierno, telas—, sería fácil echar a andar las minas otra vez y después pagar los productos con el oro producido. En espera de la respuesta a su solicitud de crédito los nativos regresarían para laminar el oro en las montañas azules, metal que ahora iba a pertenecerles a ellos gracias a la intervención directa de Malvina como agente de los productores.

Al cabo de un tiempo los buhoneros regresaron a Marulanda con el carromato atestado con los encargos de Adriano, y volvieron a partir con sus vehículos cargados de fardos de oro, acompañados por los fervorosos votos de toda la población para que tuvieran buen viaje. Los nativos, entusiasmados con la esperanza de que el fruto de su trabajo fuera a ser vendido a buen precio en la capital, no se preocuparon de preguntar en qué condiciones se entregó ese oro, ni averiguaron qué cambios podía hacer fluctuar estas condiciones. Sólo los del *piano nobile*, que refinaban, mediante su cotidiano jugar a La Marquesa Salió A Las Cinco, la vocación de intriga que animaba a ese grupo, olieron en la atmósfera algo desazonante, que sería desazonante sólo mientras ellos no lo supieran y no lo controlaran. Zoé era la espía. Con sus pies planos, sus carnes fláccidas, su boca babosa, el Monstruo de Mongolia sólo reaccionaba impulsada por su odio a los antropófagos, y como corolario, su odio a los nativos, a Adriano y a todos los que no fueran del *piano nobile*. Una noche, mientras después del segundo viaje los buhoneros se preparaban para partir sin cargar el oro, Zoé sorprendió una conversación entre Adriano, Wenceslao, Francisco de Asís y los dos nativos de corbatas carmesí. Quedó claro que regresaban a la capital sin los fardos porque Malvina, de acuerdo con casi todos los puntos del mensaje de Adriano, se negaba a pagar el precio solicitado, alegando que ahora, con métodos modernos, se producía lo mismo a bajo precio en otras regiones. Zoé corrió a contar lo oído en una especie de espontánea reunión de las personalidades de su grupo. Era claro, concluyeron, que Adriano se estaba haciendo el fuerte para obtener mejor precio. Malvina quedaría muy disgustada al no recibir el oro al precio que ella proponía y probablemente tendría que transar, dándole a Adriano un precio cercano al que pedía, con lo que todos sus odiosos proyectos de igualación en Marulanda podrían realizarse. Era necesario evitarlo. Era urgente impedir de aquí en adelante todo contacto entre Adriano y Malvina. Juvenal, de pronto, se irguió, encarando a Melania y Aglaée:

—La solución está en manos de ustedes, queridas primitas, que serán las heroínas de esta trágica jornada.

—¿En las nuestras, dices?

—Sí —prosiguió Juvenal—. Este contubernio entre el tío Adriano y Malvina tiene que ser impedido a toda costa.

—¿Pero por qué nosotras?

—Sí. ¿Cómo?

—Que ustedes dos se entreguen a ellos. Se sabe de sobra... ¡no lo voy a saber yo, toda una Marquesa!... que una de las características de esta raza inferior es que su odio por nosotros se encarna en su codicia por nuestras mujeres. ¡Darían cualquier cosa por la sublime experiencia de hacer el amor con una de nuestra raza...!

—¡Horror! —exclamó Melania dejando caer su frente alabastrina sobre su mano crispada en la mesa.

—¡Qué sacrificio nos pides! —lloró Aglaée, desplomándose en la alfombra y ocultando su rostro lloroso en el regazo de su hermana mayor.

Al verlas, Zoé, enfurecida las arengó:

—¡Estúpidas! ¡Cobardes! ¿No se dan cuenta que todo esto no es más que una confabulación entre esos ladrones de mala cuna, el tío y esa bastarda sinvergüenza? ¡Cobardes, una y mil veces cobardes! Si yo tuviera la edad de ustedes en vez de los siete años que tengo y por lo tanto no soy apetecible para nadie salvo para un degenerado, que dudo que estos salvajes lo sean porque carecen del refinamiento necesario, yo no titubearía en entregarme no una, sino mil veces para defender lo nuestro. ¡Ah, si yo tuviera tus tetas y tus nalgas, Melania; si tuviera tus lindos brazos y tus ojos de cervatillo, Aglaée, las cosas que haría...!

No había tiempo que perder porque, según dijo Zoé, cuando los oyó, los buhoneros estaban enganchando los caballos previo a entrar a comer algo y partir.

Los demás, conduciendo a Melania y Aglaée por los pasillos oscuros hacia el despacho del tío Hermógenes, hubieran querido entonar esos salmos que entonaban los antiguos al conducir a las doncellas al sacrificio. Oyeron voces en el despacho: Adriano, Wenceslao y Francisco de Asís conferenciando. Mientras esperaban que salieran, Juvenal ocultó a su grupo en una habitación contigua y aleccionó a sus primas: promesas, muchas promesas y no separarse una de la otra para no tener que cumplirlas; seducirlos para que las siguieran hacia arriba, hacia el salón de baile donde Aglaée debía seducirlos con el arpa y Melania con una mazurca que los enardecería; pero resistir, aplazar el premio, que para eso durante generaciones se había entrenado a las mujeres de la familia, Melania con sus hoyuelos, Aglaée con sus pestañas gachas, hasta que los que se quedaran trabajando abajo, una vez cumplida la tarea, volvieran a rescatarlas. Cayendo sobre los facinerosos, los encerrarían en una de las mansardas.

Cesaron las voces en el antiguo despacho. Oyeron pasar a Adriano, a Wenceslao, a Francisco de Asís y esperaron que se alejaran sus pasos para entrar: empujaron a las dos muchachas hasta el centro de las tinieblas y ellos se ocultaron en un rincón desde el que se veía, a través de los barrotes de la ventanilla, a los dos nativos de Malvina dándole los últimos toques al carromato en el patio del mercado. Melania y Aglaée avanzaron hasta la ventanilla, corrieron los barrotes que encontraron sin candado: se abrazaron y besaron, y después de decirse que con seguridad ésta era la última vez que se abrazaban tal como habían nacido pero que estaban dispuestas a todo con tal de echar por tierra los siniestros designios de Malvina y del tío Adriano, apretando sus crinolinas para caber, salieron una en pos de la otra por la ventanilla, acercándose cimbreantes a los nativos, que al verlas abandonaron su trabajo.

Desde la oscuridad del despacho los demás se quedaron observando a Melania y a Aglaée que se contoneaban y reían allá afuera, junto a los caballos de los buhoneros. Cuando vieron acercarse a los cuatro de vuelta a la ventanilla, los otros se escondieron, dejándolos salir y perderse escaleras arriba antes de comenzar su parte del trabajo: primero que nada soltaron a los caballos, arreándolos para que se perdieran en la llanura, y la casa, de nuevo, quedara aislada, como debía ser porque sus padres así dispusieron que quedara hasta su regreso. Arrastrando el carromato a las caballerizas, donde por falta de vehículos y animales de tracción ya nadie entraba, lo sepultaron bajo montones de paja donde sería dificilísimo encontrarlo. Tardaron tanto en esta agotadora operación que cuando subieron, finalmente, al amanecer al salón de baile para rescatar a Melania y Aglaée, éstas tenían el aire de no haber sido capaces de resistir el ímpetu de los antropófagos disfrazados de buhoneros. Cayeron sobre éstos. Los maniataron y amordazaron. Los llevaron, como estaba proyectado, a encerrarlos en la mansarda más recóndita, donde nadie los podía oír, y sin buhoneros y sin huella del carromato, era como si hubieran partido llenos de mensajes a parlamentar con Malvina sobre los altos precios que exigían los productores del oro laminado a mano.

Durante la supuesta ausencia de los buhoneros comenzó un período de grandes trabajos en Marulanda en espera de las dádivas de su regreso. Los nativos que volvieron a las minas produjeron rápido y en abundancia —es preferible no extenderse sobre la calidad— con el incentivo del mercado que de nuevo se abría: las lejanías de la llanura, con esto, parecieron haber resucitado, resonando con el ulular repetido por los nativos desnudos que llegaban a la casa de campo portando fardos y más fardos de oro. En la balanza del tío Hermógenes instalada entre los desvencijados muebles de mimbre blanco de la terraza del sur, transformada ahora en lugar de trabajo, Adriano con sus ayudantes pesaba los fardos marcando con tinta violeta en su superficie no un número, como antes, sino el nombre de quien lo traía, y después de inscribir peso y nombre en un librote parecido al de Casilda sólo que recién estrenado, lo almacenaban no en secretas bóvedas sino donde todos quedaran edificados con la visión del fruto del trabajo: en la galería de las mesas de malaquita y en la biblioteca. Niños y nativos, guerreros y cocineras, músicos y artesanos circulaban atareadísimos por todas partes, como si la casa fuera una factoría.

Confundida con ellos circulaba la figura cotidiana pero señera —padre, confesor, guía, inspirador— aunque accesible a todos ellos salvo que más sabia, de Adriano Gomara. Los labradores cavaron en el parque acequias nuevas y plantaron frutales, que con el inmejorable clima de Marulanda madurarían en poco tiempo. Ya nadie pintaba letreros en los muros. No necesitaban hacerlo porque durante un tiempo la población entera —menos los del *piano nobile*, que rara vez salían de su guarida de modo que pronto los demás los olvidaron— comenzó a abrigar la esperanza de que todo, por fin, anduviera bien.

Wenceslao, atento, sin tarea fija más que la de observar porque la desilusión le impedía exponerse a recibir órdenes de su padre que en conciencia no podía ejecutar, se daba cuenta de que a medida que se iba extendiendo el tiempo de la ausencia de los buhoneros su padre se iba desintegrando. Y su espera histérica de ese regreso chamuscó la fe de su hijo en él como agente del cambio mediante la cordura, ya que por mucha ayuda que trajeran los buhoneros era sólo una ayuda, solución a los problemas momentáneos que no consultaba la solución al problema mayor de qué se iba a hacer cuando regresaran los Ventura con todo el poderío de sus coches y sus sirvientes. No. No. Los proyectos, las inquietudes, las esperanzas de su padre eran todo parches.

No sólo Wenceslao se inquietaba. Para Mauro todo el asunto de los buhoneros no era más que una componenda a la que él y los suyos se negaban a sumarse. Y en este compás de espera recorría el parque y la casa con sus hombres como si oliera algo, rastreando, rebelde a toda acción cuya estructura no estuviera impuesta por sus propios proyectos, preparándose para la acción que no sabía cuándo, ni contra qué, exactamente se produciría.

Una buena tarde, al subir a revisar las mansardas para tomar nota del espacio aún disponible para instalar a cierto número de familias recién llegadas, descubrió a los dos buhoneros maniatados y amordazados, a los cuales los del *piano nobile* traían, ellos mismos explicaron, algo de comer de cuando en cuando. Mauro, al instante, corrió con la noticia donde Adriano porque podía considerarse como un triunfo de sus posiciones ya que exhibía los nefastos métodos del *piano nobile*. ¿Valía la pena preguntarse o preguntarles quién lo había hecho? ¿Y para qué y por qué? ¿No echaba esto por tierra todos sus planes? ¿No significaba que jamás hubo espe-

472

ranzas de nada con los tales buhoneros, que todo fue un humillante espejismo? Encontraron, también, el carromato arrumbado en el patio del mercado. Y enfrentando a Adriano Gomara con la jaula de su locura que era la misma que la jaula de sus esperanzas, le dijo de frente que si quería acción positiva tenía que ser él mismo quien viajara en el carromato con los buhoneros a la capital no sólo para parlamentar con Malvina, sino con el fin de buscar gente idónea para que lo apoyara. Adriano respondió:

—Quisiera ir pero no puedo. Estoy fuera de la ley. La justicia me considera criminal, y sólo porque la familia Ventura me disfrazó de loco para salvar su reputación hasta ahora no he caído en sus manos. Soy peligroso como uno de esos antropófagos que penan sus imaginaciones. Tengo que desarrollar mi labor oculto, aquí, en Marulanda.

Contra las órdenes de su tío Adriano, contra las argumentaciones de Wenceslao, contra las razones de Francisco de Asís y los ruegos de Cordelia que veía sobrevenir el caos justo cuando iba a dar a luz, Mauro tomó prisioneros a los del *piano nobile* y los encerró en la choza más miserable del caserío, obligándolos a trabajar de sol a sol en las huertas, las frentes alabastrinas ahora tan quemadas como las de los nativos, las manos roñosas y llagadas, los músculos doloridos, volviéndolos a encerrar al anochecer. Adriano ya no sabía cómo dominar a las familias que, acudiendo a solicitar amparo en la casa de campo, se hacinaban allí. ¿Cómo satisfacer sus modestas pero múltiples demandas, cómo procurarles los alimentos que escaseaban cada día más? ¿Cómo neutralizar la influencia de Mauro que, exaltado y confuso, se paseaba entre ellos predicándoles que no toleraran esta situación, que exigieran más y más, ahora mismo, porque tenían derecho a hacerlo ya que ellos y

473

sus antepasados eran los verdaderos dueños del oro con que se construyó la mansión?

Malvina no volvió a mandar emisarios: sabía todo lo que necesitaba saber sobre la inestabilidad de la casa de campo, que siguiendo el previsto proceso de deterioro, se iría haciendo cada vez peor. Y con impaciencia esperaba el regreso de los Ventura para llevar a cabo el proyecto que no sólo la enriquecería a ella y a sus socios, sino que destruyéndola, arrebatándole la realidad de su poder y colocándolo en otras manos, se vengaría de las humillaciones infligidas por su familia.

3

ERA una de las mañanas de sol más espléndidas del verano, como si los hados, siempre tan propicios para los Ventura, la hubieran montado expresamente para procurarles placer: transparente, tranquila, no demasiado calurosa pese a lo avanzado de la estación, y la llanura ya no blanca de platino sino nevada por la docilidad de los copos maduros que se extendían hasta el horizonte, según le señalaba Hermógenes con el brazo extendido a la extranjera que, no obstante la protección de sus tules y su sombrilla forrada de verde, escrudiñaba el gran espacio con los ojos fruncidos, quejándose que la resolana aquí era mucho más hiriente que en su país.

Detrás de ellos, alborozados, bajaban los demás Ventura rodeando a sus amigos, regocijándose con ellos ante la perspectiva de una jornada tal vez tan memorable como la del paseo anterior. Poco les había costado —como corresponde a personas civilizadas— ponerse de acuerdo: harían un *picnic* junto a la laguna de arena nacarada que Celeste —ausente con Olegario terminando su *toilette*; pronto bajaría a reunírseles— llamaba con tanta propiedad Cythère; y después del almuerzo, quizás incluso después de una breve siesta, los hombres partirían hacia las minas, recogiendo a sus esposas al atardecer para regresar juntos a la casa de campo.

Al aproximarse a los coches detenidos ante la reja los acogió no el desagradable olor a bestias esperándolos inmóviles desde la mañana, sino el refinado olor, tan inglés, de cuero, cuero de arneses y de asientos, porque en cuanto un corcel terminaba sus funciones orgánicas las limpiaba un caballerizo entrenado para hacerlo. Los criados habían pasado la noche en vela preparándolo todo bajo las órdenes del infatigable Mayordomo. Lidia les había impartido instrucciones para que tanto el cocaví como la utilería del paseo estuvieran dispuestos y ordenados en los coches desde al amanecer de modo que, una vez que los sirvientes ocuparan sus puestos obedeciendo las disposiciones de Anselmo y Terencio que lo comprobaban retrocediendo por la fila de vehículos que se perdía detrás de las caballerizas, bastara un chasquido de los dedos de Hermógenes para que la cabalgata se pusiera en marcha y comenzara a internarse en la llanura. Piafaban, inquietos, los caballos pateando el suelo; restallaban las fustas, los rebenques, rechinaban las portezuelas. El grupo de damas y caballeros charlaban amenamente junto a los primeros coches antes de subir. Éstos permanecían vacíos, exceptuando, claro, a los cocheros y a los mozos ya listos en casi todos los pescantes: dos amplios *landaux*, la berlina color rana de Malvina, un par de victorias, y una mazacotuda carroza cerrada por cristaleras y cortinillas de felpa en la que viajaría Adelaida porque temía al traicionero sol de esta época del año. Y la larga, interminable cola de coches ordenados en seguida de éstos, atestados de bultos, municiones, comida, sirvientes, donde se divisaban en primerísima y ansiosa fila los bigotitos tiritones del Chef

475

como proclamando con su presencia que si bien en este momento su papel era deslucido frente al del Mayordomo y al del Caballerizo, a la hora de comer, dentro de poco, él sería la estrella incuestionable.

Mientras charlaba con el grupo de elegantes viajeros junto al *landau* de la cabeza, con una insignificante pero autoritaria señal del dedo, Hermógenes mandó al Mayordomo que subiera al pescante del primer coche. Éste obedeció, instalándose allí con los brazos cruzados sobre su recamada pechera y con la vista fija ante él. Cuando Hermógenes se dio vuelta para invitar a la extranjera, que según la etiqueta familiar debía presidir el primer coche, ésta, por timidez o tal vez por ignorancia de ciertos refinamientos del trato, se escabulló, yendo a instalarse con su hijo rubio y con Melania en el segundo coche, un estupendo victoria con la capota enarbolada como una concha. Aunque nada de esto correspondía a sus planes, Hermógenes prefirió aceptarlo antes que enredarse en explicaciones y perder el tiempo en cambios, y se dio vuelta para disponer, entonces, de las plazas del primer coche que la extranjera había dejado vacías: pero vio que no estaban vacías, que ya las ocupaban los dos extranjeros mayores y Malvina, lo que no dejaba de tener cierto sentido por ser los más importantes, junto a los que él, naturalmente, en cuanto terminara de reestructurar la política de los asientos, se acomodaría invitando tal vez a Berenice para alivianar el ambiente con su charla insulsa. Pero cuando se volvió para buscar a su cuñada, sus ojos tropezaron con el tercer coche, la berlina color rana de Malvina, ya ocupada por su obsceno, su incomprensible, su injustificable compañero —sobre el que por el momento prefería no meditar— instalado allí, durmiendo como si nada de lo que ocurría saliera en absoluto de lo previsto. Y sin necesidad de la señal de Hermógenes, con la espontaneidad brutal de lo que está

476

dispuesto y compuesto desde hace mucho, mucho tiempo, saltó un cochero al pescante junto al Mayordomo, agarró las riendas, azotó a los bayos, y el *landau* arrancó a toda carrera mientras los Ventura, sólo levemente sorprendidos al principio, se retiraban un poco para dejarlo pasar sin que estropeara sus espléndidas vestiduras de excursión.

No fueron ellos, por cierto, los únicos sorprendidos: estoy seguro que mis lectores, extrañadísimos, se estarán preguntando por qué hice saltar a un cochero desconocido y no a Juan Pérez, como otras veces en mi relato, al pescante junto al Mayordomo. No lo hice porque en ese mismo momento nuestro villano, desde la ventana del dormitorio de Balbina, atenazado entre los musculosos brazos de su hermano Agapito, presenció el arranque del primer coche, pateando, mordiendo, tratando desesperadamente, innoblemente, de desasirse. La noche de Juan Pérez había sido agotadora, deambulando por cuartos y pasillos, sin proyecto ni dirección, buscando a Agapito con una vaga intención de matarlo. Al alba, finalmente, cuando la luz blanca de las gramíneas de afuera se filtraba por los intersticios transformando los volúmenes de los muebles y las aristas de las puertas en bosquejos, los dos hermanos se encontraron en la habitación de Balbina, de donde Agapito no había salido desde que llegó. No fue cuestión de pelear: Agapito, que esperaba a Juan Pérez —pero esperaba una entrada violenta, triunfadora, seguido de un piquete de forajidos, no convertido en este guiñapo solitario que se autofagocitaba sin misericordia— saltó sobre él y lo aprisionó, diciéndole que su venganza sería condenarlo a no ir al paseo de los poderosos sino hacerlo permanecer en el infierno de la casa de campo, compartiéndola con los vencidos y los acreedores de conmiseración. Así, atenazado, lo acercó a la ventana y dominándolo con una mano alzó la cortina con la otra para que viera lo que transcurría abajo: al ver arrancar el primer carruaje, comprendiendo lo que sucedía, lanzó un alarido tan salvaje como si le descuajaran ese órgano que tenía en lugar de corazón. Agapito lo soltó porque al sentirlo tan dolorido no fue capaz de completar su venganza y Juan Pérez corrió escaleras abajo aullando que no se fueran, que lo esperaran, cruzando los salones a toda carrera hasta salir a la terraza bramando que no se fueran sin él, saltando balaustradas y pavos reales, evónimos calcinados y acequias, cayendo y volviendo a levantarse hasta llegar afuera de la reja cuando ya habían pasado todos los coches nobles de la cabecera casi vacíos, y se perdían entre remolinos de tierra y vilanos en dirección a la llanura. Los señores, que ya habían tenido unos minutos para darse cuenta que traicionados por una fuerza con la que no habían sabido contar, se agarraban de los coches, chillando, desharrapados, rotos los vestidos y abandonados los sombreros, las manos sangrantes, sus rostros pateados por las botas de los sirvientes rechazándolos desde los veloces coches serviles que antes desdeñaban, sus coyunturas machacadas por las culatas de los rifles para que soltaran aquello a lo que lograban prenderse en segundo, y caían esas muñecas efímeras con los rostros manchados por contusiones y tierra y con los bucles revueltos, esos maniquíes cuyas voces arrulladoras ahora gritaban ásperas imprecaciones, Eulalia rodando por el barro, Hermógenes con la cara ensangrentada por una patada, Adelaida derribada sobre bostas tratando de reunir el detritus de la dignidad para incorporarse, mientras junto a ellos pasaban los coches estruendosos llenos de criados vociferando respuestas soeces a las imploraciones que sus gargantas, ásperas de polvo, secas de sed, atascadas de vilanos. Ya eran incapaces de formular, sólo de gemir, sólo de sollozar, sólo de rogar, hasta que pasó el último vehículo —una miserable carretela atestada de pinches de cocina absurdamente jóvenes que canturreaban, tal vez con la intención de burlarse de ellos—, y Silvestre acezando, y Hermógenes ensangrentado, y Terencio cojeando, y Berenice y Lidia corrieron en pos de la carretela implorando a los impúberes pinches de cocina que estaban enterados de algo que ellos no sabían y pertenecían a una conjura que a ellos los excluía, prometiéndoles oro, objetos, libertad, poder, que se estaban dando cuenta en ese momento mismo que acababan de perder definitivamente, hasta que la innoble silueta del último carricoche se perdió en el polvo veraniego que los estaba ahogando y que con seguridad terminaría por tragárselos también a ellos.

Al cabo de un rato, los que siguieron a los coches retornaron anonadados, como espectros, a reunirse con los derribados o los sentados en tierra, que no comprendían, como antes, cuando se sabían con derecho a comprenderlo todo y a definir al instante cualquier situación según sus propios parámetros. Pero pronto percibieron que, desde el litoral de esta marea de polvo que parecía que no iba a asentarse jamás porque se hallaba suspendida en la atmósfera por leyes autónomas, los iban cercando figuras embozadas por la polvareda: de momento no las identificaron, aunque poco a poco, lentamente, fueron avanzando hasta formar un círculo en torno a los Ventura. Estos fantasmas los rodeaban como si fueran bestias dañinas que es necesario acorralar para destruir cruelmente ahora que se encontraban débiles y desvalidos, sin siquiera comprender los castigos que los hados, siempre favorables, ahora les estaban dejando caer encima.

Pronto se dieron cuenta, sin embargo, que las figuras semiaparecidas no eran patibularias, ni traían intenciones que en esencia fueran hostiles. Para empezar, y aunque no supieran precisar qué en ellas los delataba, se trataba de figuras tan desvalidas, o más que ellos mismos: los niños de Marulanda, en silencio, se atrevían por fin a acercarse a sus padres sin necesidad de ser convocados mediante un ritual. La neblina y el polvo todavía homogeneizaba sus figuras, pero sus facciones estaban dotadas sólo de una perturbadora fijeza en los ojos, que fue lo primero que traspasó la cortina de niebla. Avanzaron hacia sus padres buscando cada cual al suyo entre los cuerpos caídos en la tierra, como después de una batalla se busca entre los rostros igualados por la muerte algún detalle que identifique a un ser querido. Inclinándose sobre ellos se atrevían a tocarles apenas un bucle para despejar un rostro, limpiar un tizne para reconocer el gesto de una boca, enjugar unas gotas de sangre para aliviar, recogiendo una sombrilla averiada para restituir con ella a su dueña cierto grado de entereza, una redecilla inútil que contenía quizás un pañuelo perfumado o sales, un bastón roto por las ruedas de un coche. La polvareda aún difuminaba la luz del sol sin hacerla menos brutal: se estrechaban tanto las pupilas, que la gran llanura, el espectro de la gran casa y de la reja de las lanzas y de los restos del parque, y las figuras cojeando o derribadas que lloriqueaban enceguecidas por las lesiones y el agotamiento producido por el desastre ocurrido en los últimos minutos, parecía todo inscrito dentro de un marco diminuto y sin profundidad.

Por último, los niños ayudaron a quien lo necesitara a ponerse en pie. Mudos, apoyando a sus progenitores, los ayudaron a moverse para salir de la horrorosa polvareda y buscar refugio en la casa donde debían encontrar alivio.

Capítulo Catorce

LOS VILANOS

1

LA POLVAREDA que dejó la cabalgata jamás terminaría
de asentarse: la persistente camanchaca que ocultaba no
los objetos sino las profundidades, no estompaba nada
para el ojo del observador, sugiriéndole, eso sí, que sería lícito interpretar a los demás, a la casa, a la reja, y, en
fin, al universo entero como figuras bordadas en un velo
blanco con la misma materia de ese velo del que sería
imposible arráncarlas. No se trataba, claro, de una polvareda, que, como se sabe, finalmente cae: era más bien
una emulsión que no enturbiaba, una vaharina empe-
ñada sobre todo en demostrar su autonomía frente a la
gravedad. Los pequeños vilanos, en un comienzo irreconocibles como tales porque por su abundancia semejaban polvo, dieron paso al cabo de unos minutos —o
quizás fuera sólo cuestión del tiempo que tomó identifi-
carlos como lo que eran— a vilanos mayores, esferas sin
peso que jugaban en el aire. Los niños menores fueron
los primeros en reconocerlos al seguir la retirada de los
grandes hacia la casa, y recordando el otoño anterior,
los celebraron al perseguirlos por las escaleras gritando:

—¡Los vilanos!

—¡Qué tontería! —exclamó Adelaida remontando las
gradas—. Se sabe con toda certeza que esto de las borrascas de los vilanos en Marulanda es una perversa invención de los antropófagos, que con ella no sólo pretenden rebajar el valor de nuestras magníficas propiedades

481

sino atemorizarnos para que no vengamos aquí más que en verano, dejándoles libertad durante nueve meses del año en que pueden vivir según los dictámenes de sus bárbaras leyes...

En ese momento, como una feroz palmada, sopló sobre los Ventura —parte infinitesimal de la inmensidad de gramíneas maduras que también la sufrieron— el primer golpe del cierzo. Casi derribó a las figuras que subían las escalinatas para refugiar su derrota dentro de la casa: heridos, maltrechos, no se aplicaban aún a interpretar la magnitud de la humillación recién recibida. El viento que de momento restituyó casi por completo su transparencia al aire pareció impeler a Adelaida: enarbolando su chafada sombrilla y recogiendo la cola de su vestido, siguió, impertérrita y soberana, ascendiendo hacia la casa, escoltada por un pavo real. Abrió de par en par la puerta del gabinete de los moros, y canturreando por lo bajo extendió sobre el tapete verde el solitario más complicado que en su diminuta cabeza cabía. Al cabo de un rato, el aire del gabinete hinchado de vilanos era sólo penetrado por los ojos de botón de Adelaida intentando descifrar las cartas de la mesa sin doblar el cuello, y por las constelaciones de ojos de la cola del pavo real encaramado en el respaldar de la silla más enhiesta para seguir desde allí las peripecias del juego.

Los demás Ventura permanecieron reunidos sobre las gradas apoyados unos en otros y en sus hijos, en sus sombrillas y en sus bastones quebrados, para no caer hechos escombros. Pero mientras lo consideraban —subir sería un martirio para sus voluntades y sus piernas vencidas; se necesitaba la falta de sensibilidad de Adelaida para acometer tal empresa— cayó el segundo golpe de cierzo estremeciéndolos con la densidad de la nube que trajo, y haciéndolos doblarse no tanto para resistir el embate como para descender, disminuirse, ceder, los únicos movimientos posibles para sus menguadas fuerzas. Cuando pasó el golpe y el aire recobró su transparencia, fue Anselmo quien, alzando la voz del pánico, gritó:

—¡A las caballerizas! ¡No debemos considerar que estamos perdidos! ¡A los coches, a los caballos! ¡Sería criminal, aunque es verdad que nosotros lo hicimos con nuestros hijos, que no nos hubieran dejado medios para movilizarnos! Si nos damos prisa quizás podamos, antes que arrecie la tempestad y el viento ya no aclare nada sino que, al contrario, aporte mayor condensación de vilanos, alcanzar nuestra querida laguna para encontrar refugio y solaz...

—¡A la laguna! ¡A la laguna!

—¡A los coches...!

El cierzo despejó una vez más el aire, esperanzándolos con su lozanía, aunque a esta altura ya la sabían fugaz. En tropel, como para aprovechar la claridad, volvieron a bajar, cruzando el rosedal devastado, sus hijos a la zaga tratando de convencerlos de quedarse porque dentro de la casa de campo nada definitivamente malo podía ocurrirles —ellos conocían los vilanos; los habían sufrido el año en que los abandonaron para ir a la excursión— si hacían lo que ellos les enseñarían a hacer. Los grandes no obedecieron, atropellándose en su éxodo desenfrenado rumbo a las caballerizas. Las encontraron desiertas. Ningún caballo, ningún coche, ningún burro, sólo cadáveres de animales recientemente sacrificados. Había sido perfectamente intencional —la conjura era ahora evidente— de parte de Malvina, los extranjeros y el Mayordomo dejarlos aislados en la casa de campo mientras ellos no sólo se ponían a salvo de los vilanos en las montañas azules, proyectando tal vez un dilatado descenso por la otra vertiente; se adueñarían también de sus tierras, de sus minas, y de la recoleta laguna agraciada con las cataratas y los nenúfares de ensueños.

Pero no: no se habían llevado todos los coches. Como en otra ocasión que mis lectores sin duda recordarán, dejaron en las caballerizas el inverosímil carromato del tío Adriano, cuya destartalada silueta junto con la de la mula que Juan Pérez estaba intentando enganchar divisaron en el momento en que el viento alzó un paño de la cortina de vilanos. Los Ventura corrieron en esa dirección, y sin dirigirle la palabra a Juan Pérez porque era como si estuviera cumpliendo con un deber que desde hacía mucho tiempo le hubiera sido asignado, abrieron la portezuela de barrotes del vehículo, y encogiéndose como fieras de circo para entrar, ayudándose unos a otros, comenzaron a subir al carromato enredados en levitas y crinolinas y rígidos de polainas y corsés.

Si hubieran tenido la lucidez para detenerse a pensar un instante se hubieran dado cuenta que el carromato, con tal carga, no iba a poder ser arrastrado por una sola mula. Eso fue lo que les gritó sin ceremonia Juan Pérez mientras trabajaba: que bajaran al instante, que el carromato era exclusivamente para su uso, de modo que no siguieran subiendo. Su rostro chupado, amarillento, sus manos febriles lo ataban a la labor que desarrollaba para salvarse, o, más que para salvarse, para acudir a reunirse con los traidores, ya que no soportaba esta vocación suya, de pronto inconfundible, de traicionado.

Con el desbarajuste de la mañana los grandes no habían advertido entre los niños la presencia de Wenceslao, porque como estaban acostumbrados a identificarlo como la *poupée diabolique* y ahora llevaba atuendos viriles —junto con Balbina fue liberado de la torre por Agapito en cuanto huyó su hermano— era difícil reco-

nocerlo sin peluca y sin falda. Ni siquiera los niños lo
habían identificado. Pero cuando los vio tratar de subir
al carromato en pos de sus padres, los interpeló de esta
manera:

—¿No se dan cuenta, imbéciles, que la salvación en
la laguna es imposible no sólo porque para empezar no
existe, sino porque dentro de pocos instantes va a ser
peligroso salir de la casa..., será incluso peligroso permanecer dentro de ella..., y las ráfagas de vilanos cada
vez más espesas los matarán?

—¿Puede Su Merced proponer una solución más ex-
pedita? —preguntó Juan Pérez desde el lomo de la mula
ya enganchada, desdeñando todo lo que no fuera puro
terror.

—Sí.

—¿Cuál?

—La convivencia en Marulanda según las costumbres
tradicionales que pueden enseñarnos los que conocen la
región mejor que nosotros.

—¿Enseñarnos qué? ¿A practicar la antropofagia?

Wenceslao se calló un instante antes de contestar con
plena certeza:

—Lo que tú, lo que ustedes llamarían antropofagia,
sí. ¿No son, de una manera mucho más real, antropófagos tú y el Mayordomo, y ahora es claro, Malvina y los
extranjeros además de nuestros padres instrumentaliza-
dos por los que son más poderosos que ellos? ¿No es
característica de salvajes proponer la propia impunidad
sólo porque se maneja el poder? Tenemos derecho a
exigir que tú, o mejor aún, que quienes representas no
sólo den alguna explicación, sino que reciban un castigo
proporcionalmente terrible.

—Yo soy yo: no represento a nadie.

—Eso es tan imposible que parece una ingenuidad.

—¡Prefiero morir ahogado por los vilanos de la lla-

485

nura que ser la sombra de otros!

Un gran alboroto, entretanto, independiente del diálogo que acabamos de escuchar, rodeaba la portezuela del carromato, como si todo fuera a definirse en esa confusión de exclusiones, amenazas, prioridades. Hermógenes intentaba imponer una autoridad que ya no contaba frente a los ruegos de los que se iban y de los que se quedaban, exacerbados por la prisa de los que ven el desenlace demasiado cerca para considerar matices. Los padres estaban obligando a bajar del carromato a los niños que se habían trepado a él, gritándoles que no había lugar en la jaula, y quedaron sólo los grandes, con Zoé, cuya furia ante el hecho de que la excluyeran del proyecto de salvación la hizo debatirse con tal violencia que resultó imposible dominarla. Juvenal, dándose cuenta, de pronto, que el entusiasmo del terror comunitario lo estaba impulsando a huir sin siquiera considerar que dejaba en la casa de campo a Celeste y a Olegario sobreviviendo para llevar a su culminación una retórica que —amor o no amor— los definía, prefirió el encierro con ellos en el seguro infierno de la casa antes que aventurarse en la llanura, y haciendo a un lado a los demás que se hacinaban junto a la portezuela, bajó de un brinco. Mientras tanto, despojada de toda sensualidad salvo de aquella que la hacía aferrarse a lo que apostaba como salvación, Eulalia cerró de un golpe la portezuela para impedir que Anselmo subiera, gritándole a Juan Pérez que partiera de una vez para verse libre por fin de ese hombre:

—¡Vamos! —gritó Hermógenes desde dentro de la jaula.

—¡Antropófago! —le gritó Juan Pérez a Wenceslao azotándole la cara con el rebenque y azotando en seguida a la mula.

Wenceslao se cubrió la cara con ambas manos como

si el golpe le hubiera hecho trizas la calavera. Pero crispando sus dedos sobre su rostro para obligarse a no cubrirlo y verlo todo con la lucidez más extrema, fue retirando sus manos y era como si retirara algo que el azote de Juan Pérez había destruido dejando un antifaz de carne muerta que, quitándoselo, estaba descubriendo su verdadero rostro. En el aire que comenzó a hincharse otra vez de vilanos, a través del dolor, pudo ver que el carromato, moviéndose muy lentamente, arrastraba a algunos niños implorantes pegados aún a sus barrotes: laboriosamente, rengueando, la mula se había puesto en movimiento cabalgada por el condenado que se encogía contra la borrasca, remolcando el destartalado vehículo que una nueva racha de vilanos pronto anuló.

2

Unos momentos después, los niños que no pudieron seguir prendidos a los barrotes del carromato regresaron siguiendo a Anselmo, cuyos ruegos no lograron derretir el corazón de ninguno de los viajeros, y se reunieron con el otro grupo de niños. Aterrorizados, pero juntos, comenzaron a hendir la tempestad buscando el camino de regreso a casa. Al pie de la escalinata de la terraza del sur se encontraron con una especie de procesión, que emergiendo de las gramíneas enloquecidas se desplazaba con tal lentitud que parecía no moverse: era otro ritmo, un tiempo distinto al normal el propuesto por este desfile de seres ataviados con mantas a rayas y cascos de oro, pero portadores de tanta convicción frente a los remolinos de vilanos, que el grupo de niños que huía desatentado se unió con naturalidad a ellos, adoptando en seguida su ritmo inverosímil. Avanzaban poco. En cada escalón se detenían como para descansar.

Y volvían a subir otra grada sólo al cabo de un rato, como si tuvieran que preparar o meditar cada movimiento, como obedeciendo al espaciado son de un triángulo que alguien del grupo tañía. Llevaban los labios apretados, las manos unidas sobre el pecho, los ojos cerrados dejando sólo la ranura más leve bajo las pestañas que debía bastarles para ver. Embozados en mantas para proteger sus rostros, parecían máscaras todas iguales clausuradas contra los embates de los vilanos. Incluso el rostro de Ludmila, ·y el de Balbina apoyada en Agapito, que venían con ellos, semejaban ahora rostros de nativos. El que llevaba el triángulo, de cuando en cuando, entre silbidos y estruendos de los torbellinos que parecía que iban a arrebatar a estos personajes del ejercicio de la gravedad, tocaba una nota individual, diáfana en tanta opacidad, definida en tanta blandura, ordenada en una melodía muy espaciada, pero melodía al fin, que iba marcando el paso ascendente del compacto grupo. Rosamunda, Cipriano y Olimpia tomaron la mano de Ludmila. Wenceslao, la de su madre, y sin abrir la boca le preguntó a Balbina de dónde venían. Ella, también sin abrir la boca, le contestó que de enterrar el cadáver de Arabela, y abrazó a su hijo que, le dijo Agapito, aún no sabía la muerte de su prima.

Las puertas del gabinete de los moros permanecían abiertas, como las dejó al entrar la temeraria Adelaida. Zamarreadas, el viento había roto sus cristales, dando paso a vaharadas de vilanos. Adentro, éstos perdían el carácter cataclísmico que según hemos visto tenían afuera, ese atroz acontecimiento meteorológico que succionaba, devolvía, revolvía la nubada: en el gabinete, los vilanos constituían más bien una estable neblina ingrávida de separación entre las cosas y las personas, confundiendo a los moros y demás personajes decorativos de la estancia con los protagonistas de esta novela, disfrazando tanto a unos como a otros, al adherirse a ellos como una curiosa vellosidad o plumosidad que difuminaba sus contornos.

El sitio junto a la mesa de juego ocupado antes por el pavo real —sensato, había huido a buscar cobijo— estaba ocupado ahora por Celeste, que habiendo por fin bajado luminosamente vestida del más tierno color salmón ya estaba recubierta de pelambre vegetal, como un cisne recién nacido que bajo el vellón revela, al moverse, su piel rosada. Charlaba animadamente con Adelaida: para ellas era aún posible seguir estirando la credibilidad, seguir jugando a que no había pasado ni pasaría nada, seguir pensando que todo era fugaz y sin importancia y se resolvería favorablemente en cuanto bajara Olegario, a quien Celeste esperaba con impaciencia. Cuando la lenta procesión de niños y nativos entró en la sala, las hermanas suspendieron su charla para mirarlos con la misma indiferencia con que se contempla a un fenómeno natural que por serlo es imposible alterar con manifestaciones de la voluntad, y es, por lo tanto, preferible exhibirse pasivas. Al poco rato, cuando la procesión terminó su lento trayecto desde la puerta de la terraza del sur hasta la puerta del vestíbulo de la rosa de los vientos, y aprovechando que como iban embozadas era posible no verlas, Celeste no comentó el curiosísimo detalle de que confundidas en la compacta comitiva iban Ludmila y Balbina, y le dijo en cambio a Adelaida:

—Aunque hace un poquito de viento voy a salir a ver cómo están las *American Beauty*, que en el rosedal florecen a la derecha de la escalinata en esta época del año. Cuando baje Olegario ¿quieres decirle por favor que se encuentre conmigo allí para dar un paseo juntos?

—¿No quieres llevar algo con que abrigarte, quizás un chal...?

—No. Estoy bien así. ¿Por qué no vienes conmigo a ver las rosas que tanto le gustaban a nuestro padre? ¿Le tienes, acaso, miedo a la fresca brisa del otoño?

—¿Yo, miedo al fresco? Ni hablar...

Ambas hermanas se pusieron de pie. Adelaida titubeó pensando en la conveniencia de llevar una sombrilla quizás como apoyo, quizás como protección, pero determinó que ya que iba a hacer las cosas era mejor hacerlas bien y salir desprovista de ayuda para que nadie pudiera decir nada. Tomó del brazo a su hermana y salieron juntas a la terraza como si se tratara del más lindo día de fines de verano.

Pero en ese momento mismo, como una diástole feroz, se hinchó de vilanos el aire y una especie de emulsión hirviente, no una ráfaga esta vez, lo ennegreció todo, pavorizando a Adelaida, que no pudo dejar de verla. Pese a su temple, no resistió el terror y huyó dejando a Celeste afuera, esperando sola.

AL COMENZAR la redacción de esta parte final de mi novela siento un impulso, de aquellos que se suelen calificar de "casi irresistibles", de contar a mis lectores todo lo que le sucede a cada uno de mis personajes después de bajar el telón al terminar mi texto. Tanto me cuesta dejarlos, que miles de preguntas, con respuestas posibles e imposibles, se agolpan en mi fantasía efusiva por su ambición de saberlo todo y explicarlo todo y, en un desenfrenado acto de omnipotencia, repletar de información hasta el último centímetro del futuro sin permitir que nadie, ni siquiera los lectores a los cuales para empezar ofrezco esta narración, se atreva a completar a su manera lo aquí sugerido. Sabemos que Juan Pérez y los Ventura mueren ahogados en la llanura, pero ¿cómo fueron sus últimos gestos, sus manos crispadas, el terror de sus ojos, sus inútiles esfuerzos de salvación?, ¿se casó la deliciosa Melania con el extranjero joven y construyeron un palacio, más lujoso, más moderno, junto a la laguna con cascada y ninfeas si ésta resultó ser algo más que un espejismo creado por Arabela en la mente de Celeste?, ¿en qué se transformó nuestro amigo Wenceslao al hacerse hombre, en ácrata o en lacayo, o, al contrario, cumplió el destino distinto a una y otra contingencia que espero haber sugerido como su gran opción?, ¿qué sucedió con Fabio, con Casilda en su convento de clausura, con el dolor de Juvenal?, ¿logró el Mayordomo culminar su vocación servil engastándose en la máquina de los extranjeros que lo elevarían a una posición casi tan exaltada —pero nunca tanto— como la de ellos sobre la que los conjurados correrían un tupido velo para ocultar el hecho de que en el pasado habría vestido librea?, ¿compraron los extranjeros de patillas coloradas y ojos aguachentos la casa de campo, las minas, la llanura de gramíneas que se extendía de horizonte a horizonte?, ¿y los nativos, qué fue de los nativos, que quizás civilizados por los nuevos dueños repudiarían su supuesta antropofagia ancestral para acatar leyes exóticas?

Aunque yo mismo siento una curiosidad omnívora por saber todo esto y mucho más —pero me doy cuenta que para saberlo tendría que escribir por lo menos otra novela; o, como en algunas novelas del siglo pasado, agregar un epílogo insatisfactoriamente esquemático para redondear cada destino—, me veo excluido en forma dolorosa de las infinitas posibilidades narrativas que tendrá que ocultar mi silencio, y para paliar la contradictoria angustia producida por la necesidad de abandonar el campo en el momento justo sin la cual no hay arte, me digo a mí mismo que la vida real, en efecto, está constituida por anécdotas a medio terminar, por personajes inexplicables, ambiguos, desdibujados, por historias sin transición ni explicación, sin comienzo ni fin y casi siempre tan sin significado como una frase mal construida. Pero sé que justificarme de este modo es apelar a un criterio mimético de la obra de arte, que en el caso de la presente novela es totalmente ajeno a mi empeño porque esta historia hubiera sido otra si la hubiera escrito en esa tesitura. Quitado el freno a pesar mío —el freno de no confundir lo literario con lo real—, se desencadena entonces el desmedido apetito de no ser sólo mi texto, sino más, mucho más que mi texto: ser todos los textos posibles.

Es curioso, sin embargo —y es aquí donde quería llegar—, que pese a que he planteado a mis personajes como seres a-psicológicos, inverosímiles, artificiales, no he podido evitar ligarme pasionalmente a ellos y con su mundo circundante, del que es tan imposible extraerlos como es imposible separar a un cazador de Ucello, por ejemplo, de la pradera por la que transita. En otras palabras: pese a mi determinación de no confundir lo real con el arte, me está costando terriblemente esta despedida, conflicto que toma la forma literaria de no querer desprenderme de ellos sin terminar *sus* historias —olvidando que no tienen más historia que la que yo quiera darles— en vez de conformarme con terminar *esta* historia que, de alguna manera que no acabaré nunca de entender, es, sin duda, la mía.

El telón tiene ahora que caer y las luces apagarse: mis personajes se quitarán las máscaras, desmontaré los escenarios, guardaré la utilería. Ante la terrible perspectiva del adiós al quedarme sin ellos y sin su espacio después de tan largo hábito de convivencia, siento una oleada de inseguridad: dudo de la validez de todo esto y de su belleza, lo que me hace intentar aferrarme a estos trozos de mi imaginación y prolongarles la vida para hacerlos eternos y frondosos. Pero no puede ser. Tienen que terminar aquí, porque debo recordar que si los artificios poseen vida, poseen también muerte para que no lleguen a devorar como monstruos al autor; y, sean lo que sean en apariencia, son, sobre todo, hijos de la razón y tributarios de la medida. Lo que queda, entonces, en el momento de bajar el telón y apagar las luces, será cuestión de lo que mis lectores hayan sido capaces de recoger, es decir, de "creer" sin necesidad de apelar a paralelos en su experiencia; si han sido, sobre todo, capaces de establecer una relación pasional paralela a la mía entre ellos y las figuraciones de este espacio de mi fantasía del que me está costando tanto trabajo desligarme.

No termino aún. Es necesario, lectores míos, leer aún unas páginas porque la esclavizante inercia de ese espacio del que hablo me lleva —nos lleva— aún un poquito más lejos para que yo, sobre todo, que estoy hambriento de ellos, pueda conocer siquiera alguno entre tantos gestos finales que quedarán sepultados en mi silencio.

El nativo que avanzaba como núcleo de la lenta comitiva tañendo el triángulo era el más viejo de todos, investido con la autoridad de quien maneja la sobrevivencia de los demás manejando la propia. Siguiéndolo, cruzaron lentamente el salón de baile, dejándolo subir, como si supiera que ése era el sitio de los *musicanti*, a la tribuna para la orquesta, donde se instaló. El resto de la comitiva, salvo algunos nativos que se tendieron relajados sobre el pavimento ajedrezado, se agolpó, mundana pese a todo, en los cristales de la ventana, mirando desde la relativa transparencia del salón de baile los nubarrones insidiosos de afuera, ese caldo espeso y revuelto que agitaba el espectro de la luz ya perdida. Sin embargo, abajo, en la terraza sur, Celeste, desmelenada, empecinada, continuaba paseándose contra el viento porque hacerlo, aun en las vertiginosas condiciones que lo hacía, probaba lo que con ello se proponía probar, aun a costa de su vida. Pese a que el viento hacía rato le había arrebatado su sombrero, que iba sin abanico ni sombrilla, que llevaba revuelto el vestido de seda rosa que los vilanos adheridos convertían en una suerte de vellón, sus gestos de pájaro aterrado ante la tormenta conservaban algo de gracia pertinaz, voluntariosa, que replanteaba lo indudable, que no era más que aquí no pasaba nada y que ella, por lo pronto, no se encontraba comprometida con tarea alguna más grave que la de esperar a Olegario con el propósito de salir a pasear con él entre los rosales malheridos. Adelaida, con las palmas de sus manos extendidas sobre el vidrio como un niño, y la nariz achatada contra él, miraba a su hermana, mojando el cristal con lágrimas de rabia e incomprensión.

> Come li stornei ne portan l'ali
> nel freddo tempo...

Juvenal, que se encontraba con el grupo mirando a su madre desde las ventanas, fue quien se dijo esta frase al sentir que Olegario, a su lado, también miraba a Celeste con el rostro pegado al vidrio: sí, lujuriosos; pese a ser marido y mujer practicaban el amor sin amor y sí con pecado, encubriéndolo con una retórica que lo arrastraba a él a ese nivel del juego. Sonó una nota del triángulo, pero al oírla, contrarios al grupo, Juvenal y Olegario no se movieron de los cristales. Los nativos, en cambio, y Wenceslao y Agapito, salieron al medio del salón de baile y, como si fueran sultanes tendiéndose sobre almohadones, se dejaron caer laxamente sobre el suelo como si el mármol ajedrezado fuera un diván, apoyando unos las cabezas en el pecho o en las piernas de los otros en una especie de *bivouac*. Sostuvieron la respiración hasta que la nota del triángulo sonó otra

494

vez, permitiéndoles una leve aspiración, ni profunda ni prolongada, pero que era como si respiraran con la conciencia de que era necesario aprovechar hasta el último átomo de la parca ración de oxígeno aspirado, sin derrochar nada ni tomar de más, sólo lo suficiente como para que el organismo funcionara, por decirlo así, a medio vapor. La densidad de los vilanos en el salón de baile, siempre inferior a la densidad de afuera, de pronto se alteraba, como dependiente de la presión de la densidad exterior ejercida insidiosamente a través de las rendijas y de los ojos de las llaves. Circuló un cuenco de agua para beber, un poco, muy poco cada vez, para aclarar la garganta. Circuló otro cuenco en que, metiendo un dedo, el que necesitara mojarse los párpados cerrados para despejarlos de vilanos, y la nariz y los labios, lo usara, haciéndolo circular de nuevo al siguiente son del triángulo. En torno a esos rostros clausurados, los vilanos quietos en el aire del salón semejaban a cada respiración una pluma fugaz, pronto disuelta, y al cabo de un rato una mínima orla como de espuma se formaba en torno a los labios y en el borde de los párpados, que pronto era despejada por el dedo mojado en el agua del cuenco.

Los niños de la casa, sin embargo, y Ludmila, Balbina, Olegario, Anselmo y Adelaida, no despegaban sus palideces de los cristales por donde observaban la frenética lucha de Celeste con el fantasma agresivo en que, afuera, se había transformado el aire. ¿Llamarla? ¿Cómo abrir la ventana sin exponerse a perecer por ahogo? ¿Cómo saber si aceptar el peligro no precipitaría para ella la muerte en forma más segura y más cruel que cualquier otra? ¿Golpear los vidrios? Pero nadie tenía la energía para hacerlo. Balbina oyó que Wenceslao la llamaba:

—Madre...

Fue entonces que Balbina se dio cuenta que casi no podía respirar. Se dio vuelta y con la vista buscó a su hijo en esa acumulación de figuras tumbadas y adormecidas como en un fumadero de opio: lo vio mojarse los labios con el dedo y hablar sin mover la boca:

—Ven a tenderte. Lenta..., lenta..., no te ahogarás...

Y Balbina, seguida de unos cuantos niños, de Ludmila, de Anselmo, de Adelaida, se desprendieron de los cristales nublados y acudieron, al oír el triángulo, a tenderse, relajados, clausurados, en un montón humano sobre el mármol donde en la penumbra de los vilanos parecía que sólo los personajes del fresco *trompe l'oeil*, impunes ante los fenómenos naturales por ser criaturas superiores que dependían sólo de la imaginación, condescendían a atenderlos, proporcionándoles algún almohadón para reposar más cómodos, haciendo circular platos de fruta, garrafas de vino o de agua. Sólo los rostros desangrados de Juvenal y Olegario mirando a Celeste, ahora histérica, quedaban pendientes en los cristales. Sonriéndole con desafío, Juvenal le dijo a su padre, que tenía los bigotes y las cejas de charol, y los vellos de las manos blancos de vilanos, como los de un viejo:

—Está esperándolo, padre.

Olegario no respondió.

—Si no baja usted, bajaré yo —insistió Juvenal.

Al hacer ademán de cruzar el salón de baile en dirección a la puerta, los primos, al verlo, se pusieron de pie y con peligro de ahogarse corrieron hasta él, atenazándolo para que no se moviera, para que no saliera, mientras él se debatía por ir, e intentaba gritar algo que no podía gritar porque tenía la garganta atascada de vilanos. Hasta que por fin pudo gritarle a su padre —o creyó gritarle: nadie más que Olegario lo oyó— con la voz blanda de violencia contenida por un simple fenómeno meteorológico que no lo dejaba descargar la plenitud de sus pulmones:

—¡Maricón!

Olegario le pegó una bofetada que casi lo tumbó y cruzó el resto del salón de baile para acudir a su cita con Celeste, mientras los que permanecían tendidos, respirando apenas, casi ahogados, lo agarraban de los pantalones y de la levita tratando de retenerlo. Hasta que se libró de ellos y logró salir.

Algunos se levantaron y hendiendo los nubarrones fueron a apostarse junto a los vidrios: Adelaida, Anselmo, Wenceslao, Ludmila, pegaban como niños sus rostros llorosos a la ventana, lo mismo que alguno de sus hijos: la atmósfera, sin hondura, había propuesto lo total, la nada con su presencia sin límites, mayor que la llanura, mayor que el cielo, en cuyo seno infernal se agitaba la borrasca como una pequeña bestia enfurecida en su jaula. El triángulo, acelerado, los urgía a obedecer a los que sabían, a acatar las tradiciones salvadoras que los convocaban de nuevo a sus posiciones en el suelo. Pero no se movieron de los cristales pese al ahogo: Celeste, después de una ráfaga que de pronto despejó la atmósfera ofreciendo la profundidad y la distancia como sólo una parte de la anulación, cayó derribada, debatiéndose contra una fuerza que desde la distancia del salón de baile parecía inexistente, ser pura imaginación porque era puro viento. El albo cadáver del parque y de la reja pareció sonreírle contento, como si ella pudiera verlo. ¿O lo veía, pensó Juvenal, y era todo, su amor, su ceguera, pura superchería? Celeste se llevó la mano a la boca, a la garganta, porque ya no podía más en el momento que la alcanzó Olegario, intentanto ponerla de pie para hacerla entrar a la casa. Celeste se alzó, pero en vez de entrar tomó el brazo de su marido, y señalando complacida las bellezas de pronto descubiertas del parque entero y de la distancia en ruinas, y sonriéndole, lo arrastró más bien a él, hacia el centro de la borrasca: Juvenal, desde arriba, la vio sobrevenir, aunque no aceptó enunciar el grito de advertencia que se apelotonó en su garganta, y Celeste y Olegario, del brazo, se perdieron en el aire impenetrable, como un enigma carente de significado.

Pero ellos tenían que seguir viviendo. Oyeron el triángulo premioso, tañido por la figura cubierta por un manto a rayas que desde la tribuna ofrecía los ritmos apropiados para sobrevivir. Obedecieron porque no encontraron alternativas, y además les pareció lógico, apto. Pronto, en el salón de baile, quedaron tumbadas las figuras de grandes y niños y nativos confundidas, apoyadas unas en otras, en los almohadones, cubiertas por las mantas a rayas tejidas por las mujeres de los nativos, respirando apenas, con los ojos cerrados, con los labios juntos, viviendo apenas, y para que no murieran ahogados en la atmósfera de vilanos, los atendían, elegantes y eficaces, los personajes del fresco *trompe l'oeil*.

Calaceite-Sitges-Calaceite
18 de setiembre 1973 - 19 de junio 1978.

ÍNDICE

Primera parte

LA PARTIDA

Segunda parte

EL REGRESO

Impreso en el mes de mayo de 1983
en Romanyà/Valls,
Verdaguer, 1
Capellades
(Barcelona)